浙江文叢

清容居士集

〔第一册〕

〔元〕袁桷 撰 王頲 點校

浙江古籍出版社

圖書在版編目(CIP)數據

清容居士集 /（元）袁桷撰；王頲點校. —杭州：浙江古籍出版社，2015.1(2024.3 重印)
（浙江文叢）
ISBN 978-7-5540-0503-3

Ⅰ.①清… Ⅱ.①袁… ②王… Ⅲ.①古典詩歌—詩集—中國—元代②古典散文—散文集—中國—元代 Ⅳ.①I214.72

中國版本圖書館 CIP 數據核字(2015)第 024135 號

清容居士集

（全四册）

（元）袁　桷　撰　王　頲　點校

出版發行	浙江古籍出版社 (杭州市體育場路 347 號　郵編:310006)
網　　址	https://zjgj.zjcbcm.com
責任編輯	路　偉　李　林　潘丕秀
封面設計	劉　欣
責任校對	余　宏　吴穎胤
責任印務	樓浩凱
照　　排	浙江時代出版服務有限公司
印　　刷	浙江新華數碼印務有限公司
開　　本	710mm×1000mm　1/16
印　　張	82.75
字　　數	923 千
版　　次	2015 年 3 月第 1 版
印　　次	2024 年 3 月第 5 次印刷
書　　號	ISBN 978-7-5540-0503-3
定　　價	520.00 圓(精裝)

ISBN 978-7-5540-0503-3
01>
9 787554 005033

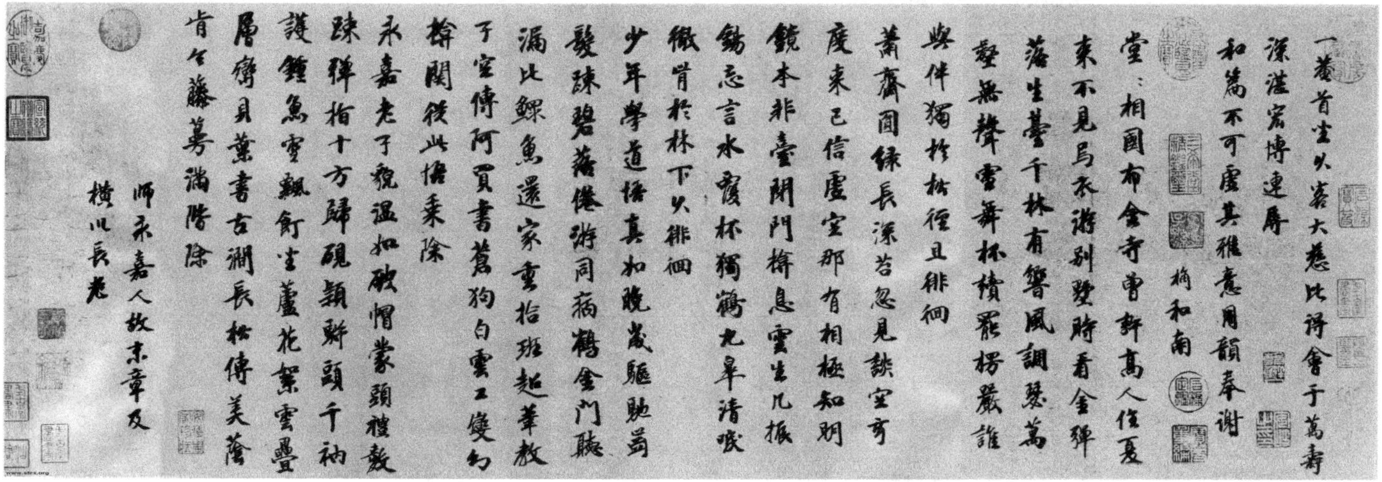

袁桷行書《一菴首座詩帖》（北京故宮博物院藏）

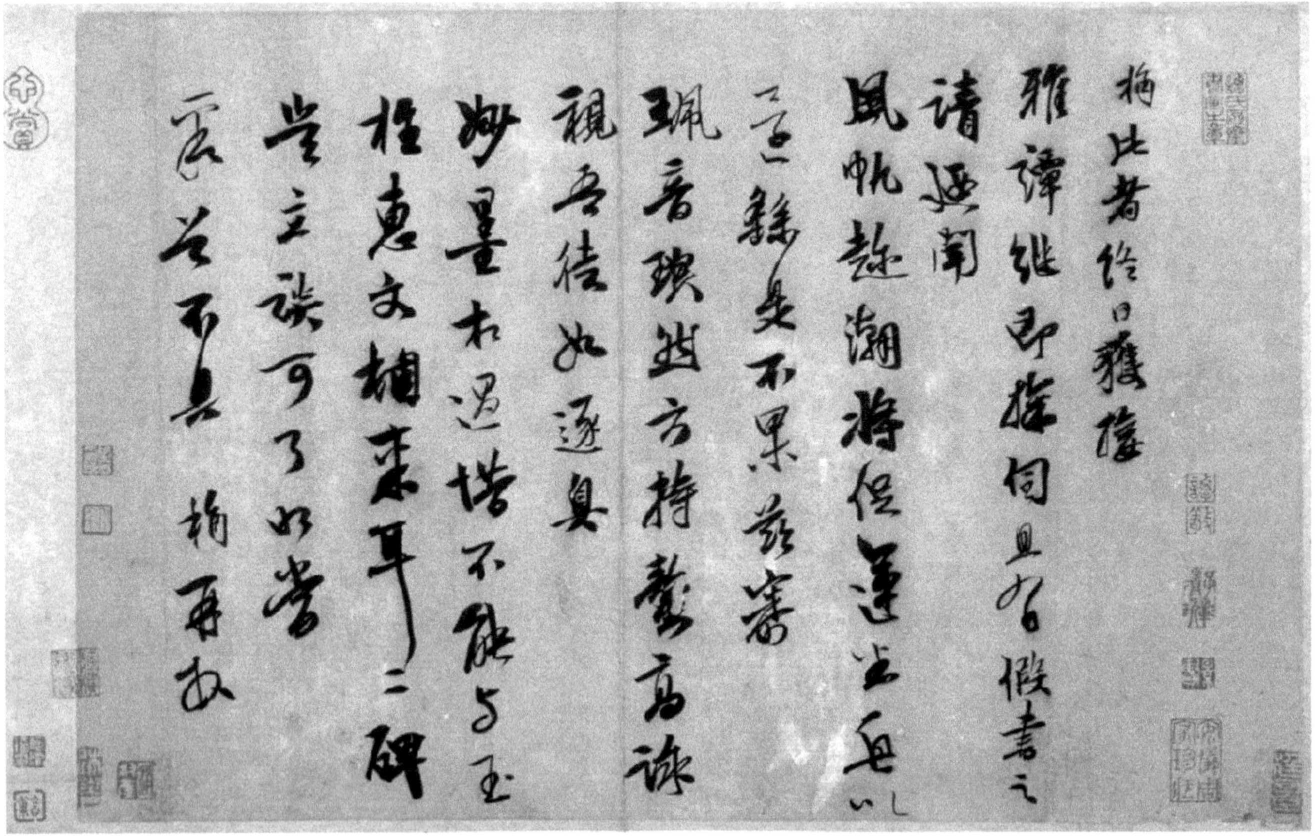

袁桷行書《雅譚帖》（北京故宫博物院藏）

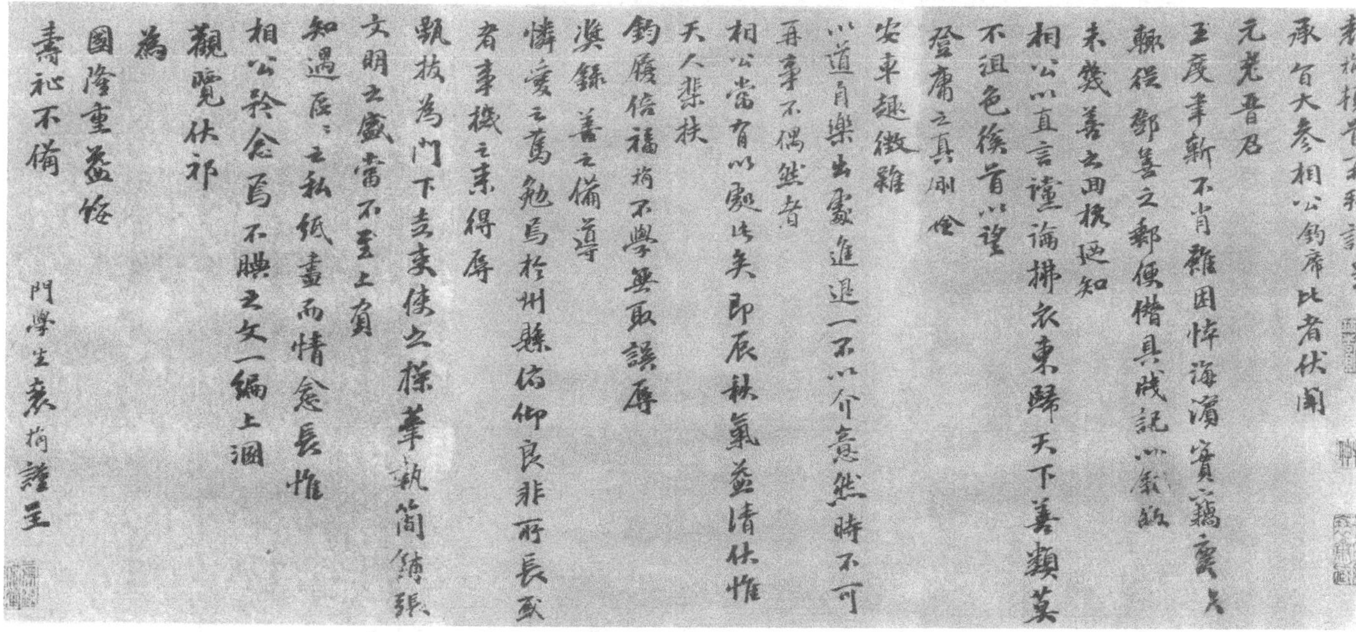

袁桷行書《呈承旨大參相公尺牘》（臺北故宫博物院藏）

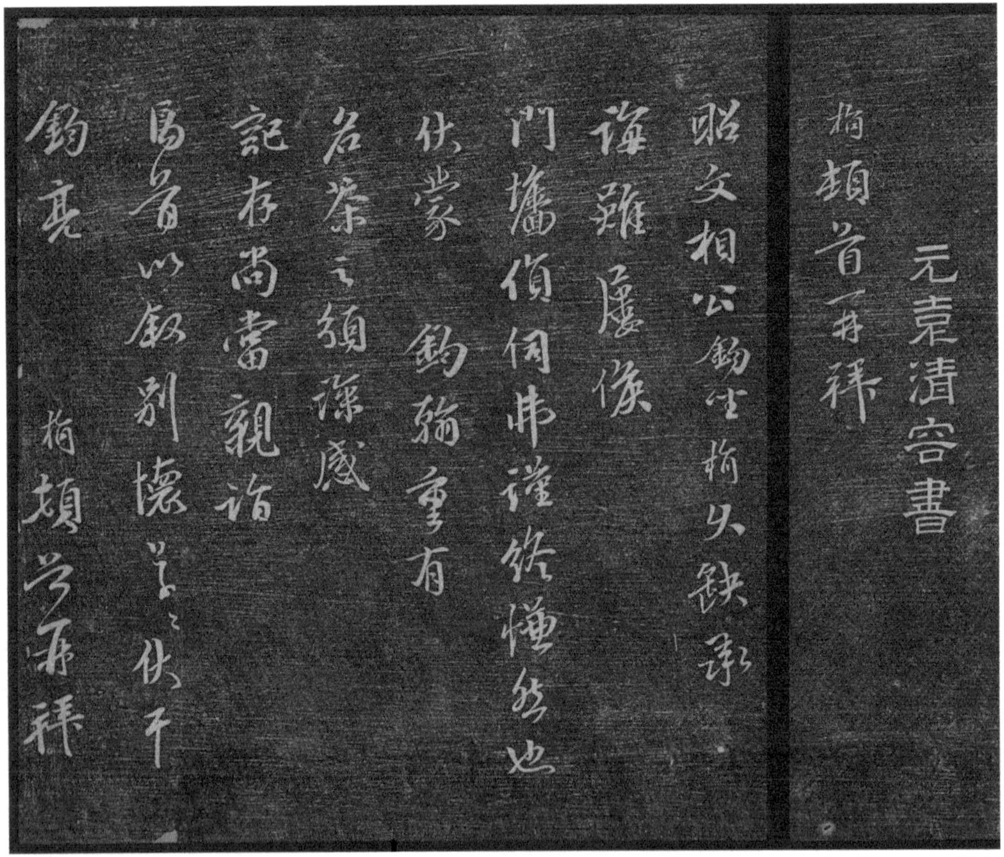
袁桷行書《與昭文相公書》（美國哈佛大學燕京圖書館藏清拓本《停雲館帖》卷九）

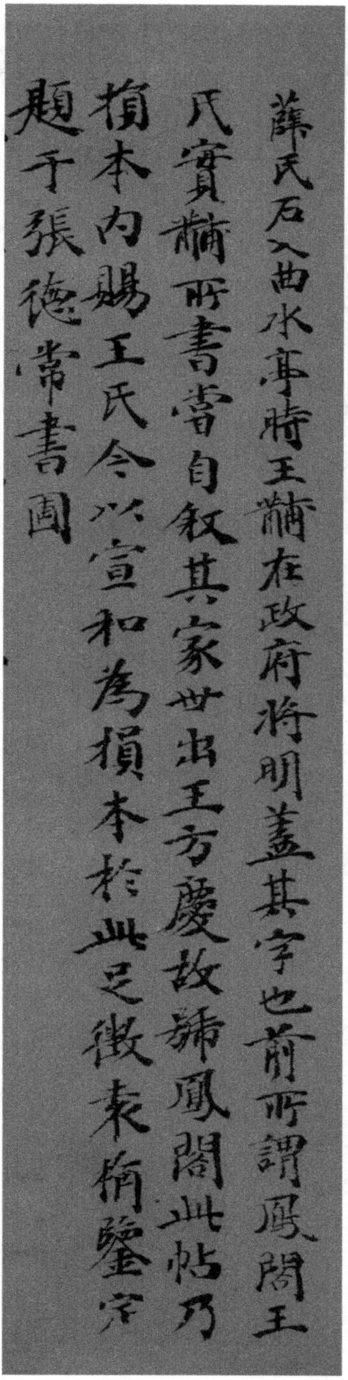
薛氏石入曲水亭時王黼在政府將明蓋其字也前所謂鳳閣王
氏寶黼所書嘗自叙其家世出王方慶故稱鳳閣此帖乃
損本內賜王氏令以宣和為損本於此足徵袁桷鑒定
題于張德常書圃

袁桷跋定武本《蘭亭序》（臺北故宮博物院藏）

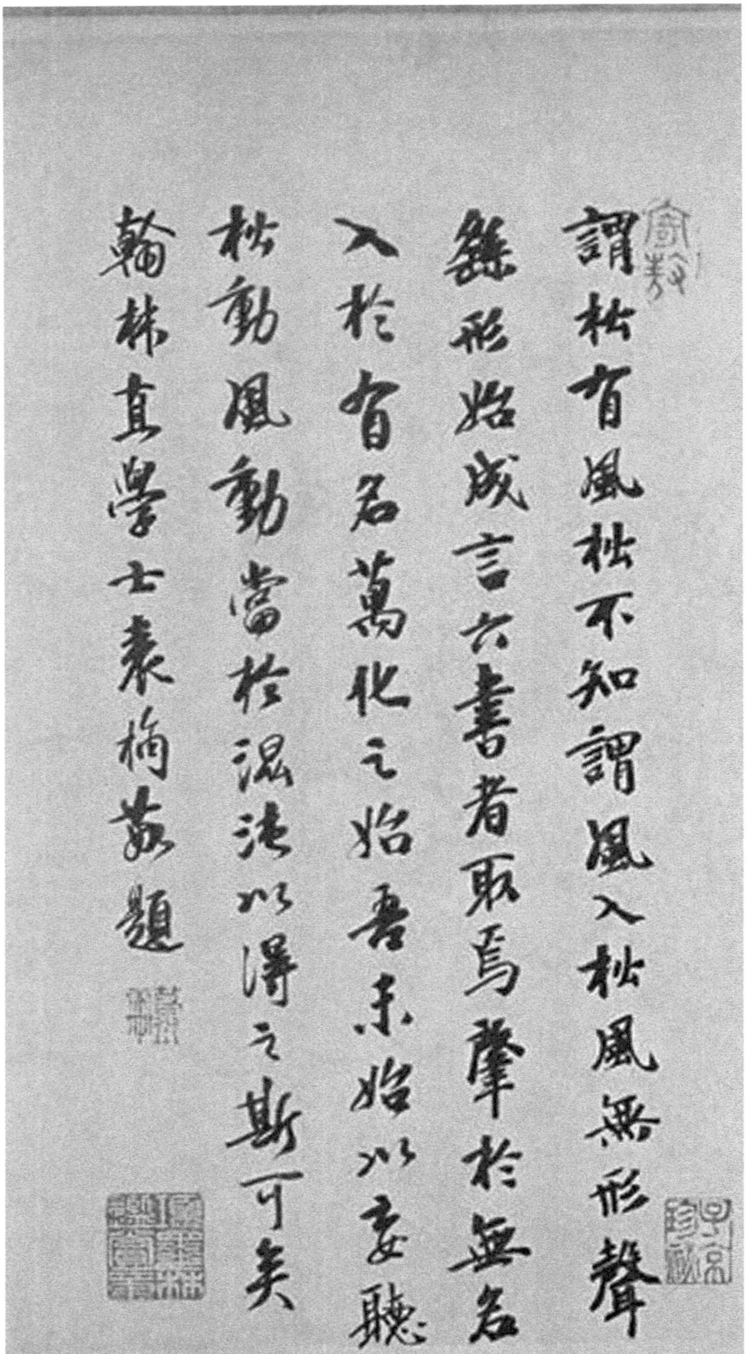

袁桷跋黄庭堅《松風閣詩帖》（臺北故宫博物院藏）

袁桷跋王庭筠《幽竹枯槎圖》（日本京都藤井有鄰館藏）

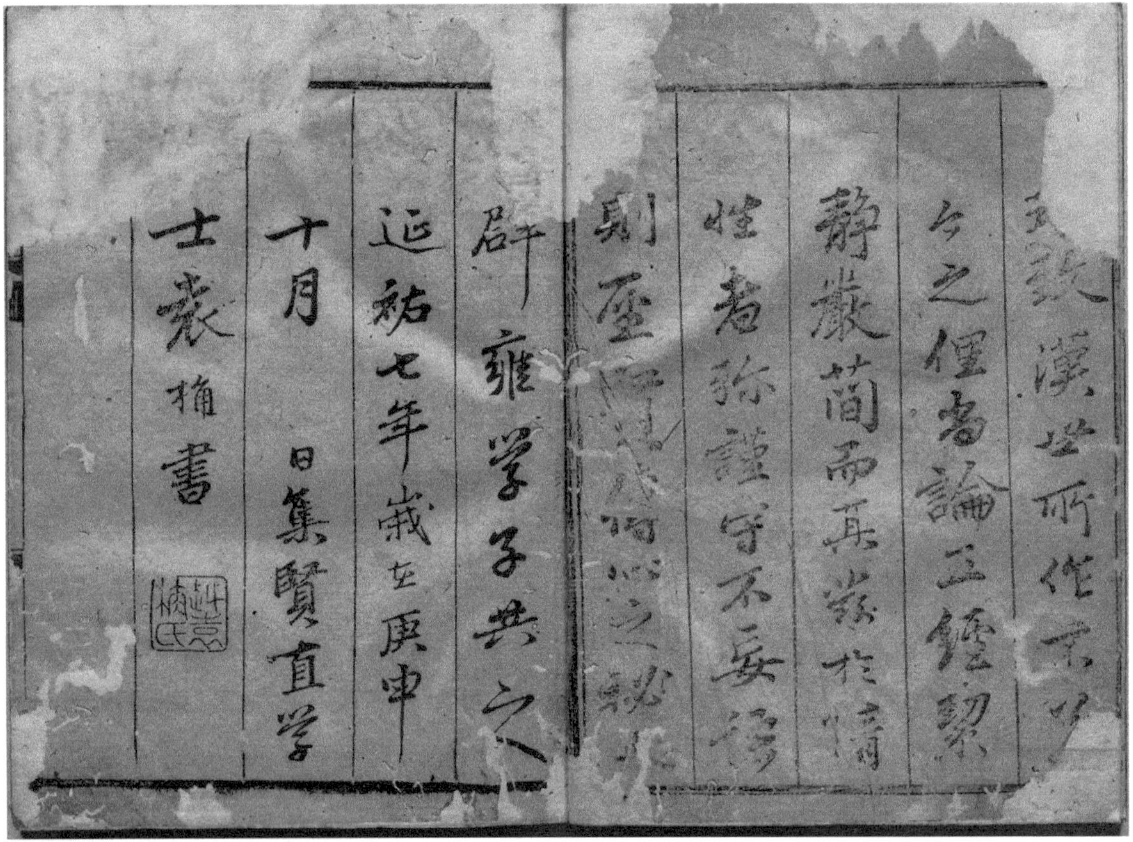

袁桷行書《漢雋序》（日本内閣文庫藏元刊本宋林鉞撰《漢雋》卷首）

前言

袁桷（一二六六—一三二七），字伯長，初字養直，號清容居士、見一居士，元慶元路鄞縣（今浙江寧波）人。曾祖袁韶（一一六一—一二三七），宋孝宗淳熙間進士，官至參知政事，贈少傅、太師、越國公。祖袁似道（一一九一—一二五七），以蔭仕至知嚴州軍州事。父袁洪（一二四五—一二九八），以蔭仕至通判建康，入元，授官至同知處州路總管府事。

袁氏三代喜藏書，家富圖籍。袁桷自幼寢饋其間，篤學好古，先後師事戴表元、王應麟、舒岳祥諸人，學問文章日就淵雅。年二十餘，舉茂才異等。元貞元年（一二九五），赴任麗澤書院山長。大德元年（一二九七），擢翰林國史院檢閲官。七年，陞應奉翰林文字。至大元年（一三〇八），同知制誥兼國史院編修官。後遷修撰，凡歷兩考，延祐三年（一三一六）遷待制。又再任，六年進拜集賢直學士。中間嘗移疾還，至治元年（一三二一）復遣使召入集賢，仍直學士。二年，改翰林直學士、知制誥、同修國史。三年，還拜侍講學士，積階奉議大夫。泰定元年（一三二四），辭歸。四年八月三日，以疾終於家，享年六十有二。贈中奉大夫、江浙等處行中書省參知政事、護軍，追封陳留郡公，謚文清。〔一〕

元成宗初建南郊，袁桷進十議，禮官推其博，多採用之。元仁宗設進士科以取士，而貢舉舊法，時人無能知者，有司率諮於袁桷而後行。袁桷在詞林幾三十年，扈從於上京凡五，朝廷制册、勳臣碑版多出其手。嘗奉詔修元成宗、武宗、仁宗三朝大典。至治中，右丞相拜住獨秉國鈞，作新憲度，號令宣布，袁桷與有力。拜住尤重袁桷學識，鋭欲撰述宋、遼、金三史，責成於袁桷。袁桷亦奮然自任，條具凡例及所當用典册陳之，皆有原本，惜以故不果成。〔二〕

袁桷在朝踐歷清華，文章博碩閎麗，尤練習掌故，長於考據。日與吳全節、虞集、馬祖常、王士熙等作爲古文論議，迭相師友，間爲歌詩倡酬。其詩格俊邁高華，造語亦多工鍊，卓然能自成一家。文采風流，實爲虞集、楊載、范梈、揭傒斯等先路之導。其承前啓後，稱一代文章之鉅公，良無愧色。〔三〕撰有《易説》、《春秋説》（二書已佚）、《延祐四明志》二十卷、《清容居士集》五十卷等。

《清容居士集》五十卷，是袁桷詩文集。前十七卷爲韻文，計收賦、騷辭、四言古、五言古、七言古、歌行、聯句、五言律、七言律、七言絶、五言絶、六言絶、挽詩、雜詩、開平四集、贊、箴、銘等一千四百餘篇；後三十三卷爲散文，計收記、序、碑、神道碑銘、墓誌銘、墓表、葬記、塔銘、行狀、表記、傳、内制、外制、表牋、啓疏、議狀、策問、答問、祭文、祝文、雜文、題跋等九百餘篇。

是集現存常見版本，大致有元刊本、四庫本、宜稼堂本。元刊本，爲袁桷家刻本，字皆趙體，每葉二十行，每行十六字，國家圖書館有藏，其卷二十七至二十九、三十七至三十九、四十七至五十配清鈔本，此藏本即《四部叢刊》影印本所據底本。四庫本，館臣云『其集據蘇天爵

《行狀》及《元史》本傳，俱稱五十卷，此本卷數相符，蓋猶舊本也』，知是鈔自元刊本，其底本闕字，館臣每以己意足之。宜稼堂本，清道光二十年（一八四〇）郁松年刊刻，據元刊本爲底本，校以毛生甫迻録錢大昕精鈔校本，其中蒙古、色目人名多經改竄，後附《清容集札記》一卷，述兩本異文、脱訛及改易元刊本之處，此本即《四部備要》排印本所據底本。

此次整理，據《四部叢刊》影印元刊本爲底本，校以四庫本、宜稼堂本以及元蘇天爵纂《元文類》及清顧嗣立纂《元詩選》等。附録新增，分別爲詩文補遺及存疑、謚議碑銘、序跋提要，或補遺拾闕，或可便知人論世之用。限于學殖，書中疏陋之處在所難免，尚祈讀者不吝指正。

注釋

〔一〕元蘇天爵《滋溪文稿》卷九《元故翰林侍講學士知制誥同修國史贈江浙行中書省參知政事袁文清公墓誌銘》，文淵閣四庫全書本。

〔二〕同右。

〔三〕《清容居士集》卷首《提要》，文淵閣四庫全書本。

目録

清容居士集卷三……（四三）

清容居士集卷四

清容居士集卷五

清容居士集卷六

清容居士集卷七

清容居士集卷八……（一八七）

清容居士集卷九……(二一〇)

清容居士集卷十二……（二九九）

律詩七言……（二九九）

清容居士集卷十三

清容居士集卷十四

清容居士集卷十五……（四一七）

清容居士集卷十八……（五〇〇）

清容居士集卷十九……（五二二）

清容居士集卷二十一……（五七〇）

清容居士集卷二十二……（五九二）

清容居士集卷二十三……（六一〇）

清容居士集卷二十四……………（六二九）

清容居士集卷二十五……（六四七）

清容居士集卷二十六……（六六四）

清容居士集卷三十五……………（八三七）

清容居士集卷三十六

清容居士集卷三十七……（八七九）

清容居士集卷四十……（九三六）

清容居士集卷四十一……（九五八）

清容居士集卷四十五

清容居士集卷四十七……（一〇八二）

清容居士集卷四十八……（一一〇五）

清容居士集卷四十九……（一一二八）

清容居士集卷五十……(一一五一)

清容居士集卷一

賦

導游賦

陳郡袁桷，家于甬之隅，足不踰閾，而四方交游往復之義，亦能舉其概。聞吳興子昂趙子清名雅言，爲作《導游賦》，道予所蘊，亦以見夫思其人而不可見之意。詞曰：

嘗悲乎好游之士，閱終歲而莫聞。非秉志而媚私，亦飾行以矯群。方其命車于王良，假驂于造父。過屠繒之沛，弔弦歌之魯。許身結志，慷慨傴僂。抗銅盤以矢辭，握幽蘭而結賦。炫華堂之冰雪，眇修途之霜露。蓋將修斷金之利，雖鬩牆而莫我敢侮。息肩于門，晞髮于廬。不一歲月，迨見夫蠅聲而歌，倚楹而吁。雖千里之異殊，何老壯之卒逾也？

世有索居肥遯，鑿門塞竇。尊委俚之聞，友汗青之朽。是猶談智于尺寸，測日于户牖。猛虎嚘嚼，幽猱悲啾。獨行無儔，謹操其輈。粲彼一士，與時偕藏。具大塊之清淑，服忠厚以自昌。余將往而未得，倚吳山以相望。振衣中庭，萬籟寂玄。頎形廣顙，眴兮翩翩。墜〔一〕余以言曰：『懷辛之椒，人或議其妖；充梁之木，人或惡其獨。夫既自以爲直，而亦豈不以爲曲？阮生自持，幾于目語。削木已漫，假手于祖。匪達人之曠覊，終察察乎廉隅。』余騙然而笑，喟然而思。拂龜以占，莫測其疑。抑搔首而欷歔，故髣髴以致期。遂伸之以辭：

回〔三〕城之璧，佩以容兮。環龍之劍，喜其鋒兮。伊若人兮，物不可同兮。我欲從兮，樂有終兮。江山兮複長，方舟兮可航。

辭未竟，童子擁篲而前曰：『豈所謂千載之人耶？吾當從子而西矣。』

雲林賦

若知雲乎？昭昭然，服光以廣微。隆然廓然，又似夫五色萬物而沈幾。來弗以趾，去弗以馳。其始也，盤辟夾輔，輪輪囷囷，孰合其處所？其終也，寸芒以興，導轟轟，啓鈴鈴，汩沮洳，襄丘陵。若慕而佇，若泣而赴，愀兮哀不知所訴。蜿蟬眇綿，含英吐鮮。逌傾蓋而忘返，粲接席以爭先。誠果樂乎？莫與之宣。形成乎無形，名生于有名。囿于家林，允爲儀刑。奉蓍占之，曰：

居高而卑，佩矩带規。升于木，無往不復。不泄不辱，言歸其谷。伊南維湖，將以爲居。齊三日，祝而蒞諸。薈兮中峰，式瞻其端。爲章爲祥，爲輪爲冠。風以潤之，雨以需之。挾陰而嘘，乘陽而舒。朝飛夕躋，莫窮其棲。有翼者鵠，遵于其涯。曰將有行，自東徂西。綏而迎之，維墉之崇。施而流之，維泉之通。以沐以容，是謂雲林之宫。

玄雲石賦

泗流迴淵，禹朝步兮。秉陰發奇，靈鼇負兮。玉質墨章，浮帝都兮。廉辨以清，協磬濩兮。堅剛洞虚，積元感兮。磅礴太素，屹空嵌兮。靜居泊如，日儀以湛兮。虚一闡圖，握九讚兮。八方宣明，二儀竅兮。抱形介貞，合窈眇兮。絪絪緼緼，道之奥兮。肇稱玄雲，吾將以觀衆妙兮。

淳　賦

粤若邃古，仁風熙熙。擊壤灌陰，以佚以嬉。巷無夭瘥，物無癘疵。祥麟應囿，靈龜負池。樂以導和，禮以黜衺。奫奫其春，渾渾其天。守沖若虚，不誇不鐫。佩矩帶規，養於深淵。擬諸樸兮，文理具宣。擬諸象兮，充然混完。見不以跡，視不以形。斟酌大和，胚胎粹精。居之莫疑，神維壹清。若有若亡，訖莫可名。二儀絪緼，肇分化醇。人行乎中，孰全其真？注兹玄酒，淡兮在尊。御史氏尹，敏學濳珍。服習典謨，葆厥靈根。齋居靜儀，人莫可聞。考諸庖犧，其名曰淳。

玉龜杖賦

有璞於此，純綸氤氲。瑶光之精，爲靈爲文。謹櫝以藏，不泄孔温。穹隆中乾，夷靜合坤。淵淵其容，深深其神。爰有善木，含章揚芬。飾端以儀，往來無垠。鬱峨壽宫，有粲者雲。維季翼翼，聿懷彼瀆。跪而祝諸，以奉番君。曰履道坦而元吉者歟？任重而不希其力者歟？視下而無危，嬉戲如兒。審時而行，得艮以防。抑心自强，底夫康莊。其形不孤，其智若圓。化而神之，曷知其遷？以相以持，是謂期頤。

桐柏觀賦

孫興公《天台賦》運意高簡，忘象以求，斯得之。凝和盧君居是山，以桐柏觀圖授余曰：『子爲我繽繹其景。』不揆瓦石，援筆爲之賦曰：

厚坤載德，台山效靈。蜿蜒扶輿，天孫之精。仙書易之以桐柏，敞神界爲金庭。轇轕三光，磅礴太空。睇暘谷之倒景，卒莫能擬諸形容也。睠彼華頂，群山啓蹤。倡九牧以執玉，巍冠仰其顒顒。香林玉霄，夾驂以從。華林不彫，卧龍嵸巃。玉泉御右，法蓮殿戎。東峙翠微，西蹲紫霄。巧面勢以規輔，玄扃沈沈乎泬寥。維妙有之珍館，匪攀援之可求。除三彭之内蕩，守中戒以默修。影息於鄧林，機忘於海鷗。上池飲之以洞視，金膏服之而冥搜。不然者，良不能以久留也。

粵昔子晉，韜精帝京。弄參差於緱山，摶扶摇以遐臨。瓊臺儼其龜負，雙闕屹乎龍蹲。正右弼以贊化，千齡髣乎氤氲。故兹山也，四面削成，中心如掌。真風合於冥廓，梵炁通乎肸蠁。三井之泉，千尺之潭。皋羽警其瀼露，髯羊匿於陰嵐。飛梁凝冰，側足涉褰。翠藤流霜，觸纓捫緣。梭溪交流以織文，忽螮蝀之鉤連。望飛瀑之懸絶，日五色而成妍。

夫樂與餌，過客所止。誇誕逐魂，踐形者耻。長生之藥，眇茫於神山；執期之候，詼譎於五利。卻衰疏頑，簡易理得，其亦有所益乎？菌蠢春秀，篔簹冬萌。五葉之松，三脊之香，丹光騰於金鼎，冰泉徹於銅罌。服食之而不墜，身輕忽焉以復丁。企列仙之遺蹤，葛翁策名於太極。斗晶熒於樞紐，金光雜流於瑶席。納雷谷之砰磕，窮幽淵之罔象。丹鳳昔焉以來儀，凡羽厥今以避讓。諒守貞以制氣，匪狡獪以增誑。法不孤立，道不虚行。繼之者白雲先生，受素書於軒轅，襲帝胄於典午。憺寡言而無營，思坐忘以遐舉。承唐皇之明問，敷清淨之舊章。署漆書於寶幢，迎黄雲於玉堂。厥後憲章希夷，範圍靈寶。誦蕊珠之玄文，過期頤以終考。若是者，誠何異於蓬島？

或有言曰：樓臺榮觀，方士侈崇。夷考是山，不綺而豐，不幽而通。廓兮其有容，閟兮其訖逢。味興公之抉奇，訊擇木之寫真。若增其嶔崟，盡其窈深，身不羽而凌遡，俄曾城以瑶林。迺若丹霞伏光，鐵柯舒英。集衆妙以凝睇，髣三真之傳經。擬金剛於鐵磨，警黑業於鴻鐘。何錢李之二王莫能悟其禄終？猿抱子以望月，虎伏威而調風。靈璈清以集鸞，哀弦急而驚鴻。爰自有而即無，眇壹氣之鴻濛。悼南國之蒸歊，髣天都之肅洌。彼夏蟲與火鼠，徒自煎以内熱。申之以辭曰：

帝子下兮雲中，質通明兮粹沖。覽炎洲兮垢紛，節容與兮茲峰。蓬瀛杳兮無極，浪滔天兮不可以屐。境荒滅兮妄益，曰此留兮吾將以内息。神爲尻兮氣爲輿，朝紫霞兮暮清都。黜視聽兮道靡渝，歷千劫兮復故初。雲凝素兮中壇，鈴流露兮日暾。三災屏兮嘉祉繁，語夫世人兮歸休乎靜觀。

椿堂賦爲宜春彭有年道士作

昔嘗疑夫漆園之叟，學幻而逃虚。詢蟲魚之疏，考風土之書，莫之敢圖。余游上京，有客北窮夫金山，西歷夫賀蘭，南踰雕題，東超三韓，䵷然而言：『芒芒禹跡，子所履者，誠然乎？冬裘夏葛，寒暑之運環也。今也日臨中街，霜飛冰霾。毳集於踵，貂挾於懷。戴斗接淅，承露凝栢。子安視而靡猜，駭聞忽見知，奚窮乎齊諧？』

吾先枚夫九州者而言之：屢熟之稻，南州是專。十丈之蓮，華峰所傳。栝化石以錫貢，樟生庭而爲州。梅梁分以鎮妖，牂牁肇乎維舟。杞犬吠而質變，蓡人形以劑投。華平維常瑞於皇圖，蓂莢屈軼盛於堯世。木沈產子以成國，樹古眩精而爲魅。松分秦王之封，柏擅蜀相之祠。若是則復何疑焉？在昔大帝，窮源崑崙。見北溟之鵬，視之若雪，即之如雲。得其遺羽，丈尋不能以論。是齊物者，非寓言也耶？維老彭之遺裔，握六氣以自馴。肇兹齋居，其名爲椿。二儀絪緼，周流無垠。則以自儀，道合至淳。吸兮若韝，旋兮若輪。肅兮似秋，熙兮如春。行乎六合而不躓，則所謂八千者，吾猶以爲歲年之稊米也。

客揖而去，遂爲之賦。

仁壽堂賦

合江老人杜氏，行[三]年八十有二，其鄉人尊之以仁壽，因名其堂。子輝卿，今爲蜀省掾，來京師求賦。賦曰：

合江老人，生於三卯歲之中。秀眉踈明，鮐背隱隆。家事敕斷，遺聞春容。口欲宣而彌哽，情屢發而莫逢。會稽生揖而進曰：『生居東南，襲輕飫甘。耳不屬於鉦鼓，目不接於戈鋋。合江之事，相傳於游談。願削牘書槧，俾鴻筆以有參。』

老人改容正襟，往似可尋。夢若初覺，病猶在身。方其誓師斗城，滅親割情。盟重於白馬，命輕於浮塵。黄風颺沙，千戍屏營。擁若波涌，排若筭經。危堞隳而磩激，闟戟護而矢承。辟者瞽者，各有攸職。熏窒旁穴，旦不遑夕。壞館門，毁甃石。樹列對峙，填負旁阬。卓飛泉於雲根，起清流之千尺。目不能承睫，氣不得納息。黑祲障空，燐煙蔽江。横厲排蕩，抶擊舂撞。擬效順，思投降。提奬之主，怒莫敢當。忽風斂而川止，活噞喁於鼎湯。噫嘻吁！此其瑣譾者耳。華陽之往躅，肇於文翁，悉於太沖。纖侈日滋，繇是鑠景福、盪醇風。鬼嘯高居，神泣巨峰。棧閣如砥，萬騎突馳。火連摩圍，氛翳峨眉。築京觀以專戮，甚稾街之陳尸。順舟而下者，十不得一。緣澗歷塹，視京垓之豪釐。崎嶇古渝，前彭後余。保衣冠之弱緒，猶興文以舒徐。逮夫六合會同，彈丸震驚。發涣號以澡雪，緝政俗以治平。則夫兩州之士民，無遺鏃之害，歌帝德以底寧。

會稽生仰而愀，俯而笑。在《易》之象，復存於碩果。物極者斯通，盛過者斯禍。維今老人，熙熙其天，休休其心。事至不忮，智藏惟深。式是表儀，化而慆淫。國有耄叟，鄉有善人。仁壽錫名，爰則其淳。感古樂今，兹其爲擊壤之堯民。

樂水圖賦

東坡先生脱遠游之履，衣紫絲之衣。與黄冠師，跪坐息機。臨清泠之淵，憩巨樾之陰。意消言忘，其得在心。飛泉琮琤，寒源杳深。悲塵寰之隘險，抱奇璞而莫陳。將以善夫濟世之極樂至理以自新。維兹水之無倪，非智者莫能以鑑。彼河伯之好誇，終望洋而浩歎。翳西海之沈羽，竟其説以怪誕。小大不同，其病則通。駭於所聞者忽所見，誠哀乎舉世之盲聾。余嘗披神禹之地圖，考先生之轍跡而誦之。

方其發軔于瞿塘，千里一瀉。鑑燕安之酖媒，悟孤孽之非禍。雖盛氣之飄忽，已足窮物理之化。迨其中年倦趨，分符東上，慨河流之奔駛，城不没者三板。先生脟胝以先，激而返之，有以遏其性之狂悍。伊文登之貝宫，空百幻以自獻。實精誠之冥通，異燃犀之獲讁。至於群妖肆懀，百慴相乘。先生怡然而行，試正命於巨浸，儼安流之無驚。耿耿明夜，乘桴南歸。海若息波，馮夷效奇。混六鑿於一噫，信天地之不私。匪深於水者，其能若斯耶？玩王孫之游藝，弄五采於素絲。聽之而無聲，即之而若遺。若然者，欲以求先生之所樂，無異畫餅之充飢。

餘閑齋賦

曷不觀夫農父之治田？春耕夏耘，晝作夜緝。望歲常有思，憫苗若不及。候其陰晴，謹其涼熱。食不滿嗛，目不承睫。穡事告成，以祀以享。入此室處，曰余將有養。休其四肢，里閭熙熙。甕牖迎陽，兹其爲一歲之隙，得以自怡者與。

古之志士，範圍天地之初。冥搜密籌，心如淵珠。據會以集要，積神以合虚。冬爐夏葛，謝而弗居。逮其蓄極以通，若燭計龜卜，物莫能沮。蓋其勤者若此，則其終也迺以豫佚。燕居申申，欲不踰矩。倚門而歌，聲裂金石。恢乎其有容，順化而有得。惟昔賢之肥遯，屹乎其頽波。青林扶疎，擢兹瓊柯。味道以觀，澹乎不頗。閱世推移，歛兹無何。養其粹精，不激不阿。

有客仰止，摭其嘉名，以處以息，慨然而言曰：『悲濁垢之駢臻，御吾輪兮焉窮？愍逐日以道死，異惜陰之度功。厥今金馬公車，履舄接踵。承色以求，爲疲爲穴。退食以休，濯其靈根。藏真養恬，疏清滌祥。庸式庸似，著于門顔。維四民之有制，實士農之居先。惰于初者躓于後，弊于智者罹于艱。歸休乎君！』援琴而歌曰：『群動兮夜息，貿貿兮吾徒，曷猖恣不能以自適？書兮在庋，罫兮在席，復吾初兮以無忒。』

息齋賦

慨太素之日凋，服仁義者亦幾乎外馳。百幻眩晃，衆愛糾縻。側身於積薪之上，試命於累卵之危。髮盡化而齒將終，竟不得要領以自持。端木之智工於言，結駟之德色索其中誠餒然也。史遷之足老於行，悲憤之書不能以全其生也。東門之悔，華亭之悲，是猶碎轂而大輻，掘泉而止渴，何其遲也！

古之至人，止於其所不止，休於其所不休，兢兢惕惕。不得而名之，强名曰息。夫息形者神清，息事者愚絶。息心者心愈馳，息名者名愈徹。莊周之息影爲荒唐，陶潛之息交爲慨慷，是皆未得其當。若然者，其必有自息之方。

夫知古而不知今，謂之陸沈。世故之岐多，人事之機深。生乎下都兮，又安能超舉以絶塵？惟李侯之静好，藹鄒魯之淳風。不求異乎人，默息以底于鴻濛。振纓而趨，簿領如棼。上下雜糅，否臧混淪。一息而求之，何異解牛之芒刃，眇目於毫分也？退居申申，圖書領賓。

不喜不愠，寂然含珍。吾有以知其息之外陳者矣。

夫天地之理，動静濟焉。偏一而用，則爲五行之沴。人身之氣如車軸，窒而不流，則爲疾癘、爲末廢。若侯者，其何以爲息之體？而余以爲外陳者，豈侯之意歟？他年成功而歸，晞髪於彭咸，洗耳於箕潁，味乾健之旨，以極君子之理。吾不知侯之所謂息者，其信然耶？其寓言耶？

凝雲石賦爲張希孟作

文登之宫，積濤成雪。天風蕩摩，海氣幻滅。嶔崟蜿蜒，堅若金鐵。大者成巒，小者成穴。蜂房群綴，蟻曲百結。爰有張子，抉奇發珍。藉以文錦，炷以古熏。陋博山之侈靡，髣爐峰之氤氲。湛然塵消，號爲凝雲。有客哆而笑曰：『南山朝隮，奮搏無垠。太素爲母，五嶽爲賓。合虚成形，積潤以神。今子友一拳於几席，雲何自而凝哉？』張子倚梧而言曰：『窘尋丈者，不能以喻大。語荒忽者，適足以資怪。人惟至靈，品物是賴。明而通之，呼吸萬籟。泱爲奔騰，興爲霮䨴。其來無趾，其去莫閡。唯古至人，韞玉以匱〔四〕。藏明于幽，養神于獨。内澄外觀，嗒若槁木。静以自儀，無喪無辱。念此石友，其德不瀆。燕居相忘，庸以熏沐。則夫所謂凝雲者，不待於外而自足也。』客喜而悟，遂爲之賦。

紅梅賦

閑閑羽仙，朝歸絳都。冰渟雪峙，湛焉澄居。候寒圭之微影，察衆芳之榮枯。草藏荄而永閟，木脱葉以無徒。彼陰陽之眇密，曷能返乎玄虚？於是，天迴景温，機抉候促。吉雲豐融，美虹纚屬。睠炎洲之嘉植，澳乎其忍此垢濁〔五〕也。儼蕊珠之揚靈，貯初服於太素。沐九芒之粹精，蟠翠氣以内護。頳容耿以自持兮，抱沖密而莫吐。衣赤霜之羽袍，曳文錦之靈佩。棄明月之寒璫，綴飛瓊以爲琲。匪徇色以自誇，表昭質之莫昧。凛世坌之如焚，赩微愠以卻背。惟深根固蔕之不可恃兮，將求化以養晦。繄煒燁之滑稽，懼夫惡朱者之見毁。鵠日浴以轂離，鶴舞丹而希壽。念形色之莫踐，徒變幻以眩售。萬籟凝寂，穆然長思。絢此的皪，申之以辭。辭曰：

貌充心明，道之腴兮。葆光罙貞，慎德樞兮。渥丹自持，惟受初兮。不爍不騰，莫可渝兮。時至神完，吾其敷兮。吾其敷兮，物莫與俱兮。

九華臺賦

混元之峰，鬱爲仙閭。霏青駭紅，嵚崟相扶。下垂清溪，百流是趨。昔有羽士，恍兮承跗。縞衣玄裳，其化莫追。爰有堯年之叟，植杖戒鉏。顧瞻童土，式崇墳壚。黜幽導奇，以薙以除。

層臺演觀，積成爲郛。拾級以升，家林滿圖。迺擢孤芳，絜泉廣疏。錫名九華，葆兹清腴。

有客涖止，披情徐吁，曰：『登高能賦，大夫之職也，爲我賦諸。』客曰：『皦皦稟秋，天風奏竽。哀鴻赴空，寒蟬抱梧。脱者如掃，縮者如枯。落妍斂英，還形太虚。存莫可禦，去莫可居。相彼九華，孰爲有渝？含章金衡，承元坤輿。弗媚弗私，苦心秉愉。迴黄抱素，包寒紛敷。飛霜溢露，言沾其濡。獨立養完，孰云彼汙？世服佼靚，飾脂效姝。嗜脭豢醇，溲甘芼萸。維爾茹口，哆焉如荼。耿持空榛，曷知我蕪？』

叟曰：『好不可一，鵾鴉蝍蛆。鉤以爲直，石以爲琚。變奪五采，睢睢盱盱。已或自售，適增詆誣。寄懷於言，觴至不餘。九九默操，嗒然蘧廬。我生之辰，天清景舒。庸采以修，庶其遂初。山空無塵，白雲在裾。歸與歸與，吾以子爲徒與！』

墨竹賦

屹書林之邃清，襲空翠以膏沐。察群芳之交妍，糗紫芝而不肉。化蒼煙於寸穎，皦森束其寒玉。有客叩門，指而言曰：『夭夭申申，吾不知其親；悃悃欵欵，吾不知其怨。懼獨立之絜矜，徒三刖以自獻。』

爰有童子，擁篲以前，曰：『東南之美，以植則繁。大盡斲採，小爲烹煎。曷扶其清？孰麻其生？零西摧東，山崩谷鳴。取億及秭，莫知可名。維我先生，念兹磅礴。探玄窟之太和，布靈根於眇邈。取方諸於承露，和不死之至藥。寄遺跡於須臾，避玄冥之饕虐。故其凌風出塵，廓兮如神。承春飲鮮，從兮如雲。疾掃卻顧，猶歐冶之鑄、郢人之斤也。且客獨不觀夫鑑之與形？媸妍修纖，各窮其精。惟靜者能以燭至動，而所謂詠譎變幻，迺足以覈萬物之情。望南山之崔嵬，目九日而不瞬。匪好誇以眩奇，良以解夫謏聞者之愠。」

語未具，先生振衣坐忘，與客相顧，卷縑以酬，一笑而去。

素軒賦

太原白無咎徵名字于《易》，復以素名軒，實維其祥，乞賦陳郡袁桷。賦曰：

維太初之混茫兮，眇昭質其孰分？二儀迭其交媾兮，肇清濁而成文。翕九垓其同風兮，佩鉤矩以播芬。邈焉黃唐之仁聲兮，極黼黻以成憲。忠與質其相環兮，迄蒼姬而莫變。亘終古之同軌兮，成後來者之過眩。徵載籍於竹簡兮，淳風鬱然以未墜。憫太和之淪胥兮，希絜己以自致。三熏沐而揚靈兮，儼前聖之遺旨。悟宣尼之自筮兮，繇告之以不樂。曰丹漆不文兮，白玉不琢。質不可以受飾兮，道不可以雜。敦厚靜止兮，弗居其華。惟無色而自色兮，物莫能與之加。爰錫名以表厲兮，雖顛越其靡它。凛世垢之澳涊兮，蘄旁證以冀直。聃演言以清淨兮，戒目盲於五色。墨諄諄以兼愛兮，悲棼如其何益？冕朱裏而外玄兮，衮襲裘而不裼。淡玄酒之無和兮，輅盡誠而越席。顏執仁以不違兮，炯虛室之內煥。商舉隅而起予兮，懼絜矜夫倩盻。噫！童子之微言兮，警曾氏之華睆。捨沐浴以孤泣兮，兆有知夫孝子。乘結駟以誇容兮，終内熱而殞愧。車美澤而可鑑兮，曷栖栖夫靡止？彼馬師之食藝兮，亦能遺玄黄而洞理。羌若人之好修兮，妬芳澤之日恣。將乘飛廉以上征兮，揚古帝之正則。悃愊款款而彌貞兮，固丹府之介特。書盤盂以參倚兮，慮夫黽之不食。揭嘉名于户册兮，振白首以莫忒。申以辭曰：

茫茫重玄，物之先兮。剛柔相摩，文以宣兮。反初復真，德迺全兮。履素莫渝，吾將以無愆兮。

冬窩賦

濟南潘仲德，家商河，治其田廬，塊土纍石以處，左經右子，刻意厲行，斟度古昔，將力避世不復。近歲終，順陰陽之理，慎居于中，而名曰冬窩。未幾，聞于朝，爲太史屬。太史職清簡，仲德獨憂之，復以昔日命名者揭以自警。余聞異之，爲之賦曰：

噫嘻！夫世之善養名者，豈惟冬與？朝而興，夕而趨。執轡在手，承塵滿裾。僕夫告痡，寒冰厲鬚。剽飛英於寠數，巧膏沐而睢盱。懼分忽之不前，戒良辰〔六〕以先驅。矜清揚之婉娩，猶春温而于于，何自而冬乎？大盜之智，不以胠篋。巧賈之利，不以操割。蓋將足不超閾，而踵接其席。目不承色，而議推其德。美容峨峨，雅言迤迤。爰處爰居，載笑載歌。閟無傳之靚邃，又何爲乎冬窩也哉？

潘子曰：不然。冬爲天終，萬物蓋藏。陽微如芒，外枯内傷。甲者若縮，伏者若亡。裂者爲阱，凝者爲防。欻吸以吹，浩渼莫當。口含飛霜，睫承流漿。三光青熒，五嶽仆僵。故其蟄處也，隆然以黿，深息而卑卑。其徐行也，蹩然據危，俛僂而施施。疏房上宫，連氛累靄。嶔崟阻深，束緼以載。鑿坏者遁，煬竈者遜。當此之時，食不飽菽藿，衣不襲裘鞹。悻悻然角進而憑陵，將弗折而自缺。且夫藏明養陽，必謹其獨。大智若辱，大容若谷。紛載籍之藴秘，糅衆説之桎梏。折精華以彌縫，豐蔀屋之光燭。吾非以嵁巖爲居，鹿豕爲娱，友幽闃而棄斯徒也。念居蠖之未伸，凜自縮而不惴。謹清寧以沖嗇，御六氣之寇沴。將以游乎萬物之初，順四時而成歲也。

榕軒賦

南粵之區，温風戞摩。積炎吹雲，流金爲波。少負老息，盻茲庭柯。爰有弱木，攀緣嘉生。連理纚結，附枝膏凝。蔭旋萬牛，廣容專城。千柱承宇，百尋傲空。群焉莫爭，希賢同風。長與少殊，如昂如顒。溜微生於一髮，寄豐壤而敷茸。詎擁腫以丐全，眇頽波之容容。厥類滋夥，其名曰榕。東魯先生見而笑之，曰：『目無常形，嫫母以爲能。耳無常聲，折楊以爲清。美醜相乘，孰完其生？眷茲連蜷，棄諸同辭。薪者鄙之，斲者訾之。輪者絶之，器者揮之。夫好惡不齊，莫與之爭。吾何行焉？』舉觴以噫，噫極而歌。歌曰：『木之詵詵，匪委佗兮。木之萋萋，匪婆娑兮。巧爲彼矢，名爲彼戈。徂徠維松，新甫維柏，奈何奈何。』

客有踵門而言曰：『議物産者必以良，捨所用而求無用，將安所嚮？』先生曰：『多謀者神泣，多才者形傷。維彼阻窮，百虐備嘗。蔚然以修，充然以光。四海立賢，勿云其方。窮髮之北，殆將駭兮。榕兮榕兮，吾以爲楷兮。』

復庵賦爲恒山李謙父作

揚子之衢，千流交趨。蔽帆雲凝，炙轂雷噓。廛奔瓦聯，擁闤蹋衢。土衍隰匀，深耒廣畬。百技眩衺，千賈獻姝。爰有倦游之叟，卜龜食吉。構茲屠廝，不斲不甓。茹玉芝而三咽，膏玄髮以若漆。與客瞰空觴而言曰：

今夫所謂歸老者，其名鮮鮮，其行暖暖。脱機於韓盧之吻，息影于菟裘之巔。造者絶屐，奉者謝饋。嘗仰屋以歎，感極以悸，悸極而悔。黯崦嵫之昊離，揚滄浪而莫醻。若是者，吾奚以爲歸？世有習靜之士，逃聲於無形，避害於有名。山鬼獨嘯，悲猿凌兢。掩耳疾匿，脱焉如驚。是焉知天地之性哉？磅礴之理，不能以獨運。慘者舒者，疾者徐者，足以窮萬物之真。維昔此邦，犬牙東南。前江右山，朝煙夕嵐。憑高而望，則去者如箭，淨者如練，杳者如綫，效者如獻。日出而作，連崗燒空，交蘆舞風。土臺崔嵬，野田豐茸。昔之荒煙蔓草，恍不知其處所。寄遺蹤於白鳥，問秋風於賓鴻。夫觀萬不同，恒維其機。今吾乞身於未老，寄此土而食於斯也。素書滿牀，旨酒在巵。鄰熙社恬，子順孫祇。不脂不韋，不激不靡。視昔歸全而索隱者，相去幾希。静者動之根，息于外者，其内若焚。川流徂東，龍返爲雲。日沈于淵，朝升爲暾。其本元元，其生芸芸。簡兮廬乎！靚無渝乎！又何懷乎土乎？

擬剡亭賦爲吳成季作

英英維祥，織流成章。雙峰嶔崟，紫芝熒煌。峙立澄冰，玄言飛霜。爰有化鶴之叟，迅翮珍館，舒風盤霄。歸而歌曰：

兹山兮沃膏，陽霏兮夕濤。吾還兮不崇朝，將何爲乎逍遥？昔之命駕者，興極而意已盡。卧游膏肓者，不千里而接軫。去若隙駛，留若柯寄。情不及親，豈我輩之謂耶？彼櫟輪囷，爰衍爰溉。彼桂扶疏，以嗣以賚。養苗者濯〔七〕其嘉，牧羊者去其害。植楹兮鼇負，布甍兮鱗萃〔八〕。我季兮園囿，孫並曾兮陳廡。蹇獨余兮不留，目凝睇兮屢顧。芳菲菲兮在林，誓將築兮奉所欽。卜龜兮于庭，諏言兮揚靈。彼簪兮奚投？返真兮思冥。學道者天完，逸老者延齡〔九〕。順以養榮，息以固形。刻意枯槁者，吾猶謂之善盜。而我之髣象，豈果有所羨而自表者耶？道本於無名，擬之而變成。鉤深者泉，如珠在淵。遇風爲漪，激流爲川。彼剡伊何？源遠不遷。則而企之，於亘斯年。

餘軒賦爲程士安作

世有好名之士，佩玉長裾，鳴騶導衢。候者接踵，對者奉諛。日三接而色喜，坂九折而懷吁。欠伸委蛇，顧而子孫，且言曰：『夷考昔人，吾何能擬哉？』榱楹闢空，旌旄樹霄。部曲中街，膏壤近郊。悵兮屏營，慨兮鬱陶。若是者，何嚚嚚也！

爰有靜士，卑然素儒。載尻爲輿，游物之初。粟不滿缶，屢空泊如。爰笑爰處，擬諸華腴。昔東方生見戲于侏儒，翫世味道，忘身之蘧廬。

維程子客于江之南，幾四十年。幻者如飄風，逝者如回淵。禍生於公餗，罪成於細旃。撫心以思，孰省其愆？往游于其軒，太古爲春，無懷爲年。探圖宓戲，受曆軒轅。在《易》大畜，剛止以育德，日新而自足者也。昔之至人，道充以爲富。聲出金石，柳生其肘。席不蔽坐，飯不充糗。今子之居，酒時滿斝，蔬時滿把。視昔之寠者，溢且夥矣。程子憮然曰：『吾誠夸矣。』

隱居圖賦

陳子築居唐奥之山，復繪《隱居圖》，摭其某水某丘之雅名，署於其旁，以寓朝夕不忘之意。每遇佳客，輒指以示，若挽而使之游從於其間也。間謂袁桷曰：『夫畫以髣境，畫之所不能及者，吾雖知之，而不能數與人言之。且境必有趣，趣之精華，非言不傳也。子其爲我摭名以發其趣。』桷對不敢辭，迺爲之賦曰：

陳子倦游江湖，整轅言旋。顧瞻先廬，徜徉里門。四壁寒寂，頽然維藩。詢闤闠之遺跡，儼中堂之猶存。弔零落之舊叟，撫徬徨之驚魂。於是悲極而喜，喜極復悟，悟而言曰：『人生一世，惟靜者智。盛不可持，罰不可恃。』三家之市，其行跂跂；四達之衢，其言姝姝。一以巧爲媒，一以酖爲居。吾懼其獨立，而誰與趨？拂龜以占，兆於唐山之隅。若質而華，若翳而明。缺者如玦，環者如城。相其陰陽，築室繩繩。被以杉松，瀦以芡菱。棄塵世之喧啾，牖乾坤之清明。爰命雅客，展以輕冰之楮，化以五采之穎。纖濃如春，曲直若頷。吐秀獻奇，發牘炯炯。鄰輞川之清妍，敵草堂之幽靚。故雖踰江越嶠，適市造朝。挹此粲者，神凝各消。有不待北山之移，八公之招也。客有言者曰：『擁裘而歌者，意率類於慨慷。登高而賦者，事常失於荒唐。吾敢按夫子之圖，而代言其詳。』

東越之區，山水冠世。發抉地靈，前王後謝。維君之居，敞若神界。若迺石塘界其前，雷峰守其要，馬領冠其巔，羊巖負其奧。周以青鮮，橫以磊砢。近若迎笑，遠若卻坐。嶔崷何山？挾輈以殿。浮游閬峰，振弁以見。上有石屋，梁欐參屬。紛披寒苔，聯絡怪木。恍飛仙之遺跡，鑿幽竇以守獨。前林杳靄，丹光騰天。伯陽一去而不返，玄鶴盤空而將還。飲石室之寒露，問山人之何年？然此特隱居之外美，析而舉之，有不可勝言者矣。

晴原漲春，千桃爛雲。飛英滿溪，織流成文。支寒藤之瘦骨，度略彴之微險。解瓢斞泉，一舉三咽。藹桑麻之故交，爭聚首而繾綣。前有惠林，濃緑婀娜。投冠解襟，翛然清夏。欣衆葉之敷陰，訝楞梅之吐火。秋畦離離，黄菊斕斑。爰泛黍酒，駐兹頹顔。懷千古之處士，酹悠然之南山。歲窮境空，長木號風。寒岑晃曜，巋然中峰。渟膏溢銀，噴如飛龍。匯爲澄潭，窮髪鑑容。烹以碧玉之鼎，瀹以雲腴之茗。神清意寒，語爽心冷。蓋將忘塵世之事，而深以内省也。

相彼雙門，囿兹群山。清風常來，客去不關。圖書自娱，鄰社莫干。有堂寬閑，扁兹嘉名。悼白雲之何往？悲先友之日零。瓊樓舞空，清曉萬變。默坐以觀，翕忽詭幻。賓天衢之出日，駭青紅之紛眩。鳥銜煙而辭枝，兔驚林而絶坂。嶺濛濛而人度，露溥溥而葉顫。念哀鴻之相求，時遺我以好音。緣小墅之横岡，花竹儼其成陰。悵舉世之莫從，歌風雨之苦吟。迺歌曰：

歲將晏兮莫留，過故居兮懷憂。山坡陀兮四屬，吾拮据兮以屋。懼世德之顛隕兮，習肥遯以蓋穀。駕余驂兮屏營，耕石田兮果腹[一〇]。究出處之何心兮？幸余髪之未化。爲我語山中之人兮，吾將歸老于其下。

校勘記

[一]『墜』，郁校：鈔本同，或作『貽』。案《漢書·鄒陽傳》：『雖墜言于吴，非其正計也。』蘇林曰：『墜，猶失

也。』賦句蓋本此，或説非是。

〔二〕「回」，四庫本作「連」。

〔三〕「氏行」，原闕，據四庫本補。

〔四〕「匵」，原作「匱」，據《歷代賦彙》卷二三改。按「匵」與下「獨」、「木」等字同押屋韻。

〔五〕「濁」，原作「觸」，據四庫本改。

〔六〕「辰」，原作「哀」，據四庫本改。

〔七〕「濯」，四庫本作「擢」。

〔八〕「萃」，原作「雅」，據四庫本改。

〔九〕「延齡」，原作「齡延」，據四庫本改。按「齡」與「庭」、「靈」、「冥」等字同押青韻。

〔一〇〕「果腹」，原作「腹果」，今改。按「腹」與上「屋」、「穀」同押屋韻。

清容居士集卷二

騷辭附

愍誓哀謝先生

受穆清之元陽兮，一精白以抗修。閶闔睒睒其初麗兮，執正辭以告猷。黯朱光而不燭兮，妖群立以縱恣。飾詩禮以逞誣兮，曰余將焉所詣？胸臆結約而莫達兮，史告之以寡言。心屏營以靡置兮，導旝旆而爲之先。揭德華之魁壘兮，勵來者之不前。一成旅以興邦兮，仡然莫余敢擬。州纍纍以十百兮，夫何寬衣而廣袂？燃積薪以逞安兮，群豢食而自戲。竭精液復疾呼兮，卒莫能進其詞。振飄風於林籟兮，葉脱故而懷新。衆喁喁以雜居兮，謇獨立而號呻。矢危忱於帝閽兮，星委地以如琲。何執愚之慎矜兮，守隘説於顛沛。持空薄之一髮兮，振千鈞於層冰。力弗勝而殆兮，猶誇夫守道之經。企女紀之傾輪兮，極迅翼以恣往。九疑靈妃慘玉容兮，鏗鼓瑟其音蕩。重華倏焉以冥邈兮，凜舊德之日喪。乘桴游於中流兮，海若息波以竚望。棹夷猶而靡行兮，羌何爲乎此路？ 砉然揚靈窮晦冥兮，朱鬣乘旗挾以震怒。澎湃蕩簸激回渦兮，爰深逝以欷歔。懷縮恧而失據兮，寧忍歸夫故居？死無能終報兮，生莫知其曷圖？貴化人之沖漠兮，絜肥遯以自遜。蒙垢紛爲汙濁兮，薄日月之吐吞。鑿門竇於荒滅兮，屏精明以黜聞。超飛霞而上征兮，遇武夷之神君。逝者翳于山丘兮，夸誕逐其營魂。覽三聖之古簡兮，宣尼實爲之彌縫。謂道無古今兮，孰與之傳？虛九九而内明兮，剛柔錯焉以敷宣。翫朝步之奇文兮，握奇五以黜煩。建中極而滅端兮，成品物之自然。湛然一以貫兮，曷知其後先？數京垓以成變兮，迎拒之而莫偏。斂莫知其跡兮，爲道之全。夫形既不可以久擅兮，神與之爲槖籥。迫朝逐而日騁兮，引正命以自絶。棘戔戔于車道兮，精離榦以蕭屑。秋陰憯其淒骨兮，熠螢光之明滅。手三秀而不忍茹兮，腹殷殷其雷裂。奄兮愀兮，忽以放逸兮，何昭昭其章徹？亂曰：玄神凌兢兮，命壽不得長。闒茸曼衍兮，既樂且康。衆皆馴怗兮，靈胡然而秉方？擷雲英兮微光，佩雜芳兮彌章。駕赤鯨兮騰驤，絶六虚兮放八荒。注北斗爲漿兮，内熱不敢嘗。林有桂蘭兮，水有鰋魴。所思弗見兮，奚故鄉？挈眇風兮，樂未央。吁嗟逆化兮，寧怛傷？

廣招

深寧先生乘虬上征，江海殄瘁，湘纍遺痛，千載猶一日也。柳車爰行，瞻望永隔，門人袁桷竊取宋玉《招魂》述《廣招》，以反其義。其詞曰：

竊獨悲此翳濁兮，身鞠恧而莫明。服三后之貞則兮，秉忠純以内兢。繩古義以自抗兮，懍微躬之莫勝。懼天命之不吾與兮，晚更號以深寧。委靈魄於玄宅兮，挾清神以上征。重華慘其無容兮，矚下矩之險隘。侈九夷之曠邈兮，申前聖之遺戒。一去而莫返兮，八靈孰能以震駴？乃命小臣戴縱秉旄，注精高冥而下招，曰：

茫茫封丘，鷵豕萃只。炳靈奔飛，杳交會只。嬋嫣清芬，孰返旆只？縱横幽房，雜厖怪只。魂兮歸來，其益以駭只。東門熒煌，平蕪層陰只。靈宫紫芝，萎以泯只。流鈴摇空，訴夸淫只。玄蛇蒼鼠，若擾馴只。魂兮歸來，激越吟只。蹀〔一〕躞蹂躪，白蟫飛只。滅方鑿迂，傳致以肥只。鬬青綴白，眩纖奇只。折楊黄華，司體儀只。魂兮歸來，彼相疑只。沃隰修畛，鞠薺茂只。狂夫冶游，胡僭後只。南山白石，曷以永年只？式擷其薇，悵周原只。歸來歸來，其孰能庥魂只？愁雲旋宇，陰籟振幕只。素空霏塵，清晝激雹只。虎雌黄目，屏陳設只。精鑿後置，爞蠡施張只。伊嗚仰天，雜猖狂只。甘腥恣睢，禮不可防只。魂兮歸來，悉無以當只。魂兮乘桴，登瀛壖只。海觀日浴，爛紅殷只。晢容長裾，襲古先只。漆書竹簡，遂研鑽只。崑崙穹隆，疑有至人只。妙顔紫蕤，休德日新只。吐珍納和，與道爲鄰只。雕題祝髮，禮讓興仁只。桂蠹咀吞，味芳辛只。幽蘅嘉芷，佩孔文只。相羊湘纍，昒若存只。承挹清塵，徘徊翩翻只。天光淳燿，會弁森扈只。肅容展威，受多祜只。斬几破觚，斯皇輔只。龍圖昭回，布高矩只。開陰蔽〔二〕陽，庶類蕃嘉只。捫歷箕尾，建祟牙只。翦理姦巫，静無譁只。炤示下土，循羲嫣只。河公海神，瑰以迅只。貝宫鮫室，秘怪雜孕只。瓊英琪柯，錯繽紛只。鞭龍誅蛟，霈澤湛潤只。魂兮遠游，戢凌紊只。揚歌舒嘯，化幽憒只。

重曰：嗟所思之不得見兮，儼冰雪之遺容。緊遲遲而容與兮，松柏日其蔥蘢。悵幢帷之咫近兮，長虬脱焉以追風。蜕塵居之險艱兮，捨崇蘭之新封。壎篪迭其和奏兮，聯雲車以陪乘。粲琳琅之遺編兮，俾泯絶之足證。匪離群以自絜兮，誠不忍夫騖騁。超整駕以言從兮，懼見譏乎後聖。揖虚漠而言旋兮，耕書田以振厲。諒神明不吾欺兮，庶終承乎嘉惠。千秋兮靡長，白雲兮相望。魂兮歸來，其毋我忘也。

七　觀

翰林先生納榮息機，謝白玉之堂，將歸于麻源之山房。越公孫懷牘濡穎，託物喻志。考圖審曲，若鑑之納視。言忘而意消，類别而理備。

有郢大夫，癯然褐衣，目不接乎黼黻，耳無聞於律吕。䩞而言曰：『登高能賦，淫曼荒忽。智專者魂强，形滯者物逐。昔吴州來觀《詩》東魯，言有度，徵有據。厲階於枚生，濫觴於曹王。先生楚産也，雲夢汗漫，巫峽巑岏。胸藏腹蟠，公孫不足以教我。先生殺青南山，積簡羽陵。若網有綱，若墨有繩。舉凡暢微，我其聆諸。』

越公孫曰：『太素烟熅，清濁奠儀。雨風露雷，動植攸孳。辨方審良，民用不疵。六氣以沴，日夭其世。彼諄諄者皇，曰汝命實長。厥土燥剛，相其温涼。我生命在天，順以受年。巖居谷飲，中道以隕。執書以觀，有涕汍瀾。陋彭鏗之逆理兮，何恣縱而益顔？言技可以進道兮，吾當繇是以返觀。納腸補藏，憯忍莫竟。石立土踊，孛彗迕逆，吾猶以爲天地之病也。修身俟命，道之大經，先生之正也。』

大夫曰：『神之所行，何體何方？拘者爲儒，請更端以告僕夫。』

越公孫曰：『靈曜宣精，五紀順明。察幽考微，法天以行。形氣芸芸，吉凶卑高，觀象以分。韜兮靈根，感不以言。繇動彰靜，百神受祐。虚者爲音，質者爲數。昔后稷氏之職，黍稷薿薿。智者過謀，胡盡其地力？民日作慝，相攸食墨。風雨斯蔽，連雲岌嶪。飛不得垂喙，履不敢仰視。旁營萬家，地記萌牙。赭衣僨蹶，而淮水復絶。鑄鼎伏姦，能沈于淵。吁嗟而求，桑林之羞。要荒擾馴，王會盈庭。獻琛效珍，物不可枚陳。雞豚以時，父恬孫嬉，何助邊蔑思？屈曲洲島，家累千金資。先生昔居列仙之館，據要集思，謂象以理明，妖由人興。守諄芒，法清寧。卻走馬于郊，謝重譯之雉，陋三脊之茅。熙熙陶陶，舒舒夭夭。不言而歲成，無營而事貞。夫子不云乎：「一致而百慮。」其是之謂乎？』

郢大夫曰：『泛觀博聞，於道彌損，願滌耳以抉其藴。』

越公孫曰：『粤昔尼父，唯俎豆是斅。擊刺坐作，因民以教。蒐苗獮狩，車徒卒究。厥今輿圖，八表同曆，四貉交軌。月窟風丘，冰天桂海。馳心望雲，請命款塞。千廬星環，八屯山列。羽林繙經，飛騎鼓笈。然而樂成者難與圖事，守文者不足語智。嘗聞之，兵農同封，耕戰同功。魚鱗雁行，敵莫我敢當。府散籍移，萬姓流離。强帥拉脅，外寇憯肌，卒不可拄支。後王鑑觀，法日以繁。厖者罷者，恇者羸者，駢頭引吭，食粟而嬉。開門納兵，百郡是師。何草廬高吟，崎嶇雜耕？何杜氏之子，傳癖孔深？而緩帶以征，射以容觀，劍以氣言。批亢擣虚，孰知其隅？折衝厭難，莫窮其畔。至若握玄圖，視龜文，縱横起止，與《易》象相表裏者，驟語之，吾懼大夫之竦眙也。』

大夫曰：『兵者，不祥之器，未效此知也。』

越公孫曰：『炳靈心君，闢乾闔坤。情聲相宣，立度出均。昭昭鴻藻，緗縹是存。敢先論楚材而言之。漻漻乎形，畏垢而將翥也。霏霏乎睫，承露而欲訴也。荒蹊斷葦，燐滅没而疑聚也。織文揚徽，攬芳菲而雜組也。少焉商飇號鳴，金石琮琤。逐虎搏兕，鞲鶻鏇鷹。寄莽蒼於一瞬，乘扶摇以孤征。終緩轡以就日，愴倏淪乎西傾。噫！悲何爲哉？古有巖居之士，抱奇抉幽。漱芳深林，憩寂凍流。憺乎其若遺，窈兮其若留。鉤盤助之爲回旋，虚牝荅之爲獻酬。猿三疊而墮淚，鶴九轉而凝愁。鉤玄探微，迄無終窮。瑶席敷張，高歌慨慷，語初麗而終放，託餘韻於宫商。然此其戔戔者耳。攟拾蒼雅，刮磨誥盤。微粲貝編，飛英露溥。何譏乎肉食之鄙？猶鄭穆而魯桓也。大夫不聞之乎？鐘石絲竹，各隨其聽。隆汙有時，其所遭者命。摩盪堪輿，吸呼羲娥。矢爲帝詞，叶爲賡歌。五嶽贊襄，百靈護呵。不棘不茨，如砥如磨。發潛漏泉，掖民陽春。瑰逸爲新，簡絜爲真。列若户居，別若渭分。雍容者珩璜，沖遠者英莖。縷絶而緒續，醴甘而齊清。昔之擅名偉著，耿兮其不能以十百程也。浮聲切響，直意肆志，澎湃訇溘，滔滔莫止。據理者夸，飾言者哇。嫫母兮姑射，鉛刀兮鏌鋣，謇莫任兮奈何！』

大夫曰：『文章與政通，玉署之職也。文勝質則史，更言其大者。』

越公孫曰：『矻矻中壘，校讎靡寧。《世本》年紀，繫于麟經。捨相府圖書，泯其緯經。炳麟金匱，汔罔敢酡。迺司馬氏，決榛鋤翳。麗者爲譏，激者爲剌。升陟世家，表籍作紀。言諸侯無史，史立周圮。鄙儒晝墁，削章删凡。爝火並日，卒澌盡莫傳。昂昂荀袁，辭約義完。何班范家至，耿光綿綿。相繼擬述，百世一律。素王簡編，如日在天。熒煌高張，孰敢附肩？鴻化以漓，研探益疲。穢者闒者，襲者濫者，澳涊畏禍，希企市價。諂不表直，俚不師雅。若聾鼓鐘，若盲策馬。《元經》附訛，唐曆受呵。後有紀略，迄莫同科。尹石猛志，證古比事。百不一試，歐陽氏出。方名山所藏，復大同而小異。勢不兩立，其魯史之謂。厥今繫諜川盈，記注櫛比。故志存廢興之源，典章酌損益之致。登瑤山而神駭，游鄧林而目眯。般倕效吁，隨和發涕。操觚之士，吾將見其心赧而神悸也。先生登秘丘，覽群玉積石。倉標朱目，墨兵筆削。融液乎粹精，囿赫胥，鄰大庭。大夫宜從下風而乞靈也。』

大夫曰：『皇王惟熙，帝霸孔巇，我心增悲。韓愈不爲史，名以四馳，何庸知焉？』

越公孫曰：『煌煌古帝，別生聚方。焕乎陶唐，五服正邦，五典率常。導之無違，民用熙熙。授之以時，聿來孜孜。降于三王，厥緒曰孳，集成于蒼姬。黼黻憲章，金石命令。緝熙太和，宣昭群姓。纖鉅之備，粲乎其有秩也。豐殺之制，屹乎其有截也。三光重輝，百辟拱列。歲時易移，而浸淫蘖芽。弱者綴旒，强者鋋戈。智者探囊，勇者拔河。搏犀象，屠蛟鼉。飛矢請命，旁午係車。焱乎浮雲，迅乎奔塵。炙轂滑稽之士，紛然而並陳。棄仁恩，假鬼神，混君臣，各馳騁而懷新。數千百年，人亡而説具。勞乎離婁，不足以一視也；繭乎王良，不足以一御也。其最大可病者，恬泊守真，可以養身，不可以治民。絶性棄命，黔首蠹病。孟軻氏有作，吾見其髡鉗而舌咋也。』

言未既，郢大夫曰：『天藏山中，瑾瑜匿瑕。問以辨之，厥德日華。儒者詬病，卒不能以勝。何道最高？子盍陳之？毋激毋勦。』

越公孫曰：『古昔齠童，受業閭塾。書數首通，訓故是屬。聲歌象舞，目接身服。相親有恒，日用不瀆。後帝不相襲，緣祀興文。八音寥寥，五禮紜紜。鏗鏘莫明，而聚訟若焚。鄭説乖誤，後圖踵循。象制益湮，《周官》别出。議者欲一，繁紊綜錯。操網而入林，適越而轅北也。類禮孔勤，五厄莫存。後有倣補，去取未就，卒乘虬驂雲。字以文合，聲以音比。旁行敷落，侏離狄鞮，文軌同風，不能以一致。孔壁莫推，二經蕃蕪。聱牙爲今，簡儷爲古。謂道統是傳，曷敢有語？《詩》基文王，而周召先興。首章異同，衆説沸騰。風雅變言，美者爲訾，直者爲詆。《魯頌》紀異，《秦誓》告終。何後學瞢瞢，迄莫之通？麟麟魯經，議口法吏。謂齊晉無褒，而日月具刺。紛若蠭蝟，眇若糠粃。不虛其心，不明厥視。遺珠抱疑，探篋積毁。然此特人文之經緯，政治之用體也。三聖述作，包河總洛。二儀生於心，萬化制乎神。迎之而莫親，拒之而彌存。疑者遯者，愕者困者，湛兮消兮，委兮昭兮。沈思遺物，形離超兮。激迴飆兮，闃而寥兮。縱雲翱兮，憺兮儒先從我招兮。

郢大夫曰：『始吾見公孫，疲飲若不足，突梯若避辱。靡精槁神，何斷斷然也？今知子矣，永譽處矣。吾與翰林先生徜徉此土，小年大年，猶以爲朝暮也。』

桷不佞，遺諜守儒，號東南故家。志學之歲，先子命繕治書録，觀史志略録部第，時見舛雜。稍長，得博考先賢藏書總目，矻矻三十年，合傳短長，迺成一家。承旨程公作藏書山房于麻源三谷，命桷賦之，遂作《七觀》，極道源委。延祐三年歲在丙辰七月癸丑，會稽袁桷誌。

嶽麓圖辭二章

其一

嶽司南兮齊紫冥，懋陽德兮炳靈。二老兮素綦，握鴻濛兮矢詞。百泉兮一谷，釃爲川兮爲瀆。玉霏霏兮日光，湛淵默兮含章。至言兮在圖，同八方兮遂初。重華逝兮不返，晝猿啼兮虎當坂。

望臺兮蘼蕪，蹇一士兮拮据。百楹兮承宇，㪷山瓢兮以爲醑。松風泠兮琅琅，儼振佩兮高岡。朱羲出兮揚靈，積陰伏兮大明。百泉飲兮在齒，懔交流兮不可以止。嗣德兮孔艱，清徵激兮回瀾。

其　二

悠然閣辭

鄮之西兮峰圍圍，虎豹屹兮雄姿。綬蜿蜒兮紫屬，旌駿駹兮虹垂。之人兮槃阿，畏羲娥兮高駝。築榮觀兮通明，手參差兮以娱。楝隆兮示背，榮翼兮聳喙。鑑滙雪兮鄮之區，捄有匕兮日㪷。採鞠兮黄裳，緝萸兮紫囊。芳冥冥兮夕暉，憺獨睇兮擬所思。雲飛英兮山之阜，爲予留兮不遐以處。秉貞兮神專，觴彌劇兮益完。山中之樂不可以久，遲予返兮悠然。

楊堅州治孟津金堤成作金堤辭

波湯湯，齧我堤。民昏墊，晝負擕。地不寧，緣木棲。楊侯之來承帝則，順事陰氣神以懌。赤蛇蜿蜒吸桂漿，百谷受令故瀆常。彼隰柔桑，猗澤維秔。侯言神綏曷敢功，民言侯績天心通。百妖伏精，金石宣明。三旬有役，金堤是復。

石田山房辭

大梁馬伯庸寓居光州，作石田山房，爲作辭曰：

淮斂波兮練繒，峰植秀兮翠旌。蒴黄榛兮布耕，石戔戔兮稜稜。思夫人兮造攻，雲雷合兮追鋒。遺鏃兮齧足，壤逸休兮果腹。神符一兮告祺，藹惠則兮貽思。靈之來兮歲祠，不鄙夷兮以嬉。疏房兮笴席，温風至兮靚密。儼竹素兮横陳，曰靜修兮手澤。世芬兮日起，百稔兮無斁。石田兮有秋，累胼胝兮吾奚以愁？謹樹藝以自勗兮，植先德兮無媮。雖本兮穎豐，導泉兮澮通。夫豈不知有善歲兮，吾曷敢燕遨以幸逢？望八公兮巖巖，王孫悄兮莫還。積荒幻以自迷兮，捨息土而弗芟。衆芳婉其披離兮，秋霜慘不能以實。謝紫芝之療飢兮，治精鑿以煉質。

亂曰：苗詵詵兮，善吾耘兮。日出作兮，永裕樂兮。學猶殖兮，吾將以爲則兮。

雪江圖辭

雲玄積兮素摩，挽羲車兮馮河。蘆戢戢兮倒戈，岡伏匿兮鸛鵝。昭朗兮夕徹，群動寂兮影滅。超逍遥兮一舸，食穀精兮腹羸。地險兮曷憑？馬飲波兮夜騰。委素練兮宇清，舉皓首兮吾奚以屏營？

垂綸亭辭爲宋誠父作

漢滔滔兮日傾，東滄浪兮泠泠。蹇一士兮沈冥，垂芒針兮不屑以罾。明玕兮貝宫，朱蔚兮青蔥。魚戢鱗以爲衛兮，龍騰章以屏氣。謝娟嬛之嘗巧兮，口垂沫以縱恣。吾寧養之以歲年兮，寶秘鬱而不宣。豈直鉤以違衆兮？守釣道之自然。時至而迅舉兮，匪荒幻之詭誘。保貞志以遂初兮，考銘言于耆叟。世俗眇其莫同兮，永訖依夫前聖之所究。

巨峰辭爲吴成季作

千嶂兮嵚崟，特峰挺兮絶垠。泉交流兮織文，粲霄臺兮鱗鱗。檜節兮松纛，接路兮以遨。儼至人兮清寥，休德新兮日昭。神曾舉兮重玄，大帝儼兮授簡以宣。曰渾沌其無跡兮，孰爲之傳？氣積兮九乾，五緯從兮右旋。逆知來兮順以往，握靈機兮測天狀，葆正命兮滅企妄。受帝語兮還神京，山之下兮雲亭亭。澹獨樂兮復丁，則泰始兮道甫成。

雲中辭

氣芒忽兮孰窮其升？淵迴旋兮挾以騰。圓爲輪兮直者繩，握斂散兮莫名。山之椒兮日暾，彼獨黯兮上屯。從豐隆兮駿奔，需不進兮惛惛。下土兮垢氛，靈夷猶兮曷存？炯余視兮屏息，桂酒斞兮瑶席。法玄化兮以康食，神功胳兮奚以跡？衆甫集兮粹精，憺將逝兮廓清。

春雨辭

玄陰固兮内凝，滰薈蔚兮溟沐興。注兮建瓴，疾兮灑兵。下土兮沃焦，賽徜徉兮紫霄。來弗以趾兮，去莫可招。澹幽士兮空山，息視聽兮玉顔。帝青廓兮籟沈，虚牝汩兮潺湲。謂彼有聲兮耳益以聵，疑不釋兮詢于大塊。

義婦辭 東平孫珪妻盧氏

彼棖煌煌兮，過者式之。黯予心之初兮，孰或測之？紡兮于房，伊雛孔傷。饋兮于堂，我姑永望。余不聊生兮，矢神告之。歲月遷流兮，卒乃復之。鸞鏘兮飛鴞，松柏茂兮朝露沐。石可泐兮志莫虧，儷舜英兮介壽祺。

哀蘭操

盱江吴允文，咸淳末與家君同佐江東幕府。允文慷慨喜論功業，倚青溪檻，張髯頓足，籌邊事，歷歷在口，傲視府公。每一至賓次，席甫坐即去。督府舟抵龍灣金陵郡，文武郊迎，謁入皆謝不納，獨允文立江亭掩袂大慟，必求見始退。未幾，以王官教授名。方是時，江淮幕府僚佐言性命道德者，悉詭號爲知兵，得入朝言事。而允文疇昔素論兵，尤奇偉可聽，故得驟遷爲起居郎，復直舍人院。流離南方，寓虔州。時文丞相總兵，兵浸弱，允文復以平時論兵，丞相獨傾下之。兵日迫，丞相酒酣，與允文論生死，允文未及答，丞相呼軍校斬之。噫！允文要爲奇男子，其未答也，抑將有所爲也。棆九歲時，嘗拜允文於家君坐上。想其風采，凛凛猶有生氣。今睹所作墨蘭，不自知其悲之無從也，作《哀蘭操》以矢之。暇日當弄絃繹聲，以配易水之悲壯。

幽蘭兮秋風，炯命兮不逢。剡剡兮素葩，零露裛兮莫持。望崇岡兮不得返，悵江南兮愈遠。叢棘兮戔戔，欲駕兮無轅。孑中野兮屏營，芳隕失兮玉零。謂我爲非兮吾何辭？已兮已兮其將何之？幽蘭兮勿悲，生失據兮死有期。思夫君兮意極，從逆化兮何隳？

蘭竹操爲子昂作

柔者不卑，剛者不凌。貿貿雪霜，心兮以寧且清。噫！招過學恭，吾曷敢以從？彼高者砠，彼俯者磧。各全以生，不媚奚慝？尋不可以枉，寸能有所長。亦獨何心？兹奚以傷？

戔戔兮叢棘，高者下兮曲者直。揚靈兮靡慆，介石兮誰瀆？功成者去兮，孰尸其榮辱？爲佩兮弗忍以刈，爲杖兮弗忍以戕。杖弗以扶危，佩弗以服香，其咎曷當？履維德基，其無缺以自瘝。噫！

黄可玉哀辭

孔子敘逸民，所尚不同，愛其近道。吁！是有感於世也耶？又曰：『不得中行，必也狂狷乎？』狷者，有所不取矣。剛絜養正，矯矯然離垢立奇，語益不合，行日以褊。若是者，誠不取矣。苟爲之，不能知，知之而自警者，得一人焉，曰南康黄先生可玉。

可玉名石翁，世儒，家居廬山下。少多疾，父母强使爲道士。讀聖人書，能知其心，謂道與言不可以有行也，必藏智頹放以自養，約結制行，非介以爲異也。其著書極於憂患者，困之通也。嘗曰：『曼容姱節，支離不能也。平世易足，吾何爲乎是？』空巖隱穴，廓然契領，至則曰：『游聲養名，非士之實。跂而望之，去聖逾遠。』故其所爲詩文，靜而不馳，溢於哀忿。則可玉自號之曰狷叟者，其果知矣。

可玉所居室多唐宋雜跡，間疾作，閉户，反復在手，疾止，危坐若思。客至，馳辨榮辱，可玉閉目不復答，而人始咎之。嘗與余言：『吾鄉善醫曰劉開，能已奇疾。里人病噎嘔，藥不愈，劉往視之，云：「廬山某日雲氣開，君憑軒眺引之，當愈。」後卒如其言。余少固多疾，今疾益劇，不知用劉治法可已否？』相視大笑。

余來京師，報書言：『茅山陶公《黄庭》出，可急購。購成，當同議中黄畢法。』未幾，竟以疾死。嗚呼！可玉言：『幾六十，死矣，曷哀也已？學老子道，志於壽，余不志爾。』謂其世無似而哀者，亦介之的也。可〔三〕玉砥礪志節，歲久益湮。讀其自爲銘，知可哀也已，故爲作哀辭。辭曰：

朱光絜精，受昭質兮。熅熅靈根，曷幽鬱兮？鉤深索奇，儼古聖兮。德充以尊，履制行兮。卹彼拱璧，奠皇圖兮。劇以爲隅，衆引誣兮。呴俞突梯，道之非兮。挾軥以行，慎樞機兮。層冰在蹊，踐其絜兮。幽蘭允芳，誠不敢裂兮。清玄返真，氣始升兮。謝彼菀濁，超變騰兮。空山闃虛，蕙蒸殺兮。滃焉白雲，從我招兮。

林彦栗哀辭

道家言：『黜聰明，去健羨，形神始完。』是果爲得道耶？古者上壽百二十歲。竊不死之説者則曰：『修之益真，其道彌親，壽而無德與名，君子恥之。』故修短有命，遺壽焉猶可言也，名德不至，其澌盡腐滅，又安所取哉？古之人若是者衆矣。

永嘉林寛，字彦栗，形癯而器温。其於學也，汲汲然逐日以補，有不足焉，則力探簡册以自證。其爲文，必達於理，而始精於詞。謂詞者載理之具也，理不足，焉詞？雖精，無益也。深思以求之，旁取傳記之説，剿絶傅會，據宗統原，以會于一。復懼其未盡是也，則秘重自念，將周游四方，闕疑廣聞，目擊而心領焉。噫！若可謂勤也矣。

道散於九流百家，彌綸者至矣，其弊有不勝言者，泛濫俚雜，尸坐瞠目，漸入於無聞之傳。余嘗察彥栗，知其心有深憂者焉。余始見於姑蘇，氣和以謙。再見於京師，愀然以思。取士之道非一，嚴畛域，析毫髮，有司者之過。遺逸不舉，則凡吾徒在官者，誠有罪矣。彥栗志不在是，推彥栗之志在問學，爲之而不克就，若是者，是真有命矣。悲夫！延祐六年三月卒于京師，年□十有□。其弟宇友謹哭曰：『吾必奉喪歸姑蘇。姑蘇，吾先人所藏。』遂爲之辭，以申其哀焉。辭曰：

氣清明兮受元陽，德弸中兮闇以章。絜太古兮儼九皇，播絜精兮瓊圃芳。力未具兮志則專，一葦渺兮濟巨川。慨不進兮道遠邅，白晝速兮陰風旋。數實紀兮吾何愆？路孔修兮神獨還。靈旐翻兮木葉丹，儼夫人兮在空山，玉蓉冠兮紫佩蘭。

玄教大宗師返真朝元歌九章以前導

其一

雲飄飄，丹臺何岧嶤。中有授經之老顏不彫。三光盪摩，四時代謝。神來歸，靈承帝，罔敢替。謁珠庭

其　二

寥陽空洞，六聖儼思。九垓熙春，群黎受禧。昔騰章，閶闔通，金書儼在水旱功。朝重華

其　三

五嶽奠形，飛車揚鈴。翔鸞騰，晃金精，下視垢濁何沈冥！昔者之來運有遭，今者之往清且遨。神虞娭

其　四

匪衢以乘，匪車以征。蓋葺兮摩旌，洞簫激兮泠泠。磅礴一氣兮冥冥，精思道樞兮跪頫聆。玄雲駝

其　五

玉几差差文織成，龍章鳳翥相緯經。大言鴻濛，小言毫銖。道在瓦礫匪別區，念昔人世我非娱。啓圖籥

其六

煌煌文成，厥胤嗣昌。靈之紹合，永貞陟降。四紀心兢兢，視彼成虧凛春冰，高朗脱屣辭世榮。靈肓光

其七

簡兮無言，默兮若存。生以不生爲根，死以不死爲門。絶學丕傳，黜其知聞，五千之言世永傳。握重玄

其八

熙洽休明，紫蕤朱英。侍帝左右壽考寧，啓祐玄緒何繩繩。嗣昭代，歲無害，佩鏘鳴兮衣綷綵。昌期運

其九

高維松，層岧岧。斂玉顔，養金膏。鍊形以昇朝帝青，周流萬變鎮神京。佳城高

校勘記

〔一〕郁校：「蹀」原誤「題」，鈔本作「蹀」，今改。

〔二〕「蔽」，四庫本作「閉」。

〔三〕「可」，原作「伯」，據上文改。

清容居士集卷三

古詩四言

再從姪瑛幼孤學道龍虎山自傷不能鞠攜述祖德以勉之

煌煌玄胄，家越徙鄞。隱道閟躬，三世養真。是生祥符，觀光績文。占籍浚儀，佐邑孔勤。粵有光禄，亦奉于越。聿魁開封，老守于括。少保恂恂，卑退靜閲。太保靈承，逃難乘筏。大耋韜明，閭里胥洽。篤生衛公，喬柯茂豐。敦讓貽則，攝獄自公。絶蔓秉仁，千人著功。冥報氤氳，維垣錫崇。於赫少傅，受學族祖。諱覺，有《書解》行于世。正獻亦師之。習繹典謨，正獻同宇。正獻首科，少傅踵舉。正獻淳熙辛丑登第，少傅次舉于鄉。衛公夜夢神告曰：『汝子宜遲上南省。』甲辰，闔郡被黜。淳熙丁未，中丙科。三歲學于正獻公。復師以研，繄我族父。昭穆會稽，非宗疇譜。同源迢迢，宴堂是敘。少傅挽正獻詩曰：『宴堂聯族子，講説後諸生。』相臣嫉忠，同黨同錮。韓侂胄擅權，正獻以太學正罷，入僞學。少傅以論蘇師旦，亦廢。正學勃興，象山武夷。相繼登朝，奉常羽儀。維我少傅，抱其魁奇。曰經武有本，日用不疲。絶幣罷書，感勵孜孜。迺登東觀，迺佐宰司。歲爲闒茸，正肅冠廷。嘉定甲戌，正肅進士第一，正獻秘監兼祭酒。當是時，越公爲秘丞兼樞密院檢詳，越公登第已二十八年。正獻休休，少傅繩繩。載史纂謨，致事以行。少傅作程，均贏紀經。翼翼京邑，十載敉寧。憬彼介狄，迴戈指淮。鐵駟匽喧，爲厲之階。公在宥密，展誠弼諧。悉卒宵征，拉其妖霾。總戎輔京，秉纛受齊。李全叛，以同知樞密院浙西制置使。姦沈于淵，公歸在里。徽彼壽俊，縣車告止。于時徽公及東陽葛公、参政宣公，皆不至。三公年皆近八十矣。三啓公府，永楚賜履。復荒于齊，終越以祀。冢子廬陵，克謹其承。曰惟瑞安，儉不近名。生我俊兄，志學蜚英。上試銓曹，計偕薦膺。余年尚孩，企焉戰兢。女紀既蒙，訖籙更符。匪曰愚智，阨窮同塗。火焚高閎，戚戚告瘏。不敏其芸，莫植其居。泯奄長夜，晝然永徂。念子之稚，孔嶷孔朗。不寧以餬，俾游沉荒。我雖異途，與汝同情。無爲誇淫，無溺燕朋。壹爾氣神，履冰奉盈。我宗匪微，德芬匪沫。來者之榮，逝者之戒。沾沾懷新，不究其敗。鑑彼太素，曷其有壞。述我祖德，送爾言邁。匪窮詠歌，申以用誠。

張孝子

汴張元綱之父爲南陽屯丞，母卒焉，葬於府之南灘。元綱痛不得復于里，銜悲茹辛，縮板負土，崇爲堂形，尺以二十，周廣之度十有二尋，屹然而嵬，望然而臺，甃以陶甓，堅靚慎密，構亭于中，以庥其神。屏傭役，躬畚築，謂鞠育之義，由己而始盡。於是，朞年迺成。河南田君秀摭事徵實，謂桷俾有述。詩曰：

粤若古先，巢穴奠居。𧦝𧦝其仁，詵詵其愚。返真玄丘，精糜魄枯。如蜕斯登，如鷇斯哺。後王後民，百幻具師。顧瞻本初，寧不爾思？蘽梩蓬顆，愓焉表微。歲月既遷，孰封以機？窮慆恣華，輟泣而誇。力殫于民，禮廢于家。千夫丁丁，逞巧莫譁。風淫雨饕，卒爲泥沙。嗟嗟小子，内省是嗣。維張孝子，無貨財是恃，無奔走是俾。宰如嵮如，惟手拮据。夕號其陰，朝升其墟。我心匪墜，我力匪痡。焦肺愓肝，翳翳慈顔。曰天有命，兹土是虔。宛彼飛烏，亦集于原。隱而卒之，有阜孔堅。魂麻于所，不畏不侮。汴水湯湯，其流匪沮。孤征云邁，入此室處。申以顯之，以詔爾永慕。

徐母表閭

大名徐夫人以節名于夫宗，晚居錢塘，有詔表閭江南。於是，其子大夫公執憲東浙，食豐享榮，侈且至矣。廣彤管之懿，傳青簡之信，春容整嚴，執筆林立。四明袁桷廣爲頌詩，以備遒人之採。詩曰：

婦道貴柔，厥義彌剛。柔以内施，剛以外防。煒煒秀芝，空林自持。永辭春榮，三秀何虧。維魏徐母，玉雪其躬。端操静閑，凛焉高風。念昔悍悍，黄鵠孔悲。婉彼孤雛，不能奮飛。春條其桑，秋勤其穡。聿懷深憂，世德靡忒。漢嫠張芝，歛卻駙馬。黄髮稜稜，高秀里社。蜀女周度，斷髮表心。矢言堅石，厲躬鍛金。沛有桓女，少名其宗。援刀割耳，之死莫從。繄此三粲，代表其閭。垂裕莫聞，靖言長吁。桓桓大夫，退食自公。擊鮮具甘，是宴是崇。勗哉大夫，教忠于朝。養和服寬，慈令孔昭。四海晏清，士節莫著。歸爲閫範，陰教是助。雙闕峨峨，天澤所表。維夫人節，維大夫孝。我庸孔勤，亦莫我敢效。歌此擇辭，永言申之。過者必容，四方其訓之。

致樂堂爲鄱陽周南翁作

有嚴周門，寢宇孔齊。温其碩容，西南有闈。爰琢甓楹，爾養爾承。慎而絜清，以燠以明。維大夫母，柔恭俾壽。嗟余季來，教言孔懋。木之彬彬，視其同根。有濟者雲，孰隮而升。伯也于房，仲氏中唐。先子之淑，翕焉以光。我堂如跂，我懷靡止。載車以行，不竦不倚。周京斯弁，旨甘有衎。匪旨甘則怡，樂且靡違。彼堂在阿，樹松峩峩。黄髮番番，童舞婆娑。于以樂康，於焉作歌。

臺氏舞衣堂

彼崇者堂，白雲中央。蒼蒼維松，舒泉湯湯。有羜孔碩，有醪孔芳。差池東西，率祖以行。令德允修，不震不侮。孫曰吾祖，祖曰吾父。服其斑斕，式歌且舞。飲以大瓢，爰擊其缶。維詠維猶，垂手以招。有髡者髦，彼雛夭夭。永祈黄耇，福禄宣昭。左右承翼，見其二毛。厥居安矣，亦既完矣。樂時永清，俾廡俾蕃。肆其幼儀，雝雝桓桓。宜爾雜服，終焉考槃。

古詩五言

舟中雜詠十首

其　一

好花避車塵，飛入黄河洗。河流政茫茫，一去不得底。納汙有至道，胡爲愛清泚。念兹物理深，玄籥從此啓。

其　二

飛雁翔南雲，避就端有得。舊年春風歸，雪花大如席。陰陽眇難窺，造物司其職。慎勿事炎涼，來往任行役。

其　三

道逢射生船，有鶴馴且臞。青絲閉其目，病翼寒蕭疎。皋禽九天來，此豈真吾徒。獨憐〔一〕羽毛似，盤桓爲長吁。

其　四

家奴拾枯草，走兔來相親。生來不識兔，卻立驚其神。行人笑彼拙，歸來始嚬呻。乃知特幸脱，未信吾奴仁。

其　五

白葦生寒沙，殘花摇敝帚。燕都百萬家，借爾作薪槱。物微生最下，功用迺堪取。大勝桃李花，矜矜鬭妍醜。

其　六

清夜視北斗，正色摇我前。迺知中州殊，譊譊浪談天。召公化南國，美教來自燕。乾坤儻一致，地氣何由偏。

其　七

紙鳶帖晴空，飛輪走盤綫。東風恣昂藏，得意隨手轉。攀雲政相喜，墮地忽復怨。兒童豈知此，得失終戀戀。

其八

惡馬少駕車，駑馬多駕船。駕船勿戚戚，駕車何翩翩。渠命有通塞，誰能别媸[二]妍。君看鹽車下，淚隕如奔泉。

其九

春菘種北土，三年變蔓菁。一爲居養移，自覺顔無情。南山植松苗，深根定生苓。千年化豎魄，豈比春菘榮。

其十

鸕鷀漾晴空，意態極楚楚。翻風蒼雪迴，轉日爛銀舞。盤旋傲飛鴻，清遠敵凡羽。須臾下魚陂，愧我覺疾去。

車行二十八韻

乘車古云貴，此意昔空羨。河流露枯沙，桑本接晴甸。大車蓬蓬前，小車轔轔殿。高緣縮先登，卻立駭所見。隆如龜戴殼，縛如蠶裹繭。效駕何昂昂，帖耳復戀戀。高岡互回伏，遠樹時隱見。襌趺恣掀簸，尸寢作瞑眩。初疑肝膽傾，漸覺手足顫。兩耳傳鳴雷，雙眸瞥飛電。縈迴蟻旋磨，局促蟲負版。戚速急欲戰。馬悲望雲嘶，牛走見月喘。惡箠恣調伏，詈語極鄙賤。中宵不知勞，亭午輒告倦。揩摩髀消肉，舍弃足成趼。藾甃朝飧薄，重勝春醒湎。土霧散游絲，沙塵起飛麪。咫尺方欲離，頃刻已莫辨。素衣緇漸化，玄髮白新變。人言道途苦，我意舟楫便。雍容漸追昔，麗縟時想緬。輭輪貴尊賢，下足表置傳。曳柴清時羞，高蓋群牧選。況兹軌轍同，及此寰宇徧。詩成記勞勸，旅次時慰唁。

餞王參議十首以風帆目力短江空歲年晚爲韻

其一

澄觀學求道，八景雲青紅。上畏羲娥流，鞭霆跨追風。相知不在貌，相見誰爲容。持此金石心，坐閲寒暑中。

其　二

昂昂萬斛舟，浩蕩揚雲縿。好風助其端，瞬息千里颿。層波激飛雪，正色令愈嚴。坳堂覆桮水，止足拘庸凡。

其　三

昔年九方皋，相馬不以目。想其遺玄黄，神氣洞馬腹。東方有一士，被髮羮不肉。居然使之來，不復困邊幅。

其　四

浮榮一羽輕，至道萬鈞力。達人固靈根，清静執寧極。淒涼江海念，别至勿戚戚。空餘好賢心，一矢貫千的。

其　五

魯聖勤經綸，坐席常不暖。事來非其意，稅冕或恨晚。每懷千歲憂，百歲常苦短。扣牛有真理，短褐歌石爛。

其　六

機心起風雨，平陸能成江。苟非養其恬，事至誰能降。此心皦明月，爽氣通八窗。長空掃林莽，寒飆助春撞。

其　七

鉶羹有至味，易牙敢加豐。醯鹽强調適，衆口終難同。澹泊本真性，清淳豈纖容。一朝饗帝所，祥雲藹晴空。

其　八

文章工世姝，此道非真詣。有如東家施，捧心學夭麗。公文雲雷尊，落筆即千歲。棐几生晴漪，三沐古錦藉。

其　九

平居挽士意，寶鏡懸秋天。清影閲今古，寒光萃蚩妍。淒涼塵土姿，朗鑑勞評銓。相親耿無語，相期欲忘年。

其十

雛鳳棲桐枝，清音起沖遠。英英異群羽，秀色日以婉。詩書有真託，我輩同一莞。深根在永閟，衝霄未云晚。

次韻虞伯生夜坐二首

其一

炎晶爍草露，木末望西顥。靜躁誰爲尸，翕忽紛寸抱。志士法天運，炳燭不在老。群經固其郛，積神以爲寶。陋彼多言生，希名太玄草。山林詎心違，歲月付幽討。擾擾徒爲名，努力在此道。

其二

地氣環中州，橐籥均宇內。中宵炎溽頻，露坐猶憒憒。遠窮太古雪，欲往終有徠。馳神極寥廓，我筆不可載。棲形竹素園，萬化等歷塊。相期江湖深，慎勿寒暑礙。秋風起天末，紉蘭結幽佩。

次韻伯生二首

其一

弱冠事墳典，里曲譏涼涼。螢爝不勝火，矧敢扶朝光。驅車出門交，一粲逢清揚。罍尊實玄酒，至饗不在觴。慎勿飲世人，徒令攪空腸。紛綸五經學，遠祖遺仲翔。知賢恨已晚，相見復慨慷。

其二

至道縣日月，無言炳陽秋。辟世端有方，低昂少淹留。汲古理修綆，寒泉漾清流。永懷魯兩生，議禮終秉周。我言失造次，燥吻譚郊丘。此悔行已止，歸田賦宜休。空餘六籍意，歲晚期冥搜。

再次韻伯生兼簡仲章二首

其一

重柳積清潤，曉日疑蒼涼。萬化同一氣，斯須變朱光。夙志尚幽隱，清夢時悠揚。愧非酒中聖，客至同覆觴。委心理縑簡，念至迴中腸。時節忽已迅，秋雲雁南翔。相期慎素業，載歌慨以慷。

其二

俗士同酷暑，可人似清秋。邂逅得二子，傾心爲渠留。相望塵隕霧，相親汗交流。積雨暗京國，苔痕生道周。神交徑心醉，何必登糟丘。著書君已定，彈冠我當休。唯餘舊詩律，支頤費雕搜。

伯〔三〕生詩律清遠少與之比嗟歎不足復次韻二首

其一

皎皎明月裾，美製異尨涼。薄游起嘉譽，妙選歸明光。濡毫百王度，麗思方抽揚。澡身佩璜琚，慎德銘豆觴。蕭艾不並處，三嗅懷剛腸。永愧斥鷃姿，側身廁鵬翔。終然願胥附，竭誠以慨慷。

其二

玄鶴警清露，遠思凌高秋。長松有佳蔭，嘎然爲之留。譬彼明月光，那能染黃流。洋洋日以往，天風迴不周。畏此颯爽涼，行當返浮丘。同憂有奇士，詩來賦歸休。遺經倘可理，墜緒期旁搜。

鞭馬圖為狄誠父作

生駒萬里意，所向知無前。圉人忌其德，未試先加鞭。要令俛首馴，使我常相憐。伯樂死已久，此道不復傳。駕車困泥塗，伏櫪老歲年。所用非所養，誰能别蚩妍。畫師逐時好，謂爾誠當然。披圖重歎嗟，我意何由宣。

張希孟嘉慶圖其祖、伯祖皆年過九十

舜泉清且甘，歷山秀而朗。淳風邈泠泠，舊俗遺穰穰。怡愉二老歡，敦厖百歲長。銀光浮勝頰，素髮垂過項。階庭尊孝謹，閭里化廉讓。春風連理枝，晴日九節杖。犢車共東西，漁舫同下上。蠶麻課餘閑，豚韭隨薄養。薇山悲首陽，菊潭陋胡廣。愧彼非禮羅，居然嬰世網。孫枝孕天葩，祖風躡遺響。含飴記疇昔，興門慰期奬。冥鴻天機韜，喬松白雲往。緬焉清風佳，庶作高山仰。

游長春宫分韻得萊字

珠宫敞殊界，積構中天臺。神清歷倒景，青紅隱蓬萊。群山助其雄，衮衮從西來。八荒昔禹甸，爲此增崔嵬。舊邑環蟻垤，清泉覆流杯。雲低落日淨，莽蒼同飛埃。緬懷古仙伯，采芝雪毰毸。長春豈酒國，殺氣爲之迴。天風起高寒，玉珮聲徘徊。空餘水中輪，歷録環春雷。之人去已久，松聲有餘哀。

次韻徐志友雜詠十首師川樞密五世孫

其一

喬木空雪霜，孤枘存十一。遺聞備家乘，零落寧有述。文勝理固然，相道返初質。志士心未降，黽勉終惜日。

其二

刻志非不工，畏修迺真〔四〕怠。勞生悟其機，静默希遠害。棄觚强浮湛，念至時永慨。佳人在空谷，不復夸絶代。

其　三

嘉賓秩初筵，至饗不在酒。傷哉囚飲徒，醉目恣可不。獨弦不成音，短袂莫回肘。恃此百尺臺，誰復憂蟻朽。

其　四

至道存遺音，我琴不堪撫。愛此素心人，更僕請遽數。文章有正律，短計工百沮。寡言徒自高，憂熏汗如雨。

其　五

盈盈道間花，秀色爭餘春。舉俗競愛之，孤芳愧陳人。譬彼鏡中月，照影終有塵。八荒已同雲，客行復踆踆。

其　六

玩易悲三陳，微服志已迫。胡爲守其恬，正色養神宅。迺知無邪詩，經緯貫三百。載籍天所扶，終古脱五厄。

其七

古來操縵功，時至能安絃。近復顛倒之，擊石求飛煙。峨冠儼尸坐，委蛇養修年。廢此汗簡勞，謂可一唯傳。

其八

談經各户牖，正道誰當承。朝菌不知朔，夏蟲復疑冰。高堂屹崇構，相彼甋與瓴。師門有遺訓，此語非吾能。

其九

豫章古詩法，萬折江海偉。層波激奇觀，妙用安可幾。妥語非不能，萎薾乃氣累。東湖有真傳，廊廟振朱屣。

其十

天風眇東南，碧雲澹凝巒。嗜芰同苦心，相得不在見。黄塵各道里，玉雪起清遠。它年有飛鴻，爲我繫書箭。

再次韻答仲章仲寶十首

其一

東南有奇觀，萬户粲如一。覽古幽思深，擬筆追七述。芳澤同聚塵，清淨葆昭質。所憂不可言，凝睇悲落日。

其二

良苗没深蕪，穡人志其怠。無端揚飛塵，螟螣貢深害。力耕未逢年，歲晚空永慨。深悲采芝士，卻穀全季代。

其三

春雲倚春山，摇蕩如春酒。相親在顔色，念子心獨不。薄飯時充腸，短袖不掩肘。高樓政清歌，盈盈自芳朽。

其四

驅車學遠游，古劍終夜撫。長安袂成雲，我去何足數。相知有奇士，不畏道里沮。寒風振枯林，落葉起清雨。

其　五

西山鬱佳氣，萬古留青春。夐露巖壑姿，邀彼車上人。之人有行役，莫浣車中塵。空餘白玉泉，隨車走踆踆。

其　六

長松養華滋，陋彼霜霰迫。虬枝結層陰，下庇十畝宅。擾擾區中人，生歲寧滿百。慎勿以智夸，相逢復相厄。

其　七

新月無定姿，低昂起初弦。南飛有孤雁，驚沙度疎煙。一爲居養移，來往忘歲年。感物非不多，音書爲誰傳。

其　八

束髮交老蒼，道大誰能承。澄心養真源，寒泉護清冰。傷哉注巧勞，欲作千金瓴。豈無須臾好，陶人愧非能。

其　九

淵明仕浮湛，投劾志始偉。愛此松菊佳，餘年悵無幾。八表雲鶴還，不作身後累。陶然且就飲，軒冕真弊屣。

其　十

我家古城南，喬木起清巒。空江納雲影，清夢時一見。相逢故人深，各念居止遠。他年東南來，贈君以竹箭。

三次韻酬周儀之虞伯生十首

其　一

英英雲中君，含思歌太一。迴鸞舞天葩，流粲杳莫述。報之不成章，玉雪耿素質。臨風發長謠，庸以永今日。

其　二

昔學空巖居，之人怒其怠。哀猿雜山狖，驚嘯欲我害。天隱神所藏，别之空悵慨。桃源閟深寶，亦復知晉代。

其　三

道逢學仙人，御氣不飲酒。我笑初無言，彼已嗔我不。哀哉守其愚，繫石猶在肘。冥化隨悲風，淪淪骨成朽。

其　四

遠客思故園，孤松爲誰撫。露白天宇清，鴻歸暮雲數。誓將畢幽討，勿爲此游沮。念子知我深，神交泣天雨。

其　五

楚歌惜白日，燕歌蕩青春。哀樂自逐時，流幻區中人。我生功名念，素領無纖塵。飛鳶竟跕跕，啄雀徒踆踆。

其　六

羲娥挾雙輈，冉冉老見迫。丹臺漱靈霞，瓊蕊生尺宅。控摶無須臾，詭幻已千百。慎此陰陽機，逃虛脱真厄。

其　七

奇樹生南薰，清坐彈五絃。淳風邈永古，白雲赴蒼煙。世故日以蝓，俛仰随歲年。折腰倘爲酒，猶足青簡傳。

其　八

破瓴居井眉，勺水不得承。寒橰轉餘瀝，天風助爲冰。舊質儼有在，誰言真破瓴。愧彼埏埴功，成壞非汝能。

其　九

龔生夭天年，苦節亦良偉。輪囷閲書傳，此事寧有幾。口腹非過謀，形骸迺真累。所以商山翁，終復著漢屣。

其十

少年恣青春，歡至無復戀。一爲關河行，常恐不得見。新雁雲中來，飛飛落南遠。歸心耿無寐，寒更促浮箭。

題汴梁推官周子明三獄詩卷

三章結漢網，清淨歌元元。後世益以密，姦慆日云繁。治法如理絲，衆棼政多端。一絲不得直，萬緒何由完。虚心納衆口，至理藏片言。永念死者哀，更推生者冤。汴州古循吏，三獄成平反。天道詎幽遠，于公有高門。

題弋陽巖山精舍圖

紅塵落青山，飛瀑遽洗之。孕此巖中居，寒青漾淪漪。白雲偉衣冠，修松古鬚眉。書聲出虚牝，杳杳空中篪。桃源有神界，天光固幽機。一爲漁父游，妙筆工研窺。至今武陵郡，山水傳清暉。

次韻仲章蔡村阻風

足弱辭北騎，身輕落南航。懷別意滉瀁，問俗心悠揚。豚韭供歲歉，鼃麥扶時康。幽事不滿眼，薄念時迴腸。天風進蕭蕭，海日懸涼涼。喧豗土囊裂，悵羡雲帆翔。衆樹失高下，老鶴追微茫。而我獨偪仄，與子同阻長。靜退實守道，躁趨迺捐常。愛此金石貞，詎爲道里忙。相從果無悔，後會誰當忘。

次韻陳畬齋七首明月明年何處看爲韻

其　一

秋月如靜士，炳然河漢明。白雲護其清，迸作飛空瓊。此月不受彩，卻行印中庭。白雲忽不見，我思徒英英。

其　二

靈魄表空輪，隨陽產金玦。須臾白璧成，盈盈懼顛越。陰陽環無端，變化終未歇。獨恨今時人，相忘舊時月。

其　三

人言月有桂，天風墮微馨。開軒睇扶疎，西與銀河傾。桂本空中塵，那能助虧盈。朗鑑自終古，匪待今夕明。

其　四

舊年客清秋，望月如望年。長身兀孤影，哀鴻起清圓。落葉墮我後，北斗戴我前。勞生果有役，念至心懸懸。

其　五

海觀濯銀雪，金精融太和。照我身上衣，光耀何其多。感此萬里意，逝將飲亡何。亡何豈真樂，臨風託長歌。

其　六

暝樹迴朝光，鷩烏不知處。群動俱念安，客行有程度。熠燿鶩宵征，熒熒化餘腐。豈不畏跋履，眠食在謹護。

殘醒强清坐，朔風生樹端。客袂何皎皎，客扇何團團。念此會合意，永與明月看。他年返舊壑，願比青松完。

其　七

蔣商卿敘其先人客金陵與先子事契末章復以見屬次韻

堂堂金陵州，草草石臺路。羽書急星馳，鋒車卻金錯。飛雲古戍基，積雪寒沙步。我舟欲輕行，我馬何踻顧。迺翁入門初，此夕傾蓋故。寒暄謝浮語，信宿陳薄具。兹年心尚孩，維時歲云暮。艱虞脱九死，邂逅欣再遇。貞姿固青松，雅曲廢朱鷺。二老古先民，百歲等童孺。微痾隔音容，鉅痛割心腑。孤根擢遺肄，淳轂悲弱羽。緬懷青氈舊，力守韋編素。伊優笑侏儒，呫囁陋章句。珥貂匪七葉，插架同四庫。談空齊諧虚，守樸燕説固。芳林極薈蔚，溟海窮混濩。迺知山中雲，政異巖下趣。心聲要成律，易象那可注。群賢凛無幾，餘子兢自數。愛君思如泉，愛君美如瓠。願爲汪汪深，勿作翕翕附。巨構千礎承，珍裘百狐聚。混世同餔糟，勞生已嘗醋。整冠儼初服，拂衣謝紛務。溝斷寧繪犧，户樞詎爲蠹。情深盡傾倒，醉劇多謬誤。忘機絶矜絜，落筆化塵腐。水深嘉魚潛，雲重樛木怒。翩翩林間鶴，栖栖井中鮒。飄零記疇昔，慷慨合和喣。辱贈難與酬，臨風復成賦。

集廉園

芳菲廉家園，換我塵中春。古樹不受采，白雲爲之賓。中列萬寶枝，夭娜瑶池神。背立飲清露，耿耿猩紅新。幽蜂集佳吹，炯鷺摇精銀。層臺團松蓋，其下疑有人。弈罷忽仙去，飛花點枰茵。高藤水蒼佩，再摘誰爲紉。濯纓及吾足，照暎須眉真。暝色起孤鳥，寒光蕩青蘋。信美非故居，整馬來城闉。

次韻仲章杜門

今日慵出門，尸坐觀我生。忽有故園思，寫之不成聲。舍北兩朱櫻，翠羽垂流纓。舍南青桐樹，亭亭如蓋傾。念此永契闊，爲爾增拂嬰。歸雲跂西山，臨風意縱横。

暮　歸

馬鳴千柳昏，犬吠一星出。晴坌暗歸道，客子塵滿骨。入門視疎燈，隱若眼中物。展書弗能誦，浩氣彌硉兀。古來惜陰士，志有不黔突。愧我非等倫，顧影竦毛髮。寒風肅群動，勁氣激清樾。飢烏念其安，驚噪落林月。迺知造化理，壤壤殊未歇。

贈黄教授歸閩中

壺山東銀筆，秀色倚車蓋。其人清且明，十室九冠帶。林鄭陳方劉，祥雲布卿靄。緬惟乾淳初，朝野實交泰。執耳爲之盟，多士森弁會。澄懷味蘭芷，正色炳蓍蔡。彌綸古編簡，粲錯列文貝。百川已東流，末派擁溝澮。飛霜隕喬木，變脱等蟬蜕。艱難老文學，世德芬未沫。布袍黑嶙峋，慘澹萬里外。希音繹風雅，一鼓瘖萬籟。宛彼孤飛鴻，鳴聲何噦噦。飢來念其安，飲啄欣有賴。涼風振修衢，肅肅返征旆。懷賢不成章，因之結長慨。

送許世茂歸武昌二首其祖慶元大魁，先公嘗與同朝。

其一

岷江下奔流，日夜東南趨。艱虞六十載，蜀客無完居。纖修掛晴練，五老爲之廬。招彼素心人，蒼翠垂流珠。峨峨銀臺公，懷寶耿未攄。青桐擢孫枝，下此佳鳳雛。絢爛五采翼，披霞表亨衢。清音冥鴻遠，逸興蒼鷹俱。食竹戀苦志，餐風養真腴。誓將八極周，覽德爲貞符。歲月諒有盡，雲端復躊躇。躊躇固吾事，荏苒悲征途。

其二

蒼莽鸚鵡洲，日落楓葉赤。昂昂處士恨，蔓草化爲碧。之士輕且儇，之人何急窄！至今千載下，投筆弄鋒鏑。銀城太古雪，轉首一消釋。雍容詩書郎，浩氣裂金石。裴回登臨意，寒波靜如席。相逢各萬里，末契論宿昔。咿嚘語未盡，征雁起暝色。淒涼衣冠聚，山海窮畢弋。翳翳桑榆光，人物眇可識。停驂望前坡，去馬記初驛。

題金華洞圖二首

其一

巍巍靈居秀，遥岑擁頳霞。聞昔受道時，三洞爲其家。金精裂飛魄，躡武淩青華。遺彼一寸松，樛柯養真芽。瞬息服光景，神丹起槎牙。下有千歲脂，百靈靜無譁。此豈甚秘之，服食世所夸。真凡路永隔，輕生竟如麻。

其二

五嶽扶神州，洚水胡爲魚。葛稚川《地記》言金華能避洚水之患。兹山鎮無極，不竦復不渝。靜閲浩劫理，兩曜跳玄珠。矯首二皇君，寶冠白雲輿。方瞳駐真眄，濁垢紛何如。霏煙聳空翠，滴露凝流蘇。神鈞合虛牝，松聲自笙竽。窈兮忽不見，諒此寧非居。

送張上卿燎黄上塚

素質超崑崙，瓊胎孕崆峒。指木爲我母，問玄爲我翁。承暉企春榮，百歲如捕風。朝暾何朗耀，莫景何葱蘢。返真紫虛臺，合歡朱陵宫。迴鸞從舞鳳，景命來圓穹。妙感非世窺，揚靈憺無蹤。湛兮合冥會，道一爲之宗。沈沈白雲闕，雙鶴鳴青松。念此不得見，慨焉遲相從。

壽何平章二首

其一

方壺屹祥觀，髣彼緑髮仙。執簡朝帝居，高演清淨言。雲爲八表雨，水作四瀆泉。炳文一以施，握之不盈拳。頫首陳至詞，囊括希其全。成虧匪至理，願言葆真玄。

其二

琅琅黄石書，功成迺言去。豈不思濟時？默焉念其素。山中赤松柯，云是童所樹。長養媢以深，屈曲美無度。神光滿澗谷，希夷澹無慮。願持一觴言，眉壽在謹護。

次韻雜詩五首

其　一

有客一馬歸，屋角群星明。念此惜日苦，羲輪何西傾。粲粲風中花，弱豔誇芳榮。而我獨枯槁，欲學身後名。

其　二

少年觀滄海，天濤碧因依。下有珊瑚株，紅光射雲輝。玩之不忍舍，欻吸雙龍飛。遠爲塵中游，坐覺顔色違。哀哉西山士，飢食周原薇。

其　三

昔狂愛奇士，接席多大言。中道邂逅之，捐生誓俱存。傾家謝其意，酒至絶不論。此士今已矣，長年常閉門。

其　四

幽居集奇觀，積雪明寢扉。湛湛新陽舒，寒光騁熹微。咿嚘南歸雁，長鳴示其機。出處諒有素，觴來爲之揮。

其　五

朝游東門曲，壞道荊棘存。纍纍者誰冢，舉觴酹其魂。死無落魄名，生有呫喋言。所以荷蓧翁，臨流漱潺湲。遺簪隱世德，忍垢躬灌園。豈忘輕肥念，苟得誠少恩。采采松上花，飢來助吾餐。

壽程内翰二首

其　一

蕩蕩長壽居，丹梯峻蒼旻。中有龜鶴所，老仙爲之馴。維時夏初至，園林緑蓁蓁。萬神峨冠環，參差揚七均。行雲鎮清樾，靈波激層津。振衣游帝青，下土何其塵。運與千歲期，正色光景新。無爲理清淨，世儒汩其真。君子法簡易，坐致羲黄淳。

其　二

車蓋交道周，嘉醑盎在房。有客東南來，高歌奉清觴。一歌白日還，再歌青春揚。師曠世固有，八音盪翱翔。迴鳳下奇雲，猗桐非故罔。覽之不食實，三嗅遺孤芳。皎皎金石姿，令德豫且康。窮河睹崑山，出日賓扶桑。介此黄髮期，因之結成章。

别仲章

飄飄貢公綦，遠乃至關河。關河冰爲天，積雪流銀沙。前有林間烏，後有馬上笳。烏啼思我親，笳鳴思我家。川流去不息，群山赴嵯峨。余行已東南，朝曛散微霞。念兹日不見，持觴醻餘嗟。

别吴養浩十首以『願爲江海深，勿作盆盎淺』爲韻

其一

弧矢懸高門，卓犖四海願。登車逶且遲，永念道里遠。雞鳴當宵行，執轡上長坂。西北何其高，飛雲列奇觀。

其二

游神竹素園，古聖儼若思。至道篤靜極，執簡欲受之。上有奇耦文，摩盪光離離。持以禦

魑魅，魑魅不敢爲。

其　三

維東匯爲湖，浩漾通三江。懷哉紫芝叟，月明潄飛淙。小言諒以清，大言淳且厖。去去日未遠，奔流鼓春撞。

其　四

昔聞方壺居，誓欲往滄海。操舟迅前邁，雲雨白皚皚。層瀾眇空洞，肉翅不可待。朝陽潄靈霞，一食毛髮改。

其　五

古有無媒女，閉門泣春深。手擲雲錦梭，流光耀晴陰。千葩翠交結，宛轉不可尋。浮雲爲之佇，幽凰〔五〕爲之吟。

其　六

昌歜懷古辛，在德不在物。屈曲寒澗底，詎以險自屈。有客同嗜之，至享寧匆匆。芳年匪淹留，薄采消永鬱。

其　七

雲和高岡桐，龍腹裂冰雹。擭之淳且深，謖謖震寥廓。彈者不復語，往者誰可作。玄雲浮陰來，開户失雙鶴。

其　八

緱山仙人居，上有玉女盆。解髮三沐之，清冰盪寒紋。神膏釋翠縷，跪坐晞朝暾。蟬蜕有變化，蟪蛄安足論。

其　九

客來南榮下，欣言酌醍盎。觴舉壺已空，盤辟復三讓。享之不成章，何以爲客貺。客言君當休，商聲助予悵。

其　十

草茂木萋萋，水勁石翦翦。相思關梁深，相對顔色淺。停雲眇爲愁，殽蒸可崇饌。食之寧永飢，臨分復三咽。

度淮寄養浩

竹清寒房靜，殘月在西壁。悄悄燈景微，尸坐棄枕席。井華飲蟾蜍，玄雲成五色。明知非世謀，精詣在六籍。我行長淮浪，凍樹挾春碧。夢子白紵寬，雙眸炯空激。書來婁在手，此意何的的。數面不成歡，遠别迺復惻。歸雁臨風翔，先之寄深臆。

懷伯生

春雨消路塵，春風散林纈。蕩蕩長安門，客子千萬轍。城陰有一士，淡食羹不啜。采彼松上露，煮石化晴雪。沈冥護真性，觴至那復説。向來舌本談，今作耳根熱。維南有樛枝，巖溜滋百結。在德良自防，居屯詎爲折。念此長夜深，寒光吐殘月。

酬蕭靜安提舉二首

其　一

溜泉散餘塵，稍稍軒檻清。孤凰起天末，縹緲參差鳴。佳音寂萬籟，異采含蜚英。衆葉豈不光，終然哆春榮。翩翩者何雝，和之欲成聲。乃知雲間意，非復區中情。

其　二

有客何方來，贈以雙南金。維時夏初溽，寒光激玄陰。至靜閱真賞，獨晤諧希音。伊江渺風濤，伊林復崎嶔。出處各未得，冥思結長吟。於粲不能報，泠泠手中琴。

題劉充之載月圖

磊落太古月，摇蕩湘君波。寒晶爍膏露，倒景流銀渦。湛湛洲渚淨，天風泛飛槎。晃蕩神界中，四客歗且歌。憑虚歷空洞，金粟摇靈柯。流光閟星斗，怪影窺蛟鼉。服食詎在酒，三咽顔爲酡。俯仰會合初，逝者已山阿。昂昂菊間叟，秉芳獨婆娑。微茫信可傳，披圖重吟哦。

壽賈參議二首

其　一

粲粲雪中松，八表迴鸞翔。下有采蓍叟，澄觀振高岡。握蓍玩鴻濛，竹簡儼在旁。湛焉貫纍珠，炳變猶龍章。笑指青松言，貞固以自防。絪緼迺玄化，清雲表奇光。

其　二

嘉平維吉辰，初陽起天心。彩鳳歙參差，落落空洞音。徘徊碧雲宇，賓從羅清林。神鼎朝已調，芳醴時當斟。損益在我手，啓齒歌瓊吟。煌煌秉令德，盻彼西山岑。

次韻揭教授官閩中

鬱鬱太古樹，叢生散珠玕。明時炳陽德，寥落歛歲寒。天風西北來，涷海翻層瀾。芳朽各有性，盛衰詎無端。貿貿冰上屨，黯黯塵中冠。宿志不得醻，奮飛戢其翰。伊南蹇一士，羈鴻河之干。手持大雅篇，八音佐王官。牆陰卧朝日，薄飯不滿槃。邂逅喜我同，金石生肺肝。出處非故意，低徊耿相看。閩山渺雲濤，東望通三韓。居夷聖有在，取琴爲君彈。

寄題撫州先天觀

浩浩太古石，雕鏤矜嵯峨。瓊林化飛騫，寶構窮鬱羅。矯首視三光，丹青相盪摩。上鄰列仙館，西移瑶池柯。玉蛟亦受令，鞭撻迴盤渦。巍巍雙華表，飛鳥不敢過。玄鶴時一來，潛鱗淨無波。心跡會虛湛，神光隱鳴鼉。緬彼巢居子，凝睇佩女蘿。天風入紫京，百靈莫誰何。朗言渾沌後，龍馬方負河。視之杳不見，嘉名表山阿。冥思有至理，熟視時摩挲。

送牟景陽教授天台四首

其一

峨峨陵陽翁，麟筆凝秋霜。採芝空巖曲，白雲以爲糧。微言酌太古，妙思歌瓊章。餘人涉其藩，自謂真班揚。此道端未泯，我心何由降。

其二

五良秀高門，用處各有在。伯如幽蘭深，仲若春雲藹。叔也端可人，芳林起新蕾。垂天得扶摇，一決度江海。相逢慰傾倒，胸次澆磊磈。

其三

天台古儒林，秀士英且明。君行振遺緒，家學揚清聲。文詞尚理性，此弊無由更。衆咻方爾群，獨拍何當鳴。爲問舒與胡，寒庭草青青。閬風、梅澗也。

其　四

功名不願多，我輩端可免。南州已寥落，屈指閲諸彦。汰如糠在前，得若車度坂。愛君不可留，蓴鱸慰佳願。黄塵我何事，寒燈起清歎。

雲隱齋

油油山之椒，翕忽變平陸。下上何其勞，一息返神谷。凝光養澄觀，清潤積新沐。知白吾未能，寒聲起林木。

劉朔齋侍郎孫希孟能琴欲訪子昂觀松雪琴以詩寄之

雨雪戒修塗，萬萬歲云暮。維舟望鄉國，煙樹渺無度。永懷松雪翁，買田成隱趣。齋中六尺琴，清徹仙掌露。虚聲合空洞，天籟生磬濩。勿爲離鸞吟，眉壽以保魯。時有悼亡之戚。

送胡安常河南省員外郎

陽春惠澤廣，蠕動回昭蘇。皎皎尚書郎，佐理勤居諸。澄懷罄輸納，疾首宣訏謨。黄流交道周，髣髴桑柘墟。驅馬憩枯礫，詢彼壟上夫。歌臺久寂歷，商聲助清歈。昔有屠羊子，慷慨成須臾。感激車上禮，朔風爲之吁。俠氣散鋒鏑，侈習翳榛蕪。舉觴酹其蹤，興廢今何如。三河水門記，白粲來東吳。願言表里道，坐使民驩虞。

次韻張秋泉墨蘭

虚窗秋思集，晨興憺無餘。墨池漾清泉，天葩散紛敷。愛此巖中君，贈以碧玉腴。微雲解蒼佩，縹緲疑空無。遠謝丹白昏，詎畏霜霰濡。守黑志有在，談玄道非殊。愧彼夷與齊，絜腹不受汙。湘纍慨永古，世人陋其迂。臨風嗅餘清，是豈真緇徒。乃知萬化寂，妙巧窺分銖。幽蜂綴疏蕊，點點游晴虚。閉門謹視之，黄塵政紛如。

校勘記

〔一〕『憐』，四庫本作『言』。

〔二〕郁校：『媸』，原本作『嗤』，誤，今從鈔本改。按四庫本亦作『媸』。

〔三〕郁校：『伯』，原本作『德』，鈔本作『伯』，案前題是次伯生韻，此復次韻，目録作三次韻，作『德』誤，今改。

〔四〕『真』，四庫本作『其』。

〔五〕郁校：『凰』，鈔本作『風』，案與『雲』爲對文，疑鈔本是。

清容居士集卷四

古詩五言

夕佳亭

赤雲下平田，層巒紫光凝。疎鐘息萬籟，晴湖淨奩冰。倦翮戢已棲，遊雲澹相承。吹簫者誰子，空林起孤燈。感彼金谷人，怪石樛寒藤。壯意恥未没，水涌風憑陵。亭亭玉浮圖，百幻隨廢興。振衣視天末，黯澹銀河升。朝曛詎異境，氣寂念始澄。

贈養源編修回嚴陵省墓

岧岧白雲阡，翳翳青松居。美蔭同靈根，地易世愈疎。清秋子胥濤，縈紆達桐廬。欲濟非無航，契闊實跂予。昔聞祖父言，結綬來京都。束書遠鄉國，井邑匪異殊。俯仰成雲仍，宰木今何如。事遠遺諜存，審象窺眉鬚。寒暑有代謝，念昔同一初。躬耕樂真隱，漫仕修素儒。敦敘古所宗，和侃寧有渝。

贈昌上人二首

其一

蕭蕭湖上波，摇蕩群峰秋。客有萬古意，支笻赴龍湫。龍湫厖眉叟，宴坐足未收。飲以一片冰，熟視了不酬。長松掛枯瓢，風靜林颼飀。境足念愈忘，道充身益優。永謝巖下人，深省聊自修。

其二

岧嶤蒼玉軒，虚聲振寒林。我昔行其庭，見影復見心。秀嶂出古色，浮雲爲之陰。豈不念世短，所樂非所歆。潛珍閟幽匱，群弄誇姝音。靖言事當爾，江湖眇崎崟。送子歸山阿，松風起寒琴。

宿竹院次珙横川韻二首

其一

修竹手所種，參差過屋山。微風爲之來，心境兩相閑。清泉在澗底，白雲在松間。鐘聲集趺坐，樓深流月殘。重遊啓深省，解轡思掩關。

其　二

昔遊玉几峰，老禪肩如山。機深削陳跡，天馬初服閑。念欲從之遊，小築茅三間。俯仰二十載，黄塵鬢毛殘。亭亭石塔影，哀猿守松關。

送宋壽卿侍御迎養建康

葆真林閭下，爲善心自娱。農圃得休息，時讀古人書。施食不望報，折券不顧餘。時至禄自臻，門有駟馬車。念昔髫齔子，遶牀衣青襦。束髮事編簡，操觚入皇都。勁氣摩黄鵠，危言伏青蒲。厖眉笑有言，鄉曲驚且吁。維南帝王州，問俗宣典謨。匪規鼎食榮，菽水心晏如。種德報已豐，願言廣菑畬。蘭生在堂下，深根佇扶疏。

廣信陳氏擇勝樓

散髮碧潭際，讀書叢竹邊。怡情學榮觀，卜築遵自然。雲蘿左右嶂，雞犬東西阡。群動各有性，孰念靜者憐。翳翳昔賢居，遺跡故老傳。化爲神仙宅，喬木眯蒼煙。松風起萬壑，哀湍助鳴絃。觀萬詎在遠，泯默師韋編。

潘孟陽上書不報歸里作五詠

其　一

賈生蘊奇略，徒步西上書。昊天有正命，傷哉杞人愚。鵬翼垂雲來，魂氣與之俱。鼂氏竟寂寂，主父復何如。

其　二

襄陽孟處士，拂衣歸故山。放浪巖壑深，流詠遺人間。舉袖巖花落，擊楫江鷗還。羊公何墮淚，水聲日潺潺。

其　三

梅生一尉卑，喋喋正天紀。洗心洞玄化，削跡棄妻子。龍變孰能馴，蟬蛻乃真止。松迴風泠泠，水落石齒齒。

其　四

虞卿舌轉丸，揣事精微芒。事危見交態，窮愁名益光。黄金散逝水，白璧凝飛霜。丈夫有定志，得失非預防。

其　五

仲連匡世姿，揮手卻秦軍。掩袂停白日，登車抗浮雲。射書誠草草，孤城生死分。辭榮敦薄俗，矯抗離其群。

題盧溝煙雨圖爲吴成季作

驅馬上河梁，圓暈新雨紋。矯首層闕巍，翔鸞散奇氛。猗南雙松樹，百里風聲聞。束髮入紫京，去住心如焚。送客釃我觴，我釃不得醺。願化爲黄鶴，朝夕隨飛雲。上以奉明主，中以承嚴君。往復三千年，奇齡合氤氲。結袂安期子，啓齒歌瓊文。

滑州從事持喪三年將終養其母郡表其閭

東魯秉周禮，化俗何簡媮。崎嶇小滕君，冠蓋交道周。漢帝仁且明，遺令誠咿嚘。駟馬不及舌，坐貽千古羞。濫觴始膚寸，奔流淪九州。昂昂古先進，免胄希前修。青松爲之枯，慈烏爲之留。念此歲月短，解紱安林丘。華楹表槐柳，細石寒泉流。泯默區中人，章甫慙沐猴。

孟和卿旌表

濯纓息機事，枕石聽流泉。感彼蟻慕人，駢首爭遺羶。黄雲翳平壠，持以防歲年。河流滔天來，積浪翻中田。招攜舊鄰曲，寒林起炊煙。冥報非我願，表宅增惘然。紛紛遊俠徒，黄金生愛憐。原生處蓬户，屢空聊自全。

雲中郝孝子

混沌鑿既久，重華以孝稱。悲哉短喪徒，稻錦顔益矜。詩禮行中州，衆説交沸騰。挽十不得一，閉閣徒淩兢。芒芒古雲中，土屋塗層冰。下有郝氏阡，馴烏爲之增。大圭出至璞，匪以雕繢能。寒泉洌古井，零露溥蒼藤。淳風詎云遠，相傳在雲仍。

送沙君寶宰邑舊爲翰苑印史

尚印宰百里，寒崖水粼粼。野曠牛羊低，山深麋鹿馴。持觴接耆老，種柳迎行人。陶然樂清淨，絃歌足青春。

次韻馬伯庸供奉書館書事二首

其一

瑶臺麗層雲，秋聲起琪樹。織翠藻井波，凝碧瑣窗霧。雍容列仙集，晴雪炯振鷺。念昔經啓初，櫛沐合生聚。簡册迄未成，春秋奉神御。巍巍冠函夏，握筆慙繪句。玄尊實明水，越席敷大路。崔蔡心匪迂，終焉才名誤。

其二

神京奉載筆，需雲歌肆筵。匪謂歲月虚，聖代深養賢。微蹤愧三入，取禾踰十千。馳神竹素圃，鴻藻儼古先。群雄賣書聚，彌綸迺成編。微言耿玉絜，潛光媚春妍。往聖去已久，八音盪敷宣。元運合豹變，高閎踵蟬聯。夷齊乃首傳，冥思豈其然。

送馬伯庸御史奉使河西八首

其一

青瑣倦迂散，執轡踰關河。黄流何奔傾，積石何嵯峨。承詔撫疲甿，鶩烏在林柯。沙場有凍骨，野畝無遺禾。日夕寒雲聚，宿燐明巖阿。訪俗感素心，因之聆詠歌。

其　二

詠歌者誰子，被髮號天明。婦死不復悲，失兒誰與耕。承平五十載，不識戰與爭。殘雪流銀液，我淚同其傾。古云百二險，誇誕生甲兵。孰能轉夷途，歷劫永清寧。

其　三

清寧闡文運，覽彼古帝都。秦聲激豪宕，洛詠誇敷腴。邙山何纍纍，下有白玉趺。感彼秉筆人，百金盡其諛。死者已寂歷，兹文亦模糊。偉哉龍門生，悲憤有遺書。

其　四

遺書紀河源，荒忽不可識。君行河之西，春雪深五尺。茫茫賀蘭山，抽矢石爲鏑。坐閱三姓王，聖代始斂色。沙羊護氈房，名駝候土驛。觀風慘無儔，雲端羨飛翼。

其　五

飛翼西北來，遺我書赫蹏。中有陳情詞，復憐雙雛啼。野曠川無梁，積荒氣候淒。雞鳴葡蓟根，虎嘯苜蓿畦。清霜集素裘，斗戴天益低。頓轡不得上，雪山在其西。

其　六

其西何寥寥，云有古先生。巖居時一食，委形澹無營。朝日炫丹碧，匪以斤斧成。如何驕榮子，騰拏列層城。驅力超北海，逐影徙南溟。誰能佐玄化，泯默有遺情。

其　七

遺情在相思，舉酒不得起。永念編簡功，篤志刊綺靡。傾蓋已云舊，知我實知己。送君河之湄，凍柳光蕤蕤。修途馬飛翻，少立盡瞻俟。植德綏令名，眠食慎道里。

其　八

道里吾何能，託身承明廬。峨冠養深拙，清塵避修途。驅馬李陵臺，望鄉問長鬚。長鬚不能對，吾行益次且。羡君萬里道，晴霞起襜褕。天山諒非遠，椎牛植枌榆。

月　巖

峻壁飛鳥絶，積鐵成臺隍。感彼玉兔精，皎皎芙蓉牀。萬古消晦冥，六月生陰涼。道人悟空幻，趺坐鬚眉蒼。觀境不以色，湛寂回真光。成虧衆妄集，嘉名表其常。松聲起萬籟，朝陽曙扶桑。

夜集西太一宫分韻得草字

晝寂白雲深，聯鑣集瀛島。南枝當户生，積素流羽葆。孤鐘息群動，獨鶴候清早。石枰松影侵，持觴俗塵掃。春風散琪樹，頃刻光灝灝。玄談發嘉獎，夙昔恣傾倒。偶爾同心期，還山寄瑶草。

史氏報春堂

白雲在屋角，凱風生樹端。下有慈竹叢，低昂候平安。盈盈玉雪母，光若赤瑛盤。朝奉鶴禁恩，暮承黿臺歡。教兒誦經史，清言消綺紈。築堂深且明，朱光映庭蘭。寸心諒匪石，寵辱非所干。世故疾危岌，奉盈身愈完。願言樹明德，朝夕應加餐。

送于思容助教佐濟南廉司

黄鵠不可招，越雞迺司晨。圓冠璧水遊，玉雪映陽春。篝燈玩太古，垂簾避深塵。遥望淮南山，下有白頭親。平生汗簡意，朝昏具芳辛。念之不得見，顧影非我身。檄書臺上來，駕輿還海濱。晴風破遠浪，慈烏飛且巡。雲帆蔽吳粟，濟用懷經綸。爲儒究理道，六籍彌光新。空林閟幽蘭，嚴霜養修筠。明德在謹勗，雍容奉昌辰。

天師留公返真空洞步虛詞十章以導遊

其　一

巍巍道祖居，層構凌丹臺。手持赤龍書，八景剛風開。感彼下土人，積劫何崔嵬。傴伏永壽命，夸誕魂益哀。愀然彌不寧，招我雲孫迴。白鶴俯前導，青童戒俱來。

其　二

嵯峨金碧闕，神魚伏深淵。呼吸空洞炁，子夜朝諸天。頃刻風雨集，咫尺星斗懸。長嘯千仞溪，寥寥生紫煙。飛符戒神魚，歲久助汝仙。

其　三

玄圃饒奇觀，陽葩霧霏霏。玉壺湛清冰，瑶琴銷金徽。混沌合空洞，絶此見象機。松風代揮塵，縹緲白穀衣。興移暘烏逝，節弭川虹飛。棋局儼未終，白日何熹微。蓬萊迺故山，爲我一來歸。真風詎永隔，神光澹依依。

其　四

崑崙鎮鼇極，虋儀交結璘。故歲非我歲，寧復論秋春。稽首三天師，彌綸返真淳。精思彼嘉生，雲施均萬民。至感發自然，不著亦不嗔。運世有通塞，六龍無停輪。洞章激微吟，長樂自在身。蟬蜕乃清淨，跡絶虚中塵。

其　五

挹秀斞醴泉，蘭殺鼎初調。絳旗開景光，下招徹紫霄。連蜷静夷猶，感彼父老邀。司命二十年，守素澹不雕。蜿蜒澍周原，贔屭尸江潮。瓊章遏清詠，丹輿導逍遥。視之不得見，白雲在山椒。

其　六

南嶽雲輪困，英英生紫華。靈斿澹無蹤，來集玉斧家。玄螭有遺跡，望斗紛騰拏。鞭撻隨三光，服食制五霞。上經永授之，火鈴從飛車。

其　七

蘄巖陽平關，古松化爲人。千歲永不飢，食之朝帝真。中有一寸玉，寒光敵金銀。上結三元炁，下援七祖神。舉世尊禮之，靜念通至仁。

其　八

留城平蕪連，雲深樹沉寥。磅礴經濟心，永劫常不彫。河車孕長命，方瞳生本條。瑩如珊瑚枝，粲若翡翠翹。諸天咸唱恭，贊我玉晨朝。人間倘再至，玄化助神堯。

其　九

仙巖鬱寥寥，石倉貯餘粮。云有狡獪子，用物能陸梁。山花聳寶髻，雲蘿曳青裳。永念斷真妄，帝令深且長。境化道炁增，變滅始真常。參差應虛牝，群峰屹相望。月落杳然去，泉鳴玉琮琤。

其　十

朱棗何纂纂，碧桃何團團。感賞千古心，生世常苦煎。玄翁敞珍館，金母和紫鉛。三咽生羽翰，空飛集諸天。真炁常流灌，眇眇復綿綿。桑田海波滿，彈指三千年。

大名劉節婦吟

孤鶴不累巢，離鸞不飲溪。溪明難爲影，巢成誰與棲。飄飄無根雲，流麗如虹蜺。下有貞松臺，白日晝且淒。我思徹霄漢，冥邈不可梯。青青東園柳，子規當樹啼。來者何用歡，去者日以迷。擊石端出火，擣辛能作虀。妾心倘未明，請看井中泥。

育王珙禪師示寂二紀嶼上人回山中因寄塔主

石塔累荒土，月落冰稜稜。永懷跏趺叟，松風吹不膺。山房舊淨供，素壁一枝藤。語寂絶禪觀，機深超祖乘。擊石迸新火，諸天化爲燈。上有白玉峰，丹梯杳難登。黄流鉅野漲，虎嘯懸崖崩。斯道倘未泯，微言足搜徵。

胡止水家三衢自言文定裔孫來京師三年念母以歸前述家學二篇以相勉復成一篇以遲其來

其一

武夷春秋功，憤激渡江主。寶書恣殽訛，竹簡錯編組。素王魯諸臣，舊史足徵取。是非紀其真，曲直粲可睹。紛紛燕説徒，誣蠛增巧妬。日月例愈深，災異説彌蠹。或言九世讎，晚歲進吳楚。群公骨已朽，聖筆孰與語。坐曹徒深文，曲學日旁午。苦心抱遺經，願言復師古。

其　二

泰元積磅礴，日月佐經緯。煌煌往聖學，鉤考合表裏。大道侔玄功，不偏亦不陂。至靜貫幽顯，萬變集蜂蝟。漢儒鬭其端，逐物失聽視。旁行分户牖，蔓説糅涇渭。緬惟五峰翁，正色直如矢。謝彼憧憧徒，感物志愈肆。室虚生至和，鼎渥實珍味。歸求真吾師，勗哉蹈前軌。

其　三

神京鬱嵯峨，冠佩清且揚。秘丘積縑帙，瑣窗爛琳琅。有客願從遊，永言觀國光。或云是鈞天，九關嚴且防。朝望群馬入，往來問成行。彩鳳鳴聲悲，裂臆思絶吭。知子親見之，素心益徊徨。希名養簡默，勿爲衆所傷。還家拜慈母，祝以永壽康。春風戒重來，歸雁同翱翔。

贈餘姚岑易直登第歸里二首

其一

束帶登玉署，鵠袍立參差。碧海春波融，沈鬱流奇思。俳諧詎素願，阿世非吾師。寥寥天人際，載牘陳雍熙。媲青昧正説，擬玄騁荒辭。鉶鼎有至味，酸鹹異其宜。有客奉瑚璉，願言播聲詩。初歌玄鶴舞，載歌鳳來儀。

其二

東浙山水國，冠帶連畦畛。清門徭役空，華屋詩書泯。晴江修竹宅，燈火敦孝謹。下幃論唐虞，浮榮陋朝槿。擔簦京國遊，射策疾飛隼。精思坐待旦，古巷絶遊軫。蒼松蔭婆娑，丹芝凝蠢菌。乘時足變化，樹立在修敏。

善之僉事兄南歸述懷百韻

並轡承明廬，荏苒十七禩。陽林集總翠，奧室麗文綺。寶函龍鳳章，玉珮鵷鵠峙。泰帝興鴻文，奎璧憲天紀。楩楠購群才，弓帛徵四起。番番古遺直，正色論道理。深幾虎生風，神契魚在水。三光密轇轕，一札見萬里。雍容丹地近，經緯畬國是。霜奩賫黄柑，冰盤錫朱李。蒲萄與法酒，承燕時漱齒。俯陳天人際，齰舌衆披靡。始言官高卑，予奪慎其軌。終言瓊林資，海寓極鞭箠。憸情曲如鉤，讜論直如矢。或以首鼠窺，或以妖狐伺。奏終慶雲開，再拜玉色喜。天青回海雁，萬柳色蕤蕤。屬車度居庸，整隊行過蟻。老臣汝居守，清霜慎顚俟。秋風龍虎臺，帳殿紅旖旎。前驅列鵝鸛，後御肅犀兕。分行獻瓜果，傳醴復長跪。念昔詞臣功，咫尺寫天旨。大令追風雷，小言媲蘭芷。約制如竟寧，渾噩回正始。告廷趣揚麻，建社追賜璽。摛文具明訓，援筆謝塡委。飛濤捲天吳，歷塊超騄駬。咿嚘恩澤侯，過手直三褫。圜丘導景化，秘祝陋五時。漢皇禮鄒枚，食粟倡優比。遺恨存至今，文俳等方技。緬思周廷彥，勢若鹿角掎。懷忠牖納約，凝命鼎出否。追琢羅寶尊，刻鏤羞玉簋。朽索馭匪輕，深淵涉無涘。煌煌金匱書，世守司馬氏。春秋尊爲經，不復繼魯史。朝光鳷鵲明，千花爛朱蘂。松風轉回廊，蒼玉振徙倚。龍荒啓神武，九域極芟薙。群公儼侍御，挾矢佩象弭。臨河誓剖符，披圖開賜履。永言卑退全，罔以强力恃。獻功上王所，百一存寶皮。軀趹負穹石，浮語極褒侈。墨兵剿衆妄，筆獄破積毁。載筆非無能，終歲不滿紙。坐曹心靡寧，愒日纇有泚。清談雜諧語，陡覺兩曜駛。自取木雁中，俯首供諾唯。交章日輪囷，涉署絶臧否。或云以彙升，拾級上堂陛。或云選清望，後至實奇士。迎塵馬交趨，候門足爭累。冥鴻天機深，卻立賦三已。總角勇志道，奇服曳芳茝。澄觀竹素園，讎勘徹昏晷。儒宗丈人行，聞欬輒倒屣。深湛皇王學，揮手謝青紫。辭卑相如賦，操擬靖節誄。淒涼五公裔，淟涊羞筮仕。孤音歎寡和，激石轉商徵。浮雲蒼狗來，黽勉渡江汜。湯湯黄河道，桑棗日淪圮。耕童戲殘鏃，一一古戰壘。霜叢射新兔，春蒲貫王鮪。荒州靜無事，拍手歌于蔿。枯灘鐵槎牙，積溜玉迤邐。太史非好遊，所歷廣聽視。振衣入閶闔，姻契論不鄙。相期在霄漢，薄禄慎礪砥。趨朝曉同班，退宿昏共止。填膺雙髯張，快意並手抵。談經陋荄茲，證字窮亥豕。斷絃搜麟膠，滅跡問獺髓。愛兄靜以絜，振鷺立水沚。霧深沐玄豹，日炯粲文雉。鏞鐘倡鴻聲，衆樂奏立伎。向來論交意，瞑目謝諸子。出處今不同，評議實相似。維吴稻蟹區，民俗久瘠痏。貧檐蒲稗齊，富廪丘嶽庤。傾金恣聯絡，所至各闘市。令儀養叨憤，軟語包詐詭。郭解都中夷，景氏關内徙。坐令襏襫徒，終歲力耒耜。興文植清邵，省罰厲廉恥。重華政垂衣，化俾風俗美。行行度東魯，野水足荷芰。微吟數魚網，薄睡倚烏几。漁歌起微茫，逸興舟戒檥。人言居移深，嘉橘化成枳。不見千金泉，一歃夷齊擬。離群增幽憂，溽暑積浥濃。登坡帽低昂，跋馬益遠企。管鮑非利交，金石誓生死。著鞭訝先之，稅駕亦逝矣。共享黄髮年，斯文永綏祉。

題張中丞東亭圖

舊墅習真隱，新亭幽且妍。芳菲家林春，引眺增推遷。令德資先猷，嵯峨白雲阡。總角精典籍，承顔綺襦鮮。寒泉感逝波，喬木矯蒼煙。欲論林間趣，深掃區中緣。招攜舊鄰保，舉觴問華顛。雞鳴柳陰直，魚跳水紋圓。開田穀盈囷，種果花滿川。荏苒白玉京，念至心惘然。傳忠匪懷禄，立身盡貞堅。披圖耿素志，功成賦歸田。

曲陽李孝子

寒雲生秀嶺，朔風盪修林。烏兔日以馳，幽翳增嶔崟。朝看壟頭柏，零露珠淫淫。有饌不能舉，有酒不得斟。綷縩月下衣，淅瀝壁下琴。登堂痛躑躅，審象陳輿廞。重華古孝帝，五十猶素心。坐令比屋封，表里存遺音。立名在樹德，戚戚非所欽。嗟哉曲陽生，束書振華簪。

送趙虚一道士降香南海諸名山往從虞伯生降香成都

振策峨眉巔，身輕瞥飛鳥。懸崖欲崩流，側石穿暗篠。高騫蕩心目，每恨所歷少。捧香南溟使，絶足騰騕褭。龍淵明玕秀，恍惚百靈皦。乘飆訊八公，掛席招五老。巖光候陰晴，水氣變昏曉。神君層巒倚，商祭通杳眇。念昔結空寂，崖广〔二〕絶登眺。希彼巢居子，寢作止林杪。鐘鳴驛吏動，危坐萬籟愀。餘齡水赴壑，歷塊跡電掃。韜精習澄觀，俯矚八紘小。

屏山堂

貫星化飛魄，修纖屹青暝。何人媚幽獨，喻物傳真形。想此宴坐時，參前平且寧。朝霞紅冉冉，暮雲白亭亭。中立羞卷舒，廓寥慎儀刑。君子法至靜，處身視行庭。古聖儼未忘，觴豆爰有銘。兹峰合混沌，胡然命爲屏。天空月當户，陰風走山靈。

題輞川捕魚圖

洛口疾如箭，騈頭頳尾鱗。散網巖隈泊，千漚水花匀。輞川蓮社侶，百味不入脣。時危涉飄蕩，急管悲青春。不如漁師樂，風水候昏昕。連檣坐翁媪，茗糜接婚姻。永謝朝市客，炎涼生喜嗔。

子昂墨竹

高風法清聖，直筆師素王。湛湛玄雲姿，靈籟生幽房。解珮白玉京，誓將泛滄浪。所懷歲寒友，臨分贈琳琅。

可竹軒

種竹水邊宅，岸幘晞餘清。湛湛玄霧姿，匪以介自名。條達辭黑墳，英光表朱明。寂歷巖下泉，旋轉空中笙。神交習真靜，恬養忘虧成。南國倦溽暑，鬱陶起深情。展席臥其下，仰見疎星行。始悟晉諸賢，嗜此誠遺榮。我家十畝園，新籜流珠纓。邈然送歸棹，矯首蒼煙横。

子昂雙木竹石圖

朔雲盪空輪，群芳益摇落。老木兢且嚴，化此雙鹿角。粲彼江南枝，歲晚彌卓犖。或言石五采，服之混沌鑿。威鳳招不來，虚聲起阿閣。

以劉士先子墨贈薛玄卿

虚堂集萬竈，高下旭流螢。寒膏玉蟲綴，幽光耿晶熒。巡行蟻旋磨，龜手日不停。範圍金屑精，膠轕桂杵靈。劉氏祖子孫，妙訣通玄冥。沈沈緝熙殿，函封英露零。龍𩨝掣鯨海，黯淡松花馨。往事歸逝水，殘璧傳千齡。雲館道氣寂，守黑深儀刑。散髮結瓊章，研摩固幽扃。持此以遠慰，點翰補黄庭。

飲酒雜詩十二首

其　一

春至舊疾作，晝眠聽禽聲。總角耽六籍，萬化何縱横。觀象太極初，始悟無虧成。環中秘靈根，群動一以貞。吾欲乘彩鳳，截篁以爲笙。上窮崑崙渾，下探渤澥清。

其二

夜黑雪初白，高卧益自怡。起看庭前柳，冉冉青春姿。長松在西山，鬚髮流銀澌。豈不念歲苦，老壯當固持。事至勿獨戚，時來詎人爲。得酒且深醉，淵明果吾師。

其三

京師二十載，酒中有深歡。大雨即閉户，朔風嘗解鞍。客至輒笑之，是豈宜居官。振容筮神蓍，鴻飛漸于磐。百歲苦世短，萬鍾非我干。所以東方生，吏隱神益完。

其四

陽鳥乘南雲，飄飄振奇翮。迫此粱稻謀，居移遂成客。愧我食京塵，誓墓志未獲。雙峰十丈松，下有千載魄。當年侍蓬瀛，香芸森寶册。高齋集遺編，朱墨猶手澤。戰兢愧匪承，永念在行役。

其五

少欲觀滄海，下取珊瑚枝。穹龜負玄文，靈鰌揚朱鬐。盪舟不能往，寶氣時紛披。有客方壺來，授簡雲差差。一以參太極，九以師庖犧。振衣海神泣，舉觴山鬼移。

其　六

少覩五嶽形，五性各有殊。神州養深知，百靈受馳驅。申申安樂翁，定洛爲中居。契孫乃九遷，舜詎平陽都。神京屹金臺，五雲玉芙渠。始知天經旋，積氣爲堪輿。

其　七

家鄰天台山，云有二子巖。巍峨太古石，纖修矗雲尖。上棲西竺僧，雪色垂鬚髯。二子與之遊，作詩清且嚴。乳花散瓷甌，瀑布飛銀簾。醉醒夢見之，謂我何留淹。

其　八

南簷孤生竹，歲暮柯葉蒼。豈不念道里，因之摧雪霜。夷齊盧龍居，胡爲乃名揚。入水蛤有文，踰淮枳彌芳。受性諒匪移，臨風酹吾觴。

其　九

弱冠不飲酒，篝燈横玉繩。或云酒中趣，湛湛浮雲蒸。棄書試其言，杲若烏輪升。天根轉晴雷，堅城爲之崩。妙言粲瓊屑，逸興追飛鷹。醉鄉儻可居，無功乃真朋。

其十

醉中發莊語，爛如錦中花。急急抱蘆雁，肅肅投林鴉。欲別意深省，瞑目不復譁。愧彼獨醒人，揣摩生咄嗟。下馬暮入門，雙目含飛沙。醉者忽復悟，振衣正烏紗。

其十一

江梅生空林，歲晏美無度。挈身踰朔易，塊獨此室處。氈房望朝陽，耿耿不得語。雕籠粲珍禽，悵望秦鄉樹。爰居東門止，盛饗非素茹。臨風嗅其英，雅志懷故土。

其十二

嵯峨白雲阡，種松在山腰。散之不盈掬，離離如麥苗。迎陽漱靈津，參差拂雲霄。露重碧天淨，玄鶴時來巢。俯仰二十年，鬢齒日以彫。寄聲謝玄鶴，相期躡岧嶢。

劉氏義門

芸閣寶書輯，靖言繇外孫。感彼南山豆，淒其北堂萱。昂昂壽母懿，槐柳植高門。潛夫豈無論，莫述寒泉恩。時康廣女史，願以銀管存。

述郭楚望步月秋雨琴調二首

其　一

明月當清空，流光滿西墀。振衣獨徐行，耿耿長相隨。我心如明月，萬古無成虧。偶逐區中名，遂爲塵所欺。抱影長夜吟，别鶴同離思。行矣歸故山，探玄結幽期。幽期永勿諼，長嘯彈朱絲。

其　二

欹枕絶幽夢，卧聽秋雨鳴。寒葉不自持，摵摵金石聲。清商肅萬物，此聲何不平。寤歎生遐心，夙昔羞近名。千金隴頭客，荏苒朱顔驚。此夕秋思深，斷續難爲情。載歌招隱辭，臨風寫餘清。

送吳博文歸天台

中年困菽水，絶足萬里道。舊家天台山，清夢嘗草草。秋雲起晴姿，思逐冥鴻矯。三年鄞江上，微禄紆素抱。緬懷揚雄宅，古徑雜幽葆。童年手種竹，翠羽插雲表。還家恍南山，訊俗憑舊老。清名天所閟，投冠詎終保。鳴鞭踐修途，置用實國寶。英才翦春葩，醇語酌清醥。解榻定有人，行矣趨徵召。青蘿罥寒猿，深啼怨清曉。

送人之官遼東 吳郡張淵清夫〔二〕

昂昂泰湖槳，直上遼海東。層波起青兕，出日摇蒼龍。中有仙人島，卉服雙碧瞳。手披古墜簡，返真極彌縫。季世日以漓，神功貫鴻濛。維聖居九夷，駕言挹淳風。衆情習近慕，飛塵哆青紅。觀瀾悟玄化，白雲澹無蹤。遠遊豈不樂，感悵非終窮。

得一齋

清齋不知歲，尸坐觀芸芸。神珠護靈淵，歷落光景分。先時謹橐籥，執機合絪緼。淳音出虛牝，百靈憯無聞。九關肅夜令，星斗森玄雲。永玩泰始體，握之密成文。緬言延年士，服食爲奇勳。寶氣倏消蕩，纍纍竟丘墳。念此意愈冷，幽居匪離群。

次韻蔣遠靜二首

其一

陽靈貫奇璞，棄捐荊山傍。悲哉三刖翁，炎空泣飛霜。此寶不復試，襲緹迺深藏。百神靜護之，石老日月荒。峨峨五彩雲，散爲白虹光。追琢在所用，持以登明堂。

其　二

猗[三]桐生空林，繁陰閟道傍。永斲雲和器，十指凝冰霜。玄鶴何方來，鎩翮感摧藏。合爲清商曲，行雲渺荒荒。素心諒平和，鑑彼明月光。置彈集吾聽，遺音在高堂。

次韻鄭景尹二首

其　一

弱歲拾琪葉，耿耿金石音。遠爲關河遊，衆嗜非所欽。曳裾入承明，寶策紛珉琳。秉筆直塗竄，嗒然養書林。維南有佳樹，寸雲出遥岑。遲之不肯來，辭以道里深。跂予匪朝夕，盟言在兹今。

其　二

層臺望秋林，華樹在其巔。上有青樛枝，爲我玄鶴延。良時豈不感，盤雲復迴旋。瓊英失零露，百卉爭忿悁。願言保遺直，勿使衆蔓纏。一歌以慨慷，再歌朱絲絃。

再次韻二首

其一

潛魚護嘉鱗，鶵鳳含淳音。束髮勇聞道，執御群公欽。痛哭悼賈生，敏給卑陳琳。荏苒歲月遷，厠身群玉林。飛塵化玄髮，所歷多崟岑。精衛有猛志，不畏鉅海深。遺聞理墜簡，修名匪垂今。

其二

古有惜陰子，觀日扶桑顛。雞鳴起中夜，紅光朗流延。吾欲挽其馭，與天同左旋。志士不並世，寸心增結悁。神澄水鏡淨，世閲徽纆纏。鄙語雜謬誤，奉身直如絃。

觀圖書次韻景尹

少遊竹素圃，學道希心傳。祖德允遐聞，履冰凛求全。素衣入京洛，飛塵浩難湔。車書焕皇度，末技期雕鐫。稽古在簡要，敢侈三萬言。煌煌群玉府，遺跡森炳然。滄波蓬壺島，古石仇池天。方諸變毛穎，寒暑隨推遷。感彼傳翫數，寸心獨悲悁。淒其衣冠聚，拱木思昔賢。籯金白雲化，青箱游蠹旋。寥寥鈞天夢，髣像追四懸。尤物詎足貴，尚德庶永延。愛君閟神珠，出水復媚淵。六籍儼遺訓，精思貴誠虔。一撫玄鶴操，以賡雲和絃。

次韻廬山黄伯玉東漢名士十詠

其一

食肝不知味，詎爲口腹人。紛綸五經學，講道踰八珍。古來植名士，殺身以成仁。念此匕箸微，少忍非傷貧。高誼動白日，正色凌三軍。仲叔固義士，井生乃天民。

其二

漢季日頹靡，莽莽蕭艾叢。孺子南州彦，獨立風雨中。兩爲故人弔，斯道萬物宗。湛兮如止水，脱焉如捕風。儉德良辟難，栖栖何爲容。耕稼詠典籍，食志非無功。

其三

叔度長閭巷，奉高獨先知。盛德眇莫名，鬱爲時所師。朗陵一邂逅，此豈髫齔兒。幽篁抱静節，游龍隱深陂。至今百世下，清風散肝脾。仕止適天運，不喜亦不違。薄遊河南道，還家復牛衣。

其　四

力田南山下，久卑不學恭。每於風雨時，執禮夷踞中。甑墮乃失聲，此意人所同。厲行名益彰，無懷道之宗。郭公果善相，千載我欲從。

其　五

伯鸞事沈冥，作勞賴仁妻。身隱不顧文，更治山中棲。浩歌五噫詠，麥秀何淒淒。遐征詎遊觀，鳳鳥不復來。嬴博慕季子，居夷法宣尼。幼無適俗韻，與世非寡諧。至今青青冢，猶有鳥銜泥。

其　六

古有逃名士，洗耳東海東。韜精事肥遯，浮雲藐王公。被髮或佯狂，垢形滅其蹤。季世事標榜，紛紛競罹凶。所以康伯徒，邈焉不知終。

其七

幼安家北海，流徙來東溟〔四〕。一帽常掛頭，破席屢見經。六籍躬探微，衆説紛聚螢。老非諸侯客，肯至三公庭。華生竟夭折，管子終康寧。

其八

龐公老江漢，性本愛居山。採藥山北涯，歸鷗送之還。青林酒一巵，白日茅三間。時許眼中士，非鵠亦非鸞。性不耐束帶，矧肯貪王官。似憐牀下子，崎嶇卯金寒。靜性閲變化，道充身愈安。乘風學輕舉，寒蘿杳誰攀。中郎天外鳳，北海人中龍。鳳以五采萎，龍以有悔終。失身匪素志，尚言乃真窮。舉世習玄默，脂韋爭長雄。之人佩瓊琚，肆言刺群公。落口掇真禍，悲來事容容。蘇公起深悵，鑾江盪舟中。

其九

荀陳兩家子，龍鼎合雞彝。昔嘗窺其圖，一一無吝疵。空巖古桂樹，崔嵬匪今兹。想當下車時，群雛古威儀。行酒拜滿户，入門揖當碑。惜哉彧與群，巨構頽其基。

其十

我家司徒公，清德炳漢朝。盈盈丙丁綬，燁燁左右貂。謂此非世美，脱去孰敢招。榮木固同根，其末千萬條。勁節或峭正，孤吟或清寥。世遠人事疏，耳冷心志消。瞻企法天運，盛衰感江潮。束髮六籍功，矢言期久要。詩來振遺響，縹緲孤鳳簫。前修果未沫，百世詎云遥。

觀真文忠公畫像

群賢輔絶學，嵯峨武夷峰。熒熒方瞳光，汲汲汗簡中。緬懷文明初，蒼珮極匪躬。執筆侍玉署，妙語工彌縫。飛塵變蒼狗，潛淵閟游龍。空餘經濟心，勞徠飢飛鴻。濁水投神膠，揚清迺奇功。喬松不並世，寒飆轉秋蓬。生世我已後，正緒遺顓蒙。惕然拜公像，斯道非終窮。

曾大父樞密越公，嘉定辛未與先生同官奉常，寶慶初同爲侍從。先生被黜，先公亦以論邊事去國。獲拜遺像，併識于後。

王忠簡公嘉定入朝，曾大父越公獲隨班著。暨端明公嘉熙間以西山先生門人歇歷麾節，先公則已捐館。桷向遊學婺女，得拜端明公之次子令尹，道家世遺事，纚纚不絶口。今復見其孫申伯于鄞。喬木摧落，桷深爲此懼。瞻仰西山先生遺像，因敘事契，併以自勵，亦以勉夫申伯。

陶道士心遠齋

少秉丘壑志，養真事深寧。清晨脱章甫，習道誦丹經。熒煌金碧居，明霞敞殊庭。逃形託榮觀，漠然守心扃。矯首西南雲，飛蓋垂流鈴。八表散清雨，歸林何亭亭。緬懷靖節翁，舉觴日沈冥。之人静且修，奇服養遐齡。長松舊云植，秀色日以青。素心靡違只，矢言寄山靈。

寄題郭靖州絅齋

靈曜動橐籥，萬物俱光晶。湛然齋居子，韜精獨沈冥。飛梭織翠霧，層冰瑩疎星。製爲蟬翼衣，無華静儀刑。憺兮神君來，不笑亦不頩。一以卻氛垢，一以永千齡。我欲從之遊，車音振泠泠。

校勘記

〔一〕郁校：『厂』，原本作『广』。案广，《唐韻》、《集韻》魚檢切，《説文》：『因广爲屋，象對刺高屋之形。』厂，《唐韻》呼旰切，《説文》：『山石之厓巖，人可居家形。』《集韻》籀作厈。《六書本義》：『厂，水崖高者，岸、厈同。』是『厓』當作『厂』，作『广』誤，今改。

〔二〕郁校：原本題下無注，或寫增『吴郡張淵清夫』，鈔本亦有。按四庫本題下亦有此六字，今補。

〔三〕『猗』，四庫本作『椅』。

〔四〕『溟』，原作『冥』，據四庫本改。

清容居士集卷五

古詩五言

爲贛川連教授賦梅城

稜稜太古根，縈帶鐵不如。飛塵望其藩，卻走奔無餘。中有冰玉人，指揮萬瓊琚。低昂受其職，補理成扶胥。天空斗摇寒，令嚴察孤虚。練袍立清夜，鮮明映〔二〕犀渠。積雪誰爲驕，慷慨紛糢糊。陰陽本一氣，開門使之俱。險絶貴有道，面壁非吾徒。司晨起視旦，蝶夢方蘧蘧。

泊貫州次韻仲章

沙塵暗河津，遊雲蕩無餘。忽忽萬里念，眇眇孤鴻俱。風水淹行頓，異縣非故居。雞鳴逐前邁，殘星澹遺珠。空林野氣肅，古樹慘不舒。飢禽何其悲，驚飛挾鳴雛。迺知俯啄意，愧我將焉如。道遠怯驚隘，終憶山中廬。誓言息機事，解纓慎馳驅。初夏鬱新溽，永日誰爲娱。因之寫初志，臨風復躊躇。

次韻吕學正古意二首

其一

初筵秩嘉賓，容氣清且明。至饗不在酒，尊罍粲東榮。傷哉崇飲徒，偏宕四坐驚。中有獨醒士，靦然愧非輕。持觴懼濡口，孤吹幽篁鳴。永飢詎遺禮，俎實期充庭。

其二

苦心嗜昌陽，古澗香莫識。之人遠持贈，藉以五色石。密節懷黝章，寒暑端莫易。三咽迴中腸，起止良得力。舉世希妍英，椒蘭政紛職。慎勿强嗜之，㪷泉澡其德。

次韻元復初春思三首

其一

凍樹迴青陽，羈禽競新哢。喧喧人語浮，稍稍春事動。澄心絶芳華，小睡足幽夢。夢覺天宇新，朝光集飛棟。

其　二

遊塵逐平皋，秀色翳榛莽。油雲互東西，欝抑不能雨。昭蘇在玄功，竟夕復延佇。何當抉其巔，振翮窮委羽。

其　三

遠客芳草思，湛湛天外舟。坐令親知疎，低徊此淹留。古樹擢奇石，清流匯芳洲。素心諒有在，胡不爲兹遊。

雨後聞鶯

衆卉沐新雨，幽光澹餘情。岸幘碧窗冷，卷簾白雲生。起坐調素絃，促軫流鶯鳴。似言田家苦，招我田中行。昨宵隱其雷，願言興滿盈。

送李德隆經歷其父居澧陽因乞郡江陵以便省養

悠悠澧陽川，飛鴻去無極。白雲眇何方，抑欝萬里色。念之不得從，肉臂誰爲翼。翩然領南郡，解此終歲憶。楚宮昔壯麗，冠珮立瑶席。瓊英輯佳思，落筆洒金碧。淒其千載下，正氣堅鐵石。想此問俗餘，酹酒追寂歷。平生功名意，甘旨惕朝夕。懷章遂其初，居夷亦云適。藝蘭襲孤芳，種橘企嘉植。永言區中塵，過隙殊未息。

節婦吟二首爲蒙氏作

其一

幽蘭淨如洗，晻靄桑麻墟。天低泣清露，因依護紛敷。春風遠相負，乃在萬里餘。明月流素光，願鑑夫君裾。荷戈力行役，誓將保無渝。難以一日歡，永失千歲娱。

其二

蕩蕩明河側，雙星隨斗移。會合靡有睹，恍惚生怪奇。古意不復識，今情益多疑。契闊三十春，百年以爲期。白首一邂逅，孤芳秉華滋。感此初意深，臨風託長辭。

次韻范德機海鵠篇

黄鵠海上來，逍遥遊帝所。寥寥九萬里，五采紛異覩。朝霏西山霞，暮結平地土。喧啾舞晴翠，鵠首不復頫。孤鳴者何禽，振翮亦遐舉。憯兮邂逅之，落月耿清侣。芝糧産層顛，蘭珮在遠浦。八表同其光，欲言淚如雨。臨分致黄鵠，出處各有許。方壺渺麟洲，輪囷爲君佇。

送任懷可

跕跕水上鳶，游游釜中魚。鳶飛不得息，魚呴何時蘇。興言夙行邁，晴秋振修途。挈衣海上州，出日摇珊瑚。采瓊以爲糧，拾羽以爲裾。妙言感芳蕤，流光耀陽烏。盛意勿復沮，清氛静無餘。維南有英雲，矯首出門初。團團御飛蓋，隨君爲躊躇。勗哉植明德，含章俟昭圖。

同復初功遠飲仲章家觀芍藥分韻得一字

深沈碧雲居，錯落紫瓊室〔二〕。芳菲護餘春，清和表昭質。高叢吐騂剛，新茁角繭栗。傾心愛膏露，正色浴初日。含香紫宸朝，奏舞彤庭佾。騈頭澹無妬〔三〕，背面意愈密。杯翻王母下，斗碎壯士失。霏霏玉生煙，漾漾珠吐液。絶容第無雙，薄醉飲真一。嫣然屬幽賞，爲爾寫清逸。

洛詠五首示洛人張孟功任大正

其一

晴雲起嵩嶽，變化如游龍。感彼金谷人，聚散同飛蓬。縈紆古瀍澗，百井爭汲舂。昔有陳思王，作賦雕層空。相望不得語，遺情寄冥鴻。金堤手所植，荒淫竟無蹤。

其　二

三川鼎沈淪，洛水以土勝。如何群英聚，千載兵甲競。仙人王子喬，吹笙白雲頂。下視北邙塚，今爲狐兔穽。斷碑化灰劫，來者日以盛。箕山水泠泠，側聽發深省。

其　三

森森古名園，玩芳納玄覽。澹然觀物翁，欣至情不減。看花烏帽落，秀色起晴臉。一一卿相居，舉觴雲氣湛。尸坐寒暑遺，妙言天地範。一去三百年，寒松白雲黯。

其　四

昔有好奇士，絶頂觀海浪。神泣肝膽翻，興逸天地放。泥金與玉檢，縱筆紀其妄。兹山久寂寞，著屐事幽訪。太少何岧嶢，兩曜隨下上。彩鸞淩風翔，疑有帝子降。

其　五

經郛闡微言，理窟洞玄化。汲汲嵩山叟，反復窮代謝。白璧匪有瑕，後賢極譏射。麟經書薨卒，外臣不以假。如何莽大夫，簡牘得矜詑。往聖既莫從，掩袂效喑啞。

贈汪生

投簪事卻掃，衡門無雜賓。衡檐鳥雀噪，魁梧見斯人。遺我以琲珠，神光絢嶙峋。風雅久不作，雄辭逞齗齗。愛君春雲姿，回旋轉空輪。飛英不受采，積潤凝青蘋。老我意苦短，念此情彌親。疇昔侍金鑾，挽士志莫申。薦禰固百一，視君鮮儔倫。先聖六籍功，顧言善彌綸。辱贈莫能報，清風響蒼筠。

感興

明月不受采，澄波偶成文。壤壤玄黄中，至理孰與〔四〕分。南山有琪樹，蒙彼山上雲。層陰閟朱光，積潤養奇芬。深林葆真素，芳妍澹無聞。昨來京國遊，緇塵日芸芸。永念丘壑趣，攬衣意如焚。

題王眉叟溪月圖

水清不受觸，月高不受浴。空景兩相忘，松風進虚谷。之人閲真静，引手還在目。服之飛上天，溪流淨如玉。

書孝子卷

道旁拾枯松，汲水作糜粥。堂前九十母，啜粥端勝肉。人言五鼎養，形渥迺有辱。擊鮮豈無具，彼網不敢觸。乃翁三尺墳，慈烏爲之築。亭亭忘憂花，甘露手可掬。花開醉春風，百歲初轉轂。之士歡有餘，之人何不足。

夜泊城北有懷孫秦二學士

英英二學士，黼黻元祐初。功名軋姦黨，翰墨尊寰區。維昔淮南邦，風流藹清都。至今舊文采，老蚌遺神珠。百年俎豆廢，荒城屹秋蕪。黑首總論武，舊老時言儒。白雲去已久，來往今何如。蒼蒼灌木陰，曾聞駐瓊裾。艱難視天運，俯首猶唐虞。稻米竭秋斂，菱芡餘歲儲。白鷗眇天末，蘆葦寒蕭疎。懷賢願有在，佇立情躊躇。

淮口阻雨二首

其一

曉雨壓風力，我帆同款段。怗怗篷底眠，晝日慘易短。獨行既無儔，欲去不得返。冥濛水佇江岸。

雲重，寂歷榆柳斷。淮流既東馳，我行安可緩。縈迂泝三叉，始覺人語亂。艱難意如斯，寒鴉

其　二

小雨不作潮，餘清在春樹。冥鴻歸興深，振翼美無度。淒涼舊如此，荏苒已增嫵。茫茫昔荊榛，桑柘青幾許。淮水去不休，歲閲今與古。風雲合浩蕩，我輩勞步武。人言上水地，沙流半焦土。行役儻自然，春雲起飛霆。

詠史四首

其　一

青青虞美人，欲舞不解前。漫漫劉寄奴，醫國真茫然。風迴下相里，寒沙起蒼煙。徘徊古彭城，亦復多流泉。二者骨已朽，胡爲事春妍。人生要垂芳，豈託小草傳。丈夫與女子，籍籍同悲憐。

其　二

寰宇設天險，圖書已周知。鴻溝定疆理，屈意陳卑辭。永觀沛公豪，豈無懷土思。群雄亦

鄉黨，輕家迺相隨。時來各忍性，不復兒女悲。它年過沛宫，父老垂涕洟。井邑圖新豐，雞犬猶前時。論功食湯沐，故里俱無遺。成敗論昔人，興懷重嗟咨。

其三

留侯晚辟穀，端有避禍意。遠招商山翁，不復爲漢計。平生老鋒鏑，帷幄乃真智。南宫論非訣，意冷終有忌。雍容視國本，孱子匪神器。此坐端可惜，欲言且深慮。代王豈不佳，語出禍立至。羽翼從汝成，矰繳幸我避。百年願已足，投老空立異。不見吹簫民，功成終械繫。

其四

人言漢淮陰，晚歲何卑陬。英賢多混跡，豈復論恩讎。泊舟楚山川，緬懷意悠悠。責人斯無難，此意猶前修。近世輕薄兒，流落曾相投。飢來或乞食，寒至將索裘。一朝青雲上，泯默懷深羞。高視絶舊好，削跡同避仇。當年睚眦意，談笑能相酬。韓生固瑣瑣，終勝青雲流。斯人我非慕，微言儆群婾。

次韻仲章初夏即事

吏隱習疏曠，晨起遺世情。積柳含緑潤，幽葵表朱明。誰云地氣高，炎暑從茲生。新潦變歊溽，飛塵增墳盈。養痾尋丈内，跬步不復行。雲浮晚色盡，平湖起秋聲。炎涼在頃刻，變化何縱横。繕性合天和，愧彼塵網嬰。有懷金石交，飛蓋何由傾。

城南亭

平生泉石意，勝處時相關。似聞城南亭，層陰絶塵闤。初夏結清讌，尊罍連珮環。涼襟納虚白，妙顔尊渥丹。高歌互激越，白日虚且閑。志適不願足，後會期躋攀。晴霞澹天末，迴首疑仙寰。

讀范德機東坊稿

范子東坊居，深巷蔽樛木。架上一帙書，牆東數叢菊。明月照西山，清夜勤盥沐。學爲孤鳳吟，非絲亦非竹。陰陽合萬籟，逸響振林谷。水花不受唾，天衣那有觸。玉署青裳枝，三嗅羞獨宿。滄洲有真趣，從此謝榮辱。

武當張道士京師禱雨迴山中

古有巖居子，抱朴尸玄冥。被髮空洞遊，蒼莽窮帝青。手持九九文，蜿蜒合揚靈。維斗司其紐，習坎鞭流霆。良疇已懷新，燥露滋明星。滌滌原野焰，迴風轉塵腥。無譁夜下令，瞬息不得停。兹人秘元化，長跪耳默聆。崑崙挾潢漢，紫霧噓青萍。玄鶴滰以淒，百谷奔零零。浮侈不足慕，趣使歸巖扃。天地古槖籥，鍊一清且庭。詭幻歲已暮，願言養修齡。

觀梅分韻得影字

月窟迴初陽，瑰室習真靜。深居碧雲合，澄觀白日永。南枝歷煙霧，北雪辭嶠嶺。蟠柯翠交加，疎萼玉秀整。三襲雜纖繒，一漱芙蓉井。浴鵠採其光，寒蜂妬其影。將養憂過分，泯默發深省。天空流蟾〔五〕墮，露冷玄鶴警。歌罷誰與言，觴至不復逞。

送陳仲剛歸番易

浩蕩南客心，崢嶸西山雲。憶昔登王畿，縑緗集同文。執簡玉署側，藻思抽奇芬。明世合儒彥，詎有楚越分。群姝嫉蛾眉，念至肝膽焚。番江匯新田，甘雨催初耘。不念別者苦，孤翮誰爲群。重柳積翠霧，酒盡不得醺。扁舟鼓新棹，晴川淨芸芸。

送薛玄卿歸吴予時有上京之行

飄飄江海遊，渺渺關河役。燕鴻有相避，客子無定跡。南山火雲高，北山雪新白。想此六月時，相顧各動色。堠傍青松樹，上有雙鵠翼。愛君慎舟楫，戒我專寢食。擾擾行路難，風花亂如棘。

有感

皎皎白面生，長鋏學短長。箕坐激楚聲，大言響高堂。有客將止之，反脣臂欲攘。客退不敢言，彼怒庸何傷。盈盈百花露，擬作終歲糧。露晞百花隕，掩袂翻徬徨。

董道士雷泉齋

淵淵養空洞，摩盪升天行。翻車震崑崙，旋空紫金明。下有五采雲，散絲隕珠英。以彼一寸光，八表須臾成。逆順有正性，變合無流形。火以明益枯，水以堅始凝。無爲合沖澹，神化凌上清。

三月十二日自殿廬歸舍梨花盛開薄暮與陳汝海花下小飲

兩人一百歲，共飲三十杯。雙花夾蒼檜，夭桃倚晴臺。白團燕山雪，紅注天台醅。振鷺擬高下，遊蜂謝徘徊。昂首冠接䍦，捧心舞毰毸。殘日凝餘霞，迴風起輕雷。不念影寂寂，但惜光皚皚。珠衣點綴滅，粟尺彌縫裁。團圓粧奩巧，宛轉寒紋迴。香深妬紫檀，色靚羞蒼苔。幸兹豔陽盛，不以塵土摧。凡卉工後先，孤根靜栽培。翫芳悟觀象，擷英審掄材。轅轢青紫場，躝藉錦繡堆。高羞折腰柳，逸亞横枝梅。慇懃識花意，浩蕩爲我開。殿廬龍光動，瑣窗駒影催。相迎復相恨，欲去還相陪。停雲儼若思，落月寒如灰。當歌願秉燭，渴吻驚耻罍。

送祝丹陽使武當山

夙昔山水郡，浮身宅冰霜。迴首楚望深，乘車升武當。上有天一池，夾日紅熒煌。玄雲起丹甲，群螭恣騰驤。攀崖靈壽杖，坐石芙蓉牀。琳琅徹迴鸞，儼立承天香。麻衣採芝叟，百歲鬚眉蒼。授子以易知，永視元運長。摩娑古金人，轇轕日月光。中臺古峭崒，天風振層岡。揮手謝來者，下土何遑遑。

贈陳文翁求篆扁

往聖抉天巧，蟲魚構瑰奇。辛勤汗簡功，淪落誰傳兹。昂昂子陳子，掇拾靡棄遺。清齋淨無塵，素壁懸秦碑。似欲卧其下，畫腹鬼神悲。氣酣落長牋，屈曲生妍姿。斷嶂立冰箸，迴波捲蓴絲。百幻頃刻成，長鋒勁如錐。解衣坐晴窗，青眸光陸離。客喧意自寂，手敏心相違。遠憐李氏子，自謂一代師。蒼徨大夫門，筆冷情依依。得非金注昏，竟墮豪俠欺。我家竹石居，甕牖迎春曦。煩君作佳扁，朝夕舒頑疲。夜月走魑魅，晴雲鬱蛟螭。高張駭衆客，傳觀恐群兒。能事敢强迫，妙處通天機。會須風日清，醉墨傾淋漓。

送李平叔之信陽

維昔文昌公，幽蘭閟孤芳。高秋振餘清，百卉爭斂藏。颯爽眉髮古，峨冠坐鄞庠。歌詩闡温柔，宫商起虚堂。絢爛五色雲，縹緲鳴鸞凰。至今老諸生，猶能記鏗鏘。乘風侍金華，蹇諤懷剛腸。諫疏納帝榻，百壬斂妖芒。年運既莫從，精爽回雲鄉。空餘子雲宅，澗水猶湯湯。永思古遺直，江湖眇相望。朅來芙蓉峰，喬木鬱以蒼。巍然孫枝秀，妙譽參珪璋。投牒山水州，清溪趁輕艎。群公列贈語，握手揮離觴。我生識面晚，懷賢意何長。慨兹衣冠胄，蒹葭隕飛霜。交衢泣零落，寸心實徬徨。斯文儻未墜，龍虎回天章。願言紹正學，青雲縱翱翔。

贈徐中丞二首

其一

南海有玄鶴，孤唳雲稜層。天池不肯下，厭此魚鼈腥。露冷懷長飢，慘澹舒寒翎。空巖蔽喬松，鬱鬱太古青。喬松意何悄，陰籟驅群靈。下有散髮翁，默誦離騷經。妙顏粲瓊芝，孰視眸晶熒。鏗然拔長劍，神光發新硎。倏忽去已遠，玄鶴空晼晚。爲言來何遲，迴峰起前巘。

其　二

梟氏㝗吉金，紅鑪範黄鐘。鐘成飾雕簴，岌業蟠虬龍。大鳴淳以希，小鳴和且沖。高懸饗群帝，祥雲布青紅。群帝難强留，一去三千秋。張筵設尊斝，庸錫南諸侯。一擊黄鵠來，再擊飛雲收。徬徨不敢聽，亟以還中州。師曠世本有，左高悵誰謀。終然侍帝所，天地歌同流。

拙訥齋

樗櫟老薪樵，雁以不鳴烹。受形既非材，卒莫全其生。在昔有至人，觀化通百靈。至言貫圖象，妙思窺璣衡。乃爲萬物宗，熙熙遂生成。髠彼青牛君，深根護靈扃。永哂鄉原子，木偶欺聾盲。設喻深止之，跬步增慎兢。世路日榛棘，韜精事沈冥。滄江渺何許，願言濯吾纓。

送鄱陽劉縣令之官宣寧二首

其　一

嵬嵬馬邑州，火山蒸鬱陶。霜勁角弓直，草淨蒼鷹條。平沙細成塵，迴風涌銀濤。想彼强盛時，馳突聲嗷嘈。烽煙徹雲表，低昂望前旄。樓煩古喉襟，燕秦據其尻。八月秋氣肅，千家釀蒲萄。

其二

帝京布文教，列邑施官曹。井屋魚鱗齊，禾黍黄雲高。幡然土俗變，怗首羞雄豪。出宰試敏手，良庖靡更刀。善政舊諜傳，據案除民饕。村村煙火通，長塗罷建櫜。雞鳴流水遠，雁過平陂翱。餘情樂觴詠，臨風謝喧囂。

題文與可風雨墨竹

妙筆抉天巧，黑雲參差高。偃疑受雨深，俊欲凌風翺。颯爽隨舒卷，清涼散塵囂。湛湛不受暑，靈籟虚窗號。緬懷文湖州，玉雪人中豪。想此旁礴時，葆光解天弢。老僧道機熟，形影隨目逃。持以深贈之，生意窮秋毫。高齋夜氣寂，定回起層濤。

答李生裕尚書大同公曾孫

英英金華伯，皓首人中龍。横經古鄞水，歌詩儆群蒙。舊爲鄉里教授，歌風雅以訓諸生。正色侍邇英，微言動宸聰。一疏不合意，孤身轉秋鴻。俯仰乾坤旋，舊聞眇遺蹤。坐令詩書宅，寒雲翳孤桐。維曾秉文度，月印五采虹。知我夙昔侶，贈言啓春容。清朝集文儒，直筆書清忠。作史聖有訓，狐裘靦蒙茸。挽士貴無方，正色誰爲宗。虚舟萬斛積，遇順凌剛風。明時詎淹留，勗德會有逢。

題巨然楓林雅集圖

楓林集虚秋，灝氣轉寥廓。坡危草纖纖，水路石鑿鑿。四子何方來，黄塵滿芒屩。據流濯其清，班荊坐盤礴。山童注新泉，支鼎拾薪籜。方囊濟勝具，一一隨取索。想彼笑談時，天弢脱塵縛。上追巢許高，下陋山王薄。淒涼金谷宴，腥羶甕雞樂。又疑東山遊，粉鈿汙花萼。老僧習止觀，雅趣隨筆落。振衣從之遊，素壁儼酬酢。

避塵軒

飄風捲飛蓬，咫尺隔煙霧。馳車與急騎，憧憧走當路。各云有所之，瞬息不得語。山陽荷蓧翁，守舍視日暮。酌彼澗下泉，膏沐美無度。寒光映玉頰，浩論巖中趣。永謝征塗人，看雲養真素。

次韻伯生榆林中秋

榆林月中來，今月向此出。天低鳥翼滅，野淨田事畢。驛馬西北鳴，候吏語喧唧。我行起視夜，炯若積雪白。昂頭望玄宮，耿耿駐營室。坐令八方澄，不使萬景没。徘徊清影孤，躑躅悵後發。

送鄭景尹還里

蟬冕生詩書，世胄乃鄙夷。沈沈喬木宅，風煙暗茅茨。此理固莫詰，或言有盛衰。堂堂魏王勳，談笑帝者師。風雲締嘉會，青史傳忠規。諸孫靜且秀，振鷺遊天池。鄉社三十年，永謝紈綺姿。興至來上國，窺探抉幽奇。聞聞與見見，柳下揚鞭辭。前聖六籍功，尊聞審群疑。江源發甕口，濫觴渺無涯。願持一寸膠，黄流化晴漪。天風捲秋濤，舟楫慎所持。時至諒有得，衡門詎棲遲。

李野齋别墅圖

别墅依平陂，翳翳桑麻陰。田翁理農具，晴雲起遥岑。于時春事初，佳樹響鳴禽。先生朝出遊，呼童佩瑶琴。仲也行比肩，叔也聲相尋。興至或坐石，臨流散虚襟。有客攜酒壺，勸我手自斟。共言羲皇時，古風藹淳深。巍巍居仁里，盛德世所欽。三鳳在高岡，參飛起清音。恂恂化卑讓，歲往猶傳今。披圖儼見之，慰我夙昔心。

子昂人馬圖

飄騰天山霧，盪摩玉京雲。耿耿萬里姿，矯首空其群。迺翁愛神駿，泚筆五采分。翁歸侍帝所，乘化觀芸芸。彼亦與之俱，追風超九垠。時松雪翁已下世一年。

題墨蘭圖

秉芳空林中，介石交不黷。飛英散玄佩，受露以膏沐。群妖春炫晝，墨守益慎獨。豈不念歲晏，自獻傷我足。矯矯金石交，挽之不盈掬。疏清湛虛心，振直耿絜腹。昊天有正令，俛仰萬物肅。臨風獨躊躇，白駒儼空谷。

次韻瑾子過梁山濼三十韻

大野豬東原，狂瀾陋左里。交流千尋峰，會合百谷水。量深恣包藏，神靜莫比擬。碧瀾渺無津，緑樹失其涘。揚帆鳥東西，擊楫鷗没起。長橋篙師歌，短渡販客止。天平雲覆幕，灣迴路成砥。鷹坊嚴聚屯，漁舍映渚沚。柳絲翠如織，荇帶組交薿。出日浮鉦金，明霞紆綬紫。一歃澆腸迴，三頮慰顙泚。高桅列魚貫，遠吹笙鳳觜。前奔何無休，後進復不已。遶如林烏旋，疾若坂馬駛。飄飄愧陳人，歷歷見遺趾。流移散空洲，崛强尋故壘。波清鳧聚陣，日落魚會市。土屋危可緣，草廣突如峙。蓮根漲新圩，蒲芽護荒坻。水花碧團團，雲葉白迤迤。濬修出飛泉，闡闢搜故址。緬思重華帝，允屬夏后氏。彝倫著箕疇，偉功傳遷史。目力渺無窮，行跡端可紀。前村捋柔桑，沃壤接良耜。餘芳錦堆爛，宿麥翠圍侈。迺知東魯儒，終作中朝士。養源滙滉瀁，包荒納遐邇。驅馳屢經過，感歎復慰喜。南還幸遂願，永雪洗耳恥。

憶昔三首

其一

憶昔白雲阡，有松如車輪。初日炫五采，湛湛珠露勻。是時十四五，恍不知其因。有客笑指之，慈蔭在汝身。猛志親六籍，百川渺無津。懷刺慎所從，一一先朝臣。文昌古遺直，談經鬱紛綸。授以漆簡書，經緯通天人。碧波掣鯨魚，瑞錦翻麒麟。昌歜世所鄙，食之迺奇珍。廁身金鑾中，黽俛二十春。懼貽先師羞，執筆常逡巡。即今已六十，誓墓廬松筠。厚德靡有報，淚與寒泉淪。

其二

外家甘盤宅，門閎誠煒煌。高懸金碧牓，中有衮繡堂。珠璣左右侍，絲竹儼成行。幼不識慈顔，到彼心徬徨。每歲兩過之，嚴訓具有方。膏粱病居養，久爾生惰荒。七歲誦詩書，十齡學詞章。髮尋志學歲，折節師老蒼。紀事法班馬，冥心契羲黄。謬與時彦交，寶書閲琳琅。今玆乞南歸，往事增慨慷。興懷陶與蘇，秉筆追耿光。凱風有遺思，願言繼餘芳。

其　三

寥寥帝王州，我翁佐其治。有亭名朝陽，青溪清且駛。旁有籌邊閣，群公集裾翠。翹翹萬芰荷，雨過爭旖旎。飛觴羽書來，翕霍江上燧。峨冠極遊談，戎弁生縱恣。予時侍其旁，側耳聽論議。翁言不見取，投劾乃謝事。坐令百萬家，解甲曁降幟。徘徊夕陽亭，晉宋政相似。

重巖圖爲劉明叟迺翁作

夙昔慕清隱，振衣躡層巒。飛鳥出天末，白雲生樹端。稍覺所歷險，撫松獨盤桓。緬彼巖中人，塵世靡有干。飢食千歲芝，朱顔炯團團。一日不見之，披圖儼清歡。崩崖罥枯藤，迴流起危湍。微茫暝色共，凌亂生綃寒。心期果冥會，願言力加餐。

王叔載以江梅有佳實託根桃李場爲韻見貽因次其韻

其　一

百川既東流，震澤成三江。學海詎有窮，泝源探敦厖。緬彼學古人，善問如鐘撞。簞瓢豈在樂，摳衣願爲邦。

其　二

六籍會有厄，禍繇漢晉開。支離起田孟，誣僞興姚梅。綿蕞匪正禮，區區存曲臺。吟詠既莫分，褒貶以爲才。

其　三

峨峨神京秀，轍跡貫九有。奉璋弁如雲，執轡沃在手。欲窮羲黄心，編簡滅科斗。研摩詎無念，急景謝衰朽。

其　四

風雨乖素期，山雞鳴喈喈。豈不念夙昔，愛此日夕佳。平明視青天，羲輪御中街。榮悴會有時，願言壯其懷。

其　五

高門深寧翁，晚歲悲絶筆。愛彼樸樕才，化爲楩楠質。春花五采妍，秋至詎俱實。遺文粹東楹，賤子願敘述。

其　六

昔聞中書垣，上有紫微閣。微言續九共〔六〕，妙義追八索。嶔岑大廈傾，作記金鑾託。深悲在廣招，寥寥鈞天樂。

其　七

少小不自持，曲學尊蕪繁。舉觴一釂之，爲言護深根。先天有至理，能使月窟温。談笑襲師訓，詎知雪齊門。

其　八

斥鷃不能飛，欲作槍榆高。何如阿閣鳳，守真始風翱。志士惜短日，碩人養屯膏。蕭脂始薦鬯，食黍乃雪桃。

其　九

昔年委閭巷，初不願禄仕。紬書探異門，擬作前國史。念至事益非，委命以修己。勿爲衆所譏，不如道旁李。

其　十

君才如江梅，不入桃李場。徬徨念先猷，貫鵠始挽彊。後生捕形影，爭言早升堂。唯餘白髮士，耿耿無它腸。

董生噩上人以叔載韻見貽再次韻十首

其　一

關河一轍跡，耿耿明天江。五方各異俗，中州誠駿厖。吾欲上帝閽，帝閽不敢撞。終然返初服，養佚歸海邦。

其　二

遠宦三十年，石田今始開。觀象慕易京，登真想仙梅。夙昔希匠石，歲晚成輿臺。志念詎不深，樸樕慚非才。

其　三

弱冠慕靜居，掩息空萬有。老禪深愛之，微笑示以手。忍欲如忍事，吸醯過三斗。終然寒松勁，不作朝菌朽。

其　四

鞲帽成戚施，逆耳風其喈。昂然望南山，愛彼日夕佳。朝來何所見，萬馬盈天街。所以巢居子，終然養澄懷。

其　五

辛勤下帷生，涌思不停筆。範鑪鎔吉金，變化銷其質。湛深陋雕蟲，多聞覈萍實。袖手毋自藏，盛世富紀述。

其　六

噩師禪林秀，宛在諸天閣。當其調護時，危石繫朽索。作賦極翦裁，衆物各有託。氳氳荊山玉，洋洋咸池樂。

其　七

玄圃有琪樹，不使枝葉繁。譬彼積學人，芟蕪養天根。歲暮霜雪至，銅柯生晏温。一爲梁棟材，落落懸金門。

其　八

吾師深寧翁，屹屹泰華高。佳哢時一遊，不使凡羽翱。方壺貯神藥，變爲五色膏。服之生羽翰，陋彼東方桃。

其　九

禀性非好遊，亦不願禄仕。感彼獲麟翁，歷聘删魯史。正緒願有傳，固陋敢私己。年衰絶聞見，謝彼井上李。

其十

少壯勿自摧，振容上詞場。鷞膏淬寒鋒，談笑摩堅强。藉以雜纖羅，貯以白玉堂。辱贈莫知報，因之結中腸。

芳思亭

大父尚書公治圃南郊，有堂、亭，凡十五。方池修廊，屈折便宜，雨甚亦無礙遊事。逮今荒廢踰四十年，故基陳跡不復可考。近築一亭，雜植花木，廣不踰畝，髣其萬一，名之曰芳思。玩其英華，將以紬繹志興，翰墨有紹，是則先公之志。作詩示瓘、瑾，併求親友同賦。

侃侃尚書公，投紱理泉石。五堂適寒暑，十亭送昕夕。瓊英玄圃秀，美蔭嘉樹碧。修廊不受雨，來往隨履舄。紅雲漲方塘，丹霞耀翠席。嘉魚黄金掌，瞥見眇莫測。辛勤三十年，深逝晦朝跡。遺訓示子孫，樹藝比其德。浮雲變須臾，百幻倏消蝕。空餘鄭公莊，耕稼給衣食。緬彼行樂時，衆植各有職。以兹一畝園，髣像見疇昔。幽葩與群卉，生意日不息。朝陽漱靈根，三咽妙紬繹。曠懷事幽賞，誓矣躬六籍。

次韻袁季厚惠苦筍楊梅二首

其一

食苦不願餘，甘回迺稱美。空巖養滋味，老叟清晨起。斲之玉箸圓，拾以付稚子。駢頭萃豪門，咀吞訝金矢。維時朱明中，盛德協清徵。翛然在陰翳，儼與松柏峙。玉液生華池，可廢杜康祀。含章守元吉，黄中本通理。絜腹表正性，要以除穢滓。初如橄欖食，不作即且棄。世方尚腥羶，易牙正專味。愧我清齋客，足音跫然似。

其二

空巖迸瓊珠，蕭蕭白雲中。恍疑群仙立，欲脱煙霧叢。招提者誰主，日出撞金鐘。笙簧激清濁，旌蓋摇青紅。遂令彼林谷，徵索恨靡窮。侍臣久歸田，不數蔗椀功。頃筐遠相致，齒頰生冰風。昂昂長松蓋，下有萬馬容。同源匪異本，斯文永爲宗。

校勘記

〔一〕『映』，四庫本作『在』。

〔二〕『室』，四庫本作『色』。

〔三〕『無妬』，四庫本作『如無』。

〔四〕『與』，四庫本作『能』。

〔五〕『蟾』，四庫本作『蟬』。

〔六〕『共』，四庫本作『丘』。按九共，《尚書》佚篇名，《尚書大傳》：『《九共》以諸侯來朝，各述其土地所生美惡，人民好惡，爲之貢賦政教。』九丘語出《左傳》：『是能讀三墳、五典、八索、九丘。』《尚書序》云：『九州之志，謂之《九丘》。丘，聚也。言九州所有，土地所生，風氣所宜，皆聚此書也。』是九共猶九丘，皆可通。

清容居士集卷六

古詩七言

題高彦敬桑落洲望廬山圖爲秋泉作

長江亭亭桑落洲，一塔獨傲蘋花秋。邊聲已逐鼙鼓盡，水氣欲挾漁榔浮。謫仙騎鯨五柳老，真景變滅隨沙鷗。空餘秦箏與羌管，斷續不洗琵琶愁。玉堂小窗解蒼佩，宴坐得意豪端收。空青點雲碧痕濕，方諸取月寒光流。匡廬老人在何許，似覺頷首相遲留。佳峰稜稜鐵鉤鎖，寸樹點點銅浮漚。要知翰墨灑清氣，俗子政爾勞雕鎪。秋泉山人息機事，青眼不與王公酬。高張素壁凜太古，擬跨獨鶴還磯頭。人坐江湖在適意，底用絶俗埋林丘。披圖覽古重歎息，天際杳靄疑歸舟。

秋泉伯〔一〕生仲章梅叔章周儀之皆次余韻題廬山圖再次韻以謝

海郡列戍連沙洲，榆柳插戟摇清秋。擬從京國洗氛瘴，黄塵復作煙花浮。西山紫翠不可望，但訝積雪如明鷗。愛君寒齋之畫幅，瀟灑不寫人間愁。胸中丘壑我豈少，奈此磊嵬難爲收。宣城詩法挺二妙，炯若玉瓚盛黄流。永興天機愛神俊，碧眼一顧群無留。千年周子古風月，衮衮亦散空中漚。乾坤無言混沌鑿，頗怪我輩勞鐫鎪〔二〕。沈冥天台老仙伯，清坐自與廬山酬。天青無人月色古，縹緲五老疑駢頭。功名營身旋蟻磨，芻豢得意崇糟丘。何當相從老其下，釀酒一醉黄金舟。

張彦清以復古硯贈友人因賦長句

高皇南遊倦鋒鏑，宴坐清都賓出日。胸中筆陣掃玄雲，時與端溪評甲乙。平生紫玉無纖塵，小窗寄傲茶甌春。馬肝生寒出古色，鴝眼獻秀憎妖顰。烏號已去寧復得，繭紙昭陵空悵憶。猶餘舊賜落人間，漆字模糊記朱色。集賢學士胸次高，愛此静閲濡霜毫。乃知貪夫罪懷璧，底用長物爲神勞。清齋持杯好顔色，楚人之弓楚人得。平生弟兄今始知，一笑相看竟何惜。蕭齋老人筆如錐，松花蕩漾摇輕漪。江南採菱曲已遠，願寫紫府虚皇詞。

金華曹道士白雲樓

蘇仙念母母苦飢，化作白鶴時來飛。我聞紫虚亦官府，朝夕往返勞天機。何如金華有真隱，築室空翠摇煙霏。松花麨蜜五鼎養，丹砂汲井千年肥。我生不識萱草歡，孤身永日懷春暉。白雲在天詎可望，遲子歲晏山中歸。

賦廣帥平寇還

蒼梧之山利如戟，五溪南行水如墨。文身鏤面號爲人，鑿口磨牙時剽賊。將軍手提丈二殳，匹馬直入深林居。摩娑銅柱寫殊績，南人自此長爲奴。檳榔快嚼端禦瘴，薏苡不將真避謗。繡袍初賜簇金鵰，聚米爲圖指豪壯。萬里功名非偶然，輕身許國誰爲憐。莫嫌儒冠守青簡，能淬筆鋒書定遠。

謝王參議送練春紅二枝

玉堂老仙玩幽獨，閉户無人似初溽。倚闌岸幘領孤芳，蔌蔌輕紅冠群緑。化工有意卑凡卉，積李崇桃空眩目。爭先鬬巧等堪憐，已向東風盡驅逐。此花清妍淨如洗，收拾餘春傲榮辱。何郎湯餅徒試粧，太真温泉空賜浴。天然生色鑄真態，亭午低頭睡初足。誰言花后最奇絶，我怪酪奴能汙觸。嫣然一笑奉清懽，莫把金樽歌别鵠。并刀妙翦騈頭來，珠露淋漓袖新蹙。似嫌凡子多京塵，卻恨高人付流俗。微風澹蕩新雨生，强拭愁容吐殘馥。擬將色筆寫清意，綺語非工那忍瀆。徘徊中庭月過半，翠袖娟娟泣寒玉。

題董簡卿瀟湘圖

瀟湘之水太古色，煙樹空濛成寸碧。奔騰日月轉銀丸，噴薄峰巒凝鐵石。楚棹相將客獨聞，楚歌欸乃人誰識。望盡蒼梧不見雲，千古靈均空悵憶。

絡馬圖

秋原苜蓿肥雲屯，帖帖此馬和且馴。屬車效駕豈在力，愧汗絶足追奔塵。良哀不生造父往，公子毫端意悽愴。虞淵逐日終飲河，出門加鞭奈爾何。

康樂圖長安韓德卿夜夢至一宫室，扁曰康樂，因名其堂，以奉其母。

至人無夢夢乃真，瞪目一視空中塵。悲歡蟻旋水東注，遺珠罔象迷其津。持虀噉臼逞詼詭，取禾坐極誇榮貴。不如長安韓生道上眠，念母還家枕中記。紫霞之宫那俗書，煙霏霧結開雲圖。虛靈變化在頃刻，齧指疾應維心符。城上烏啼畢逋尾，倚門獨占乾鵲喜。萬里辭親真可憐，書來端有平安字。

贈杜秀才歸省荊南

臨江種橘橘易朽，滿籯積金金作奴。何如遺兒束書帙，婀娜初服游鴻都。從師之樂端解語，暫作庭前綵衣舞。會待明年春水生，雙槳如龍上天去。

贈拙訥子

萬言不啻一杯水，刻楮徒費三年功。何如宴坐寂真靜，木末時數南飛鴻。長安之衢塵羃羃，願言飲垢如飲蜜。鸚鵡作賦真有才，至今江浪猶銜哀。

寄南劍李士弘使君

水雲離離千疊峰，海日如鏡行天紅。使君新沐坐清樾，筆底丘壑生陰風。玉蘭之花不受觸，日給飛泉三百斛。高春打衙人不來，鶴立蒼苔動新綠。

送任道士歸武夷

武夷之峰高插旻，浴日離海朝爲賓。石牀芙蓉迸膏露，乳竇醽渌凝長春。陰崖怪壁鳥跡絶，葛藟當户苔鱗鱗。神君枯魚古籩豆，曾孫毛竹今霜筠。千年金骨幻凡目，玉匣九鏁光如新。想當精思握宇宙，魄質已化能成身。我聞帝居亦官府，風馬泱漭空中輪。愛君釣鼇避東海，笑踏北雪鬚眉銀。寥寥空山太古水，清夢入髓時相親。誰言五色亂吾目，得意忘象那非真。歸來玄鶴忽不見，勸汝速浣征衣塵。

送郭天錫還京口

朔風吹塵著駞裘，蔌蔌凝絮玄霜浮。城南泥深擁車轍，矮屋夜卧鄉心稠。暮春雪消花始放，積柳婀娜沙中洲。布帆在手不易舉，目數過翼隨雲流。人言擔簦古奇遇，邂逅一見能封侯。紛綸寸舌有榮辱，智士縮吻成身謀。愛君亭亭日中鵠，玉色已變扶桑游。紫芝爲糧露爲醑，北適瀚海觀群漚。素書滿囊不干世，磊落肝〔三〕膽看吴鉤。新編翦雲彩鸞舞，妙筆入木寒藤抽。氣酣登臺望陳跡，忼慨直欲微言酬。舊家鐵甕古城下，春浪汹涌今悠悠。但當清談且飲酒，往事寂歷遺磯頭。黄鸝空桑子規怨，橡實已盡榆根留。長河滔天怒蛟走，底用華表歸來愁。江湖清歡眇去袂，風雨疾意催行舟。人生會合定有樂，念此别意空綢繆。

燕吴閑閑冰雪相看

豪門炙熱熱如暑，下馬還家汗流雨。徒將嚬笑作清涼，萬事回頭總塵土。那知道人玩丘壑，一榻高寒閑栩栩。碧雲散作明窗塵，妙墨還爲小山霧。平生冷語出胸臆，頗怪梅花猶媚嫵。崢嶸歲晏凛今夕，商榷斯文共樽俎。要知冰雪本奇絶，正色森寒傳太古。我聞崑崙有至理，陰火玉泉誰解煮。會須鐵石起風雷，手抉玄關破凝沍。人間寒暑潮去來，物外陰陽月呑吐。閉門客散真兩忘，竹影離離滿前户。

濼陽張節婦瓶中杏枝著花因賦

陶人妙合陰陽機，凍壺頃刻回芳菲。盈盈緑房綴冰蘂，玉蝶婀娜穿帷飛。佳人蓬鬢不下堂，手繡孤鳳横匡牀。寶刀翦繒試春色，翠袖慘澹顔無光。烏頭可白珠九曲，造物深知憐不足。故應試此一枝春，點綴扶疎驚衆目。君不聞天上瓢髯龍，平陸成波濤。又不聞壁間壺兩曜，瞬息如跳珠。齊諧茫昧不可詰，炯目看朱動成碧。張氏之壺如截肪，真火煉質千年剛。枯根借潤表貞志，慎勿語怪歸荒唐。

仲章與余連舟而行仲章指畫皆不在人後夜泊甲馬營余舟適先至仲章有詩因以奉戲

我船如縮鼈，瘦僕淩兢空挽曳。掩篷熟睡初不知，晚向沙頭踏新月。君船如生駒，追風破浪爭驩呼。青春櫂郎紅蔽膝，摇脣蹙口歌吳歈。昨宵甲馬營前宿，大似天公憐不足。回帆望君君不麿，出没高桅轉河曲。人生作計那可既，誰能盡己不盡智。積薪居上東方愁，相位還須跛男子。憶昨都門經歲除，風吹乾雪塵糢糊。閉門擁被謝不出，時人背笑何其疎。只今船行一千里，萬事乘除總如此。愛君玉雪雲中英，我歌作勞君且聽。

蒲城孫世英編修父年九十四號嘉遯翁院長而次各賦詩

蒲城之下嘉遯翁，銀髮髼耳雙碧瞳。少年流離老康樂，布領踏醉歌春風。春風畏人屢歸去，阿翁扶春春始住。穿花入市爭捧盃，採藥還家共攜路。諸孫青襦誦魯論，寒燈夜授鄰壁聞。泥深翻疑犢車險，雪釋自訝駝裘温。憶昔種松如指長，俯仰鐵榦參雲蒼。桑田變滅理固有，底用化鶴來還鄉。只今翁年九十四，萬事如雲日嬉戲。迴首塵中輕薄兒，奔走流年竟何事。

嶽麓圖

積石落落雲中礮，冠以蒼松藉瑶草。天柱修纖立晴昊，絳霄雲璈誰擊考。揚許之君顔色好，冰綃爲裳車羽葆。永愍垢濁增札夭，湘波層瀾勢灝溔。跳珠浮玉簸洲島，一洗氛瘴蘇槀槁。爰築廜廲俾終老，出門倚天心悼恅。玄穎浮花落縑縞，無跡空飛詫神媪，肘後藏之五色纅。念君别去塵浩浩，歸來歸來守其寶。

送何太虛歸山中

飄飄兩屐山中雲，青眼不受京塵昏。意行扁舟本愛雪，獨去五柳猶當門。人言江湖在遲暮，立談雙璧非謬誤。相逢挽君君不迴，落日蒼茫蹇驢去。

同子唯賦水車

挈瓶之智誠有餘，抱甕之勞亦良苦。何人嘗巧抉天機，河伯逡巡魚鼈舞。昂昂長身卧塍岸，捲地翻濤敵驕暑。誰云龍骨化梅梁，未信魚身作橋柱。縈紆香輪過流水，突兀雲梯卷清雨。横陳歌板促紛綸，倒流谷簾聲齟齬。東家饁婦顔色惡，步步生蓮空媚嫵。陽烏流爍汗成漿，平陸須臾涌銀乳。推移燥濕意本同，竊奪陰陽天所怒。人言無踵能自至，跬步周旋路修阻。不辭滿眼看黄雲，歲晚論功付梁梠。君不見田舍翁，年年辛苦與我同。天寒破褐厭糠覈，仰視屋壁知誰窮。

次韻夏明道紅梅

江南徐生圖没骨，筆底妖妍等塵物。此花絶俗避春風，東望扶桑入瑰室。閬風群仙笑清寂，故遣瓊英侍巾拂。龍肝麟脯厭腥臊，以斗爲盃飲真一。嫣然乘醉下塵寰，欲向晴空舞紅雪。崇桃積李行飛翻，固此貞容莫旌別。效顰不語空捧心，美好何由在粧抹。懸知正色衆所忌，況此纖穠逐時節。憶昨歲暮天號寒，炯炯霓裳傲冰月。誰言涷吻不敢吐，妙思端須續神筆。飢腸雷吼空九迴，勁氣雲摩難百折。人間好語詎有盡，三嗅清香應倒絶。

雪汙齋邢醫取《靈樞》雪者汙之之語爲號

有客飲垢如飲墨，三尺之泥及馬腹。平明對鏡鮮衣裳，意氣摩雲飛食肉。清虚不來空慨慷，願君勿走治其狂。明窗紫塵在吾鼎，淨洗紛紛冰炭腸。

次韻閑閑甲子雪

絳霄仙人雲作席，宴坐玄關已知白。萬妃婀娜布青陽，淨掃嚴凝驅伍陌。飛霙散作平地舞，翦綵寧爲舊時色。西峰秀筆眇何許，似换當年銅緑格。洛陽之人涷吻縮，詩句那能隨燭刻。大鈞有意迴昭蘇，至寶無華匪脂澤。乾坤偉觀雙眼明，高卧元龍須百尺。

贈錢唐吴月湖棄右班，學黄冠。

君不見後湖仙，一官掉首餐神丹。月明江上杳然去，唯見玉珮雲珊珊。又不見姚將軍，夜騎黑騾趨劍門。飢來青城采芝食，童顏逸足追奔雲。人生富貴那可必，偷竊陰陽亦奇崛。陰符自與素書通，赤松來歸乃真逸。西湖明月不可釣，呼吸湖光月隨照。要知心與月同明，暫假孤光敵清皎。憶昔黄霧衝八蠻，髀肉消盡口吻乾。萬里生還真幸爾，十年老去猶悽然。即今落魄隨塵緣，丹霞玉樹壺中天。何年輕舉化飛鶴，歸視城郭同蒼煙。

送趙君佐茶使

淮南食茗如食粥，清曉烹煙出茅屋。生來不識太官羊，翁媪相看夸不足。連綱貢餘知幾春，排檣接纜來儀真。莫言此物常苦飢，船中估客肉常肥。

黄臨汝以長句索筆次韻

寸錐飲墨工傳書，千載妙跡遺官奴。賓跗緑沈不易致，葫蘆荊管那能無。古來志士心獨苦，採荻夜畫灰成圖。書窗歲月要有限，作計何必輸人鬚。中山卯君被羈束，論功且復歸韓盧。柳家鉤鎖本新様，内史筆勢難爲徒。遂令陳生擅料事，坐出妙語如擒俘。邇來八法益疎漏，雞毛兔毳爭庭除。姓名僅記政自可，文采日泯終何如。湖陰丈人古仙伯，舊嗜賓刻窺鴻都。飄如晴雲彩鸞舞，勁若暖浪寒蓴舒。丹碑翠碣已冠世，所恨咋舌懷嘉謨。堨來掘筆弄天巧，下視羅趙真有餘。詩成醉墨作三絶，寒室眩晃生瓊琚。

題翠山嗣禪師雜花世界

寶田琪柯天上種，一一五采相紛披。深根清寧出樂國，幻境變滅卑仇池。蘂珠駢頭滴膏露，萼緑擁翠攢新枝。陰陽轉旋發天秘，霜雪饕虐培靈基。紫泥分封慶雲護，緹室應律温風移。初疑層臺閬仙下，似笑移谷愚公癡。側金布地素習結，翦綵眩晝神光奇。桂宫斫斧古莫徵，桃源展畫人猶疑。高禪息機月窟坐，微笑彈指靈山來。嵌空積鐵不受暑，垂溜掛練能成漪。巧翻新好喻空假，妙合頃刻窮施爲。溝塍衍平棋局布，巖谷巉削丹泉滋。流鶯弄晴逞繚繞，幽鳥觸影摇參差。扶筇一覩定已駭，飛觥百罰知何辭。眉毛猶存眼非眩，意不落相寧無詞。

贈劉醫行禁架術

君不見東漢趙生試奇術，禁架相傳人莫測。桑皮爲脯水爲醪，耿耿千年猶廟食。事見《後漢·趙炳傳》，今台州土神是也。又不見葛稚川，遠窮句漏思得仙。辛勤纂書集奇怪，金創一呋完如前。古來長生氣爲寶，踵息深深神不老。肯將呼吸逐凡庸，辛苦徒令顏色槁。羨君妙契合二士，萬病相酬一杯水。參苓遠棄藥無功，變幻須臾人共喜。靈龜枯桑終殞生，雁以不鳴曾見烹。誰言静默解自致，奔走岐路方喧爭。我生守口今已瘖，氣涌如山空苦心。漫將寸穎寫奇崛，紛紛過眼誰知音。峻層瘦骨非食肉，空洞無塵那有俗。金華玉瀝端可餐，要俟它年梨棗熟。

次韻段惟德右司

空齋病起槐幄深，碧雲道士遥相臨。問之不肯説姓字，笑指庭鶴知余心。昔年種松在山北，咫尺十載修篁侵。公當青春立霄漢，我竟日夕還山陰。

子昂風林牧馬圖

駟馬不受人間齕，春入川原草如髮。老髯背面心已知，眼底玄黄總凡骨。相親柳下那作疎，泯默此意今爲圖。竹林之賢固奇士，晚歲絶交真可吁。

張氏女七歲，能大書。

皎皎嬌女眉髮鮮，筆墨爲耒書爲田。家貧畫地當縑楮，能使平陸生雲煙。老蛟翻波注甘澍，渴驥駑櫪追寒泉。躍如斫陣勢揮突，快若舞劍光回旋。青燈阿翁夜授詩，誦聲出屋清且圓。天然異質世外寶，寸穎入手真如椽。流紅題詩愧飄蕩，織錦作字空纏綿。遶牀不憂翠袖薄，玉雪晃耀辭花鈿。君不聞祝融之峰魏氏女，空中落筆垂瓊篇。閉門養姑吳彩鸞，一謫人世知何年。道合變化難具言，宿習妙解寧非仙。

送儀上人歸天台

三百六旬塵浩浩，萬八千丈雲飄飄。手提飛錫絶江去，獨飲古澗長生瓢。乳彪呼風小兒語，老鶴玩月仙人舞。空林桂落招不來，冰歃巖頭斷前路。

題李廷弼歸安去思碑

人言歸安之水堪耘耔，又言歸安之水宜繭絲。移文夜下鄉社集，折竹作度魚鱗推。阿翁裹飯立田所，大兒應官入城府。篝燈夜筭尖角贏，百畝塗朱費千楮。慈仁李長官，眼明不識催租癡。溝塍如枰舊疆理，故王之籍那可毁。刮毛龜背羞作腴，掉頭據案難奉符。聖朝阜民極天際，山積川量一稊米。掛冠徒步歸即休，虚籍誇浮非我計。弁山何巑岏，苕溪何潺湲。山君水神各有職，樂意禽魚兩相得。君不聞古來吏，弘羊烹，劉晏死，飛蛾赴膏無有已。歸安之碑立如玉，父老摩挲路人讀。

題董高閑道士春龍行雨圖

清泠之淵玉爲竇，呼吸銀丸起晴晝。昂頭躍空朝紫京，海若蒼黄河伯走。積靈爲氣翻帝車，坐令日觀生糢糊。黄雲離離覆下地，神跡彷象今爲圖。

送錢唐萬户還鎮

秋風八月錢唐潮，三千組練平明驍。吳王故宫草凝碧，一塔突兀凌昂霄。將軍宣威立油幕，手撚羽箭調青鵰。穿空盤旋彩雲墮，藉草燔炙羞肝膋。酒酣意氣擊玉斗，垂手逞舞花容嬌。百年繁華等流水，金谷翠樹隨塵消。平湖堤柳千萬縷，時繫落日傳笙簫。宴安侈習卒未盡，癡兒騃女猶喧佻。名王之孫古英武，韜鈐夜誦聽寒刁。徒兵晝閲逐奔馬，舟師夜渡追輕舠。坐令長城鎮南服，鱷鯢落膽夷姦妖。煌煌輿圖久櫜戢，紫燕九陌嘶風驕。胸中府庫貴商略，談笑橫槊真雄超。丹書之功在金匱，願趾世爀輝皇朝。

嗣天師墨竹

玄雲空飛著無跡，濃淡晴溪護寒碧。碌碌玉石圓且奇，古澗因依養顔色。仙人紫宫朝未移，平安日報春熙熙。生綃陳情寫初意，爲問白鶴來何遲。

送趙簿正卿歸養胙城

淵明投幘酒初熟，弘景掛冠丹始成。何如奉輿歸故里，夜聽慈竹平安聲。食蓮分甘舍雲泠，得魚入饌泉水清。門前槐柳緑陰直，會有雙鶴飛來迎。

送保寧萬户出鎮古閬州

鵑樹飄紅蜀帝飛，錦屏横空十二眉。天狼夜沈北斗正，筆花列陣書成圍。拾遺舊題山鬼嘯，文石縱横碧苔燒。將軍好文歌太平，桂酒讙迎梓潼廟。

子昂寒篠枯槎圖

靈柯連蜷排石角，海風吹秋折繁萼。亭亭明玕左右從，呼吸玄雲起陰壑。猛思誓欲窺河源，從者亦返清泠淵。河源露重星嵯峨，清泠之淵多蛟鼉。上天下天意沈惻，化作蒼龍張素壁。玉堂之仙墨成沼，穎脱淋漓翻浩渺。鐵榦飛光明月流，翠節參差飄窈窕。昂身突兀太古春，崢嶸赤立驚絶人。支頤觀象洞玄化，芳朽成歲非吾真。

澧州通濟橋

洞庭水發波湯湯，老蛟挾舟恣低昂。何人空中化樓閣，斷鼇爲石虹爲梁。澧陽太守默無語，朱墨塵深失修舉。萬里南來春未歸，離家想爾曾題柱。

近有善書僧日温妙明温華亭人明眉山人也余嘗識明于玉几山其年未四十温老矣余識于靈隱視其書之高下亦類夫年也閏十月有僧攜明書示余遂各爲章美之且記二子之出處焉

其一

老温作書誰授訣，少學潘郎繞城帖。興來握筆弄春妍，靄靄芳叢鬧飛蝶。平生大字顔魯公，晚復顛放少露鋒。論功古法雖未至，瀟灑要是僧中雄。醉裏蒲萄墨爲骨，秋葉東西雲鬱勃。裹繒急點數玄珠，不識公卿是何物。只今書畫名已傳，華亭鶴唳悲流年。西方金仙在何天，寄聲爲了塵中緣。

其二

蜀明貌癯肩聳山，我與之語清且閑。聞其作書誠險艱，自製美筆出袖間。流落金題入清笈，魚鑰無聲帳中閲。�水寒尊凝素波，側石枯藤掛斜月。西風玉几雲翩翩，黄衣渡江聽清猿。逢人醉寫數十紙，山僧示我相誇傳。歐陽父子病骨立，誠懸繼之天爲泣。楚優抵掌真偶然，妙解無言君合識。

善之攜酒招遊西湖值雷雨分韻得杯字

南山樹影糊輕煤，北山雲花玉崔嵬。絶憐我輩少姿媚，幻此異景窮奇瑰。湖光山色兩愁絶，更挾新雨除飛埃。千年龍公睡忽醒，頃刻駕浪鞭春雷。我生倦游端有意，陳跡黯淡漫蒼苔。擬將鐵笛寫清怨，復恐翠袖含餘哀。主人似怪不解樂，故結勝侶攜樽罍。翩翩六鶴舞晴翮，華表清唳雲光開。絶憐山雞强聯翼，照水寒影空徘徊。謝公屐齒殊濟勝，傴仄蓬宇徒低摧。娟娟新青故堤柳，片片輕白孤山梅。春風佳游詎易得，相與一笑同銜杯。

賦金華方君雙魚硯

海上鰜魚雙鬣紅，振鬣直上嫦娥宮。似嫌嫦娥太孤絶，耿耿冰雪難爲容。須臾海枯不可下，駢頭躍入空巖罅。翠藤交絡石谼深，太古風雷催變化。得意相忘睡酣熟，開眼重光弄蛾緑。跳銀破練何足奇，共飽雲腴作寒玉。良工感此同死生，冥搜巧琢存其形。世人翕霍漫刎頸，對此三挹顔爲赬。玄英聞孫古俠士，脱粟論交傾意氣。竭來風雨泊江干，拂拭雙魚落清淚。平生謝子金石交，詩魂寂歷飄黄茆。此中濡毫作新誌，免與俗子同譏嘲。

寄張伯雨道士兼簡鄧慶長二首

其一

寢扉曉入香爐雲，尸坐朝日雙臉醺。南山鐘磬似有約，北山禽鳥如相聞。楊枝低昂碧霞袖，藕葉清淺青霓裙。更欲深居入林壑，築壇夜禮三茅君。

其二

越羅作衫花纂纂，今年身長覺衣短。垂虹大堤迎棹船，綵袖翩躚酒卮暖。還家閉門百不知，桐葉題詩綠陰滿。鄰坊爲約張隱居，細雨湖橋乘款段。

校勘記

〔一〕郁校：『伯』，原本作『德』，鈔本同，目録作『伯』，今改。

〔二〕郁校：『鏝』，原本作『搜』，案前詩韻是『鏝』字，不容歧，今改。

〔三〕『肝』，四庫本作『胸』。

清容居士集卷七

古詩七言

煮茶圖并序

《煮茶圖》一卷，髣石窗史處州燕居故事所作也。石窗諱文卿，字景賢，外高祖忠定王曾孫。儀觀清朗，超然綺紈之習。聚四方奇石，築堂曰山澤居，而自號曰石窗山樵。此圖左列圖卷，比束如玉筍，錦繡間錯。旁有一童出囊琴，拂塵以俟命。右横重屏，石窗手執烏絲欄書展翫，疑有所構思。屏後一几，設茶器數十，一童傴背運碾，緑塵滿巾，一童篝火候湯，蹙脣望鼎口，若懼主人將索者。如意麈尾，巾壺硯紙，皆纖悉整具。羽衣烏巾，玉色絢起，望之真飛仙人。予意永和諸賢放浪泉石，當不過是，而其泊然宦意，翰墨清灑，誠足以方駕而無愧。甲午冬十月，其孫公疇出以相示，因記而賦之，以發千古之遠想云。

石窗山樵晉公子，獨鶴蕭蕭煙竹裏。月湖一頃碧琉璃，高築虛堂水中沚。堂深六月生涼秋，萬柄風摇紅旖旎。遵南更有山澤居，四面晴峰插天倚。憶昔玉門豪盛時，甲族丁黄總朱紫。曉趨黄閣袖香塵，俯首脂韋希雋美。一官遠去長安門，德色欣欣對妻子。豈如高懷脱榮辱，妙出清言洗紈綺。郡符一試不掛意，岸幘看雲卧林墅。平生嗜茗茗有癖，古井汲泉和石髓。風回翠碾落晴花，湯響雲鐺衮珠蘂。齒寒意冷復三咽，萬事無言歸坎止。何人丹青悟天巧，落筆毫芒研妙理。黄粱初炊夢未古，舊事凄零誰復紀。展圖縹眇憶遺蹤，玉珮珊珊響秋水。

贈張玉田循王五世孫，來鄞設卜肆。

將軍金甲明如日，勒馬橋邊清警蹕。淮壖徹衛羽書沈，置酒行宫功第一。蟬冠熊軾填高門，英英玉照稱聞孫。張鎡號約齋，堂名玉照。百年文物意未盡，玉田公子尤超群。紫簫吹殘江水立，野雉驚塵暗原隰。夜攀雪柳踏河冰，竟上燕臺論得失。丈夫未遇空遠遊，秋風淅瀝銷征裘。翩然騎鶴歸海上，一笑相問誇綢繆。兩曜奔飛互朝夕，璇府森芒蠡莫測。要須畫紙爲君聽，落筆雌黄期破的。壺中白日常高懸，道逢落魄呼醉眠。清歌停雲意慘淡，倚聲更度飛龍篇。

題子昂浴馬圖

苜蓿原空雪新積，群馬飢鳴渡江食。大梁公子心未平，一匹宛駒萬夫敵。圉人初浴意氣增，跨轡已晚知無成。雲窗徘徊悄無語，掩卷索索猶風生。

送倪德進歸番易

書眸的的垂玄珠，辯口落落傾冰壺。寶刀掛壁指閶闔，扁舟挾浪辭東吳。低昂黍禾故流道，隱没桑棗遺宮墟。仰看浮雲勿復語，俯視逝水誰爲圖。天衢晴塵接冠蓋，石室古簡搜盤盂。大宜置身並班馬，小卻論事追唐虞。懸知擔簦要有得，永愧折簡終難呼。深春無人碧桃靜，落月在屋冥鴻俱。歌聲清琅振金石，筆意横逸摇璜琚。苦心寧爲爨下木，怙首不作轅中駒。牛毛取士固當走，魚目眩世徒爭姝。平原飛埃宿麥盡，長河奔潦柔桑枯。還家勿陳賈生策，閉户趣著神農書。相思我亦返屠肆，静念子豈淹田廬。

送僧德芬過松江

海門山人捐竹杖，笑指飛濤挾雙槳。雲間鶴唳耳不聞，洞下龍歸夢猶想。我聞諸天亦官府，一息塵寰總調御。黄花滿院人跡稀，霜月離離在前户。

憶陳道士

空巖羽人氣爲祖，玉立秋空振玄古。酒酣高嘯裂行雲，直上鈞天聽濩武。白雲一去誰遺情，掉首不問人間名。當時雙瞳傲餘子，猶有翰墨傳孤清。紫綸交馳丹闕下，人道山中多僕射。黄金蜕骨碧藤深，夜半寒光明月價。飛梟縹眇山鬼靈，蕙殽一薦端貴誠。欲從桂父乞仙露，虚牝回激笙竽聲。

病馬圖

青絲屈曲長安道，卓午歸來廄中老。側身仰天思遠遊，口不能言顏色悄。奚官卻立深有疑，似言非病那能醫。願乘長風迅絶足，一息八極歸瑶池。

次韻張伯雨梅花島

雲屏油幕低覆垂，晴日倒映黄琉璃。孤根自有巖壑趣，屈曲緹室情依依。巍峨青女來蘂珠，赤腳獨立層冰渠。燧人當陽朝寶鑑，金胥簇漏催銅壺。何人胸中藏九島，内火迴環不知曉。咄嗟已辨天機深，頃刻能成化工少。陰陽在手司帝春，坐窗更試明窗塵。江湖遠涉汝良苦，門外萬竅笙竽吟。

次韻渭川春玉圖二首

其一

至人虚心實其腹，手種琅玕如種玉。晴雲散墨春思浮，咫尺經營千畝足。清標亭亭儼矜絜，笑脱斑斕賜膏沐。揚旌植纛神君遊，萬籟無聲江水渌。此君之志那可量，榮辱相忘在空谷。大宜蓬萊之三山，小宜武夷之九曲。前如綺園歌紫芝，後若夷齊侍孤竹。隃麋之墨清且奇，脱落玄黄乃真目。幽齋尸居耿相對，有客叩門深絶俗。天空日沈碧雲湛，細酌寒泉芼秋菊。夢迴倚杖森在廷，燁燁雙瞳鬖深緑。

其二

瑶林群仙歌捧腹，解帶蘭皋捐佩玉。深知五采眩空花，守墨空巖思濯足。層冰急雪成九轉，重露輕煙方一沐。湘君寶瑟調初絶，唯見遥峰蘸寒渌。長空旋宫起萬籟，翠袖無言守山谷。紛紛落葉漫渭水，耿耿殘花守韋曲。論功歲晚端有意，深愧群英不如竹。森然壁立聯堵牆，變化淋漓傾衆目。高人宴坐不出門，一榻常懸謝囂俗。每令此君當上坐，末席餘清友松菊。回首故園新雨晴，無盡春風吹草緑。

忍恕堂大都袁氏

汝南堂堂卧雪翁，飲寒閉户稱高風。吴相亡何不知止，二石醇醪能脱死。吾宗高標兩都史，餘子紛紛那足比。人生遇事何强嗔，百年歲月籠中身。水清之魚鉤滿餌，白鶴出林紅鶴忌。君家兄弟如聯珠，熟視不語疑糢糊。連理之木多慈烏，大兒拱立群雛趨。家僮大勝千木奴，冬園芋栗夏芙渠。壺有美酒架有書，不識喜愠真何如，門前駟馬填華裾。

飛鴻軒新安胡則大

冥冥天機衝紫霄，炎洲雪嶺窮遊遨。鷦鷯一枝掩目避，始信懷土非吾曹。勞生貴賤各有適，攘臂何人限南北。三足之烏今不停，寒暑周迴短長刻。

李士弘枯木風竹圖爲玉隆陳又新作

狂蛟舞空蒼髯拏，雙鐵蒙頂雲交加。亭亭霜標不受侮，慘澹天籟扶槎牙。西山古淵人莫測，一柱承天萬牛力。會須截玉化陂龍，拂拭苔光遺劍跡。

題茅山道士雪梅障

積金峰頭雲五采，天女行空散珠琲。爲憐絶壑一枝春，玄墨敷調增蓓蕾。因風飄零顔愈真，竟日霾藏氣逾倍。油纛紛紛成素旄，積鐵離離增練鎧。坳如側杯頫承露，亂若銛刀繽翦綵。雙龍挾輈擬欲上，萬馬飛塵卒難浼。高齋鐘磬日未暾，徙倚横斜眩銀海。憶昔西湖極遊歷，真與逋仙澆嵬磊。後知色相端有空，百念灰心付真宰。峨峨茅君儼不死，秦帝嘉平年首亥。精思萬林元炁存，衆卉群芳羞皚皚。閉門緹襲坐蒲團，長恐夜深風雨改。

廣信奚君靜能家鵝湖以太府掾出補南康簿予慕其仕止皆武夷先生講道之地敘言其異同幾於贅因成長句亦欲知夫先賢箴警非二途近世學者騣騣虛玄則知武夷晚年持守之論非矯可不慎諸

鵝湖盡日鐘磬清，不聞昔時絃誦聲。愛君卜居在其側，編簡插架猶談經。當年群公水蒼珮，粲粲寒芒德星會。投壺雅爭非世情，餘子承風增毁背。康廬招提無極篇，希夷入道從兹傳。百年脣吻互嘲鄙，經緯妙密同先天。兩地斯文實元氣，宦遊家居總奇事。稽古紛綸三萬言，顔生屢空心晏然。

次韻王道士丘真人弟子。其韻不雅馴，姑答其意。

潭潭古仙浮玉顔，憫世壯志金城堅。丹霞紫壁接霄漢，過客弔古猶思賢。王君碧瞳水蒼珮，深恨望諸書絶燕。丘公蟬蜕七真化，青史誰能繼二班。

送馬季權之官平江州碧梧丞相兄子

咸淳十載兵塵高，江漢之水纔容舠。耽耽太傅亂天綍，櫂船兩翼鳴春濤。中書蛛絲守空印，片紙除書魚貫進。相府門前青草深，破席疎簾雙白鬢。扁舟疾走歸番江，百城破竹爭迎降。紛紛成敗付野史，玩芳孿卧唯軒窗。往事淒迷踰四紀，華屋空梁歸逝水。洞庭木葉三閭愁，淮南桂叢八公死。京城即今相邂逅，傾蓋忘年總論舊。潁州推官家譜傳，岳陽樓頭水浮天。

宋誠甫〔一〕押送交趾使之武昌

飄飄蒼珮乘風來，下視漢水如浮杯。坡陀環堤舊亭障，鐵笛穿石聲崔嵬。武昌之魚不可食，昔人作歌何寂歷。隔江小城大如斗，枉使邊軍暖鋒鏑。古來相傳用武地，今作薇垣鎮官吏。腥血繁纓金齒來，犀皮屬甲雕題至。碧瓦門深鼓角高，羅庭椎髻聲嗷嘈。銀甕蒲萄雲葉重，錦氈叱撥風花驕。深知王臣有奇筭，鑾使低頭輸密款。勸君莫登黃鶴樓，勸君莫停鸚鵡洲。黃鶴之人白雲杳，鸚鵡之客蒼煙愁。愛君手中青鏤筆，能寫牙籤三萬帙。迄今舊史難整齊，屢屈先皇詔頻出。玉堂日正槐影長，汗青之簡光熒煌。請君直書亡國事，還作觀風寰宇記。

送濮陽陳景皋之官忻州

陳侯直氣摩青雲，天馬脱駕羞駑群。毳袍昌言高坐聳，餘子俯首卑塵氛。探囊奇策得要領，炙轂妙語通氤氳。京城久居閲冠蓋，酒觴棋局忘昏昕。平生植竹嗜好古，膏沐服食童顔醺。往年濟陰試敏手，桑柘戢戢春田耘。政成烏府考上上，擊鮮釀秫歸榆枌。窮冬邂逅色骯髒，近錫符竹州名忻。自宜骨鯁任獻納，或佐輦轂輸忠勤。群公歎息各賦詠，跋馬操袂愁離分。緬思河東舊雄鎮，甲騎出塞宵踰汾。即今樓臺歌響集，裹下纂纂紛紅裙。愛君胸中人物論，發硎破的無虚文。蓋公之堂本清淨，解帶卧治收奇勳。此君相從匪朝夕，晝簾煮茗看鑪熏。

送湯道士降香武當山

紫衣山人眼如月，朝捧天香辭鳳闕。柳絲輕拂桃花驄，屈曲層巒過俊鶻。澗中黃銀如僕測，龜蛇之光杳無跡。

極。密調六氣佐璇璣，魑魅潛藏百神職。暮春之初傳降靈，閱世已久難稽評。龍虎之章端莫

姑，清淺閃爍隨菖蒲。水流東南天轉北，槖籥妙化誰爲圖。沈沈玄帝道淵默，手握神機合無

過高郵湖

七十二湖春浪濃，風刀翦霰跳玲瓏。參差涑柳皂纛重，傴首俟命朝珠宫。淮南田父身龍鍾，灼龜瀝酒占年豐。舊秋積水挾豐隆，長魚揚鬐蒲蕩中。桑顛高下棲冥鴻，黑禾生耳隨飛蓬。瓢囊扶攜出城東，至治天子達四聰。詔書寬大蠲民農，秀麥蓁蓁翠織茸。赫日出海扶桑紅，歲熟於酉年相逢。擊壤鼓腹歌時雍，展牲美報湖神功。

趙昌荷花

我家東湖三百頃，瑞錦縱横緑雲凝。森森曉氣天香飛，星斗光沈水花淨。遠如嬰兒脱文褓，近若胎仙臨玉鏡。瓊杯欲側雨絲垂，金掌初調露珠定。盡將機心付鷗鷺，小雨輕煙穿短艇。京塵烏帽二十年，夢入滄洲寄清興。趙生畫意不畫格，淺粉輕砂養真性。韜精斂容羞自陳，三沐無言月華靚。邇來馮於號能事，老嫩風晴毫髮證。玄黄已辨神俊枯，逐影之人道中病。高堂視此青琉璃，香色俱忘保清静。

京尹旌門

泰山之溜石可穿，磨磚爲鏡不問年。人生作事貴苦堅，砥節厲行通蒼天。武清之祠世所傳，出門重趼神已憐。五里一堠拜漸前，寶鑪當胸起霏煙。念我母疾醫難痊，帝叱二豎沈諸淵。秀眉鶴髮人中仙，伯仲叔季舞蹁躚。修齡已盡銜苦冤，烏傷柏慘羅墓田。劉愷丁鴻孰爲賢，煌煌神州風化先。槐柳表道綽楔懸，搢紳交喜聯序篇，太史屬筆慙非椽。

乘鸞吹簫圖

繆公荒淫亂天紀，纍纍宮中四十子。懷嬴復作重耳妻，匜盥相揮國深恥。娉婷弄玉誰復看，參差窈窕能合歡。築臺虛聲出天外，詐言後夜同乘鸞。人言神仙能不死，槖泉之墳露遺址。哀哀黄鳥飛復來，良藥刀圭竟誰致。高辛之女隨槃瓠，漢愁匈奴遣公主。一身能解百城圍，鄙計咿嚘笑千古。天台之事尤荒唐，劉郎阮郎歸洞房。石橋雲深樛木罥，披圖相看儼同傳。

雲岡圖爲王叔能作

白雲晃晃虛飄飄，群峰磊磈通危橋。蒼髯側掛截地脈，素練直下來山腰。是中樓閣誰所居，翠篁高拂寒光遥。憑虚望遠意莫盡，振衣獨立搏扶揺。王侯出守山水郡，逞懷盤礴窮清寥。一日不見輒憒憒，臥遊想像歸生綃。信知俗子謝不去，濟勝有具難爲招。

贈吴江宋尉

太湖三萬六千頃，穲稏秋風政相並。吴船跳擲如飛梭，鳧雁參差白雲影。連年田舍無炊煙，吴船出没平湖前。縣官打衙入湖去，弓刀夾棹魚升天。元憲之孫爲少府，岸幘看山揮玉麈。飛蝗避境虎渡河，吴船雖多奈我何。

與相士王月屋

世途紛紛黑如漆，暗中摸索端有術。何人竊藥廣寒宫，碧眼淋漓〔二〕論得失。鏖頭之子藍且醜，牙籌夜深鬼神守。麟臺功次不論渠，當道相逢須疾走。

廬陵梁醫濟生堂

上池之水人莫識，三揖東華借餘瀝。瞳光透碧千里懸，一豎蒼黄離衽席。南康昔有劉神醫，鶴骨變化芝术肥。入門逆意望且走，吾今見子同其機。

次韻史允叟檜屏

蒼雲之根百歲植，巧匠屈曲空揉蟠。淨如翡翠立亭下，矯若幺鳳倚闌干。崢嶸要使頭角出，鞭霆駕雹超雲端。扶春萬條豈不好，猥瑣籬落迎霜殘。君不見姚江參天兩雙檜，至今風雨之夜猶清寒。越王尉餘姚，嘗植雙檜於尉治。

次韻蔣遠靜二首

蔣氏祖，五代末與僧爲友。僧落魄乞食市中，六七兒常負囊從之。一日，與蔣浴江中，視其背有目，蔣驚異。是日，僧化去，乃彌勒也，留布囊與别，且云蔣氏子孫當代有進士。

其一

唾壺麈尾手所持，白眼對客客不知。出門俗子多敗意，三語之掾真吾師。曉窗新沐緑陰淨，碧雲奇峰生九疑。隔鄰〔三〕書聲入幽耳，茶甌散花酒浮蟻。百年行樂在適意，燕頷頭顱空萬里。君不見燕山俠客多苦寒，出門悲歌來日難。

其　二

同龕彌勒誰總持，沙上偶坐忘所知。布囊相傳陋七葉，密記端是人天師。愛君清言漱金石，酒酣硬語輕丞疑。亦知造物端戲耳，一室尸居旋磨蟻。東鄰花發西鄰歌，咫尺相思隔千里。陳郎之約不可寒，我眠卿去人所難。

廬江羊孝子兵難時兄弟三人與其母被掠爲奴後廿年復得完聚郡表其閭

君不見覲津竇廣國，傳舍沐頭深記憶。時來徒步入長安，握手相看淚如滴。又不見杜羔孝感爲尚書，兵前失母長欷歔。一朝老嫗忽邂逅，郎君玉貌猶吾夫。淮源鐵騎排雲來，戰骨積雪飛寒灰。小兒纍纍繫馬尾，鬼妾赤脚驅車迴。黄塵漲空日將暮，母子弟兄不知處。只今總是太平民，那識當年亂離苦。人言缺月定有圓，馬能生角石可穿。亭亭高門拱槐柳，更灑鴻筆傳青編。

送潘元卿績溪邑諭

君不聞黄山種松法，纍纍如珠茁如髮。十年拱把百年梁，華表相看化鐾魄。又不聞婺源之山高入雲，黄流夜作河漢奔。䆗渠漩渦濟川具，帖首萬折歸天門。魯中之壁神所惜，龍馬成圖帝爲錫。韋編索隱年益耆，此道誰言深默得。紫陽老人心胸高，番〔四〕髮執簡窮秋毫。即今群經東高閣，上擬混沌中唐堯。拱手皋比立環堵，哆口紛紛角門户。君看黄山之松婺源水，師友根源政相似。

次韻黄松瀑自廣信見寄

開元天子書石經，雉頭焚卻邊宇寧。合宫宗祀廣致敬，底用物馬登云亭。林林碑臺刻新出，嘉禧殿前稱第一。小臣捧詔渡江南，蠆尾渠眉耀晴日。裝成分賜諸王宫，餘墨淋漓遍孤棘。古文僞出今文訛，斷簡誰能究佔畢。黄仙盡日鉛槧忙，語言冰雪容堂堂。明時孝治邁千古，願將鴻筆歌陶唐。時奉旨刻八分《孝經》。

題黄居寀蒼鷹擊雉圖

坡陀肅秋塵四起，逆風雉飛疾如矢。蒼鷹矯矯凌空來，注目穿胸紅披靡。山雌藏頭入荒篠，回視其雄端一死。玄雲摩盪寒光浮，側身翻雲轉輪翅。急如冠軍赴猛敵，緩若計士藏深智。蜀山巍高翠周匝，狹徑交衢不容駟。黄生養之愛神俊，勇氣縱横怒盈眥。想當落筆望平坂，回首當關真劇戲。君不聞箕裘可學端有傳，諸孫射生養殘年。黄筌養鷹學畫鷹，諸孫皆成獵師。

送廬陵陳存道赴廣州教授

君不見端平崔相國，竹杖角巾老辭蜀。清名高節耀千古，寒菊孤香出林谷。又不見咸淳張狀元，落落大對三千言。流離抱忠葬魚腹，要使名字傳遺編。即今聲教震南朔，此州文獻端磊落。荔枝一色紅雲蒸，菖蒲九節清溪明。當年中州人物論風度，曲江之公唐帝顧。吳儂傖父互譏評，坐使官曹異銓注。吾聞八桂山峰如玉簪，衣冠之氣連青雲。穹龜負碑百神拱，色羊跨乘群仙尊。翩翩陳子天都客，萬舞充庭考金石。笑觀滄海陋浮漚，鵬飛暫作天池息。

送毛道士降香嵩衡淮海四首

其　一

我所思兮在嵩嶽，神清之洞何駭愕。參差弄月秋氣高，王子飄飄醉騎鶴。少室山人蕙帳空，君今駿馬凌春風。山中齊聲呼萬歲，我欲同君學蟬蛻。

其　二

我所思兮在衡山，重華玉珮聲珊珊。芙蓉石牀秋水冷，木葉飛燈光耿耿。軒轅道士人不識，澗底拾薪鎔白石。我欲與君上九疑，萬民樂康明聖時。

其　三

我所思兮在桐柏，寥寥帝鄉今莫識。潛流倒注平淮成，天塹曾爲萬人敵。金龍護簡帝令森，蜥蜴俯首穹龜沈。我欲與君探其底，五兵長櫜樂平世。

其　四

我所思兮在南海，鐵網珊瑚援手採。沈沈雲氣方壺深，絳節神君似相待。海中颶母方頑癡，朱書短札能捕之。此中奇觀通扶摇，吾欲與君觀沃焦。

贈番昜劉生振

我欲贈君珊瑚枝，君言不如貽我雜組辭。我欲贈君懸黎珠，君言不如貽我盤盂書。長衢飛塵日卓午，觸暑東遊甬江滸。目光陸離衝紙背，徑上河源窮織女。龍圖龜書杳無跡，弄丸冥搜矢穿的。空林看天無底青，虚室生雲十分白。幽蘭叢深不當户，盤露凝膏敵瓊醑。泰山積溜石可消，鐵硯玄花散晴乳。林林白袍校詞藝，鶗鴂淬鋒儳初礪。身同蝶化入寥天，欲伴飛仙更斫桂。彤庭會弁開祥雲，河目海口真天人。昂昂胸中治安策，慎勿謾與深獮綸。萬里之行生足下，黄河層湍及奔馬。參差柳色暗皇州，龍牓高懸動朝野。

句曲山迎真送真詞二章

往歲在翰苑，嘗草三茅君制書。近張伯雨道士寄示陸魯望《句曲山朝真辭》二章，蓋每歲大茅君十二月二日相傳繇天台歸茅山，春三月十八日復歸。魯望所製迺十二月，而三月獨缺。予不揆，用韻以補。後章縩縩，字書即綷字，古率字作縩。吕道士過三茅，因書以寄，且爲異日朝真之資。伯雨詞氣清簡，必以予言爲陋也。

其　一

參差窈窕行雲急，翠旌飄飄露華濕。神君夷猶疑未來，矯首精思各山立。瑶臺章徹星斗冷，碧扉丹透紅流影。春雷迸蟄人不知，獨鶴眠松已先醒。

右迎真。

其　二

妙顔朝迴寶衣解，乘龍高駝賦湍邁。山中老人年送迎，一酌寒泉過玉瀣。翠氣紛霏森孔蓋，挾以流鈴光縩縩。帝子高歌歸去來，白月追雲送飛珮。

右送真。

龜蒙詩云：『九華磬答寒泉急，十絶幡摇翠微濕。司命旍旌未下來，焚香抱簡凝神立。殘星下照霓裳冷，缺月纔分鶴輪影。空洞靈章發一聲，春來萬壑煙花醒。』『縈雲鳳髻飄然解，玉鉞玄竿儼先邁。朝真弟子悄無言，再拜碧杯添沆瀣。火鈴跳躍龍毛蓋，腦髮青青椵綽縪縪。萬象消沈一瞬間，空餘月外聞殘珮。』

贈吕與之

碧窗獨對中秋月，似怪腦華雪霜白。瘦筇直上大茅峰，長吟冥思啓玄籥。緑蘿丹騰紅欲走，我欲拾之難在手。嗇精超形朝紫宫，下視塵寰等蒼狗。

送瞿伯器還吳

輕鷗不受機心縛，良馬端隨敏手馳。鄞江井邑十萬竈，簿領積几窮繙披。瞿君坐曹談笑決，長官驚誇里閭説。豈惟煮茗挹清風，復解停杯問明月。澄江雪浪催歸舟，洞簫聲咽行雲留。明時掄材在濟用，佇看公府交章酬。

竹素園

緗帙不作飛白體，漆簡端徵殺青書。哀哉瀛王兔園册，自比稷禼今何如。陳生歌聲夜漫漫，手織雲錦餐琅玕。丈夫書功夙有願，篘節束帛光丘樊。

松聲樓

層樓突兀觀芸芸，萬籟泬寥天地分。初如盤車出層巘，宛若幽磬穿孤雲。上方禪寂念不起，但見白鶴來繽紛。金鐘風篁儼相答，有客掩耳元無聞。

阮受益攜郭功父杏山詩來求題迺知爲名門所作因次韻

葛翁迎曦侍東皇，笑指梅根之陽岡。手揮桃李植文杏，春至古澗流紅香。杏華飛時爛林谷，錦繡爲天漫翠木。即今不識空陂龍，猶指當年舊乘鹿。紛紛機事危黄閒，彼艾之植誰猗蘭。青松迴風太古籟，移居之老時回環。兩曜跳丸今幾載。阮氏隱居端儼在。金章紫綬先譜承，雁塔龍門耳孫待。翩翩俊翮海門山，我欲挾之周九寰。精思羲皇粹六籍，迄願閉户窮鉛丹。支辭濫説眩嫫母，正色危坐當前顔。神仙之説不可學，月窟謹視環中環。

送林以道歸栝蒼

書生作官端作勞，摭拾歲月如聚毛。行年六十甫墨綬，又見納禄還林皋。磻溪之翁誠有道，采芝妙顔誇不老。明時貪賢在壽俊，未信吾徒竟衰槁。君家周官擅彌綸，經緯表裏通天人。那能望塵拜太守，振衣黑髮前旒陳。松花霏霏散黄霧，春盡還家美無度。篝燈讀書目光曙，承明之廬我當佇。

題明皇擊梧圖

胡兒手持玉環侍君側，睥睨阿環非一夕。宮中秋葉奏清商，笑擊孫枝工按抑。嶧陽之材雲門曲，能使薰風生衆緑。如何促召羯鼓催。鬪紫妖紅看不足。馬嵬陂下催進程，琅璫檀板悲霖鈴。緬思康衢擊壤叟，帶索行歌不知老。

校勘記

〔一〕郁校：『甫』，鈔本同，目録作『夫』，案十二卷中亦作『誠夫』，此偶異。

〔二〕『淋漓』，四庫本作『琉璃』。

〔三〕『鄰』，四庫本作『林』。

〔四〕『番』，四庫本作『皤』。

浙江文叢

清容居士集

〔第二册〕

〔元〕袁桷 撰 王頲 點校

浙江古籍出版社

清容居士集卷八

歌行

吳船行

吳船團團如縮龜，終歲浮家船不歸。茅檐舊業已漂没，一去直北纔無飢。清晨煮茶茶味惡，薄暮熬齏齏力薄。不憂江南雲氣多，止畏淮南風雨作。去年水淺留金溝，今年水深上新州。終朝但知行客苦，盡歲不識離家愁。大兒跳踉新九歲，小兒學行篷作地。維舟未解矴舟牢，盡日彎篙仰天視。吳人不解矴舟，終日操篙。船頭娶婦通姻譜，知是淮南捕魚户。寄語鄉儂莫怨尤，它年水深爲汝憂。

淮船行

淮船船薄薄如紙，客行船頭怒如鬼。布衫黑漆鶻雙拳，邂逅相爭渾欲死。船長不識丹臒巧，卻識江雲似飛礮。風來急鼓響鼕鼕，轉艫爭篙復喧鬧。淮東燒鹽白如玉，我船輕行一萬斛。淮陰米麥如京坻，我船破浪帆如飛。爲語吴儂莫相勝，昔日汝輩同嬰兒。蜿蜿淮山起晴翠，船已辭鄉不相對。轉篷它日望江南，猶勝當年吹出塞。

越船行

越船十丈青如螺，小船一丈飛如梭。平生不識飄泊苦，旬日此地還經過。三江潮來日初晚，九堰雨慳河未滿。當時卻解傍朱門，醉眼看天話長短。年來官府催發綱，經月辛苦鬢已霜。布裘漫作解貂具，入門意氣猶猖狂。自古魚鮭厭明越，明日今朝莫論説。買魚沽酒不計錢，被髮江頭傲明月。勸君莫作越船婦，一去家中有門户。沙上攤錢輸不歸，卻向鄰船盪雙艣。

清明行

東風吹柳鶬眼新，家家清明忙殺人。微雲細雨作春色，輕車急馬團飛塵。大墳崇臺甃花石，新檜珠幢當户植。小墳纍纍俱土堆，高下尊卑人莫識。豚肩韭餅雜珍味，水飯飄零多古意。把杯直欲酹重泉，頫首填膺下真淚。須臾無言各環坐，折柳攀桃爭啖炙。新愁已向眼前寬，舊事翻疑夢中過。行客徘徊亦留勸，薄暮前歌下前坂。悲歡盡日總春風，白髮年年不知換。君不見江南卿相墓，五鳳飛樓鎖煙霧。諸郎錢癡恣歌舞，不識當年出勤苦。楊花飛盡猶不來，空有啼烏滿荒樹。

河船行

黄河之船如切瓜，黑金鋪釘水爬沙。高桅不肯著船底，四面緔索相交加。輪囷薪槁浮山來，淮船爭避吳船開。往回南北任衣食，不學蕩子多嫌猜。好風千帆亂流去，我獨抱辛走行路。從來宴安多後虞，一失天公不相顧。解凌已過桃花來，黄河正月爲解凌水，二、三月爲桃花水。泝流九曲揚飛埃。不聞赤鯉上天上，但見魚鼉爭喧豗。船前養驢豕同圈，借力於驢共牽挽。莫嫌我鞭太麤毒，大勝江南人代畜。

鞦韆詞二首

其一

鞦韆高整垂楊樹，紅緑周遭華表柱。誰家女子惜餘春，東擲西拋不停住。不停住，日將暮，莫送飛花上天去。雲間緩聽玉參差，爲問乘鸞在何處。

其二

河外吹沙沙衮塵，鞦韆架上望行人。桃紅柳緑今如許，卻背春風踏沙路。踏沙路，不歸去，流鶯紫燕鶯相語。明日清明應未知，回首江南夕陽暮。

天禄硯滴歌爲瓠山參議作

君不見南陽宗資墓傍地，刻石棱棱絶相似。荒榛暗草風雨頑，墨本摩挲了無意。又不見光和玉堂銅作模，爬沙引水如渴烏。清流我輩不堪用，空與乳臭供歡娱。那似南唐李中主，玉軸牙籤日容與。聚金爲寶化黄銀，一寫形模足纖鉅。口銜紫芝不敢茹，微捲清波恣吞吐。千年異質變真態，晝日書窗起煙霧。慵軒老人金鑾仙，筆底萬斛釃清泉。坐令口吻不敢燥，俛首效用誇無前。麒麟瑞世那可忌，獬豸觸邪誰願憐。要知此意政相類，肯與石鼎同烹煎。憶昔漢家劉生滯空閣，青藜一星隕飛魄。彼將辛苦了殘年，猶勝時人譏寂寞。江南病子塵滿骨，萬事無言成鶻突。願求一滴洗餘昏，卻怪王公無長物。

新安芍藥歌送胡伯恭之婺源

洛陽花枝如美人，點點不受塵土嗔。輕朱深白鑄顔色，高亞緑樹爭精神。那如新安紅芍藥，透日千層光閃爍。碧雲迸出紫琉璃，風動霓裳凝綽約。我聞種花如種玉，盡日陰晴看不足。微雲澹蕩增寵光，細雨輕濛賜湯沐。何人看花不解理，香雪紛綸手中毁。酒酣趺踢空低昂，得意須臾竟如此。翩翩驌驦雲中君，愛花直欲留青春。青春如流欲歸去，明年看花君合住。

天瓢歌

天瓢之液如黍珠，緹以十襲拱萬夫。帝青寥寥誰可上，回風扇坌揚焦枯。何人夜坐守瑰室，九關清嚴集虛一。河車歷録雲迴環，帝鼓奔騰山鬼泣。中有一老翁，絳旂朱幘鞭飛龍。手持赤字書，直入玄冥宫。取瓢上天去，羲和側馭追豐隆。人言此瓢不易倒，瞬息人間成浩漾。聊將戲劇轉清涼，玉散珠跳爲渠好。積神爲寶寶乃成，語默變詭通仙靈。丹臺紫府杳無跡，丁公壬女徒多名。張侯之妙不可詰，見月入水月豈濕。解衣倚樹寒滿襟，遠視銀河暝如漆。

晉寧丁節婦歌

明月何團團，不照孤飛鸞。妾心無虧盈，留作白頭看。堂前青桐樹，慈烏旋繞來無數。朝引三兩雛，返哺日落聲嗚嗚。誰人挾彈窺我烏，守樹長泣眼爲枯。人生莫作陌上花，東風飄蕩隨泥沙。望夫之石何亭亭，不如長衫立素屏。流梭夜織燈青熒，黄姑側聽中屏營，天帝與植雙桓楹。木盤可鑽河可塞，千年苦心誰復識。

哀牢夷送張子元僉事雲南

哀牢夷，蒼山疊翠雲無梯。洱河西傾去無底，晴日倒射紅琉璃。相傳沈木兒，背坐曾遨嬉。築城蜿蜒似龍尾，千古髯君乃其始。縛繩駕長橋，皮船中蕩摇。危顛石樓高百尺，子孫生長今漁樵。空林明月手可拾，仰飲飛流鬚髮濕。寒藤罥徑側足行，飢猿兒啼鼠人立。慘淡虚無間，鳥道開人寰。峨眉東望止一髮，參旗玉井閃閃上下隨躋攀。君不聞木皮岡前九折坂，客行胡爲車欲返。又不聞青溪關上三碉城，纍纍戰骨耕未平。輕家許國要有道，矍鑠是翁誇不老。張公子，當有行，繡衣青春照瓊英，笑跨紫燕辭天京。朝餐五粒之松子，暮食側生紅入齒。從來蠻客尊漢官，但飲亡何端有理。南飛雁足何憧憧，不能與日隨西東。相思望君日西下，去天一握疑有雲氣時相通。

安南行送李景山侍郎出使

輶軒使者安南來，紫泥封詔行風雷。濕雲翻空海波立，鐵網山裂狂蛟摧。神京煌煌鎮無極，火鼠燭龍窮髮北。彈丸之地何足論，蚯蚓爲城霧爲域。瘴江如墨黄茅昏，群蠻渡江江水渾。千年白雪不到地，十月青梅猶滿村。赤腳摇脣矜捷鬭，竹箭藏蛇雜猿狖。崛强曾誇井底蛙，低徊自比泥中獸。龍飛天子元年春，萬邦執璧修臣鄰。朱干玉戚廣庭舞，笑問銅柱今何人。君不聞重譯之人越裳氏，有道周王輸白雉。又不聞防風之骨能專車，神禹震怒行天誅。李侯桓桓水蒼珮，舌本懸河四方對。後車並載朝未央，稽顙九拜乞取金印歸炎荒。

次韻黄可玉古墨行

寶刀曉割千歲松，神膏摩盪長檠工。明窗飛塵散玄粉，匕劑直與黄金同。澄心欠伸初睡起，綺疏碧芽烹火龍。金星濡毫試輕重，雪跡點點留羈鴻。嘗聞老奚對膠法，經月下擲清池中。鼇如寒蛟纏鐵柱，霹靂光紅與神遇。晴暉淡蕩浮雲陰，咫尺鍾山隔朝暮。潘郎再拜口流涎，手揣不敢汙其氈。睿思殘珪密封識，舉世那得窺完全。絶憐江南文治極，清賞沈著忘籌邊。玉清峨峨墨卿泣，此寶脱幻今無傳。星灣寒泉白雲宅，中有舊物懷杯圈。銅魚飛符不易合，金釵留股那有緣。撐腸拄腹貴善用，知白始解玄中玄。暮年長物等嚼蠟，借此寓意哦詩篇。鄭公諸孫保遺笏，滌志黽勉窮韋編，慎勿小智窺寥天。嗚呼李生之墨三百有幾年，不如陳郎墨守行千年。

李宫人琵琶行

先皇金輿時駐蹕，李氏琵琶稱第一。素指推卻春風深，行雲停空駐晴日。居庸舊流水，浩浩湯湯亂人耳。龍岡古松聲，寂寂歷歷不足聽。天鵝夜度孤雁響，露鶴月唳哀猿驚。鶤絃水晶絲，龍柱珊瑚枝。顧上千萬壽，復言長相思。廣寒殿冷芙蕖秋，簇金鵰袍香不留。望瀛風翻浪波急，興聖宫前斂容立。花枝羞啼蝶旋舞，別調分明如欲語。憶昔從駕三十年，宫壺法錦紅茸氈。駝峰馬湩不知數，前部聲催檀板傳。長樂晝濃雲五色，侍宴那嫌頭漸白。禁柳慈烏飛復翾，爲言返哺明當還。朝進霞觴辭輦道，母子相對猶朱顏。君不聞出塞明妃恨難贖，請君換譜迴鄉曲。

渝州老人歌新城彭大雅築

渝州太守築城瞰江堅且牢，月掛斗柄山鬼號。州民纍纍下江去，蜀水入漢纔容舠。渝州何嗷嘈，攀緣翠木參井高。不愁灩澦作人鮓，但願淅〔二〕米雲安去如馬。憶昔彭太守，晚得一州大如斗。征西將軍華表柱，白鶴不來猿狖守。小兒舞槊紅離離，大兒挽車上棧遲。渴飲古澗之層冰，暮宿古松之危枝。渝江之水人馬瞬息渡，排石列栅猶支持。年年草青記新曆，不識烽火平安是何夕。赫日涌紅輪，金雞飛報渝州民。空梁燕回候歸語，小牆花發舒啼痕。渝州老人面如漆，家住金陵年七十。含辛老入巴江路，猶記墳前白楊樹。前岡甕崩流，後岡蚓成丘。社翁相詢傳父祖，里婦驚猜訝吴語。澆酒酹墳封四尺，程氏之墳從此識。君不聞武擔之山五丁土，歲歲春風啼杜宇。

大雨醉歌寄王待制

海風吹天黑嵯峨，九衢積溜分江沱。壞牆群蟻上枯木，方池遊鯉跳鳴荷。似聞南鄰王學士，閉門把卷工吟哦。高張障泥倦行水，垂簾倚枕遊槐柯。北鄰老生病無力，玩易忘象窮羲媧。垂楊詵詵翠旄舞，幽葵湛湛朱顔酡。憶昨祠宫醮雷所，被髪繞甕揮且訶。縛茭搏泥肖龍狗，噀酒噴霧刑牲鵝。寸雲在手不受令，挾以風伯飛塵劘。虚皇神功絶聲色，髯羊怗首辭巖阿。君不聞夸父逐日死飲河，愚公避影跡愈多，曹相晝一日亡何。草廬高卧梁父歌，板築飛詔起雲蘿。百年兩曜如擲梭，志士惜日鬢益皤。會須深泥絶行道，免使襏襫之士肩足相累摩。

龍尾歌送文子方著作調官雲南

朝辭龍尾道，暮往龍尾城。七尺遊龍當道鳴，春雪未解四蹄輕。憶昔哀牢夷來漢賓，蘭倉夜渡歌苦辛。皮船之浪，墨雲沈沈。繩橋之雨，青泥淫淫。登山採桐皮，側見五粒松。手攀欲入口，疑是沈木背坐慘澹悲回風。鳥飛不能住，哀猿忽相逢。旁有儋耳翁，爲言太古之遺蹤。諸葛丞相韋郡王，村村列祠堂。瓢笙銅鼓群巫舞，牛殺蘭藉羞瓊漿。六詔之王無曆紀，唐帝傾師邊將死。建隆天子不用武，玉斧手畫大渡河兩股。蠻酋易馬來黎雅，恣言茶錦不當價。神武皇帝開聖元，薙獮窟穴張王官。篚筐歲入長安道，賈客辭家不知老。文著作，聽我辭，去天萬里夷民疲。織罽瀝猩血，煎金鑄褭蹏。夜行碉門夷疾追，平明出關面如泥。卻來京師望塵拜，簇金毳袍向市賣。文著作，今典雲南之選部，目光透牘提筆署。翦彼荊棘，薰蘭當户。西南之人手加額，太史重修考功格。

月海歌

水國紅葉下，萬山白嵯峨。扶胥無垠接天際，望舒力挽沈金波。人言老蟾那有光，爲借三足之烏起熒煌。烏已入地蟾在天，此説詎得然。或言大塊蓬蓬氣爲主，浮空五色神后輔。顧菟在腹不得吐，下入八瀛金碧聚。貝宮樓臺珠結户，穹龜前驅老蛟舞。千人之目皆在水，各持一月得歡喜。夜闌斗轉銀河傾，變滅消沈去無跡。

敬亭歌送鄭子寔遊敬亭

棗實纂纂羅衣單，抱琴背日隨雁還。今年六月居庸關，馬蹴石子流彈丸。曉渡灤河水，水渾不見底。中有三尺鯉，素書不成字。似疑戒我慎出入，五侯之鯖過客止。羹覆手爛將奈何，仰視流光去如矢。行路大難，歸樵空山。或言山有虎豹，嶺有榛菅。歸漁于河，河有蛟鼉，去將隨波。舊家汴渠溝已塞，錢塘煙蕪歸不得。敬亭白雲何離離，二仙霞衣坐翠微。手持紫玉簫，和以丹桂辭。大言泠泠，小言纍纍。勸子勿爲道途苦，幽蘭深谷不當户。空青滿巖玉流乳，手繪朝元之圖萬神舞。

秋江釣月圖歌

南山舞空趨翔鸞，北山人立如啼猿。長流東來貫其腹，謂是浙水屈曲萬丈之上源。大魚奔騰鰭鬣焦，小魚委靡隨江潮。中有白玉蟾，落落五采凝不消。人言此蟾在天主陰魄，淪没何爲水中宅。籊籊千尺綸，蟾永不受吞。廣寒高居淩紫清，日逐烏御不得停。愛此江水碧，倒空浴影潛金精。感君纏綿如有素，瞬息還須上天去。君不聞任公子，東海投竿非小智。又不聞嚴先生，羊裘古瀨成高名。君家慈母占畢逋，百尺樓觀端可居。黄金之鉤不復理，明月年年在秋水。

二老歌王景先省郎幼孤，祖母及其母鞠之，今迎養京師。

烏啼風滿窗，機鳴月當房。辛勤三十年，護此玉雪郎。大母呼孫牀下讀，阿孃烹雞炊黍熟。黍熟不敢嘗，命兒奉姑旁。姑言春在長安枝，東風滿林深折之。一折不得語，再折春膴膴。白雲何相隨，下馬忽在户。驅馬還家上堂拜，婦姑繡衫錦爲帶。長安之花果如斗，不辭看花飲春酒。

三馬歌東坡《三馬贊》本

羌水渾，蜂解屯。瑞至人，率獸尊。參以陳，仰天門。龍爲鱗，炳虎文。髯悍獰，效伏馴。鑾鏘鏘，馳道遵。帝乘虬，相攀雲。逝無留，返崑崙。

盧陵劉老人百一歌

昔聞寧王嘉定時，平淮如掌糧如坻。襄陽高屯十萬卒，武昌金埒饒軍資。西〔二〕蜀環山堆錦繡，滔滔南紀喉襟首。峨眉積雪不動塵，玉壘浮雲古今宙。當年行都號全盛，翠箔珠簾爭鬭勝。西湖不識烽臺愁，北關已絶强鄰聘。寶慶天子來自外邸朝諸侯，土疆日窄邊庭憂。大帥偃蹇藩鎮倅，小壘椎剥租瘢稠。春城絃管暗煙雨，四十一年變滅同浮漚。咸淳太阿已倒持，銅山之賊專宫帷。樓危金谷山鬼泣，舸走白浪江神悲。老人年周一甲子，至元大帝車書合文軌。每話承平如夢中，萬事東風過馬耳。只今行歲一百一，坐閲天地同昨日。秭歸聲苦紅葉翻，邯鄲睡熟黄粱失。門前手種青桐百尺長，笑指截取諧宫商。少君荒唐方朔誕，不如老人親見深谷爲高岸。我孫之孫爲玄孫，翔鸞峙鵠高下飛集騈清門。憑公欲補先朝事，濡毫更作長生記。

月鑑歌

騰騰玉兔光爬沙，人言受日爲精華。又言蟾蜍老不死，側身躍入廣寒裏。信知七寶合無跡，借取山河成戲劇。衆人望月見盈虧，君今以月爲準式。我聞初生時，纍纍星爛不敢隨。亦如男子墮地在文綵，獨抱靜性無邪欹。亭亭三五超象緯，雲從于龍魚有水。君臣得志何慷慨，千古消沈竟相似。須臾寒光海中匿，山鬼悲吟虎狼藉。華亭聽鶴流年空，北海牧羊深雪積。我觀帝城之月如玉輪，團團的的無纖塵。中有隱默士，範月爲鑑驚都人。大言穿楊葉，小言貫蟣肝。太虛氤氲眇窮髮，引酒高坐歌闌干。

玉署鼇峰歌答伯庸

女媧五色餘刀圭，化爲蓬萊東海之虹霓。神君方瞳怒凝睇，不如百鍊積鐵永從西方奎。日有三足烏，其光映顧菟。海有三足鼇，神山簸靈濤。吐吞出没無定時，一叱使之來玉墀。大承虚皇，小抉銀漢。黼黻帝裳，追琢廟瓚。森嚴贔屭鎮帝署，百鬼卻走不敢侮。其或敢侮，怒絶其緒。粲若珊瑚枝，燁燁三秀姿。文理密察儼素樸，孚尹旁達藏玄機。我昔坐其側，耳冷心彷徨。經旬卧向壁，夜夢天孫手授雲錦交龍章。漆書誥盤傳古昔，中有寶珠杳無跡。散之六合捲如席，視之不見聽以息。元氣氤氲，龍馬興文。兹石點首，詔爾小臣。慶非煙霧，出如絲綸。矢心濡筆靡有斁，萬古作式永無極。

秋風歌答子貞

七月霜清雁南起，美人亭亭望秋水。鼇峰石畔金蓮彫，襆被中庭候行止。至治丞相歌堯民，矢心前榻詞如雲。平原黄低翠交舞，寶穡肅肅方調辛。巍峨虚皇傳令速，萬姓樂康真景福。使臣晛言黍未熟，八十一車馬停足。

東門行

神皇揮戈度黑河，四廂捧日肩相摩。金袍珠纓帽七寶，剖符帶礪功難磨。年年舞馬魚麗列，宴罷玉帳經南坡。嚴更傳警夜氣肅，貔貅千列環象駞。華蓋西傾星散雪，殿前蘭膏猶未滅。千金匕首肘腋生，拉脅摧胸慘凝血。平明群兇坐周廬，傳旨東西騎交迭。棄馬之邦身被縶，執簡以朝筆猶舌。煌煌厚恩浹肌髓，悲淚填胸痛天裂。金繒盈車内府竭，虎視眈眈終一咥。

廬陵海月道人歌

飄飄白玉丸，空明歷落行雲端。世人不信之，謂是太古圓缺相循環。吾欲與子窮端倪，一葦巨浸無東西。金精貫珠宮，倒影流銀泥。飢蟾飲水不入吻，五色吞吐成虹蜺。乃知山嶽積培塿，巧遮世目如以手。茫茫水空輪，載地行無垠。置身浩蕩外，光景常如新。吳剛持斧不得休，沃焦日夜無停流。紛紛榮辱可奈何，仰天一笑君當歌。

聯句

東湖

舊學蕪三史，新居隘一廛。煎熬魚呴轍，奔竄鳥驚弦。擬整登山屐，伯長。須乘破浪船。出關塵已遠，德平。過埭意爭先。歸舶攢桅聚，伯長。浮梁斷鎖懸。潮渾江葑没，德平。塍破岸藤纏。戍栅依樟密，伯長。官堤砌石平。機閑蛩唤織，德平。砧響雁傳箋。乍靜喧煩耳，伯長。猶欣輾轉眠。鶻橋華屋廢，德平。鵝匯曲河連。稇實問農具，伯長。鹺嚴絶竈煙。急裝紅蔽膝，德平。辮髮黑垂肩。估客編文貝，伯長。村家緯木棉〔三〕。生涯疲剥割，德平。世路窘迍邅。龕室休行客，伯長。郵亭歎逝川。韝鷹圍獵罷，德平。聯騎縱遊旋。路轉分支港，伯長。川明幻別天。鄮城花已暗，德平。甬水恨空傳。數堠搜唐刻，伯長。題詩紀宋編。會堂夫子像，德平。汲井隱居泉。海眼藏龍窟，伯長。山心射鹿田。水鳴知棹急，德平。岸走訝途遷。隱見岡巒近，伯長。低昂橘柚鮮。青山猶五里，德平。緑樹已千年。歸犢如雲擁，伯長。閑花似火然。苧裳遊女淨，德平。蘆管野伶妍。繫纜拔團甃，伯長。循溪捨竹筏。徑香幽菊傲，德平。土薄假山偏。燈火精廬古，伯長。衣冠故物全。登門論子姓，德平。對坐敘姻聯。金魄篩窗影，伯長。丹砂養井淵。螢飛光熠熠，德平。鶴唳翼涓涓。斗室橫烏几，伯長。方牀藉素氈。魂清時入夢，德平。意得竟忘筌。過墓成扃户，伯長。遵湖復扣舷。滄洲迷秀麥，德平。真隱拱朱椽。碧洞諸天杳，伯長。蒼珉帝畫鐫。梯危頻縮武，德平。像寂且擎拳。紫府商霖歇，伯長。丹書漢澤宣。銅鋪苔暗蝕，德平。經庋燕新穿。倦鳥辭枯柳，伯長。遊龜戴旱蓮。古奩開潋灩，德平。斜縠縐漪漣。淤塞芟排劍，伯長。洲乾蓼糝鈿。官徵都尉粟，德平。漁納水衡錢。王絶山靈泣，伯長。祠荒野老憐。紙旗鄰社鬧，德平。草广曲河填。此去真聊爾，伯長。斯行信偶然。柏幽藏魍魎，德平。潭黑衮蜿蜒。雅興呦呦鹿，伯長。勞生跕跕鳶。攬芳真啗蔗，德平。寫絶擬和鉛。轍跡蕪菁翳，伯長。麻綦臬耳緣。貞娥鬱龍虎，德平。胄相紹貂蟬。宰木分神隧，伯長。思亭列石筵。風霜翁仲老，德平。香火釋迦專。楚些招歸魄，伯長。王官慨昔賢。拜峰誰控勒，德平。篆水自書玄。屈曲東西路，伯長。縱横南北阡。繁華眸轉電，德平。得失口垂涎。絮酒悲宗老，伯長。囊經想地仙。房温連梵唄，德平。市近接腥膻。破露生衣濕，伯長。登坡弱足胼。卧牛遺扁暗，德平。眠鹿繪容虔。金刹從兹訪，伯長。塵纓合少蠲。伐山靈運躁，德平。衡雪子猷顛。檜暖蜂偷蜜，伯長。蘆寒烏啄綿。蟹稀螯數百，德平。樵夥斧論千。淡日收人影，伯長。空嵐漲土埏。蒲葵遮望眼，德平。繭紙論吟篇。除道家僮懶，伯長。偷程地主儇。蟻封徒曲折，德平。駒隙漫拘攣。碎石行行直，伯長。修篁个个圓。深蕢驚雉翠，德平。夾徑聳楠梗。濯錦芙蓉豔，伯長。飄香桂子騈。雕楹回複道，德平。斜閣布陶磚。刻畫功難盡，伯長。翬飛勢欲翩。奉常陳劍履，德平。尚服錫紘綖。幰織鮫人網，伯長。帷凝罽國旃。妖姝汙粉頰，德平。土偶聳高顴。祛石當時力，伯長。臨淵昔日權。只今留黑業，德平。何處覓幽禪。燕頷風雲會，伯長。黿趺日月躔。蛛窠緣衮服，德平。鼠跡上朱籩。累僕供朝沃，伯長。因僧進午餐。佳城蹲五鳳，德平。素業廢三鱣。勝已窮蘭若，伯長。名猶慕偓佺。臺空霞珮冷，德平。殿寂羽幢蔫。觀主何年住，伯長。真宫[四]永世鍵。畫梁誰復葺，德平。美蔭久頻朘。木已非真李，伯長。僧宜賤壽籛。悲來雲羃羃，德平。恨極水潺潺。重嶺藏椒屋，伯長。斜暉指蕙櫋。暫歸心未穩，德平。欲去眼空眩。憶昔窮誅闞，伯長。如今猛棄捐。慈山名轉赫，德平。困墺恥誰湔。積翠林霏悄，伯長。流波海月娟。遠鐘催宿鳥，德平。横笛掛烏犍。拄笏風騷負，伯長。攜壺主僕牽。情懷同黍醴，德平。臭味比香荃。圓澤休論舊，伯長。華胥復記前。乳彪號澗側，德平。哀犺嘯雲巔。惇族盤飧盛，伯長。通家笑語闐。鵁鶄歸槳熟，德平。舴艋逆風沿。濟勝應難促，伯長。臨流且賦遄。鴟夷歌逝矣，德平。漁父卜終焉。紫槿遮籬角，伯長。丹楓壓廟堧。鍊形金骨化，德平。團礎土沙堅。破屋啼山鬼，伯長。荒碑立老鸇。歲時羞野賽，德平。水旱禱靈篿。西帝澄金宇，伯長。東湖鑄玉璿。涼颸舟泛泛，德平。晴日草芊芊。射鴨縈長弋，伯長。叉魚擊短鋋。酒壚横矮甕，德平。屠几斫肥牷。衒市僧袍麗，伯長。招虚販鼓鼘。登臨難婉戀，德平。想像費平銓。更欲南窺海，伯長。誰能北跨燕。同心雙繭緒，德平。徇俗走珠蠙。朗鑑詞聯寫，伯長。玄談茗更煎。翱翔誠放浪，德平。匍匐類狂孱。已乏凌雲句，伯長。時思縮項鯿。還家如夢寐，德平。共點曉霞邊。伯長。

九月望日，送姊歸余氏先塋之廬，登其高祖少師墓。相傳謂外高祖忠定王所相，余氏之興兆於此。支壟爲尚書公墓，亦爲佳兆。十六日早發，遵山行一二里，拜外舅之考待制公，守墓僧畏祇迎閉關，叩之，終無人聲。山勢左行，清興未已，借余庵舟過東湖，上外曾祖忠宣公滄洲堂故基，悽惋久之。舟上埭，予與德平行至月波，忠定王所建。寺後有洞，像補陀示相。捨舟，登葉夫人、八行太師墓，又上五祖堂觀招魂辭。暮抵鹿野，拜正肅公祠，奠永州几筵。行久，殊爲疲勞。是夕，德平抱兒相示，眉宇修廣，予許以永大。十七日平明，過種德，拜正獻公墓，讀楊文元公碑，庵僧洒然，非鄭氏庵比。是日，德平攜壺同庵僧指領遊大慈七山。有僧年七十餘，能道嘉定、紹興間事，示忠宣公所製《滄洲堂上梁文》，益重遠想。拜忠獻王墓，歸，復宿鹿野。嚴君命以十八日歸。歸遊鮑王祠，日已昃。余親翁病瘧，復留宿。詩成，凡一百二十韻，繁華感慨悉紀于詩。詞雖不工，然二人綴緝之勤，有不可不示於好遊者，用識于後云。己丑十月某日，桷書。

遠遊

海鵬跨南雲，一去抉浩蕩。宛駒踏北雪，絶足追罔象。宵征車載脂，伯長。明發燈在幌。

行邁念悄悄，離愁懷養養。違吳始接淛，德平。過越類指掌。虹綢〔五〕結遐思，羯鼓促新響。觴至不復辭，伯長。駕逸誰能仿。明堂企棟梁，武庫輸篠簜。氣合芝蘭芬，德平。學媿蓬麻長。大施朱弦清，小薦金莖沆。雲間鶴孤唳，伯長。天外鴻横上。曉舲劚層冰，午店憇平壤。追攀瞰煙濤，德平。涉歷走塵鞅。長淮橋螮蝀，薄霧裘驌驦。風臺牛一鳴，日觀雞三唱。團桑沃如蓋，伯長。宿草亂若緰。青簾客沽酒，素鬣漁收網。心歡沂泗流，眼豁恒岱爽。追程騎侵星，勸耕農植杖。俗厚喜豐登，德平。氣俠存慨慷。伊河既東流，維斗復北仰。誰云風土殊，始覺宇宙廣。骨聳終超騰，神清何儻怳。鈞天夢非真，伯長。廣寒步空想。銖衣入閶闔，芥粒視圠坱。千官紫府榮，九奏彤庭昶。摛文翦金炬，德平。展采簇天仗。清都踰咫尺，弱水漫方丈。絳旂雲霧開，寶扇日月晃。仁聲被八表，伯長。德意蘇群枉。泥檢極封崇，芬苾嚴肸蠁。瑞氣藹重重，泰階瞻兩兩。駞峰出天廚，褭蹏錫中帑。鳴珂接俊彥，德平。正笏嫉偏黨。德人笑採芝，逋客棄拾橡。茅拔要有方，矢來本無嚮。湘纍但瑰詞，伯長。越相僅金像。遭讒氣徒憤，得計身何往。豈如及承平，相與窮昭朗。君行步飄颻，我滯心悒怏。輕霜著衣帽，微霰點草莽。離歌起蒹葭，德平。古製出盆盎。先後匪十獲，後至激孤奬。城南燈火深，塞北音書晄。東風漸披拂，臘水初滉瀁。詩成愈加險，酒盡未爲彊。雙眸秋水炯，累語春波盪。經行度崎危，伯長。交友希倜儻。羈遊棄楚荒，遠客憐齊傖。光陰尺璧重，事業千金賞。德平。行還雁塔題，復覩鴻都榜。時來戒步窘，事至勿技癢。脂韋本凡近，鐵石乃忠讜。詞林納疵美，書田課荒穰。列仙會儒癯，群仕趨吏駔。陸生彊咿嚘，陶令終骯髒。貞心百壬避，正色上帝享。徒爲捧心施，莫學畫眉敞。功名要無心，造物端有相。行行遂初志，作事記疇曩。伯長。

望洞庭山

海嶽雄前武，乾坤入壯懷。地臨區澤左，德平。洞接蜀山涯。玄甲呈神禹，伯長。靈鼇琢女媧。岫横青一髮，德平。水引玉三叉。雁翅連雲暝，伯長。雞聲帶雨喈。輕煙滋土脈，德平。潵霧潤蔬荄。橘熟金分顆，伯長。鱸肥玉饌鮭。稻田棋布局，德平。草舍篆書齋。塔正狂瀾轉，伯長。圩增古岸差。畫船誰白傅，德平。香徑獨吳娃。伏翼疑銀乳，伯長。遊蜺訝翠蝬。苑存麋鹿過，德平。石老鬼神霾。野火分星位，伯長。剛風直帝街。浪高驚接漢，德平。天闊欲吞淮。鐘遠春聲隔，伯長。歌長艣韻諧。靜依村社樸，德平。閑厭市廛哇。往事滄浪古，伯長。輕裝笠澤佳。鴟夷奇策遠，德平。季子宿情乖。鈿壁銷朱户，伯長。香風墮緑槐。卧遊包景象，德平。目送樂形骸。尚憶禾生蟣，伯長。誰憐竈産鼃。江湖終漫浪，德平。歲月敢安排。語盡情如客，伯長。杯深醉近俳。黑頭宜紫闥，德平。白眼笑青緺。門掩雲生室，伯長。庭虚葉響階。墨花浮雁字，德平。燈粟綴蟲釵。急吹嗚笙籟，伯長。同雲屑豆稭。行行從此地，德平。去去勉吾儕。轡聳王良御，伯長。帆凌博望查。會須攀絶境，岸幘訪丹崖。德平。

秋雪九月十四日，伯長、伯庸。

白帝欲返馭，玄神已先驅。南山黯遐睇，西館阻清歙。刻雲環珮雜，翦水瓊瑰敷。金英受剛絜，丹桂遭糢塗。高標變鬢髮，爽氣通微軀。群陰孤陽僨，積素五采腴。路修天鵝疑，穴覆野兔呼。蟬猶抱殘槐，雁仍驚折蘆。滉瀁露莖溜，空清冰柱酥。或云勢已盡，又言理非殊。先時明堂嚴，薄刑蓐收誅。浮華敵春澌，斂實侔冬輸。慘立各動色，沈思儼徐趨。鴻鈞轉橐籥，緹室潛葭莩。觀物昧休徵，永歌啓貞符。

又九月十五日作，德平、伯長、繼學。

金神縮兑澤，水妃表玄英。西郊散冰粟，北户垂珠絣。三登發重瑞，六莖凌孤清。白藏縞衣舞，顥氣霓裳呈。楚客迷望眼，羌戎候軍聲。桂粉靈杵飛，穀精露囊盛。降霜鄒子憤，停日陽侯爭。澄霄鶴失頂，空江鷺搖晴。菊貞返素樸，木落超空明。鏗鏘商籟諧，大小藍璞成。蕎花賸壟畝，梅蕊光檐楹。初疑蚊蚋集，漸覺鵝鸛迎。漢盤結夜瀣，韓堂滅宵檠。陽和趣報社，嚴凝儼書正。掩袂青女避，沾巾素靈驚。擊鷹眩莽蒼，樹羽登崢嶸。長楊散旃屋，五纛增門閎。絮團柳殘葉，鹽裹荷留莖。鉛飄孀娥匣，旄落少昊旌。井梧炫銀牀，庭櫻轉珠纓。萬入西帝遊，六變坤母寧。初驚遽然至，忽訝乃爾輕。單衣亟搗素，黄裳倏飄瓊。陶姬卻帳暖，唐皇咽簫横。昊天有正命，殺氣何横行。沈沈宸居肅，兩兩台階平。朔吹偶先集，澤雷久藏鳴。碩果理固在，飛葭澹無營。

槍竿嶺伯生、伯長、伯庸

有嶺名槍竿，其上若棧閣。白雲亂石齒，青峰轉簾腳。積冰太古陰，出礦無底壑。馬飲沆瀣泉，鷹盪扶摇幕。轍跡委垂紳，人聲發虚橐。烏飛接鳥背，羽没疑虎鞹。霧松秋髮長，霜果春頰薄。升樵不知疲，獨往端有愕。兢兢矛頭淅，扤扤井口索。凝睇見日觀，引手探月廓。南下眇塵海，北廣絡沙漠。金橋群仙迎，玉幢百神鑿。禽鳴蜀帝魂，鐵鑄石郎錯。鉤鈐掛闌干，欃槍斂鋒鍔。屬車建前旄，馳道徇嚴柝。載筆三人行，弭節半途卻。

送曾編修伯長、繼學

奇鶴慕南雲，俊鶻欣北雪。行藏龜左顧，去住坂九折。纂書墨兵從，擬制銅史挈。佩委松籟回，冠峨星光徹。塼花窺日輪，井藻旋風鐵。歸思紅葉高，家憂紫荊裂。晨裝發五兩，夕祖謝駟驖。沙明石痕瘦，川遠桅影列。吴歌導鷗舞，楚製慘鶉結。汀葭青女臨，岸橘黄人揭。組練危瀑懸，簫磬古灘咽。詩箋江神幻，目送山君别。炯炯雁集洲，挺挺鸛鳴垤。賈颿魚貫直，僧屐鷺飛滅。前坡指迎帽，舊墓拜表碣。明知紹世譜，詎肯逐宦轍。兒孤文褓昏，女乳粉鈿涅。深思振鴒原，後胤起鳳穴。過都塊非歷，去魯淅豈接。歌驪念睽違，瞻蟾數盈缺。

李成古木

層陰舞玄蛟，積溜落銀藟。迸空太古枝，伯長。側石千歲蘚。寒柯紐交樛，霜枿釋餘泫。繼學。俯憐巖壑幽，仰矚雲霞淺。雄姿虎當嵎，鎩翮鶴立巘。長身屈迴紋，曲蓋表繆篆。矯矯卻岱封，昂昂陋桐翦。初疑居移鄙，漸覺坐閱鮮。靈光魯國巋，屈軼虞廷彦。蔽牛我當容，化羊君莫辨。山霾養洮沐，窗霧勤澡鬋。直非龍髯觸，勢若鹿角偃。蕭騷閟馳飆，慌悅集微霰。玄黄馬師遺，丹青犧尊靦。采苓迺夷猶，卧雪何輾轉。

校勘記

〔一〕「淅」，原作「浙」，據四庫本改。

〔二〕郁校：「西」，原本作「四」，鈔本作「西」，原本誤，今改。按四庫本正作「西」。

〔三〕「棉」，原作「綿」，據四庫本改。

〔四〕郁校：「宫」，原本作「官」，鈔本作「宫」。案上有臺、殿、觀主等字，以文義求之，應作「宫」。今據郁説改。

〔五〕郁校：「虹綢」，鈔本作「蛛網」。按四庫本亦作「虹綢」。

清容居士集卷九

律詩五言

次韻善之雜興七首

其　一

習隱漸成癖，苔光緑映扉。避名常好好，絶俗任非非。日落長鑱柄，天寒白苧衣。南鵬五月息，戢翼笑群飛。

其　二

萬事不滿笑，書林盡歲娱。未須夸得意，底用哭窮途。細雨看移竹，秋風學膾鱸。百年真急景，醉入壁間壺。

其　三

昔日登臨地，狂歌祇自求。漢宮空有恨，吳女不知愁。雲葉寒沙霽，江花古岸秋。何人持鐵板，敲徹舊邊樓。

其　四

學道常無寐，披衣聽曉笳。精勤慕柏大，詭幻笑欒巴。丹熟抽金汞，窗明鍊玉沙。微陽端有候，一點應吹葭。善之近學《參同契》，故戲及之。

其　五

卧遊元不惡，佳處絶榮枯。雲憶東西寺，山看大小孤。行年須白社，失意付黄壚。何事遼東鶴，空悲景物殊。

其　六

鄧子清如竹，蕭蕭澹世情。下帷憐[二]草色，倚杖愛松聲。嗜癖成書賈，身窮付筆耕。乘槎空有約，何日海邊城。

其七

書聲連古巷，疑是白雲廬。吟苦眠料理，塵深靜破除。詞華輕大曆，風雅近黃初。顧我相知舊，艱難愧不如。

月黑

月黑斗杓轉，昏昏古柳壕。干掫寒戍響，窣堵亂烏號。風定歸潮急，門深落葉高。向來江上意，無語獨蕭騷。

次韻題林隱

移家鄰縣去，住久不知年。花擁檐前樹，泉歸澗下田。丹芽[二]承露浴，石乳拾松煎。擬欲題新竹，才疏愧惠連。

次韻上官伯圭夜坐觀梅二首

其一

愛酒嫌劇飲，天寒但欲眠。烏啼千樹外，雁過一燈前。霜角悲涼調，風幡自在禪。平生江海意，袖手送殘年。

其　二

江梅元楚楚，冰雪總相宜。肯佐金樽舞，寧辭玉笛吹。天心元自正，地脈本無私。不盡關山意，巡檐與賦詩。

題柯自牧救荒記

曾聞於越地，千里草青青。比屋呼庚癸，連年厄丙丁。已傳青社記，不用峴山銘。近説天台宅，新成太祝廳。

壽高舜元父二首

其　一

喜見黄鐘月，重推絳縣年。雪窗温鼎火，春甕養壺天。朝市成真隱，階庭擁壽仙。時吟五字律，獨立晚風前。

其二

玩易喜心清，年高見太平。杖扶靈壽穩，松削養和輕。夜月前朝事，春風九老盟。初筵慚後至，立雪捧深觥。

打灘

老石太古色，遊魚新水姿。輕冰養流汞，急瀑散飛棋。角力誰爲挽，臨流亦自移。南來多此意，北望莫相疑。

春陰

寂寂春陰半，南來未識花。故鄉憶寒食，細雨摘新茶。物色供詩句，風沙入鬢華。山林元未改，客路獨烏紗。

懷城南諸友二首

其一

春至長爲客，愁多始憶君。風程江北路，水驛海東雲。杜宇深深怨，酴醾淡淡醺。行藏曾共數，不是故離群。

其　二

養性深辭酒，全交淺作書。寧知故人厚，自愧後生疎。春入黄河道，雲分碧鳥居。江湖從浩蕩，不敢愛吾廬。

舟中雜書五首

其　一

野色連雲白，春聲引樹清。遊魚新浪急，歸鳥片帆輕。曉夢三千里，風餐第幾程。萍蓬元未穩，徙倚問天明。

其　二

掛席疎星外，停舟獨柳邊。團團風始陣，怗怗月初弦。隴曲沙成雪，吳歌水拍天。行藏有如此，把卷獨悠然。

其　三

春睡元無著，鄉心比酒醲。飛花空有意，小雨不成容。獨樹疑新堠，群鴉似亂峰。艱難憐浩蕩，散髮遂初慵。

其　四

河落渾無底，飄零總客塵。春洲蘆雁少，曉户柘蠶匀。京洛饒豐稔，江湖樂賤貧。低徊吾不恨，應有故山筠。

其　五

桑柘斜陽道，天然錦繡機。雲容催溽暑，花片憶春霏。水落新魚瘦，風清宿麥肥。歸程時屈指，重午試生衣。

淮　浦

淮水奔如箭，舟維岸屢移。斷岡封馬鬣，落雁陣魚麗。白葦前朝界，青帘古戍基。亂離今已矣，風物漸熙熙。

立春日宿大清口舟中見新月二鼓雪作

春月如佳士，翩翩欲上船。相逢疑昨日，一别又新年。水鏡心胸朗，空輪體質全。更深飛雪急，直與鬬清妍。

次韻陳剛中待制初秋二首

其一

碧樹晚雲餘，秋聲入客廬。知公吟蟋蟀，勸我憶鱸魚。宦味元無著，鄉心得未疎。清塵滿雙鬢，蕭瑟不禁梳。

其二

岸幘倚書楹，寒砧徹四城。馬歸人獨語，雁過月初生。寂寂候蟲急，淒淒落葉清。客懷誰與共，搔首見參横。

送牟元通歸瀘州

西州人物論，翁季擅清門。已暗金牛路，猶傳鐵騎孫。巴江雲不盡，蜀嶺雪空存。邂逅衣冠聚，艱難得共論。

夜夢作詩覺因足後韻

薄酒薄於水，濃山濃似春。梁間雙語燕，天外獨歸人。細柳千重緒，飛花一寸塵。碧窗初睡醒，新月寫清真。

淮陰大風

極目虚無裹，飄飄萬馬馳。飛蓬旋槖籥，虚谷應壎篪。春樹元無著，晴雲復自持。倚舟沙際穩，歸雁得相隨。

題温州太守德政詩後

海郡炎歊重，涼風起素秋。飛蝗分界去，鳴鵠下陂遊。白布官租減，黄甘雅詠酬。兒童多好語，竹馬擁君留。

次韻馬伯庸春思兼簡繼學二首

其一

洛花千萬朵，一一爲君開。粟暈排金縷，酥凝爛玉杯。美人乘馬至，仙子抱琴來。莫學飛紅侶，隨風喚不迴。

其二

行窩春匝匝，下榻望君來。雙玉矜嬌思，聯鑣騁逸才。題詩紅袖擁，傳詔錦袍迴。羞殺高眠者，楊花滿緑苔。

送秦巖卿從事出宰北平縣

高秋右北平，出宰樂時清。白水前朝界，黄雲舊塞城。彈琴看雁過，束帶候雞鳴。不盡平蕪際，題詩倚馬成。

黄河口 徐州城西北隅，與黄樓相衝，今從此南流。

河落流沙駛，茫茫禹甸周。昔聞傳北載，今已絶東流。俊鶻辭高下，輕鷗擅去留。百年文采盡，日落認黄樓。

徐中丞母八十

謝庭森玉樹，漢闕賜金花。懿德傳家盛，耆年舉世誇。晴萱當檻直，冬筍隔籬斜。拭目諸孫秀，翩翩佩紫緺。

送張滎澤

斂板滎陽縣，栽花接早春。水新魚子散，雪釋馬蹄匀。政可箋河伯，何須詠洛神。桑田今幾許，除籍補疲民。

贈瑛上人住洞林

托鉢千巖裏，松花凍未開。哀猿依講席，飢鳥下生臺。潭影留雲定，鐘聲送月回。山中太古雪，爲寄一瓢來。

送周南翁集賢南歸省墓

摇曳十洲仙，來尋楚尾船。金花榮故里，石筍表新阡。江橘團霜重，冰魚鱠雪鮮。階前雙玉好，行賦鹿鳴篇。

潞公判永興遊嵩之詩見於翰墨然卒與右軍之遊汶大率相類名爲造物所忌豈虚語哉今見其孫璋甫佐西省甘棠遺思至是殆將見之

渭水落葉盡，往來餘碧鷗。龍門七十里，雁塔一千秋。弔古麒麟塚，衝風驌驦裘。寒蕪明滅處，遮馬見君留。

劉氏集慶堂

華構出層林，春浮院宇深。小桃分雜佩，新燕掠鳴琴。石乳千年潤，松花百尺陰。紫皇方問道，那許遂歸〔三〕心。

送蘇子寧和林郎中二首

其一

貂帽護寒沙，冰天閲歲華。斷溪駝聽水，密雪犬行車。雲盡難尋雁，春深未識花。昔人奇絶處，八月解乘槎。

其　二

往歲經遊地，寒蕪碧燐深。雲開山後陣，水咽隴頭吟。雪白氈房重，天青羽檄沈。重華新雨露，悲喜候車音。

蘇子寧北行詩二首

其　一

出塞黄雲盡，經春白雪多。高樓閑鼓角，絶域靜干戈。風急盤鵰嶺，冰深飲馬河。征鞍遲明發，揮手渭城歌。

其　二

去去居庸道，關山冬氣深。雪天孤帳宿，寒月一笳吟。石堞棲鴉穩，沙場過雁沈。粉闈多暇日，歸騎有佳音。

吳閑閑病起二首

其一

好客頻來往，閑雲管送迎。花香清病骨，松籟答書聲。身世三生夢，乾坤萬古情。故園多蕨筍，歸興繞江城。

其二

客散庭如水，春深日似年。閑心觀宇宙，浮世閱風煙。詩句吟難穩，蒲團坐欲穿。一聲松外鶴，此意共悠然。

題蔚州郭氏永寧亭

華亭絶市囂，山崦映岧嶢。落葉燃茶鼎，長松掛酒瓢。天低雲欲下，春盡雪初消。歲晚無王事，前村看射鵰。

次韻馬伯庸題凌波仙圖

玉衣朝岱日，寶瑟寫湘雲。宛轉鸞歸憶，參差雁過聞。石痕生左角，松影印迴紋。倚竹憐雙泣，擿蘭憫自焚。停驂沙磧近，指點認昭君。

伯庸以詩見屬次韻二首

其一

學古陳言少，官清雅詠多。珠玕明玉海，寶鑑挹金波。易賴韋編定，書疑汗簡訛。斯文今有託，爲我補嘉禾。

其二

聽君人物論，閱世似難多。學禮師倉海，傳家繼伏波。看山窮北戒，惜日愛南訛。彩鳳非無食，瓊山自有禾。

高掾祖父八十

心跡混漁樵，門深絶市囂。花前歌舊曲，燈下話先朝。白髮書千卷，朱顔酒一瓢。有孫遊玉署，從此樂逍遥。

長春道士禱雨有應

清夜轉崑崙，天雷卓午聞。平林千樹響，古澗百泉分。門靜堆黄葉，山空聳白雲。神功滿禾黍，尸坐答鑪熏。

次韻馬御史題漢州喻氏多勝亭

花壓金橋重，春風第一州。江喧朝灌口，雲擁護遨頭。雁落沙中渚，鵑啼竹外州。使君燈火地，爲我倚高樓。鶴山年少時守漢州，元夕張燈，金雁橋斷。

次韻伯庸過天寶宫

松暝碧雲深，鶴歸人倦尋。朝迴香滿室，祠罷月盈襟。白鳥分山影，黄鸝轉樹陰。小溪流不歇，咽咽似鳴琴。

送白誠之赴台州别駕

岧嶢巾子峰，市近海潮通。桂樹團雲濕，松花帶露濃。猿隨僧屐雨，鷗送賈帆風。盡道無王事，持杯百過空。

贈瞽者

尸坐包玄象，虚窗萬籟沈。聽泉知地脈，候琯合天心。風定馬蹄急，霜清葉落深。弄丸端可學，從此罷鳴琴。

送成公履守光州

淮樹連空碧，淮山徹底清。濯纓羞戀闕，佩印樂專城。曬網雲催泊，提壺雨勸耕。地偏王事簡，數雁寫琴聲。

寄開元奎律師五首

其　一

開元古壇主，盡日著袈裟。社主勤供菜，天神罷送花。蒲團黄葉護，香鼎白雲遮。終歲無王事，繙經到日斜。

其　二

開元古壇主，老至律精嚴。洗鉢魚遊水，開門鶴入簾。拾薪供茗具，滴露寫經籤。已悟如來意，看花不用拈。

其　三

開元古壇主，身世兩相忘。客至常扃户，僧來不下牀。神光千里鶻，玄辨九秋霜。白業渾消盡，蓮池任意香。

其　四

開元古壇主，瓦石化丹青。似住元非住，無營類有營。念珠金的皪，戒鉢鐵晶熒。我亦慚塵垢，清齋養性靈。

其　五

開元古壇主，幼歲已相聞。我竟飄京國，師方玩水雲。一官千日計，萬事五更分。共約修蓮社，空林洗垢坌。

髫齡侍諸父拜雙峰祠堂未嘗敢有題詠二十年來接武于玉堂瀛州霜露之思缺然有靦近聞平石長老興廢補仆光紹前聞遂述舊懷爲六詩且申歎仰

其　一

沈沈大士閣，千嶂萬夫降。近樹青禽獨，前松白鶴雙。雲霞生几席，星斗列軒窗。俯首京塵客，生涯愧老龐。

其　二

慚愧雙峰老，光明兩足尊。新妝釋迦佛像。午窗鉤竹影，凍筆點梅魂。齋近烏啼樹，禪迴虎伏門。春來有新雁，勸我趣歸轅。

其　三

經院辛勤日，千金記始興。創寺時以賜金千兩經始，今八十有四年。雨荒蟲蝕栱〔四〕，壁壞鼠緣藤。舊觀丹青復，諸天錦繡承。短簷增突兀，會見出盧能。書來修選僧堂，舊有術士言太高，俾〔五〕沙門減其柱，然清班亦不聞有顯者，故末及之。

其　四

陰陰虞監宅，鬱鬱越公祠。虞永興宅。掬水不入獻，布金猶受疑。流年翁仲守，往事苾蒭知。澗水交流處，曾傳玉帶垂。

其　五

寒徹清泉底，山童上水華。定金非在井，羅睺羅尊者語：傳昔有一女子墜釵，其水遂定。煮米卻成沙。洗目能生電，搜腸可當茶。人持一月去，此月落誰家。

其　六

跏趺千樹暝，彈指百花春。道以東巖的，詩於北澗新。歸雲呈住相，行籜掃空塵。靈鷲誰公論，啼猿正惱人。

次韻張希孟凝雲石十詠

其　一

我愛凝雲好，神交萬化前。碧窗圍蜃氣，黑浪衮蛟涎。化石知何代，出山今幾年。相從清思長，寸潁起蒼煙。

其　二

我愛凝雲好，飛塵萬馬驅。雄深麾將士，峭直傲公孤。斷足鼇分極，摩牙虎負嵎。何年化霖雨，慎勿竟虛無。

其　三

我愛凝雲好，雍容諫諍姿。虛中超混沌，正色走窮奇。潤物非無意，成功自有時。棲遲元未晚，清坐愧神癡。

其　四

我愛凝雲好，氤氳萬象深。鎮浮廊廟體，閱靜雪霜心。屈曲蜂房綴，玲瓏蟻穴淫。玉京誇獨秀，此日汗腰金。

其　五

我愛凝雲好，朝昏境不同。金芽養靈谷，鐵網起晴空。月色古今正，潮痕子午中。點頭那有異，吾欲問生公。

其　六

我愛凝雲好，神清湛欲留。岷峨千古雪，泰華一天秋。獨鶴離群皎，層冰出澗幽。無言有深抱，山立正陽休。

其　七

我愛凝雲好，糢糊老墨仙。癡蟇端食月，渴驥欲奔泉。守黑壺中日，談玄洞裏天。煙霞元自足，塵世未爲賢。

其　八

我愛凝雲好，翛然一榻棲。支機何物誕，醒酒此君低。香遠能爲霧，泉深解作溪。未須鄰綺用，端可比夷齊。

其　九

我愛凝雲好，能歸萬古春。遺簪三島客，椎髻八蠻臣。柏子添清供，梅花寫舊真。天心元不動，東海任揚塵。

其　十

我愛凝雲好，蒼龍擘硤飛。振纓悲濁垢，整珮謁清微。歲月江翻浪，冰霜玉韞暉。黄塵今幾許，且勿展書闈。

山水圖

樹重雲光濕，峰寒曉氣清。抱琴人欲往，門暗客相迎。凍雨生寒溜，深雲倚怪藤。蹇驢吟不得，指點墨千層。

淇緑堂

卜築荊溪下，碧陰生晝涼。軒昂丈人行，瀟灑此君鄉。月候繽山鶴，雲催嶰谷凰。衛風朝夕誦，底用别詞章。

寄砥長老

雙峰不受暑，傑閣稱幽禪。蕉葉緑雲扇，藤花白雪氈。見龍增澗水，喜雁點江天。笑我開平客，于今第幾年。

送李希白降香武當山

絶壁通靈籟，天香簇寶華。重明應龍馬，習坎伏黿蛇。度嶺金盤日，穿雲玉珮霞。道逢采苓叟，應與論南華。

送永新王東野還里

天際風花黑，燈前鬢影蒼。方刊肘後秘，金散橐中裝。某樹童年種，兹丘晚歲藏。已忘朝野事，飛鷺起鳴榔。

輞川圖

詩中傳畫意，畫裏見詩餘。山色無還有，雲光卷復舒。前溪漁父宿，舊宅梵王居。千古風流在，披圖儼起予。

贈雪窗上人

少日觀滄海，陰山恨未登。飢餐太古雪，渴飲萬年冰。柳色迷官道，鐘聲動客燈。聞聞與見見，問我一枝藤。

直沽口

二水赴滄海，客行殊未休。漁舟維病鶴，歸棹起輕鷗。雨重雲光濕，天低樹色浮。京塵今已洗，從此問菟裘。

三月廿九日阻風馮家口

飄泊春風怒，維舟古渡濱。防堤堆馬鬣，蹙浪捲龍鱗。撇掠吞吳陣，紛披障庾塵。柳陰亭午轉，人靜白鷗馴。

次韻劉明叟

欲知行路苦，孤雁促歸期。矮屋燈昏際，空林葉落時。滄浪誰欸乃，褦襶笑詩癡。點檢韋囊裏，珠璣總屬詩。

壽閣承旨三十韻

寶曆書堯甲，蒼杓指夏辰。修齡天保魯，嘉瑞嶽生申。人物中州正，陶鈞淑氣淳。舒晴翹孔翠，墮地擢麒麟。藻思傳髫綺，蜚聲起搢紳。文鋪崑玉鏤，賦約楚蘭紉。樂道車中聘，談經席上珍。飛牋油幕佐，執簡柏臺賓。黼黻開丹地，絲綸演紫宸。慶雲圖遠牒，甘澤洗荒塵。評論空餘子，儀刑倚重臣。昂昂霄漢表，皎皎雪霜身。滄海鷗忘慮，長風驥絶倫。名高諸彦避，德盛後生親。朗鑑中秋月，天和太古春。精忠言款款，獎引語諄諄。書葉題文債，詩筒破酒巡。筆翻金井凍，詞吐露桃新。格律常楊陋，篇章鮑謝鄰。辛勤憐我輩，銓賞屬斯人。南極呈黄道，東皇挾絳輪。霓旌紛旖旎，香鼎秀氤氲。果熟分金母，丹成養谷神。心澄眸轉碧，光瑩頰浮銀。物色歸青簡，年華閲大椿。小車花外影，馴鶴竹間真。賀履聯行整，傳觴捧勸頻。疎閑看遠岫，虚静傲蒼筠。往事雲舒卷，流年肘屈伸。長生端可學，靈壽不須陳。

次韻仲章過陳氏城南書隱十韻

矮屋參差倚，平蕪黯淡看。夢迴榆塞遠，愁絶翠峰寒。白髪游絲罥，丹心古鏡蟠。槐明金瑣碎，菊鑄玉巑岏。憶月時看劍，臨風復整冠。鄉音憐過雁，古調拂離鸞。去矣歌招隱，終焉樂考槃。晚知交態薄，老識宦途難。口腹非真累，毋煩饋一簞。

入南城遇老醫言山陽舊事因成十六韻

邂逅山陽老，相傳事已訛。姦雄歸草莽，天地入悲歌。太守籌謀誤，將軍禮數苛。鞬櫜同下吏，騶御失前珂。洪泓顔如此，憑陵事若何。比肩身肯辱，卻立齒爭摩。水捲寒雲甲，風揮白日戈。耳聞人作膾，眼見血成河。翕霍同幺子，倉皇類小皤。官軍奔及馬，婦女走乘騾。自古儒冠忤，難將杯酒和。功成真草草，時至復峨峨。先公在宥府，論山陽事。去國後，維揚論功，咸謂偶幸。漂母恩徒快，中郎詠未磨。荀羨爲中郎將，有《北征》詩。遺屯迷鼈石，鄧艾所築。舊浴暗龍渦。土沃村村麥，湖深處處荷。人生貴行樂，何必問銅駝。

壽致政王侍郎八十二十韻

壽俊標周士，儀刑望魯儒。輞川饒詠賦，璜水秘謀謨。壯歲丰神整，明時膴仕殊。東曹誇鶻擊，公府羨鳧趨。審象三韓使，含章四皓圖。長身昂野鶴，正色叱妖狐。誓墓文何早，傳家計豈迂。鄉稱三老舊，人説二難俱。舍並分桃塢，田開别芋區。水邊時避飲，月下屢嗔扶。眼碧看山媚，鬚銀映雪癯。油車懸蹀躞，野服綴襜褕。社肉時相餽，春醪不用沽。綵衣新稚子，椎髻古奚奴。鼓擊深深舞，茶烹緩緩呼。花飛迷去路，鳥下避行廚。南極珠分瑞，東泉斗借輿。造朝看賜杖，入里記垂弧。翠柏根如石，靈龜息自胦。從今躋壽域，底用詫康衢。

壽牟獻之大理卿七十三十韻

氣概岷山秀，風神閬苑仙。西山餘故老，南國挺真賢。瑞靄垂弧日，人思衣繡年。清門開耋慶，緑籍紀齡延。止息功參易，虛心體合玄。厖眉垂素手，漆髮換華顛。今歲七十，眉間忽生兩毫，髮重黑。鳩杖何期賜，牛車不待懸。三鱣傳素緒，一鶴記青氈。枌社爭爲壽，蘭階數擊鮮。風驂追廣莫，雲珮憶鈞天。往事清霜木，希音太古絃。五更尊禮絶，六老舊堂專。所居正六老堂遺址。杞菊調饔鼎，丹砂養井泉。慵書乞米帖，羞辨買山錢。醉劇簪花舞，遊疲枕石眠。黄公終慕隱，白傅且逃禪。文物傳青史，耆英入繪編。弁山寒戢戢，苕水響娟娟。望海傾朝夕，瞻星候次躔。登龍身未武，執雉意空傳。傴仄徒多恨，低違〔六〕祇自纏。窮鄉真坐井，陋室强懷鉛。夜月思延桂，秋風學詠荃。終然羞弱植，復爾滯孤騫。問字甂空在，傳經席未前。牛衣期振拔，馬磨費評詮。冰柱垂青嶂，蠙珠湛碧淵。至言機已息，妙技目無全。凡質丹須換，精誠溜合穿。遡風輸善頌，立雪冀敷宣。

壽李承旨四十韻

寶曆開三禩，瓊章集萬神。蒼龍迴插子，玉兔候交辰。潞水丹騰渚，壺關氣接旻。道傳莘野正，學比傅巖醇。帝運昌文統，師臣秉國鈞。清宫高贊畫，潛邸舊經綸。意得超今古，才雄異等倫。春浮霞錯落，秋映玉嶙峋。三執中書柄，重開大國畇。黄鐘陽脈脈，瑶圃霧氤氲。仙鼎神膏秘，宫壺掌露真。恩醲錫麟脯，味薄謝猩脣。瞳碧光流漆，顔紅色耀銀。垂紳凝泰嶽，設席陋平津。手挈重華古，心追貞觀新。至人專上壽，八表樂同仁。非虎耆年並，猶龍祖譜親。息深忘蝶化，機靜狎鷗馴。蕩蕩心無競，肫肫俗易淳。極知調鼎餗，不惜汙車茵。竹帛千年事，桑麻萬里春。管商謀可鄙，房杜跡常遵。斟酌扶元氣，彌縫護國珍。倚風憐竹弱，聽雪喜松皴。玉署親裁詔，青蒲獨奉宸。蜀江移戍罷，浙土減租匀。榻淨惟烏几，堂虚且角巾。手揮廷下吏，目送幕中賓。習隱時思許，題詩尚憶秦。黍田溪溜溜，花塢澗粼粼。問俗停車綏，貪賢倒屣頻。藥囊儲赤箭，水鑑徹青蘋。滄海收毫末，空林絶隱淪。籍功文館定，約法論堂詢。出處關吾道，安危佩一身。政須陳蹇蹇，直與紀麟麟。績蓺慙班馬，抽才頌甫申。占天徒有管，望治〔七〕眇無垠。閲歲桃成實，知年海拂塵。扶疎慙小草，蔥蒨託靈椿。

送文子方著作受交趾使于武昌長律二十韻

萬里蠻陬貢，清秋督使馳。乘車專述命，受幣聽陳辭。紫舌音聲狡，雕題聚族滋。玉門心愈遂，銅柱約難移。江漢尊南服，星辰拱太儀。趨庭輸齒革，授館列膏脂。私覿情鉤隱，公言理折疵。彈丸空有險，束矢定無疑。柱蠹消煩溽，蓍龜審事宜。要荒工跌宕，保障慎羈縻。鸚鵡寒汀遠，蒹葭晚岸欹。壯遊詩句豁，古戍角聲悲。月矗朱簾正，山低翠浪欺。班超空耿耿，陸賈政怡怡。楚水愁腸結，衡峰望眼眵。過門王事急，去魯驛程遲。緬想垂衣治，深求補衮資。大夫謀可利，小客禮須持。諭蜀徒煩檄，平南漫擬碑。佇看王會傳，端假史臣爲。

魯子翬御史分按遼陽作長律五十韻愛其精密予今歲亦扈蹕開平因次其韻

象御天街正，烏輪海觀昇。省方秋戒慎，扈蹕歲因仍。石迸根駢拇，山迴勢左肱。塵深疑帽重，霧密覺衣蒸。午頓炊難熟，宵征酒易勝。解鞍心惘惘，執轡念兢兢。酪水分罌缶，通薪筭斗升。皮毛均製服，脂膟或然燈。統幕迷高下，烽臺閱廢興。度關泉水咽，出口月華澄。狼戾官芻峙，魚麗餌粟徵。千房雲疊疊，萬竈墨層層。列帳排衣甲，行營護棘矜。旆旋環似翼，鼓發去如繩。斗北瞻紅棧，雲西指白登。草肥青穲稏，松聳翠崚嶒。積雪疑忘象，搏風訝徙鵬。屬車攢幄帳，行殿儼茵凴。白氎時逢賈，朱衣定指僧。翠旄逼華蓋，金甕耀觚稜。觀闕天經界，儀臺象緯凴。佽飛拳似虎，鐵杖足如能。竹帛司常煥，丹青職貢增。會朝珠帽簇，錫宴寶巵凝。陛立齊垂橐，師行陋釋掤。廣寒通月窟，高爽寄涼櫓。上聖英資異，丁年武德弘。天戈中夜渡，星檄百川承。同軌嚴行夏，明禋恥用鄫。別州端首冀，分器定先滕。德啓無疆〔八〕服，光傳有道曾。皇威宣絕漠，陽澤散堅冰。表正辰居所，漸仁水集堋。庭開下鳴鳳，苑廢罷飛鷹。舉逸尊加璧，掄才鄙販繒。鄧林搜八柱，瀛海取三淩。曲學慚繩祖，孤聞賴得朋。沈思雲外弋，冥索澤中罾。客議雞同鶴，人疑驥聚蠅。濡毫終有思，執簡豈無懲。謂可兼遐邇，胡云立愛憎。清芬蘭佩結，芳薦蕙殽烝。鴻筆吾誠忝，輶軒子累乘。共知心耿耿，相對髮鬙鬙。

馬磨誰憐許，龍門共企膺。杖生詞過實，揚子德徒稱。盛化乾坤闢，王綱日月恒。麟符昭炳蔚，豹霧駭超騰。虚白難爲繪，空青不受矰。欲追千古筆，爲付一枝藤。

王趙公八十應制十韻

耆德膺熙洽，皇風協泰和。公明旁作穆，帝念敘惟歌。枌社新封土，蓬壺舊隱窩。黄公資輔翼，白傅退婆娑。望日靈龜息，擎雲古柏柯。精神霞炯炯，儀觀玉峨峨。設醴樽浮蟻，兼珍釜錫駞。擁牀爭置笏，立馬會鳴珂。服食丹藏井，絲綸錦簇窠。永須依日月，何必問煙蘿。

壽開府承旨十韻

泰嶽舒紅日，天門爛紫霞。氤氲生宰輔，磅礴贊亨嘉。文武揚中外，寬嚴接邇遐。遊嵩雲擁馭，度磧雪飛沙。畫戟車流水，青編筆有花。精神春不老，器宇海無涯。玉殿彌綸重，金鑾密勿華。傳宣花似斗，錫宴棗如瓜。上壽三千歲，元勳第一家。山河開賜履，早晚聽宣麻。

劉邢公九十應制十二韻

賜履光華閥，延齡冠帝畿。氤氲秋霽嶽，菌蠢露凝芝。六聖存遺老，千官介壽祺。傳宣鳩飾杖，錫宴蟻浮巵。餐玉銀鎔頰，簪花翠壓眉。灌陰機怗怗，擊壤樂熙熙。坐石雲生窟，澆槐水溜池。霜深風脱木，冬暖凍消梨。往事先朝夢，多情舊日詞。魯公方拜後，鬻子定爲師。用拙長年櫟，虚心太古蓍。成功全靖退，樂道過期頤。

次韻伯庸畫松十韻

妙思通靈素，玄陰接帝青。抗顔躬蹇蹇，蒙頂髮星星。颯爽龍羞豢，蕭疎鶴鍊形。壁虚生地籟，斗近界天經。蝶夢春濤涌，蟲疑曉日冥。雲生停罣候，風入倚窗聽。屈曲車連軫，騰孥簾列庭。戀鄉思海岱，封爵鄙云亭。月落孫生嘯，天寒屈子醒。雄姿輕虎豹，浮跡陋鷗鶄。

壽張希孟父郡侯八十二十韻

古渭垂綸老，康衢擊壤翁。星輝騰處士，天爵貴家公。顥氣西郊肅，祥雲北渚濃。坐班鳩杖叟，舞轉柘枝童。壽骨英光聳，厖眉厚德充。九重恩誕錫，三命傴彌匑。麟紱開華旦，龜齡擬少嵩。簪花便廣顙，植菊瑩方瞳。鼎釜兼珍飫，刀圭上藥融。傳宣壺燦爛，合宴珮青蔥。積慶先猷遠，詒謀晚福豐。靈椿培世範，玉樹挺家風。正色通天闕，高懷納楚宫。倚風看雁北，就日見雲東。君父恩彌重，交遊論盡同。竭誠心翯翯，移孝思忡忡。意壯追奔馬，機忘數過鴻。玄參揚子衍，書比伏生工。浩蕩漸摩澤，昇平坱圠功。定須超混沌，何必問崆峒。

王叔能侍丞相入見王繼學尚書序其事謹賦十二韻

行殿圍氈邸，鑾輿擁翠簾。重華方聖治，上宰益勞謙。臺閣推公幹，蒿萊擢孝廉。官儀精考核，選格絶停淹。議禮心如轂，探賢手自籤。都曹清望重，瑣闥雅才兼。對榻褒嘉寵，垂紳俯伏瞻。傳宣挏酒錫，拜命襲衣霑。令節熏風細，皇恩湛露厭。事殊靈壽杖，賜比水晶鹽。際遇喧朝野，矜誇徹里閻。遺臣思載筆，往恨泣攀髯。

校勘記

〔一〕「燐」，原作「鄰」。郁校：「鄰」，鈔本作「燐」。按四庫本亦作「燐」，據改。

〔二〕「芽」，四庫本作「霞」。

〔三〕「歸」，四庫本作「初」。

〔四〕「栱」，原作「拱」，據四庫本改。

〔五〕「俾」，原作「稗」，據文義改。

〔六〕「違」，四庫本作「徊」。

〔七〕「治」，四庫本作「野」。

〔八〕郁校：「疆」，原本誤「彊」，鈔本作「疆」，今改。

清容居士集卷十

律詩七言

廉右丞園號爲京城第一名花幾萬本右丞有詩次韻

閉户春深詩祟侵，卷簾新燕掠清陰。亭亭梅月能消酒，肅肅松風獨和琴。新筍未容穿石徑，落花時許補雲林。主人妙手隨機轉，萬本姚黄磨紫金。

禊日與剛中待制至廉園閉門不内駐馬久之復次韻

雲鏁亭臺煙霧侵，難將禊迹擬山陰。花飛竹外疑紅袖，水度松間自玉琴。駐馬客迴迷遠路，倚闌人在隔清林。誰言洞口無消息，一見應須直萬金。

送孫道士歸杭

送雁南飛十五年，朔風吹雪上華顛。梨花的的疑蝴蝶，燕子深深似杜鵑。東野先生愁外句，西湖處士夢中緣。抱琴獨去知無奈，一棹春江水拍天。

次韻王寅甫侍讀菘醮長春宫二首

其一

飄飄笙鶴雨絲輕，聽徹靈璈曲再成。玉案香分花有影，瑶階松暝露無聲。九枝燈裏開真景，三素雲中賀太平。莫怪錦袍衣袖冷，還家從此羡長生。

其二

蜕骨稜稜似鶴輕，觚壇危處玉爲成。天街正候三能色，雲所疑呼萬歲聲。氣篆通靈歸廓落，心章祈歲報清平。金穰上瑞吾皇意，不用神芝朵朵生。

題張宗魯編修詩集

雁蕩〔一〕峰寒晝飲冰，碧雲爲構玉爲稜。已除白髮三千丈，疑上瑶臺第幾層。松頂露涼旋整鶴，原頭火淨撇游鷹。何人妙解精新句，剔盡風簷一寸燈。

送李伯英秀才歸廬陵

黑頭徒步謁神州，薉薉飛塵鬢已秋。日暮競傳鸚鵡賦，天寒誰解鷫鸘裘。雁聲未歇砧聲續，燈影初銷月影流。可是親知留不得，故園清興起滄洲。

次韻答周秀才

湛湛玄雲起研山，桃花爲色玉爲顔。溟鵬水擊三千里，天馬風生十二閑。芳草春濃堪試筆，長空秋盡獨憑闌。松階翠影流如滴，遲子攜書共往還。

次韻成季灤陽見寄

客思如癡日似年，晚風投幘思悠然。看山不逐馬蹄去，得句時從雁足傳。紅緑芰荷秋岸岸，青黄蒲稗雨田田。尊罏有興愁無奈，欲問渾河下水船。

次韻陳又新

登臺底用惜春菲，平楚微茫落照時。燒後斷碑遺鳥跡，耕餘殘壁隱蠶眉。泉分去路蕭蕭玉，山聳歸雲簇簇旗。駐馬應須更搔首，遠煙迴雁不勝詩。

西湖空濛圖

舊隱湖山筆底收，相從京洛意中游。昏昏車馬飛花雨，寂寂鍾魚落葉秋。千古登臨翻昨夢，百年歌舞漾清愁。何當化鶴看滄海，不用呼猿汲澗流。

次韻張秋泉盆梅三首

其一

萬里南來帶白雲，低徊猶作自由身。孤根齧雪疑無伴，冷蘂餐霞別有春。頗憶西湖頻入夢，不煩東井與生神。相看歲晚真清絶，疑是瑶臺第一人。

其二

深明閣裏江南樹，老鶴翹翎似病身。紙屋藏雲團白雪，丹臺朝日補青春。蒼苔有恨悲山鬼，翠袖無言倚洛神。回首空林歸未得，淒涼相對獨關人。

其三

華頂空餘萬疊雲，獨將清影伴吟身。虯枝欲抉窗前月，驛信能通塞外春。底用施鉛鄰越女，從教翦水恣波神。碧虚仙客清無奈，留作新詩故惱人。

次韻仲章游南城二首

其一

瑶閣雲深野馬昏，分明日月引天門。峰迴九鎖疑無路，水過三叉别有村。頗怪鶯花春不負，卻嫌雞黍約誰存。山童閉户茶煙暝，客至從渠未許論。

其二

側身千仞苦不早，愛此春從天際浮。北雪西山憐我瘦，黄塵白日送君游。翩翩目送雲中雁，杳杳機忘海上鷗。今古登臨總陳迹，倚闌何事起清愁。

贈王君佐

精神映日碧芙蕖，直節昂昂衆不如。十載長安心似水，一官淮海食無魚。少年已擬治安策，晚歲肯爲封禪書。聞道功名須皓首，鐵冠簪髮莫嫌疎。

送蕭立道歸天台

華頂雲寒人不到，煩君爲上最高層。天雞正叫三更日，海鶴曾餐六月冰。客路微茫同脱木，鄉情依約近歸僧。還家莫作採芝叟，背負青天傲大鵬。

送李景山使交趾

萬里雲南把一麾，日南重見使車馳。思家不作玉門表，得句擬題銅柱碑。象譯舊傳周禮樂，馬人遺俗漢威儀。桄榔溪驛疑飛雪，樹樹梅花九月時。

九日書懷

烏帽衝塵鬢漸皤，黄花慵插獨婆娑。新霜去雁天機少，落日歸雲雨意多。拄笏看山真我事，持螯把酒爲君歌。登臺欲盡鄉關望，一徑松陰長薜蘿。

慰〔二〕曾道士

積構層巔聳玉臺，松花浮翠雪皚皚。終然一笑騎鯨去，可是長眠化蝶來。身外乾坤憐納芥，壺中日月隘浮盃。何人欲問先天事，隱几蒼髯换不迴。

抵滄州先簡善之應奉

黄金臺上英賢滿，白玉堂中步武新。愧我青塵暗顔色，羡君碧眼暎精神。春風未信看花少，午夜應知視草頻。北望五雲開曉霽，相思那得勝相親。

送李彦謙赴西臺御史

百二山河驄馬游，西風渭水思悠悠。鶴翻古柏千年雪，鶻擊平蕪九月秋。拄笏漢陵尋玉雁，解鞍蜀道問金牛。官曹朱墨何時了，一榻清吟是勝流。

張虚靖圜菴扁曰歸鶴次韻

招仙游館構亭亭，萬疊松寒曉日青。玉局講殘春换劫，石臺丹在草通靈。紅羊赤馬悲滄海，白虎蒼龍儼大庭。爲愛子喬笙鶴美，月涼時許夜深聽。

送華道士降香〔三〕 武當山

神君壽與玉皇同，歲歲香傳第一峰。龍虎使來紅日擁，龜蛇靈在碧苔封。萬年松子天風奏，九節蒲根澗水春。博士文工成故事，石牀爲採玉芙蓉。

送虞伯生降香還蜀省墓二首

其一

玉雪祠官貂帽低，笑乘飛燕上天梯。寶幡繡重團金粟，鈿合香嚴印紫泥。官饌每供千歲鹿，驛程深聽五更雞。流沙可是河源地，摇首揚鞭更欲西。

其二

丞相墳前雙闕摧，泉聲隱隱柏崔嵬。金牛已向秦中去，銅馬空傳渭上來。叢竹雨留銀燭淚，落花風颺楮錢灰。百年華表塵千劫，聞道曾孫始一回。

再次韻二首

其一

振衣千仞笑雲低，捫歷星辰履〔四〕劍梯。度坂政須三尺箠，入關應笑一丸泥。神君祭重祠青馬，墨客才工頌碧雞。萬里遨頭端不負，花開緩醉玉東西。

其二

閣道新平舊石摧，望鄉使客意嵬嵬。犀牛坐見降王去，杜宇聲隨望帝來。三卯録成魂有燐，五丁神泣劫揚灰。椎髗欲作鄉鄰會，揮手先催弩矢回。

三次韻二首

其一

觸石危藤壓路低，哀猿送客上丹梯。一百八盤雲亦雨，二十四番花似泥。解佩浮游憐野馬，振衣亭育聽天雞。拾遺已去武侯遠，空戀祠堂與瀼西。

其二

時平弔古莫心摧，去驛斜陽指馬嵬。曲曲松陰隨帽轉，層層山影入杯來。草玄有意池留墨，觀象無心篩畫灰。爲問丈人今在否，金牛穿嶺日千回。

送王繼學修撰馬伯庸應奉分院上都二首

其　一

玉京高處雪流脂，連插雞翹緑鬢垂。蹀躞有泥歌獨漉，琵琶無夢説相思。黑河舊樂催填譜，白海名花擬進詞。羽獵上林俱罷賦，卿雲何以報明時。

其　二

淺坡平疊磧漫漫，拂嶺青簾罨畫看。氈屋起營羊胛熟，土房催頓馬通乾。捫官走驛傳金椀，冰正分奩貯玉盤。莫上鄉臺望南北，白雲微處是槍竿。

寄王儀伯太守

維揚太守文章伯，故壘荒煙取次題。逆浪風高淮白上，寒沙雲落海青低。極知后土花如雪，不惜平山醉似泥。跋馬使君官驛畔，揚鞭卻在夕陽西。

壽劉承旨

兹審齡開希有，文潤太平。玉杖造朝，樂堯階之化日；銖衣拂石，歌舜殿之薰風。壽擁靈椿，歡傳故梓。敢陳善頌，庸贊令辰。

稜稜鶴髮映方瞳，玉帶桓圭一品崇。禁署清名行世久，高門盛德與天通。升堂衣並老萊子，儆國詩傳衛武公。共道榴花宜結實，緑陰濃淡駐杯中。

孟習卿都事母八十歸省關中其家四世科第祖十五當金亡時舉進士終待制

鶴髮初開九九年，東西雙鳳集庭前。乃兄官燉煌，亦歸壽母。篋藏龍榜金花淡，案捧鸞書鈿軸鮮。竹筍清甘宜夕饌，萱花芳遠傲春妍。風流文物關中舊，點檢諸孫射策編。

送李元章宰陝縣

税冕觚壇匹馬歸，冥鴻斜日悟天機。明時法律心常鄙，小邑絃歌願豈違。潁水初霜黄葉下，華山新雨碧雲飛。當今人物須公等，行見鋒車入帝畿。

次韻李伯宗苦熱

庭院無眠夜氣深，繁星閃閃漏沈沈。祝融焮火翻初劫，姑射凝冰易舊心。角枕雲蒸紋欲斷，蠟燈煙暖淚難禁。蕭騷忽作還家夢，翠木扶踈萬竹森。

次韻程士安睡鶴

疏翎慵受朔風侵，谷口雲歸自在心。蝶化不知人事改，蟻酣空憶世塵深。珠宫胎息天濤静，寶所神游斗柄沈。何事驚烏繞林樹，月殘銜曉議晴陰。

次韻陳海陰

三月雪花飛作氈，春風似欲駐新年。夢當好處成烏有，歌到狂時近自然。村樹緑齊黄鳥界，海山青盡白鷗天。何人會得龐公意，布領長披不上船。

次韻院長退朝書懷兼送李元章廟令三首

其　一

踐阼篇陳夙致齋，明良慶會叶榮懷。南山豹聳文章潤，嶰谷凰鳴律吕諧。黄閣規模深倚注，金鑾人物費推排。夜光照坐群傾動，誰道驪龍左耳乖。

其　二

朝迴深坐碧雲齋，無限家林入素懷。整頓乾坤新禹貢，翦裁冰雪舊齊諧。舡稜望日紅蓮擁，蹀躞看山玉筍排。魚水政親那棄得，白鷗相對莫相乖。

其　三

曾著蟬冠會宿齋，陽春玉雪映澄懷。黑頭瑞世須奇遇，白眼論交自寡諧。驄裹當階身獨障，有乘馬入廟門者，叱出之。含桃薦廟手親排。蕭蕭匹馬投山縣，人事相催似好乖。

題鯫齋

蒙蒙眇眇傲滄溟，羞殺任公夢未醒。寄館蠅鬚猶綺靡，深藏黍粒獨清寧。掌中旋舞憐飛燕，案上能行笑巨靈。惆悵九衢長劍客，駢肩堂下慕遺腥。

送東平程太守

泰嶽巖巖鄆水清，分符投老得安榮。百年禮樂維時舉，比屋衣冠合旦評。馬鬣舊封蒼檜老，龍鱗古殿緑蕪平。高唐路近羊生泣，東望憑公爲寫情。

送周南翁分刺池陽

柳亭松露十分甜，秋浦天青雁拂簷。黄葉滿庭君吏隱，白頭掩卷我郎潛。風催帆影迷紅蓼，江送歌聲入畫簾。惆悵九華金碧洞，謫仙人遠月纖纖。

次韻雙頭菊三首

其　一

袖舞西風大小垂，駢頭顒立傲霜姿。步摇高擁車同入，笑靨初鈿坐共移。素質斷金疑並蒂，閑情餐玉喜浮眉。蓮池睡冷鴛鴦起，似怨秋聲有恨離。

其　二

碧雲低壓玉繩垂，鸞鵠交翔表異姿。白帝司秋金已肅，黄人捧日馭初移。蘂宫罷講扶雙髻，桂館霜餘卻十眉。剩掃雕搜兒女態，象中明兩見黄離。

其　三

空庭雲盡露珠垂，翠羽交分大雅姿。氣服中黄心獨苦，光浮大白眼爭移。智瓊有約徒誇額，京兆多情卻畫眉。桃李爭妍真不遜，故留雙玉伴支離。

閣皂山青玉軒晦庵容齋諸賢觴詠之地虞伯生作記吴成季令賦詩

江南琳館蕭閑地，一一新文付集賢。真誥總傳天外語，禁經未數酒中仙。步虚巖近琅玕響，禮斗壇空薜荔緣。諸老會文題詠絶，誰將鳳觜續離弦。

題揭曼碩詩卷

深湛妙思筆鋒收，的的冥鴻楚岸秋。直以紫芝招綺夏，擬將白羽定曹劉。松濤夜漲驚金谷，花雨春濃爛錦洲。此意徊徨人未識，期君翫月上南樓。

送衛大隱回錢塘衛清叔曾孫

諤諤中丞骨已仙，滄洲漁火起寒煙。魏公賜宅猶傳笏，元子磨崖可賣錢。夜雨鼠鬚編素業，春風麈尾話行年。西湖雲鎖梅花凍，休浪狂歌酌酒船。

送華道士住宗陽宮

黑髮祠官佩水蒼，萬松深處對虛皇。黄柑有法能爲酒，紫朮無飢可當糧。招鶴舞空山月冷，檄龍吹雨海天涼。瑶池欲問長生事，汲澗研朱寫緑章。

翦刀草

手截溪流護翠苗，層陰淡蕩碧雲嬌。秋風玉殿釵留股，晴日朱筵舞折腰。眉缺可能分燕尾，頂荒猶解插雞翹。翻思往歲南方厄，群采空陂恨未銷。鳧茈，一名翦刀，一名燕尾，《爾雅》芍是也，南方饑歲採食。

馬伯庸擬李商隱無題次韻四首

其一

金縷歌殘月滿江，玉顔曾憶侍油幢。象牀雲重恩專壹，鯨錦波翻賜疊雙。春淺正宜氈作幕，夜涼深恨魫爲窗。浣紗可是無靈匹，側足寒溪濺石淙。

其二

翠簾匝匝護朱光，千葉宫桃滿院香。閬苑有鸞通尺素，靈橋無鵲寄流黄。上林賦罷歸巴蜀，興慶詞工謫夜郎。不是月中親度曲，世人那解聽霓裳。

其三

相期心似石城潮，日望晴虹結彩橋。卻月眉愁歌漸遠，凌波步近意非遥。抽琴有恨迴清角，疊袖無塵轉緑腰。弄玉最憐隨鳳去，秋來誰與伴吹簫。

其四

白髮詞臣兩耳垂，華諛堆笏陋牛醫。宫娥引燭催麻日，院吏傳更寫制時。蠟撚化生秋夕賜，翠標疊勝歲華移。低頭欲説唐朝舊，願侍虛皇進玉巵。

送浦如淵辭官南歸

厭聽朝雞擁被吟，吴船水滑碧千尋。平洲種橘清霜重，小墅栽花緑霧深。瞿鵲真能談孟浪，鴟夷端自愛浮湛。因君摇蕩還家思，燭影秋房恨不禁。

送李公敏薊州之官

幼著儒冠[五]佩楚蘭，文章元不給飢寒。風前野馬停盃卻，天際冥鴻拄笏看。作計政須千樹栗，養生那用九還丹。偏州事簡登臨足，花下題詩更倚闌。

劉婦表門王中丞妹

空林露下菊無馨，玉雪深闈養暮齡。河水泛舟雲耿耿，湘潭鼓瑟雨冥冥。夜燈孤雁鳴何切，古鏡離鸞舞已停。歲晚不須多感慨，雙楹高亞柳枝青。

永新□氏義門

銀髮稜稜鶴骨尊，舊傳庭誥付諸孫。要同公藝書芸館，還擬自倫標楔門。春酒緩歌常棣雅，夜燈深候鶺鴒原。他年欲向廬陵客，詢是瀧岡第幾村。

送柳唐佐出守懷孟

甬道塵深曉倦趨，河山環挹[六]暫分符。花開屬縣詩頻賦，竹暗名園酒易酤。積雪翠峰通小有，祥雲朱邸接虛無。寇恂可是專河內，入覲應須馬疾驅。

次韻大亨待制賦院中御馬纓花

華林清切謝塵繮，坐閱朱英不下堂。九就當胸猩血淺，六騶飛翮雁行長。擎天力重朝承露，向日心專夜斂香。清蔭政須容小草，肯同群卉鬭妍芳。

賦文子方篔簹亭竹影五首

其　一

篔簹亭裏畫天然，穠淡疎明筆有玄。水底青蘋羞宛轉，月中丹桂妬嬋娟。錯刀側布難爲贈，鉤鎖横陳不受填。午夜碧窗人獨坐，分明清派出丹淵。文與可號，《丹淵集》。

其　二

鎖〔七〕窗午色墨花鎔，側側低低隔面濃。日映黄離金瑣碎，雲開白賁玉瓏鬆。蕭疎忽印青禽獨，旖旎疑分翠羽重。二子定知忘食色，高齋今喜見遺蹤。

其　三

霧縠襌衣絅翠裳，倚風蕭瑟轉琳琅。縱横直欲攻堅白，濃淡渾疑揚硬黄。劍氣低昂動天地，神光離合幻陰陽。陶生久矣知形累，歲晚沈冥託贈章。《形贈影》。

其　四

玄覽功深萬化遺，一窗光透白差差。梳風櫛雨呈千手，卻月橫雲鬬十眉。形蜕已忘身有累，神交應許我相知。暗中摸索誰消得，阮籍途窮眼未眵。

其　五

朔吹南塵久避招，閉門白醉獨逍遥。玉淵龍起鬚騰擲，銀篠鼉登藺動摇。露井珠輝湘女淚，雲屏翠暈沈郎腰。象中直欲窺參伍，肯學紛紛个字嬌。畫竹家忌个字。

栗氏玩芳亭

納納群芳入小亭，嵐光霧彩思沈冥。飛花成列粘棋局，高樹參前列畫屏。鶴避晚煙茶半熟，鶯啼午日酒初醒。春風可是饒紅紫，一片蒼痕眼倍青。

送牟景陽信州監征二首

其一

風帽霜鞍絳闕邊，晚隨陽雁度新年。榻前諫笏家猶寶，架上經箱客總傳。世事不知蒼狗變，機心端與白鷗眠。冰天車碾淮南路，痛嚼梅花一惘然。

其二

上饒山簇水精屏，江左諸賢冢樹零。鬼谷橋寒松化珀，仙巖土暖草通靈。丹鉛有法供烹煮，筍蕨無租給使令。盡道中年多作惡，相看鬢影各星星。

送巨德新四川省郎中二首

其一

金鑾清密簿曹稀，拄笏看雲數雁飛。蜀省地尊卿月重，漢江家近使星歸。草堂舊詠迷陳跡，石室殘經卧落暉。戰壘已從芳草換，未妨晴雨眺摩圍。

其　二

退食公庭日未西，浣溪清雨换障泥。籌邊舊式傳銅馬，弔古新詩問石犀。荔子緑陰鸚䳇過，杏花紅影秭歸啼。遨頭雅集須頻領，不惜郫筒取次攜。

送樂德敬甘肅儒學提舉二首

其　一

磅礴坤輿總帝圖，手提文印化沮渠。旋宫更問涼州譜，尚右時通梵國書。枸杞夜號端入驛，蒲萄秋落易盈車。飛沙斜日頻回首，歸雁相迎亦惘如。

其　二

月支城下泉如酒，祁連山前雪似沙〔八〕。虎頭萬里飛驛堠，蝶夢五更驚塞笳。范老籌邊心磊嵬，李王堅壁骨槎牙。白頭太史欲歸去，時立東城數暮鴉。

示從子瑛

聞子欲通靈寳秘，天台洞客眼深青。弄丸底問月消丙，服食那能老復丁。隔竹引龜心有想，按圖索驥術難靈。吾衰端有先天易，不用山中採茯苓。

送玉笥山聶道士

五月凌風龜殼船，粱山深濼白鷗鮮。神清似飲金莖露，病已何須玉井蓮。墨閣小春刊畫録，碧窗新月補瓊篇。相親每憶相忘處，北望歸鴻倍惘然。

人日立春子昂承旨賦詩次韻

其一

鳳曆調元二節并，泥牛華勝得相迎。翦花欲擬丹心巧，縷菜深憐白髮生。日轉扶桑瀛海曙，陽迴析木歲華明。登高可是無芳思，歸雁南來倍客情。

其二

帝京節物喜相并，挾日晴暄淑景迎。鳳輦雲開人共仰，烏輪海轉子初生。是夜亥正立春，明日甲子。岸容梅柳風光動，澤腹魚龍水氣明。誰惜玉堂春晝永，汗青無補若爲情。

書懷寄從子瑛二首

其　一

越公舊築鄞江宅，風捲飛花劫火新。子竟尋真餐白石，我方作史玩青春。金張螭綬本欺世，王謝烏衣亦可人。皙墓政須堅晚歲，雙峰擁髻碧嶙峋。

其　二

當年群從玉參差，炙轂談天不數奇。翦葉舞空山鬼泣，唱籌量日曆人疑。深春柳下爭飛騎，小雨花前鬭弈棋。我最少年惟閉户，篝燈煮藥學題詩。

送李仲囦雲南憲使

鋒車春倚少城邊，上冢還家思惘然。就日雲低天尺五，圖南路近里三千。相如作使文如綺，諸葛籌邊筆似椽。自是蓬壺舊仙客，望瀛新曲雁飛傳。

送馮士啓淮東憲司幕長

遠涉江湖奉板輿，離亭柳色易枝梧。英標共擬崑山玉，符采堪鄰甓社珠。土竈煙高濕黄葦，沙溝水淺漲青蒲。煩君敏手須朞月，天際回朝認舄鳧。

送李仁父歸高安

枝藤雙屐玩青春，廿載登臨筆有神。東海競傳垂釣客，南山曾恥上書人。解凌水滑千帆直，禁火煙消萬柳新。從此閉門聞見絶，高齋顔樂養天真。

送王繼學御史分司汴省

松階並對影參差，君竟乘驄佐聖時。每恨同情不同調，可堪相送復相思。楚山春夢行雲識，汴水秋聲落葉知。我老江湖盍歸去，少留定刷錦囊詩。

院長有子在外從許州募得之院中率賦詩

衮繡門楣五色新，明珠還浦竟相親。月中顧兔分傳的，天上麒麟抱送真。仙李蟠根元指姓，露桃食實始知春。青箱萬卷能傳業，佇看它年演世綸。

題東平張善父野堂

泰嶽當軒積翠環，野堂高築稱身間。深春藤榼花溪醉，小雨芒鞋藥市還。九老尋盟歌窈窕，諸孫勸壽舞斑斕。客來欲説人間事，松滿疎簾月滿闗。

贈姑蘇陳生

縣東昌遇大水買舟渡避水者二千得官

清秋水落渺無津，河伯登林竈有鱗。用力定知非一日，論功何止活千人。放龜晚歲川如掌，渡蟻當年筆有神。堪笑乘輿溱洧者，孤舟空艤竟摧輪。

送鄭景尹游麗水

冰雪長身暎漆瞳，岧嶤深處珮青蔥。碧窗讀易猿啼樹，石洞題詩鶴舞空。强項政須消世慮，折腰元不爲身窮。玉堂倚馬須英俊，佇看鵬程振祖風。

次韻院長新製安車

禁路縈迂雪護沙，老來丞相許乘車。向推紅日頭如葆，今看青天眼未花。馬識輪聲嘶外廄，鶴追轍迹過仙家。似聞相杵新堤曲，歷録催朝扈翠華。

送張道士降香龍虎山

天香歲歲下名山，雪浦春融作使還。鶴引老樵渾碧眼，燕迎舊主的朱顔。雲浮玉佩身疑舉，霧結層樓手可攀。暇日須回侍郎宅，好題修竹聽潺潺。饒州張待制之族孫。

寄貫酸齋侍讀

解珮瀟湘已廣騷，因風更望子胥濤。身輕舊食青精飯，思遠新貽金錯刀。紅蓼秋清堪數雁，黃橙霜熟且持螯。龜趺林立嚴題品，得意那無一字褒。

次韻蓬萊暢師

西山秋冷雪皤皤，駐馬頻聽出塞歌。短艇水生歸雁急，故園春盡落花多。登山見月雲光淡，坐石臨溪樹影峨。海上故人機事息，詩來勸我老漁蓑。

次韻天童岫禪師

太白峰高積翠明，老禪的的寄深情。相思沙礫惟懷璉，獨立鄉臺近子卿。舊業久荒松露立，浮名空眩槿朝榮。定須結社修真隱，寒月深燈了梵經。

吳門潁上人年甚少訪余田舍且惠詩次韻

草舍苔深徑已荒，何人著履試初霜。飲冰喝石精神聳，煮茗跑泉齒頰香。愧我歲窮驚浪走，愛君年盛鄙清狂。古松流水平生願，後會蒲團共燭光。

冀寧徐母表閭

月落孤幃霜滿握，篝燈深護褓中兒。肯爲別鵠相思操，得見慈烏返哺詞。槐柳拂雲森宅里，芝蘭擁砌映門楣。高堂飣坐雙眸炯，時説初年涕洟頤。

校勘記

〔一〕「蕩」，四庫本作「落」。
〔二〕郁校：「慰」，原本作「尉」，鈔本同，目録作「慰」，此誤，今改。按「尉」、「慰」古通，作「尉」本亦無妨，今且改之，使與目録一致。
〔三〕「降香」，四庫本作「赴」。
〔四〕「履」，四庫本作「復」。
〔五〕「冠」，原作「官」，據四庫本改。
〔六〕「挹」，四庫本作「抱」。
〔七〕「鎖」，原作「瑣」。郁校：鈔本同，案第三句云日映黄離金瑣碎，此不當重「瑣」字，以文義亦當作「鎖」，今兩本字同，無他本可據，仍之。按四庫本正作「鎖」，據改。
〔八〕「沙」，四庫本作「花」。

清容居士集卷十一

律詩七言

過揚州憶昔六首

其一

令威化鶴千年返，列子御風旬日游。已信銷沈同此意，莫將寂歷起清愁。江流今古空陳迹，山色有無知幾秋。赫赫當年成底事，斜陽明滅隱滄洲。

其二

漢東之國古隨州，一老昂藏死即休。黑髮虎頭真骨相，青春麈尾鬬風流。人言謝傅爲朝鎮，誰信鍾儀作楚囚。浩蕩乾坤納今古，好將汗簡寫千秋。

其　三

空遺蒸壤白如銀，不見當年指畫因。高視漢庭無出右，清談洛學竟成真。極知羽扇爲癡具，更恨烏衣是偶人。六合車書端有意，百年荊棘已生春。

其　四

蕭蕭凍雨濕旌旄，猶著殷紅舊戰袍。金盌昔聞歸馬埒，牙牌誰肯信龍韜。樓頭换箭鼓聲急，堂上傳盃歌韻高。到底姦雄有真態，木綿菴畔鬼車號。

其　五

連檣米艦接江湄，鞭撻東南力已疲。虚籍漸成藩鎮侈，辟書時被廟堂移。清風號野黄蘆淨，亂雨傳更畫角悲。從此甲兵端不用，書生有味老清時。

其　六

四城賦擬張衡麗，十鑑書同賈誼哀。公有《四城賦》、《江東十鑑》。腹裏春秋納雲夢，案頭今古起風雷。青衫不受折腰辱，舊尉慈溪，爲郡守厲文翁劾去。白眼豈知徒步回。乙亥間道歸里。舟泊城南更回首，寒風吹淚下天台。此詩屬胡懷寧三省。

觀　物

黄河不信從天下，濟水那知有伏流。自古乾坤合神化，空將簡牘費冥搜。張華博物身終死，鄒衍談天舌竟休。我亦從今銷綺語，春風碧眼玩沙鷗。

客中端午簡善之

海城紅憶石榴新，海子空看芍藥春。節物似憐游宦客，風埃終媿醒吟人。已無蒲酒澆清恨，那用蘭湯浣素塵。健羡南坊鄧供奉，團欒圍坐笑歌頻。

再次韻

尚憶山城節序新，榴花疑是十分春。田園處處祠蠶祖，浙間以端午祠蠶定絲價。門户家家插艾人。可怪詩書成白眼，卻從車馬識紅塵。思家那似攜家樂，尊酒招邀莫厭頻。

次韻酬王參議

槐陰散髮亭亭午，花影持盃拍拍春。佳節擬酬懷古意，清風不礙笑雲人。光陰滿眼消黄孊，世事忘言煮緑塵。相望江湖知已久，相親杖屨莫嫌頻。

玉堂合歡花初開鄭潛昭率同院賦詩次韻三首

其一

一樹高花冠玉堂，知時舒卷欲雲翔。馬嘶不動游纓聳，雉尾初開翠扇張。舊渴未須餐玉屑，嘉名端合紀青裳。雲窗霧冷文書靜，留取餘清散遠香。崔豹《古今注》：青裳，一名合歡。今但名合歡，而青裳之名不著。

其二

笑壓春菲緑滿堂，翩翩清暑獨高翔。錦雞朝日輕霞吐，彩鳳舒雲密翠張。中散舍傍銷緑綺，婕妤扇底泣黄裳。芭蕉可是無情思，一展隨風不解香。

其三

風流一老笑烘堂，解佩看花欲共翔。夜露未晞歸翼斂，朝陽初旭怒髯張。霧窗不用青綾被，天闕誰縫緑縹裳。朱槿黄葵效開斂，爭妍那得有清香。

次韻鄭應奉苦雨

漏天有術那能補，息壤無功不願豐。漠漠雲陰來委羽，昏昏水氣接垂虹。吳門水災尤甚。車塵已逐油泥黑，龍火渾疑野燒紅。萬里乘除同此意，相看咄咄且書空。

觀閑閑齋紅梅次蘇公姿字韻四首

其　一

莫恨飛瓊花信遲，相看冰雪已芳時。蘂珠霞補春風面，萼緑雲開旭日姿。骨相未須嫌火色，精神真欲傲冰肌。何人瀟洒紅綾裹，巧暈輕煤畫折枝。

其　二

臘底飛霙瑞已遲，天將絳雪報清時。施朱可是良工手，補衮端歸大雅姿。溜溜温泉傳賜浴，斑斑辱井愧淪肌。閉門已覺寒如許，迴首江南竹外枝。

其　三

雲閣香温睡覺遲，不堪殘角曉鐘時。玉妃瓊屑難爲從，青女鉛華敢弄姿。可怪鮫綃能幻色，誰將猩血解填肌。團團似就迴文錦，薄暮凝愁下翠枝。

其　四

筆底冰清落句遲，花神已報豔陽時。疎明不作顛狂夢，嫵媚猶存諫諍姿。酒力衝寒端著臉，枕痕破曉欲侵肌。道人不愛人間色，乞取初開第一枝。

壽善之

二月柳青春滿枝，十分蕉葉不須辭。黑頭政謝赤松子，碧眼故憐黄口兒。玉井蟾蜍吞暗浪，錦袍蛺蝶舞游絲。雲窗松暝文書靜，蚤晚行修野外儀。

次韻仲章游長春二首

其　一

積翠中天下土昏，坡陁深處轉金門。松間不遇采芝客，雲裏空憐打麥村。華表鶴歸城已換，滄洲人去柳空存。高堂靈骨疑金鏁，應許重游得細論。

其二

八極端能合寸眸，丹梯危盡覺身浮。手持玉笛誰爲贈，背負青天我獨游。山影西來疑駐馬，浮雲南去似輕鷗。人間底用重迴首，樂極無愁果有愁。

次韻仲章舟中思南湖

緑陰濃處彩毫揮，忽憶春殘理棹歸。約略晚花圍錦幄，招邀稚筍試斑衣。長年客影如雲度，五月湖光似雪飛。從此清林供笑傲，莫看迴雁損天機。

再次韻二首

其一

到手清觴不用揮，滿川帆影逐風歸。花前自憶堂前竹，道上重看身上衣。虚牝鳴秋通澗急，伏雌驚曉隔林飛。還家絶勝從游樂，只恐雲窗趣斷機。

其二

倦客慵將麈尾揮，倚篷日日聽催歸。澄波自映烏紗帽，小雨深憐白紵衣。花徑春殘人獨立，松林雲冷鶴孤飛。相思此地今如許，萬里重迴且息機。

次韻仲章過彭城

山影涵青簇簇來，周遭城角漸低回。梁分曲直雙龍下，水合縱橫萬馬迴。鑄冶已銷游子俠〔一〕，登樓誰負謫仙才。淒涼正字寒如許，萬疊蒼雲鎖翠苔。

仲章詩律大進數日道中論詩亦頗相合復次前韻以勉之

氣靡屈賈欲平揮，格律論詩要有歸。石髓定成千歲乳，藕絲空綴五銖衣。寒原草盡蒼鷹攫〔二〕，涼月松陰白鶴飛。從此窮河天已近〔三〕，還家何用詫支機。

仲章詩律已入唐人風調而下語猶未馴妥殆類禪人過橋斷橋之意近世學者類有此失仲章德業遠大當不若是此殆其弄翰也次韻三首

其一

落落懸河巧發揮，盤渦洄洑竟東歸。苦心欲寄千年簡，妙語誰傳半夜衣。野馬功名甘卻走，雕蟲翰墨愧橫飛。多言要是平生累，瞪目相忘杜德機。

其二

玉色橫陳羽扇揮，江湖邂逅似忘歸。終憐古調難爲瑟，誰信天香不染衣。汀草弄妍成背怨，山雞照影惜分飛。鮫人雨夜珠成滴，清曉知裁第幾機。

其三

平生俗客手曾揮，愛子清新欲倦歸。北闕正鳴蒼玉佩，南湖空製芰荷衣。麒麟瑞世非關走，雕鶚呈空不爲飛。薄宦政須成吏隱，莫將奔逐墮危機。

舟行將次淮南行復叙别而仲章歸程可還家作端午次韻述情

曾憶登舟送客揮，艱難何事獨南歸。楚鄉水暖沈菰黍，江國雲深潤葛衣。坡筍緑迎馴鹿過，海榴紅駐小鶯飛。笑顏〔四〕已極誰爲語，絶倒無嫌似陸機。

中秋次韻貴白

桂子香飄露濕巾，廣寒疑使月爲賓。流螢不受十分采，過雁真成一點塵。吹徹梅花天外思，飲殘竹葉夢中身。靈河自有乘槎使，擬轉神山閬爛銀。

寄王參議二首

其一

輞川新樹緑匀匀，睡起慵軒岸葛巾。穿石養魚迴小隱，盈缸釀秫補長春。胸藏醫國三年艾，天與傳家一角麟。蒼狗白雲今已定，不應談笑卷經綸。

其二

玉堂文杏合歡枝，共説仙翁賦有詩。日暮團團空翡翠，雨寒點點自燕脂。塗鴉舊詔追遺事，揮麈清談補雅詞。千古襟期誰與共，相親那得勝相思。

泊支家口望瓠山僅一舍復寄

天平水闊雁參差，下有高人坐不移。懸榻應知延孺子，泛舟無奈似徽之。晴雲滿塢開新畫，落月穿梁想令姿。眼底憐才誰復近，裹糧端擬話心期。

次韻應德茂寒食見懷

寒食光陰君莫游，亂花羞別古枝頭。山家蠶浴雨穿屋，海步魚腥浪蹴舟。楊柳飛時疑是老，杜鵑啼處不緣愁。詩來未盡相思意，刁斗寒清月過樓。

次韻史猷父春游夜歸

留取餘春伴白頭，落花如雪翠如流。提壺不用頻沽酒，垂柳偏能獨繫舟。過雨月開雲母障，隔湖燈映水晶毬。還家已覺衣裳冷，遥聽鐘聲是竹洲。

戲贈黄仲正

好花不受丹青鑄，碧眼難將白黑分。萬里宛駒出龍種，十年野鶴異雞群。知卿未盡才難數，酌我無多酒易醺。午夜池塘有新夢，好將色筆寫春雲。

再用韻答仲正

愛子十年燈火勤，相看不惜錦機分。飛花映水空憐色，去雁出雲終念群。一寸春霏生遠思，五更清夢了殘醺。詩來陡覺秋濤衮，海嶼青飛片片雲。

泊彭城復懷黄樓

黄樓高下復誰識，白塔短長應得知。萬里風煙歸傑作，百年雨露起深思。文章自昔爲時忌，翰墨于今作世師。從此江湖掩篷去，碧雲斜日數游絲。

泗　水

泗水青於古蔚藍，因依碧藻淨相涵。游魚細數心空羨，活火新烹舌自甘。可怪然犀望牛渚，底煩斬虎觸蛟潭。清湍混混歸滄海，不惜臨流浣舊衫。

歌風臺

長安葅醢恣猖狂，頭白翻思守四方。不悟宮中由吕氏，卻憂身後有吳王。老翁後嗣真癡弱，遊子故鄉空慨慷。千古英雄多此意，荒臺清淺水微茫。

清　明

水落渾黄風晦冥，不知節物是清明。道旁新塚悲歡盡，柳下長亭聚散輕。門静鞦韆歸燕逐，沙寒笭箵過魚驚。河南禁酒河陽飲，醉醒相看總有情。

宜遠樓

紫翠光中擁翠鬟，分明倒影落西山。遊塵自逐鐘聲去，過雨能將月色還。萬里關河新勝概，一天星斗舊躋攀。絶憐想像空題詠，後會應須共倚闌。

李學士畫壁初成席上分韻得毫字

春樹纖穠隱碧桃，秋山磊落涌銀濤。天邊雨露歸青障，物外煙霞入素毫。有客支筇臨水徑，何人解珮憶蘭皋。滄洲景物供題品，準擬淋漓奪錦袍。

次韻危公遠道士二首 驪塘族孫，與予爲年家。

其一

筆勢翩翩千丈坡，一天清遠佩飛霞。金莖欲採珠宫露，鐵箭能敲玉壁砂。人物滄洲憐我輩，冰霜喬木擅君家。百年此意知誰會，相視無言眼倍花。

其二

閉門積雪擁平坡，誰把餘醺散綺霞。掛瀑解裁天外練，熬波竟化海中砂。機心著物那成語，句眼論詩合到家。從此相親勝相望，不妨渴墨醉成花。

再次韻二首

其一

家世清聲起諫坡，江湖邂逅忽披霞。新姿正似三眠柳，妙語能爲九轉砂。杯寫黄封來禁道，窗留白醉近仙家。慇懃懸榻何時下，準擬寒空詠雪花。

其二

朱顔冰雪映瑶坡，清曉朝陽漱碧霞。神目豈堪容玉屑，聖胎端可化金砂。碧桃有實誰爲種，玄鶴無心莫問家。可怪春風滿詞筆，硯池頻與滌冰花。

游城南次韻陳玉峰

市橋水斷緑交加，簇騎喻尋處士家。坐聽蟲聲行木葉，卧看雲影落簷花。清晨采露筠籠重，薄暮沽春烏帽斜。一徑寒英端手種，好烹晴緑代煎茶。

送真定任生

束髪從戎天外萍，還家何事説飄零。花前秉燭頭疑黑，馬上看書眼倍青。倚劍獨憐今古月，吹笳時憶短長亭。故人烏府頻相問，一笑惟尋雙玉瓶。

次韻史允叟殘菊

白雁西風幾夕陽，故園牢落是他鄉。獨憐壽客三秋晚，不受玄神一夜霜。曉沐綬垂雙玉珮，晚粧愁帶紫羅囊。凝香深院誰消得，時許飛瓊點額黄。

次韻元復初簡危公遠

客舍光陰幾驛亭，天邊白日轉重溟。擬將竹葉留春住，共慰杏花隨雨零。鶯入上林貪翠萼，鶴旋華頂傲青冥。十年道舊元文學，爲笑無心似水萍。

蔡逢原編修婦翁壽八十

堂堂經學古儒風，三世相傳八十翁。靈壽杖扶雲兩屐，延年水飲月雙瞳。閑逢好客猶花下，倦憶前朝似夢中。閭社從今誇盛集，重行彩袖舞杯空。

次韻陳無我題石窗故居

煙雨歸來别有春，支頤曾作笑雲人。還家未信三千里，拂石今看第幾塵。往事黄粱方就枕，多情白髮竟沾巾。故園未覺秋容淡，留取孤香次第新。

夜別俞生

半秋歸夢常繚繞，三十六雷煙樹重。所居山名，台人謂山高處爲雷。欲別祇看今夜月，無眠更聽五更鐘。青帘出市橋邊路，白雁連天海上峰。聞道還家有新樂，不妨雲榻臥高舂。

次韻正旦會朝

閶闔春迴旭日鮮，花光揺曳珮仙仙。金蓮漏下催初刻，玉笏班齊祝萬年。香擁袞龍開黼坐，風迴笙鶴舞鈞天。朝元法曲誰傳得，歸醉蓬萊話日邊。

送山人還江南

白雁南來愛朔風，掉頭我亦一枝筇。澄江去浪疑奔馬，古洞歸雲似伏龍。釣石水移黄葉滿，丹爐煙冷碧苔封。從今不説人間事，更上岧嶤第幾重。

次韻田師孟詠牡丹三首

其一

積翠瑶京玉作層，笑餐承露議誰勝。腰寬似稱黄金重，心巧終憐刻楮能。蜀客錦機流水浣，茅仙丹鼎彩雲騰。道人香色都忘卻，月落空闌始一凭。

其二

交枝風動碧層層，揮手芳塵謝不勝。解帶暮雲真韻勝，斂襟午日是驕能。取青媲白憐雕鏤，抱紫迴黄合變騰。宫錦競傳新拾得，沈香亭檻唤誰凭。

其三

紫府淵淵十二層，濃春如酒力初勝。苦心似怨鮫綃薄，敏手難誇羯鼓能。雨立無言暫委靡，地行何術可超騰。雲窗烏几誰消得，時許飛瓊月下凭。

次韻師孟西曹即事兼簡子貞儀曹二首時議定律令

其一

盛世昭明復古初，掃除弊事獨温舒。牛毛置令心徒徧，鳥跡遺文體本疎。齊相避堂憐獄市，鄭人鑄鼎泣刑書。晝簾一度薰風曲，欲寫琴心愧不如。

其二

蕭疎門巷落花初，楊柳陰中指望舒。辨拙莫窮三耳妄，塵深坐見二毛疎。覆蕉得鹿非真夢，點筆成蠅豈誤書。慷慨聽君人物論，雕蟲我亦陋相如。

次韻贈峨眉侯道士築宫江陵

白苧藤冠自在身，獨看潭影認清真。還丹已化千年雪，玩易重尋太古春。楚觀江流通白帝，蜀山雲氣接青神。冥鴻南北疑無跡，萬里乘風問世人。

次韻陳貴白中秋見懷

玉人海上振衣來，一曲清商鐵笛裁。碎露晶熒疑水立，横雲缺落似山頹。卯君端有鎔銀衕，西帝慙無斫桂才。往歲相思江北路，夜闌曾上望鄉臺。

次韻鄭景尹詠梅十首

其　一

笑壓群芳雪霽吟，點粧詞筆補春林。衝風曳白疑含笑，暎日抽黄轉苦心。鐵石横陳群羽避，冰霜獨立二毛深。阿戎故是調羹種，可爲閑情淚滿襟。

其　二

醉倚孤根散髮吟，他年鼎鼐出園林。黄鬚雅相非凡種，白面清談豈素心。湖月歌殘銀燭冷，湘雲弄罷玉龍深。疎明可是無春思，角曉霜清整翠襟。

其　三

幽人爲愛水邊吟，雪滿疎籬月滿林。魂冷不知莊叟化，神清難撓楚王心。寒蜂戀蜜須猶綴，霜蠣含漿色轉深。千古湘纍詎無意，廣騷從此酹靈襟。

其　四

手提色筆朗飛吟，雲佩衝寒入寶林。雅操獨高淹海角，微陽初動識天心。鏤冰嘗巧機猶淺，切玉疑神用始深。回首群芳半麤俗，倚風三嗅爲開襟。

其　五

回首白頭悲故吟，清愁萬疊起雲林。東君密注非無意，北客相逢訝有心。絳闕雲低珠蘂迸，碧潭風定玉黴深。色香要是人間世，更上凌虛始散襟。

其　六

萬里相逢得放吟，醉揩雙目傲瓊林。龍沙慘澹明妃怨，漁笛淒清處士心。餐玉似嫌玄圃冷，笑雲應喜翠微深。何人更作江南句，翻使兒曹競挽襟。

其　七

欲看南雪倚簷吟，點檢春風第一林。天與陽和誰借力，晚持精白轉虛心。冰蠶半蜕眉猶濕，凍蠟初銷淚漸深。夜半花神應有語，覆觴從此斷衿襟。

其八

梳風帶雨爲渠吟，揮手唐昌陋鶴林。壯髮初生齊暎額，童顔已就靜齋心。野蠶成繭輪囷富，玉兔抽毫刻畫深。莫遣風姨强攘袂，故教月姊與聯襟。

其九

十分深酌十分吟，烏帽枝筇故繞林。月下無言疑背面，水邊獨立似傷心。珠成蠟鳳王郎巧，笙徹青鸞帝子深。歲晚自知誰與伴，風篁摇影互交襟。

其十

參殘霜急尚孤吟，恍恍神游古躃林。四皓局殘惟一色，三郎鼓罷了無心。珠游鐵網青琅潤，苔補虬枝壞衲深。擬把鸞膠固青蔕，未須殘雪墮衣襟。

贈潘山人夢中得前二句，因續之。

布韈青鞋今已矣，看山舊眼碧深深。空憐石馬駐荒塚，不見金魚飛翠岑。地鏡有書穿石乳，土圭何術候天心。行年七十足稱老，牛卧前坡爲指尋。

次韻景尹酴醾二首

其一

光陰風雨短長亭，花到春餘倍有情。翠蔓倚松超直幹，錦江緣酒錫嘉名。蜕蛟纏影青雲聳，幺鳳啼芳新雨輕。白面郎君休翦綵，好將椽筆賦西京。

其二

不將名字博西涼，留取餘春在一觴。當扆珠衣迎面立，曲房寶靨捧心裝。碧雲一色行明月，翠幄千層護夕陽。揮手朱殷空爛熳，敢將清思寄幽凰。

可久齋二首

其一

虛室心源百尺澄，深深龜息養空清。一川鷗鷺古儀表，四海弟兄真性情。璧玉誰人傳至樸，鏞鐘何處問希聲。芒鞋直訪苕溪上，雪透梅枝鬭月明。

其二

三十六宫春不老，何人月窟重推陳。亭亭倚蓋浮空碧，匝匝空輪颺素塵。郢客詞工端自苦，海翁機息可相親。支頤擬問庖犧易，笑指靈蓍似有神。

送長洲江都史

官曹無事日提壺，一榻深明晝倚梧。稻蟹水低歌拍拍，蓴鱸秋冷夢蘧蘧。長年簿領慚錐子，晚歲生涯羨木奴。千里布帆歸思好，雁聲伊軋起菰蒲。

昌上人游京師欲言禪林弊事甫入國門若使之去者昌余里人幼歲留吳東郡遺老及穎秀自異者多處其地以余所識聞若承天了天平恩穹隆林開元茂皆可依止遂各一詩以問訊虎丘永從游尤久聞其謝世末爲一章以悼

其一

人説江湖少舊僧，懸崖深掛一枝藤。採苓欲取千年魄，擊石曾烹六月冰。天上星辰端歷歷，胸中樓閣自層層。相逢止説前朝事，知是松源第四燈。

其　二

青鞋高掛天平壁，指點雲門三兩峰。禪榻已容黄葉覆，詩瓢從把碧苔封。曉風殘月千村櫓，細雨疎煙隔水舂。我向京塵疑老盡，吴山清淺越山濃。

其　三

獨木山寮不出門，一瓶一鉢送朝昏。巖迷鳥跡千崖泣，松吼龍吟萬壑奔。掩息端如雞抱子，愛閑屢見竹生孫。海門月落寒潮急，準擬乘槎與共論。

其　四

玉几峰頭第一枝，老禪吃吃我深知。曾將鐵杵敲冰骨，似怪鉛刀割密脾。法外無心猶涉解，句中有眼即成疑。袈裟不展蒲團穩，此是開元妙總持。

其　五

我識虎丘三十年，精神霄漢鶻張拳。機當危處即燒印，語到盡時難續絃。路涉兩岐空有泣，溪流一滴竟無傳。雙峰古樹蒼藤罥，時有子規啼徹天。

其　六

手調千歲廣寒藥，擬補月輪蟾已飛。眼見昔人歸逝水，心憐志士惜殘暉。孤花苦別生香樹，急雪深憐壞色衣。爲愛同鄉復同客，絶懟同調不同歸。

其　七

山人歸去意何如，八尺方牀自卷舒。側岸採茶敲石火，隔峰翦竹溜清渠。碧潭印月菱花鏡，白雁横空貝葉書。後日相尋定何處，不於吳下即康廬。

次韻王繼學

蕭蕭寒雀下庭除，一榻蘧篨是我居。雪後看山雙眼淨，風前攬鏡二毛疎。退之掌制懟存稿，退之四十八歲，知制誥一年，僅存崔群户部一制。余年相同，亦草一制。伯玉知非定止車。深愧年華增老大，還家早注故山書。

除夜雪

黄雲黯淡夜如何，晚勢參差更駊娑。著地不隨人跡亂，舞空偏入麥苗多。鵶鷩列炬穿珠樹，馬趁初朝映玉珂。歲律詎隨人事改，故將嚴冷轉陽和。

元日朝迴二首

其　一

積素稜層厚載坤，天雞三唱日初暾。千官山立歸文石，六衛嵩呼徹禁門。花帽舞風喧法曲，椒觴承露湛皇恩。新年欲奉瑶池對，願借扶搖與化鯤。

其　二

萬國梯航滿禁衢，卉裳象譯語音殊。鳳簫聲送纖腰舞，雉扇行分兩翼趨。花氣欲浮金鑿落，雲光疑下錦流蘇。詞臣不識金泥秘，指點〔五〕薇垣頌六符。

偶述〔六〕末章答繼學二首

其　一

承明三入並時流，俯仰深慙此地游。誰謂東南無美箭，極知西北有高樓。韋編舊學陰陽秘，汗簡功深歲月修。三史如山詩思少，那能走馬過長楸。

其　二

金鑾深處是家氈，玉雪青春不負賢。會見鳳毛能掌制，定知麟角可膠弦。浮榮芻狗寧居後？曲學雕蟲敢避先。慙愧南州徐孺子，每看塵榻屢潸然。

雪　後

畫角初消已弄晴，曉看突兀眼偏明。寒窗駐景成虛白，凍樹裁春點素瓊。北户埋藏疑有跡，南枝摇曳若爲情。憑君欲問飛霙巧，水自白雲山自横。

送李署丞歸許下

春風得意故還鄉，月白霜清傍曉裝。燕頷定承新鳳詔，馬蹄猶戀舊鵷行。溪邊父老欣相過，燈下兒童訝已長。我亦辭家經一載，青天歸雁攪離腸。

校勘記

〔一〕『俠』，四庫本作『鋏』。

〔二〕『從此窮河天已近』，四庫本『窮』、『天』互乙。

〔三〕『攖』，四庫本作『攫』。

〔四〕『顔』，四庫本作『言』。

〔五〕郁校：『指點』，原本作『點指』，鈔本作『指點』，原本誤，今改。按四庫本正作『指點』。

〔六〕郁校：『述』，原本作『術』，鈔本作『衍』，並誤。案目録作『述』，今改。

清容居士集卷十二

律詩七言

送喻道士歸蜀舊與内相李公爲布衣交

鶴骨輕輕碧眼鮮，五千言裏契重玄。定知德裕曾傳道，久與長源共學仙。金籙夜調丹井汞，紫衣春染御爐煙。掉頭不説人間事，指點白雲尋醉眠。

趙郡眭孝子真逸堂

青松手植已成雲，盡日庵廬不出門。屋角慈烏議晴雨，階前馴鹿候晨昏。清秋釀黍修鄉約，深夜篝燈課魯論。明世詎堪成隱癖，舉頭束帛起丘園。

五老堂

鬢眉雪色古儀容，五老雍雍氣象同。菊水定知延上壽，桃源今解識高風。弟兄黄卷傳儒素，娣姒青燈教女紅。慣説前朝征戰事，醉拖笻竹數歸鴻。

送河中段惟德應奉除西臺御史

千年青簡正紛如，還著鐵冠歸故居。妙筆醉欺紅芍藥，丰姿鮮暎玉芙蕖。過家上塚爭驚喜，拄笏看山任卷舒。試上樂遊原上望，緑陰芳草正扶疎。

韓參議家慶圖叔祖暨父各九十

丹泉爲醴菊爲葅，的的厖眉似畫圖。萬石齒高勤澣洗，二疏年並得歡娱。兵前父老難尋伴，眼底孫曾總業儒。欲向碧桃花下醉，斑衣紫綬兩相扶。

吴成季父母壽八十

延陵季子古高賢，雲耳于今壽種傳。有道定知真有子，齊眉更喜復齊年。蒼龍雙擁宮醪湛，白鶴重歸丹井鮮。自是君家多孝感，玉杯甘露會群仙。吴猛事父母至孝，後有玉杯甘露之感。

白雲平章致仕

曉看明鏡欲休休，萬里功名陋虎頭。絳闕直辭黄鼐貴，白雲終伴赤松游。侍臣傳醴真殊遇，退傳揮金得自由。盛代東封催告禮，更須元老侍垂旒。

寄題成都李御史萬竹亭

亭亭萬竹封侯貴，聞説西州植此人。風送笙竽聯雅奏，月留鸞鵠寫清真。山頭密護千年雪，地脈潛行八月春。舊譜言竹鞭八月西行。欲上岷峨探游事，煩君指點浣花津。

送鄧君用教授歸廣信山

光陰那俟日懸車，抛卻荷衣即故吾。置對直如朱伯厚，退休還似邵堯夫。白鷗遠水清秋鏡，紅葉前峰落照圖。耆舊即今同逝水，早將鴻筆爲傳模。以謝疊山黨下獄。

壽李承旨二首

其一

兩曜迎陽合璧時，卯君乘瑞佐昌期。閣中像有功臣贊，圯上書爲帝者師。碧眼閲人如水鑑，丹心許國有天知。歲周甲子今重轉，消息梅花第一枝。

其二

清時得意恣逍遥，雪色鬚眉兩鬢饒。棋局春風深閉户，酒樽涼月獨吹簫。豹韜袖手終傳采，鳩杖無心强造朝。門外種松今百尺，它年爲我掛山瓢。

安西老人

方瞳如漆耳輪高，喜見曾孫守碧桃。鳩杖月明尋枸杞，鳳簫春暖醉蒲萄。故人天上方蟬冕，老子山中但豹韜。欲問汝南耆舊事，且乘龜殼把雙螯。

早朝興聖宫次韻

萬馬東西甬路斜，銀河初曙起宫鴉。天香隨輦凝三素，風絮沾袍點六花。銅史漏浮催卓午，玉奴聲轉進流霞。詞臣點綴瑶池事，底用秋風海上查。

次韻周南翁退朝三首

其一

蹕道聲迴覲后皇，霞旌雙引拂朱光。龜臺新按霓裳曲，獸鼎重然甲煎香。歌板遏雲穿泱漭，酒車流水度汪洋。重輪瑞世思齊聖，傳信應須屬子長。

其　二

雉尾高張擁玉皇，彤庭金榜粲明光。舞階飛絮傳滕六，執衛傳臚轉阿香。珠帽簫聲雙窈窕，翠旌雲影互方洋。侍臣誰近前螭立，願紀堯年化日長。

其　三

蛾眉班立肅皇皇，帢匝松陰陋午光。舞翻當軒初進酒，表函登陛促傳香。六龍捧御雲中日，三象輪琛嶺外洋。欲識兩宫清淨理，薰風殿閣漏初長。

和游岡子原韻

棠花淡淡柳花濃，岡子原頭立晚風。三月雨聲人共喜，一樽春色我難同。麒麟臥草青山外，騕褭穿雲緑樹中。晚歲滄江情不盡，想看清淺數皃翁。

用早朝韻酬伯生試院見懷

玉署松深月半斜，研朱和露勘塗鴉。射熊心苦穿楊葉，吐鳳聲清飽竹花。過眼似迷三里霧，騰身誰上九層霞。故人掉首南山去，應釣秋風漢水槎。

酬周南翁子二首

其一

小榻燈殘雁影斜，詩成重點墨如鴉。皋禽警露呈三疊，天馬追風翦五花。郢客有才歌白雪，湘纍無計佩飛霞。璿源自是天邊路，不用贏糧學泛槎。

其二

碧箋長短鬬車斜，玉雪青春髻似鴉。博物已知窮海棗，苦心端欲鏤冰花。山中伐木鳴搏黍，馬上看塵起落霞。健羨雲窗無限好，慈烏雅雅鵲槎槎。

送儒醫何大方歸信州

雙櫓鵶鳴野水高，天風落葉響林皋。空堂桂露流金乳，舊鼎鉛霜長玉膏。丹府久虚存夜氣，上池新飲察秋毫。山中猿鶴驚相問，肯爲緇塵染素袍。

次韻周南翁拜孔林二首

其一

陵廟陰森佳氣蟠，湯湯洙泗接淵源。硯傳昔日王官得，履憶當年漢庫存。手板文裁楷舊植，髮冠香守檜殘根。唐文皇以孔林楷木裁手板賜十八學士，鄉中張參政家猶存。金亡檜焚，士大夫劚檜根爲韜髮冠。群經日月行天地，萬古韋紳沐聖恩。

其二

山簇平林野水清，整冠下馬得徐行。壇空尚憶風雩樂，宅近惟聞金石聲。環珮齊趨文有度，豆籩初秩禮爲程。百年雨露同車軌，郡國千官奠帛生。

贈豫章蔡黻歸里以鄉舉不中來京師

抵掌弹冠謝未能，立談白璧且擔簦。厭聽長鑱三尺雨，愁飲深冬半片冰。冠蓋情傾年運往，簡編心苦歲華增。去來聞見冥鴻迹，岸幘雲峰撫大鵬。

次韻院長題趙崇德修撰玉簪集

誦君家世倚樓句，不似玉簪留詠深。鳳髓獨傳天外寶，褭蹄端出水中金。停盃蘸甲難陪和，對鏡搔頭敢擬尋。可是因花攬情思，相君題品的知音。

送朱本初住玉隆萬壽宫

聲華文采動公卿，忽綰烏絛出帝城。眯目簿書空汗漫，飛空樓閣正崢嶸。浮雲變態西山盡，往事灰心北斗驚。肯作蕉池談笑住，瑶壇笙鶴夜深清。

寄城南友人

三入承明願已酬，蓬瀛又復接清流。碧牋時寫飛花恨，寶瑟曾傳細雨愁。夢繞故園追過雁，眼穿鄉樹認歸舟。荼蘼落盡啼鵑急，慙愧群公得縱游。

寄史允叟

故國王孫佩碧蘭，春雲涼月倚朱欄。玉簫曲趁鶯聲轉，金鼎香隨蝶夢殘。碧沚波清堪把釣，黄塵風急倦彈冠。外家文采唯君在，笑我冰髭跨曉鞍。

寄陳文卿

窗對平湖柳對門，隔林鐘磬送昏昕。水煎菊本傳家舊，醅壓桃花勸客醺。擬向鑾溪誇矍鑠，爭如月窟養絪緼。通家欲説先賢事，兩岸書燈點點分。

寄蔣遠静

金紫家氈五百年，城南喬木儼蒼然。久知華屋慙卿長，肯向深盃品聖賢。虛白夜窗刊墨譜，硬黄冰硯補瓊篇。年開六袠未云老，桂斧重修月定圓。

寄鄭景尹

太傅東山卧白雲，經籝勤拾付諸孫。玉堂舊制毫芒見，黄閾深功百一存。舊見《中興玉堂稿》，唯《傳位詔》一篇。金盌宅深春雨暗，烏衣巷静夜潮喧。佳花奇竹勤題品，莫學儒酸老瓦盆。

寄開元恩禪師

恩公遯跡閶門寺，欲下繩牀謝不能。露滴花光珠五采，月涵江影塔千層。石榴紅帽明如火，海艾青氈冷似冰。俛首西山人物論，獨聽孤雁對殘燈。

寄本中峰

天目峰前萬石蹲，坐看晴晝白雲昏。山河有象百神泣，鐘磬無聲兩足尊。古澗老猿啼子母，荒林野葛斷兒孫。空王法藏誰傳得，不展袈裟不出門。

題郝伯常雁足詩

深羈孤館鬢毛斑，猛虎摇鬚障海寰。玉樹已歌歸逝水，羽書難射隔平山。不須羝乳終回漢，肯學雞鳴詐度關。一寸蠟丸憑雁寄，明年春盡竟生還。乙亥四月放還。

霜落風高恣所如，歸期回首是春初。上林天子援弓繳，窮海纍臣有帛書。中統十五年九月一日放雁，獲者勿殺。國信大使郝經書于真州忠勇軍營新館。中統十五年，乃至元十一年，明年奉使還。

送王景先赴燕南僉事

一疏朝天罷柄臣，河南井邑萬花新。繡衣暫著明銀漢，青鎖初辭戀紫宸。朝膳平反娱壽母，露困直指活飢民。清時經濟須公等，佇見鋒車入覲頻。

小院四月十二日牡丹始開迺單臺花也余將上開平作詩示瑾

暖風吹雨佐花開，送我灤陽第四回。内苑賜曾傳側帶，舊賞花宴，有大側帶、小側帶。江南畫不數重臺。徐熙牡丹無重瓣者，至崇嗣始有之。重臺，婢之下者，見《常談》云耳。迴黄抱紫傳真訣，媲白抽青陋小才。自是妖紅居第一，他年折桂莫驚猜。韓魏公牡丹詩：『自慙折桂輪先手，羞殺妖紅作狀元。』魏公第三，王堯臣第一。

初夏即事

斜暉庭院樹陰移，翠蔓交加静對宜。幸有花王能引酒，慙無草聖助題詩。雁隨雲影還鄉近，燕惜春光築壘遲。蓴滿東湖嘗不得，笑看羊酪寫相思。

壽椿堂爲王正臣作

嘉樹婆娑十畝匀，笑扶靈壽日千巡。風迴空籟笙竽轉，雪壓長柯鐵石新。欲從六龍遮赫日，佇看五鳳舞長春。銖衣拂石方成劫，似笑莊生説未真。

送湖廣萬户

壯歲軒騰碧海鯤，英姿玉立暎朝暾。昔司魚鑰曾通籍，今佩麟符暫偃藩。渚對紅蓮便羽扇，岸臨朱橘傲清尊。郢宫疑在平蕪際，爲瀹蘭湯些楚魂。

次韻宋誠夫二首

其　一

風雨寒簷雞報晨，書聲盡歲徹比鄰。食貧不作三千客，射策端爲第一人。吴郡壯游追子美，楚宫陳跡酹春申。少年覽歷真奇絶，似勝宣尼厄在陳。

其　二

蹇驢入局走寅晨，落月相隨擬結鄰。鴻跡鉅編侔古帝，虯髯英貌想天人。亥書深恐經三寫，乙令何妨著五申。明世經綸須國士，他年宣室願前陳。

高内宰母漁陽郡夫人李氏表門

高門槐柳緑陰匀，鶴髮浮光飣坐新。繡出人間金孔雀，孕成天上玉麒麟。萱花北户丹心炯，竹葉初筵素臉真。曾向瑶池侍清讌，碧桃傳種六千春。

壽劉彦良宣慰母夫人九十五

英英壽母步蹁躚，疑是瑶臺墮地仙。眼見九朝全盛事，身經三世有餘年。百壺傳賜黄封濕，束帛加恩繡段鮮。指點斑衣聽訓語，清忠報國紹家氊。

送湛師校經回杭

寒峰雲聳翠霏凝，暫著青鞋侍帝庭。貝葉頻刊塵几淨，天花新墜寶臺馨。雨翻荷露閑鷗立，風攪松濤睡鶴醒。絶世樞機真止水，從今掩息晝堂扃。

送雪竇長老校經回里

翠鎖松關疊疊高，坐看明月負金鼇。已將禪板傳心印，暫下繩牀披毳袍。聖諦無聲機獨露，經筌有誤目難逃。塵中白髮誰消得，歸掩山寮聽雪濤。

送董教授之淮南主簿爲上都教授，多善績。

五月寒深冰滿鬚，碧天雲冷竟何如。聽駝度磧心彌折，隨雁還家計未疎。禮殿競傳周簠簋，論堂新整魯詩書。明年又作淮南客，蘆荻叢深看捕魚。

寄上都子貞伯庸繼學三學士

侍臣親切見銀河，不用虚無八月槎。蟬報早秋歸木末，龍拖殘雪度山阿。琵琶雲冷相思切，蹀躞泥深獨立多。今歲同行詩壘壯，飛觥擊鉢正横戈。

遠客三年親友簡絶獨開元鄰僧以書茗相寄

廿載神京汗漫游，玉堂深處得無愁。隨龍北上迷三伏，送雁南歸憶九秋。親友共嫌疏問信，律師屢約勸歸休。南湖出日西湖月，應許明年共泛舟。

進史明仁殿書事

大帝仁功徧八寰，敢將鉛筆强修删。寶輿花覆簫聲趁，黄道松分佩影環。仗簇金吾開雉尾，香浮黼座仰龍顔。還家陡覺詞臣貴，獨恨年深鬢已斑。

寄開元奎律師

雙塔亭亭透夕陽，芭蕉深處碧窗凉。江神夜聽光明偈，天女朝分解脱香。齋鉢午空烏守樹，經臺雲冷鶴歸房。平生欲結西方社，似怪淵明作吏忙。

伯庸開平書事次韻七首

其一

沈沈椶殿内門西，曲宴名王舞馬低。桂蠹除煩來五嶺，冰蠶卻暑貢三齊。金罌醅重凝花露，翠釜膏浮透杏泥。最愛禁城千樹柳，歸鴉揀盡不曾棲。

其二

尚方新製玉東西，一曲生香〔二〕舞袖低。閬苑春濃巾角濕，巫山雲冷帽簷齊。前行按曲停檀板，内直催宣印紫泥。可是年深慵應詔，道人自愛碧山栖。

其三

身如病鶴倦梳翎，往事猶存舊汗青。伏日賜冰來上苑，晚風傳竹度疎櫺。承恩裁詔心抽繭，落筆誅姦眼拔釘。惆悵當今人物論，披衣危坐望晨星。

其四

客子光陰疾箭翎，徘徊玉署愧紓青。當階翠影翻紅藥，連瑣回紋認緑櫺。賦擬卿雲羞軋茁，文追班馬黜灰釘。北門英彦珪璋重，朝論詮量比秤星。

其　五

的的新愁漲碧波，可堪跋馬上危坡。明知風伯秋當路，更候天孫夜度河。沙磧共傳歌敕勒，陰山那復見延陀。周廷王會須椽筆，慙愧陳人奈老何。

其　六

馬足曾窮五色河，更將舌本品浮槎。新聲促軫傳三疊，寶構懸鈴鎮四阿。短榻雁來愁不奈，小窗人去酌毋多。白頭慵作東封頌，願效諸生賦止戈。

其　七

侍臣底用賦明河，西海曾看貫月槎。向矣伏蒲移塞外，終然加璧耀山阿。羨君一鶚[二]孤難並，愧我雙鳧數似多。舊讀韜鈐工七縱，裹瘡從此願投戈。

送梅叔章官東流簿

江水東流八百里，縣市南遷五十家。寒蘆捲風散晴雪，野燐照川成暮霞。眼看平楚堪舉酒，睡足高春方打衙。都官之孫詩有種，玉板日給飛龍蛇。

次韻景尹觀菊二首

其一

輪郭團團漢五銖，身輕疑食碧雲腴。翠蕤建纛煙凝紫，金粟搔頭露迸珠。初日[三]正宜催玉立，清霜那使作銀鋪。城南兄弟空相憶，插盡黄花更插萸。

其二

託根不復辨殊方，朵朵參差列雁行。暵日巧心端補衮，迎霜生面似含香。飛英獨佩疑湘浦，笑靨初鈿陋壽陽。惆悵千林正寥落，故將清冷鬭秋光。

送杜輝卿還蜀

浣花溪上水粼粼，化治能爲五色春。奇錦鶯穿金婀娜，粉箋花印玉精神。百年文物毛錐舊，萬里車書馬足新。仁壽堂前乾鵲喜，綵衣歌舞動比鄰。

送石上人還江西

圓帽方袍入帝都，秋風惘惘意何如。雪飛北口蘆花絮，雁落南空貝葉書。聞見迴忘雙舴艋，行藏無住一籧篨。南泉安衆千五百，從此跏趺滅太虛。

送李巖夫四川譯史

玉雪精神暎彩霞，清秋馳坂忽還家。心聲珠貫通三象，目力機深洞五豝。青簡世傳端合繼，黑頭早貴實堪誇。子雲猶有江邊宅，好續方言振國華。

紀生書經罷歸還里

烏帽稜鞋四十程，壯懷鵬翼決南溟。定須金匱題銀管，不羨鴻都寫石經。落葉行階疑急霰，流螢穿樹似疎星。白頭病客思歸切，欲別無言酒易醒。

示皇甫生

矻矻窮年皇甫生，眼瞳如漆暎書明。神清古鑑金莖露，佩雜寒英玉井璜。暘谷久知螢爝陋，丹山深愛鳳雛清。玉堂老叟端歸去，龍榜蜚聲遲子成。

再送紀生

荊國書臺有紀生，眼穿紙背倍分明。聲音雜比昭華琯，跬步周旋夏后璜。賦律意深慙篆刻，詞華情近忌輕清。老來贈語多謬誤，歲晚相期玉汝成。

鄉友南歸客舍凄然再次韻

雙槳迴波没復生，人隨帆影去邊明。愁雲亂疊敷重席，寒月初弦掛半璜。漁泊汶橋煙樹暝，賈團淮浦海潮清。方牀獨坐愁無著，萬籟笙竽奏九成。

睡覺東西書燈猶明喜勉元達兼示瑾子

兩家聞見參臺閣，諸老論思聳廟堂。莫畏大名辭繼紹，願超凡子脱輕揚。文章正始師先漢，格律黄初謝晚唐。師友淵源端有緒，老夫推枕起論量。

省中議事回元達有詩次韻

烏帽黄塵久帝城，紫薇深處得陪行。擬將直筆酬延閣，欲抱遺經進邇英。老去病多傳桂酒，秋來情重憶蓴羹。蕭蕭易水聲悲壯，不盡襟期白髮生。

馬伯庸以詩餽兔次韻

閉門滕六散銀星，對坐罘罳白玉屏。琴匣冷光棲緑綺，壁騰寒焰起青萍。凍雲縹緲迷圓嶠，小酌無何入大庭。知我年來雙眼眊，特分明視了殘經。

十一月十四日駕至京師楊仲禮有詩次韻

金輿清蹕發龍城，乾雪坡陀甬道晴。師起晉陽戈盡倒，令傳代邸譬徐行。鸞皇合奏雲光遏，龍虎交章曙色明。欲認雞翹新法從，駝車深處聽鈴聲。

題馬氏先塋記後曹子貞求作，自崇寧傳至今。

衣冠異代劫灰平，眼見佳城歷變更。曲水護田成委佩，纖峰當户似疑兵。玉蠶零落威王塚，石馬縱横晁氏塋。盛德獨傳三百載，好將遺事述新銘。

甲子立春

泰定元年新甲子，天門上聖啓瑶圖。日融凍樹青煙簇，土坼晴疎碧雪鋪。五鳳彩樓催羯鼓，雙龍絳闕勘魚符。侍臣廿載題春帖，從此歸休拾澗蒲。

瑾次韻復成爲隱居計

京塵二紀榻籧篨，近喜家兒報宅圖。移石近堂雲亂擁，栽梅當徑蘚重鋪。留春定合箋花譜，品水應須置竹符。皛皛南山看積雪，青青古澗玩新蒲。

病中玩易復次韻

丙寅老人五十九，猶是先天第二圖。桃竹杖輕藤杖換，蘆花絮冷柳花鋪。當陽山立隨羲御，後夜尸居奪晉符。已識羲皇真太極，不須黄獨與蒼蒲。

三次韻

濟勝閑身倩給扶，家林應許畫爲圖。空巖有象飛泉舞，古徑無蹤落葉鋪。壯歲思仙尋火記，暮年制氣習陰符。松花一匕能消得，猶憶南州筍及蒲。

武氏母八十

玄髮離離聳黑鴉，桑田滄海事如麻。魚穿冰腹宜供饌，泉躍江心可煮茶。烏繞楔門爭玉樹，鸞開錦誥印金花。閑居欲效潘郎賦，準擬家園製小車。

安山曉泊

兩袖飛仙舞玉龍，曉來朝嶽日華東。門當楊柳灣灣碧，水貼芙蕖岸岸紅。隔艇茶香知楚客，連罾魚熟總吴儂。白頭已忘干戈事，不用乘軒問土風。

發御河

一棹黄流去復回，飛沙積岸雪皚皚。梨花亂逐沙鷗起，燕子深隨野馬來。晚歲宦情初岸幘，暮雲鄉思獨停盃。荼蘼滿架留春住，知我將歸爲緩開。

次韻砥平石

金門吏隱愧相如，歲月逡巡翰墨疎。拄笏有時看白雁，濯纓無復戀金魚。倦游築室成真隱，作意還山了舊書。更與老禪深結社，平生黑業總消除。

次韻謝定水

禪板蒲團振祖風，故將妙語起衰翁。青氈舊學慙多缺，玉佩清朝愧罔功。直以簡編窺往聖，敢將翰墨擬宗工。壯年永感辭庭訓，晚歲何繇繼五公。

次韻昌國宗聖上人

海上秋潮候月生，島中瑶草不知名。每思大士超禪觀，獨恨秦王苦望瀛。龍吐戒珠殘照影，雁横梵字故鄉情。妙年碧眼才翻錦，爲念衰翁强入城。

贈徐秀才還里

西風擁騎出前郊，紅葉玲瓏透遠坳。家近不須傳雁帛，縣閑曾是用牛刀。蜚聲屐綵春眠柳，文思裁珠夜泣鮫。師友淵源吾豈敢，會看翡翠聳林梢。

送劉明叟治鹽事還省

海上銀沙百鍊成，年年飛騎走縱横。人傳一馬二童至，春在十洲三島生。烏帽多情簪菊蘂，瑶琴有意送潮聲。經綸滿腹須時用，早上囊封致太平。

次韻答西山道逢原

招提遠在岧嶤上，曾有耆龐説法來。㶁㶁玉泉澄戒鉢，團團翠柏護經臺。平疇隔水横棋局，遠嶂飛空擲酒盃。聞道幽人經論罷，支頤掩息獨徘徊。

送章仲和教授之官池陽

亭亭秋浦玉芙蓉，無限樓臺落照中。定見揮毫題妙句，更須拄笏繼高風。當年故壘遺金鏃，此日清溪漾碧篙。人世機心何日了，持觴爲酹九華公。

梅隱齋

萬蘂疎明鐵石堅，肯同餘卉鬬芳妍。青雲覆幕冰承柱，白玉爲堂雪作氈。橘叟不知身外事，壺公唯識洞中天。何人欲問調羹法，一榻蒙頭謝醉眠。

次韻鄭景尹重九四首

其一

年年京國度重陽，禁路風高徹骨涼。坐覺衣寬藏宿土，行疑靴冷怯新霜。紫萸曾憶童時佩，黄菊須看歲晚香。惆悵東山在何許，挑燈無寐坐方牀。

其二

無復金狨與覆韉，屢看秋月缺還圓。風塵自覺真衰矣，勳業深思盍舍旃。烏帽塵荒憐遠客，白衣酒熟慰癯仙。深慙涉世脂韋久，强項何能效董宣。

其　三

還家兩歲見重陽，過雁横空拂曉凉。尚憶傾心朝午日，欲將勁節拒朝霜。禽魚有樂隨天性，蜂蝶無知戀晚香。從此林間端見一，不妨枕易睡匡牀。

其　四

久矣懸車徹〔四〕坐鞴，天機渾沌黜方圓。披沙經窟知非矣，秉燭書林尚勉旃。愧我詞華端近俗，愛君詩律已通仙。門前種菊高如許，亦欲紛披五采宣。

齋前海棠秋日著數花璀首賦詩次韻二首

其　一

四山紅葉報秋殘，駐目家林認未端。螢點流星驚乍曉，鳳銜初日怯輕寒。鮮鮮敏手攢新錦，炯炯芳心吐故丹。西帝已能回藻景，爲言莫作杏花看。

其　二

金祇當御衆芳殘，忽見奇葩表樹端。霞臉已拚千日醉，絳唇自怯五更寒。燈籠錦就霞衣帔，箭鏃砂成寶鼎丹。政此淒清端慰藉，停盃擬作百回看。

次韻吳門聲上人二首

其　一

翠樾經院多高人，景德寺有翠樾方丈。碧窗點翰五采新。天機不受粱燕語，逸興直與江鷗親。羨君解衣浣流水，愧我束帶陪禁宸。屈指當今人物論，從此有約同垂綸。

其　二

至人天隱樂有餘，良玉不願爲雕璵。昂昂盤石大坐相，杳杳歸雁旁行書。白蓮解結碧雲座，緑蕉不羨青蔥裾。道人繙經悟空假，始信塵世非真如。

憶雙溪

清溪明處水交流，萬井鱗鱗冠蓋稠。杯凝玉光明月入，幕遮翠影落花留。雲生古洞千山雨，風送層樓萬壑秋。麗澤祠前最佳絶，藕花零亂勝滄洲。

寄張希孟内翰

君方習隱食翠[五]柏，我亦採真歌白蘋。千嶂遶樓堪岸幘，百泉當户足垂綸。蓴鱸水闊滄洲晚，稻蟹田肥澤國春。日夕相思看過雁，客來無惜寄書頻。

校勘記

〔一〕「生香」，四庫本作「笙歌」。

〔二〕「鶚」，四庫本作「鶴」。

〔三〕「初日」，四庫本作「日出」。

〔四〕「徹」，四庫本作「撤」。

〔五〕「翠」，四庫本作「蒼」。

清容居士集卷十三

絶句七言

團扇圖

玉樹秋殘翠影疎，掩門何處望金輿。昭陽殿裏渾閑事，最恨當年李婕妤。

擊梧圖

萬樹梨園已失春，秋聲颯颯起胡塵。君王獨立梧桐下，不見當年鎖諫人。

韓幹五王出游圖

花萼樓高怯翠衾，平明聯騎走芳林。讓皇可是無忠益，一曲涼州恨最深。

夜讀唐將遺事二首

其　一

合江雨暗裂珠旗，鼙鼓鼕鼕怒促圍。不是帝羓車上去，元戎那得衮衣歸。

其　二

雉尾雲深漢殿開，將軍鐵馬響春雷。太平未睹匆匆去，空憶君王白玉盃。

秋山圖

簇簇麻姑十二闌，倚空摇落總塵寰。卧遊京洛誰消得，一榻松風響珮環。

童時侍先人泊京口旅樓一月正對江山樓繁麗特甚江津流民散處不可悉數今皆不復有追憶舊事因成絶句十首

其　一

碧瓦參差第一樓，風旗獵獵唤行舟。兵廚有酒真堪飲，不學弓刀也白頭。

其　二

紅袖娟娟舞旋齊，鑾江一曲唱尤奇。西湖院落曾翻得，未識君王知不知。

其　三

燈火闌珊月色低，少年乘醉馬東西。樓頭畫角聲悲壯，又聽歌聲促曉雞。

其　四

白葦蕭疎野火焚，流民草舍各星分。沙田土瘦新耕得，寧死江頭不作軍。

其　五

朱門高插相風旗，千里船行總得知。稻米流脂江上去，健軍何處是男兒。

其　六

日日樓頭筭酒錢，峨冠太守號籌邊。嗚騶傳入丹陽館，爲是行都過客船。

其七

淮馬低如果下騮，春風小隊打紅毬。日斜臺上人爭看，銀盌分明第一籌。

其八

明月曾愁多景樓，幅巾長袖是清流。金焦山勢元相望，不揜諸公富貴羞。劉改之舊有『山掩諸公富貴羞』之句。

其九

硯山園下將軍宅，脱卻兜鍪强學儒。聞説高堂擁紅粉，醉翻筆陣墨糢糊。

其十

白雲一去愁千疊，此地重來百不如。空憶當年覓梨棗，小樓燈火了殘書。先人課子最嚴，時在旅樓，不廢講誦。

雪中招虞伯生祝丹陽二首

其　一

空林一色十分春，羞殺高眠獨笑人。喚取東坊虞博士，紅爐同點奪胎銀。

其　二

金芽初熟白皚皚，袖手爐邊未盡開。爲請招真老高士，且須騎馬抱琴來。

梁山濼

千頃芙蕖送我船，碧香紅影弄〔一〕娟娟。梁山風景能消得，不到西湖卻十年。

支家口

蕩底天鵝雜檣聲，南鄉今有幾長亭。錢湖未盡滄洲興，臥看荷花十二汀。

黄　河

乘槎使者問河源，織女相逢事惘然。從此競傳天上去，不知滄海幾桑田。

耿山

一簇山腰總賣薪，語音猶是舊吳人。江湖水闊從今住，更肯輕生學買臣。

古黄河口

温温河水似湯泉，送我南歸意萬千。入海定從天上去，不知重會是何年。

黄樓

詩到徐州不用題，危濤千尺壓金堤。群峰翠盡蘇仙去，萬古黄流日又西。

伏日度淮

伏日陰陰盪棹船，詩腸冰雪碧淮鮮。黄塵自是人間暑，不識薰風在五絃。

過高郵

一片歸雲一片帆，芰荷深處緑蒲灣。鵁鶄可是無情思，不及沙鷗自在閑。

甓社湖

甓社湖中新水清，風牽荇帶引帆行。靈〔二〕妃夜度霓裳冷，輕折菱花翫月明。

聞見

飛蝗眼見度淮鄉，又聽吳田水渺茫。總怨春來雪五尺，變風變雨變年荒。

渡揚子江

一舸中泠煙雨飄，片帆閃閃浪招招。倚闌僧在半空語，南去北來今幾潮。

俞光遠治余別墅口占奉謝

種竹澆花俟我還，花成雲塢竹成山。相逢且說相思恨，更說何時得共閑。

周子敬三年不寄一書口占奉寄

伏日松陰酒一壺，抱琴身與鶴身癯。故人天外慵傳信，唯憶楞伽是舊書。

聞仲正新得掌珠道中奉寄

知君已厭添丁事，與我同看納甲書。别後匡牀清夢少，春來又獲掌中珠。

懷應得茂

瘦石支筇傴仄吟，吳山雲冷越雲深。江湖老盡誰知己，獨聽寒泉響玉琴。

明皇醉歸圖

日暮毬場醉欲歸，停鞭更進紫霞杯。老髯未省霖鈴曲，猶願君王款款回。

過故人墓

湖曲深深鎖墓田，種松成本起蒼煙。欲窮精爽周流處，雲在青山月在天。

送昌上人二首

其一

江南山水一枝藤，更上雲中第五層。昨夜西風傳雁信，露華如雪月如冰。

其　二

方袍圓帽眼如鷥，問訊紅衣不點頭。剛道西天同佛住，箜篌琴瑟勝南州。

題葛仙翁移居圖

翁媼相攜入翠微，轉頭猶有可憐兒。丹砂不是神仙藥，勾漏歸來鬢已絲。

黄松瀑索酒

殘春聽雨元無著，恰似槽牀淺滴聲。活水飛花誰駐得，願隨小榼夜深傾。

祝丹陽飲馬圖

天馬從來不受塵，水清深愛自由身。髯奴未識相忘處，手控青絲强屈伸。

舊春花下與東嘉周子敬聯詩有人到中年始憶家之句余坐舟中五十日因憶此詩作俳諧體四絶奉寄

其一

平生愛詩復愛酒，晚歲畏名兼畏茶。年過五十不歸去，底用中年始憶家。

其二

四明衣冠山水窟，人道風流勝永嘉。爾來愁絶各閉户，方信中年始憶家。

其三

我眠船中五十日，飯有飛塵鬢有沙。古言墨頭須萬里，底用中年始憶家。

其四

春風一架爛金沙，憶昨同醉遺烏紗。山東禁酒不得飲，方信中年始憶家。

題鄭濳昭玉堂藁

其　一

雲漢天孫古錦機，秋風槎上解相期。迴鸞舞鳳曾翻得，不用人間五色〔三〕絲。

其　二

春睡牽人渴思濃，小窗誰贈密雲龍。自憐舌本那知許，急寫緘題似舊封。

宮娥弈棋圖

爭先春色在眉端，圍坐佳人著意看。可是相憐饒不得，東風自怯五更寒。

求酒四首

其　一

爲愛雲房酒盎清，涓涓殘溜滴春聲。夜來梅月十分白，嗅盡梅花看月明。

其　二

輕輕梅花春風面，卻似道人微醉時。只恐花飛失君意，更酌叵羅歌小詞。

其　三

小詞歌徹飲叵羅，一寸清霏奈客何。窗外馬蹄猶不住，誰道江南春水多。

其　四

我家舊釀碧琉璃，色壓花枝朵朵低。頗怪春深未歸去，花下杜鵑應亂啼。

伯生約賦竹枝詞因再用韻四首

其　一

君家竹葉江水清，我家竹枝三峽聲。三峽水隨江上去，迴首望鄉終眼明。

其　二

簇簇青帘蕩子期，飄飄紅杏三月時。青帘紅杏總輕薄，自展碧牋書我詞。

其　三

暮雲纖纖如越羅，勸子不去知子何。桃花水深放船了，卻憶關山塵土多。

其　四

愛君酒滑滑如泥，白眠叉手頭愈低。南鄰琵琶不堪聽，自舞柘枝鶯春啼。

舟中得功遠瓊花露戲成三絶

其　一

瓊花瑞露十分清，客裏相看眼倍明。自是江南春色好，錯教騎馬到京城。

其　二

平生嗜酒不殢飲，最憶停杯微醉時。花下盈盈似相待，莫教春倒最濃枝。

其　三

繁禧觀裏花如雪，留取清陰待我來。應有真真花底坐，生香一曲舞三臺。

梁山濼三首

其　一

梁山水濼八百里，容得碧鷗千萬群。愧我扁舟數歸路，晚風掠陣入蒼雲。

其　二

嫩草豐茸間軟蒲，一川晴緑映春蕪。平岡散牧分雲錦，簇簇斜陽是畫圖。

其　三

大船曬網小船罾，知是吳儂唤得膺。共説五湖難住卻，朔風吹雨捲千塍。

仲章以余賦瓊花露因成陽臺之句次韻三首

其　一

月下看花花氣清，羨君不飲更分明。五雲破曉迴歸馬，疑上天邊碧玉城。

其二

我愛瓊花賦酒詩，雪香憔悴可憐時。平山芍藥開如斗，擬揀肥紅作贈枝。

其三

相如肺渴非關酒，多病卻迴江上來。可是春風消不得，白頭吟憶舊琴臺。

送危功遠三首

其一

翩翩海燕近宫城，的的天鵝度上京。癡坐江南未歸客，夜聽春樹衮潮聲。

其二

居庸關外雪模糊，簇騎分明似〔四〕畫圖。猶有深春後歸雁，見君曾宿洞庭湖。

其三

天柱峰前第一詞，風清月冷鶴先知。京城可是無吟思，眼看飛花下筆遲。

送吳成季五絶

其　一

牆東杏樹花千片，片片隨風到馬頭。只恐花飛不解走，度關時節暮雲羞。

其　二

北雪初消未見山，馱鈴聲雜佩珊珊。廉家池館春風好，獨看牡丹惟我閑。

其　三

上京新酒玉津津，薄醉深春惱殺人。截取當年釣竿竹，捲筒相寄不嫌頻。

其　四

詩瓢淅瀝風前樹，雪在深村月在梅。從此不須生感慨，晚寒更上望鄉臺。

其　五

巃峰路與仙峰近，取次詩筒日往來。慚愧阿戎松下坐，洞門深鎖碧桃開。

長沙鄧醫年七十餘遊京師二兒扶小車得酒即醉類有道者劉充之號曰壽軒且令賦詩

其　一

大兒椎髻小兒丫，拍手青天在小車。剛道人間易榮辱，醉歸齊插碧桃花。

其　二

南極星明湘水邊，七還猶是小行年。囊中紫粉誰傳得，酒盡君歸我亦眠。

其　三

醉面頳如紫玉盤，天風吹上月團團。擬翻新譜朝元引，雪壓梅花鐵笛寒。

平原賈氏戲綵堂

鶴髮棱棱水石村，飛花蛺蝶舞兒孫。人間朱紫爭新取，落日微茫政倚門。

晚訪仲章不遇

小院春濃落照閑，碧篁相對乳禽還。晚風陣歇游絲盡，留得歸雲在屋山。

梅溪圖

玉人楚楚意逍遥，隔水攜琴不受招。迴首芳林真嫵媚，春風歌館聽吹簫。

三逕圖

遶舍山青流水新，春風吹玉緑匀匀。意行已復支筇去，從此何須問主人。

靜芳亭

簾外群山當畫屏，白雲如水度中庭。松花落逕無人掃，失卻莓苔一半青。

貯香亭

長安何處認飛花，片片相隨十萬家。唯有碧桃天外種，露華清淺玉交加。

大年宿雁圖

寒夜沙汀睡已成，雁奴翹首獨深驚。朝陵閑説燕王事，恨殺人間兄弟情。

次韻馬伯庸應奉絶句一十八首

其　一

玄都觀裏桃花句，沈香亭前芍藥詞。今年春風似憐我，明年春風更相思。

其　二

肥紅盈盈錦步障，淺黄深深緑油幕。絶憐舊嫁小娉婷，一曲生香淚雙落。

其　三

垂髻雙雙白馬郎，看花不語愁晝長。堂前有婦不肯守，遍愛吳姬與趙娼。

其　四

緑柳高低千萬樹，翠竹横斜三兩家。妾非江南蕩子婦，不許郎君烏帽斜。

其　五

五臺山前雪如席，千古萬古摇銀光。驅馬莫飲澗邊水，澗水能令馬穿腸。

其　六

小樓昨夜聽琵琶，推手卻手怨王家。不辭遠嫁盧龍道，可憐長城骨如沙。

其　七

海南不愁珠翠少，家家共籠秦吉了。夜聽吉了似秦聲，賈客年年不知老。

其　八

紅衣夜唱娑羅樹，云是西天好兒孫。吹螺日飲官法酒，笑渠騎馬傍人門。

其　九

吴兒蕩漾楚兒癡，酒酣垂手索題詩。桃葉不傳渡江曲，竹枝空歌三峽詞。

其　十

老鶴攀松舞月色，哀猿坐樹啼天光。一喜一悲盡今古，慷慨不如秦舞陽。

其十一

誰家弄玉矜少年，採蓮艇子歌娟娟。轉首那知顔色老，猶抹横雲啼鏡前。

其十二

京華作客不知老，燈花明滅摇寒房。爲問涉江下灩澦，何如種竹滿篔簹。

其十三

金門羽客恣狡獪，清曉玄文總不看。朝騎白馬穿閬苑，夜乘白鶴下天壇。

其十四

妾顔不比夭桃枝，妾心不如傾日葵。羞著主衣當筵舞，蓬鬢荊釵卻自宜。

其十五

燕山芍藥大如斗，千朵萬朵凝春煙。健羨南京馬供奉，醉著宫袍不上船。

其十六

向曾六月桓州住，雪歇前巖散冰樹。王郎馬郎太愁生，兩騎雙雙辭我去。

其十七

吳門艇子淮南船，我慣乘之眼欲穿。老來愛酒不得飲，歸向桃源種秫田。

其十八

烏靴窄窄稱宫袍，雙鬢風翻見二毛。聞道中山止十驛，急須乘馬釀松醪。

還馬伯庸文稿

乘槎深夜問支機，天女流梭舞鳳飛。迴首人間金粟尺，翦燈愁製五銖衣。

逸馬圖

瑶池宴罷周王耄，牛首蛇身騁怪靈。漢使近從西極返，龍媒元是世間形。

試馬圖

二駿翩翩勢並驅，轉頭槽櫪總庸奴。秋風萬里雲容與，不用青絲强縶拘。

散馬圖

秋盡川原草樹空，冷雲嗚咽似呼風。太平天子櫜弓矢，留得閑身落照中。

次韻繼學伯庸上都見寄三首

其一

陰陰棱殿水雲蒼，鳷鵲風微夏日長。渾似醴泉宫畔境，千官齊立從文皇。

其二

紗縠單衣珮水蒼，碧幪裁詔繭絲長。日斜雙入通明殿，雲母屏前對玉皇。

其　三

相思盡日鬢毛蒼，赤土塵深怨路長。忽憶鏡湖明月夜，藕花清淺棹餘皇。

題危功遠山水

雲作糢糊冰作稜，玉峰深鎖鐵崚嶒。欲問先天觀前路，釣叟捲蓬終不譍。

孔節婦表門

鳳逐麒麟天上飛，深鐘涼月獨鳴機。春風猶是人間世，華表亭亭護落暉。

墨梅圖二首

其　一

鐵石冰霜百世身，疎明瘦直一生真。玄雲借我凌寒便，直上鈞天試早春。

其　二

雪繭輕蒙絶點塵，小窗晴日得横陳。夢回猶記溪橋路，黯澹相看喜似人。

蜀女繡牛圖

絶壁連雲翠木稠，五丁空作蜀王羞。浣花女子聞鵑苦，繡作春風萬古愁。

錢舜舉折枝菊

醉別南山十五秋，雁聲深恨夕陽樓。寒香似寫歸來夢，背立西風替蝶愁。

子昂控馬圖

雪積流沙冰欹巖，天池飛舞入殽函。奚官可是相拘檢，笑領春風白玉銜。

渡水羅漢圖

洞口泉分岸渺茫，意行的的水中央。相看總絶神通想，不用折蘆歸故鄉。

次韻繼學天寶宫禱雨見懷四首

其一

小著羅衫涼似秋，梨花寒重雪交流。瓊林宴罷傳宣急，不許祠官用虎頭。

其　二

的的雲團白玉杯，可堪羊角兩驂開。松花深處塵如雪，知是龍歸鶴未來。

其　三

千林紅紫鬪京城，一朵姚黄露有聲。惆悵可人何處覓，獨行花下到天明。

其　四

新雨悠揚人未歸，遠山凝碧綴雲衣。捲簾擬作庭前舞，點點團沙柳絮飛。

送嶼上人四首

其　一

玉几前峰慘翠顔，瘦藤挑雪度三關。黄塵似作松花落，歸雁南來我北還。

其　二

東南蕭寺梵王音，禪榻蛛絲薜荔深。我欲與君同面壁，首拚雙屣掛松林。

其　三

東溪老子詩三略，的的瑛盤貯夜光。擬把玉簫松頂坐，穿雲吹徹九天涼。

其　四

月暎寒燈雪暎簷，故鄉夢斷酒初忺。因思舊宅梅霖後，新竹齊抽碧玉尖。

寄天童岫長老

太白山高雪四圍，孤峰翠織五銖衣。誰言老子寒無力，獨擁紅爐更下幃。

贈南嶽道士歐陽君

丹鼎芙蓉生玉牀，紫泥封固結玄霜。道人急歸巖屋守，不使月明騰夜光。

崔白竹

昔年家住篔簹谷，葉葉淩雲對此同。近日畫師爭斂手，垂頭疑在柳陰中。

往歲南歸商隱長老遠惠佳句不獲承貺次韻敘懷三首

其　一

席帽京塵廿載强，風前數髮白於霜。芸編不檢蛛絲羃，班馬專門萬古香。

其　二

桑乾嶺上是天心，萬樹松花積翠深。兩度灤陽三伏節，片雲飛雪是晴陰。

其　三

烏紗承笠霏霏土，短袖持鞭窄窄風。冬盡不知梅蘂白，春來深愧杏花紅。

商隱長老以余歸喜溢翰墨愧歎之餘次韻以謝三首

其　一

少年學道惡加鞭，掩息支頤絶語言。玉几老禪曾對坐，茶甌如雪閉寮門。

其二

沈沈雲頂絶天風，不展袈裟萬念同。眼見永師傳妙密，虎丘殘塔夕陽中。

其三

龍歸石落無消息，碧眼長身振祖傳。江上白鷗元不礙，潮回月出滿樓前。

春日奉旨侍祠太乙朝罷觀齋中紅梅花二首

其一

藏春塢裏工夫密，一一群英點絳唇。共道紫皇分上瑞，須知太乙露天真。

其二

斗柄分明指孟陬，紅鑪横簇化工收。先皇寶曆今重建，應許南枝在上頭。

次韻砥平石五首

其　一

廿載冰霜興已終，復於馬上送年窮。雙峰閣上憑欄立，疑有子規啼晚風。

其　二

燕山長驛四十五，雪擁金臺玉作層。疑是黄虀消不得，何年投老得依僧。

其　三

我翁緑野舊精廬，樓閣連雲畫不如。贏得高人欹枕卧，膽瓶冰蘗樂冬餘。

其　四

恩師高住湖邊寺，清夏菱花閲錦波。妙趣通玄鄰粲可，清言協律近陰何。

其　五

砥師平地涌金仙，不詫虚空不説禪。怪我往來增白髮，雲龍新碾汲清泉。

省　庵

三十六宫春寂寂，月華如水碧雲真。空齋宴坐天心轉，知是羲皇太古人。

姚子中左司墨竹

雪花摇曳被春欺，的的琅玕侍玉墀。千歲玄霜誰拾得，紫薇花畔寫參差。

斗　巖

摇光游戲下塵寰，曾被山僧駐不還。從此夜深隨鶴度，玉衣清淺珮珊珊。

歸德王瓊母表閭

寶奩香瑣繡羅衣，不許春來蛺蝶飛。得見慈烏好顔色，門前槐柳引雛歸。

西寧李處士碑元復初作

堂堂吏部睢陽敘，耿耿中郎有道碑。點檢清河金石録，的於處士絶諛辭。

博平王獻妻徐氏表閭

無子無夫鬢影蓬，兩家王母事相同。王逢原妻，《宋史》有傳。臨川妙筆傳青史，我輩空令兩耳紅。

離宫圖

龍首渠開王氣埋，淺沙殘草認天街。當年金屋寒鴉聚，時有耕人拾寶釵。

子昂逸馬圖

通叟狀元以秘書滿職言歸，泊然若無營者。桷舊與殿廬詳定，得通叟卷，氣完以充，議者爭緘口。今其南歸，以子昂畫馬求言。愴然以别，吾徒之責深缺然矣。至治元年八月二十九日，桷書。

神駿飄飄得自閑，天池飛躍下塵寰。青絲絡首誰收得，留與春風十二閑。

薛濤牋二首

其　一

蜀王宫樹雪初消，銀管填青點點描。可是春山留不住，子規聲斷促歸朝。

其　二

十樣蠻牋起薛濤，黄筌禽鳥趙昌桃。浣花舊事何人記，萬劫春風燐火高。

理皇題馬麟野芳佳木圖上題丙午歲

重慶城頭翠木圍，陽羅堡畔野花稀。卅年竟换人間世，絃管西湖認落暉。丙午至乙亥，恰卅年。

題寒拾圖

三人攜手共嘲吟，古殿修廊自在尋。石壁忽開靈怪絶，可禁飛瀑海潮音。

舒貴和以黄菊相贈賞挹逾六十日短句奉還深碧齋

九秋風度玉精神，的的寒英不落塵。還向清齋調火候，明年散作萬枝春。

雲峰圖

融融洩洩互低昂，絶頂瓊冠白玉裳。聞道溪南三尺雨，道人推枕召髯羊。

楊〔五〕節婦傳

鳳簫吹徹碧雲天，眼見孤凰淚欲穿。回首春風三十載，槐花如玉柳如綿。

宫女賞花圖

一架薔薇錦障稠，滿庭蜂蝶替人愁。玉環已侍昭陽殿，側近傳杯得自由。

宫女度曲圖

望瀛法曲紫霞觴，更按伊州奉玉皇。翠竹涼深宫院密，新聲那得過宫牆。

靜中齋

玉宇寥寥星斗沈，千林籟寂印天心。羲皇猶是人間世，嶰谷參差不用尋。

張氏承祐堂

幼弄青梅共繞牀，白頭舉桉〔六〕話尊嫜。竹花已老桐花發，雛鳳參飛列畫堂。

題何尊師醉猫

縱横社穴恣穿窬，抵掌摩鬚不奈渠。賴有連錢能遣醉，晚風殘日卧庭除。

題初平起羊圖

舊跨髯羊入帝青，天瓢如注散清泠。明知制氣歸吾手，好與松間護茯苓。

題鮮于伯機拱北樓樂府

氣涌如山壓海潮，高樓明月更吹簫。從兹徑直虚皇筆，春蚓秋蛇擅市朝。

簡馬伯庸

象榻香濃翠幌春，美人倦繡態横陳。平明欲進朝天襪，小立蘭燈熨帖頻。

山水圖

高閣何人傲獨醒，蒼松流水倍分明。絶憐艇子摇山影，猶與行人管送迎。

書　懷

二紀驅馳鬢已斑，臨風數雁悟知還。山中舊種松千樹，從此歸休手自芟。

三月廿九日女孫生朝今七歲久客京師未嘗食其湯餅舊見林盧齋爲女孫作絶句事適相類瑾子云當次林韻且録林詩于後

福慧曾傳兩足尊，願將清貴屬高門。大家女誡夫人筆，付與袁家第一孫。

憶昨華光侍至尊，袖香清曉候金門。舊留書册今猶在，時放漁竿教女孫。

隱居放言二首

其　一

憐子憐孫玉雪顏，更憐諸壻守家山。若教總使紆青紫，老盡京師更不還。

其　二

古道寥寥世不聞，麥舟高誼薄青雲。邇來忽作苞苴看，買得南宫免校文。

以琴絃寄永嘉周子敬

五色鸞膠世莫傳，春雷迸石響流泉。永嘉七十四居士，玄鶴來時就榻眠。

堯民圖泰定甲子題

衢尊深酌舞蹁躚，鼓腹行歌樂自然。共道帝堯新紹運，九州重見上元年。

育王長老見惠茶瓜次韻奉答三首

其　一

玉几峰横寶塔前，彌天消息是真傳。蒲團禪板都忘卻，似笑當時手指天。

其　二

迸石春芽寶所藏，枯松手拾許深烹。能令星斗珠璣綻，要使江山錦繡張。

其　三

道人種玉光千頃，深陋長安畝一金。只恐冰霜難下齒，特將妙語助清音。

蜀江圖

三峽盤渦灩澦堆，層巒百丈鼓聲催。從今盡向金牛路，杜宇深啼唤不回。

巢溪堂

風攬危巢樹樹秋，更騎牛背濯清流。舉頭總是人間世，朝市山林且自由。

餘慶堂

閉門春熟酒醪香，深夜書聲度北堂。不羨崔盧官譜好，盛栽松竹俟成行。

題李士弘墨竹二首

其　一

漫山桃李豔紛紛，歲晚相看有此君。昨夜墨池新雨過，淡煙輕掃一窗雲。

其　二

碧海無塵玉作壺，琅玕清淺露流珠。相思忽憶侯都史，爲爾疏封墨大夫。

題管道士雷谷

古竇陰陰一綫泉，中有伏龍方晝眠。何人握固坐其下，霹靂送雲催上天。

盧溝符氏酒亭

茅屋疎煙報午雞，金沙清淺水亭低。羲和勸汝一杯酒，勿與行人東復西。

牧羊圖後有閻先生詩次韻感舊因成二絶

其一

嬰兒御氣草堤眠，能使雙羊合自然。莊叟不知蝴蝶夢，覺來重作養生篇。

其二

玉質堂堂地下眠，雲龍風虎各加鞭。松陰舊日趨庭客，整佩蘭皋駐集仙。

李唐牛

穲稏原空蟋蟀吟，秋來乞得自由身。平蕪又見粼粼緑，復與田翁共苦辛。

閔思齊調閩府二首

其一

榕葉陰陰荔子丹，碧巖深處漱潺湲。秋聲只在瑶琴上，曾聽龍吟杳靄間。

其　二

道山堂上文書靜，寺寺題詩滿碧蕉。昨夜海神隨雨過，緑牋爲作小詞招。

水仙圖

日暮佳人十二鬟，臨風解佩意閑閑。當年曾立通明殿，笑押蛾眉第一班。

百鷺圖

紫宸深處立清班，聽履雝雝得自閑。歸向江湖尋老伴，展圖猶在五雲間。

絶句五言

信州招真觀二十八詠

小隱巖

山鬼小兒足，木精游女神。據會學真隱，下視飛花塵。

馨香巖

深睡失明珠，猛走飛流涎。松花卷輕雨，滴滴百重泉。

學堂巖

露盤下金薤，雲笈流珠纓。泠泠寒巖下，猶有嬰兒聲。

鬼谷巖

縱横太古石，短長千歲藤。感彼巖居子，獨飲古澗冰。

昇仙臺

寥寥入太清，金門繚紫垣。或云有官府，微誦五千言。

釣　臺

垂綸落澄潭，小魚儵然來。大魚引之去，釣石何崔嵬。

一綫天

兹山可容天，舉世皆笑之。我不答此語，鼓腹支其頤。

五面石

分一只成五，五石各有一。誰能據其上，面面不相失。

寒月泉

曉汲寒泉清，明月各在缶。缶空不見月，引水復在手。

金沙嶺

金沙雖爲貴，履之傷我足。愧彼側布人，欲獲無量福。

長生池

飲水人已去，山中多白頭。青蘋空淺處，時見玉蟾游。

老人峰

高帽側嶅嶅，秀嶺深重重。積此太古雪，遂名老人峰。

三山石

三山不可度，絶壁峙書堂。流水日浩浩，太極彌茫茫。

磜　潭

沈沈無底谷，央央太古雲。赤日焦下土，老蛟眠不聞。

玉簾泉

截玉作明簾，不知簾外事。應有碧眼仙，隔簾見人至。

石人峰

飡玉未得法，變形成楚囚。九轉乞换骨，三沐期點頭。

仙足巖

山深猿狖驚，瞬息下神步。空飛本無蹤，長嘯上天去。

月　巖

顧菟樂嬉遨，入地不得騁。化爲白玉泉，彷徨返東井。

雷公巖

神鈞起空洞，陰火生羽翰。我耳若不聞，白雲在天冠。

道人巖

道人本無姓，對客那有言。龍口迸石髓，鳥跡開雲根。

丹　井

金鼎閟寒泉，真火彌不壞。年深定飛騰，子夜吐光怪。

洗藥池

靈根乘月吠，肉芝生土肥。濯以上源水，千歲永不飢。

鳳　山

孤飛千仞岡，兩翼化爲石。年年春風時，山花成五色。

風　洞

罡風轉空輪，浩劫不停息。此爲天地根，視之杳無跡。

逍遥巖

形留非自在，何者爲逍遥。青松在谷口，白雲在山腰。

長廊巖

飛吟起霞珮，馭氣躡天梯。碧雲布參差，纖修與巖齊。

龍口巖

弄月紅玻瓈，匿雲紫芙蓉。近已厭狡獪，納息玄虛中。

靈湫

靈龜道其前，游鯈殿其後。歲久深自韜，清夜巖下走。

朱窩楊柳青地近滄州余愛其名雅作古調五首

其一

朱窩楊柳青，明日是清明。地下不識醉，悲歡總人情。

其二

朱窩楊柳青，客亭塵漫漫。爲你多離别，我生無由完。

其三

朱窩楊柳青，黄河瀉如注。還俟飛絮時，相同入海去。

其　四

朱甯楊柳青，自愛青青好。亦如遠行客，相逢不知老。

其　五

朱甯楊柳青，桃杏鬬顔色。顔色雖不同，時節各自得。

墨蘭二絶

其　一

飛瓊散天葩，因依空巖側。守黑聊自韜，不與衆草碧。

其　二

仙人紫玉枝，化爲水蒼佩。獨立摇落中，秋風得相貸。

次韻宿清風軒澥浦正覺寺

天風淨雲衣，海眼卷石髮。醉起撲殘燈，獨看端正月。

石湫二水橋

寧爲千丈清，不作一尺渾。古語有涇渭，橋水何人分。

虚　一

欲問鴻荒事，何如鼃極時。三三與七七，在手不須知。

題應德茂游吳紀事二絶

其　一

澗東冰泉咽，松懸月露清。何人會真趣，細坐與君評。

其　二

聽鶴鴛湖曉，呼猿鷲嶺昏。十年南北恨，無語獨銷魂。

雲　鏡

團團白玉光，直入寒奩底。昭徹誰爲容，空飛本無趾。

霧香

含章楚澤東，晚思淒冥冥。剖之久不食，三嗅揚其靈。

竹西

前導扶桑日，廣招閶闔風。天心須正位，不必問西東。

校勘記

〔一〕『弄』，四庫本作『亂』。

〔二〕『靈』，四庫本作『雲』。

〔三〕『色』，四庫本作『綵』。

〔四〕『似』，四庫本作『是』。

〔五〕郁校：『楊』，原本作『揚』，鈔本作『楊』。案揚子雲之『揚』當從手，見其自敘，餘姓俱從木，目録正作『楊』，此誤，今改。按四庫本正亦作『楊』。

〔六〕郁校：『桉』，原本作『按』，鈔本作『案』。案『桉』與『案』通，若案几之『案』則從木作『桉』，考曾鞏《耳目志》：『孟光舉桉齊眉，俗直謂案几耳，吕少衛云桉乃古椀字，故舉與眉齊。』原本誤，今改。

清容居士集卷十四

絶句五言　六言　挽詩　雜詩附

雙雁圖

秋風限南北，何事往來頻。並宿寒蕪際，應憐自在身。

六月二十四日夜夢剡源師同游山寺主僧延入丈室出梅花畫卷賦詩旁有胡用章先生坐主僧下時剡源對席僕居其次案上緑竹一枝青翠可愛剡源賦詩桷即援筆

一白不受采，重玄今罷論。窗前有緑竹，密雪打黄昏。

漁樵問答圖

翠嶺邀黄鳥，蒼波玩白鷗。偶因平地坐，始識世間愁。

新安郡嶺南十詠

清江釣月

神魚竊金液，爲龍復爲光。平波無纖雲，有餌不肯嘗。

空谷耕雲

斜側龜背戲，高下魚麗圖。阿童踵其後，黄犢爲前驅。

蒼峰卓筆

仰手判虚空，昭回爛星斗。遂令山下泉，復作之玄走。

碧巘舒屏

古藤青步障，曲曲静相宜。春晚巖花發，生綃印折枝。

楓林巢鶴

絶頂秋聲急，盤旋作我家。不須金掌露，且服赤城霞。

雪澗浮龜

飛湍齧雪根，千載見五色。中有九九文，舉世人不識。

峻嶺扶車

前行已可戒，後行復何如。懷哉王陽生，静言表其閭。

圓岡揭斗

晞髮步上帝，空巖泣山妖。歷歷化爲石，喬松導前杓。

古寺垂虹

飛虹飲長澗，垂首不能收。僧從背上行，水流橋不流。

雙溪合璧

嗚玉抱山根，上有金蟾翁。指揮鐵如意，化爲雙白龍。

子昂蘭竹墨戲二絶

其一

玄霜落銀繭，飄飄湘江佩。服媚疑褻之，碧窗靜相對。

其二

迸地麟角精，摩空鳳毛聳。寒泓散晴煤，桃李爭色動。

題龍虎圖二首

其一

玉淵發靈籟，摩盪超九天。調鉛靜召之，帖首在我前。

其　二

寒松翳幽篁，得意當路隅。急以真一汞，坐令侍瓊琚。

墨竹四絶

其　一

謇謇凌雲志，霜餘節更存。春風宜管領，生意屬兒孫。

右老。

其　二

奮雷初出地，承露已凌煙。願從朝元駕，爲旄拂九天。

右嫩。

其　三

直道犯無隱，虚心明且清。側身思遠舉，巖壑養深情。

右風。

其　四

曉沐换新緑，萬采成空塵。守黑心不緇，同玄道彌真。右雨。

墨蘭蕙四絶

其　一

金明秋林清，月白楚天碧。美人眇愁予，服媚永今夕。

其　二

采芝不成仙，食薇難療飢。結兹以爲佩，臨風酹湘纍。

其　三

天香落銀楮，秋聲入玄筆。何如湘夫人，促軫鼓靈瑟。

其　四

組綬何承承，琲珠復纍纍。相視不以色，紛披暎簾帷。

題悟律師詩卷二首

其　一

萬樹叢雲裏，千巖急雪時。世塵俱不到，端坐誦君詩。

其　二

壞衲翻經帙，匡牀點律科。看山無限思，一一付吟哦。

子昂枯木竹石圖

亭亭木上坐，楚楚湘夫人。因依太古石，融液無邊春。

六言

厚齋先生以詩借玩辭次韻二首

其一

項子沈冥學古，芸芸萬變觀爻。閉閣清香宴坐，斯人端可神交。

其二

已悟長年坎離，更窮逆數先知。補亡已滿三篋，問事誰攜一瓻。

題湖曲小景穆陵御題詩句

流水無言寂寂，落花有意毵毵。往事空餘華屋，倚闌愁絶江南。

送鄧師禹歸龍虎山

小帽飛花一寸，輕舟流水三分。落日獨歸洞口，隔溪短笛猶聞。

獐猿圖

細草豐茸古洞，斜柯歷落寒雲。信道乾坤消息，端須類聚同群。

孤雲三絶

其　一

在水同源一色，出山萬緒千條。欲趁驂鸞整整，更同笙鶴飄飄。

其　二

規矩方圓在手，輕清重濁隨形。宋子不須苦賦，屈生爲我揚靈。

其　三

白雁似憐片影，碧潭深�無心。獨上紫霄峰半，參差吹徹飛吟。

題陳文翁畫扇

淡淡孤花欲笑，娟娟雙蝶疑愁。無奈寒螿得意，竟專落日啼秋。

題美人圖八首

西　施

辭家已意存越，入宫誰解圖吳。故苑秋風麋鹿，扁舟夜月江湖。

昭　君

鬢影愁添塞雪，花枝羞殺宫春。誰道佳人傾國，解從絶域和親。

馮　妃

目送亭亭秋水，腰迴款款春風。爲問下車搏虎，何如御坐當熊。

班　姬

望幸眸凝秋水，倚愁眉簇春山。已悟篋中紈扇，須看鏡裏朱顔。

洛　妃

可怪夢中説夢，底須愁裏添愁。落日春風王子，多情不解綢繆。

綠　珠

金谷煙迷清曉，玉簫春怯餘寒。可恨花鈿委地，當時莫倚危欄。

壽　陽

一片花飛宮裏，十分春滿眉端。底用流酥點綴，更煩圓玉搓團。

張麗華

結綺塵空樓暗，景陽春斷鐘遲。紅葉無言在手，同成井上臙脂。

次韻潛昭焚香四首

其　一

意絶豈能生慧，心清定解通神。一穗黄雲滿几，故將綺語撩人。

其　二

甲煎煙消吐艷，鷓斑湯暖凝脂。道人機心已盡，清坐唯餐兩梨。

其　三

紙帳温雲如醉，綺樓春夢成虚。知見何須盡絶，詩成要是禪餘。

其　四

宫様昔傳心字，羅紋指甲爭工。往事桃花流水，黄塵蔓草寒風。

潛昭九日贈龍團次韻二首

其　一

月碾舊裁玉胯，雲爐温浴銀芽。九日殷勤相贈，淡羅猶記金花。

其　二

閲世已成清玩，傳觀那識餘甘。寶篋政須千襲，瓷甌未許同參。

題伯庸所藏子昂竹石二首

其一

伯夷清宜典禮，子路勇誠冠軍。日落虎驚没羽，潭幽龍走凌雲。

其二

胸中丘壑玩世，眼底煙雲凛秋。岸幘欲澆磊魂，解衣深聽颼飀。

墨竹

蘆葉不禁秋色，柳枝那解春聲。醉閲小窗横幅，風回雨轉雲清。

子昂墨萱扇爲湖南楊〔一〕晉母作

墨蝶巧分釵股，玄蟬高綴冠梁。莫厭南州炎溽，爲添北户清涼。

雪谷曉行圖

過翼淒淒巖谷，曠懷納納乾坤。我欲相思命駕，人猶高卧扃門。

高彦敬遠山木石圖爲紀夢符學士作

身比寒崖枯木，心似浮雲太虛。落日前峰堪隱，丹青渺渺愁予。

復　成

黄髪蒼顔並轡，白雲青山比肩。誰道風流已矣，只今圖畫依然。

春雲出岫

駘蕩巫山態度，悠揚洛浦精神。春去似歸閨裹，月出端疑水濱。

謝氏梅坡

謝家雁行兄弟，一枝偏出南州。低昂肯受殘雪，瀟洒猶堪盛秋。

劉生還廣信省親就試

萬馬隨雲北上，孤鴻趁暑南飛。欲踏三山海浪，願隨寸草春暉。

頤　齋

多言不直杯水，異味能生五兵。何似深深閉息，丹臺出日初清。

禮闈倡酬乙卯

次韻禮部李公二首

其　一

明詔傳巖谷，相攜[二]入帝京。心同蛛網織，意擬鵲巢營。選德珪璋器，掄材杞梓楹。龍門能化鯉，端不負平生。

其　二

黼坐思文涣號行，鵠袍林立萃天京。釣絲已具六鼇手，彩筆誰專五鳳名。寶鑑懸空深照影，神鋒躍冶莫容情。百年禮樂重開運，此道何須問兩生。

次韻監試李仲囦御史四首

其　一

高墉護修庭，列仗嚴棘闈。昭代闡文治，多士舒且遲。謬言職緘縢，晝日深下帷。昂昂子大夫，咫尺瞻天威。願罄悃款忠，少奉白玉墀。直言諒無隱，寧懼菲與萋。

其　二

中朝尊壽俊，入徵垂安車。念彼巖谷生，惠然命來趨。鵬飛企天池，鳳息思高梧。煌煌六籍功，不與稊稗俱。明皇燭遐邇，追琢璠與璵。雅詠廣棫樸，仁風暢騶虞。

其　三

高堂集群英，摇佩蒼玉寒。朗鑑明月高，雅量滄海寬。上承丹扆心，舉逸修廢官。繻童入關内，芝叟辭商顔。陋彼馬上翁，慨慷空溺冠。

其　四

皎皎鵠袍子，旅進翔廣庭。明時昭曠典，如醉眸初醒。稽古迺正學，敢言效桓榮。昌歜詎正味，咸池在希聲。古云儒匪迂，雍容佐文明。餘思續皇雅，黼黻歌昇平。

次韻郭巖卿

清穆黼坐更化絃，儒館集議招列仙，玉堂射策興群賢。鶻袍賈勇思登先，輪囷奏牘誰三千。利若武庫森矛鋋，巍如繩直清廟壖。常山之蛇首尾連，胸臆結約言不愆。峨峨相國水鏡懸，手捧詔墨金花鮮。大爲梁柱小杙椽，令嚴虎士齊烽煙。游絲日靜風翼翾，群曹坐井難觀天。大鈞橐籥品物甄，代天有命司其權。錙銖美醜精評詮，方皋相馬遺黄玄。嫫母敢作千金妍，工輸守度成方圓。萬目一口非幸然，斟酌損益牛無全。慶雲五色罘罳邊，彤庭珠貫臚聲聯。明堂正席開九筵，扶杖觀化嗟華顛。煌煌龍牓天門前，金吾控騎青絲鞭。夾道動色爭駢肩，詩書往昔成遺捐。聲教丕合今無偏，瓦金之注同一埏。慎勿遑説窮雕鐫，皇元文運齊天年。

秋闈倡和丁巳

次韻席士文御史

至道白璧重，小言浮雲輕。詞場次後先，理致貴坦明。捧心匪正色，偏師迺奇兵。駢駢白袍子，昂首爭疾行。味道絶嫵媚，清心養和平。謇諤御史公，懼我遭譏評。當道謝駑駘，朝陽歌鳳鳴。

次韻士文感興

宣尼倦遊躅，冥思立天紀。洗心悟盈虚，應物合參倚。群雄爭霸盟，騁意立私史。崎嶇東周君，削弱絶統體。約言正墜典，執筆乃託始。後王迭雄長，正閏亂朱紫。説吻江海深，短長爭四起。大羹實鉶鼎，玄冕表朱裏。返真非無人，末派失玄理。金碧騰虚空，謂是可不死。或言影響功，駭愕壓餘子。齊居玩芸芸，作事首存悔。洗心探羲爻，變動實由己。神珠守深淵，光怪孰可比。矯矯林中鶴，絜白不受恥。紛紛堂下蟻，聚羶亦無幾。流光企羲娥，慎獨守素履。之人金石心，年運任坎止。中年勇聞道，晚歲復未已。驅車望前川，操轂敢濡軌。

八月二十有二日范京尹同會秋闈天使傳詔命温問試策貢士賜以法酒臣桷等望闕再拜以敘飲謄録官翰林應奉臣翼述其歌詩謹用次韻

五雲閶闔祥鸞流，紫皇御極圖神洲。巍煌京師首文化，計吏四出巖阿求。城南儒宫極蕭爽，古木落月凝清秋。麻衣東西白鵠峙，烏帽高下寒鴉稠。朱顔廣顙粲胄子，佩服觿礪懸吳鉤。兵奇欲奪趙氏壁，氣盛直卧元龍樓。范侯機深妙彈壓，雞翹蚤歲承宸旒。傳宣温訓慎去取，瓦釜勿以黄金酬。宫壺午傳瑞露重，翠質縝栗緘封周。微臣望拜感莫語，願上史館書徽猷。百年墜典起盛世，慶雲五色開公侯。興文云初道任重，滄海浩渺難方舟。眉山之蘇詎常士，過眼獨賞須梅歐。夜闌心掉不得語，瑟縮凍吻歌丕休。

次韻王正臣書史試院書事二首

其一

貢士搜天巧，經營縹緲間。露蟲吟嘖嘖，雨葉戰潸潸。董賈傳醇正，揚劉陋險艱。銓衡同水鏡，辱贈不知還。

其二

古殿蒼雲裏，疎星出樹間。案燈光閃閃，簷溜滴潸潸。便覺登瀛易，誰言與選難。白頭心更苦，滄海探珠還。

次韻宋質夫應奉秋闈書事二首

其一

廣寒清徹桂花黄，影落空庭夜露涼。七札巧穿誰矢直，六鼇連舉我竿長。神清難入華胥國，賦古須看古戰場。一朵紅雲傳湛露，夜深齒頰凝天香。

其　二

草廬星列藉寒莎，欲擬隆中事若何。倚筆看天塵境絶，衮辭翻海怒濤多。持衡要使心常赤，題牓誰言髮盡皤，盛世崇文遍寰宇，遺賢寧肯老巖阿。

次韻席士文御史六首

其　一

煌煌文運起賓興，樸學無知謝未能。北斗夜横東壁正，露簷危坐獨凌兢。

其　二

槐木森森雲影開，諸生曳履起輕埃。明河可是人間物，端用乘槎八月來。

其　三

文鋒鏖戰白差差，沈著無聲午漏時。掣海碧鯨翻古製，翔雲彩鳳吐芳辭。

其　四

倚筆看天思獨難，懸庭秦鏡敢藏姦。東方射策三千牘，始〔三〕信明時取士寬。

其　五

多病支離百不堪，挑燈眼眩罷清談。廣寒果有娑羅樹，須踏天梯上蔚藍。

其　六

烏府先生玉雪〔四〕清，論文沖淡去浮輕。要令我輩平如砥，不使輿言負聖明。

秋闈倡和丙寅江浙

至治三年八月十五日乘馹騎抵榆林于時善之祭酒仲囦學士伯生伯庸二待制同在驛舍觸感增悵今忽同校文于江浙因述舊懷

萬馬穿塵入渺茫，遺臣一日九迴腸。碧雲碎碎琉璃影，白月離離菡萏光。雁足無書來海島，龍髯有恨達衡湘。誰知此日同文館，把手無辭醉十觴。

三十年前與倪仲深泛湖作中秋今幸同與校文中庭月色如晝短句敘舊

昔年同泛凌風舸，白眼論交屈指難。楓葉參差山影矗，藕花凌亂水聲乾。我方烏帽穿黄霧，君正羊裘漱碧瀾。歸隱始知人世换，無端此地更憑闌。

中秋柬周儀之推官伯明都事兄

氣與西山爽氣高，酒酣燈冷各稱豪。不隨北雪追燕騎，徑上南雲踏海鼇。桂醑的知侔沆瀣，蔗漿端可敵蒲萄。衰年投紱甦真隱，更爲君王選俊髦。

汪叔濟推官鄭復初判官周本道判官同校文江浙因思歐陽兖公王岐公事政相類不可無一言以成故事短章述懷

長冠黑髮雁行齊，譾對彤庭陋木雞。直以中聲生玉琯，更將五采藉玄圭。文章贍覈期穿札〔五〕，經術精深鄙印泥。我輩直須雙目炯，肯令餘子誚昏迷。

次韻段省掾

妙筆翻空歷杳茫，更馳紫電騁沙場。珠璣已綴三千牘，斧藻能成十二章。易水臺高招國俊，廣寒路近褭天香。相君盛德憐駑劣，給燭分茶與激揚。

再次韻

白頭歸隱髪荒荒，那識當年古戰場。文雉朝陽金吐綬，潛虯迸霧火爲章。才超董賈文如織，語壓淵雲墨有香。會見彤庭冠多士，始知我輩陋宣揚。

挽　詩

謝尚書二首

其　一

學易書臺地，資州有李鼎祚讀書臺榭，公治《易》。詞林起壯猷。家空辭蜀道，禄薄度南州。曾知封州，復爲廣東倉。愛石雲生坐，看書月過樓。淒涼甬水曲，風竹自蕭颼。

其　二

晚歲功名異，蒲輪禮數温。嘉謀傳竹帛，肥遯寄丘園。散號南儒貴，自號爲敕賜南儒。峨冠北客尊。冥冥乘鶴去，空想典刑存。

史觀文二首

其一

奕世調元貴，南東第一家。紫綸傳密札，緑髮擁高牙。往事霜前木，餘齡霧裏花。陽明真洞啓，跨鶴整飛霞。

其二

故國衣冠聚，凋零獨此賢。勞生樂蟬蜕，遺魄寄牛眠。丹旐前官貴，青箱舊物全。哀榮今莫比，笳鼓鬧晴川。

李宣慰二首思衍

其一

宏才卓犖聳群雌，悵望心期晚歲違。江海夜長談舌壯，關山春斷客魂飛。批風給月文空在，逐電追雲事竟非。神理緜緜那得盡，冢頭新柏翠成圍。

其　二

白首功名汗漫休，一官綴翮玩清秋。終憐薏苡難消瘴，肯用蒲萄强博州。萬事浮雲今已定，百年公論與誰謀。羊生未洒西門淚，落日寒江水亂流。

史猷父二首

其　一

少小昂昂意，長冠脱綺襦。交游金谷聚，談笑玉山扶。舊雨三槐宅，西風五柳湖。空令後生輩，彈鋏陋爲儒。

其　二

妙語千年簡，英姿百世期。忍聞淮水絶，不見雍門悲。往事雲歸壑，空言水覆巵。相從今已矣，寒淚滴冰澌。

王尚書四首

其　一

秋水雙蓮孕，英英吐異芬。詞章納雲夢，禮樂訂河汾。丹詔三軍泣，清名四海聞。西峰傾落日，乘鶴叩蒼雲。

其　二

晚歲艱難意，衡門老病身。蜀山迷望帝，楚澤痛靈均。皮弁終辭徵〔六〕，深衣晚任真。蓋棺今已定，千載有遺民。

其　三

燕説經生濫，齊諧學究輕。微言空有意，獨拍已無聲。墨澤雞林貴，青氈虎觀榮。新銘前進士，幽抱付誰明。

其四

再世登龍舊，淵源許管窺。西山遺正緒，東澗結冥知。腹笥名空在，眉梨壽竟違。重歌妾薄命，寒淚滴塵瓻。

楊夫人

丹桂香殘紫菊蔫，轉頭何自失芳年。錦裙舊繡空爲記，玉軫新聲已莫傳。散騎文成殘月淚，彩鸞〔七〕書罷白雲仙。人間總有相思恨，不用松風激澗泉。

潘少白

星曆張平子，丹砂葛稚川。書田終晚歲，酒國送長年。世味雲行水，心期月印天。諸郎聞競爽，蒼碣定重鐫。

史湖州夫人

清白吳興守，稜稜老吏師。風霜塚上木，玉雪閫中儀。種德桑千本，傳家桂一枝。春暉有餘報，遺範合蒼碑。

文集賢三首

其　一

家聲垂宇宙，更作列仙儒。袁粲那無傳，嵇康已不孤。金雞官驛暝，白鷺古洲蕪。不盡修文意，端從地下圖。

其　二

死者不可作，家兒常自嫌。奉輿薊門角，叱馭越山尖。猿落三更淚，霜飛六月炎。人方愛嵇紹，我亦愧陶潛。

其　三

前朝三百載，慷慨盡斯人。天地有消息，江湖多賤貧。許人憐老母，叱馭作忠臣。邂逅成丘首，猿啼似有神。

黄夫人

錦堂鶴髮玉稜層，猶是承平舊典刑。鸞誥日邊傳御札，狨鞍花外候仙輧。室如明鏡心如水，庭有斑衣案有經。回首人間真蝶夢，澗松摇佩起泠泠。

悼章斯遠二首

其一

學道求仙二十年，飲冰齧雪竟蒼然。錦機斷幅朝元賜，銀燭殘膏醮斗傳。役鬼有靈符絶筆，爊金無術鼎飛鉛。昨宵同我階前飲，今日憐君地下眠。

其二

烏府先生聲似鐘，希年羆夢喜溶溶。擬看廣顙傳青簡，誰信方瞳學赤松。秋月白於銀鑿落，夕陽紅似錦芙蓉。燕山甬水五千里，從此空飛滅去蹤。

悼張道士

海上神山十二鬟，思君疑在有無間。桃花褪水青春急，柳絮團風白日閑。芸室燈昏螢閃閃，藥壇雨冷竹斑斑。它生欲了重玄事，煩乞神膏駐好顏。

吴君載金谿人

妙年玉雪佩幽蘭，麈尾英賢接往還。萬里出門車折軸，九天無路虎當關。青燈黄卷家仍在，古木清溪福竟慳。賴有韓公三世舊，已將椽筆誌瑶環。

夏昭文

晚歲心清眼界平，看雲投幘養修名。徒令〔八〕化鶴悲滄海，不見迴鸞下玉京。觀物無心玄草滿，愛吟有句墨花輕。蒼山日落簫聲急，似有仙家白鹿迎。

熊處士

三間千古恨，五柳一生賢。石護栽花徑，泉分種秫田。松高青耿耿，竹淨緑娟娟。欲識淒涼意，埋銘手自填。

危功遠道士

紅日翳黄埃，騎鯨徹九垓。詩瓢風歷歷，丹鼎雪皚皚。紫府調仙掌，朱宫育聖胎。相期千古意，獨立重徘徊。

劉古昂教授

矯矯南鵬翼，昂昂野鶴姿。翦燈千古事，彈鋏半生詩。棋罷黄粱熟，歌殘玉樹萎。潺雲催雨急，相送不勝悲。

成都何德之處士蒲應奉其弟子也，晚居興元。

江漢清秋老，岷峨故國身。潛川珠玓瓅，韞匱玉孚尹。逸興蟬離垢，癯容鶴寫神。發硎經席正，炙轂辯鋒新。素業詩千篋，幽居黍一囷。非辭魯生徵，自樂管寧淳。水近蘋交佩，巖低溜墊巾。詩清猿母泣，詞整燕雛親。夢往蕉疑鹿，書成筆感麟。山觀天外象，梅閱静中春。燐黑魂猶慘，槐黄事可詢。極知情惘惘，徒憶走逡逡。故里傳遺稿，空堂象素真。故人調鼎鼐，弟子演絲綸。靖節名堪繼，文中躅可循。悠然端有意，念此竟誰陳。

吴饒公

種德槐三樹，傳清桂一枝。晚年香款款，天爵歲熙熙。大賚開茅社，殊恩辨土宜。執謙容受谷，詠道樂沿沂。玉帶朝元服，朱顔浴日姿。菊泉便上壽，橘井養清資。引竹藤侵屨，看花柳拂巵。跨鞍人共仰，扶杖客爭疑。霜暖柑分釀，年豐黍作糜。黄封浮瑞露，白醉擁晴曦。京國輸甘旨，鄉閭表羽儀。齊年堂上扁，通德里間楣。可謂疇離祉，胡然不慭遺。烏傷情有感，蟬蜕樂無涯。孝養傾千古，褒榮盛一時。誰成太史傳，會俟侍臣碑。

王秋山

翩翩玉雪養修名，絶頂穿松午日青。别墅忽迴迎客犬，空林猶隱讀書螢。苔荒琴薦春無迹，風攪詩瓢樹有靈。萬疊蒼雲埋玉去，好將銀管寫沈冥。

廬陵李主簿應珍

青衫〔九〕暗淡畫圖中，雁塔塵深進士空。可恨餘勳收汗馬，極知往事費雕蟲。暮年榮辱非吾意，此道升沈屬至公。松竹蕭蕭自今古，清秋裁些〔一〇〕託冥鴻。

趙令人永陽郡王與茉女

靈漢雲昏彩鳳沈，參差聲絶露沾巾。高堂玉樹竟芳殞，寶篋金花空素陳。鮫室不知珠滴淚，仙壇曾見海揚塵。百年精爽真冥會，一掬清溪是劍津。

吴夫人上饒徐覺民主簿母

玉樹彫殘浩劫遷，稜稜鶴髮獨清全。種桑不作十年計，指廩能生萬竈煙。白璧養成玄圃失，華堂歌罷板輿懸。坡陁積翠松千本，準擬飛雲歸墓田。

黄如山

兵後還家意苦辛，白雲零落淚沾巾。松花麨蜜廚常淨，貝葉書經筆有神。蝸角可憐蠻氏國，鵑聲猶記蜀王身。白頭編簡成春夢，的的餘勳付後人。

劉伯宣中丞死三十年延祐丁巳歲始得謚忠憲朝中各爲挽詩

烏臺雲黯柏蕭蕭，秋雨聲悲廿四橋。置獄可能生長倩，入門端不祭皋繇。墓前飛鳥傳新象，身後騎鯨下大招。聖代昭明青史著，願將直筆紀姦妖。

東平段衛率

壯歲投鞭夜渡江，前茅親受百城降。後軍長物惟書篋，别墅閑情獨酒缸。燕憶香銷塵滿榻，鶴驚琴冷月當窗。傳家舊有籯金諺，手種階前璧一雙。

何德之處士

雪色鬌眉兩臉春，市中能作笑雲人。簪花欲舞烏啼急，放鶴初迴蝶夢真。茶竈煙收門掩晝，詩瓢風動筆生塵。婷婷小女思翁醉，欲翦巾紗淚滿脣。家賣烏紗，染入得宜，士夫咸取之。

播州宣撫楊資德

掌武傳無敵，崇儀續上多。精思書竹帛，英譽蓋山河。絶北驚遠海，投南鎮太和。襲封緺滿篋，錫誥錦成窠。皎皎明玕樹，亭亭碧玉柯。之無文綵認，宫羽短繻哦。魏帝奇何並，唐皇〔一一〕悦李過。幼成端有種，帝鑒的無頗。玉帳龍韜秘，青箱鳳篆摩。教民風偃草，撫俗水旋渦。斥境嚴銅柱，征戎指錟戈。雅遊春結佩，小隊曉鳴珂。士飽歌于蔿，軍懽釂叵羅。追亡窮古澗，濟勝極幽蘿。寸地歸王化，群蠻守詔科。細氈侔密纊，善馬敵名驝。客有依劉感〔一二〕，人傳嗣産歌。氣融汶領〔一三〕雪，量納蜀江波。葛相功猶在，韋王事若何。雲仍賢莫比，君長禮無苛。閉户時披褐，看山暫脱靴。填詞鶯囀〔一四〕切，促軫雁聲搓。芝嶺圖空想，桃源境類訛。盛年真國器，妙質竟山阿。世德蟬聯備，家聲蹟子峨。播川彌震耀，峴石詎沈磨。

真定史萬户三絶高陽之徒也，至死，忽題詩而逝。

其一

一身蠶作繭，兩曜蟻旋磨。投筆人境忘，長嘯泉下卧。

其二

月流白羽觴，風送朱絲絃。欲識無生樂，熟睡三千年。

其三

玉雪陽春五十年，詩成書罷珮翩蹮。擬將北斗爲罌缶，不向人間酌酒泉。

臨江熊君

浮湛元不礙，清影透溪扉。木落行雲泣，山空病鶴飛。詩書誰素業，江海獨天機。此意何人會，哀笳慘暮暉。

至治丞相挽詩次韻李仲囦學士

重玄開葆命，上聖席蘿圖。盛德涵諸夏，深仁浹八區。降靈申作翰，稽古禹陳謨。初日行黄道，群星拱紫樞。神羊庭辨直，貪獸鼎垂模。纁帛招賢俊，鋼金辟佞諛。撫牀論密勿，借筯契都俞。明月青銅鑑，中秋白玉壺。律成懸象魏，禮缺補鴻都。士進三千牘，姦誅十二衢。彌縫前後正，損益古今殊。相業傳喬梓，英標瑞竹梧。癡蟇元有兔，猛虎果非貙。内坐占華蓋，中階仰泰符。令嚴顓白帝，漏下候黄姑。萬騎玄雲蔽，群狐黑夜呼。銜枚兇有約，解帶僕云痡。象燬端因齒，龍眠竟失珠。聞驚燧人氏，事異夏區夫。闟戟交馳驛，重弓競接途。殺青誰執簡，泣血漫成湖。史紀羹梟賜，經傳〔一五〕齒馬誅。陰氛動天地，遺痛感樵蘇。故壘煙攢棘，荒原燐積蕪。邦刑窮剿絶，陽澤起萎枯。趙氏兒猶在，山公汝〔一六〕不孤。勳名昭令甲，精爽與天徒。帝所隨陞降，神仙辨有無。

雜　詩

破衣僧

橦花楮絲枲，纂新迺成弊。鐵裓及肉身，剛柔亦摧毁。真空埽真壞，大願開大智。渴欲飲清泉，飢欲思美味。隨彼所願心，以解嗔惱累。王侯與長者，糞土金玉貴。何以慰彼思，長壽只〔一七〕歡喜。壽本同我衣，仰箭勢還墜。堅忍及〔一八〕精進，設衣以自譬。懼彼不信我，投焰五采異。老僧機已寂，贊歎非本意。意絶道始彰，從此斷三世。

熾盛光佛偈

寶光生虚空，旋如火車輪。肉眼一見之，欣怖難思議。謂光由身生，我身與汝同。口眼鼻舌心，光亦何從〔一九〕出。無生亦無滅，是繇定慧成。衆生受五濁，七曜日鑑臨。四餘在虚空，摩盪不暫停。列宿直四方，好樂各有職。或增彼貪嗔，或增彼淫慾。居處各侈靡，恣飽窮膏脂。天神與魔鬼，行住陰伺察。爰假躔次環，俾汝作疾忒。佛言彼有罪，須當盡懺悔。若更攘割之，安得名慈悲。矧此缺陷世，植果會有因。皋既從是消，福亦從是增。般若無損益，萬念墮〔二〇〕積劫。還彼清淨根，衆生永安樂。

緑陰堂山偈十首奉寄開元斷江長老

其一

緑陰堂前碧樹齊，千枝萬枝雲萋萋。生臺不令鸝鴣舞，禪板時許倉庚啼。

其　二

緑陰堂前春筍生，大著錦棚小織成。老禪一一點頭角，要使參天來鳳鳴。

其　三

緑陰堂前初夏涼，芭蕉爲扇椒爲漿。日汲井華三百斛，側聽漁父歌滄浪。

其　四

緑陰堂前古佛身，劫火不壞金色新。笑殺丹霞斷知見，暖得病軀生障塵。

其　五

緑陰堂前萬境空，掩息不語超鴻濛。有人立雪問大意，山神泣走號寒松。

其　六

緑陰堂前自在時，不拈公案不題詩。僧來住夏與竹杖，客去逢春贈柳枝。

其七

綠陰堂前秋葉彫，湖翻白浪魚龍驕。我有鐵鉢水一勺，彈指送爾歸扶摇。

其八

綠陰堂前夏木清，千紅掃盡雲層層。有僧忽問柏樹子，斫卻柏枝僧始膺。

其九

綠陰堂前結小參，以手直指車司南。現前虚空付大梵，過去功德歸瞿曇。

其十

綠陰堂前合自然，不學吟詩不學禪。應許清容老居士，睡盡高舂猶愛眠。

還源庵

沃焦山下水歸東，端與銀河一點通。誰信道人能掩息，手提渾沌擲虚空。

校勘記

〔一〕郁校：『楊』，原本作『揚』，鈔本作『楊』，今改，説見前。按四庫本正作『楊』。

〔二〕『相攜』，原本『攜』下空一字，據四庫本補改。

〔三〕郁校：『始』，原本誤『姑』，鈔本作『始』，今改。按四庫本正作『始』。

〔四〕『雪』，四庫本作『屑』。

〔五〕『𩾐』，四庫本作『足』。

〔六〕郁校：『徵』，鈔本作『召』。案《廣韻》十六蒸：『徵，召也，明也，成也，證也。』六止：『徵，五音配夏。』則徵召字無上聲，此疑誤。然後《挽成都何德之處士》詩『非辭魯生徵』，亦作仄聲，則非傳寫譌也，仍之。

〔七〕『鸞』，四庫本作『箋』。

〔八〕『令』，四庫本作『憐』。

〔九〕『衫』，四庫本作『山』。

〔一〇〕『些』，四庫本作『此』。

〔一一〕『皇』，四庫本作『家』。

〔一二〕『感』，四庫本作『憾』。

〔一三〕『領』，四庫本作『嶺』。

〔一四〕『囀』，原作『轉』，據四庫本改。

〔一五〕『傳』，四庫本作『簿』。

〔一六〕『汝』，四庫本作『女』。

〔一七〕『只』，四庫本作『則』。

〔一八〕『及』，四庫本作『莫』。

〔一九〕『從』，四庫本作『曾』。

〔二〇〕『墮』，四庫本作『隨』。

清容居士集卷十五

開平第一集甲寅

延祐改元五月三日，分院。十五日，始達開平。得詩數篇，録示兒曹。

居庸關

太行領群山，萬馬高下拜。平巒轉城隍，隱隱南北界。危坡互交牙，寒溜瀉泙湃。陰風玄虬涌，巨石忽崩壞。周遭青松根，下有古木砦。石皮散青銅，云是舊戰鎧。天險不足憑，歷劫有成敗。驅車上林杪，出日浴光怪。肅肅空巖秋，天風迅行邁。

雨中度南口

山寒絶禽鳥，獨聞子規啼。石壁飛雨驟，衆木摇淒淒。瘦馬蹴亂石，高下齧其蹄。陟巘沮洳深，漸覺所歷低。暝色起亭午，土屋流寒泥。須臾過雷聲，倏忽生晴霓。水清亦可渡，戒僕踰前溪。

重午日宿南口小店

寒雨鳴石峽，蕭蕭五月秋。道逢采藥人，不識葵與榴。氣清諧令節，暑溽想南州。涼颸木末來，動色思重裘。猶持一巵酒，慰彼湘纍愁。

桑乾嶺

漠漠清都近，天梯爾許長。青簾矗山影，烏帽拂雲光。行客穿珠曲，居人綴蜜房。端窮萬里目，那惜〔二〕九迴腸。

渡懷來沙磧

沙清圓石瘦，千里聞風聲。驅此轂觫車，索索莎雞鳴。遠山列翠席，近坡環碧城。高下各有險，轍迹那由平。驚兔導我前，歷録爲之驚。天低雲摇蕩，土曠塵縱横。謬膺翰墨選，遠行有期程。迴頭望南坂，初月隨風生。

草　地

帶水殘沙似暗潮，平坡軟草緑迢迢。不須迴首更南望，下馬同兒摘地椒。

龍門

瀚海雙龍鐵鱗甲，捲壑拏雲躋冀闕。千泉百道湊東南，急雨翻空迸晴雪。古言神禹功最多，導山鑿石疏九河。幽都之地不復顧，迺使雙龍下地成盤渦。陰風何颼颼，磅礴太古秋。崩岸落車磩，怪木森戈矛。碎沙晴日鋪金麩，云是昔日當關挽勁之僕姑。寒泉組練結九曲，亭午赫日光模糊。車聲何轔轔，昨宵急水迷無津。垂堂之言猶在耳，游子商人行不已。子規徹天呼我歸，翠華北幸那得辭。龍門之石高不磨，泚筆書我龍門歌。

彈琴峽在居庸

寒泉飛玉峽，誰彈使成聲。下有戰士骨，嗚咽水中鳴。絲石本異調，摩戛生虧成。鑿跡匪神禹，佳兵構秦嬴。駐馬爲聽之，逝者何不平。虛牝納新雨，急促濁復清。重華初省方，百神靜相迎。爲作薰風弦，散彼巖下情。

雲州

天闊雲中郡，剛風起泬寥。氈房聯澗曲，土屋覆山椒。橦布朝朝市，通薪户户燒。遥看塵起處，深羨霍嫖姚。

次韻虞伯生題祝丹陽道士摹九歌圖

玉睟精佇朝玉皇，五采萬物迎初陽。神鈞空洞光茫茫，瑶席合奏樂未央。沈幾經綸白爲章，寸膚帝青下塡阬。朝挾朱鳥招八方，旋轉風輪〔二〕盪金剛。君山之峰隃可望，玉女鼓瑟哀不傷。世職玄籍元運昌，靈壽給扶顔色蒼。賜齡金篋難度量，仲氏之道誰爲長。深根抱一眞有常，下憫濁世生復亡。浴精昧谷暾扶桑，寥陽昭德森九芒，亘劫永寶天地光。安流舒舒復湯湯，儼思白璧謝汝將。歷險有戒毋垂堂，乘貍從豹何陸梁。菰蒲粔籹弦管張，積變不化遊益荒。屈子調苦心忠良，歌罷雲遏投靈湘。簫巫鼓胥紛莫詳，嚴嚴祝册遺鉛黄。握管用九神歸藏，出入森衛視錦囊。

伏日書懷二首

其一

伏日急雨來，端坐披重裘。中天異寒暑，兹維帝王州。碧草記初夏，堅冰在餘溝。野曠無留禽，積潦不復收。飛雲屢晴陰，蒼莽天宇秋。營營壁間蠅，就暖旬日謀。玄冥自成歲，高下各有求。悵彼南飛雁，素心愧難酬。

其二

晨起萬竈煙，墨雲何輪囷。念昔種松者，用志良苦辛。寒沙草漫漫，萬騎來無津。樹之似雲柵，積雪迷秋春。大車棟復楹，小車櫃與薪。空餘千歲脂，成此官路塵。我衣素修潔，暫汙不敢嗔。俛焉拾餘煤，作書記其因。

題李士弘學士畫明復齋風竹

虛聲出素壁，泠泠天地秋。矧此三伏涼，居然索重裘。盪摩神光旋，戛擊玄露浮。浩蕩白玉京，頃刻瀟湘洲。昂昂員嶠仙，筆底寒颼颼。高齋襲道氣，深根濬無求。

慈雲堂周南翁祖母

萬竹凰岡下，虛堂聳翠微。隔林聽返哺，前嶺望孤飛。山立斑斕服，牛眠錦繡圍。諸孫有遺範，致樂報春暉。南翁近築致樂堂奉母。

送濯伯玉之官雲南

蕩蕩哀牢國，耕桑換不毛。皮[三]船乘驛穩，銅鼓報衙高。事簡歸王化，民淳汰吏曹。端知清淨理，山水縱遊遨。

次韻玉堂畫壁二首

其　一

至人悟窮達，斂迹寓壟畝。良苗貴深扶，撅土戒蒿莠。靄靄新陽浮，高下接紫宙。跨犢東南行，問事一俛首。新雨瀉溝塍，交流媚川后。輟耕非素心，帝命資左右。相彼前山雲，倏速復還岫。卷舒檠槃澗，署壁寫其舊。清秋暎空谷，風雨百神守。夙昔經濟姿，志不在杯酒。要使風俗淳，斯民樂仁壽。秋谷耕雲

其　二

明月入水底，摩盪空江雪。昂昂垂綸翁，在雪不在月。悟彼玄化理，不寐坐明發。我舟非無槳，我車詎無軏。迂儒守繩樞，世胄貫華閥。願以千尺竿，裁爲濟川筏。寒江釣雪

再次韻二首

其　一

粵商有阿衡，肥遯樂畎畝。深畊力其勤，嘉穀寧有莠。時來起丘園，勳業冠宇宙。持此金

谷秋思深，圖之奉千壽。

夙昔舊。譬彼執御人，先道謹爲右。精忠百壬避，正色九闢守。我昔夢見之，再拜酹巵酒。容

石心，黽勉佐元首。維敬在一德，維訓守先后。高風邈難追，白雲在前岫。堂堂匡濟功，匪以

其二

維昔師尚父，垂老鬚眉雪。突兀江海姿，韜精忘歲月。坐石投其竿，秘籥時一發。載車與之歸，在德不在軏。念昔經濟人，事定始功閥。寒江眇風濤，乘桴可知筏。

上都客舍士弘爲作風竹

門巷泥深笑獨清，此君瀟灑未忘情。無端昨夜風花急，卻送秋聲作雨聲。

金主畫孟浩然騎驢圖三首

其一

生前明主已遭嗔，身後君王爲寫真。家國總緣詩句廢，灞陵猶勝蔡州塵。

其　二

木葉山前雪似銀，軟裘難作自由身。想應歲晚朝陵後，故寫騎驢處士真。

其　三

北闕明言不上書，蹇驢何自入西都。開元天子元無分，留與他生作畫圖。

李陵臺二絶

其　一

矢盡拳空計未疎，囊封朝奏似憐渠。漢家天子春秋責，從此降臣直筆書。

其　二

雪衮寒沙風衮灰，眼穿猶上望鄉臺。隴西可是無迴雁，不寄平安一字來。

上都楊節婦

吹徹玉參差，孤鸞天外飛。匣藏身後劍，篋寶嫁時衣。壽樂厖眉聳，心清鶴骨肥。諸郎新玉立，孝謹報春暉。

開平第二集己未

登候臺

蜿蜒西龍岡，緑草摇晴波。旁有雙玉井，石角增嵯峨。明良佐神運，目力窮坡陁。層垣睥睨雄，寶構通羲娥。昂昂鐵竿聳，飛鳥光盪摩。土屋粘蜜房，文氈圍錦窠。緬思皇猷遠，默止松林戈。匪以清暑游，跋履勞鳴珂。陰森晚色晦，寒沙聚群駝。悲笳月初上，戴斗瞻天河。

次韻伯宗同行至上都

游塵捲飛蓬，積水翻驚波。群山擁雙闕，勇勢凌岷峨。藉草各小憩，側身復登陀。纖峰修眉聳，佇立愁湘娥。仰視北斗光，熚熚疑肩摩。田父指我言，昔日搜鵰窠。吾皇罷畢弋，射生久投戈。二客何舒遲，直可鳴朝珂。銀罌傳緑蟻，翠釜登紫駞。出處愧我異，愛君筆懸河。

再次韻答李彦方應奉

良會難具陳，歲月流頽波。念昔邂逅初，黑髪雲冠峨。群公擅碑板，雄文記頭陀。于時接英武，奉身如素娥。粲粲白玉署，墨沼爭漸摩。所思筆成塚，不計印積窠。君時皎冰雪，正色羞倒戈。習隱吏金馬，弔古師銅駞。瞬息已廿載，愧彼桑乾河。

伯宗再次韻復敘舊

玉署日倒影，綺窗水迴波。堂前雙琪樹，暑清緑雲峨。君時坐其下，涼漪起陂陁。悲商激湘纍，急羽凌韓娥。執簡諒且直，惜日勤編摩。盛世昭休明，卑枝烏爭窠。掀髯紀其瑞，刻侔鉛戈。占風念〔四〕靈烏，聽水悲老駝。俯仰各努力，解珮投于河。

伯宗遊華嚴寺次韻二首

其一

平蕪寒磧際，突兀梵宮尊。白石開金地，青蓮擁紺園。城低千障擁，塔靜一鈴喧。夙昔莊嚴果，無言急掩軒。

其二

欲問生公法，年深不上堂。斷雲成密樹，深柳當疎篁。十地三乘要，諸天百和香。玄機吾素解，何日勘禪房。

上京雜詠十首

其　一

雲護中街日，風開北户天。千溝凝白雪，萬竈起青煙。午溽曾持扇，朝寒卻衣綿。松林空有界，翦伐不知年。

其　二

土屋層層緑，沙坡簇簇黄。馬鳴知雹急，雁過識天涼。墨菊清秋色，金蓮細雨香。内園通閬苑，千樹壓群芳。

其　三

天闕虚無裏，城低納遠山。白榆迷雁塞，青草補龍灣。市簇家家近，官清日日閑。重游深問俗，漸恨鬢毛斑。

其　四

舊歲寒冬惡，霏霏土雨迷。門荒懸馬革，草淨絶牛蹄。列帳煙光慘，空營月色低。縣官捐粟帛，歲晚得扶攜。

其　五

上國饒爲客，天涼眼倍青。白魚沙際網，黄鼠草間翎。芍藥園紅斗，摩姑綴玉釘。漸知塵骨换，振佩接青冥。

其　六

天錫清涼國，晴霞綻雪峰。月低疑墮兔，雲近得攀龍。寶鑑頒冰撤，筠籠賜果封。白頭貂帽客，爲我話深冬。

其　七

駞鼓村村應，傳更趣進程。草肥涼露白，樹薄曉風清。帳殿横金屋，氈房簇錦城。屬車流水度，細點侍臣名。

其八

伏日瓊林宴，名王總内朝。帽尖花壓翠，衣角錦團貂。炙熟牛酥芼，醅深馬乳澆。柘枝旋舞急，宛轉稱纖腰。

其九

市狹難馳馬，泥深易没車。凍蠅爭日聚，新燕掠風斜。晚汲喧沙井，晨炊斷木槎。閭閻通茗酪，俗簡未全奢。

其十

長夏崇真館，疎簾洒静便。支頤推萬古，止息契重玄。月窟窗如雪，天瓢酒似泉。主人憐老客，下榻不曾懸。

再次韻十首

其一

帝京環陸海，平野接冰天。龍吐青林火，狼沈紫塞煙。風花秋黯淡，雲葉雨連綿。昔日君臣意，深符卜洛年。

其　二

寶閣凌空涌，金壺暎日黄。梵音通朔漠，法曲廣伊涼。御榻惟經帙，宫爐獨篆香。吾皇清淨德，銀管願垂芳。

其　三

高下雲中樹，疎明雪外山。坡凹茅結屋，嶺轉水回灣。禁路分馳道，沙場當内閑。通明風露冷，時許侍清班。

其　四

晨起儀臺立，煙青望眼迷。草低鷹側目，車逼馬迴蹄。風勁弓弦直，泥融柱礎低。蚊蠅深斂跡，麈尾不須攜。

其　五

紫極中天正，森森接帝青。雁歸傳帛信，雉落舞紅翎。寶所金千頃，朱門帶萬釘。瀛洲清淺處，高坐納空冥。

其　六

昔年曾扈蹕，宿直對鰲峰。錦掣蘭苕翠，波翻墨沼龍。起居青簡注，除拜紫泥封。共説先皇日，千官總住冬。

其　七

土驛高低置，蒼茫七日程。馬通分熠燿，牛酪注深清。殘雲明珠闕，繁星列火城。前山黄白處，草藥不知名。

其　八

千堞蜂腰凸，群山馬首朝。沙場調俊鶻，草窟射豐貂。鬧舞花頻簇，狂歌酒恣澆。今年春事減，土舍雪齊腰。

其　九

箭落驚遊騎，鈴傳督運車。土風殊楚越，驛道倣褒斜。細雨三更枕，清秋八月槎。夜聽繁管急，漸習五陵奢。

其　十

長齋孤館靜，捧腹睡便便。酒斷眸凝碧，塵深鬢返玄。凍蜂粘暖草，乳燕啄冰泉。過翼時頻數，鄉心日夜懸。

李陵臺次韻李彦方應奉

前坡聳頽基，云是望鄉臺。往事已歷歷，亂石何嵬嵬。想此二子別，袂結不能開。河梁白日速，朔風衮沙堆。漢法重失律，輕生表奇才。一跌不能返，欷歔壯心摧。形影胡越分，骨肉參商乖。萬事已瓦解，誰能寫余哀。昂昂司馬生，義色興壯懷。子卿固偉節，屬國何低徊。褒功實譾淺，議刑良刻哉。坐令衛律輩，歲望邊城來。

次韻李齊卿呈閑閑嗣師

清都逼紫微，瑶光流玉壇。陰厓太古雪，伏日生午寒。澄懷集遐思，黑髮竹皮冠。玄關轉輕雷，銀潢激層瀾。取彼白石詞，寄以朱絲彈。一彈去日短，再彈行路難。兩曜疾飛隼，歸雲生樹端。遠遊感夙昔，努力慎風餐。

西京李齊卿讀所贈吴公詩愛之遂次其韻

温温紫玉姿，陽休升觚壇。維時夜氣肅，璇璣動芒寒。辟公閲多士，謂宜錫玄冠。環水赴文海，俾爾揚清瀾。東南有高樓，繁吹和急彈。我獨念子意，希聲世知難。遣情寄寥廓，冥雁渺雲端。去住靡所止，精思勿忘餐。

伏日二絶

其一

伏日陰陰九月天，雲邊桂露十分鮮。侍臣已入清涼境，不到凌虚未是仙。

其二

偷桃曼倩語言尖，伏日歸來割肉廉。那似蓬萊風露冷，重裘端坐絶趨炎。

松林行

陰陰松林八百里，昔日相傳爲界址。玄雲捲甲天馬來，雪兔霜狐先委靡。山前犬牙十六州，石郎屈膝輕相投。淺沙圓石古轍迹，草青草枯無盡愁。蔥鬱〔五〕拂天鎮南北，萬井燃松煙似墨。大車夭矯〔六〕龍角全，小車輪囷束矛戟。松花落子針〔七〕復抽，不如昔日當道稠。採薪之人不辭苦〔八〕，出郭十里爭相酬。君不聞雪山之西銅柱南，混同鴨緑成東漸。金山槖駞爭貢寶，翦取平林作馳道。

採摩姑

官山摩姑天下無，迸石菌蠢攢寶珠。阿香執御雲中驅，天瓢急注爭葩蒪。玉京高門散金鋪，剩欲點綴完無膚。萬釘寶帶山澤癯，圓如佛螺綴頭顱，累如秬黍連二稃。擅根未許相糢糊，斢泉石鼎鳴笙竽。急投小烹養甘腴，上池三咽生醍醐。五芝高著神農書，吾欲比之議匪迂。天花代北嚴貢輸，永言定論兄弟俱。

尚尊賜張上卿薛玄卿賦詩次韻

龜眸鶴骨煉純陽，言合靈蓍行有常。黼坐近瞻堯日月，屬車遠度漢封疆。英雲玉佩開仙府，湛露瓊巵出尚方。可怪相如多病渴，願分金掌接恩光。

再次韻

居庸曉次日初陽，肅肅龍旂出奉常。獸殿頻趨恩有秩，鵲爐深祝壽無疆。冰壺酒滑通真一，雲閣香清接上方。靜夜屢陪談麈樂，燈摇寒燼目摇光。

復成二篇

其一

羞逐群芳度豔陽，丰神弘景筆元常。氣雄轉旆攻秦壁，色正登壇復魯疆。易玩天皇遊太古，書看王會補殊方。平生物論深涇渭，寶鑑懸空背透光。

其二

孤鳳清聲出嶧陽，沖天采羽越尋常。清心侍帝真醫國，束髮從師屢出疆。明月乘鸞通碧落，空江瘞鶴憶朱方。詩囊取次傾珠琲，一一清圓敵夜光。

西京任庭瑞樂善齋

大鈞妙無心，變化各有職。元陽執樞紐，群動遂生息。達人洞顯幽，語默絶窺測。尸居碧窗曉，觀萬養真寂。春葩陽林秀，衆采紛薿薿。上有黄鸝鳴，下有游鹿跡。嗒然遺世情，至道在几席。芝眉紫綸巾，舉酒起玉色。桐孫護清風，竹母引白石。素心絶榮侈，天爵夐有得。敦厖古遺民，過里車已式。願言表其閭，庶以昭帝則。

白雲閑齋

武當靈峰通廓寥，下有白雲護山腰。朝入寢扉結翠被，暮宿丹井騰金瓢。神君握機不盈寸，頃刻倒影旌幢飄。道人夙昔慣所見，更上岧嶢抉斗杓。

送金華王生

不到金華洞，于今二紀餘。偶逢騎鶴客，爲覓牧羊書。芸笈〔九〕秋消蠹，萱堂暮饌魚。江湖易衰感，暫且問樵漁。

建昌李生城南別墅

雲樹黑微茫，依稀見竹房。山空遼鶴化，市近海鷗藏。逸興王官谷，幽禪華子岡。展圖塵眼眯，剩欲濯滄浪。

開平第三集辛酉

至治元年二月庚戌，至京城。壬子，入禮闈考進士。三月甲戌朔，入集賢院供職。四月甲子，扈蹕開平，與東平王繼學待制、陳景仁都事同行，不任鞍馬，八日始達。留開平一百有五日，繼學同邸。八月甲寅，還大都。得詩凡六十二首。道塗良勞，心思彫落，姑録以記出處耳。是歲八月，袁桷序。

次韻繼學途中竹枝詞十首

其　一

居庸夾山僧屋多，鑿石化作金彌陀。但看行車度流水，不見舉拂談懸河。

其　二

紅袍旋風漾金泥，車前把酒長跪齊。忽聽琶琶相思曲，迎郎北來背面啼。

其　三

氈房錦幄花簇勻，酥凝疊餅生玉塵。晚傳宮壺檀板急，酒轉一巡先吐茵。

其　四

土屋苫草成屠蘇，前牀翁媪後小姑。我郎南來得小婦，蘆笛聲聲吹鷓鴣。

其　五

雲州山如五朵雲，老松積鐵霾青春。遂令古雪不肯化，萬杵千爐煎貢銀。

其　六

山後天寒不識花，家家高曬芍藥芽。南客初來未諳俗，下馬入門猶索茶。

其　七

寒風捲蓬沙轉黄，駐馬問路路轉長。紅衣簇簇入新市，指點壚頭稱上方。

其　八

朔雲蕩蕩愁燭龍，土房擁被睡高春。披衣上馬過前驛，清霜急雪時相逢。

其　九

瀛洲往歲侍宸居，一度還家一度疎。近行開平十二驛，眼望南雁傳鄉書。

其十

閶闔雲低接紫宮，水精涼殿起薰風。侍臣一曲無懷操，能使八方歌會同。

四月二十六日曉霜

遠坡殘月露零零，曉壓椒花玉作屏。他年若問南州説，疑是鄒生逞怪靈。

戲題樺皮

褐裳新脱玉層層，紅葉朱蕉謝不能。擬製小冠韜短髮，意行雲水一枝藤。

望雲州

望雲州裏松花白，金閣山前木葉丹。駐馬摇鞭游不到，還家寫作畫圖看。

次韻薛玄卿南還題驛二首

其一

思君月落見參旗，碧眼微醺倍陸離。北上開平復南去，卻如返棹剡溪時。

其　二

碧窗雲泠思萋萋，曉榻黄庭眼未迷。宜向山陰道中住，聽風聽雨聽猿啼。

次韻答陳明復二首

其　一

漢殿高懸五丈旗，羽人朝奏佩江離。緑章已徹蒲團坐，正是金門月上時。

其　二

碧雲深處草萋萋，誰道桃源路已迷。昨夜紫霄峰頂坐，天雞子夜獨先啼。

再次韻二首

其　一

行殿風高十二旗，碧雲深處紫流離。相如獻賦誰能繼，有客瀛洲獨立時。

其 二

煙籠沙磧凍雲萋，錦簇椒花五色迷。不是朝天騎馬倦，寒雞自怯曉鐘啼。

次韻李伯宗學士途中述懷六首

其 一

山巍磧瘦馬逶遲，盡日雲陰變四時。曉度桑乾雪新作，倚松參坐闘題詩。

其 二

李陵臺下日遲遲，惆悵河梁執別時。漢武不知歌四牡，千年競作五言詩。

其 三

縈紆馳道屬車遲，白髮微臣際盛時。侍獵能追上林賦，登臺願繼柏梁詩。

其 四

紫禁天低夏日遲，深紅芍藥勝春時。共仰雲孫李學士，樂府新填更進詩。

其　五

内宴初筵舞尉遲，榴花未吐艾花時。宫詞久矣無王建，把筆爭傳應制詩。

其　六

鼇峰土冷菊花遲，滴滴金明八月時。留取東平老學士，烹羊分韻酒催詩。

端午謝吴閑閑惠酒

客裏端陽景物殊，侍晨分釀出偏壺。松間尚積千年雪，澗底難尋九節蒲。霏玉論陳醫國艾，研朱手寫辟兵符。侍臣陡覺蓬萊近，簇簇宫花徧蘂珠。

榆　林

白榆天上生，北塞傳真種。漢皇究邊略，盛秋此爲重。神武開帝京，赤縣官曹擁。井邑生聚繁，折戟出畊壟。考昔所種榆，禾黍日蓁蓁。繁絃雜伎部，一一承天寵。盛衰諒有時，前山碧雲涌。

龍虎臺

群山朝宸居，層臺納靈秀。百泉暗東西，千嶂明左右。沙磧水多伏流。先皇雄略深，省方歲巡狩。翠華懸中天，問俗首耕耨。沈沈貔貅壘，濯濯鷹犬藪。前行節鼉鼓，執御各在手。侍臣仰天威，長跪四方奏。往聞父老言，羅拜上萬壽。山桃與黍酒，啓齒時一嗅。乘雲去無蹤，過者必稽首。登坡望儲胥，紫氣徹牛斗。

居庸關

扈蹕朝上京，嚴裝戒修途。首夏天宇肅，寒雲慘不舒。足弱跨鞍韂，喋喋詢前途。縈紆入南口，松籟吹笙竽。在昔恃險隘，當關守千夫。一朝天馬來，巉崿成康衢。大統叶天運，神武開皇謨。信矣經啓功，聿超神禹圖。

桑乾嶺

茲山西北來，旋轉十二雷。昔人望鄉處，生別何崔嵬。我來坐絶頂，雲漢森昭回。出日騰金鉦，積露流銀臺。長空不受暑，雪花散皚皚。氈車引繩過，屈曲腸九迴。微蹤愧三至，南望心低徊。長風馬耳迅，何當賦歸來。

李老谷〔一〇〕

層巒積明秀，深崦罘罳圍。千松受新雨，一一流珠璣。少憩倚厓厂〔一一〕，清湍激林霏。睡醒日亭午，隔溪啼秭歸。昔有山水癖，黽勉登王畿。欣此澗谷幽，亭亭白雲飛。素心儻自喻，出處諒無違。

龍門

蒼厓出雙闕，群山頫首尊。陰風起晴雷，摩盪晝日昏。銕峽擁偪仄，百川爲之奔。疑下有龍湫，逞怪蹲天門。滹兮出膚寸，頃刻黄流渾。側徑出石壁，巨浸存遺痕。緬昔設天險，事久難窮論。征衣襲輕雨，神君儼雲根。

獨石

亂石各參布，兹山以獨稱。磅礴太素初，星隕遺其形。磊落絶衆附，昂昂耿晶熒。此土積陰沍，草木無光精。疑有華表人，宴坐陳廢興。前車何繩繩，去馬何騰騰。問之了不應，油然白雲升。

曉　發

蓐食慎王事，曉星當前户。跨馬官道行，細草泣寒露。亂石鳴琮琤，啼鳥守荒樹。行行未十里，問堠坐當路。年衰脛力拘，望遠彌窘步。天風捲飛蓬，白日互吞吐。深知非世才，歸畊誓先墓。

合門嶺

寒沙高岡聚，積溜開土門。地媪神功奇，兹焉奉帝尊。先皇歲巡幸，屬車爛華軒。令嚴植前茅，高下相攀援。魚貫别後殿，蟻行定前屯。飛丸落千尺，瞥裂驚危轅。履險深自持，人情戒居安。寒雲蔽出日，去去踰前村。

赤　城

兹山浴曉日，牆壁流丹砂。昔聞天台峰，云受珠宫霞。地氣有南北，變化無殊差。埴墳登禹書，赬壤勞民嗟。感彼山上松，黑銕留槎牙。形色有正性，染入徒增夸。至今温泉下，金鼎烹靈芽。

灤　河

近山馬昂鬉，遠山鳳騰羽。百谷奔亂流，屈曲長虵赴。維時雨新過，急溜槽牀注。居人匯爲井，千屨集沙步。寒光澄玉膏，甘洌過牛乳。兹泉成白溝，巨浸合沮洳。蓮芡充餱糧，魚蝦足租賦。塞翁話疇昔，陋彼成險固。往事不復論，沄沄日東去。

次韻虞伯生墨竹畫壁

墨雲參差平地涌，碧窗淅瀝寒風生。截爲崆峒白玉管，蟄龍夜嘯幽鳳鳴。六月雪花飄上京，崢嶸直與星斗平。出門忽作江海興，推枕先聞金石聲。

楊花曲

上都楊柳瘦且堅，葉葉不展圓如錢。年年飛花作端午，遠客乍見心茫然。上都飄雪不知數，此花與雪相旋舞。黄鸝聲絶孤雁鳴，萬騎千車互來去。手攀短條心欲絶，宛轉成毬恨初結。寒風飛蓬捲車輪，點點相亞隨明滅。南鄰蕩子衣夜單，曉望出日如黄綿。辛勤掇拾不敢棄，願刮鼂毛同作氈。

伯宗學士悉知鄙作唐律敘謝

峨冠疎髮老詞臣，筆底花飛點點春。千里關山勞夢寐，百年泉石换精神。蕪城賦罷生新恨，夔府詩成歎絶塵。更有御園紅芍藥，生香一曲柘枝新。

四月廿一日與繼學同出健德門而伯庸以是日入都城作詩寄之

二子出北門，一客南門來。燕鴻兩相避，矯首氣崔嵬。客有百和香，我有蒲萄杯。把杯客不見，我心爲之灰。願留百和香，以待二子回。

乞酒潘景梁學士

長夏蕭齋學晝眠，鼇峰深處酒如泉。山瓢從此通來往，準擬宫袍不上船。

次韻繼學

急雹散晴雪，仲夏天氣清。閉户北窗坐，稍稍新月生。客至設棋局，言忘遺世情。盡日無王事，白雲與簷平。

重午聯句

夏峰表奇雪，天京候端陽。寒襲宮羅輕，瑞登水鏡光。烏輪麗北陸，龍舟競南湘。蝿虎逞王國，蜥蜴嚴帝房。事訛汙習陋，風烈壚壤剛。擁貂繫綵絲，飛鞭賭瓊漿。帶重公莫舞，簪飄艾如張。雁分列瑶席，魚貫登紫廊。白乳謝角黍，青蒲截鵝肪。重離天門正，習坎地軸方。靈符瑩丹砂，羽箭穿白楊。戀闕葵日傾，懷家麥秋涼。羹梟傳太官，懸虎步天罡。鴟噤百壬斂，螽動九子昌。巖薜翠屏偃，浩漾白海長。扇藏婕妤泣，標聳飛廉忙。紅苞當階藥，碧縷雕盤香。宮花金抹額，廄仗玉鏤錫。鈴催寶貼進，拍奏霓裳揚。舉鼎凝脂膏，載車寔餦餭。蒲萄瀲灩瀉，琵琶宛轉傷。蟾蜍□未乖，驌驦裘難藏。伏日奩果貢，薰風鑑冰洋。瀛洲畏獨往，玉署思同翔。

裝馬曲

綵絲絡頭百寶裝，猩血入纓火齊光。錫鈴交騮八風轉，東西夾翼雙龍岡。伏日翠裘不知重，珠帽齊肩顫金鳳。絳闕蔥曨旭日初，逐電迴飆斗光動。寶刀羽箭鳴玲瓏，雁翅卻立朝重瞳。沈沈椶殿雲五色，法曲初奏歌薰風。酮官庭前列千斛，萬甕蒲萄凝紫玉。駞峰熊掌翠釜珍，碧實冰盤行陸續。須臾玉卮黃帕覆，寶訓傳宣爭頫首。黑河夜渡辛苦多，畫戟雕闌總勳舊。龍媒嘶風日將暮，宛轉琵琶前起舞。鳴鞭靜蹕宫門閉，長跪齊聲呼萬歲。

嘉禾圖

土膏滲陽春，連畛垂黄雲。仁聲九垓被，地瑞昭人文。穰穰大同郡，嘉穗表奇芬。擢莖秀雙岐，駢首誓不分。稃聯珠琲光，苞簇綵綬〔二〕紋。老農善視之，神化非耕耘。維皇調玉燭，歲功合氤氲。帝力畎畝深，擊壤歌放勳。圖成上金匱，寶軸森香芸。侍臣丹筆工，秉心述前聞。願旅天子命，補亡追典墳。

蘇武牧羊抱雛圖

寒氈齧盡節旄稀，野曠風低短草肥。忽見嬋娟新月上，卻疑身似夢中歸。

李仲賓墨竹圖

筆底玄雲冰雪姿，瀛洲玉佩暎參差。如何昔日閤中令，晚歲羞稱老畫師。

開元恩長老以詩送北禪講師遊上京末章見及見余于灤陽次韻

乘槎親見玉繩流，底用蒲萄與海榴。紫塞接天星戴斗，白雲垂地水浮漚。蠅頭可但窮三載，麈尾懸知又九州。問訊開元老禪伯，詩瓢今向太湖浮。

王澹游墨竹

陰陰密葉鐵鉤鎖，淡淡疏柯水玉簪。客向流離渾老盡，臨風題筆望江南。

次韻繼學竹枝宛轉詞四首

其　一

長年久客學吳儂，應對嫦娥認妾容。聞道秋來三十日，雪花飄處似深冬。

其　二

聞郎腰瘦寄當歸，望盡天邊破鏡飛。昨夜燈花圓似粟，倚門不肯送郎衣。

其　三

宮羅疊雪撚金龍，郎去香奩手自封。還家貂裘綿百結，教妾今年兩度縫。

其四

年年河鼓度天津，郎在灤陽見得真。今夕定知郎到日，桂華浮魄滿香輪。約八月十五日抵京。

陳景仁都事以詩惠酒次韻二首

其一

閉門擁膝絶知聞，壞壁行蝸古篆文。誰遣白衣傳剥啄，新詩如雪酒如雲。

其二

短髮藤冠似晉賢，瀛洲獨坐酒如泉。明知白眼輕餘子，客至題詩視屋椽。

贈翰林何生

殘月踈星送曉鐘，伊吾聲徹炯雙瞳。盛年事業須黄卷，盡日交游謝碧筩。案上蟾蜍承夜露，門前叱撥立秋風。君家居士多陰德，佇看雞翹列殿中。

嗣天師墨戲四絶

其　一

横塘野色深，聳身對秋水。守獨匪自誇，感彼蜻蛉子。枯蓮孤鴛

其　二

守雌氣之母，見一道之宗。配合貴有得，丹光結芙蓉。枯蓮鴛鴦

其　三

二禽詎無知，秋聲起天外。蘆枝爲我旌，蓮葉爲我蓋。蘆荷水禽

其　四

萬籟日惻惻，水花澹無蹤。孤鴻招不來，泛泛以自容。蘆荷孤鳧

果老圖

御氣如嬰兒，變化能成形。再過趙州橋，滅跡絶怪靈。

校勘記

〔一〕『惜』，四庫本作『識』。

〔二〕『旋轉風輪』，四庫本『輪』、『轉』二字互乙。

〔三〕『皮』，四庫本作『官』。

〔四〕『念』，四庫本作『驗』。

〔五〕『蔥鬱』，原闕，據《元詩選》初集卷二〇補。

〔六〕『夭矯』，原闕，據《元詩選》初集卷二〇補。

〔七〕『針』，原闕，據《元詩選》初集卷二〇補。

〔八〕『苦』，原闕，據《元詩選》初集卷二〇補。

〔九〕郁校：『笈』原本誤『芨』，鈔本作『笈』，今改。

〔一〇〕『谷』，四庫本作『巖』。

〔一一〕郁校：『厂』，原本誤『广』，今改，説見前。按四庫本『厓厂』作『絶厓』。

〔一二〕『綵綬』，原作『綬受』，據四庫本改。

清容居士集卷十六

開平第四集壬戌

至治二年三月甲戌，改除翰林直學士。四月乙丑，出健德門，買小車卧行。八日至開平，舍于崇真宫，有旨道士免扈從，宫中闃無人聲。車駕五月中旬始至，書詔簡絶，僅爲祝文十三道。已入《内制》。悲愉感發，一寓於詩，而同院亦寡倡和，率意爲題，得一百篇。閏五月，上幸五臺山，以實録未畢，趣史院官屬咸還京。是月丁巳發，癸亥還寓舍。五月灤陽大寒，閏月道中大暑。觀是詩者，亦足知夫馳驅之爲勞，隱逸之爲可慕也。六月丁卯朔，桷敘。

端午日緜車中抵開平客中三度端陽愴然有懷

居庸昔日逢端午，子規聲聲勸歸去。舊歲灤陽萬壽宫，九節菖蒲泛瓊醑。今年車中飽掀簸，盲風北來雨如注。沙坡馬鬣高下迎，土屋魚鱗先後附。舊家松篁百尋碧，薝蔔花前石榴樹。停車俛首不得語，鄰牆簫聲雜鼉鼓。勞生得意同蝸牛，奮臂卻行等蠅虎。

崇真宫闃無一人經宗師丹房惟蒲苗楊柳感舊有作

雙斛青蒲苗，中庭緑楊枝。門鎖碧窗寂，徘徊心不怡。辛勤四十載，逢辰構崇基。寒日淡無華，朔風助之悲。想此鸞鶴侶，長嘯悟成虧。往昔玉局翁，言罷白雲隨。懷賢感夙昔，悼念成涕洟。夜夢忽邂逅，掀髯歌紫芝。

閑閑真人未至

崇真觀裏獨徘徊，門鎖蛛絲燕子猜。玄度來遲愁欲絶，爲憑白鶴寄書催。

舊歲端陽與王吏部同客灤陽因成七言奉寄

舊年同飲端陽酒，擊鉢聯詩日未斜。我戴夫須重出塞，君飄蹀躞獨留家。雪花帶雨催前馬，草色連空趁後車。萬里功名頭竟白，張騫何事苦乘槎。

寓舍玄卿舊住今歸龍虎山書壁言懷

明玕出海見奇姿，價壓連城賈客知。往歲曾爲大鵬賦，今秋且作小山詞。黑頭好景傳杯樂，白眼長年按劍疑。君去我來同此榻，雁回何處寫相思。

五月八日雨霰

黑雲轉飛蓋，晴空落珠丸。急響遞疎密，跳踉杳無端。仰視烏輪光，粲粲不可干。陰晴界南北，咫尺分寒暄。鮫人有暗淚，乘陽涌冰瀾。又疑天女下，百琲隨輕紈。采之不滿把，瞬息何彌漫。東牆古楊枝，含思碧雲寒。留取宛轉花，伏日爲君看。

開平昔賢有詩片雲三尺雪一日四時天曲盡其景遂用其語爲十詩

其　一

茫茫廣莫區，屈曲層城建。昔云水雲陂，伐木嚴築鍵。寒沙雜軟草，其下有冰片。雙龍赴魏闕，雲氣時隱見。巍峨中天居，百里見行殿。

其　二

唐皇極睿筭，憂邊罷從軍。種松八百里，擘畫疆理分。立象有定數，後王策奇勳。千車昂頭來，萬竈生墨雲。天險尚莫恃，人謀安足云。

其　三

曉日出東門，寒光靜相涵。黑雲何方來，玉妃爲之驂。頃刻變昏晝，陰晴常日三。宸居逼象緯，熒煌斗司南。世儒窘六合，鄒子成虚談。

其　四

羲和當中街，重裘慘顔色。詢彼住冬人，封户雪踰尺。松煙暗疎牖，羅坐圍丈席。南鄰時相通，北門恍未識。冰天與火井，受地各有職。

其　五

近山如雕鞍，遠山如削鐵。涓涓落黄流，嗚咽恨未雪。坡陀下前坂，颯爽萬境滅。馬嘶不肯行，沙寒草如茁。氈廬峙前岡，一一望初月。

其　六

駕鵝帖雲飛，下懼鷹眼疾。空墟無鴉棲，壞穴見鼠出。楊枝尚斂色，吐絮朝伏日。羌巴雜蠻獠，異服狀非一。風土諒不同，删述在史筆。

其七

煌煌千賈區，奇貨耀出日。方言互欺詆，粉澤變初質。開張通茗酪，談笑合膠漆。憶昔闠市寬，崇墉積如銍。梯航際窮髮，均輸乃疎術。

其八

城南水沮洳，飲之不盈匕。遠汲沙水甘，客云汝縱恣。客竟遭河魚，投以百金劑。簞瓢乃真空，飾情果爲累。狙公解朝暮，不復計三四。

其九

亭亭芍藥枝，朱明勝春時。金蓮與墨菊，兄弟相等推。陽豔深摧藏，後秀真奇姿。盛時匪自棄，顧與松柏期。有客同爾心，臨風結長思。

其十

裧裧〔一〕三伏日，沈沈九秋天。雷鳴過牀下，月出在樹顛。手持五采筆，直侍虛皇前。大以書龜圖，小以傳瑶編。綸言廣聖澤，載歌千萬年。

南望

急霰輕雷五月天，艉船手把趣裝綿。燕山南望十三驛，紅杏枝頭別有天。

天鵝曲

天鵝頸瘦身重肥，夜宿官蕩群成圍。蘆根啑啑水蒲滑，翅足蹩曳難輕飛。參差旋地數百尺，宛轉培風借雙翮。翻身入雲高帖天，下陋蓬蒿去無跡。五坊手擎海東青，側眼光透瑶臺層。解縧脱帽窮碧落，以掌疾摑東西傾。離披交旋百尋衮，蒼鷹助擊隨勢遠。初如風輪舞長竿，末若銀毬下平坂。蓬頭喘息來獻官，天顔一笑催傳餐。不如家雞栅中生死守，免使羽林春秋水邊走。

李老峪山水深類先公墓田左右悠然白雲之思

積翠發層巒，恍然家山圖。陰竇水屈曲，古樹雲扶疎。是時月新出，歸雁飛躊躇。疑我久離鄉，問我今何如。云昔所種松，靈籟吹笙竽。總角守庭訓，六籍師鴻儒。幸以鉛槧勤，三入承明廬。風景果有似，舉目諒不殊。信美非我土，誓言敢終渝。

偶成

午雷嬰兒聲，晚月大士面。頃刻備四時，陰晴足千變。空齋襲重裘，塵壁委團扇。昔爲居養移，今愧筋骸倦。

鼇峰石

劫風吹沫孕玲瓏，度海鞭霆駕六龍。聲合八音驚俗耳，重均九鼎動天容。空庭露冷珠璣綻，阿閣雲開錦繡封。匝匝金蓮隨地擁，似催夜直佩瑽瑢。石下皆金蓮花。

子規詞三首

其一

不如歸去，君家南山松萬樹。我欲送君歸，憐汝歲上灤陽路。

其二

去不如歸，江南春深筍蕨肥。筍蕨肥，子苦飢。見子手持一片冰，下馬坐看白雲飛。

其　三

歸去不如，我是蜀王魄化聲呱呱。君不歸，請看錢塘雪浪千尺帆，踏歌起舞去復還。

盧彥威與余同爲待制下世已八年覩行院題名舊跡感愴寫情

長髯黑髮佩鳴珂，嗜飲常持金叵羅。詩豔欲追長吉製，詞新深愛小蠻歌。鳳池聯轡情偏重，鸞鏡重粧病已魔。彥威再醮，一日[二]即病以終。題壁淒涼悲二妙，元公近亦葬山阿。

元復初學士舊歲同官集賢會于上都改除翰林學士見其飲酒數十觥倍常時今年以疾卒不起覩行院題壁爲四韻以挽

慷慨論交二十年，深慙經術荷推先。龜趺林立毛錐禿，麟筆星垂汗簡傳。直以曠懷招側目，肯於凡品說齊肩。舊聞蘇李曾生別，行院重來倍泫然。

潘景梁學士同在集賢朝夕與余論宏詞源委後俱罷去新政肇更皆得復入舊歲同會上都景梁還都不一月下世僕忝入翰林過視草堂有感

鑾坡清切平生志，粉省烏臺謝不能。嘗除尚書、行臺侍御，皆不樂，意在承旨。夜剔蘭鐙書葉亂，凍呵鐵硯墨花凝。蟻穿九曲誰傳授，蜩化枯枝果變騰。欲説玄機吾豈敢，碧天雲黯喚難應。

客舍書事八首

其　一

客景真愁絶，淒涼倍舊年。草穿沙觜縮，雲住屋頭偏。竈冷厨煙濕，窗低簷霤懸。畏寒難出户，盡日得高眠。

其　二

日永空庭淨，清齋罷煮茶。無羊誰閲市，有客共思家。巷近逢歸馬，門閑數過車。衰年行六十，那得老風沙。

其　三

愁極吟肩聳，塵深望眼迷。屋隨冰上下，山趁雪高低。乾酪瓶爭挈，生鹽斗可提。日斜看不足，蹋舞共扶攜。

其　四

蟾影穿窗矗，龍光拂席流。淒清三伏暑，淅瀝九天秋。水惡停泥井，冰堅宿瓦溝。年年游上國，那識望鄉愁。

其　五

問俗過閭里，淒涼説住冬。凍瓶粘在手，暖扇縛當胸。雪急籧篨響，風高榾柮鬆。寒更傳警夜，飛騎急憧憧。

其　六

禁堞防危石，官衢漾淺沙。犬能搜兔窟，馬解避馳車。童翦青蔬甲，僧分墨菊芽。飄零堪慰藉，小雨墊烏紗。

其　七

宿霧成疎雨，寒蓬捲細塵。雲飛疑到地，草長不知春。香几蜂喧密，寒房燕語真。白頭關塞外，猶作未歸人。

其　八

燈影微微焰，鐘聲隱隱清。歸鴻天際度，去騎月邊行。久客心無著，微醺夢易成。攬衣中夜起，北斗正南横。

視草堂四詠

其　一

視草堂前月，凄清十倍秋。銀河斜處響，玉斧暗中修。隱約娑羅見，微茫顧菟流。霓裳端可補，願入廣寒游。

其　二

視草堂前雪，飛花具四時。老疑潘鬢重，舞覺沈腰羸。妙合絲綸巧，功調鼎鼐奇。虚皇瞻咫尺，願賦玉京詩。

其　三

視草堂前雨，飛空萬象新。隨龍下膏澤，滌穎布陽春。脈霂能生物，霑濡不受塵。巫山空有賦，難作楚王臣。

其四

視草堂前日，傳宣趣制詞。藁裁初刻上，朝罷八磚移。烏御行黄道，龍光暎玉墀。薰風生殿閣，小立獨多時。

華嚴寺

寶構熒煌接帝青，行營列峙火晶熒。運斤巧鬭攢千柱，相杵歌長築萬釘。殿基水泉涌沸，以木釘萬枚築之，其費鉅萬。雲擁殿心團寶蓋，風翻簷角響金鈴。喻知帝力超前古，側布端能動地靈。

贈華嚴長老二首

其一

四年上國扈金輿，燕處高齋得起予。篋寶寸珠光不老，爐存片雪色相如。抱琴有意傳流水，擊拂無言指太虛。二十里松親見得，塔中古佛白毫舒。華嚴洞下宗。常游四明太白，禮宏智塔。宏智，相傳古佛再世。

其　二

丈室蕭蕭晝掩扉，蒲團不下得忘機。階前菊本先春種，門外楊花伏日飛。句落珠璣禪客誦，象嚴金碧梵王威。知余猶是青山伴，話盡斜陽指翠微。

書邢遵道二父家傳

蜚聲秀采動時賢，書帙如山酒似泉。已恨人間雙璧化，共誇身後一夔傳。藥囊有底陰功滿，詩卷相輝盛事全。會見門楣成晚秀，瀛洲委佩接群仙。

贈寫真佟生

丹青妍醜世間形，碧眼看天晝未成。夢覺已傳商相似，神閑能寫趙郎情。沙場燕頷愁中樂，客舍鳶肩暗裏驚。彩筆閲人頭漸白，長因眸子識公卿。

贈李道士

高安李道士，貨藥繞灤城。竹杖常隨手，茶甌與解酲。住冬饒活計，聽雨話平生。欲説前朝事，年深記不成。

行路難五首

其一

桑乾嶺上十八盤，赫日東出紅團團。迴頭平田樹如髮，北去沙石何彌漫。青簾高低知客倦，勸汝一杯下前坂。馬蹄護鐵聲琮琤，帖石朱欄列危棧。度嶺林昏泊官驛，冰涌虛泥踰五尺。馬行猶知泥淺深，重車没踝路莫尋。

其二

松林巨木官採搜，千斧斫根膏液流。翠旄離披仆巨壑，百谷震動狐狼愁。大車以載牛馬喘，歷塹凌深不能挽。車頭掛㔶齊聲呼，一步一移日將晚。經春踰夏來京都，雕梁繡柱天人居。錦茵花磚淺深護，歲久不知行路苦。

其三

昔聞萬迴僧，空中轉足如飛鷹。又聞麥八百，側徑迴旋去無跡。牙牌校尉夸快行，急裝一日來京城。人言脛中有肉燕，籥雲躡電那能名。古云行路難，今作等閑看。君不見明王坐朝疲心思，日行天下人不知。

其　四

金谷園頭土如酥，瓊花琪樹凝流蘇。文鴦㲮𣯶藻影動，飛鳳團礎雲光腴。紫絲步障三十里，百和生香交旖旎。美人羅韈不動塵，匝匝金蓮隨步起。須臾急騎圍四隅，瞬息突兀生寒蕪。緑珠危樓百尺墜，行路之難卻成易。

其　五

弊裘蒙茸蘇季子，兩足重趼行不已。一朝佩印何纍纍，列鼎腥羶誇國士。班生遠出玉門關，被甲夜度隨黄間。飛沙擊面燕頷失，晚望落日思生還。書生守株燈火勤，終歲不通南北鄰。一朝安車入關内，老不能言願求退。

賣薪行

老兵縛薪穿市賣，雙手如龜布衣壞。低頭望日南階行，背負槎牙北風殺。大車輪囷小車聚，我薪不如一抔土。黄公壚前煙霧高，揮手相譏不相顧。暮歸置薪眠土屋，望月清歌聲斷續。丈夫窮達會有時，買臣懷章人始奇。

視草堂歲久傾圮述懷二首

其　一

視草堂前草木青，微臣三入鬢星星。壞牆雨透蝸生角，舊竈泥深菌露釘。深恐雨鐘催曉箭，獨聽寒殿響風鈴。堂堂諸老冰澌盡，病叟應歸種茯苓。

其　二

昔時壽俊佩蹁躚，人物於今似眇然。倚馬誰憐才獨步，屠龍端信技無全。頒冰伏日金奩重，賜果薰風綺席鮮。可是虛皇疏顧問，玉堂舊事少人傳。

翰林故事莫盛於唐宋聊述舊聞擬宮詞十首

其　一

禁鐘初動趣傳宣，衣袖薰香到御前。漸近宮門扶下馬，内官分引導金蓮。

其　二

御筆圓封草相麻，龍牋香透擁金花。儀鸞敕設庭前候，賜酒方終更賜茶。

其　三

制草塗鴉未敢删，内璫宣引侍龍顔。已分筆格金蟾滴，更賜端溪紫硯山。

其　四

春帖分裁閤分多，宫娥爭餽纈綃羅。青絲菜併銀盤送，幡勝新題墨旋磨。

其　五

文思如泉涌墨林，屏風院吏不須尋。舊時内相諸孫在，猶有當年掃閤金。

其　六

入院聽宣席未温，賜金已向案頭存。故事：入院傳旨畢，賜葉金十兩，始草制。清晨上馬還家去，内出黄麻付閤門。

其七

清馥香温酒玉脂，祝文已撰報都知。夜來奉旨傳丞相，五朵雲濃押省咨。

其八

天孫夜度玉潢清，内托銀盤涌化生。秋思未多團扇在，擬題宫怨月分明。

其九

盤鵰暈錦是冬衣，鴿炭初生酒力微。聞道邊臣風雪苦，口宣臈藥布皇威。

其十

贊書謄副節樓前，筐篚盈庭邸吏傳。深恨葫蘆陶學士，受渠犀玉索金錢。

書懷

曉來重纊避風簷，午著輕羅更上簾。可是炎涼隨世態，病多時節要抽添。

五月二十日甘雨如注江南呼爲分龍雨

平疇龜坼禱龍君，百頃青黄兩界分。匝岸已霑三尺雨，隔溪唯見一川雲。誰家襏襫涼如水，此地衹裯火欲焚。共道神功有南北，老農元不廢耕耘。

五月廿六日大寒二十二韻

地界幽都正，風傳委羽來。陰機堅積沍，空竅起荒埃。炎帝辭施設，玄神擅展裁。氣疑翻溟涬，勢欲壓恢台。北户嚴雲結，中街宿霧霾。睫流驚炙轂，吻咽訝銜枚。野曠狐歸穴，林荒雀下臺。趁虚〔三〕人瑟縮，走驛吏徘徊。舊篋裘頻索，殘爐火易灰。當陽紈扇棄，薄暮酒尊催。牛喘猶瞻月，龍藏敢挾雷。曉吟肩峭直，午睡髮毰毸。絺綌聊增襲，簾帷莫浪開。鼎温延上客，竈煬集群孩。鳥認南枝宿，駝鳴北路回。泬寥河漢接，慘澹雪霜堆。重甲身僵仆，銖衣説詭詼。已知鄒子的，更覺杜生哀。澤國朝曦赫，畬田溽雨催。鴻鈞陶石爍，金鑑煮冰摧。舊俗慚卑窘，新聞騁博該。廣寒今已到，姑射不須陪。

御天門聽詔

大樂出端門，金龍日正暾。千官齊跪聽，萬姓列行屯。親衛周廬列，王徭尺籍存。侍臣頭已白，宣室願陳論。

露立

空庭露立意茫然，簇簇飛雲萬馬旋。擬變清涼成佛國，不教人喚四時天。

喜吳宗師至

飛鶴馭空來，春濃洞府開。燈光爭夜月，磬韻起春雷。玉斗朝雲禮，金門就日回。的知仙桂種，玉斧更深培。

食杏有感

筠籠賜杏得嘗新，一一如拳醉臉勻。準擬重尋舊門館，空庭繫馬燕飛巡。

寄王繼學吏部

青春王吏部，東閣久相陪。聽雪聯詩送，看花並轡迴。如何千里別，不寄一書來。拂拭題名記，深知吐鳳才。

皇城曲

堂堂瞿曇生王宫，幼年夙悟它心通。梵書未覯口已誦，底用城闕窮西東。淨居老人幻境異，故作恐怖生愁容。世間習妄了莫喻，要以神化開盲聾。歲時相仍作游事，皇城集隊喧憧憧。吹螺撃鼓雜部伎，千優百戲群追從。寶車瑰奇耀晴日，舞馬裝轡摇玲瓏。紅衣飄裾火山聳，白傘撑空雲葉叢。王官跪酒頭叩地，朱輪獨坐顏酡烘。蚩氓聚觀汗揮雨，士女簇坐唇摇風。人生有身要有患，百歲會盡顔誰童。西方之國道里通，至今生老病死與世同。

天童山圓上人遠來開平訪華嚴以舊詩求題因成二絶

其　一

三尺枯藤一卷詩，五千里外訪相知。鄉音未改眉毛在，曉過嶺西聞子規。

其　二

手探驪珠顆顆圓，清如秋月獨當天。舊棲太白寒禁得，更上開平擬過年。

題信上人手書

南湖涼觀碧芙蕖，屢見臨池曉日初。一去天台隔生死，重來應寫梵天書。

客舍四詠

其一

膚寸出巖遲，亭亭大雅姿。肯因風共去，獨與月相隨。似絮飛無著，如山立不移。崑岡有片玉，歲晚話深期。孤雲

其二

寒燄出房微，前山尚落暉。酒醒光耿耿，鐘定影依依。蝶夢疑方化，螢流竟不飛。廿年長作客，獨照合玄機。孤燈

其三

舊日江湖伴，多因塞北分。身單追暮雨，翼冷帖秋雲。肯向蘆邊宿，還應枕上聞。沙洲矰

繳滿，不是故離群。孤雁

其　四

絶頂看秋月，星沈萬象奇。難隨黄鵠侶，獨與白雲期。野性便金洞，清聲徹玉墀。山中王子過，時一聽參差。孤鶴

次韻圓上人三首

其　一

大荒沙漠境全真，平楚天低絶見聞。此處無愁誰會得，琵琶一曲問昭君。

其　二

我家鄞水望江神，君住鄞山半嶺雲。同向天涯作行客，定知猿鶴有移文。

其　三

萬解千言任所之，一花五葉總牟尼。九龍峰鎖難分别，會見芙蕖長玉池。

次韻華嚴賀李彦方除監察御史

秀采寒光敵楚金，詞鋒能繼九州箴。鳳池舊直驚人海，烏府新除表士林。氈紹家聲真素業，簡騰民瘼是丹心。華嚴蓮社相期遠，應許遺民得共尋。

彭法師禱雨有感

神京歲歲春夏交，乾風捲塵喧四郊。銀潢清寒不可挽，火礫燥露焚烏巢。廟堂憂惶走群望，桂酒跪瀝陳牲殽。飛雲虛無恣强魃，古淵偃蹇專幽蛟。拾〔四〕蝪旋舞破甕缶，髣龍作形縻藁茭。或誇巫言擊長劍，或騁梵語鳴銅鐃。老彭之孫赤松派，尸坐直欲鴻濛包。深知天水本一炁，山澤妙感窮羲爻。三玄上章給鳳札，九淵投簡驚鮫綃。大青小青各受令，旋轉急注搜巖坳。初疑飛繒蔽雲頂，恍若銀竹穿林梢。烏銜沈冥舊棲失，虎度泥淖前林咆。迺知至道在瓦礫，芒刃不缺須良庖。皇皇真宰燭萬類，神運溥博民同胞。前驅招搖後玄武，朱冠鐵騎森旄旓。精誠相通顔咫尺，聾瞽未識徒譏嘲。白頭太史詎妄記，願以彩筆窮模描。

近爲盧真人作桐柏山賦以舊賢四詠復令賦詩次韻

其一

雙闕高蹲仙境分，深留絶頂獨耕耘。雞啼流水村非遠，犬吠隔溪人始聞。翠蔓滿林俱上藥，黄雲封户總回文。層霄笙鶴須臾見，不用談空李少君。

其二

王子乘鸞八極周，參差次徹此淹留。緱山未信雙輈遠，滄海端如一羽浮。碑聳蛟螭擎雨露，賦鏗金石閲春秋。莫言劉阮歸無跡，政與寒巖二子游。

其三

遠瞰神山接海潮，群峰匝匝翠周遭。添書舊字開蒼蘚，金鼎寒光映碧桃。瀑濺花香疑過雨，風回松吹似驚濤。昔年曾説王靈寶，冷笑人間有二毛。

其四

雷起平田過雨腥，居民猶説老龍靈。泉流洞口凝鍾乳，月落松間照茯苓。琴罷忽驚人换世，丹成深勸客延齡。仙翁久作朝元客，贏得瑶壇滿鶴翎。

再次韻

其一

門首穹碑字八分，寸田尺宅勸鋤耘。雲歸古洞疑無著，雷過前山似不聞。磨石旋風空世劫，梭溪織水起寒紋。年年秋月層臺上，髣髴虛無下帝君。

其二

堂堂王子憫宗周，不住緱山此地留。玉髓定將金篋貯，滄波能使羽觴浮。絳桃帶雨飄紅雪，翠樹停雲起素秋。絶頂銀盤宮闕爛，不須更向紫霄游。

其三

夾山松瀑似秋潮，老鶴調雛日一遭。欲與雙成同勸酒，卻嫌方朔强偷桃。草沿碧澗千年藥，雪釋瓊城百尺濤。聞道玉蟾三度到，通明金骨舊皮毛。玉蟾或云在羅浮未化。

其四

久食青精厭世腥，無心折草總通靈。望雲岸幘招歸鶴，滴露濡毫傳負苓。峰頂丹成真九轉，洞中棋罷已千齡。嗟余猶是征塗客，四上開平數雁翎。

上上人游開平回四明

圓帽方袍上上京，看山碧眼雪分明。南來白雁先秋去，我輩無情合有情。

成君輔廣濟堂

車馬填門日不停，刀圭上藥已通靈。應須重作鐵門限，坐見堯民壽百齡。

內宴二首

其 一

寶勒猩纓雁翅屯，錫鑾款款奏南薰。珠冠聳翠千行列，雉扇交鸞五采分。宮漏解留黃道日，御爐能接紫霄雲。漢家天子空英武，置酒爭功始考文。

其 二

椶殿沈沈曉日清，靜鞭初徹四無聲。挏官玉乳千車送，酒正瓊漿萬甕行。肯以駞峰專北饌，不須瑶柱詫南烹。先皇雄略函諸夏，擬勝周家宴鎬京。

伏日

伏日車中閉，炎蒸不自由。轉旋疑病酒，掀簸似驚舟。山色隨眸轉，溪聲著耳流。艱難吾敢讓，猿鶴故山秋。

龍門二首

其一

君恩八度過龍門，眼見蜿蜒守黑雲。漠漠沙田荒礫滿，空將霖雨一溪分。

其二

巨靈何日擘雙門，千古英雄底死論。落日碎金寒澗裏，銷磨猶是僕姑痕。

戲題開平四集

開平四集詩百首，不是故歌行路難。竹簞暑風茅屋下，它年擬作畫圖看。

奉題開平百首詩後

王士熙

玉海雲生貝闕高，騎鯨人去採芝遨。灤江一夕秋風到，瑟瑟珊瑚涌翠濤。

校勘記

〔一〕「鹸鹸」，原作「䀋䀋」，據四庫本改。

〔二〕郁校：「日」，鈔本作「月」。

〔三〕「虛」，四庫本作「墟」。

〔四〕「拾」，四庫本作「蚚」。

清容居士集

〔第三册〕

〔元〕袁桷 撰　王頲 點校

浙江文叢

浙江古籍出版社

清容居士集卷十七

贊

劉敏叔畫八君子圖贊

五季横潰，萬姓阻傷。剗舊布新，赫日蕩光。變通維時，君臣爾詳。丕顯韓王，應運斯翔。佐帝立極，肇服衆國。銷兵弛財，邦本茂植。獨相十年，黎獻安謐。弼違雍容，不撓厥色。百壬肆妖，喬嶽漂揺。智深如谷，終止且消。金縢天開，軒冕以朝。簡在帝心，王勳日昭。燕尾之眉，貫玉之姿。炳靈丹青，庶或類之。

右韓王。

堂堂魏王，龍章鳳質。天實生之，以佐王室。射策玉墀，慶雲耀日。中外踐更，執德惟一。西陲繹騷，將弛卒驕。往綏爾戎，薄陳武韜。濯以清泉，釋其煎熬。入秉國鈞，衆味畢調。不懾不渝，迄康皇圖。取日虞淵，登于天衢。朝野罔知，繄王明謨。危疑之際，以身調娱。兩宫熙熙，萬姓于于。桓圭赤舄，清廟配食。於鑠厥勳，千古罔極。

右魏王。

赫赫潞公，不震不動。威以服戎，寬以濟衆。宏淵雅譽，磅礴肆著。蚤年登庸，具正百度。貝盜斯興，命公于征。振旅霆發，不日以平。國財未殫，抗議省兵。激懦抑貪，朝廷清明。以德報怨，以爵爲勸。强敵效貢，卻立改觀。名倡九牧，進善無倦。四朝師臣，邦家之珍。委蛇兩河，如松如椿。燕頷淳厖，鮐背輪囷。何以比之，永古莪聞。

右潞公。

儒以稽古，酌時斯正。用非所宜，祇益其病。在漢懿侯，治守清淨。惟爾荆公，行修于躬。耽精古籍，慨想遐風。懷寶陸沈，患莫己逢。激而翹之，以達天聰。高配五帝，羞視七制。廷議籍籍，斷以辯毅。復古之志，與帝俱鋭。發政累名，公是喪朋。晚歸鍾陵，惘兮慎兢。蹇驢空山，悟彼愛憎。矯矯貞姿，涅而不緇。吾將疇依，爲學是師。

右荆公。

帝宇永清，文治斯舉。取青媲白，眩巧鬬嫵。末派横流，獨手莫禦。弊極斯反，誰受天祐。篤生歐公，鴻碩之宗。鼓以雷霆，驅以雨風。如日之明，如川之東。肇正古始，四方攸同。獎善矻矻，英俊滿席。彼有未至，憂見于色。補衮之功，其繩則直。以退爲完，以佚爲安。高風邈如，審象以觀。

右歐公。

任當其誼，三褫無畏。用不展志，好爵斯避。允顯温公，爲世張弛。執中秉德，享帝活國。熙豐紛紜，朝有姦慝。歸卧洛師，纂緝載籍。元祐之初，大矢厥謨。稂莠既深，百穀未敷。畀成于天，力疾以除。佐佑王室，公心如日。獨樂之園，以迂自佚。生無榮養，殁有餘泣。深衣幅巾，天骨嶙峋。中有至道，不以示人。唯誠與敬，千載如新。

右温公。

岷峨之山，扶輿絪緼。誕育至英，絶類離群。溢爲江河，乘爲風雲。高絶俊穎，探賾炳文。承明邇英，紬思運精。騁轡以行，華夷是驚。蹇蹇匪躬，上通帝靈。才以貶官，謗以長名。播遷徼荒，百虐寇攘。繕性養神，彌介彌剛。盤桓南歸，百神從行。誰謂巨浸，一葦以航。瞻彼德容，春陽秋霜。炯然方瞳，如犢初生。切〔二〕雲峨峨，野服蒼蒼。往代莫從，鑑兹耿光。

右蘇公。

沄沄修水，誕弘文明。維太史氏，穎敏之功。由彼岐嶷，揚譽上京。服襲瑰瑋，綜覈文藝，剖析幽翳。謝鮑前驅，屈宋擁篲。玄言逍遥，夙昔超詣。正宗江西，斂袵嗣裔。廁身著庭，正氣果毅。筆者未成，削者已繼。秉畀濁流，孰怨孰尤。不怛其化，心君天游。精神滿腹，瞻望不足。烝烝孝友，猶在眉目。清塵高風，曷其有終。

右黄太史。

祝道士龍贊

靈砰砰，三五一。視若存，水神立。玄爲光，高原粒。天門開，靈受秩。

墨竹贊二首

其一

墨以韜智，玄以御柔。渰焉雲興，脱兮凛秋。寥寥天標，下爲岧嶤。執兹混淪，函三爾超。

其二

乘剛庸升，實志勿驚。比焉彙亨，烝徒繩繩。纚者如傴，若佩而組。墨卿司玄，謄汝于堵。

子昂集賢真贊

審中聲以比磬筦之音，證墜簡以啓載籍之藴。承明三入而不居，江海一麾而無愠。遺世而深憂，盡言而寡尤。瓌瑋萬物，金石横流。敷文太微，慶雲瑞芝。超然巖壑，寄於筆翰者，吾猶以爲杜德機也。

張廣微金書陰符經贊

遐哉古帝，握契眇綿。沌沌混混，超天地先。執靜御動，兹爲坤乾。虚九藏一，書圖斝鈐。範圍包絡，佐理密堅。氣母受要，納息以傳。泥金著文，其暐玄玄。鋒淬穎脱，乘雲大圜。

雲中龍贊

握玄機，騰八荒。憺雲中，闇以彰。九九合，下土光。返珠淵，終智藏。

龍　贊

御乾入坤，萬靈嫖姚。止水飛立，迴旋上朝。神后布令，藴隆默逃。功成返淵，重玄以韜。

又

玄雲嘘，氣爲母。騰靈湫，匿星斗。握以機，數九九。百穀蕃，歲大有[二]。

太上授經圖贊

混元希夷，空洞眇綿。方圓緯經，言孰可宣。憫彼世醨，述玄五千。紫雲升空，重席九筵。

跪坐受聽，萬神參前。研幾察微，如珠善淵。德爲之初，道迺自然。

辛稼軒畫像贊

妖雛殂江，八方沸騰。手提糢糊，仗義南興。閩越荊湘，是鎮是繩。智名勇功，蔑如浮雲。讒屢尼之，耳若不聞。聲裂金石，湛厥心君。運有南北，孰言一之。時有未完，矢詞窒之。卒全其歸，莫能躓之。帶湖維居，喬木鬱新。目光背甲，佩兮振振。審象式瞻，宛其不泯。

仁廟御書除官贊

於赫仁考，御龍中天。追琢王度，左右惟賢。思索俊髦，嘉量達權。稽古九官，匪曰敘遷。嚴嚴秩宗，維直且清。佐理大政，宰士是程。皇畿膴穰，具瞻靡輕。率彼緇流，出納糾繩。八柄馭臣，首爵以貴。或超或常，執管淵思。昭哉雲章，銖黍奠置。勿私以恩，不悦其媚。番番老臣，卒秉國鈞。山立陽明，如歲之春。帝賓于天，執簡涕淪。虹光徹楹，萬億日新。

至治丞相真贊

以元勳開國之孫，佐大明麗天之主。肩一德以正人心，集衆思以清庶務。玉絜而彌温，山立而有度。審象以觀，斯爲太平之宰輔。

又

階符耀騰，河嶽炳靈。寔生上相，秉鈞以成。儼兮德容，衮衣葱衡。山立其威，玉絜其清。陟降帝所，翼翼是承。帝曰相賢，佐我治平。雲龍從類，鼎鉉利貞。懋昭顯功，象于丹青。於赫寶璽，虹光爛明。用永厥藏，詔爾雲仍。

英廟御書開經偈贊時爲皇太子

日升咸池，五采耀騰。昭徹水源，濁垢斯澄。維彼寸穎，執一貫萬。鉅纖受形，莫測其變。驪珠陸離，光被寰海。允符龍圖，昭示億載。

自贊

幼承父師之凖繩，壯緝文獻之淵懿。守先天之中爲初心，究三聖之易爲一致。氣弱而詞愈卑，學疏而用益疑。寥寥兩京，耳受目接者不能紹傳，吁何可言。

王承旨畫像贊

於赫乾運，天造者武。肇敏王公，粲飭皇度。越于江濤，率圖籍以朝。秉直在庭，不激不雕。矢辭瓊琚，風舒靄消。益之以甘雨，濯其嘉苗。佐理罨思，敷繹靜規。民甫息痍，勿煩以疵。懿德沄沄，如山出雲。有聞無聲，爰澤後昆。珮玉峨冠，審象是傳。之問之美，百世弗諼。

王叔能真贊

心清而行全，守廉而益堅。不汲汲於利達，專丘壑以自完。若是者，五采不能以傳。至若炯炯方瞳，藹然孝悌之實，發于睟〔三〕容。人知其爲臺閣之秀彥，蘊經綸而猶未盡其用者也。

自　贊

訥文詞而三直承明之廬，拙騎射而五游朔漠之域。居安以窮犧爻之變，比事以糾麟經之釋。至於見幾歸田，服恬淡而守貞白。識者謂爲知止，而獨慊然猶以爲有形跡也。

馬元帥真贊

養恬而智無遺，息機而事能應。贊黄閣弗居其功，坐烏臺獨守其正。制變於劇郡，若郢人之斤；鎮戎於大藩，若秦王之鏡。服芝术以養年，將見安車造朝，守規隨而樂清淨也。

瑞檜贊

老子之道，以恬泊真靜爲根本，而其嚴靚清密，非窮極壯偉不足以爲榮觀。故所至丹臒土木，與浮屠氏相埒。殊庭廣寬，候靈斿於致祠之際，尤加嚴焉。四明玄妙觀構寶殿，倣南城之長春，法式具備。主者呂法師顧瞻中唐，作而曰：『兹不可不加竦肅。』手植蒼檜，列若幢節。厥土墳剛，風潤雨濡，膏脈日起，旁達蓊鬱，連累相承。泰定三年春正月中澣，上聳結爲鳳冠，觀者林立。考諸釋檜者曰：『乍檜乍柏，一枝而能屢變，唯檜爲然。』觀是，則知釋者之非妄矣。或曰：『厥今聖天子嗣位，歷更上元，洋洋乎盛德，覆被動植，疊瑞重休。四方承畏，不敢以獻以告，而祝釐儲祉，道家者流有所不得辭讓。』迺繪爲圖，以光天之休。爲之贊曰：

繄檜在廷，三光炳靈。膏涵于膚，湛其晶熒。化爲鳳雛，珥冠儀刑。乘風鞭雷，上干帝青〔四〕。曰有德者祥，兹爲利貞。爰祝萬壽，九垓永寧。

雷氏龍吟琴贊爲閔思齊作

四田八日，用疑〔五〕於神。攫之也深，養之也淳。風生於木，莫窮其聲。比物引類，錫兹嘉名。杳杳變化，雲升雨澍。戛如銅盤，兹其爲作者之助。

吴閑閑真贊

德不形，禮爲翼。熙熙沖静之神，侃侃孝友之色。籠古絡今，其詞如雲。佐理以無爲，智淵而若存。朝承衮龍，暮撫松鶴。心徹九九，坐石盤礴。是所謂養其尺宅，守玄以生白者耶。

仰山熙禪師真贊

蜀僧曇簡，以文詞振林下，繇是東南學者翕然師之。育王觀禪師才辯，繼其學。弟子熙公復繼之，有詩名，嗚咸淳間，試《嘉慶圖》詩，禁中定爲第一。余獲見于淨慈，植節刻行，言語若冰雪。欲以蜀學廣其徒，後歸隱仰山以逝。其嗣隆教師祖瑛，以遺象從海上請余贊。迺爲贊曰：

心之精神，繇言以宣。匪事琢雕，合於自然。維師集思，泉涌雲溢。億萬森列，復貫以一。蜀學日淪，志士是惜。瞻彼肅容，以楷以式。

南湖入法師真贊

目穿書林，心超義海。體用不違，功斯十倍。審多岐之亡羊，悟忘筌以得魚。追琢其詞，不浮不蕪。外嚴内熙，蕭然野鶴之姿。斯其成祖庭之羽翼，絕塵世之樞機。

定水源禪師真贊

持律以攝心，習教以騁辯。語默兩忘，微旨益闡。薄飯一盂，福不稱其德。至於據席握機，飆回電激，誠禪林之準式也。

雪崖吳法師真贊

雪崖吳法師，飭身制行，道流所尊企。弟子呂虛夷請贊。長齋以養年，持敬以籲天。若雞抱轂，如珠守淵。望之山林，即之珪璋。知止葆静，合太古之淳厖。夫如是，逍遥乎白雲之鄉。

箴

存悔箴

天君亭亭，巖石永貞。執樞維機，莫我敢膺。鈞聲割名，如蝨如螟。微焉髮毛，戰兢是承。謂善實繇小，而過不在大。雷以鼓之，艮以配之。合動而復，繇静斯會。昔顔氏子，悔實莫可名。筮人司蓍，敢告司扃。

遵誨堂箴

肅肅祖父，誦戒孔昭。亹惟矩衡，匪矜匪慆。式瞻里門，養真簞瓢。何褭題岌嶪，肆其夸驕。金縻玉毁，迄用不紹。巷有居人，燕咡曾髫。右觴左饘，以遊以遨。何白首高位，顧影號眺。伊堂既深，亦具室奥。傴躬徐行，慨焉焄蒿。户册崇崇，陟降以悚。於乎後生，勿夢夢是從。爰繹具訓，敢告嗣宗。

貞一齋箴

昭哉森著，鉅纖受形。順天之樞，執動以承。尸居者誰，不震不隨。謂珠藏於淵，主靜是師。太虚無體，曷思曷爲。聚爲物均，散爲返真。由感以遷，若火之燎原。在昔夸父，逐日走傴。鑑觀河圖，繇是成數。成復捨之，厥數愈具。庶物漫漫，若冰斯泮。固而斯應，迺事之幹。絶仁棄智，望道彌涣。必寂爾心，必完爾神。箴人司易，敢告靈君。

誠求堂箴

肫肫者仁，婉婉者孺。彼孺不言，容動斯具。以食爲喜，以啼爲怒。感匪物遷，孰司昭先。黜思絶爲，迄全其天。揣知者誕，矢激滋遠。順陰保陽，若執玉以裸。太素烟煴，至靜無垠。見之猶龍，望之如雲。猗儒守醫，曰曾氏子。言邁于京，户册是視。

銘

復庵銘

弁陽老人周公謹父，卜終老之丘於先中丞公墓左，築室其上，揭名曰復庵。謂其故人子袁桷曰：『復，反也，反諸其本也。聖人作《易》之義深矣，余取斯名也，厥有旨。昔太公表東諸侯，歸葬於營丘，《禮》以謂不忘其本。余家故齊人，雖南徙吴興，而其遺禮，三世猶守之。自余失仕居錢塘，非有酣豢之樂而忘其歸，不幸而不得歸者，勢也。今老矣，苟終無所歸，則於復之道奚取？抑嘗推死生晝夜之理，其變無窮，反身而觀，虚一而明者，物莫能禦。則兹丘之樂，殆與造物者去來而莫窮其所止也。子爲我暢繹而銘之。』銘曰：

大明麗天，隱於崑崙。晦冥有時，以全其根。海氣騰溢，爲雲爲澤。吐奇滋生，復反故壑。嗟彼昏泯，睢睢涼涼。齒髮日化，莫知其鄉。馳車羊腸，倒戈蟻垤。少夸老衰，運往一跌。維子周子，心君天游。顧瞻松柏，肇謀菟裘。峰迴泉渟，虎伏馬立。鬱爲斯丘，不龜以吉。煌煌先德，如珠在淵。既揚其輝，終閟其妍。盤桓斯丘，豈不念歸。三返晝夜，以爲德機。伊復之道，其微如芒。磅礴一氣，變化以彰。原本稽中，是則是象。謹獨内觀，動靜交養。他年逍遥，駕風御雲。匯爲江河，炳爲星辰。其來無趾，其去孰止。爲善是嗣，貽于孫子。

君子齋銘

大裘無華，完玉不琢。飾美自將，其實愈落。善不可爲，名不可近。恕以養仁，敬以崇謹。謂我獨賢，於德彌損。八表同雲，一決終僨。謂世實賢，睢盱孔憐。肥遯斯恥，卻行乃前。人我之道，弭節兩忘。汝不我瑕，我不汝望。煌煌嘉名，揭兹户册。希賢是求，探蘊觀賾。盤旋九州，俯仰千古。發硎淬鋒，門轍户屨。君子之泰，君子之和。永言銘之，以宴以歌。

澄心齋銘

大梁劉君彦清佐鄞幕，清淨畫一，希蓋公之道，逾月而治愈簡，及朞而人莫能議。噫！使佐天下由是道也，果何病？今世汩汩然外治者多矣，神明粹精交蔽而愈失，其於内也蓋不暇。夫虚明之體，絶慮而求者非正。或者謂老氏之説近此，因屏不復取。今劉君以澄心名齋，動静交用，有合於聖人之説。四明袁桷因銘以廣之。

存神内觀，形不能以久完；刻意外治，氣繇是而彌衰。水煩土敝，維物之災。人爲物靈，其道安在。内不可穢，外不可悖。湛然長存，於物何纇。故操尺寸之智者，成尋丈之失。勤錙銖之功者，獲倍蓰之益。御天地之一氣，持陰陽之兩端。吾見其清而不介，絜而自全也。

雪房銘

錢塘孫道士構雪爲房，居江南，度不能久，得北如京師，將遂焉。久之，復越居庸以游，始固有之，乃屬袁桷銘。銘曰：

養絜沮洳，其變莫渝。納明屋漏，其神莫究。執天之宜，允成德機。機可轉，不可緩。緩則懼，懼無以據。窮髮之北，以儀以則。爰謹視之，毋怠毋慝。

崇真觀鐘銘

冶吉金，構坎離。爲氣用，震以時。深則安，安迺旋。鎮無極，億萬年。

朝陽堂銘

焯彼曜靈，光融曲阿。翼翼玄黄，粲其鬱華。究觀厥功，構精沈淵。若轂斯伏，若珠斯潛。内陰以藏，外遲以進。含施無垠，執斗憲運。衆瞻嘉明，企而則諸。言升于岱，昏旦允殊。丹流金騰，下土若昧。竦心惕思，怠曷可悔。嗟哉夸父，競不救暍。大聖維姬，慎兹明發。爰興爰處，寸測短長。少耄勿荒，永儀朝陽。

藏書室銘

六學鴻烈，代天昭明。精思纂微，辭以立誠。匪事於言，不文奚宣。析理日繁，直致衍傳。謂默足以通，絶其知聞。敬焉孰持，誠焉孰存。趙郡氏蘇，崇其書楹。剖抉雲章，緯經有程。靈根湛虛，服習粹精。廣以觀萬，約以守一。迎之莫尋，倚兮不躓。仰止元聖，學海彌溢。

極高明齋銘

謂天穹隆，環於九泉。謂日陽靈，始於虞淵。邈焉具瞻，荒忽漫漶。銖黍立鈞，億萬以正。行遠陟遐，跬步攸定。維先聖彝訓，大賢是證。理一分殊，等級辨分。不博以求，孰爲彌綸。不約以觀，孰歸其根。積小斯高，用晦斯明。罔有僭差，是準是繩。户册孔昭，爰矢厥銘。

九思堂銘

虛中實中，圖書之紐。實以分殊，虛以一受。理原於初，思曷爲九。於赫玄聖，分言爲中。上繇體生，下應景從。維李氏子，受訓倥侗。户册孔昭，執玉靡墜。數窮於玄，陰陽以類。則皇極之言，罔有偏陂。

淵靜齋銘爲蒙道士作

猗鉤盤，審鯢桓。蜀叟蒙，拱以觀。惔無極，視晏然。默雷聲，守緜緜。珠在宫，百神環。時既至，乘風摶。

校勘記

〔一〕『切』，四庫本作『霄』。

〔二〕『百穀蕃，歲大有』，『穀』、『歲大』原闕，據四庫本補。

〔三〕『晬』，原作『粹』，據四庫本改。

〔四〕郁校：『干』，原本誤『于』，鈔本作『干』，今改。

〔五〕『疑』，四庫本作『凝』。

清容居士集卷十八

記

慶元路鄞縣學記

粵昔授受緒絶，空虚固陋之學淪於人心。言理者，人人殊師；記問者，質而不化；詞章篆刻，決裂六藝，糜爛而不可救。師儒有憂之，據道德性命之要，毫分縷析，鑿鑿乎其不可相紊也，繇是士得以一其視聽。皇王之道，復興於千數百年之後，可謂盛矣。

世祖皇帝混同區夏，崇學校。定國子學成憲，皆東南儒先，而朱文公所説咸取以爲經史模楷。於是窮徼絶域、中州萬里之内外，悉家有其書。然而急近功者，勦取其近似，以爲口耳之實。天人禮樂損益消長切於施爲所宜精思而熟考者，一以爲凡近迂緩而不講。至於修身養心，或相背戾而不相似，則緣飾儼默，望之莫有以窺其涘際。夫明絶學以承先聖之統，可謂難矣。弊生於苟易，守其説而湮其本，將不勝其弊。載籍極博，莫嚴於五經；教人之法，莫詳於三物。揚子雲云：『丘陵學山，而不至於山，惡夫畫也。』

鄞舊有學，王文公安石爲宰時，延會稽杜先生醇教之，學者輩出。至大二年，郡大火，學燬之。主邑之學曰孔文雋、董儒金，始建講堂、禮殿，未及完而去。皇慶二年，三衢姚熙載實來。是歲，天子下科舉詔，同知郡事吳郡張侯某顧瞻陋蕪，首曰：『其何以稱上意？』迺率郡官而助之。邑令梅君遇春，丞簿龐君滋、范君祐，咸曰：『吾長於是，玆役曷可逭？』嚴工庀程，戒隸業者咸輸以佐。閱二年，夫子像成，侑從有敘，門廡庖庾塗雘繚繞之屬堅密精粲。學宮之制，完且具矣。姚君迺曰：『鄞號多士，昉杜先生，宜作先賢祠以祀。鄞士之興，其自今始乎？』嘗謂學校宮室，殿謁循行風俗之使者未嘗不督厲修繕，獨教法未定，雖聰明自任，猶不敢高下以議。今明詔四出，郡侯首創其原，姚君又能推本前人尊師之旨，深有所寓。

桷雖官朝廷，因姚君之請，知張侯之美。遂以學校之弊首敘其說，庶幾吾里秀士强敏自修，詢考耆哲，篤行於顯微內外之實，文質交資，上承詳延，將以復乎昔時之盛。則姚君之闡微，其意深矣。庸刻於石，願有以俟焉。

鄮山書院記

粵若古儒先，各以方國所尊祭于學社。自漢而降，定孔子祀，餘悉徹廢。今百年來，始有事于先師。其居邑講習、治官游衍之地崇闈相望，或者病焉。夫氣流六虛，神而存之，聚者易推，遠者難窮，聲音笑貌之感若將企焉如弗及者，理有在也。合吳、越、楚、蜀之地，咸尊以師，惟朱文公。

世祖皇帝一海寓，定胄子學，取文公訓注爲學制，郡縣益遵守，而祀於江南者復得推衍。大德二年，四明趙壽家儒科，慨然請於朝曰：『伊吾祖鄂州善待，從文公游。今天子興是學，願割田別居以祠，而名曰鄮山。』事甫下，趙氏即世。七年，三山林德載氏奉命祗事。屋毁弗稱旋辟，田没不可問，覈故整圮，實完實成。奠薦齋明，陟降儼肅，賓老佐祭，侯伯合餕。又三年，俾繫其事於石。

袁桷曰：維我四明薦紳先生辨〔二〕釋著微，實相表裏，源同流分，塗殊轍一。合私而惡異，標榜之弊也。炳然彝訓，理何外焉？學以殖身，德以敦本，斯道立矣。執空説以爲證，弊不勝舉。惟性與道，匪言是夸。桷懼兹久，願相與勉焉。林君精敏慎修，宜展於世。文公之學不墜，審由是也。

大德丁未春，後學袁桷記。

鄞縣興造記

鄞爲縣，延亘三百里，環山帶江。西爲沃區，其民盡地利，近東瀦爲湖，土廣而俗雜，逐島嶼魚鹽之利，出没於海上，歲千百數。林藪川澤之隸于鄞者，不假於外。故號爲劇邑。邑復輔城以居，尤爲難治。縣上事郡署，曲直縱舍承指意，一不得便，輒指擿辱撓。闗臨相通，縣勢始振。後凡爲縣者率用是自治，而民益困矣。

大德七年，帥府始移鎮，控扼水陸。衆曰：『郡有二府，縣益不可理。』八年，真定盧廷信氏丞于兹，推勤服廉，沈斷靜修，罪疏於囹，訟辭于庭。朞月而郡侯尊焉，大府任焉。它邑之讞，咸質以定；旁郡之賕，悉檄以正。顧瞻四周，令、主簿是謀。先時縣燬，經始陋庳不足廣，迺撤而新，鳩材于山，負者以競，輸役于徒，民以不病。首于臺門、廳堂、亭廡，凡五十有餘楹。智周而勞簡，巘然以深，翼然以容，謁者趨者，視聽易慮。於是，耆艾讙然以謡曰：『伊丞之來，吾民不知。吏屬既荒，吾民相忘。彼庭開明，維丞之平。雍雍其堂，富民恐傷。有亭是休，思賢悠悠。丞之戾止，毋譁以喜。後兮今兮，維今是似。』咸謂桷嘗職太史，筆削無避溢，遂不得讓。

役始於乙巳之十月，越明年□月成。丞嘗爲行掾中書，有吏能。令長忻都，次爲東平周汝弼氏。簿，澄江朱申氏也。余愛其成，紀以示後，俾知鄞爲可治。大德十年十二月日，袁桷記。

西洛書院記

河南薛公，遵先君子之命，建義學於永寧矣。龍頭山有故跡焉，蒼崖嶄然。宋元祐中，天台羅適正之大刻其上，曰洛書錫禹之地。正之，安定胡先生門人，善水利，所至通陂埭屯田之美。按地志：『永寧併長水縣，長水東臨洛川，記傳云洛書所出。』今龍頭山新立禹祠，而薛公仰止亦近，得請于朝爲書院，遂更其名曰西洛，且俾夫後人知禹洛書之誠有自。

粤昔九疇，垂象示文，夸誣相矜，祖緯襲符。漢世明經之士，汩於休咎，莫窺其真。歷千餘年，儒先大興，闡天人之秘，方圓相通，正學以明。然同黨之説勝，一以爲己是，一以爲傳授，數精理湮，皇極之建卒無以大通。民有恒性，君師作之，以修以綏。如彼北辰，樞紐運行，内静若動，莫窮其化。凡厥有生，極迺固有，性者爲聖，復者爲賢，作而新之，維后是訓。庸保其極，則民永以乂。保極者民，作極者君。運而制諸，若丸之在握，輪之在御，皆聽命於我，孰先後焉，孰終始焉？四時萬化之理，繇是而備。謂之攸敘，夫豈捨己而隨彼也？

昔大禹佐理，水土攸平，君臣交修，抑亦有定制。洛爲天下中，碩儒訓傳，家有其書，慎厚遜讓，猶有先王之遺風。升西洛之堂者，當慨然以思，謹其執中。將見夫作人如新之驗，由鄉而達於邦國，勵之翼之，示諸于掌。皇極之訓，其效可成也。

薛公名友諒，温密有文，今爲翰林直學士。推先志之私淑，焕而廣之，爲屋凡若干楹，又將延師以教後之學者，而屬筆於桷。故以昔之所聞者，著爲之記。

建城夫子廟堂記

景城縣東南三十里有故城焉，曰建城。漢爲中水縣地，金大定中，以其地北臨滹沱，南薄御河，徙縣於今所，二水交流，名之曰交河焉。

皇慶元年，保定王君領縣簿事，循河故堤。水落冬月，先期率民以補其缺頹。霖雨時至，則因其防而巡督之。河不横流，政簡民佚，觀風省俗，聿來于兹。望其井屋聯屬，誠阜且康。於是，士林之秀曰劉國芝、耆老韓昌等言曰：『建城舊有先聖廟，城址日圮，而廟莫敢廢。在昔許文簡公安仁嘗撤而新之，未幾金亡，居室燬蕩，而獨巋然以存。至元戊子，國芝之父禎遂易於文簡公之故居，以詔于里士。弦誦之聲，家至而日化矣。』王君周旋里門，念崇而新之。於是，治書侍御史張侯完以書來曰：『吾里夫子廟，易代有存，許、劉儒先作新之志，子盍廣諸？敢以楮幣若干，爲里人勸。』於是下令輯工，奠方闡基，表植巷道。庭宇邃嚴，以丹以塗，論講有堂，游息有廡。明年，率其儒生落而祀之，迺介刑部員外郎葉蘇君，俾志其事。

粤自塾庠序學之制不明，而士無所於學。州縣有學，率歲時奠祭，貿貿道途，謹修其故常，於造士乎何有？成周之學備四代，而畿内爲序十有二，爲庠三百，左右之塾，復不預焉。噫！先王教學之興，何其盛也！學必釋菜於先師，虞庠爲鄉學，有堂有序，得行釋菜之禮，記禮者之言也。釋菜於廟，則自魏晉始也。遵古之學，從今之禮，損益之變，不亦可乎？且鄉校不毁，鄭人美之。今天子下詔明鄉里選舉之法，建城之學者由是而陞司徒者，將皆敦讓重厚，敏者謹其藝能，恂恂于于，仰止昔賢，舉不絶書。而王君化民成俗之美，庶得以傳于後。王君以習國語，始爲樞密院從事，名某，治縣有法類是。

封龍山書院重修記

世祖皇帝以盛德深仁，正位纂圖。越二年，始立翰林院，真定李文正公首以碩德耆壽俊召爲翰林學士。未幾，告老以歸，隱于封龍山。封龍在恒山之陽，公幼侍東平府君受業焉。地舊有書院，兵革蹂躪，公拮据盡力以成之。故其居朝廷也，食息不忘兹山，天子察憫其志，俾食致政之禄以終老。於是公作新斯文，遠近之士咸秀出。暨公下世踰二十年，其從公而顯者曰史忠武公諸子曰杠、曰□、曰杞、曰煇，廉訪使荊幼紀，集賢學士焦養直，廉訪僉事張翼，宣撫崔某。其餘贊成均，授鄉里，名不能悉數。而真定之學者，升公之堂，拜公之像，未嘗不肅容以增遠想也。

皇慶二年，其曾孫慎言爲翰林屬。仁宗有詔省掾用儒士，擢入佐左司。院中選都事，僉曰：『李文正公爲翰林肇端，其曾孫宜以居。』未幾，拜監察御史。而於封龍也，惓惓悉如公之志。歲久，蕪漶不治。往至治元年爲司農屬時，請于司農，符下其道廉訪，丹漆木甓悉撤以新。御史有言曰：『繼述志事，子孫所謹。我先公之爲兹也，實將以佐國家之盛，願子記之。』

桷曰：致太平經濟之道，章句佔畢不能以盡也。文正公恬於進取，率躬以化其鄉。耄至而辭禄，德之本也；導掖其秀民，仁之至也。其徒卒昌於時，孰不曰文正公所作成也？今遺書具存，在於書院者，宜究其委源，考三代之所以長，秦漢之所以失，反躬以思平治之道，如指諸掌，將反覆以陳于上。李氏世守家法，則書院永永，代有嘉譽。其繕修也，益廣於今日矣。本末具前記，不再書。

慶元路醫學記

醫之書作於上古乎？後人猶疑焉。陰陽氣運之説，與《易》、《書》、《禮》相脗合；蟲魚草木之精，詳於《詩》，尤近之。然其辭義奥古，卒莫能通曉，非專治者不能也。先王知之，始爲之師以教之，後復立學以長之。生人之本，繇是備矣。

至元壬辰，濟南陳公祥爲肅政廉訪副使，來四明，遵詔旨立醫學。學成甫十有八年，燬焉。其地近市狹紊，咸病展事。鄞縣西有故主簿廳事基及傍近地蕪礫不治，於是教授徐君源道等請於郡，遷以廣之。迺斥其舊地，得財若干，以治土木。郡侯完顔公首爲之勸，推官賀某贊補其役，隸於醫籍者胥率錢以輔之。逾年而學完，殿廡翼成，軒闊深靜。會予自京師還里，屬記其事。

余幼嘗聞長老言：鄉里多名醫，皆修謹退讓，吶吶然若不勝衣，察脈視色，必原於井谷經絡之微眇，調製湯液，必通乎風土之宜，甘辛燥濕内外相爲表裏者，悉參取於經傳，故其術百不一失。懷疑審問，求正於勝己，無忌悻之謬。道同而氣和，相遜以禮，相處以義。而昔時公卿家激厲獎與之道，又能使盡其術而無愧。噫！亦盛矣。

今皇宇恢廓，五方士民參雜乎州里，拘而不達，將不勝其弊。率焉以僥倖，懼其深有所失也。徐君世儒醫，教授是邦，今二十餘年，重靜而不撓。昔之所聞，徐君深知之，廣天子好生之德，諄諄然語之。使後之學者誦其書，毋執一以自滿，虛心遜志，復昔時之長厚。不幸罹於疾病，將得盡其順受，無夭閼之害。則徐君之教，不亦闡乎？余歸田里，尚幸而有見也。

白石書院記

釋奠先聖先師，定著於祀典，而鄉社之所宜祭皆廢不舉。宋初，肇建四書院，釋奠釋菜之禮悉遵令甲。若鄭玄所言高堂生、毛公、制氏之徒，皆不得專祭，僅列於從祀。濂洛之說行，於是先賢之祠競立，首於其鄉，復推其居官游歷之地，甚者謂其覿風宣化，雖其足跡之所不至，亦當有祠。

夫古不墓祭，謂其神專於其居室也。又曰不歆非類，謂懼其瀆而不正也。今郡縣朱文公祠最廣，各慕悅胥勸，終莫能有病之者。繇是空巖海嶼屹然歸立，而入仕者借是以爲資歷。何先賢祠祀先後盛衰之不同也？

朱文公之高第曰黃文肅公，天下尊之曰勉齋先生。其學以持敬爲先，探微鉤深，以極夫操履之實，懼其守之不專，則蚤夜以思，斂其粹精，絶其枝蔓，正誼明道，見於經濟。故其臨川、漢陽之政惓惓於征繕獄訟，而論者始不敢以儒爲侮。守邊議戎，衆皆咎時宰用非所宜，而公益得以攄其素講，事至而不懼，政成而不迫。是則儒者之效，惟先生足以及之。先生嘗曰：『吾於江東之友得三人焉，曰李敬子、胡伯量、蔡元思。』時廣信之儒先劉君養浩，蓋獲登其門，朝夕習益，悉以先生之指授者爲標準。寶慶元年，入太學，舍法成。淳祐七年，授寧國府教授，後進之士從劉君者無虚日。相地於白石山，爲精舍以處學者，祥[二]刑使者建安蔡公抗扁之曰白石書院。蔡公之於文肅，皆文公之門人。從劉君者，悉稱爲白石先生。天運合一，白石之子安輯其齋廡，曰：『先君之承先師，曷敢墜替？』誦聲屢武，益廣其舊。後爲湖廣儒學副提舉以殁。有子曰光，復慨然曰：『大父師友之傳，不可以不垂久遠。文公祠遍江南，祠文公則文肅道得以尊久。』遂買田築宫，中爲禮殿，書院之制悉備。殿北立文公祠，以文肅侑食，後立大父祠。繇是傳授之旨益信。所隸有司上其事於中書省，省允其言，始定置山長，入選調。既成，俾桷書始末著於石章。

噫！文肅，文公之忠臣也。疑者補之，異者同之，不以一時之辨爭而立其黨與，見于成書。故其匡輔之功，若文公之於程子。今之尊文肅者能若是，斯得矣。光今爲史院編修官，敏達知治體。文肅之學，是誠有望焉者也。

昌國州重修學記

青社韓侯菘是州踰年，顧瞻學宫，頹圮日至，喟然歎曰：『化民成俗，必自學始。』爰相厥攸，鉤稽負逋，治其島租，墾其閑田，究整是先。泰定元年十月甲子，役興，用工二千有八百，計緡錢二千有五百，匠石日食之費則諸生欣輸以佐。於是殿堂門廡、齋庖池徑咸得備具，謂桷爲翰苑歸，俾記其事。

桷嘗聞之，先儒以明理爲綱領，譏詆漢唐不少假。濂洛之説盛行，誠敬忠恕，毫分縷析，一以體用知行概而申之。繇是髫齔之童悉能誦習，高視闊步，轉相傳授。禮樂刑政之具，獄訟兵甲之實，悉有所不講，哆口避席，謝非所急。言詞之不工，則曰：『吾何以華藻爲哉？』考覈之不精，則曰：『吾何以援據爲哉？吾唯理是先，唯一是貫。』科舉承踵，駸駸乎魏晉之清談。疆宇之南北不接乎視聽，馴致社亡，求其授命死事，率非昔時言性理之士。後之學者寧勿置論而循其故習者哉！

昌國，惟四明海中州。士之興起，自紹熙始著，樓宣獻公、袁正獻公、楊文元公、尚書深寧王公嘗記其建學論堂之本始。揚雄有言曰：『百川學海，而至于海。』善喻者也。首之以訓詁之精，次及夫名物度數之密，由小成至於大成，非積年不能以至。《周官》鄉三物之教，詎止執一？而以爲傳道之要，殆不可也。委流安行，由蹇而達，訖歸于海，學之功也。

侯名搏，字仲舉。既興其學，迺復儒役，以爲大比之勸。學之士子寧不自勵？敢執筆以俟。是役也，州之長某、州同知黄楝孫、判官張信、吏目陳益、學正孫恕皆叶贊其事。泰定二年二月癸卯，具官袁桷記。

昌國州醫學記

醫之道，即夫人身以備三才。其説與《易》、箕疇、《詩》、《禮》相表裏，亦大矣哉。蓋昔之君師，聰明神聖，因夫五行，以寓於五常之形氣，致坎離之用，以合其陰陽，推其運行，以齊夫寒暑。考九州風土之宜，别温涼燥濕之高下，蟲魚草木纖悉備具，非博習廣聞者不能也。至於七情既發之偏，必求其中以返於正，皆吾儒傳心之極論，有察於聲氣臭味之眇忽。考之於遺書，受之於家庭，積歲年不能以竟。而掌政令者，從是稽其醫事，以制廪禄，是則寧有夭閼疵癘之憾也哉？

南北地氣有大不同，而爲之醫者，各執己論，近者急於好尚而恣縱不能商度，十失五六，誠可罪也。秦漢之主率〔三〕望海求不死藥，藥詎能令不死？蓋其空巖絶島，磅礴於巨浸之際，絶囂塵，接雲霧，靈根異草，得地氣之正。方外隱士時採其奇絶精良以療治，輒奇中而功倍。今所謂海上方，皆其苗裔。而昔之集方論者，復蒐類於蛟龍之窟穴。海於天地間號最鉅，焉得以有遺也？

昌國爲州，四履皆海。至元二十九年，始立三皇祠，綿蕝不稱。韓侯治儒學既竟，復蒞醫學：兹曷以奉揭虔？廣其故址而二倍之。泰定元年冬十月，正殿成，復立論堂，翼以東西，前爲儀門，外爲神門，廊廡有序，祠象儼赫。首以圭租勸民胥成，不三月，咸樂以助。復遵詔旨，爲惠民藥局。工既畢，書來，俾書其事於石。

桷嘗謂疾痛苛癢切於吾身者，猶民之身也。民困魚鹽，侯能紓之；儒病徵科，侯能復之。既憂其生，又懼其罹於疾病，使夫習爲醫者講肄以精其術，故余歷敘醫家者流。其學實難，三聖之書，昭然具存，反覆紬繹，皆得以完其生。是侯仁政之本，愈遠而愈不可忘也。

定海縣重修記

定海爲縣，自昔號重地，鎮遏戍守異於它所。南受諸蕃絶域之颿舶，東控島夷不庭之邦，商賈舟楫噴薄出没，據會濟勝，實東南之奇觀也。皇元考圖受貢，益倍於異代，信使香幣渡海歲不絶。縣令將迎，日疲於供事，視公宇若傳舍，歲益圮剥。

至治二年，忻都君始涖事，曰：『吾受天子命，長邑於是，失撫字，則奚以仕？』歲適大歉，徵租於民，將不勝逋負，計歲所入一萬有奇，遂覈其實，止輸奇於官。鹽賦歲不登，民益以困，卒請而蠲若干。嚴飭官驛，置隸人以候過客，而復其役。久而曰：『吾將治所居，以聳民視瞻。』一撤以新，爲楹五十餘，瓴甓木石，丹漆箭鐵，皆堅緻可永久。教諭蔣君昭先列其行事，俾爲記。

余謂治縣莫先於宜民。承上意而不鳴其疾苦，甚者增羨以求媚，善譽乎何有？縣當水陸之衝，輒默計歲月，得解職即謝去。植仆舉弊，終其身未能也。若是，則忻都君之行事，汲汲慕古，將有以大其所爲，夫豈苟計目前之功效者哉？余特記其興造，使來者有考。蔣君所述多善政，不復著。推其所爲，舉綱以遺目，蓋可知矣。是役也，尹曹敏中、主簿薛炳悉力贊治，故迄用有成。

新建鄞縣尉廳記

郡治絶江，其地名甬東。吴王居甬句，爲古浹口，號甬江，在今海濱。海達於江，入於奉化，西灑於餘姚，縈紆回曲，綿亘百餘里。鄞爲縣，分東、西，以浮梁爲界。東之民，習網罟魚鹽以自業，其地膏沃，有湖可以灌浸，率不善塈治，春至輒率其子弟文身擢歌出没於海島，伺危薄險，對面成姦宄，憲令昭著，至死有所不避。

尉以巡督爲職，自宋雍熙間置尉治於彼，蓋重其地以鎮遏。迄今數百年，游手益夥，捕縶無虚日。廨燬於兵踰五十年，尉率其兵徒隨所寓，無常地。訊録之所不具於觀瞻，莫格其非，而任益以困矣。

至治三年，廬陵周君一夔來，視故址，曰：『吾不可不自重。』首爲外門，復爲廨門，中建廳事，挾以賓榮，輔以吏舍，後設燕居，以休其勞，清流匯池，花木列植，周繚塗艭，皆足以支永久。吏有言者曰：『尉職在察盜，囹圄不立，奚尉之爲？兹土之民，俗弊已久，齷禁之嚴，莫窮其窟穴，朝夕胠發，纍纍旁午，不有以居，將曷能以有處？』尉笑曰：『道德齊禮，夫子之訓也；

獄市無擾，相國之言也。』閲數月，獄以空告。於是，輿人有言曰：『尉之申申，非取異以求新。塞其姦慆，養其淳真。彼疇鱗鱗，良苗氳氳。尉之去兮，將以告夫後之人。』

役始於泰定元年秋八月，成於二年之二月。郡人具官袁桷記。

浙東廉訪司重建澄清堂記

國家肇置肅政廉訪司，浙之東以婺女爲總治，而行部使者凡六人，讞審殿黜，循歷於六郡。總治之使二人坐鎮於婺，六郡歲終必以其成牘歸於總治，定其可否，以上於御史臺。持綜覈之實，執與奪之柄，厥任實不輕矣。夫以輿地之廣，貢賦之夥，天子不能以自治，必假於守〔四〕令焉。守令不能以公其心，又假於耳目焉。以重其寄，大其居室，聳其視瞻，廉遠堂高，非直爲觀美也。

聽事之所，繇唐歷宋，歲久頽剥不治。至治二年，中奉大夫馬公爲使於是邦，顧瞻改容，曰：『兹不可不爲先務。』邦之耄倪亦曰：『兹實聽政之本。』於是郡請於中書行省，計郡餘財，以爲匠費。崇其堂隍，稍北以構，柱甓孔新，庭廡邃密，名之曰澄清。復爲燕居之室於其後，曰迎華觀。經始於是年之九月，明年五月告成。中奉拜湖廣行省參知政事以去，資善大夫思蘭公甫至，則曰：『中奉公之惠後若是，宜紀其事。』未幾，拜南臺中丞。資政大夫岳烈公繼爲使，亦曰：『是誠不可軼。』於是僉命桷爲之記。

中奉、資政嘗牧於吾鄉，皆得而接識。往會中奉公於京師，謂余曰：『民之多冤，繇循行者不盡其辭。吾往浙東，將使六郡之苛癢亦切於吾身。』後聞其所行，果有所不避。資政公廉而守正，牧民如己子，遺愛於四明，人能言之。中丞公得見於會通河，議論冰雪，以剌劾爲己任。是則三公之行事，深有合夫至公之論。抑又聞之，事患有所不明，知而不有所舉，藉藉於道塗之民口，不可以防也。苟明矣，不少恕焉，則法舉而德不足以化。

今使者五人，皆遴選在位，於以見聖上振整之初政。登斯堂也，則相與講習，見於施設，不藹以避，不苛以求，陽煦陰肅，吏民率服，胥保惠以承於上，其治豈不偉哉？夫志同，議同，任事同，七郡之民孰不鼓舞以嚌詠太平之盛？椾舊職太史，慕前賢壁記警戒之實，因以謏聞而爲之辭。

明遠堂記

澄清堂成，紀興繕之本末矣。參政馬公奉聖天子明詔，巡行江浙，復至婺女，見其燕居之堂舊曰迎華觀者，而更其名曰明遠，取其切於觀風之道。副使馬公、經歷祖〔五〕君冕復求記於余，於是屬筆爲之辭曰：

今夫七郡之黜劾，悉萃於澄清。吏抱其牘，雁鶩以進，卒不敢妄議其可否，將求其生，欲重其罰，情皆不能以得也。精思以究，必退省焉。以品節之事窘於一庭，而智足以見萬里。古之善馭吏者，不泥於法律，不事於朱墨，故其革姦警饕，無言而化成，必有其本也。在昔聖人，明目達聰，百僚在官，定於三載之考績，夫豈有他哉？維東浙負山聯海，風俗不一，强者雜諼詐，柔者卒罷軟，撫摩之道，各有攸處。登斯堂也，必攝齊肅容，悉議其所宜行，退於燕居，申申夭夭，燭照數計，考七郡之幽隱，如指諸掌。名之曰明遠，孰曰不宜？今參政公之按行，非家至而户到也。是則明遠之旨講之熟矣，則凡後之來者益得以省察，俾勿壞。

泰定三年四月丁丑，具官袁桷記。

新修司獄司記

國朝肇置司獄司，專以掌守囚禁，職卑而勞猥，爲其官，常憒憒不得志，浮湛坐曹，日數歲月，希善代。謁吏部者每請託求免注，繇是視爲傳舍。狴犴之不修，桎梏之不整，所至皆是。憲部審決，亦有所不暇及。簡漏相仍，其勢然也。

永嘉林君龍澤之來守是官也，曰：『吾不可不自振。』考其成牘，剔疑擿姦，重者上憲府，輕者白郡守，多有所變易，罪以不冤，因民宜之。久之，曰：『獄不可不繕營。』至大二年，獄既燬，支弊植仆，僅存其制。於是除地撤瓦，築堂三楹，曰平恕，堂後燕室曰種德。左右翼軒，環以吏廡，迺築高門，迺闢圜土，養疾有堂，奉神有祠，繚以瓦垣，浚以甘井，取足備具，各中繩墨。蓋先之以己俸，而官若民迺悉爲之助，不旬月而告成。噫！亦難矣。

昔人言不卑小官，於林君見之。州縣疑獄，郡輒以委林君。揣情以求其生，量事以正其罪，群吏抱案詣庭下無虚日。是則林君之果能令官大也。《書》曰：『典獄非訖于威，惟訖于富。』若是，則寧有私謁者乎？余直集賢，林君時爲掾史，處事立具。今睹其政績顯白，足可稱道。庸紀歲月。

是役也，興於某年某月，成於某年某月。泰定三年歲在丙寅，郡人具官袁桷記。

慈溪縣興造記

泰定二年冬十一月，保定孫公楫循行四明，至於慈溪。睹其縣治壯麗整密，咨嗟徘徊，詢諸縣人：『邑長爲誰？』咸曰：『此昔烏忠顯之所成也。忠顯爲縣，首治董孝子祠以化俗，次修孔子廟、三皇祠，曰：「儒以長民，醫以養民。」又治社壇，嚴其齋宿，以謹水旱。迺曰：「迎詔禮賓，兹不可不虔；傳驛休息，宜慎其寒燠。」興繕既畢，始曰：「吾亦得以廣居於是矣。」』語未終，孫公曰：『是誠可紀載。』於是命進士翁心傳爲圖，俾桷爲之記。

聽事五楹，高其前三楹焉。堂曰清清，淳化中尹張叔達璽書之所褒，因其名而築之者也。挾以吏舍、廚湢、獄室、縣門、鼓樓，前後有序。縣治之後有小湖，湖之中爲洲，花竹四列，風蓮水柳，映翳繚繞，爲亭以庥，其居有四，曰思政、佐治，以察民隱也；曰柳意、勝覽，以樂其神觀也。圖既畢，復言忠顯之政，墾萊輯亡，役不病於民，去其姦饕，以爲政本。今其去十有三年，思如一日，而其繕營足以支永久，於是有驗。噫！今之爲縣，嘗患夫士豪之控持也。其始也，利以誘之。終三年更，徵需斂散，一聽其命，户税更易，拱手莫與之抗，甚者爲之囊橐。可哀也已。孫公之來茲邑也，其亦有所感，表去尹之美，亦將以警夫來者。

余昔在太史，觀循吏之實，書以示後。忠顯不求名而名自至，孫公之爲使者，夫豈計目前以爲黜陟哉？始忠顯之滁篆也，漫不可考。謹視之，實秭歸縣印，言於攸司而更正之。其精覈率類是。則凡今之爲縣者，廣使者之用心以成其政績，桷雖老，尚當記之。

泰定二年歲在乙丑冬十有二月甲午，郡人具官袁桷記。

定海縣學藏書記

定海爲縣，南接蠻島，汪洋數千里，食息可至，厥今號爲重屯。四方語言，咿嚘侏離，交衢旁午，褒衣儒冠，見者訾議。考諸郡乘，惟沈端憲一人，嗣後接武猶班班可考。

泰定二年春，某官始來爲令，迺曰：『縣固有學，學必聚書，冥行空言，講習何補？武城弦歌，先聖是取，進鄉小民，首於文辭，其必自聚書始。』迺與主簿龐君首捐俸資，復命教諭汪宗江出學粟，俾儒職樊惟肖、胡驥謡杭置經、史若干卷。又諭學之耆老曰：『經以窮理，史以究成敗，廣聞修辭，惟子、集是宜，是亦不可缺。』復得若干卷。將刻石列目，以示永久，謁記於余。

念昔在殿廬，見令尹之兄在廡下，察其儀貌莊肅，知非凡近，後果爲進士第一。見令尹于國學，儀端語温，審其頡頏萃于一門。今兹掌其邑，尤以教學爲己任。抑嘗聞之：『聚書非難，寶書爲難。』校官之不職，悉資以奉權貴，甚者竊其故籍，挾之以逃。其最甚者，漫漶散落，一不掛眼。三者之病，比比皆是。今刻于石，將杜其漸。後之來者，寧得不自勉乎？

慶元路重修先聖廟記

河南郭侯視郡事之初，首定役法。郡民日困鹺事，旬月按覈，數嘗不登。郭侯知其奸利，迺言曰：『病在私商潛轉輸，其所贏餘卒不入公籍，民病不可藥也。』於是罷賈區，分四廂，俾總之，鱐醢豉脯，各趨其時，視計口之授略相等。復竦然曰：『吾職司學校，兹曷可少緩？』督大小學，謹授業，斥其僞冒，以其餘粟大修孔子廟。於是進郡博士陸晉之、學正録胡某、毛某而言曰：『漢文翁立學，歷唐宋幾二千年，猶完緻。君等知其故乎？』少間曰：『教在不墜，其不廢，在繕修。』乃曰：『若殿，若儀門，風雨剥圮，在丹雘。先聖崇嚴，列祀肅雝，在作繪。定章服，在禮象。』又曰：『講有堂，書有樓，吾亦曷敢後？姑徐徐爲之。吾願俾是邦服習仁義，秀乂林立，遺詣王朝，將自兹始。』

桷繇禁署歸里凡三年，愛中和樂職之詩，首爲詩以詠贊。侯名郁，字文卿，所至官以興學爲本。詩曰：

茫茫海甸，聿仁義邦。圭組積榮，失其敦厖。歲亦云徂，夸侈則降。維侯之來，靡瘼不知。

曰維泮宫，風化攸基。竦其具瞻，象神之儀。藻井繪櫨，絢兮承式。降陟有嚴，是奉是翼。匪土木之工，職教攸則。瞻彼戟門，有飛戾止。斯翬煌煌，五采屬纚。鏘鍠八音，粲曰在耳。嗟爾後生，無媮以誕，無逸豫伴奂。遵我侯度，以靖以獻。奉璋有峨，伊侯之願。

鄞縣學興造記

延祐元年，梱記鄞學之興造矣，甫一紀，職鄞學者括蒼林君傳以事狀來言：昔之經度，踰於舊址，廪入不給，故其結構塗塈缺焉未周。鄞之尹曰阮君周翰，治縣未幾，有恪殿謁，首以興繕爲急，割俸以勵儒生。於是步履有甓，繚繞有墉，甃以密石，華以堊丹，象設有嚴，講席齋廬足以稱絃誦。而從祀一百有五，悉易以塑，合儒先之宜祀者，爲祠以庥。少間，曰：『既完矣，盍廣教以振士類？』立小學師二人，而增弟子員凡五十人。泰定三年二月朔告成，復命梱記。

維鄞自王文公延杜先生以君師爲端本，故後之繼承經術、淵懿蹇蹇、大節見於史傳者，凡數公。衣冠日隆，微近功利，而懷忠抱德，盛於乾道、淳熙之際，遺言正學傳於今猶未泯。周翰之先公嘗分刺是邦，厖眉褎衣，諸老森立，蓋嘗極尊賢之禮矣。今兹作新，亦將有意夫斯道。考問德業，吾猶以爲有在也。周翰名申之，池陽人。林君字以道。非怠其職以苟度者，於是乎見。魯公修宫，形於歌頌。系以詩曰：

維鄞之峰，煌煌金精。其江縈紆，挾城以行。磅礴元化，孕兹群英。其英伊何，鬱彼瑚璉。

不戚施以求，是則是憲。發其精忠，匪石可轉。曰尹之來，庭誥是遵。顧瞻廟廷，風隳雨昏。土金丹漆，有炳其文。宮既完矣，失教則缺。循循子佩，自今以始罔敢越。以道氏林，葺構揭揭。杜先之訓，百世服膺。有失其猷，將夸誕是興。凡升論堂，戰兢以承。

校勘記

〔一〕「辨」，原作「辦」，據四庫本改。
〔二〕「祥」，四庫本作「詳」。
〔三〕郁校：「率」，原本誤「卒」，鈔本作「率」，今改。
〔四〕郁校：「守」，原本作「手」，鈔本作「守」。案下文云「守令不能以公其心」，此誤，今改。
〔五〕「祖」，原作「俎」，據四庫本改。

清容居士集卷十九

記

馬元帥防倭記

自昔待蠻夷之國，必傳詔令以諭説之，稍失撫馭，則狙詐百出，甚者嗜錙銖之甘，傾接如素所交往，失上國體，籔侮訕笑，於兹有年矣。今天子考獻令於疆域，中書省奏曰：『蠻夷之不庭，實守禦長吏餌利忘公，弊不可日長。維定海實慶元屬縣，附海司鎮遏，遵考舊跡，兹其爲泊艤之所。舶有定制，輸其物以上於官，勿入郡城，勿止貿易，則得以永遠。虚聲生疑，駱驛傳騎，亡益也。是宜選帥臣清白有譽望者制置其事。』上可其奏。

泰定二年冬十月，倭人以舟至海口。於是行省僉曰：『非馬公，孰得當是選？』公乘驛至縣，即宣諭上意，始疑駭不肯承命，反復申諭，訖如教。於是整官軍，合四部以一號召，列邏船以示備禦，戢科調，減騶從，除征商之姦，嚴巡警之實。慮民之投憲，爲文以諭，收其帆檣器械，而舶法卒不敢移減自便。事既畢，賈區市虚，陳列分錯，呷嗄爭奇，踏歌轉舞，川后山君，德色效靈。而公之淵思曲畫，若防之制水，不可得以殫述。自始訖終，凡一百三十有七日。古之禦邊，莫踰於諸葛武侯，韋皋善繼，史有述焉。今公創始於前，願後之賢帥規隨以成。非惟鄉里之奠安，則國家懷來將自兹始。《王會》之篇，桷願有繼焉。

兩浙轉運鹽使分司記

國朝定煮海之賦，倍於前代，邦用是資。其選官委任爲不輕。兩浙設總司於杭，東、西屬郡率置分司以董督。四明號爲東浙繁夥，饑饉荐罹，逋負益廣，急之則疲薾愁歎，黧色骨立，見於耄稚。故受其任者爲最難。桷官翰林時，預議中書堂，嘗白丞相乞減歲額，丞相領其議。於時大臣咸然其説，卒以户部籍不能易。是後憂國者迄減其直，繼今善謀邦計之士亦將有以待也。

泰定元年冬，分司燬。三年，張侯伯威涖是邦，以官楮若干委於郡。郡守郭侯曰：『兹役不可緩，必擇善於營繕者是屬。曰阮君申之，縣庠之興，尹能紹之。曰尉周君一夔，尉廨久湮，尉能起之。兹其以是屬。』僉謀曰：『取於山，里胥是删；鬻於市，大賈以喜。將視其材，市於民，堅完縝密，是則不負於郭侯之教矣。』六月闌工，九月告成，聽事崇嚴，夾舍拱揖，門臺有敘，百堵具列，斧斤鼛鼓，不徹於垣。周君則曰：『尉雖不才，囹圄之設非我職，矧轉運府設？是則益以病，盍去諸？』復以楮之餘者歸於司官。常患不得其人，急奉於公，怨讟滋興，況復因之以竊其利，周君則不然。人皆曰：『作之登登，周君是承。去其榜笞，民完以熙。』若是，則任其職者絶叫囂、息追逮，其賦寧有不登於天府？昔之使者，遺愛揭於堅珉矣，後之來者，登斯堂也，藹然仁政將屢書不絶。桷老矣，尚當見之。

泰定四年二月庚寅，具官袁桷記。

鄞縣小溪巡檢司記

城南門折行四十五里，曰小溪鎮，宋元豐置焉。唐曰光溪鎮，以監酒税、煙火得名。治平元年，罷酒税以便民，獨掌煙火。凡言煙火，職民訟、水火、盜賊。其地三境交接，大江貫其中，群溪畢會，水清泠如明鏡，巖巒擁秀，千篙競發，碧瓦朱甍，翬聳鱗比，望之如神仙居。宋紹興中，北客多樂居之。魏文節公結圃墅，與客大梁張武子爲詩友，其它如安儀同，孫、王尚書，相繼卜築。而爲是鎮者，于于養恬承接，履舄爭闘絶庭下。桷幼歲舟至溪上，猶能記髣髴也。

皇朝一海寓，立巡檢司於是地。而舊鎮久廢，故家亦湮没毀散，仕者率苟循歲月，處隘踵陋，不復以崇嚴爲事。泰定元年，白君察罕不花涖是職，與父老言曰：『司徼之所，不在荒寂，則在獷惡。吾獨愛是溪有先賢之遺俗，薪者販者，前歌後休，絶枹鼓之警，罷干掫之邏。吾心固勤焉，亦是土循謹之素。願廣聽事，以表兹溪。』咸曰：『然。』於是木踵以至，甓效以來。三年夏闌工，九月告成。遠迎龍湫，近接虹梁，舉觴以落，而懷牒巧訟者各屏息以避，有合夫道德齊禮之義。迺相與歌曰：

作之烝烝，罔聞其聲。養其高明，心清以寧。不卑其官，惟後來是承。

吳江重建長橋記

震澤，東受群川，汪洋巨浸，至吳江尤廣衍。地爲南北衝，千帆競發，駛風怒濤，舂擊噴薄，一失便利，莫能制。唐刺史王仲舒築石堤，以順牽挽。宋慶曆八年，邑宰李問始造長橋，繇是各拾舟以途，來往若織。水齧木腐，歲一治葺，益爲民病。泰定元年冬，州判官張君顯祖始蒞事，曰：『兹實首政，稽工程財，莫知攸出。當謀於民，民有調役。維浮屠善計度，長衢廣殿，瞬息以具。吾語諸，其有獲。』廣濟僧崇敬寔來，敬言：『伐木爲梁，弗克支遠。易以石，其迄有濟。』參知政事馬思忽公以督運至吳，迺采其議，周詢以籌，首捐貲以勸。敬復曰：『作事謀始，不可不慎。有善士姚行滿〔一〕，嘉禾人，能任大工役，必屈以委。』繪圖相攸，經畫畢具，咸服姚議。於是參政諉郡守郭侯鵬翼。

役未興，丞相答剌罕公朝京師迴，道繇吳江，郡白橋議，丞相曰：『吾必首倡。』即捐萬緡，而府、縣士民相胥以勸。平章高公、貫公繇湖廣、江西來自江浙，力囑張君，俾終是工。杜侯貞來守是土，亦曰：『張之言然。』閏正月建橋，明年二月橋成，長一千三百尺有奇。揵以巨石，下達層淵，積石既高，環若半月，爲梁六十有一，釃其剽悍，廣中三梁，爲丈〔二〕三百，以通巨舟。

層欄狻猊，危柱贔屭，甃以文甓，過者如席。舊有亭名垂虹，周遭嵯峨，因名以增榮觀焉。

是役也，敬師鳩徒，輸財實三之二，贏財十萬，復以爲寶帶橋助。姚總其綱，張君首議，出於仁政，事有脗合。而是州興役見知於丞相，誠出大幸。厥今運舟相聯，驛使旁午，咸曰：『丞相謀國經遠，張君美績繇是得書，將永遠無極。』繫之以詩曰：

茫茫禹甸，昔鄰於魚。維四載功，兹爲具區。有失其防，群嗸喁喁。曰維李侯，構兹虹梁。經始孔艱，任負揚揚。歲老水泐，臨履若驚。張君涖官，飭我初政。曰兹橋匪修，涉者益病。召彼耆老，貨布莫競。相國之來，六轡徐徐。詢事審宜，以究以圖。割其緡錢，俾民樂輸。橋既成矣，虹飛於江。千柱承宇，群流迴矼。巀兮層城，爛其軒窗。張君籌思，相國成之。彼清淨士，式克承之。千歲永賴，我庸以銘之。

陸氏捨田記

吴越舊俗，敬事鬼神。後千餘年，爭崇尚浮屠、老子學，棟甍徧郡縣。宋帝南渡，公卿大臣多出兩浙。而制令入政府，得建宫院，崇祖禰，驅石輦木，空巖闃寂之地高下晃曜。財日益耗，而弊莫可救矣。故稍自給足者，亦承風效施，跬步瞬目，日不勝其繁。吁！可禁哉。

宋社亡，故家日降辱過，昔所崇建，揮手若不相識。甚者翦夷其墓田，豚蹄之祭不通於焄蒿，而卒未有能懲戒。夫厲階於初，其習聞者不變，故雖善説巧譬，終莫能以改也。

夫錫山陸元俊，以其母夫人楊氏捨田之狀，且告曰：『陸，故吴望族。大父凱，恬靜絶企鶩，觀老子書若有得，所與交多聞人。是生先府君，愈孝謹自治，讀司馬公書不釋手。人勸之仕，則曰：「吾承事於家者未至，安能弊内以益外哉？」未幾，大父母相繼卒，吾府君拮据治窀穸，不幸以毁卒，又不幸弟鐵孫卒。於是吾母曰：「爲物爲變，魂之屈而不能伸者也。氣化則魂升，求於家祭，記禮者盡之矣。求於窈冥，則莫若清淨焉。是依汝父若弟，其往也無悔，而吾惓惓者，情有盡而哀終身不可以有盡也。今將割田若干，歸於城北之洞虚觀，以廣其時思。吾知守禮者，矜其情而曲許之焉。事不永久，則吾之志墮，當求能文詞者爲之傳。其文傳，田不復可易矣。田不可易，則汝父、弟與吾志俱不朽矣。」』其言若是。俾余信其言者，吾友陽穀李君希哲也。希哲於陸母爲姻聯，善屬文，遂於予者，求儆以示公也，儆其子孫。而余前言惓惓，復將以儆夫觀中之徒，知以興言爲可畏也。

袁桷記。

野月觀記

養生説有二焉：北祖全真，其學首以耐勞，苦力耕作，故凡居處服食，非其所自爲，不敢享。蓬垢疏糲，絶憂患慕羨，人所不堪者能安之。調伏攝持，將以復其性，死生壽夭，泊然無繫念，駸駸乎竺乾氏之學矣。東南師魏伯陽，其傳以不死爲宗，本於黄帝，韜精鍊形，御六氣以游夫萬物之表，其壽命益長者，謂之仙。而所傳確有派繫，先儒深有取焉。夫人之所受爲命，其夭閼戕賊，必不能盡其年。過於厚者，非自裕也。盡性知天，踐形以全其正。斯二者，俱得之矣。

天台多羽人居，遺跡勝所，相望不絶。宋世有大梁趙公宗卿某，佐縣黄巖，樂而家焉。踰二百年，子孫益繁衍，詩書孝友，簪笏不絶於家乘。四世孫與慶虚中父，遯世樂道，從北方之學者而慕之，志强氣堅，膂不至席，今踰十年矣。遂築室委羽山之西北，八牖四房，兩翼三楹，靚深以明，於以坐忘，不知寒暑之代謝，順其天年，以入於自然者也，而名之曰野月焉。月猶身也，則而象之者，得無似乎？

吾按其圖，東西仙源，南企大有，北顧商丘，誠仙人棲息之所，境清則神湛。嘗聞張平叔産是州，王子晉居桐柏山，二人皆以不死傳信。盡性可以至命，虚中得至靜之説，願取平叔書讀之，將見王子而肅之矣。道無異同，不偏於一者則盡善。桷也行南歸，願踵門請其説，尚當賦之。

至治元年九月，四明袁桷記。

沖庵記

御史臺都事開封賈君華甫，以沖名其居，謂袁桷曰：『爲我敷繹而記之。』余於《易》先後天之説，精思以求，而嘗得其説焉。沖漠無跡，《易》之初也，二儀定位，其氣果有分哉？是氣也，陰陽得之，則爲日月星辰，爲河漢，爲山嶽；凝而瑞於世，爲甘露，爲慶雲；形而在下，四靈連理之應係焉。其於人也，受中以生，則與天地之未判同也。曰生矣，氣亦果有分哉？曰寂然者，初之未始離者也。感以應，不動乎内者也。心君清寧，行乎六氣而不沴，處乎寒暑而無背，則中和者，内外之樞紐也。

昔之聖人，言夫上者爲道，下者爲器，變通事業，允屬夫人。若是，則全其大和，以養吾生，休休焉復奚遜焉？存誠以立乾之本，持敬以直坤之本也〔三〕，聖人惓惓致辭焉，陰陽之用備矣。氣生於無形，成於有形，聚散反復，晝夜不置。勖哉勉夫，將不能以病矣。華甫官京師踰二十年，踐歷清劇。其於事物也，充然若迎刃。與人交，謙以善防，臧否之色絶顔面，而損益高下各有攸當。是其養之有素，外不能動者矣。其名曰沖，不幾似夫？華甫竦然曰：『唯。』遂爲之記。

順堂記

大德八年，余與天台陳君剛中爲翰林屬。剛中素簡曠，不耐酬接，獨其族子萬里，裨益俯仰，客至能使盡歡，禮洽而氣和，真翩翩良子弟也。家居於台之三台山之下，凡十有一世。宋世第科目、聲釁序，代有其人焉。古之言令族，必曰荀、陳，曰王、謝，非貴華腴也，薰德以爲善，積小以爲高，絶於聲音笑貌，篤躬以行者，斯近矣。

萬里三游京師，未嘗不與之言齊家修身，察其所養益充厚。調官以歸，謂余曰：『遴築堂以奉吾母，兄弟三人，而仲弟居於外，今將挽之以歸。抑反身而思之：我不能和協以至於是邪？則又曰：遴其毋〔四〕以妻孥之私若是邪？昔之歌《棠棣》之詩，情義之曲盡焉者也，而夫子蔽之曰順。願則順焉，其殆庶幾矣。』桷曰：『天地以順動，不順爲逆焉。陳仲子喻於槁壤，世人行事不若仲子，則升斯堂，油然以興不遠，而復何憂焉？化由身始，蓋何病焉？』爲之歌曰：

彼山巑岏，孰啓源兮？世十有一，嗣宗蕃兮。木之詵詵，本可分兮。謂本可分兮，枝曷以存？季也孔艱，憂心薰兮。伯也鬱陶，求于原兮。歸來歸來兮，我母永歡兮。

積慶堂記

往歲，朝廷廣錫類之澤於中外，繇是執政大臣得追榮其三世。今集賢大學士、平章大慈公，時爲翰林承旨，捧制書告於厥曾暨祖考，惕然以思，曰：『嗣子守先緒，敬篤弗敢替，陟降帝廷，嘉惠日接靡有間，兹惟前人寵綏功，我康懿公潛光葆真，植德在拱把，至安惠公，封樹益虔，美蔭磅礴，蓄久而未振。逮先考文敏公，則亦旁達秀發，聞譽光灼矣，然禄弗稱其報。今膺是穹顯，居室完好，弗先烈是思，曷稱永久？』遂扁其堂曰積慶，有取於《坤》之文言。如臨如存，知所以近天子之光者，實有攸自。

桷也獲殿次集賢，得升公之堂而俾有言焉。古之能孝者，食息跬步不忘其本，而詩人之推原，則亦曰『孝孫有慶』，是皆其先祖之徂賚。夫源深則流長，恃而不浚，將壅焉以竭。譬之善賈，貨殖之積所從來久矣，因其饒而日取之，用殆有盡。

今平章公朝夕承顧問，委心微言，觸類以感悟，廣聞[五]以通導，善經達權，以天下休戚爲己任。所陳於上者，外雖不能知，睹命名之意，若堂焉以構，播焉以穫，實崇迺先公之德，以垂裕於萬，子孫毋怠。則凡登斯堂者，亦將儆以尊祖。河潤九里，夫豈徒言乎哉？

樂全齋記

真定李君允希徵甫，故儒家，幼慕沖曠，閱其游記曰：『登恒山，聆天雞，觀出日焉。遵太行，上王屋山、嵩華、少室，視昔時好奇之士，遺跡鑱刻，悲愉怪愕，歷歷在目，而徼福頌語何侈愚也。南踰江淮，地險不足恃矣。震澤禹功，能知尊之。錢塘故王都，囂溽靡習未有改。遂窺禹穴，望蓬萊。久之，歷天台、赤城，知孫興公、司馬承禎肥遁益有旨。武夷九曲，其仙者，誠然與道統之傳有自矣。過九江，審瀦匯之本，匡山之截乎長江者非偶然也。衡山爲南嶽，灊山望祭，抑深疑之。氣舒而神完，則曰：「吾於鍾山其止乎？」』遂日廣松竹桃杏、鼎壺几硯之屬，於以娛其客，且益以自佚。鍾山，故衣冠之所僑寓也，繇晉以南，名士居焉。今將居是丘以樂之，爲何如？益展其地，曰山房，堂曰静修，齋曰樂全，軒曰松風。而命其樂全者，俾余記。

余嘗悲好游之士，名足以成矣，文足以傳矣，而不能全其身。蓋其沈恣豢養，恃才以肆，危機駭浪，蹈之而莫知，遇事瓦解，其悔恨悼惜若無所容其生。非若夫子之宋、之陳、之衛之不遇，蓋德以輔名，道以喻志，捨是則非以自豫也。希微生盛明之世，居於中州，以仕焉，若水達於川，孰能禦遏？今而曰卜居於南土，豈託而逃者與？余居京師，見持政柄者皆善思索位置，遇大利害輒執咎不能解，而南士以疏遠得免。希微之居南，夫豈遂其静退與？抑亦耳目之所接，有感而然與？遂爲之辭曰：

顒顒鍾山，霸基承兮。英光盪摩，隱德貞兮。泉纚纚兮玉鈴，松摇摇兮翠旌。維絜士之定居兮，山神憺兮以受令。合正命兮萬化成，神無方兮養千齡。

竹鳳石屏記

繇開平西南行七百里，稍折西北，其地有泉，如懸簾，五色貫射。在昔世祖皇帝名之曰三不剌，以其國語志之也。地曠衍，均成沙，居民鮮少。地所宜惟瓜，悉發南戍卒墾樹之，瓜絶甘美。按燉煌多種瓜，沙土疏，利根蔓善達，分水無沮洳。昔常以江漢人廣其田，號會稽，其事政相似。

至治元年，今天子巡北邊，望祭陵寢，昭文館學士史公以屬車從。旄旍交章，鼓柝傳警，頓次之暇則詢其遺俗。千里一色，林光野燒，絶不接目睫，怪石犬牙，層獻迭見。遂得一屏，若水玉澄澈，雲根屹成，巖崿雕鏤。其上有叢竹森列，旁出一木，緑葉密成，前隱采鳳迴咮，導前以飛，五采紛敷，不假於琢削，而生意屈曲，造物有以畀之者。因名之曰竹梧來鳳，爲圖以紀之。

余嘗聞地之宜於五穀者，男女必繁夥充斥，盡力以食其土。若夫絶漠廣域，其寶玉光怪不可名狀，而其人類寡鮮。得非天地之氣，其凝結者爲星辰、爲河嶽，其聖其賢者爲君師以長牧之。至於不能以自見者，則萃其精明剛絜之質，以伏於荒野，一得所遭，而其緹襲繅薦又甚於他好，豈不幸哉？方今天子寶賢飭躬，以孚佑於下民。兹石之瑞，和氣之感與？抑亦開太平之應，以告成於天與？

史公往在至元間從大帝出征，嘗得二石，中空如壎，出虛成奏，其一具北斗形。余嘗聞史公好養生、説玉石，吾寶視於内者何如也？至治三年三月，袁桷記。

曰生堂記

天台道士項君子虛，通岐黄書。其治病不擇富貧，輒徒步以往，處藥候脈有源委。蓋所居鄉有老醫，能理傷寒，受其説『傷寒首經絡，未有不通是而能爲醫者』。治所居室，名之以曰生，且求記於余。

噫！今之醫，未嘗不以生爲心也。技薄而學淺，貿貿然以游人之門，恣意剖決，遂使夫人之壽夭不得以盡其正命，十蓋有五六者焉。薄人之危，剛燥疏補，重其疾以利厚資。則凡所謂生者，不存於其心矣。天地之於品物，寒暑代謝，日用而不能以知。爲之君師，以正其綱常；爲之醫，以療其疾病。是醫之道，其贊化育者厥功茂著。仁爲人心，操存動止，於醫殆得其全矣。余嘗聞道家者言：『陶弘景增《本草》飛走蟲魚類例，有殺生心。』此蓋誘俗鄙俚之論。犧牲養人，千萬世不能以易。藝不如古人，挾一囊以自行，巢氏之説畢具於所挾，矯誣滋甚，矧有若予前所言者！其爲醫之禍最速矣。

子虚氣正而色剛，立志不苟，視財帛如糞土，耐習勞苦，師全真之説，養心若保赤子，其未通者，必有以日廣。活人愈多，仰俯不怍，斯其爲德也大矣，庸俟以紀。

至治三年九月，袁桷記。

信州貴溪縣楊林橋記

貴溪環山爲縣，大溪貫其中，支流爲楊林，秋夏水至，奔潰莫能禦，歲病涉焉。當淳熙年，有僧允懷任其事。懷，陸出也，象山文安公勉之曰：『徒杠輿梁，觀政之本。』是則昔時盛平，轉輸供調之勞，守令有所不暇及矣。考於成周，除成梁道，於先王之財賄不用。役民之法，其無迺因其隙而用之。故不煩於官者，良有以也。二千年來，著律令者，長吏率遵守文具，飾傳舍、除驛道爲急，使者所弗至，不復計省。民所必趨，而顓受其害。於是乎有倡義者焉。懼其嗇於財也，則復有利益之説焉。

噫！民之所利，上所當興，顧其力有不能，事與勢實有違者。夫豈惟今也哉？龍虎山爲老子祖宫，其民食其業，以遊於襄、陝、廣、蜀，歲幾萬人，而江、淮復不與。道繇楊林，咸惴惴焉。求於上則有未及，謀於私則曰：『亦盍思以爲永久？』於是，山之道士曰傅某、章某，首出資以倡之。主兹山者董某曰：『事宜是。』鄉之耆老某亦曰：『吾等詎坐視？』遂伐木聚石，聳爲飛梁，危湍駛流，帖俯於履轍之下，訖成於至治元年十有一月。明年，董君襲常來京師，命余以記。

余讀老子之書曰：『修之鄉，德迺長。』又曰：『儉故能廣。』刻志繕行，則其自貶損者，夫豈厚生以自養？民困於徭役，牧之者不能以告於上，因令所著而强之，將轉散而他往。清淨之學不有衛翊，其何以爲教？三君子之志深且遠，永詔後之來。楊林之橋，其何有廢焉？

小領水亭記

薛君玄卿自京師歸上清二年矣，習靜修德，日治其文詞，刊落雕飾，以求進於道。暇日游小領，領分爲兩，側足以上，過者岌嶪。然龍虎山爲治所，其教行南北，故凡驛騎之旁午，商賈之輻湊，皆本於龍虎，而道必繇於小領。玄卿坐其旁，見行者之至是，皆假以憩息，良憫其勞，貴賤固一等也。遂築館於領之西，曰崇賢；作亭於領之東，曰振衣。命道人日具茗水承接，以休其心。

昔之善喻者曰：『夸父逐日而不返。』今世汲汲然道途者皆夸父也，故其捫歷河漢而不慴，困阨巒瘴而不懼，方其去鄉里、辭妻子，漠然無惘惘之色。其羈窮逆旅，饘粥藥餌之不給，而猶曰：『我有命焉，奚以憂？』至於久勞而思逸，若登茲領然者，未嘗不心一而念同。當是時，使幡然有得，吾知其絶跡於是途必矣。

玄卿曰：『領之東，古象山，陸文安公講道之地。其西爲臺山，突兀秀峙。南爲雲林、麈湖、聖井、琵琶諸峰，歷歷可數。北則潛山之井邑，稠密高下，雞犬桑柘，望之如神仙居。吾知夫仕焉而已，登茲領也，必曰：「吾行，其少息矣。」王公貴臣捧香而來於山，亦知老子不辱，莫先於善退。往來鮮少，將見夫青牛白鹿之士倚古松而聽流水。登斯亭也，願爲之執鞭以俟焉，斯可矣。』遂掇其語而爲之文。

泰定元年正月壬寅，清容居士袁桷記。

友恭堂記

余幼居鄉，合郡里巷，考門閎之高者十居其六七焉。先公撫余首而言曰：『自圭組之日盛，而兄弟之虧有不可勝言者。今可稱道，惟史忠獻王與汝曾外祖忠宣公，白首若一；次則曰余忠惠，其季尚書，貧無副衣，出入互易，貴且死也，約同葬。尚書之子寺丞，不替是道，以京秩讓其弟所後子。二百年來，登顯仕，亡慮數十姓，中外宦簿俱徧歷，獨號能盡兄弟道爲難。蓋其貴盛之極，勢軋於相等，稍避嫌以退，則若無所容其身，以爲吾才不能以見用者，兄弟使然也。不再傳，而其祖父之所蓄，棟積棡聚，各私利其美好，黨署賓客，强凌很勝，歲時敘昭穆，占對簡略，觴豆不設，强成禮即退。言至是，良可哀也。』又曰：『吾之事賓州，汝〔六〕雖嫡長，讓其爵於兄子。凡世所慕好，吾一不以問。怡色拱立，若幼子弟，積誠以感，遂悔焉而益以親。汝以孤子承吾宗，何憂焉？若有子孫衆多，能率我以行，則知吾門殆未艾也。』

受其言，於今四十年。余官集賢，日近醫藥，命次子瑾來侍。久之，復還翰林，屢謁告以請，不得命。長子瓘撤舊室之蠹腐，構新堂以俟歸。書屢至，將以盡侍養之道，余曰：『父子異宮，兄弟同處，古之制也。幸有尚書公之堂在，可以逸老。則斯堂，若兄弟居之誠宜。』遂名曰友恭，實取夫先公之遺訓焉。

夫爲公侯之後，得爲幸矣。恣其私心，以泯夫天倫，氓隸之所不忍。因詩書而成衣冠，不幸不勝衣冠，而卒泯其詩書，則昔之高門，今不能一二者，其病首在是。越公之書在山中，而余再世之積實倍焉，二子能讀而守之，又將見吾諸孫之有成，而翁授〔七〕首之。

泰定元年□月□日，清容居士記。

種德堂記

蔡侯茂先以其先郡侯之狀求銘，摭其行事，古君子也。少間，謁余爲種德堂記，其名實侯崇祖之本意。昭揭於户册者，集賢大學士郭公安道所篆，而歌詠其事以光顯，悉余同院之故人也。若是，則余何敢辭？

郡侯之樹德，蓋不止於誌銘之所紀，而因事以詠，則宜有取於行實。昔人有言，陰德猶耳鳴。想其平居，篤厚廣施於鄉，惻然以求其急難。御於家也，敏其力者貰之，不足者周之。懼飭躬之未能，蚤夜以思，則曰：『所求合乎古，未能也。』蘄正乎有道之士，則曰：『吾所爲，能盡善邪？燭計利害，得無慊邪？施於族者，洽於肌髓與？訓於家者，蹈履足以日化與？』朝培而夕修，望歲焉，不求報豐，養之以年，祝之於子，期之於孫，磅礴浸漬，斯其爲種德之本旨也。

茂先今爲良二千石，其季爲太守，鸞翥鵠峙，羽儀清朝，盡忠補過，以光其祖父。吾知其曾雲，少者謹於里門，長者服於王庭，恂恂孝慎，日補其未備，考其興隆與德，良未艾也。《書》曰：『率乃祖考之攸行。』又曰：『汝克昭乃顯祖。』願相與勉，桷也亦從是得以有益焉。

泰定元年冬十月甲子，四明袁桷記。

春暉堂記

翰林院都事韓君友謙，居京師有年矣。往歲築堂以奉其母夫人，未幾下世。今復名其堂曰春暉，示不忘初也。命余記其事焉。

孟子生於戰國，距舜之時幾二千餘歲矣，而其言終身之慕者，則必曰：『惟舜一人焉耳矣。』昔日之聖人懼其不能皆然也，爲之令以教之，爲之表以勸之，而作史者復取其卓異者以彰明之。教益詳而行益微。吁！可歎也矣。

孝根於心，人之所同。繇古而論，宜不若是。薄然而缺焉，所從來久。立其名者，良有以也。杯圈手澤，存而不察，非孝之實。吾知夫韓君之升斯堂也，雞鳴則思其進盥之儀；饋食以列，則思其嗜好之若初，將惕然而奉之；日入而息，陳其枕簟，闇乎其有聞也。故其居於家也，望之而在前，思之而若著；其處於鄉也，身無虧焉，言無擇焉。鄉之老者曰：『韓氏之澤有在矣，其先人之教未忘也。』立於班朝，無有父母，兢兢若臨於其側，而人始曰：『若是者，其殆幾於永慕矣。』

吾聞友謙佐治大尹，執禮自持，不爲苛刻矯亢，人安其業，而化俗敦教，飢渴之於飲食，義方之訓有自來矣。昔孟氏之子，於其羈愁困窮之際，始矢於言，情之感也。友謙仕不離鄉，遭世隆平，卒取其言，感之正也。桷也官於朝七稔矣，升春暉之堂，得無愧乎？

賀蘭堂記

靈武李公居錢塘三十年，築其第之堂，而名曰賀蘭，志不忘本也。會桷自京師還，迺命誌之。桷嘗紬書於太史，按賀蘭山，在靈武保靜縣西，草木青白，望之如駁馬然者，土音語駁爲賀蘭。而昔之居是山者，復因以爲姓。在唐天寶時，靈武號要衝，後卒能以一旅之衆興復舊業。至李王有其地，天下易代凡九姓，獨靈武以十餘州相傳者三百餘年。其民沈鷙尚勇，土壤沃曠，氈酪、駝馬給足無凶歉。國狹而慮密，各以金革相保衛，患難垂乏，絶不少變，精急專一，迄能奉其君長。蓋傳愈久，則俗愈定。

太祖皇帝經略西土，爲武功首，靈、夏舊地始臣服委質。然猶强節好義，策殊勳、受上賞者史不絶書。李公之仕於江南也，常兢兢然惠綏，不忍侮其鰥寡。而其於浙東也，事若有素，今所領七郡，四爲其守矣。風俗孅惡，皆示諸掌，而惓惓思於賀蘭者，亦將有以振夫萎薾之習，使吳越之士如吾賀蘭者，斯可矣。古者氏族之别，必錫於其土，雖遠處他邑，其不紊殽者，因是以有考。

賀蘭之山，承平日滋，昔時之草木，意其豐茸嘉美，當盛於公去鄉里之日。而斯堂之封植，五采交錯，密然成文者，心猶以爲賀蘭也。食必祭先，耕則祭啬，斯須不敢遺其初。種德崇報，有開必先，以似以續，殆將見之。公其以余言爲徵也。

沈香石記

唐虞之時，曷有玩其耳目哉？余讀貢書，至青州，則有怪石者焉。今文登諸島洲，往往掇拾珍怪置几席間。物易得而可喜，則雖聖人，是誠有所不廢矣。

浙東括蒼山，松化爲石，其文理真如松，或曰踰千年迺爾。人爲至靈，其化之不可測也，爲聖焉，爲神焉。受成而不變者，木與石，至積之歲月，則貫射於日星，磅礴於霜露，光怪駭愕，充然黝然，爲珀爲玉，有不可悉名者矣。嘉穀爲莠，穡夫憂之。鷹之爲鳩，橘之爲枳，其遷之若是，則亦美惡存於其中焉。

京城田舜舉，爲太醫院屬，治其燕居，明絜靚幽。得一石，望之如水沈，樛結宛轉，巖崿刻削，薦以文石，過者咸以爲海南土産也。似是而非，其爲怪石也奚以疑？故變至於道，君子之所勉，子盍慎諸？

樂善堂記

雲間，繇魏晉以降多文人，磅礴秀絜，故其言辭幽麗瑰雅，喻物形狀無留遁，常驚動海宇。是其人誠精於言者也。或曰：『其地介海挾江，波濤魚龍，善噴薄變化，人居其中者咸似之。』宋世文儒益光顯，冠帶相望。數十年來，習始變。舟楫極蠻島，奇貨善物，往往充上國。力事生産，廣田侈居，擬於王侯，而仕者亦爭願食於其土。夫事久則變，變則迭爲乘除。因其見聞，上之人寧有不遏其萌芽、定其準式者與？惟烏溪趙質夫之居於鄉也，悃愊以無營，恂恂里閭，足不踐公府，汰其侈華，日安於平素，其鄉人之不善者避之。嘗曰：『積豪以希富，富不能永也。積書以教子，吾其盡心焉。』勸之仕，不能動。苟利於人者，誠求之。泉石以爲腴，德充以完，嗒然忘世，其樂道肥遁焉者歟！未幾，其子庭芝登進士第，人始有言曰：『是殆將復其初矣。』

昔故多文物，不幸爲大家以財雄，是其地氣厚積之使然也。趙君不屑意焉，於是以儒名抑進之，則必以文顯。文與行相須以成，余嘗上庭芝之文於殿廷。繇是以求之，探源泝流，苟不止，則其學益粹，聲聞之遠，無疑矣。庭芝詣門曰：『嚴君以樂善名堂，願有記。』退而詢諸其往來，遂以行事爲之記。質夫名宗文。大父以積善聞於鄉，樂善之義祖是。

亦樂齋記

永嘉陳子敬客京師，居城南東隅，車輪馬蹄之聲奔激若雷雹，大雨泥淖入數尺，賈區豕圈參錯啾唧，土俗雜南北不可辨。入子敬門，槐陰植幢蓋，寒苔斑菊，側布疏密，清泉滿洗，白雲在户，坐者不欲去，去者復再至。君蒼髯抵掌，一榻爲席。顧余而言曰：『此亦樂齋也。高王父宣撫公受薦史太師，太師若高外大父，舊家遺德，泯然罹變。更漆園吏之意，爲我終始而言之。今者以愧，感者以喟，不幾於道乎？』

棆幼聞長老言：君里宅雄甲勝據，重樓疏軒，旁薄倒景，飛鳥怖而海雲伏也。君方少年，挾策以自劬，漠然其中，若不能一朝處。稍壯，入太學，喜名而益奇。蒹葭芙蕖之蕭爽，招提廜廨之空絶，境寂意冷，疾筆落紙，自得於杳靄千頃之外，望者知非綺紈世子弟，而視窶人子復不相似，何其盛也！今一廢不得復，廢復坐刻畫，居京師十年，無知己力慷慨引助，視重垢積戾頑然，持牒爭洗濯，不三宿告去。君意氣當復摧抑闒茸，而怡然以理勝，豈榮觀之旨託焉以自逃者與？屢空晏如，榮辱不足以累。豆羹見色，情怵於内也。使向時沈溺自恣，卒遇不遂意，宜朝夕弗給，又安得爲十年計？天乎！其成之者至矣。

噫！使果止是耶？則亦無以自樂。夫强之而不復，必巽德以處。太夫人春秋高，不能自明，寧勿歸也。少貶以求，樂於是乎有在。陳子勉乎哉！慎交而寡言，正車於塗，其終能有以直矣。

校勘記

〔一〕『行滿』，原闕，據《吴都文粹續集》卷三六補。

〔二〕郁校：『丈』，鈔本同。案上云長一千三百尺有奇，此『丈』亦當作『尺』。三百尺已三十丈，舟雖巨，可通，云丈三百似誤。今兩本字同，無他本可校，仍之。

〔三〕『存誠以立乾之本，持敬以直坤之本也』，四庫本作『存誠本乾，持敬法坤』。

〔四〕郁校：『毋』，原本誤『母』，鈔本作『毋』，今改。
〔五〕『聞』，四庫本作『文』。
〔六〕『汝』，四庫本作『分』。
〔七〕郁校：『授』，鈔本作『實』。

清容居士集卷二十

記

邵庵記

雍虞伯生界其居之偏爲庵廬焉，温清之隙則怡怡然飽食以歌，宴休於中。其廬温密樸質，具粹且深。中而虛之，若璧而環，若鑑而明，樞圜而扉方，闔闢以動止。其温燥也，裼以舒其清焉；其淒厲也，隩以休其和焉。左顧右矚，神止氣寂，晝握其動，夜根其靜。不丐飾於外，據萬物之會，將以極其榮觀者焉。

廬不廣尋丈，旁設《易圖》，圖除其卦五十有六，瞪而視之，首擊而尾應，迎而存之，風至而水涌，審聲遺形，益原其情。忽然控浮游以上征，則摶制控伏囿於其内，而不能以自恣。或曰：『非輕世遠舉者不得以專是。』伯生曰：『維昔邵先，遭時明康，玩芳以嬉，不激不隨，順其隆汙，儒者之準也。吾將尊其廬曰邵庵，何如？』桷曰：『可乎哉！言無郵乎？夫敦厚而靈明者，君之先也；峻簡而絜精者，君之光也。自君之出，名日以張，莫窮其鄉，黽黽然聲音笑貌之學，詎昔之志也？勉之哉！』兹廬之制，易而不卑，簡而不倚，其取諸物，非鑠我者也。由質以成，禮無踰矣。迺觴以祝之，介其休明，曰：

烟烟熅熅，維道之門。悃悃款款，維德之本。美哉廬乎，足以爲永居乎。

袁桷記。

古劍記

吴成季得劍一於故吴之區，窮首以度，合周尺二十有一寸，下縮而圓，人盡其握，璏倍於臘，東西半焉。鐔長五寸有奇，口懸三空。古飾以琫具者，金氣消竭，玉質湛湛然。望其鋒，肅而不劌，黝乎以温，如鑑之示明。揣其章，若冰之在防。養其寒光，泊焉不知所凝。日出而觀，則陸離以陳，爲丹爲碧，起滅於膚理，風雨以休之，隱隱歷歷，欲泄而强抑。

客曰：『此何祥也？』成季曰：『粤古至人，絶世遁逃，有不得已，則託劍以象。五金之精，竊陰據陽，繇神以成，非劍之能也。維吾道祖，以劍印授受，爲漢世遺物，傳信可根據，劍歸宣和，今得於吴。吴爲故都，庸詎知非昔之所寶？且夫化而沈於淵物之靈也，返之於山，物之完也。』或曰：『以神不以形。』又曰：『以德不以物。』形與物，其果有變乎？

袁桷記。

昭真山水記

廣信昭真山，晉王仙居。山祖閩武夷，宗爲天冠巖。翼行數十里，左右扈挾，悉至觀迺伏。北俯貴溪，又正北當縣，居中匯泉曰寒月，泉與藥池、丹井通。遵井南，鱗瓦削列成廡，有泉懸溜廡下，拾級以升，曰金沙。益南，至於昇仙臺。臺石天設，空明無依，傳言王仙化是。又南石室，坐可二十席，下視屋邑，蟻髮旋縷。凡登是山者，不盡適不返，故冠以逍遥焉。上巘爲靈湫，逍遥西多故賢居，三山品列，徐紹宗隱。益下北麓，陸文安公書堂奠焉。循西，有吳緬石、潛谷巖、小隱巖，皆以處士著。吳緬石形成五嶽，復曰五面。迤東爲峰二，曰老人、石人。東屈而下，得名六，學堂以虛名，仙足、月巖以形名，鬼谷以真隱名。鬼谷東石壁中穴，環好風，出涌泉，曰風洞。輔東益高，有石箕瓢器物成琢，潭深不測，以磜潭名。又東極下水鉤盤，巖壁削立，旌陽許令刺蛟於是，唐名曰馨香觀。

道士祝丹陽繪圖，俾志且言：『其山清刻深古，多異石名木，歲不識伏日，泉品與惠山同。自唐李商隱、劉大用、王荊公、毛澤民而下，著詠可傳信。』夫山南爲陽，主陽賓陰，鍾其所極，鬱之而不化，可慕可愕，不一以足。然神獨啬之，使沖漠者專其靜居，絜絜然好游之士少紓其耳目，而卒不畀何也？世言名山多方外居，益以昭真爲信。

丙午二月，袁桷記。

自民迫於生，而儒日益病。清宗華門，淪圮乘接，闃然絶環珮聲。束裝韝衣，方傴伏卻立，而甚者貿貿途路間，益困苦不復振。或以謂升降迭運之理使然耳。噫！首是説者其未知所養與？

東山精舍記

予客京師，豫章周儀之之甥冷有泰後先辱共游〔一〕。問其年，則宜若與昔不相接近，而甚頌且文〔二〕，予始異之。儀之曰：『不然。冷爲分寧故族，官簿相接。所居曰東山，山横重屏，方列若刻。其尊正叔，治屋一區，負山爲居，治堂翼然，疏沼縈然，幽林絜石、奇梧秀竹之森爽，以繚以屬。前拱而導，則黄龍、幕阜蜿蜒效焉。平皋沃畛，鱗集備焉，朝光夕霏，户牖進而几席納也。正叔閉門幾三十年，服居士衣，設丈席，講論終日。危坐清思，無纖芥糠粃。時爲詩詞，凌厲頓伏，索索裂金石，舉觴雅歌，耋稚以敘，酬酢揖讓，猶昔時衣冠家氣度。而卒相邂會，恍然知爲非人間世也。嘗聞正叔舉童子時，意功業可拾取，今迺摧落刊實，益自斂避，彬彬文質，久而蓋彌章焉。』夫不急於外者，宜有裕於後。大江以西，士風炳如，於是乎則。故予首書其慨然者以厲吾黨，知正叔爲可徵。

四明袁桷記。

采芝亭記

太行首於三危，伏於河，折北而尊爲恒山，支巒複岡，畢赴於燕，秩秩然復纚屬以東數十百里入於海上。土人以其西來，號曰西山。或曰：『駿極于是，山急而堅凝，地多空寒，不可以兆域。』又曰：『是爲都城之衝。自北而南，太和薰然，捨是奚所適？』於是，工部尚書郝公景文，惕然維思，實震且陰，迺相其大塋。先君子之藏祔，陿而善崩，始遷而謀焉。大德甲辰，得卜於某山，卜者曰：『是山之形，翼容而味鳴，日中而升，戴坎以寧，以華以承。』及既葬，明年守冢以芝告。公弗信，展于墓下，登坡而望，則敷者蒍者，燁然于山，效獻以萬。歸以示其客袁桷。

噫！是果爲芝邪？今舉世之言瑞者，必首於芝。芝不常有於世，故窮夸闐珍得一二焉，輒指以自瑞。使誠瑞邪，寸畛尺壟，其融液變化，不若是之固，而甚者竭四海之類夫芝者，聚焉以觀，不亦陋乎？夫土和則芝生，始公之心，懼親之不寧，故擇其温密，以永其幽。菌蠢而擢靈，土之和也。盈數爲萬，非昔之固也。不侈以求，異德之質也。維山之陽，彌犖彌剛，子孫之祥也。孝感而文著，於瑞乎何有？

梅亭記

廣信據江浙閩越之衝，萬山交牙，四顧羅劍戟。其氣蜿蜒磅礴，爲丹碧玉石。長溪貫其中，凝膏溢藍，愈積愈完。山水之秀甲諸郡，故其俗多刻厲自奮，矜謹節義，言文學道德者爲儒宗，治政事者爲吏師。

建炎初，中原縉紳家多居是州，其舊聞遺語，尊守傳信，歷歷可數，皆數百年文獻源委，非如野人窶子掇拾目近爲利禄地。方是時，人物之勝足以甲山水，而浮屠、老氏之跡，實不與焉。弋陽爲縣，山益深，水益清，車輪馬足之聲，不入于其境。寒泉蒼巖，百里一色。山之陽，有陳隱君居焉。隱君守儒以自信，閉門授書，朝夕盥饋，合其孫曾嬪婦男女將百人，年九十四以終。有子曰德父，教授帶湖十年，法當得致仕，官以鄉博士，歸于家。迺築室旁近之華山，爲雲居。雲居之西爲梅亭，曰香月。於是，其子敏學志仲官京師，俾予記之，且言曰：『自吾大父恂恂之於是居也，詩書以持，稼穡以時，門無忿色，而少長以敘，吾不知其化之及於里也。自吾父觀之，今七十餘矣，誦聲滿户，而樽斝在牖，氣完而色康，其行舒舒，其語徐徐，視吾祖之孫曾，亦相邇也。噫！榮何以過是。』

袁桷曰：天地之理，嗇者豐之始。周流于六虚，其暗也實明，其闢也實闔。昔之澹然而無營者，德之基也，養之于其身，而施之于其後。充以引之，吾知其孝謹於家者日益廣，爵禄於

《詩》曰：『高山仰止，景行行止。』亦因以勉夫志仲焉。

西泉記

高君舜臣，通敏才智之士也。治其齋心之居，表其顏曰西泉。爲予言曰：『太行之山，合于恒山，隱伏聯亘，北東以入于海，肅慎、朝鮮屹然表于其地者，皆支絡也。泉生於西，歸於東，陰陽之常性也。周人有言曰：「肅慎、燕、亳，吾北土也。」昔之疆理，吾於是乎考則。凡北紀之山水，繇西徂東，所繇來審矣。爲我記之。』

舜臣於金爲大姓，官簿歷歷可紀。居京師數世，遡其泉源，知其晝夜之不止，必達于其里。禮不忘其本，其高君之謂與？予官京師踰十餘年，望所謂西山者，蒼拔翠峭，實太行之苗裔，水流無窮，演迤洋溢，導之爲漕渠，止之爲陂塘，資國用以爲民食者，泉之利也。其次達官貴人，因之以丘壟，濬其冽清，挹其回環，蔭藉蕃廡，將利其子孫，以求全乎茲山之下，不知其幾。至於淡泊空曠之士，則又抉尋幽深，渟膏滙甘，使夫絶塵税駕者，止焉以嗟，啜焉以留，無有窮已。

噫！西泉之效，誠博矣哉。在《易》之象曰：『山下出泉，蒙。』其險釋矣。謹其所之，君子之用也。高君致用以推本，厥旨明矣，究反復之道，益驗於身，將見其百折而不撓，獨行而不懼，非兹泉也與？念其祖德繄命名之意，與其兄堯臣閉門窮經，沈思篤行。予得與之交，將並游夫西山，感夫昔之廢興，不在於險，則泉之東，其寧有已邪？

戇庵記

慈溪黄彦實少喜豪士，漫游故都，見世所稱知名人，率脂韋自保秘，惋恨無可與語。酒酣氣雄，謂海寓方宴安休明，宜取天下事置念慮，以入計畫。否則，搜抉險幽，浩然爲萬里游，遇不遇命也。未幾，泝采石，上漢江，西游荊襄，歷覩用武關要，荒榛廢壘，猶有能言昔時得失，益慷慨自振。而所見公卿大夫與夫布衣之士，則皆與昔交游者無大異。於是治其居曰戇庵以自儆，求記於予，亟請焉。

昔之養生者，志專而若愚，遺世絶俗，懼其名之至也，介然以逃，泊然以遨。聖人憂之，慮其器之不弘，不足以任斯道也。然舉世之士樂同而惡異，曲者常安，直者易危，則寧直焉者，斯近矣。彦實智通於事物，行幾於古人，視今世之戇者，吾能言之。草野游京師，決臆裂眥，不顧生死，詣廟堂求奇中，書未出袖，而利禄萌於中，非戇也。鄉里稱任俠，大言斷是否，陰持短長以利己，非戇也。佯不絜清，詆罵排觸，而私有揣摩，問之而若樸，即之而瀰汙，若是者又其似而靡者也。彦實先大夫文節先生，爲史館官。咸淳上殿論浮屠不宜入禁掖，度宗大怒，手詔出國門。未幾，貳守桐江，與宰相兄子爭事，卒易他郡，戇無以易此矣。

古之君子，事至而名隨，人棄我取，自謙之道也。聞彦實居山中，閉門讀書，益不妄交，求古聖賢摧折困踣之本，發而不可犯者，養之至也。予歸里，聆其言，斯知之矣。

延祐五年夏四月，越袁桷記。

桂山堂記

江南地宜桂，故凡廣居室者，必植之以爲美觀焉。釋木者曰：『桂，白華，叢生，冬夏常青。人取以自近，良有以也。』地記言八公從淮南王，後入山爲仙，作《叢桂詞》，與漢史所記異。予獨愛其簡絜幽古，爲文章宗師，申言攀援，非自息於林莽者。讀其辭，可悲也矣。

上饒周君□□，居龍虎山，因其地之隆，植桂于上，築堂面之，而名曰桂山，徵記於予。予曰：『今龍虎山爲道家統宗，金碧晃曜，出于縣官，搜奇抉幽，異夫昔時之荒煙古木，軫相結而袂相接也。周君主晝諾，以極其榮觀，則今之所命名者若不相似，何也？』然予嘗聞古之至人，其貌恂恂，其言諄諄，執中以權，損益其未備，黜紛華以從事于寂寞者，非有所激也。周君智周於身，謙抑自持，思夫山林之靜，養其沖泊，先事以自警，古之所謂備豫而能立者，近之矣。周氏之先，得道於希夷陳先生，當熙寧時猶亡恙。見其曾玄，離世樂善樹德之訓有自來矣。且夫託物以喻志，詩人之心也。仰觀於山，徐視吾手植者，風雨冰雪，貫四時而不改，擬諸形容，得無似之乎？異日將游山中，詠八公之辭，反招寫心，僕援筆未敢以老爲辭也。

張尚書救荒後記

儒學提舉天台柯謙自牧爲序一通，言今工部尚書張公之佐江浙也，活飢民，褫貪帥，爲去思，帥能歌詩者追美之，是可謂無負張公矣。往歲，桷以翰苑屬歸里，里人言元帥府始治婺女，有總戎官鎮慶元。言慶元聯蠻國，入海最近，稍失控御，兵釁不可測。乘驛入都，白利害，時太傅丞相坐省中，盛言總戎非兼元帥不足以重鎮。太傅察其言有私便，後雖移鎮，而卒用常調官，如舊制焉。

大德十一年，歲大饑，浙東副帥□□命屬吏疾傳詣行省告變曰：『慶元接海口，僅數十里，群盜據島嶼出没，將入城剽劫，願速分行省軍，往翦其窟穴，緩則不可治。』行省大驚，將如議。張公時爲郎中，丞相謂公曰：『計安出？』公以調兵非所預，丞相固問，則曰：『果有變，帥府當印署白省，副帥獨遣，非完議也。』召屬吏問：『變奚自？府有鎮守官，今上變爲何地？』屬吏頫首不能對。遂移檄問：『盜今安在？』帥府得檄大驚，咸言無是事，繇是卒不發兵，而慶元迄無它。噫！方副帥造謀，時當饑侵窮困之急，稍加以兵，山海逋竄，寧能斂手以快鋒鏑？一有抗拒，誣以叛逆，則凡故家大姓，蔓延於囹圄之下，將不可勝計。人能知救荒之爲美績，而不知吾里之人，微張公之言，有不待賑恤而皆置死地矣。敢書以補郡乘，俾知夫立帥府本末蓋如是。張公名□，字士瞻，衛郡人，處事明遠，知大體。若是事，寧勿爲記，其可乎？

晚香堂記

延陵吴成季父，奉萬年之祝于崇真。大德甲辰二月，承詔爲祠官于衡山，復命歸祠其受道之山曰龍虎。龍虎於番爲接壤，番於成季爲鄉井。於是，其嚴君偕七十矣，迺避館屏騶，卻入里閭，舉觴再拜，以祝以壽。宗黨姻友，旁列敘坐，勸酬以禮，進退維度，聚而言曰：『嘻！其盛哉。』成季曰：『不然。緊昔遠祖，挈國以讓。晚交兵間，既壽且康。至于番君，墜緒以興。維用之嗇，報必以厚。自吾少時，聞爲是州，一不承意，則交喙爭誚。而吾父子，吟詠佔畢，吶吶謙讓，不能出諸口。至論成敗衰盛，嘗掩卷三歎，以自警厲。而今也二老人康强起居，佐理内外，冠帶童丱，咸立左右。其追乎遠祖之意。願築堂以奉而名曰晚香，其何如？』衆曰唯唯。未幾，來京師，屢屬予以記。

予以謂大夫士之養，莫侈於羊犬豕，而世之希年遠引者，至以金石草木爲可久。菊水之壽，效極於胡廣。昔之議廣，猶若糞土，則名與年較不相並。今成季榮於其身，顯於其親，惓惓然企本支之盛。吾見吴氏子孫，孝謹遜于里門，秀敏有列于朝，而耆耋老人方遊遨嬉戲，擊鮮養醲，若古之所謂偕老而終隱者，其不在兹也？

傳記言王公大人晚歲託言神仙，多以遠禍。成季游乎方外之畛，憂世嫉邪，嘗不自置。異時承渥流問，則司馬子微之對，殆猶糠粃。而名以晚香者，非獨爲吴氏美，是特有待於成季也。

四明袁桷記。

玉冠記

大德乙巳歲二月甲申，皇帝受釐于玉德，迺命尚服出玉冠，以賜玄教真人張公。其製爲山形，空其梁述，温栗精潤，隆殺悉等，莫有究攸始。袁桷見之，曰：『此紹興宴居所服韜髮冠也。舊聞長老言：「思陵爲清暑樓，聚金石奇刻，飛湍清樾，森鬱蕭爽，伏日退朝，衣白縠羽衣，冠小玉冠。」閱定書跡，其殆是與？』維古弁冕，雜飾以玉。至晉宋間，君臣上下，崇習玄理，清逸修簡，始爲玉冠。今世所傳元帝像及晉賢圖軸，與此無毫髮異。則紹興所冠，猶古帝王遺物。

按道家書言神君始建飛天玉冠，其製與遠游、爵弁微近，疑有差等。含玄秉陽，舒精吐光，繄冠維則，欽承是天。寵進道之篤，其不在兹乎？夫玉者，陽中之陰也，首者，體形之上神，精明之主也。陽非陰不能以成，合而凝之，出入于斯，《易》之門也。方今張公以清淨理贊益熙洽，縝密而不露，孚尹而不泄，遠而望之，誠理勝矣。庸述其始，以示于後。袁桷謹記。

孝思亭記

三山吳明之築亭於陽岡大父之墓側，名之曰孝思。按昔之言禮者則曰：『魂歸于所居，將致其一焉。』墓有祭有亭，爲非古矣，善乎延陵季子之言曰：『魂氣無不之也。』夫專于祠宇，不意若是拘也。物精神著，其氣發揚者，出于丘壟，是則必首於墓，將奚以疑？古之聖人，懼其瀆且數也，嚴爲之防。速貧速朽，夫豈非夫子之語？祭墓爲尸，是墓有祭矣！祭而不屋，失祭之禮矣。繇宋宰輔，侈其墓田，不復拘甲令。層樓巍閣，空青金碧，巋然于陁陀之阜，過者必式。其防遏森翊，誠以爲千百年無慮也。乾坤合運，頹垣廢址，上牛羊而履荊棘，欲求子孫不可得而明之。方慎其繚圍，構亭以綏其體魄，是則過於盛者必有衰。吳君之志，追遠以求，旨微意深。鬱勃之興，將自茲始。大舜五十而慕，昔以爲難能也。遡而推之，探其微旨，亦難能也。禮：抱孫不抱子。祔于王父，幽明之通，瞭然而莫遺。明之審之，而克行之。椾也，故國之公孫，其思于祖父也罔敢替。因繹其旨，爲之記。

福源精舍記

建炎初，秉義李君以勇略捍衛鄉社，倜儻急義。植德流衍，諸孫以詩學接武科目，恂恂退讓，望知爲秉義家子弟。衣冠浸微，獨溧水府君之子登仕君寄隱廛市，庬眉幅巾，治生産益有理。年逾七十，迺卒。予請告歸里，其子印傳以事狀踵門求記其精舍，俾永遠。

嘉熙間，溧水君卒于縣治，登仕甫八歲，祖母朱氏奉其喪以歸。將葬于上元之祖塋，朱母泫然曰：『孤兒奚依？少不利，必隳其先祀。』相于慈溪東嶺楊奥之山，卜告以吉，結爲四塋，昭穆以敘，而以其殤女祔于旁近。

登仕長，有室曰茹氏。朱母即世，既葬，茹氏曰：『吾姑以橐中裝成是山，夫君獲有成立，新婦不淑，紹先繼志，弗展擴，則奚以緝前人光？』亦斥奩資，廣山壟，建祠屋精舍，以奉其舅姑。茹氏没于至元之十九年，登仕君没于至大之四年。大德六年，印傳與其妻胡氏同入山拜墓，顧瞻周迴，蕪圮日廣。胡氏曰：『再世尊章有成，妾獨不能少效萬一？』聞佛氏有大報恩，而用其法，名爲福源精舍，命僧以居。遂一以浮屠所需者咸備具，復買田若干，命僧某首主，俾其弟子相次以繼。其所度僧，非李氏不得入。

予愕而有言曰：『吾里卿相什百，各以功德院爲請，有以其田園與子孫共分析，求利益。穹樓矗塔，坡阜松柏蔽翳，綿數十里。時運更易，各降在皂隸，孤童負囊，倀倀不能以入，每恨其祖父作是爲無益也。』予嘗過其祠宇，薪草雜糅，破爐凝煤，而主茲所者，倜然有曰：『彼昔承寵恩，故幸若是，其子孫何能預？』至于士夫之家，庵廬相接，幸其不爲有司之所隸，群聚毀撤，甚者發其丘壟。噫！可勝道哉。予謂三孝婦之志，人莫能並，心純而孝專，發於自然，非過信以溺于異端。思其創始，思其悠久，是則秉義之澤良未艾也。爲浮屠者，聞予之説，寧不有泚其顙？ 印傳復爲穴三： 一以葬生母張氏，其二則夫婦因以預備云。

治平寺記

治平寺主者以建寺本末謁予爲記。其狀曰：『寺在城南門外，渡江曰銅溢浦，鄉曰鄞塘，平疇鬱密，松竹環植，望之竦然其間者，即治平也。寺建於後唐清泰，僧曰道隆，以《法華》勸民習誦，持善果。創是地三十畝有奇，始居之。復得別業，爲畝六十。其初曰東李浦院，錢忠懿王俶給符牒俾永遠，又改爲保豐院。宋英宗更元治平，祀明堂，始易今名。法智大師以教乘闡東南，習學皆其徒，故號爲天台宗。元豐間，有性法師講《法華》，別立機要，從者雲集，而田租漸廣。居民染癘下疾，師咒水飲之，飲者日益衆，師咒於池，悉愈。寺舊有東、西池，今咒水池猶甘冽可鑑。師號山堂，卒葬於是寺。嘉熙三年，寺燬。于時上師實主是寺，遂新三門、法堂、廊廡等若干，迺謝去。淳祐六年，堯師始成殿宇、居室，所宜有者悉備。咸淳八年，子直良法師至，曰：「吾不可不私淑。」後學户屨日接，簡約暢隱，《法華》之説大備，而治平名益著。率由是陞于南湖者，凡數人。南湖，四明之祖庭也。』復曰：『一蓀守是山，今十有五年，繄前修是承。昔之營構，皆腐折傾漏不可支。今幸完復粗備，惟創建，昔人鞅軼，靡有紀，願登其事于石。』

桷以爲今之爲牧守者苟度歲月，堤防、津梁、田野之不治，尚何能望究其本始？ 爲世胄者日隳，其先祖父名諱，近在數十年，問有不能答，未有如浮圖氏，泝源推根，若是之詳者。道散於九流，百家各自奮植。吾儒之教末俗，以空言爲高，卒不能勝，甚者去其舊籍。郡縣養士之田，皆漫漶不可考，如蒸師所爲，寧不有愧？庸因其狀以紀，亦以勵吾徒之爲師長者云。

海會庵記

出城西門，皆良田白水，高下緑樹，雞犬相聞，蓊然農家善於業者也。予繇京師回，艤舟驛亭，望之則朱甍碧瓦，傑然爲人天居。佛之道，以枯槁堅忍爲能事，卉衣糲食，樹下塚間，不求其豐足，故從者樂然如歸。二千餘年，爲之説者，以莊嚴爲善果，愚者益信，狂者益怖，而梵宫寶刹，合郡縣山水之勝，悉爲所據，日增月益，有不可勝言者。

四明，海之東絶處，爲補陁巖，大士顯焉。鄮之東爲育王山，釋迦舍利塔焉。遵南爲岳林，爲天台，皆游歷之所。而補陁、育王，自天子至於王公百司，乘驛奉香幣不絶於道。四方之民，終歲膜拜。至於西門，始求其渡海之路，然而觸風濤煙霧，率莫悉處所。又舟人伺其危殆，時有不利。目接其事，而來者益不止，豈非其教足以傾動，而爲善者有以復其良心也？

有僧曰妙壽，以其建庵之始末告曰：『兹庵之創，專以奉補陁、育王、岳林、天台之游者也。初卜地於城西郡民任氏首，不過地千步、屋三楹。有同志僧妙然，日習宗尚，善勸募，傾捨駢集，又有僧元安、清持，以行業振勵，信者俱至，善士翁父堅翼輔之，首建佛宫，且割田以濟。

未幾，宣慰楊侯梓，益買田以贊相。由是拓地爲畝十五、屋百楹，殿堂門廡，迎賓習靜，各有其地。泛海有舟，放生有池，獨不設方丈，懼後人之佚樂以自恣也。不請寺額，曰海會庵，懼其奪攘以爲兹所之凌替也。其狀若是，願請記以求永久。』

予曰：博施濟衆，昔之聖人猶以爲慊。浮屠氏日丐假於外，而皆足以慰其志意。蓋其説汪洋浩博，參之以報應，而爲惡者懼。吾儒之説，百姓日用而不知，卒之以道政齊刑者，不得已之具也。逃空虛、絶人事，釋氏本旨，而其生産作業，皆取於吾教。若今有司興繕，則民不勝怨咨。海會之成，相胥以勸，何其易也？妙壽深湛善思，事爲之防，曲爲之制。其惓惓于後者，厥慮若是，雖欲勿永久，其得勿永久乎？

重建延福院記

予繇集賢還里居，有僧永華，躡屩重趼，踰數千里南康來，介天平恩大師，求記延福院興造者。其狀曰：『院在南康建昌州西，山曰龍城。唐馬大師嘗憩寂焉。殿有記，宋雍熙間廣陵沙門處暹所撰，歲久蕪圮。宋末，郡始署開陽院僧紹志主之，墾殖磨刮，集材庀工，鍾閣齋室，凡僧之所居處者，咸屹然以成。至大德庚子，主兹山三十餘年矣，命其徒曰：「吾宜藏密，以興造事付汝等。」咸頓首曰：「曷敢不承繼？」曰繼福，迺襲院事，首建三門及外門；曰繼祖、繼壽、永翌，廣賓至之所，視昔居處之宜，益廓且完。繼祐迺曰：「吾新殿視瞻廣博，謂色身小大，擬於形容，良非吾道。然徧滿充塞，當有是事，揆諸空幻，則俱非實相，宜改而正諸。」遂易舊象，得舍利五色於佛胸背間，宋咸平僧道志所建。或曰：「是若有脗合然者歟？」於是梵唄贊頌，而若子若孫皆勇猛赴事，竭於事佛之徒，增飾金紺，象設尊重，瓶鉢精絜，烜然如人天居。復增其田若干。紹志終于大德七年，壽七十五，葬寺東之陽。今守其遺言，祖、子、孫相繼如初。孫七人，曰永岫、永岦、永岓、永華、宗松、宗槐、宗權。

讀狀畢，迺問華曰：『志師能植立若是，宜有本始。』華拱手曰：『昔圓悟大師得法弟子，曰真牧大師賢，賢度其徒幾千人，志其派緒也。』予嘗聞釋氏服勤壞形，實本持攝。至於廣居榮觀，將以慴伏庸騃，除其侈心，非專以是爲能事。生而不居，死而不餘，故其道益固。傳有言曰：『又何加焉？』曰：『教之。』能仁之教，書徧中國。爲禅學者，不立文字，而其徒復守師説，文字益繁。今而曰『教之』，於二者，將焉取乎哉？他年曳杖游匡廬，西游龍城，問聰明道理，其必有以告我。則予之記興建，亦得以永久也。

資教寺修三門記

吾里法智大師以至行約言闡揚天台，大行于浙東西。謂城南延慶爲祖庭，故四明旁邑近郊，雖丈室尋地，多博辯秀出之徒，過於他郡。西山資教，其一也。西山，在郡西四十里。周顯德元年號廣德院，宋治平改曰資教。負山面湖，有菱荷鳧鷗、舟楫亭橋之勝。凡郡人之游于湖者，必至是寺。湖湮爲田，游者不復至，而寺漸頽圮。紹定中，月公首授徒是山，後謝事上竺，願復領之。世言上竺第一院，西山號最卑，繇月公再居而寺益重，故講説者爭趨之。延祐□年，道師逢原以郡選主之，其徒亦曰：『彼學專靜，選不可易也。』

予舟過先墓，必望所謂資教者焉。空巖傾欹，樹木蔚落，將不堪其居。比還里，則昔之頽然以興，重簷翬飛，表表出林杪。道師曰：『吾首新三門，餘以次繕治。不田以食，廢其教，將有愧。集徒講肄，則庶幾希前人光。三門紀修，願以囑焉。』考諸《禮經》，制有五門，雉門居中，故曰三門。秦漢損益，不遵於周。連門爲三，唯王宫得用。官署降殺，非雉門之制久矣。釋老宫室，擬於乘輿，雖儀制有令，不得禁。天台以明靜爲宗，弊衣惡食，脱氛垢，厭榮觀，汲汲以土木爲急。崇信興敬，將於是乎取。夫像設之教，首于西方，其能傾動禍福，必召募焉以集事。師謝不肯，寺久廢，得人焉以興，則吾徒之爲校官者，竊食自嬉，寧得無愧焉？

吉祥寺重建記

主吉祥寺崇柏師，以其興造本末爲狀一通，俾予爲記。其狀曰：『初，寺在翁洲南香柏巖。唐有僧慧超，相攸築居，峻絜厲行，居民傾信，寺遂以成。漢乾祐中，賜額曰崇福。至宋咸平，有真大師，善持咒，能愈閭巷疾病，號真大悲，崇奉益廣。邑中尉曰丁漸，以柏巖峻絶困登陟，易於廣平。環以九峰，繚以清溪，審勢辨方，各當其職。宋治平，始賜今額曰吉祥。紹興中，給事中黄龜年以讜論忤時宰，避禍絶人事，僑居絶島，獨與方外交，每至寺中。時有宏智覺禪師主天童，宣密抉妙，師表叢林，其大弟子輝主是山，傾動島嶼。黄公敬之，施所藏辟支佛牙，爲閣以庋，而寺益增重，遂爲海上寺居甲乙，人稱之爲小天童，繇輝師始也。皇慶二年，火一師始作法堂，會遷它所，不果終。至是，柏居之，首建大殿三門，次以藏室、僧堂。凡僧居之所宜營繕者畢具。泰定三年，告成。俗姓虞氏，其父酉發，嘗爲海運官，有兄曰庭桂，曰庭芝，慨然曰：『吾不可不相吾弟，三世佛像，吾與弟共成之。』

今夫浮屠氏宫室，率爲禍福説以誘民，陰奪其財，民日以耗，有國者憂之。若師所成就，不丐假於外，竭其贏餘，以復舊觀，怡愉相資，將瘁躬以究。築凌陰，廣腴田，以爲後人補緝費。志專念遠，是果能興其教者也。余誌釋氏建置，每有感於學校，若是，則又重有所感也。師居淨慈，嗣法於慧禪師，屏外持攝，慧之學益有光矣。勉之哉！

妙果寺記

廬山東林寺，以遠法師爲祖庭，其教行乎海寓，閲年滋多，厖幻雜糅，壞宫夷址，將絶其遺教。寺僧普度，慨然興復，率弟子十人，芒屩草服，詣京上書，演爲萬言。又集歷代經社緣起，作《蓮宗寶鑑》十卷。仁宗在東宫，閲其書，盡初帙，問曰：『得無欲布施乎？』合指謝不敢。又問曰：『得無欲補僧職乎？』復謝無是想，惟蓮教墜絶，願殿下振復。時武宗皇帝在御，近臣以其事奏，即以詔旨慰撫如律令。至大四年，始播告中外，而度俾職其教，爲優曇主。師，丹陽人，在縣爲竹林山妙果寺，率徒喻俗，將大廣其居，以稱聖天子崇重之意。

予嘗謂：象無形儀，域無遠邇。遠公之言曰：『思專想寂，三昧之本。』彼所謂邦國之殊異、相好之莊嚴，蓋將絶其邪惑，一淡泊而無所逢。大雄氏設喻警蒙，攝持示境，境由心發，境滅返真，清淨安樂，包括宇宙，是知道者，又安有四履之分别哉？度師博習教乘，示於衆者，頖焉以導。其師日禪師，久居東林，後主天童，嘗率善士修遠公法來於江西者，踵不絶。度師興其教，是果能有傳也。記寺興造，摭其綱要，以明初志云。

石夫人廟記

州東北隅有山，昂然以尊，秀特瑰異，望之若貞女獨立，凜乎莫能犯。水旱祈祭輒應，土人因其形似，而名之曰夫人山。唐咸通八年，主簿李成矩記其廟，貞固之封，見於祠部。嘉定十七年，加昭德順應。咸淳六年，加福祐。皇元合一郡縣，大修祀典，兹山必預焉。泰定三年，州判官張思訥奉命致祭，肅瞻廟庭，楝壓瓴圮，心駭目瞪，折旋冥思，喟然有言：『其何以稱上命？』遂謀於州尹曰蘇君□、同知焦君鼐、州判官塔海，復語其僚俎毅、許禋，割資以佐工役。而凡隸於祠下者，胥勸相事。是歲廟成，乞記於桷。

原夫宓妃靜波，神女行雲，此騷人墨客之寄興也。二孤望夫，至今游覽者羞言之。若夫天姥、雲母，穹窿磊落，淫言鄙語，不能以入。是則兹山之靈，功在水旱，餘奚以議？傳曰：『山澤通氣。』記禮者曰：『地秉陰，竅于山川。』炳靈赫奕，民社是依。《崧高》之詩，實有考焉。遂作迎享送神詞，詞曰：

磅礴兮上征，滮兮積兮縞繒。樛木矗兮翠旌，恍綏顧兮揚靈。抱貞固兮合窈冥，奇功教兮集鏤縢。隮兮稜稜，駿兮烝烝，帝祀兮永承。其一

來兮弗趾，去兮莫視。有穰兮億秭，祓不祥兮盪癘。密石兮牲繫，俯精思兮帝制。百神擁兮森衛，苾芬歆兮歲歲。其二

信州自鳴山加封記

至元十四年，玄教大宗師張留孫，扈從世祖皇帝于兩京，言信州自鳴山神有靈狀，敢詣闕下，敕禮官崇顯之。是歲，皇帝命侍臣李衆、劉子中，降香實銀奩，旂以金錦，顯其神。三十一年，成宗皇帝有詔，遣使致祭嶽瀆，在昔登載者，如式崇奉。大德三年，三十八代天師張〔三〕廣微平錢塘潮，言神以雲雨昭著。自鳴山事，見郡乘。宋元符始有廟號，繇宣和迄咸淳，制書凡十五下，乞如今皇帝詔令。於是符于州，考證無異辭。

至大三年，玄教嗣師崇文弘道真人吴全節乃言曰：『吾徒食兹山有年矣，闔闢摩盪，繄陰陽是資，變以行神，神繇以興。今天子禋奉祠祭，吾教益昌。自鳴於龍虎封畛相入，捨是其何

龍虎言？』遂復請于朝，得加封爲明仁廣孝翊化真君。桷待罪翰林，十有五年矣。嗣師曰：『龍虎紀述，吾不以累子。茲山肸蠁，紹定之際先正肅公嘗紀之矣，子誠不得辭。』桷嘗聞之，地秉陰，山川竅焉，通而後能鳴，石之徵也，聲生於空，因山以著。昧其初而以爲神者，其諸異乎石之鳴也，風霆流形，神始出焉，神非妄也。茲道之妙，老氏深知之矣，予何敢語？

延祐三年四月，會稽袁桷記。

隱仙記

宋開慶初，伯父賓州、我先考郡公，將除大父尚書公喪，相與議曰：『崇親報本，唯躬行是先。焄蒿悽愴，鬱然而莫能見者，將導達之，則屈伸之義足以考。聞諸老氏有黄籙齋，善攝度，彼果能濟，則吾父將超然于物表，非崇泥以求福也。』齋既成，以尚書公所遺祠部牒度道士三人，王君德華在是選。二人皆亡化，不復紀。獨王君服道士服幾七十年，往來袁氏門且五世，貴焰侈盛，嘗親見之。至枯泊頹薾，則過門，風雨不少阻。且曰：『吾寧負袁門哉？』其於宜所學者，曰章奏符籙，雨暘疾疫，親究而遠扣。方外士來，質衣以請，百詎不倦，以其勤且無悔，故有所成就。今年八十有八，而請者益勤，迺語予曰：『今卜藏于城西隅，名之曰隱仙。仙也者，返真之義也，魂升魄歸，死生之大義也，而釋仙者謂爲不死，古果有是，若吾徒者，寧能企是哉？』

桷今年六十有一矣，考其入道，先於吾生。死者若蜉蝣，生者若稊稗。推一門之盛衰，足以驗一郡之興廢。而桷也以譾薄之技，獲官清朝，今仕焉而止，願與王君考游歷之舊，指其歸藏，則曰：委順觀化，寧有怛於心？懼後人不能以紹志，俾預書平昔之出處，且以勵于後。今主焚修于玄妙，聰明不衰，壽益未艾。家世定海縣，自號曰蓬山，志不忘初也。

泰定三年四月甲午，見一居士袁桷記。

通玄觀賈道士記

通玄觀道士賈志福，年八十三，化于其居。有徒曰王道深者，言曰：『吾師以不言爲宗，其學澄寂寡約，不爲翕翕詭幻，楮衣草屩，寒暑自得。有問其道者，不以對，機藏籥啓，指喻微密，若口授而耳屬也。始爲汝南民，弱冠，得法於棲雲王真人。王曰：「知者不言，子游四方，能果不言以自全乎？」後游南陽，遇軍帥脅以語，不對，復辱以箠榎，師正色畫地，作「無語」二字。軍帥竦愧，謝以白金，將築室奉之。會得間走京兆，復遇其師，曰：「汝志已完，忍辱易，忍寵難，其居京師，以覲子之有成。」於是迄歸於京師。會有數薦于先朝者，復即遁去。然居通玄，而號清靜散人，實洞明祁公之所强也。』又曰：『師少時嘗得奇疾，夢一老人授以七桃食之，寤而愈其徵。家爲道士者，凡七人，有弟曰德常，亦守其學。今居大名之嶽祠，韜靜完絜，與吾師無異。願有述，以廣其道。』迺爲之詞曰：

緊摩兜鞬，厥機孔艱。維柱下學，知者不言。納息于踵，養神于淵。匪曰不言，其道已完。道豈文傳，文實累智。虚辭借浮，一跌千里。竊陰據陽，詭立名字。夸者逐魂，固者死技。睠此嗒然，奥密是造。不懈其躬，不喪其寶。心焉死灰，頭若蓬葆。藏明委順，是曰至道。翩翩二難，孰去孰存。厥徒允從，匪私其温。恍焉松聲，彼聽莫聞。勵爾後人，永矢勿諼。

校勘記

〔一〕『後先辱共游』，『後』原作『復』，『共』原作『其』，據四庫本改。

〔二〕『頌且文』，四庫本作『頌其文』。郁校：『頌』，鈔本作『謙』。案《説文》頁部：『頌，皃也。』『皃，頌儀也。』《漢書・儒林傳》：『魯徐生善爲頌。』師古曰：『頌，讀與容同。』記文本此。鈔本作『謙』者，乃流俗不知頌義妄改耳。

〔三〕『張』，原闕，據陶宗儀《南村輟耕録》卷一〇。

清容居士集卷二十一

序

易三圖序

上饒謝先生遁於建安，番易吳生蟾往受《易》焉。後出其圖，曰：『建安之學爲彭翁。彭翁之傳爲武夷君，而莫知所授。或曰：「託以隱秘，故謂之武夷君焉。」』復曰：『吾《易》，神也。《易》何爲而神也？神者，《易》之始也。《易》不可以强名也，不名則亡《易》，願敘其旨。』

袁桷曰：夫亡《易》者，非聖人之本旨也。神以合聖人之《易》，斯得矣。然則曷爲神？無端而莫可見也。惟無端焉，故無體焉。存而明之，而數以生焉。數生矣，而始有變。變立矣，而會以理。理者，其一也，理不能以盡《易》。因數以立者，理也。用變以逆者，非理也。故曰：陰陽不測之謂神。始晁以道紀傳《易》統緒，截立疆理，俾後無以僞。至荆州袁溉道絜，始受於薛翁，而《易》復傳。袁迺以授永嘉薛季宣士龍。始薛授袁時，嘗言：『洛遺學，多在蜀漢間。』故士大夫聞是説者，爭陰購之。後有二張，曰行成，精象數；曰縝，通於玄。最後，朱文公屬其友蔡季通如荊州，復入峽，始得其三圖焉。或言《洛書》之傳，文公不得而見。今蔡氏所傳，書訖不著，圖藏其孫抗，秘不復出。臨邛魏了翁氏嘗疑之，欲經緯而卒不可得。季通家武夷，今彭翁所圖，疑出蔡氏，惜彭不具本始。謝先生名字今不著，其終也，世能道之。

易集傳序

觀象畫卦，庖犧之本旨也。因言意而廣象焉，三聖人之本旨也。王弼後出，附小象以言理，儒先莫能病。若《繫辭傳》、《説卦》等篇，弼莫能措辭，審是則弼幾一偏矣。《十翼》之作，有《彖》焉，有《象》焉。專於理而作《彖》、《象》。傳焉者，夫子之志也。然則文王、周公之《彖》、《象》，其悉皆理與？曰：非也。卦本於象，八卦首之，定名以爲象，則《井》、《鼎》、《小過》是也。言意以爲象，伏羲言而人不能知之，文王、周公始申言之。文王之言見於《彖》，周公之言見於《爻》，是則不俟予言也。

易有聖人之道四，《彖》、《象》、《傳》果唯言意焉，則變占乎何取？曰：有變焉，有占焉，伏羲畫不變，於九六則變，見之占，則文王於《彖》附言之。《象》未始分，文王始離之，變之疾者莫先於《蠱》，憂世之深也。若分《象》，則《師》、《晉》、《小畜》之類是也。爻變於占，因筮以見者也。其即見者，《漸》、《小畜》、《訟》之類是也。《彖》、《爻》合四者而言之，夫子不一言之，何與？曰：傷哉！夫子之志也。事莫尚乎辭，辭非理不能以定人事吉凶，繇妄而咎以興，先之以變占，是《易》殆卜筮之書矣。器繇動成，動斯静矣，取静觀動，將於是乎？則斯其爲象也大矣。夫子於《説卦》焉始彙之。彙以窮其變占，則變占者筮之始也。故其首章先於蓍，二章次於卦，先天之説七言之，懼溺於占也。後天之説一言之，人事之本也，而終之以象焉。

維昔康節邵先生作《方圓環中圖》，合於天人，皆本《説卦》，充類以至，知夫聰明特達之士，不在於諄告也。若《繫辭傳》設卦之方，窮神之妙，其詳於爻者，毫釐不能以易。積數以成，變易以動，肇於方寸，散於六合，幽眇廣大，取而莫窮，應而莫遺。因卦以測，善算喻者，不能窮也。舉世舍是，矛盾互持，雖百世莫能以解。

吾故曰：非《繫辭傳》，不能以知《易》。是説也，邵子之説，非僕之説也。桷不佞，讀《易》二十年，歲月逾邁，所見益懼。紇石烈君希元，篤志嗜古，於《易》精思以求，搜摭疑義，私嘗歎然，莫能以對，卒能先予以成書，不鑿以求通，不拘以强附會，其粹精足以垂世。故以予昔之所告，冠於篇首，俾知夫同焉以異者，將以革夫株守偏弊之失。則予之所著，其果有同乎？其無同乎？

新安程子見四書圖訓序

象數可以圖言，名意不得以圖言。以圖言之，其亦有所本乎？昔者聖人觀象著圖，因圖爲書，範圍發揮，由書而始通。則夫圖之秘，非書不能以盡，是書之明於圖者也。後聖繼述，遵文演圖，器度物象之微，剛柔善惡之應，若天旋之默運于樞紐，其不可以繪畫得之者，猶因名以立義。此圖之輔於書，而不可廢焉者也。二者之用，各有先後，合而言之者，吾不知其説也。自正心誠意之説興，茫無畔岸，朱子憂之，遂以其可據依者爲之主。而體用知行之説，實切於學者之功用。後百餘年，五經廢棄，遂復勦取其近似，端坐塗飾，而根柢源委，悉不復考。禮主於敬，理主於善，一言以蔽，講學之法，糜爛而不可救矣。

新安程子見取《論》、《孟》、《中庸》、《大學》之書切於吾身者，析而爲圖，以輔翼朱子之教。抑亦使夫人知爲學之敘，非字義之可盡。條分目舉，必有能篤行而親識之者。斯足以盡夫斯道之要，其勤且備，可謂能矣。昔真文忠公作《讀書記》，仁義性命之説，各以類從。先正肅公作書止之，曰：『使若書成，學者將得以自肆。』今是書具在，視今之言理者，與古賢無異論。其所學，則又甚於朱子之憂矣。子見之圖，其必有以拯諸。

輔漢卿先生語孟注序

解經莫嚴於聖賢，見於《語》、《孟》，其語簡，其旨明。子思之釋經，尤得聖人之微旨，今其書具在也。自漢傳注之學興，蔓辭衍説，浸淫乎萬言。魏晉一切掃削，明理之説，歸乎空玄。二者之弊，遂淪於偏滯。學者昧昧無所依憑焉，踰千有餘載矣。

至宋春陵碩儒，開伊洛之緒，正説至道，粲於簡册，良謂大備。後朱文公出，懼其剽竊之近似也，源同而派别之，統宗據要，蓋將使夫學者，不躐等而進，若律之有均，衡之有權，不得以錙銖差也。既又懼其疑之未釋，復爲問答以曲喻之，其詳且盡，不復可以有加矣。書大行於天下，而後之師慕者，類天台釋氏之教文，旁行側注，挈綱立目，茫乎皓首，不足以窺其藩籬。卒至於聖人之經旨，莫之有解，日從事於口耳。孩提之童，齊襟拱手，相與言道德性命者，皆是也。

桷幼承父師，獨取黄、輔二先生之書而讀之。黄公之書，嘗輔翼其未備，若可疑者，則以昔之所聞於先師而申明之。至於輔公，則直彰其義，衍者隱之，幽者暢之，文理炳著，不别爲標的，以盡夫事師之道。微文小義，簡焉以釋經爲急，而其知行體用之説，不蘄合而有合矣。二公所爲，是誠有益於後世。而今世補文公之遺書，夸多務博，雜然前陳，莫知揀擇，余獨病之。合黄、輔以傳，則文公授受之旨，益得以遠。輔公書，其子季章舊刻於武岡，兵禍散軼。今其從孫政與其子華亭丞友仁相與謀曰：『遺書不傳，吾輔氏子孫責，曷敢緩？』遂刻先生之書于家塾，俾序其事。予獨連言於黃公者，將使夫後人知二公爲文公親授。黃公之澤已斬，輔氏爲未墜，是可哀也已，是可嘉也已，願勉哉！正學之興，其必在是也。

郭好德論語義序

唐儒作《五經正義》，疏必先之以衍義，而始明其傳注。其先之者何？懼汩於經也，釋之以義。疏焉者，有訓詁焉，有制度焉。至於名物、象器、疆理、飛走、潛動之辨，不博不足以盡。約之以衍義，非背於傳經之説也，理唯約足以見。漢稽古三萬言，後世嗤之。至朱文公承濂洛之正傳，始爲《語孟精義》。久之，慊然曰：『宜尊所聞。』今所傳集注，具訓中外，下逮荒陬絶島，家有而人誦。文奥義古，至于不揣者斷章譏駁，識者哂之。

京兆郭君好德秉彝父，授徒于其鄉塾，懼世之不達於辭者習譏駁之病，撮其精微，合於簡易。將使夫初學者，若循塗以進，遇險以休，使少窒焉，必由是而達。在《易》之《蹇》曰：『險而能止，知矣哉。』蹇斯通矣。抑嘗聞文公之教於其家也，謂集義之作，義理詳而訓詁略，别爲一書，曰《訓蒙口義》，今此書不存。秉彝是書，殆深得文公之意。近世東南諸儒，旁行側注，鄰於釋教之學，濫觴而不可禁。予得讀是書，深有合夫訓蒙之説。孔、賈遺旨，能以遠紹，其不在兹書也歟？

龔氏四書朱陸會同序

五經專門之説不一，既定於石渠鴻都，嗣後學者靡知有異同矣。《易》學以辭象變占爲主，得失可稽也，王輔嗣出，一切理喻，漢學幾於絶熄，宋邵子、朱子震始申言之，後八百餘年而始興者也。《春秋》家，劉歆尊《左氏》，杜預説行，《公》、《穀》廢不講，啖、趙出，聖人之旨微見，劉敞氏、葉夢得氏、吕大圭氏其最有功者也，尊王褒貶則幾於贅，是千餘年而始著者也。《書》别於今文、古文，晉世相傳，馴致後宋時，則有若吴棫氏、趙汝談氏、陳振孫氏，疑焉有考，過千百年而能獨明者也。《詩》本於大小敘，諸家《詩》已廢，毛公説獨尊〔一〕，蘇轍氏始删，鄭樵氏悉去之，朱子祖之，此又幾二千年而置議焉者。三禮守鄭玄氏正義，皆旁正曲附，唐趙匡氏始知其非，宋諸儒駁鄭，幾不能以立，甚者疑《周官》非聖人書，卓識獨見，雖逾千百世，亘萬古而不泯，是則寧能以一時定論爲是哉？

曩朱文公承絶學之傳，其《書敘》疑非西京，於《孝經》則刊誤焉，《詩》去其敘，《易》異程氏，《中庸》疑於龜山楊氏。程、楊、朱子，本以傳授者也，審爲門弟子，世固未以病文公也。陸文安公生同時、仕同朝，其辨爭者，朋友麗澤之益。朱、陸書牘具在，不百餘年，異黨之説興，深文巧闢，而爲陸學者，不勝其謗。屹然墨守，是猶以丸泥而障流、杯水以止燎，何益也？

淳祐中，番易湯中氏合朱、陸之説，至其猶子端明文清公漢，益闡同之，足以補兩家之未備。抑又聞之，當寶慶、紹定間，黄公榦在，朱子門人不敢以先人所傳爲别録。黄既死，夸多務廣，有《語録》焉，有《語類》焉，望塵承風，相與刻梓。而二家矛盾，大行於南北矣。廣信龔君霆松，始發憤爲《朱陸會同》，舉要於《四書》，集陸子及其學者所講授，俾來者有考。删繁薈精，余於龔君復有望焉。夫事定於千百年，則罔有異論，故歷舉興廢之説若是。噫！龔君之書，有俟夫後。若余言，亦殆將得以同傳也。

至治二年八月辛未，袁桷序。

五經約説序

古之學者，三十而五經立。方其時，以力田致養爲先本，春出于野，冬始入邑，其勤懇懇，然日不能給，暇日入學，歲卒不滿十旬焉。噫！何其敏且成如是之易也？蓋先王盛時，鄉遂溝洫之制明，冠昏賓蜡之禮具，絃歌俎豆、鐘鼓弓矢之事，周旋品節，皆身親而日化，則所謂通其義者，道德性命之理也。簡牘日繁，專門經師，夸宏務奇。漢世儒者，白首莫一，微言既絶，掇拾枝蔓，而媮意惰業，率自涯而返，良有以也。夫子之翼《易》，二戴之傳古《禮》，解經之準的也。訓詁别立爲小學，析文以言字，因字以生義，究其大較，邈不相入。然則士何自知經旨哉？唐孔、賈氏，尊漢儒宗，知其迮陋，猶旁諱曲覆，如臨師保，不敢有犯，獨啖、趙，出口指摘無所避。至劉原父氏、歐陽氏，始慷慨直論。未幾，言經者銖分毫别，疆畫同異，亦駸駸乎漢儒矣。

夫一道德而同風俗，作者之事也； 復古而不至焉者，儒者之責也。六藝之道，莫急於禮樂，樂書廢已久，而《儀禮》迄不得立。學官遺音舊器，莫可尋辨。登降、進退、揖讓之損益，臨事取具，跂就企及，卒泥夫近古。吾獨謂學古之士，猶足以語夫此也。廬陵宋元翁爲童子時，能明經。明經舉廢已久，獨元翁興起其事。弱冠，復約爲大義，先王墜典，炳然其專美矣。夫天人之奥，昔人之所罕言，而昔之耳聞目見，接熟素履，今皆棄置不講。元翁氣清德茂，養泉糞木，必以源本，約而同之，與道俱會。後之學者，將由是則焉。敢誦所聞而美之。

鄧淳翁春秋集傳序

因褒貶而傳《春秋》焉，聖人之餘意也； 悉貶而遺其褒焉，非聖人之本旨也。粵自周室既遷，史列於諸侯，典策之藏，世莫得見，而其紀載之法，號稱近古。故凡是非善惡之實，天災時變之著，直書而不隱。逮于戰國，執簡侍史者，猶守而未墜，然而攻劫凌據之侈，相尋而莫之顧。實由夫外史之職，不行于邦國，其史之存於國者，又將日幸淪棄，而無所傳證。故益得以逞其驕而恣其所行，若是者，二百餘年矣。聖人始出，然後因其史之本文，而修明之，別爲之書，以信于後。善乎孟子之言曰： 『孔子成《春秋》，而亂臣賊子懼。』若是，則《春秋》其果爲褒貶哉？

三家之傳，事與義例，轇轕殽紊，刻者若法吏，博者若辯士。上下二千餘載，各執所嗜，介不相並，而玩獵蒐擇，髣其音聲，益遺其形，傳愈疏而經益湮矣。夫因義例以明聖人之意，懼義與例不得而盡。廣其記聞，不燭於理，則事益無以自附。《春秋》之道幽而明，無傳而著論至於是，良有以也。

自唐以來，合三傳者，始各以其長自見。然而求於外者必謹於内，純明粹精，非自外至焉者耳。先王之典禮舊章，具於傳記，悉心以推之，闇而日彰，墜而復完，則《禮》者，又《春秋》之標準也。邵武鄧淳翁，慨不行於今，特立己任，纂而爲編，復因胡氏七家而增廣之。余嘗謂審乎人情，酌乎事變，非《春秋》其誰準？感而通天下之故，則《易》之用，其與是相並。始於《春秋》而終於《易》者，邵子之學也。淳翁學首於是，必有其本，敢因以訂諸。

王先生困學紀聞序

世之爲學，非止於辭章而已也，不明乎理，曷能以窮夫道德性命之藴？理至而辭不達，兹其爲害也大矣，是故先儒有憂之。且夫子之言有曰：『興於《詩》，立於禮，成於樂。』其品節備具，見於《禮》之經解。

夫事不燭不足以盡天下之智，物不窮不足以推天下之用。考於史册，求其精粗得失之要，非卓然有識者，不能也。若是，其殆得之矣。在《易》之居業，則曰修辭立誠，而畜德懿德必在。

夫聞見之廣，旁曲通譬，是則經史之外，立凡舉例，屈指不能以遽盡也。揚雄氏作《法言》，其意亦有取夫是。

後千餘年，禮部尚書王先生出，知濂洛之學淑于吾徒之功至溥。然簡便日趨，偷薄固陋，瞠目拱手，面牆背芒，滔滔相承，恬不以爲恥。於是爲《困學紀聞》二十卷，具訓以警。原其旨要，揚雄氏之志也。先生年未五十，諸經皆有説，晚歲悉焚棄而獨成是書。其語淵奥精實，非紬繹玩味不能解。下世三十年，肅政司副使馬速忽公、僉事孫公楫濟川分治慶元，振起儒學，始命入梓。桷游公門最久，官翰苑時，欲悉以其所著書進于朝廷，因循不果。今也二公謂桷知先生事爲詳，俾首爲序，庸書作書之本旨，亦以勵夫後之學者。先生諱應麟，字伯厚，自號深寧居士。

泰定二年冬十月，門人具官袁桷序。

大易通義序

郡侯郭文卿，示《易通義》一帙，曰：『此真定侯先生所述也。』先生幼喪明，聆群兒誦書，不終日，能悉記其所授。稍長，習詞章，自謂不學可造詣。既而悔曰：『吾明於心，刊華食實，莫首於理。理以載道，原《易》以求，則爲得之。』於是精意讀《易》，旁通曲會，參以己説，而名之曰《通義》。讀其書，浩乎其詳也，簡乎其著也。因理以測象，若遺焉而不敢廢也。

桷學《易》，蓋亦有年矣。原夫八卦既列，象斯立焉，故卦有理者焉，有象者焉。理有以言爲象，象有以理爲用，理與象，不得而偏也。聖人懼其言之雜也，諸卦之彖，專言夫理，而取身取物，悉見於爻辭矣。又懼夫設卦之理，彖不足以盡也，復繫之以上下傳，而其象位之明著，悉見於《説卦》，至矣盡矣。後之儒先，言理者過於浮，略象廣喻；而泥象者，微言隻字，咸取以爲象，角立交病。三聖之旨，泯然莫知所歸。

自朱文公發變象之説，學者始知所宗。君思深而識幽，據會提要，蓋將爲程子之忠臣，儆文公以入夫邵子之室。非潛心尊聞者，不能也。今年逾九十，康色未艾。先生名克中，字正卿。郭侯俾敘其書，將入于梓，不讓而爲之序焉。

老子講義序

昔之善言老子者，謂其同者合於《易》，其不同於孔子者，皆矯世之弊。此論千萬年不能以易也。新安程泰之作《易老通言》，余意深得其旨，讀之，茫然不能以脗合。語簡則理得，大羹玄酒，夫豈旨於味乎？

老子之五千言，不得已而爲言也。道爲《乾》、《坤》之體，德爲《咸》、《恒》之用，繹其辭旨，觀妙觀徼，見天下之賾而擬諸形容者也。衆妙之門，《易》之門也，功成弗居，治《蠱》之道也。使民無知無欲，百姓日用而不知也。挫鋭解紛，洗心藏密之旨也。多言數窮，吉人之辭寡也。

谷神不死，生生之謂《易》也。後其身、外其身，以前民用之道也。水善利萬物，《坎》之行有尚也。持盈揣鋭，君子有終也。生而不有，爲而不恃，無思無爲也。埏埴爲器，户牖爲室，十三卦制器之義也。有之以爲利，無之以爲用，民咸用之謂之神也。爲腹不爲目，觀我朵頤之凶也。寄於天下，託於天下，知進退存亡而不失其正者也。迎之不見其首，随之不見其後，神無方而易無體也。善爲士之章，出入以度，無有師保，如臨父母之謂也。觀復，復其見天地之心也。皆謂我自然，不事王侯，高尚其事也。若夫十八、十九、二十章，矯世之言也。其中有物，其中有精，《坎》、《離》之體，《未濟》、《既濟》之用也。不自伐，故有功，《謙》之義也。有不信焉，亦矯言也。跂者不立，鼎折足，不勝其任也。有物混成，《易》有太極也。輕則失臣，躁則失君，君不密則失臣、臣不密則失身之義也。善人者，不善人之師，《益》道也。知白守黑，窮神知化之義也。去甚，去奢，去泰，致恭以存其位者也。將軍居左，師左次无咎也。道之在天下，變動不居，周流六虚之義也。自知者明，顔子之不遠復也。自勝者强，君子之自强不息也。終不爲大，虚以受人也。視之不見，聽之不聞，極深而研幾也。不疾而速，不行而至也。柔弱勝剛强，坤至柔而動剛也。利器不可以示人，君子藏器於身也。守萬物將自化，神而化之、使民宜之也。上德不德章，矯言也。謂得一者，貞夫一者也。『萬物生於有，有生於無』，蔡氏曰：『兩儀之先，其易無體。兩儀之後，其易有體。』有無之義，於斯見之。明道進道，探賾索隱、鉤深致遠之謂也。

道生一，一生二，二生三，三生萬物。石林葉氏曰：《易》之數見於大傳者，《乾》、《坤》之策也。物亦非萬之所能盡該。微見其緒，曰引而伸之，觸類而長之，天下之能事畢矣。老氏言數曰：『道生一，一生二，二生三，三生萬物。』莊周言數曰：『一與言爲二，二與一爲三。自此以往，巧歷不能算。』老氏所謂三生萬物者，猶《易》之言『引而伸之，觸類而長之』，而不窮其變也。莊周所謂巧歷所不能算者，猶《易》之言『當萬物之數而不盡其説』也。至漢言律曆者，於是始於《易》數之外，起黄鐘之一而三，積之至於十七萬七千一百四十有奇[二]，以爲五行之數備已。而又爲三統之説，以五行相錯，由三微三著積之，始於太極，而終於二千三百六十三萬九千四十，而復於太極上元，以爲天下之能事畢。

無爲，老子之旨義，與生而不有同，旨既同，則無思無爲之義同矣。知足不辱，知止不殆，諸卦之上九類之。清靜爲天下正，憧憧往來之反説也。知足常足，繫于苞桑也。其出彌遠，其知彌少，稱名也小、取類也大之義也。爲學日益，爲道日損，兼《損》、《益》而言也。懲忿窒慾，損也；見善則遷，有過則改，益也。聖人皆孩之，退藏於密，吉凶與民同患也。善攝生，老子之本旨，致一之義近之矣。道生德畜，《乾》、《坤》之用也。生而不有，變化云爲也。塞其兑，言行君子之樞機也。慎言語塞，《兑》之本也。閉其門，行其庭，不見其人之謂也。介然有知，知微知彰，知柔知剛，介于石之義也。善建者不拔，確乎其不可拔也。修身至天下，中庸之論也。精之至、和之至，男女構精，化生之道也。玄同不見，是而無悶也。以奇用兵，以此毒天下而民從也。禍兮福之所倚，碩果不食也。福兮禍之所伏，鞶帶之三褫也。治人事天莫若嗇，卑而不可踰，貳簋可用享也。有國之母，可以長久，安土敦乎仁愛之道也。非其鬼不神，《睽》之群疑亡也。大國取小國，小國取大國，湯文王是也，《謙》之上六得之矣。道者萬物之奥，廣大悉備也。何棄之有，容民畜衆也。坐進此道，藉用白茅无咎也。圖難於其易，爲大於其細，易簡而天下之理得矣。爲之於未有，治之於未亂，履霜堅冰也。合抱之木，生於毫末，喻積小以高大也。下二章，亦同也。民之難治，以其智多，禁民爲非曰義，則智去矣。江海爲百谷王，天水違行，而繇一以生也。下者，水之道，《需》而《蹇》，《蹇》則通矣，下《濟》而光明之義得矣。曰慈天地之大德，曰生也，曰儉損之道也，曰不敢爲天下先，《巽》以行權也。善爲士夫子，於《益》『或擊之，立心勿恒，凶』之爻詳言之矣。用兵有言，仁者無敵也。吾言甚易知，易知則有親也。知不知，滕口説也。民不畏威，不威不懲，滅趾滅耳之爻得之矣。勇於敢則殺，天道虧盈而益謙也。民之饑，節以制度，則不傷財，不害民矣。人之生章，原始反終，故知死生之説也。天之道，其猶張弓，日往月來之義也。天下柔弱，莫過於水，《坎》之内爻堅强者也，故險之時用大矣哉！受國之垢，國君含垢也，《明夷》之義於斯見之。常與善人，積善之家有餘慶也。小國寡民章，通其變，使民不倦也。利而不害，乾不言所利，保合大和，乃利于貞矣。爲而不爭，爭地爭城，老子之親見也。王侯設險以守其國，夫豈有爭哉？

予固嘗以《易》釋其旨，而未有成也。同里吕君與之，故儒家，閲世益深，游於方外。以其著《老子》一編見示，甚似夫予之所見，其文詳順而實，援據以精。築室於海島孤絶之地，黜聰窒明，以養其泰和，且又將窮極山川之幽勝，以求正於有道，誠可謂老而能學者也。故輯舊説列于前，凡我同志，知予之不妄許可者有在也。

泰定二年七月，清容居士袁桷序。

高一清醫書十事序

班固氏輯劉氏《七略》爲《藝文志》，其序醫經方藥，終以神仙十家殿之，尋宗探本，厥旨深秘。近世習老氏者，則以爲薄清淨、務名實，若班氏去取，未足爲吾學輕重。其不習老氏者，因其先後，遂以爲尊吾聖人，莫若班氏，緣聲附響，深切明著之道。二者皆所未喻也。

醫經方藥，具訓于先古，其不得已而爲之意，世莫之曉，惟空林隱竇、刻意繕性之士，必極其本致，而後能知之。故其察五行乘剋之理、七情摩盪之原，兢兢惴惴[三]，使夫身不至於已病，而餘功後效，積精以適神者，斯近夫神仙之説矣。班氏深存其義，而隱其説。故世之方士，皆荒忽詭幻，復别爲一家，以自侈靡，而所謂非聖不言者，則有戾五福之彝訓、仁者靜壽之義，於道何取焉？

予嘗謂有經天下之志，必有經天下之事。胼胝之勞，在陳之厄，其飢寒困苦，雖九死不得以自悔，視夫彈冠結綬，爭奪得喪，談性命之空而忘事理之實者，則有間矣，故每信而不敢自異。居里時，獨高君彰一清慕方外學，嘗以爲醫經爲性命之本，若冶金鍊石諸秘詭事，皆不取，殫極年歲，悉取上古漢晉諸經方以及唐宋所續出，經分緯别，定其精良，删其繁雜，别爲十事。謂必由此足以通夫仙道，而其意與班氏適相脗合。

高氏衣冠爲四明望，自獻簡公閔掌成均、定學制，當秦氏廢錮正士，即致事，以《春秋》、禮學教授鄉里。内翰公文虎、禮部公似孫父子，皆以文學致清顯。至大宗伯衡孫，爲端平正士，修儀偉貌，年八十餘，手抄見聞及方技諸書，亹亹道舊不輟。一清爲諸孫，得於宗伯爲多。淵懿之深，簡閶小誦，非所可擬疑。髣髴乎與學仙之道通，故今自號爲通仙子云。

然予幼聞諸老言：葛天民、曾景建以神仙説游公卿，清言玉雪，苦意冰蘗〔四〕，見者憐而欲成之，後卒不就。最後里人王丹池，復以是説游，亦不就。十事之成，於吾徒誠有賴，未知通仙之本旨，其果能有成也？朱文公於老氏嘗曰：『恐逆天理，信而不泥。』然未始與浮屠者同其議。悼日月之如流，知玄髮之易化，高君其奚以辭？因敘而致意焉。

四明志序

成周疆理之制，審於王畿，首合同姓以夾輔，至於四履，則必假異姓焉以控遏之。先後疏附，曲盡其制，何周且詳也！四方之志，猶懼其不能以悉知也，則必以外史掌之。社亡入秦，而書具在，區區刀筆吏，獨能收其書，據要漢中，夫豈偶然也哉？

世祖皇帝聖德神武，混平寰宇，首命秘書監儒臣輯《大一統志》，沈幾遠略，與昔聖人意旨脗合。然而郡志缺落，其遺軼未備焉者，不復以徹于上。馬侯澤潤之，固嘗爲中秘官，知之矣，暨守四明，迺曰：『明舊有志，今爲帥大府，浙東七州，推明爲首，阨塞户版，物産地利，是宜究察以待問。清風舊德，與昔之高閎巨閥，屬於宅里者，猶可考也。』謂桷久爲史官，宜有述。

桷嘗聞之，洙泗遺俗，稽之以久遠者，道德之澤也。詑錙銖之利，以害于吾民，昔人之所不道。空虛説〔五〕增，農日益困，甚者紀其山林屋室之盛，奉書詣庭，若執符契，爭莫能已，是殆昔之無知者根其禍也。管夷吾作書訓子弟良厚，而内政以漁鹽爲急，儒者訴之。維明負山横江，歲厄於水旱，河渠是先，牧民之本。推其沿革，覽其山川，知昔時得人之盛，宫室户口之無恒，釋道遺文之盛衰，是皆足以增其永歎焉者矣。迺爲十二考，以志其事，遂不敢以荒落而有辭也。

馬侯爲政，愷悌惻隱，以宜于民，民以不病。郡博士吴君某，勤恪承令，詢索州縣之所宜聞者良備，因是得以成書焉。

李景山鳩巢編後序

桷過永嘉，張宗魯書塾庋河間李景山氏手校朱子《詩傳》。謹視之，旁行側注，朱墨定竄精善，心慕焉。雖未熟詳，知其名能詩，吾意非近世詩士也。近世言詩家頗輩出，凌厲極致，止於清麗，視建安、黄初諸子作，已憒憒不復省，鉤英掇妍，刻畫眉目，而形幹離脱，不可支輔。其凡偶拙近者，率悻悻直致，棄萬物之比興，謂道由是顯，六義之旨闕如也。

是歲冬，見于京師，始讀其詩於雍虞德生，質而不倨，倚而不踰，襲衆芳之英，融寄于窮崖絶域之地，而審其昔日之心滿意肆，蓋將沖寂寥廓，脱然以逃焉者也。夫子之言曰：『詩可以怨。』然不怨可也。怨已，則責難於天，誠不怨邪？幽蘭之辭，湘纍之賦，得而廢之矣。若公之詩，非悲其不遇也，凛焉以持者，正也，反而言之，斯怨矣，又何病焉？予嘗從問雲南土風，歲弄兵不止，計安出？公曰：『理則人，擾則獸，豈獨雲南哉？』退，已書諸牘，復識于序後。若德生所論次者，不復著。

劉内翰文集序

至元二十四年間，南康劉公爲内相。宋社未亡，桷髫年侍先處州府君于錢塘，獲識之。議論雄偉，誠奇士也。後有客自京師來者，必詢其詞命制作，多懺悦不能道。踰十餘年，獲入禁林，得《玉堂制草》而讀之，編次荒略，詞臣之名，十不存四五。是則劉公之文，無因而推考焉者矣。

至治元年冬十月，其嗣判官君某，橐其遺文相過焉，俾有敘。桷讀之，手不以釋。夫集腋於裘，擣珍於鼎，非精别者不能也。尊其所聞，足以信後，諛言美説，非後進之所宜爲也。東平李公謙評公之文曰：『學問該洽，性理精詣。』承旨王公構則曰：『深妥雄健，博碩光明。』廣平宋公渤亦曰：『氣盛辭卓，温縟宏雅。』嘉禾張公伯淳則又曰：『浩蕩横逸。』是數公者，司衡挈繩，將俾夫後之學者翕焉以從，其傳信何疑矣！

夫以理爲主，文常患於不工，雕鏤委心，茫然而無以畔岸，是則爲是者，良難矣。命焉而得所遭，事久則論益定。觀其詩文，於當世群賢之言有考焉，斯得矣。

樂侍郎詩集序

故吏部侍郎河南尹樂公詩一編，其季子克誠，以家集散軼，守其記憶者，得若干篇，將刻于梓，俾有敘。桷讀而作曰：嗚呼，旨哉！方南北分裂，兩帝所尚，唯眉山蘇氏學，至理學興而詩始廢，大率皆以模寫宛曲爲非道。夫明於理者，猶足以發先王之底藴；其不明理，則錯冗猥俚，散焉不能以成章，而諉曰吾唯理是言，詩實病焉。今夫途歌巷語，《風》見之矣。至於二《雅》公卿大夫之言，縝而有度，曲而不倨，將盡夫萬物之藻麗，以極其形容贊美之盛。若是者，非夸且誣也。

五經言理，莫詳於《易》，其辭深且密，闡幽顯微，不敢以直易言之，考於經，皆然也。宋之亡也，詩不勝其弊。金之亡，一時儒先，猶秉舊聞於感慨窮困之際，不改其度，出語若一。故中統、至元間，皆昔時之緒餘，一一能有以自見。若吏部公，則親受承安、貞祐之傳，故其詩清切俊邁，足以振數百年之遠響，俾置諸中州之所編次，其何能以辨？公諱舉，字用之，號藏齋。與父運副，皆金進士。家世源委，所從來有據。傳以永久，孰曰不宜？

曹邦衡教授詩文序

大江以南，地爲荆、揚，郡不過百十，其言語風俗、起居飲食之異，邈不相近。世方理文治，而士大夫言詞章高下，復人人殊。數十年來，文益媮，體益弊，乘高駕浮，滑稽恣睢，恍乎其不可詰。絜而至於道者，不懼則僨。遡源而論之，蓋方承平時，師表日增，士以其類至尊，其所傳過於自守，而樂凡近者，尤矜矜然秘重不妄與。一道德而同風俗，先王之教，誠不若是也。余嘗會文於同志，反復力議，而卒以自病。

廬山曹邦衡，客京師三年矣，閉門絃歌，絶造請之跡，顧屢察之而卒未之與議。將行，始示其詩文一編，蒐奇粹精，炳然而横陳，列懸于簴，擣珍于鼎，聲味相屬，而凌厲感悱，蓋將合律吕之變，適酸鹹之宜者也。夫不自是其是，必有則於古。守其私説，不能以自廣，將固且隘。博以求之，精以思之，日遷而歲異，當於是乎益。今四海一，國士之不可强爲者，猶跂而及，文教之洽，由是而一，曹君勉乎哉！往慎迺塗，正轅而行，其寧有不至者耶？

校勘記

〔一〕『獨尊』，原作『尊獨』，據四庫本改。

〔二〕『奇』，原闕，據四庫本補。

〔三〕『惴惴』，郁校：『惴惴』，原本誤『揣揣』，鈔本作『惴惴』，今改。按四庫本正亦作『惴惴』。

〔四〕『蘗』，原作『蘖』，據文義改。

〔五〕『說』，四庫本作『設』。

清容居士集卷二十二

序

韓泗州老人詩序

往八十年，金蹙于汴，盡汴民咸勝兵抗鬬，不得息。聞其父老泣撫黄稚，謂不幸生亂離，使言承平時，疑卒未見。果承平耶？余弗得見。得見焉，必若等也。不十年而金亡，又四十年，世祖一轍迹，郡縣轉輸，屯戍徭徵，江以北悉撤省，而汴爲樂土。今三十年矣，私怪當時父老言合龜卜，特不知得年者幾何人？又不知得年而果佚樂者爲何如人？夫壽與富，天不能並畀，錙銖之較，願與計，莫以勝也。

大德丙午，韓泗州君美書來京師，曰：『余家嚴君偕老于汴，俱八十矣。』桷與泗州交最深，官於吾鄉最久，與之言文詞，道政事，切直近實。今守於泗，泗與汴水陸相望，甘旨致問不絶。汴總河南十數州，得領公府事上汴，奉觴跪行，盡其私歡。二老人方强明艾和，游戲閭里，登坡陀，極榛翳，臨車飛磩，動在耳眼，嘗指而慨，已而以喜。而泗州又能清謹愷悌，祝其神明，以養其志慮，休休焉不知其將耄。古之所謂陶唐氏之民者，於韓氏見之矣。中都之士咸美而賦，四明袁桷爲之序。

張氏宗譜序

宗以族言，斯古也。別以爲宗，記始也。大宗，非諸侯之制也。居小宗而遺大宗，自鄭氏《大記》之釋失之缺，其大宗、小宗乎何取？然則曷爲大宗也？大宗之法，不施於庶昆弟。謂之別者，大夫學士悉有宗也。天子以國，諸侯以封，世守其祀，莫敢爲宗。下于庶人，而言宗焉，遺其大宗，不可也。大夫士有常宗，由大宗而爲小宗，小宗不可以承祖，故分而言之。小宗之嫡，斯大宗矣。此繼別之義也。

張氏之各得爲宗也，奈何？張譜始於東平。東平，其大父善也。東平之長子禮，爲豐縣丞。豐縣，東平之大宗也。其季義，居於東昌，死復葬焉，有子五人，長曰叔温，爲高沙屯官，東昌之大宗也。古者適於他國，皆別爲宗，國一而地異，別之義斯近矣。張譜軼於兵，迎[二]而數之，首豐縣之禰，悉張氏子孫，更數十百年，宗不能易也。高沙之禰居東昌，合豐縣爲小宗。始高沙爲大宗，宗各有别，尊祖之道，斯備矣。

張姓出于姬，至周而氏著，祖于韓，其得望者十二，曰襄陽、洛陽、河東、始興、馮翊、吳郡、平原、清河、河間、中山，曰魏，曰蜀。東平譜，祖以上名不得而次，合賢與貴，侈而書之，失近據遠，譜其疑矣。惟貴與賢不偕同也，誠貴矣，非賢不能傳，使果賢邪，雖弗貴焉，可也。

張氏之先墓隤於河，族厄于逃。今其孫若曾咸曰：『別爲始者，猶邇也。至東昌而復別，何敢忘之？』太和之季叔恭敬父則曰：『爲譜辨宗，百世猶今也。且昔之不幸，吾猶慊恧焉。』噫！敬父之心思而深，肅肅然念其先，敏儒以自持，其興也，於是乎在。敬父今爲宗正府左右司都事，大德丁未，作亭于東昌之墓旁，表曰宗會，翰林學士廣平程公爲之記，太子文學魏郡元君復初系之以詩，而俾余爲譜。

史官袁桷述。

廬陵羅氏世譜序

黄帝二十五宗，距唐堯猶未遠，世系昭穆，混錯若不可考。置而不論者，謂其詳不可聞也。禮莫詳於周，展親別宗、强本弱枝之慮，品式備具。不數百年，難生於所親，兵車日尋，卒之顛覆僨絶，何也？其所以繼之者，非其道也。禮生於人情，貴貴親親，禮之大經，繇貴而失親，聖如周公，猶不能以制。宗法之不講，所由來舊矣。

後漢鄭康成，謂諸侯之別子爲大宗，自大夫士而下，皆不當有。由是常宗之法廢，貴爲王公，其所以承攝者，止於五世。鄭氏之説誤也。譜諜學廢，姓氏殽雜。獨孔氏子孫，更數千百年，歷歷可紀，而姬氏享國八百餘祀，秦漢之際，已散軼僅存。後王盛衰，抑無以議爲矣。

或者謂孔子垂世立訓，貴不以位，故其所傳久遠。然考諸傳記，蠻夷小邦，率一姓數十世。噫！立禮以辨位，位尊而益爭，昔之聖人，夫豈不知其有是哉？消長之理，相尋於無窮，其不可詰者，數存焉耳矣。

廬陵羅氏譜，繇唐至今，爲世凡十有五，爲派凡十有八，旁行邪上，如指諸掌。合職方氏小史之記，貴盛累葉者，亦莫能並。統宗合源，一其所尚，必有其道。參差不齊，物之理也。先之以孝謹，終之以卑讓，黜爵貴德，雖百世可推也。桷也，公侯之子孫，因羅氏之譜諜，將有感夫昔時之興廢，企焉若不及，而終之以自勉者，亦羅氏譜之微旨也。

延祐丙辰八月，史官袁桷序。

臨川危氏族譜序

姓氏之學，魏晉以下無稽焉。歐陽子作《宰相世系》，切切然將私其親，然卒數世亡軼。是則凡言譜諜者，缺之焉得矣。氏族混於周之東遷，祖以爲氏，猶之可也。别族改氏，因其官簿以相沿襲，益繁多矣。繇是爲賜姓，爲缺文，一氏而兩望，同源而别派，至於推律觀物，慕風嚮化，雜然而前陳。其避禍者，託焉以自逃，承宗繼絶，漫不可考，竄易傅會，紛然莫能辯者，數千百年皆是也。

宗法之不講，所從來久，謂百世不遷者，德如后稷焉斯可矣。后稷而不能，則凡爲吾徒者，得無懼乎？孟子有言曰：『君子之澤，五世而斬。』均小人而言之，何邪？昔之親盡，蓋見于孟子，然而私淑之道充，孟子而能爲之者。吾於危氏之譜，其殆庶幾矣。夫遠而不可明者，理之常也。究其初，以合乎貴賤貧富，其心博，其旨微，將使夫困者通，盈者持。危氏之盛，循環無窮，於是乎有考焉，是矣。

維漳州大夫，於桷曾大父樞密越公同淳熙進士，同乙科，同著作，同爲番陽文敏公之門人。其弟南昌君，族祖正肅公實銘其墓。桷來京師，族孫有成嘗曰：『兩家疇昔若是，譜非子敘不可。』不幸有成卒，其弟歸其骨于臨川。遂不負其言而序之。

熊西玉文集序

粵昔以經賦科進天下士，有司崇尚日異，辟雍居俊游，尤爲準繩。音節程度，更創迭變，雲翕影附，各以其伎進，拘者輒困躓不得上。方是時，蜚英溢行，爲時所推重，連百州之地，不能以什一數。邈音聲之近，絶師弟子之敬，和筆繕札，傳誦不止，其好慕實使之然也。當咸淳初，江以東言熊公焉。余師剡源戴公言：爲同舍郎時，學官始授題，熊公據案瞪目，鉤深摘微，落筆澄澈，理融意新，蠶則績而珠纚屬也。未幾，失仕東歸，沈冥簡編，空林窮崖之怨，横溢間發，而安之有命，不憒不悱，猶昔日年壯意盛之所作，擬諸於德，殆其微與。

噫！陶唐氏之亡，歷年滋多，精深憂思，愈遠愈在。極周陵遲，諸子相繼有作，是則先王之澤，不可以一日泯。自漢而下，殆無以議，何則？理不勝弊焉故爾。夫弊不極不足以自振，此强仁者之所宜知。嘗聞公閉門盡心，索六藝之藴以極遠紹，後之學者，是宜有考。故不知其不能，而申其説。命序之者，實壻張拱辰氏也。

陳元吉韻海序

近世儒先，以韻書首於江左，其理未竟，論者疑焉。夫聲與韻，文字之自然。童歌巷語，肇於唐虞，旁叶偶傳，與君臣賡歌相表裏，非若今世拘拘然以清濁爲高下論也。小學廢已久，言六書皆本於許慎，或者謂揚雄《太玄》奇字與許氏不合，皆其私臆。殊不知屈氏而下，若司馬諸賦，其不易解辨，豈亦其所自製？故昌黎韓子謂凡爲文，宜略識字，則世所爲[二]許學者，苟趨省易，實秦相斯之學也。

按魏李登始爲聲韻，增益衍廣，實原七均。七均之説，成於江左。江左之文，綺而萎，其於韻若法律爲師，條分目析，錙銖之不可混也。降於隋唐，守其説而莫之變。能變者，宋惟吳棫氏。今世所行唐韻，博極群籍之要，見於其序。而近世附益，終莫能已。

噫！學其果有止也邪？眉山陳君元吉，少以《春秋》試有司第一，南極交廣，以游夫幽冀之平衍，搜奇尊聞，包絡攟拾，因韻以廣，卒爲是書，名曰《韻海》。班然而居，編懸在庭，各得其職，雖第而輕重之，同律吕也。屬辭比事，《春秋》之教，殆猶其微與？昔顔魯公爲《韻海鏡源》，集古今韻字凡三百餘卷，識者謂其摭華撮要，該於理著。四庫散落不具，而今也卒俟君以成，合流納汙，愈遠愈清，至於海者，百川之功聚也。敢誦所聞，而因[三]以序之。

鄆城馬節婦詩序

《詩》始婦人，先王盛時，天地萬物之理，推變審情者若是矣。不幸而大故，守中秉德，合於自然，憂辱恐懼，蓋不能以相動也。二《南》之化，行於天下，未及數百年，陵夷變遷，首於國君夫人。聖人憂之，録於《風》、《雅》，書於《春秋》，後有述作，尤惓惓焉以致其意。

嗟夫！乾坤之道，相濟以成者也。皇元一海宇，累下詔郡縣，孝子節婦，按實旌植是謹。鄆城王母，其狀曰：馬氏年少喪夫，養姑鞠子，纖粟盡恩禮，閫户循飭，四十年終始不易。由是鄉老言于州，州上其事禮部，繇是得加桓表焉。

棆待罪太史，歲終，常會以奏書。然陳詩以觀，史官之職也。凡我同志，什爲詠歌，先之以憂勤，終之以燕樂，足以見夫國家德化之廣，非止爲王氏榮也，豈不美歟？長子質，山東宣慰府掾；季獻，今爲翰林院都事云。

蕭克有字序

在昔先民，理得於簡易，其言動視聽之方，不求合於禮。而所謂禮者何？其日用而不知也？唐虞之際，黎民時雍。至於湯武出，而禮益立。於是升降揖讓，以成其容。爲之珩璜，以節其步武；爲之弁冕，以嚴其首服。黼黻有度，尊彝有數，温柔剛毅、寬嚴張弛之教，復品節而備具之。噫！可謂至矣。

世益衰而法益繁，悉刑以防其情，民之日不幸者，非天之所與殊也。俗媮而説庬，教不足以勝，靡然從上以自治，其亦未知其本始焉者也。周之衰，諸子馳騁，激於世者，黜仁絶禮以自高，急於近功，則皆苛迫峭刻，益莫知其所措。聖人政刑德禮之論，幾乎其息。《書》曰：『臣人克有常憲。』解之者曰：『憲，猶法也，奉有其常者也。』民之初生，淵乎其仁。《詩》、《書》、《禮》、《樂》，造士之具也。不由是而推，奉法以爲固有，夏后氏之世，吾誠知其不若是也。

廬陵蕭御史之子憲，其師黄君字曰克有，請其説於余。《詩》曰：『天生烝民，有物有則。』克有之義，備矣，假於外以爲常，將失其所謂由己之道。修其由己之道，莫若乎禮。故余先言其得於天者如是，而復以學禮之説告。

袁氏舊書目序

《袁氏舊書目》者，目袁氏舊書之存于今者也。始曾大父越公舉進士時，貧不能得書，書多乎抄强記〔四〕，至用□高祖妣齊國夫人魚魫冠學書。後官中都凡二十有五年，乃務置書，以償宿〔五〕昔所志。其世所未有，則從中秘書及故家傳録以歸。於是書始備矣。

于時國家承平，四方無兵革之虞，多用文儒爲牧守，公私閑暇，擊鮮亨醴會寮屬，以校讎刻書爲美績。至於細民，亦皆轉相模鋟，以取衣食。而閩之建、蜀之益，其最著者也。紹定辛卯，公自宥府歸里，遂累土爲堂，貯所得書於東西榮。公日處其中，客至，不復道世事。顧嗜陳、黄詩，擇其適意者，手書爲編，寓物詠歌，與道游遨，休休焉不知其年之將耄。如是者七年而薨。舊書之傳，距于今四世矣。

桷幼聞公從學正獻公，時有手校九經，旁説疑義，皆附書左右，最爲精善，欲從諸父一觀而未得。又欲合諸父之藏，分第爲目録，亦不果。竊嘗謂天下之物，聚多者終必散，或者早計於未散，則庶幾幸有一存之理，遂悉藏於山中。己丑之災，偕家人渡江以逃，袁氏之書，一夕而盡，昔之預計者，乃幸而獲全。嗚呼！此公之靈有以啓其衷也。惟公以勤勞起家，其書之傳不幸而不存，固當歸之於數，其幸而獲存者，敢不襲藏心思而躬踐之，以求無忘前人之意？謹次其本始，書以爲《舊書目》序。

袁氏新書目序

余少讀書，有五失焉：雅〔六〕觀而無擇，濫閲而少思，其失也博而寡要；考古人之言行，意常退縮不敢望，其失也懦而無立；纂録史籍之故實，一未終而屢更端，其失也勞而無成；聞人之長，唯恐不及，將疾趨從之，而輒出其後，其失也欲速而過高；好學爲文，未能蓄其本，經術隱奧，茫乎其無所適從，泛然而無所關決，是又失之甚者也。夫爲學之道，用志不能不一，用力不能不專。農夫莽而廣種，不如狹墾之爲實也；工人泛而雜學，不如一藝之爲精也。往者書未模印，時爭傳寫授讀，較余所藏之書，不能十一。而士以三年通一經，其自得之實，皆足以傳世垂後。其視余之書多無成者，豈古人所謂沃土無善民之説與？

往年春，書燬于火，偃仰草茇，所失物不復追憶，而於書獨不能忘懷，已乃思前之五失，一旦而悟，將從事於内，以求自得之實。其年夏，大人過故都，復購遺闕篋載以歸，意者斯文之富，將過乎昔。而余又思旁搜遠録，俾夫昔日之藏矣。噫！年未至於壯，其五失可以亟改也。而古人之志，余亦竊有慕焉。用識吾過，以爲《袁氏新書目》序首。

文子方安南行記序

始余讀《戴記》，帝王疆理，不盡於衡山，而《虞書》致曰：『迺南極交州。』是則要荒不責其貢賦，使者雖歲往返，亡害也。馬伏波議兵法，與建武帝合，勞民入於潦霧蚺蛇之地，其得意自敘，反不若賈君房建罷擊議。時俗升降，略地定功，後王所尚者然與？唐置安南都護府，獻令鮮薄，同羈縻州。開元詔太史測天下晷，交州爲南履準，事與唐帝類，不聞其有僭拒事也。萌芽侈心，承詔旨以肆誅索，一不得意而曰損國體者，是誠盜臣也已。世祖文武皇帝神幾洞察，不加以兵，而安南畏威，不敢朝。終五世，削王爵以奉貢。

今天子即位，頒正朔，議遣使。於是，文君子方拜禮部郎中，爲使副以行。辭命專達，儀注品節，唯子方是毗。入其境，不旬日，卒致命以還，稽諸往使，五十年所未有也。還都，示予《行記》一編。夫誦《詩》專對，夫子之訓也。予於《書》獨有取焉，宣上意，儆有衆，誓命焉有考。山川導別，表土俗以宜于民，莫詳於《貢書》。至若贊帝德，以傳示永久，是非史官不能。子方以論譔奉使事，三者將兼而取之。誠於《詩》、《書》殆相表裏矣。蠻荒酋長，俾知夫中國有人焉者，其自子方始。窮極珍麗，媚上以營夫己者，子方不知其説也。是宜廣梓，以告于後之使者云。

年月日，袁桷序。

白季清母夫人受新封詩序

《春秋經》錫命之制，後王以品秩益展其追榮，倣古則今，至于是大備。今皇帝嗣大曆服，桷時在翰林，得與議典章儀注。僉曰：『勳爵，古制以人子所居官褒崇之，罔俾專美于前代。』定其格入奏，皇帝曰：『可。輕外重内，非廣孝道，視所居官，咸大賚之。』詔下，皆叩首望闕謝。

浙東元帥府都事白君湛，即以其所宜封者，爲母盧夫人請于朝，得封太原郡太君。盧、白，皆中原望族。盧以文詞鳴翰林，白氏再世持雄辨清言，冰雪繅藉，聞者莫不興起。若是者，尤足以振耀也。噫！世之崛然因其夫與子蒙爵命者多矣，未有若盧、白之清望，足以厭服于當代。恃其世家，白君之所不敢。朝夕温清，陳白其所行事，秉心以公，張弛興革，孰不曰是真世家？彼夸詡者，誠不足爲兩家重也。

郡之儒士相率爲歌詩以贊，俾桷首爲序。泰定元年冬十有一月，前史官袁桷書。

甬山集序

文章與時爲高下，誠哉是言也。宋祚將亡，國學考文，其悲哀促急，不能一朝居。四方翕然取則，凌躐上第，至今殘編斷牘，讀之令人歎恨不已。蓋士生斯時，能自拔以表見者，不一二數。有一人焉，則又韜匿沖晦，與世若不相接。

始予少時，見三江李君在明于史塾，其貌癯然，其語泊然，僅知其爲長者也。下世十餘年，子汲以所爲詩文十卷號《甬山集》相示。貫穿籠絡，悉本于五經之微旨，而優柔反覆，羈而不怨，曲而不倨，藹然六義之懿，宫商相宣，各叶其體，情至理盡，守之以嚴，無直致之失。世之號能爲詩文者，率不過是。較一時之輩流，實居其最。惜乎昔時之承接，不足以知其萬一也。維昔秉義公以盛德熹裕，世科聯踵，今五傳矣。論其詞章，則擬於先世爲有光。汲能廣而傳之，惠於吾鄉，俾其子孫得以遵守，豈不韙哉？

泰定二年冬十月，袁桷序。

蓬萊閣詩序

會稽爲禹會諸侯之所，自嬴政一登，而其山川之勝，迄兩漢、孫吴，莫不表章。或者謂：『當是時，征伐蠻粤，爲用武地，而士大夫在朝廷，簪筆執牘，以奉天子之游宴，顧安得從事於荊榛險絶以暢其耳目哉？』惟太史遷，出於流落不偶以至。而見於賦詠，實自東晉始。方王、謝諸賢南徙渡江，北望丘壟，其悲離感愴，不在於仕進，故其意念殊絶，搜奇抉幽，樂天以俟命。而會稽號爲南鎮，將騁懷以攄其所尚，故今之言游山水，實自會稽始。繇是而降，游者益廣，而專牧守之任者，得兼有而畢具矣。元微之以觀察使鎮會稽，所辟幕客皆知名士，號爲絶倡。後人作爲蓬萊閣，蓋取微之詩語。唐宋鉅作，悉刻于其上。

雲内王侯叔能父莅是邦，政簡訟平，百廢俱飭，復閣之舊。迺曰：『昔之諸賢，意必有在。登斯閣也，將見夫同寅之肅和，寮宷之靖共，飛觥擊壺，以彷夫微之昔時之盛。巖壑交映，神閑意消，不苛刻以暇豫，彼俗吏瑣瑣，夫豈知是也哉？』同郡儒士，合賦詩若干首。

桷與叔能同官于朝，審平昔清靜簡易之論，於是乎見。雖老，尚能爲侯賦之。泰定三年正月甲子，清容居士四明袁桷序。

馬氏族譜序

譜以遠言，懼其非吾祖也；以近言，有悲吾之不得已也。金徙于南，衣冠故族，扶挈僵仆，十失其九者有焉，百不得其一者有焉。難甫定，遺童孤兒，想像先人之容儀音聲，僅得於髣髴，推名諱至於祖，則有能言者矣，上而高曾，不復有能言矣。余嘗考夫譜諜之書，秦漢以後，牽强附會，《世表》、《姓纂》僅取其近似，作史者不得不爾。凡爲子孫者，罔敢以是爲傳信。河陽馬氏，蓋皆昔時之望族，今元帥公知夫高曾以上之不可以譜，遂斷自其可知者。爲之旁行側注官位、名諱，以明其始；卒葬年月，以慎其終。用意弘遠，將以期其子孫之日盛。嗚呼！百年之計，莫先於德，德愈種，則見於後人者，不俟而自至。晉丞相王文獻公導渡江，始立家譜，不及三世，而蕃衍盛大，史不絶書。馬公之意蓋若是，願相與勉乎哉，則得之矣。

泰定二年七月乙卯，前史官袁桷書。

鄭原善思親詩編序

廣信鄭君復初，舉進士之歲，時維三月，值其嚴君始生之朝，作爲歌詩，而終之曰『移忠云自兹』，其立志誠遠且大矣。夫仕，莫不欲榮其親。仕貴矣，所尚貴乎自立，不爾，則其於貴也乎何有？故昔之學仕者，必求夫大賢者之格言以佩服之。若鄭君者，策名未離乎都門，超識遠抱，先之以不苟若是。余嘗於殿廬識之，沖然其容，介然其操，審必能有異乎衆也。暨余還里，咸言其在官也，奇衺不入於市，貴俠不登於庭，盡職而無所顧避。是其所蓄，足以行所願矣。泰定三年秋八月，同校文江浙，始見其屬和者凡一編。

嗟夫！古之果於正誼，必寧夫親，而爲親者，計其詘辱，將與之同患難而不之避，故載於史傳者不一。鄭君之志見初筵，歔歷既遠，聲譽益振，始信夫家庭之教，在乎夙昔，誠不在夫今日也。因申其旨，而爲之辭。丙寅歲八月壬辰，袁桷序。

周彦祥存樂堂詩序

往者淮甸爲南北要衝，耕耨不足以盡其地力。彌望數十里皆草屋，星散高下。每歲春秋避兵，輒土窖稻麥，老稚潛匿叢薄中。丁男健婦，守舍相偵伺，黄塵翳天，猶能在旁近結集保護，卒然有相接，持梃箠盡力以抗。其甚不幸者，則皆係累長驅，銜車逐馬。故凡淮民之家，子不識其父，弟不知其兄，因循苟活，慈孝恭敬，施於家庭之懿者，未能也。吁！誠可悲也。

夫世祖皇帝一海宇，淮始爲樂土，今四十餘年，昔之父老言昔時之事，未嘗不先之以欷歔，繼之以幸喜。野無閑民，而詩書庠序之教，駸駸乎雍熙之盛。廬江周君彦祥，於是作堂以奉其二親，而名曰存樂。

予嘗以爲生乎今之世，有幸不幸存於其間，故其愈後者則愈樂。而生乎其前者，若彦祥之二親是也。彦祥之奉親，當補其昔時之不可致。推彦祥之年，亂離崎嶇，猶耳接而身受。至其諸孫，則蔑有知之者。噫！豈非愈後者則愈樂？然則彦祥之心，所以樂其父母昆弟者，可勝道哉！

太學博士姚君爲之記，善爲歌詩者，將别爲一編，迺首爲之序。彦祥，今爲某官。

白鶴詩序

泰定元年春二月，有旨醮於崇真萬壽宫，特進宗師吴公主祠事。越四日，有白鶴三集雲中，指殿前。五日，復至。旭日晏温，執事有恪，皆承睫仰視，一口贊慶，士大夫各爲歌詩，以侈其異。

嘗聞禮儀神明之事，莫嚴於精意，而諸物之畢至，良係乎聖德之通感。惟今天子踐祚之初，詢賢考能，斂福以錫庶民，籲天請命，實不私於己。祠祭之事，遵敘以行，罔有偏好。昔漢宣帝勵精圖治，嚴蕆祠事，時則有白鶴集于廟庭。異代同符，稽諸行事，實過於彼，而祝釐奉祀以承上命者，罔敢暇逸，吴公蓋有之焉。絶地天通，昔之聖人將以止夫機祥之説。天人之際，合於自然，蓋有不期然而然者。不然，《詩》、《書》所稱，其得而廢之與？詩若干首，遂爲之序。

春臺詩序

老氏之學，以澹然無欲爲至道。故凡人之所同然者，必激言以相反。至於榮觀燕處，其徒日廣其説，則曰：『吾教必若是侈靡盛大，浸淫於天下。』其言曰『如登春臺』，彼嘗非而鄙之。今考其所爲，若不相似，視其言者，吾猶以爲近古也。延平余君惟熙，於是取以爲齋名焉。

昔之盛時，淳厚給足，充然樂其身，非直爲耳目之美觀，日作夕息，相安於閭里，康衢之謡，擊壤之歌，其教易行也。今海宇一轍，户口田野，休養蕃廡，涵嚌聖澤，庶幾時雍之治。惟熙慕古，於是乎得之矣。理適乎中，人情之同，随物而遷者，過也。極枯槁禁制，以爲至樂，矯然者也。

惟熙嘗爲威茂安撫司僉事，今屬國史府。通敏守禮，推命名之雅，其將樂夫天年，同衆以求用於世者與？集賢大學士郭公大書其户册，朝之卿士咸爲歌詩。

曹伯明文集序

江西之文，曰歐陽、王、曾，以慶曆以來爲正宗，舉天下師之無異辭。宋、金分裂，群然師眉山公，氣盛意新，於科舉爲尤宜。至乾道、淳熙，江西諸賢别爲宗派，竊取《國策》、莊周之詞雜進，語未畢而更，事遽起而輟。斷續鉤棘，小者一二言，長者數十言，迎之莫能以窺其涯，而荒唐變幻，虎豹竦而魚龍雜也。嗚呼！三公之文，其思厚以深，其理精以正，凌厲乎諸子，貞元而下，曾勃然不肯自讓。後之人懼蹈襲之譏，卒至於濫觴淪胥而莫能以救，可勝恨哉！

大德中，桷與端明曹公之子伯明甫爲翰林屬，其爲詩文，如桑麻穀粟，切於日用，不求酸鹹苦澀，以傷乎味之正。篤實渾厚，與其履踐見於事物者，實相表裏。夫行以爲先，言實次之。言不勝，不足以害道。翕翕夸詡、含譏以射人者，猶懼其不解，方手指其説曰：『吾意蓋有在。』若是而罹于人禍者，多矣。

伯明以親老再爲編修官，補外以去，幾二十年。來京師，爲文若干卷，得而讀之。其哀窮舉躓，略枝葉之學，春容雅馴，以循夫規矩，它不能以訴病也。夫慕其輕浮而欲求似於瑣瑣者，伯明之所不忍，抑有聞焉。老而能學，吾二人之所宜，繼炳燭之勤，願相與切瑳焉。

校勘記

〔一〕郁校：『迎』，鈔本作『逆』。按四庫本亦作『逆』。

〔二〕『爲』，四庫本作『謂』。

〔三〕郁校：『因』，原本誤『回』，鈔本作『因』，今改。

〔四〕『書多乎抄强記』，此處文義不貫，疑有脱誤。

〔五〕郁校：『宿』，鈔本作『夙』。

〔六〕郁校：『雅』，鈔本作『泛』。

清容居士集卷二十三

序

送鄧善之應聘序

近世先達之士，類言求進于京師者，多羈困不偶，眴眴道途間，麻衣弊冠，柔聲媚色，無以動上意，其言若諄切懇款。後進之士，懷疑而不進，百以十數。然遇不遇，命也。而言若是，則抱道自足者益無忌〔一〕於世，而或者亦得以窺其介且固焉。夫道成於同，而弊於孤。雲龍之相從，風水之相應，其理然也。

往歲，余與巴西鄧君道所以，嘗以爲今世無是決矣，吾徒當力學爲己，閉門息心，耕六籍之圃，溉根以茂實，若古逸民高士，退靜自樂，其於道也無害。方是時，君家錢塘囂塵五達之衢，意寂而體舒，無造門囁嚅之勞，下帷授書，衿佩森立。公卿貴人皆傾下愛慕，獨君無少矜喜，而去來朋徒，各盡恩意，以相周奉，其有不可强，猶謙挹慰藉，人咸以爲其未遇也已。異夫褊心者之論〔二〕，則其遇當不止若是。

今年春，承徵將如京師，告余以行。余固喜夫人之所期者有驗，而其行也，復將有説焉。君子之出也，大言以行道者，夸誣之流也，相時而行，守身於不辱，謹德避難，貞白而無愧，斯近之矣。方今食太官、衣御府，亡慮數百，擬之漢世爲盛。吾意吾丘、周仁之徒，道不相類，若貢禹之經明行絜，區區車馬之對，亦若無可取者。苟不以是進，則其氣昌而愈完，行周而無躓，於得喪益無病矣。夫處順者，逆言莫能入；嗜味者，腊毒無終悔。予與君疇昔相好，無所隱，思所贈之誼，而密以告焉。

送曹伯明序

議者謂故家世官陽明精絜之氣，極于簡册，溢于圭組，盛衰消長，始相尋爲無端焉。嗟夫！豈誠有是理哉？百尋之木，上干雲霄，盤礴慘舒，履之而後至，其風雨雪霜之變，適其事會，理之不可詰者，誰得而辨？而苟一時之得失以自詭，吾未之信也。士患不自知，而卒病夫知者，迄莫可究。至於凌高躐深，惝怳疾進，幸其安肆，顛越而莫救，則豈其父兄之過？至不幸糜爛墜覆，與世爲始終者，要未得以成敗論也。

廬山曹伯明，官翰林十有二年，始爲編修官，議當敘遷，曰：『愚名居先，願以讓秩。』再滿，則又曰：『太夫人春秋高，願補邑以行。』吾知其盛衰消長之理炳于胸中，確乎不能以易者也。維昔從祖文簡公既老來朝，翩然東歸，位不充其德。未幾，先正端明公敦知止之誼，慷慨力去，邈乎高風，趾孅不墜，謙以居之，仁以成之，振世德之緒，使議者之言不出乎口，其自伯明始。因其行，序以識之。

送范德機序

四方士游京師，則必囊筆楮、飾賦詠，以偵候于王公之門，當不當，良不論也。審焉以求售，若乘必駿，食必稻，足跰而腹果，介然莫有所遭，夫爭藝以自進，宜有不擇焉者。心誠知之，孰慚其非？故幸得之，則歸于能；其不得之，則歸于人。惕然而自治，吾未之見也。臨江范德機游于兹三年矣，語焉簡然，行焉恂然，嗇其菁華，韜焉以深。視世之言文辭、位貴重者，靳靳不自表。夫子曰：『道不同，不相爲謀。』范君誠審焉，抑不可知。使不可知，則凡辱與游者，責莫能以辭也。君所爲詩文幽絜而靜深，怨與不怨，皆存乎天。慨然南歸，善治其學，彌謹所徇，使果擇士耶？無以易矣。譬之璞焉，蓄極而光，遇寧有不遂者乎？惜其行，解以俟之。

送周子敬序

温與閩，地犬牙相入，俗秀而矜絜，子弟勝衣能文詞，父兄相與言，命束裝負書以行四方。劘切感動，約不有所就不復見。故凡困于有司，則適從諸公貴人職牋記，劇談論，翱游以自逞。其横厲捷發者，讀太公、孫、吳書，橐鞬韔門，建功業萬里。樂生重遷，卒無所思其故土，然視閩俗爲最少。噫！弊成于過高，安其所常，義不能以自勝，恬不知改，積數十年來，蔑有以議，亦固矣。

當咸淳間，周子敬以治經游錢塘，聲至士避。未幾而科舉絕，來四明，授業于嘗所知己，南望數十驛，每悒悒不自置。罄囊橐以歸，拜其家君焉，得奉終于其家。夫情合於中，情至而不從者，非罪也。縱情而不返，極其所從，於理乎何有？始於榮其親，終於私其身，漠然而不接，茲惑滋甚，視子敬之道，得以愧矣。

子敬將終老于吾鄉，棄其田廬，畀于季弟，以奉先人之祀。今年夏，季弟疾亟，貧不能以行，天台趙叔度官于温，載與俱歸，審其心，於季弟友且怡也。桷與之交最深，慕其靜安，絕毫髮僞妄，蒼然長身，風雨一室，無子弟佽助，而清韻雅語，舉觴晏如。與之違，寧無介然者乎？今歸于家，其耄者必曰：『先生老于行，悉于事，某聞某戒，願執簡以受。』去魯之意，吾未知所決也。化民成俗之道，必自上始，因俗以徵其謬，子敬其何遜？敢俟而質諸。

送劉習卿序

今之爲守令者，據文法以具事，事弊而法具，雖更百吏焉，無易也；事當而文不具，一撓詰之，齰舌無所對。歲部使者入境，吏曹取舊牘相考訂，附益完善，至名押題署，悉所補不復問。使者坐所治，決事搜擿，十不得一二，然皆毫末靡細，於政體不相涉。故稱能吏者，或以苛察議。噫！徒法不足以致理。任情而失實，故先王爲法以禁其過。久而繁滋，則審於治者，簡而易之，使不病焉，斯可矣。

大德丁未，浙東西以饑告，殍移日屬于道，官會其數于鄉，將賑活之，其不實者究焉。鄉登名于縣，縣審而始聞于郡，郡以事至重，闔郡寮以議，其一以故不預，則旬月以俟，迺得達部使者。部發使於鄉，復詢察而周詳，始定其議如令。夫幸民之饑，乘而弊焉者，群下之過也。因其弊而持久之，則民之死者日益甚，法顧安得以救？有司者之意，夫豈不知？是拘於文，狃於故，相安而不改，其勢然也。

今年夏，中書掾汴劉習卿，御史府舉爲浙右肅政從事。習卿精敏簡廉，與余議古今事，嘗欲以無法爲法，其施張而品節之者，必中理道。至於條據辨析，灼與繩墨脗合。向宦江南，灑然無俗吏意。據鞍賦詩，危坐終日，一語不及律令。今從事職掌，號總所部爲至重，故余舉今之所急者以告，俾毋汩於常而變通焉。彼瑣瑣守文者，又烏足與語是？

送祝道士南歸序

世祖皇帝取江南，首詔召龍虎山嗣漢天師掌其教。或曰：其父觀妙公嘗推天人之要，教繇是尊。元貞制書嘗言之。今上即位，歲以天壽節命使者祝香于茲山。延祐四年，天冠山道士祝君爲祠官，將行，求予言以餞。

噫！盛衰消長，相尋爲無窮，禎祥之説，儒者之所不道。守經執中，則必一其説以立教。然而窮居巖穴之士，精思據會，其爲書也，幽明簡深，由變察來，使之默焉以知畏，將以定夫天下之象。夫豈荒忽以眩於衆？理有所不能逃焉者，若是矣。老子之學，法於簡易，陰陽闔闢，必本於其身，因身以及物。故凡水旱疾癘，必責其徒。其徒則曰：『吾無爲也，何取是？』若是，則其教之廢也久矣。

昔先正肅公守饒，觀妙公始十四五，以禜祭上章入靜室，正肅公嘗與之論天運環合之道，觀妙公愀然有言曰：『公老不復見，當在四十年以後。』于時族祖永州親聆其説，亟言之，龍虎由觀妙以興。祝君多藝能，沈靜篤志，其歸山中，正辭永命，予不能以告。敢誦所聞，願有以推究，則世人之所深望，將不憚煩。豈若彼大言者，飽食自嬉，以無聞於後？姑勉乎哉！

贈宣城汪澤民登第歸里序

今世論道理、詞章爲二塗，師道德之説者，毫分縷析，派其近似而删黜之，其言博以約，據會統宗，謂一足以總萬也。然懼其辭工而勝理，則必直致近譬，山林頹放諺俗之語，皆於是乎取。甚者金石著述，勦其説而師倣之，莫得有議焉者矣。昔者夫子言行見記於門弟子，簡絜精粹，嘗並於五經，初非有意於辭也，謂不若是，不足以有傳也。性與天道，不可得聞，私獨怪近世學者參錯輩出，過子貢十百倍，將惟其所尚而然邪？抑群聖之道存於書，涵泳濡嚌，不期然而能者歟？科舉廢已久，今天子崇闡文治，損益條制，以興其賢能，八表之士連軫結袂，于然以來。然而沿襲之弊，相尋於無窮。愛憎之説，若不相似。

宣城汪君叔志，首上于春官，報罷以歸。則曰：『吾學未至焉耳。』探幽闡微，遂益治其業。戊午歲，復來京師，擢乙科，授同知平江州以歸。則又曰：『仕優而益學，斯可矣。』將行，求余贈言以歸。

余固感夫二者之不相同也：綴言以績文，將以明理也，理不自得，剽襲以求之，文益弊而理日益遠，將焉以爲準。興之以化成天下，實自有司始。操繩墨、審程度，有司盡之矣。合八音以成律吕，師曠猶難之。噫！有司之任，其果能有同乎？維昔端明公，誥命擅天下，制作具備，集衆美之效也。慶流雲仍，叔志之踵儒科，于今十世矣。志專而氣昌，異於凡近。其異也，必能以復古。家世趾爒，莫叔志若也，故余以昔之有疑者告之，而因以勉焉。

夏四月，越袁桷序。

送吴成季歸省序

噫！吾徒來京師，視成季有三愧焉：居京師者，不宜以塊處，蓬蓬然結鞍整袂，惜日以進，其不能是者，目以爲固野；成季則不然，閉門展書，視日蚤莫，冰渟而川止也。達公貴人語未脱口，納柔奉佞，千巧百詭；成季獨正色指畫，朗言某事未當，至論天下休養大計，龜灼繩直，聽者咁舌，方疾趨以行，不勝其愧。成季幼爲方外士，常所置論，必曰：『吾父母皆耆年矣，惕焉不得以朝夕養。』而吾徒將捐棄尊愛，荒廛敗屋，啜蔬飯糲，業官以爲生，如無所容歸。若是者，愧之大者也。

今年春，承詔如南，得省其親，樂不能以已。而懷愧者，亦爭道而交贊。夫〔三〕人之情，於道不遠，極其所騖，而卒莫之救。化之者不足以導歟！將人事之未思，不復以致此歟？唐之陽城，語若鄙近，薰然而歸養者凡數十人，何則？機使之然也。儒於道最高，力不勝其弊。則成季之出處，吾當疾馳焉。從而慕之，整轅於四達之衢，斯得矣，又何愧焉？因其行，序以侈之。

送達兼善祠祭山川序

古之爲使者，亦難矣哉。存撫省聘，諭言語，協辭令，必盡其誼。嫚有致辱之道焉，惰則媮，簡則侮。約而有常，敬以成禮，斯其爲使者之事矣。然此特平世而言之也。飛矢旁午，國懸於三寸之舌，探機以析，明輕重，揣情僞，定議於瞬息，使不亦重乎哉？奉天子命持節萬里外，慴之而莫屈，而因事專輒，宣威布德，函首入覲，非夫勇智超絶，不足至此。歷千百年，數人而已矣。吾嘗觀夫列國諸臣，禮以定儀，言以敘志，結襘〔四〕執玉，若合符節。而其諷諭陳白，足以截其矯泰，蔑有敗事，非强辭以言，是其夙昔之所素備。夫子之言曰專對不能，其警夫四方之使與？

皇元一海宇，偏陬遠島，蹙縮候賓館，無事於使者。而歲以祠祭使望於山川，分道四出。其爲使也，若甚易。至治三年，集賢修撰達君兼善，以使由恒山、濟源東南上于會稽。吾於兼善有言焉：恒山，古真定地也，二河交流，濁漳貫其旁，郡縣築防，歲不得息。或言有運河在焉，民居墊蕩。宜詢其俗而條紀之。濟源在懷州，懷、河南地相接，昔之括地興賦，民不勝其害。河流靡常，空灘遺磧，墾殖以自肥者，其誰與？會稽、杭相襟帶，粟帛絲布、丹漆綺繡之作，倍於他郡。奇衺夸誕，故都之習，不能以革。獨會稽山水秀朗，民樸安業，往承大饑，荒壟彌望，猶不能盡耕。昔有逸民戴安道、賀知章，其故家曰王、謝，能有若斯人者，宜表而出之，悉疏歸以俟明天子之清問，則得之矣。因其行，故序以告之。

送曾巽堂南歸序

景定中，樞密東陽馬公帥臨安，先子職酒正入幕府。于時，廬陵御史曾公相後先佩鳴纓影，剖史牘若破竹，俱欲以功業自致。運數合一，兩家子弟，東西數千里，過庭入塾，志同業同。而僕適先爲史院屬，會御史仲子于京師，年富志鋭，屢策焉以儆，不能止也。皇慶承徵入翰林，復會季子焉，氣清貌謙，不爲汲汲計。嘗曰：『仕以傳世。岌然以取誚，誠不敢。平進以求，而猶曰未宜，吾有不甘焉。』今爲應奉文字，論者始斂口，蓋其爲文敏而新，其待人周以和，夫孰曰不宜？春三月謁告，盡室以歸，求言以處。

桷曰：今居顯榮清密者，凛凛不自置，名至矣，文不能以稱。文不能以稱，造物之所不畀，於是乎有覆絶之憂焉。燁然以興，萎然隨之，是則得者失之兆，君何憾焉？桷官翰林踰二十年，老不戒止，念之至者滋以懼。將歸故山，究五經之蘊，爲書以蕲遠。文詞之任，老不能以進，炳燭之勤，願相與勉焉。

泰定元年三月，四明袁桷序。

贈崔兵部序

高句麗崔君耐卿，往督征税於京城，不私其餘，以進于官。既又懼爲後來者之莫繼也，則慊然曰：『吾豈爲奉上之罪人哉？』復疏以告于上，曰：『事適然，願勿以爲程數。』噫！崔君仁矣哉。今世善言利者，督括虚籍，峻鞭朴以求媚，嘗諰諰以告：『吾所居官，能贏餘以自效，當升夫資秩。』相率以效，朘削日廣，而其徒爭，不肯自置。其猥闒者，則攘臂以取，不顧利害，其弊有不可勝言者。今崔君兩得之，不希于公，不病于民，絜矩之道至，而儆夫在位者，皆得以同是道也。

崔君往爲内史府官，見天子于王邸，大器異之。今即位，首拜兵部員外郎。兵曹之事多於昔，飛符調發，水陸之需，頃刻在立辦，寬則事不能以濟，稍苛急，民之病有甚於專征之弊。崔君推昔日之心，明以核之，仁以恕之，政績之著，有踰於昔。將步武日躋，廣經濟之志，不忝於素守。桷也願拭目以觀，因志其美以俟焉。

泰定元年三月癸卯，四明袁桷序。

送王叔能守會稽序

桷與北京王叔能交，幾二十年。其贊行省於江浙也，盡心而不苟合，上下之情，婉而且加詳焉，弗亟以邀美，弗固以遑志，執政宜之，寮寀服之。至治元年，丞相慎選左司之熟於政體者，叔能在選，爲都事。

英宗皇帝更庶政，除前相所行不便事，下詔天下，命御史臺、樞密、翰林、集賢集議。桷時得預末席。叔能首言：『江南兩税已定，復增賈區銀賦，賈無常居，賦重即逋逃，今徵額籍具，使無能輸，將併於主户。主户既主徭役，是徭役之外，別有銀賦，將不勝其害。』群公以爲然，新詔既下，取首建議爲多。古之善言利者，莫先於劉晏，晏所行不至急刻，而晏迄不善後，是興利爲害身本也。躁於求進，卒之自唐以來，如晏者皆無以自保。吁！可不懼哉？

叔能世居燕北，而樂於江南。於江南，厭其囂煩，而樂於山川，屢丐補於外。宰輔察其志，奏守會稽。會稽，王、謝之所居，泉石清美，有不可勝道。逸少、安石，經世素藴，託丘壑以自負，蓋深取而有擬也。昔之陳迹，按行而搜摭之，舉觴以酹。其訪於民俗也，不察其毛疵，事至而應，無欲以自化。將見獄空訟息，少者避於道，老者游於衢，擊壤以歌，沐太平之治。郡守之賢，必以王公爲第一矣。因其行，序以祝之。

贈孟久夫南臺掾序

世嘗病夫儒與吏其道不同，卒莫有一其説者。爲吏者曰：『法定於後王，微忽不可以相混也。徵調出入，官簿淺深，不可以踰越也。童而師之，猶不能以盡。今儒者之説，急於所緩，高而迂，滯而疏，卒一遇焉，吾深知其莫能成事矣。』儒者則曰：『法有不忍人之意焉，審官別人，制用有常，沾沾然迎好以刻意，非爲治之本也。』然而爲儒者，莫有以見於用，間嘗用之，其肯綮節脈、融貫昭晰之理，疑有所滯，而益得以藉口。吁！是誠難矣。

今天子崇尚儒術，立進士科，昔之舉茂才者，咸試吏以盡其材智。憲府舉按守令，閭閻纖粟，令式高下，日接于耳目。果勤而敏修，若視鑑焉，瞭其妍醜，無有逃遁。於是儒、吏之一，儆自今始。

吏部從事孟君久夫，以茂才舉者也，兩屬于司憲，復辟御史府，矜抑自將，盡其廉隅。入吏部，朝夕謹曹事，人莫有識其面。遇事，守令甲不踰越，旁暢曲就，藹然猶守儒素。吾知足以有用於世矣。未幾，江南御史臺復辟爲掾。將行，袁桷告之曰：御史臺，職諸道黜陟，歲終會事，以廉直舉者，不能得一二人，黜者何多，陟者恒寡。激奬之道，豈上有所未備邪？守法而不變，視其成牘，惻然以求仁，善人之用心，非蹊法以爲直也。州縣賢否，孟君嘗知之矣，執中以權，使無偏焉，亦儒者之説也。故重之以言。

崔君都事餞行詩序

今之言贊畫者，以摭拾爲能，群吏抱成牘入幕府，一不可意，輒曠日相持不決，由是揣摩迎合，弊有不勝言者矣。昔人之善吏治事，決於頃刻，理定於造次，安于其自然，人莫能有以爲非者，心出乎公也。

海右帥府，事號最簡。其治於民者，七郡之守令係焉；寓於軍旅，總戎夫長之職任焉。今而曰：『某事所行，吾將諭之以從我。』又曰：『吾不能坐視其利病。』更謁迭請，繇是有撓政侵官之譏。雖不面議，退而悉數其長短者，皆是也。夫其職在於奉行，先之以更張，上所增疑而下益得以議，是殆昧於守官之道矣。

大名崔君義甫之爲都事也，未明，攬衣坐署，執筆無滯礙，其不便者白於長官，從大府以行。一介之卒，不入於所隸。敦厚侃侃，守正以自律。其給之者，謝不與較，養恬藏智，閭巷之人，不知崔君之贊帥府。三歲解去，而其不知者始曰：『詎不知崔君？無囑託於州縣，吾是以不知。今而曰知，殆惜其去，而願後來者之與崔君同也。』

噫！功利增羡，人所願學。每率得奇禍，而猶接踵不悟。視崔君所爲，其果有悔乎？郡之文士，相率爲歌詩以餞，桷遂爲之序。

贈陳太初序

戰國之士，以雄辨長説游諸侯，立致卿相。故其高自譽道，無所顧藉，雖困躓有不肯悔。揣摩相師，遺言成編。今七十二子之書，皆足以爲游之具也。漢世尊尚黄老，游士屏息。武帝開絶域於萬里外，游者復至，盡其足之所歷，圖寫險阨，立功效能，以其荒怪異物輸于地圖，而口舌之學悉廢，與戰國之游有異矣。南北分裂，游不越其國，游之效不能以著。唐立科舉，各挾策自奮，窮山水之勝，履危陟幽，則皆其羈窮不遇之所爲，見於詠歌，蓋不以爲利達富貴也。若是，則游之道幾廢矣。宋承唐舊，巖居逸士見於聘徵，游者益恥。至於季年，下第不偶者，輒爲篇章以謁藩府，京、淮、閩、廣，旁午道路，數十年不歸，子弟不識其面目。囊金輦粟，求筦庫之職以自活，視前之游，戛戛然難相並矣。

世祖皇帝大一海宇，招徠四方，俾盡計畫以自效，雖誕謬無所罪。游復廣於昔，弊裘破履，袖其囊封，卒空言無當，以其無所罪也。合類以進，省署禁闥，駢肩攀緣，卒無所成就。余嘗入禮部，預考其長短，十不得一，將遏其游以喻之，游者訖不悟。朝廷固未嘗拔一人以勸，使果拔一人，將傾南北之士老於游而不止也。今游之最夥者，莫如江西；其拙游者，惟浙東。浙之東，天台以能游稱，四明之士不著於游録，餘五郡間一見之。括蒼陳太初，壯歲能詞章，得濟勝之理。西適錢塘，復來四明，以其藝游，公卿多深奬之。業儒以爲本，復挾能以自張，其寧有不遇者？故余歷言游者之幸不幸，太初之游，夫豈若是然哉？生之高祖容州府君，與先樞密越公同爲淳熙進士。於其行，得盡其言，且命二子爲歌詩以餞。

送俞教授回里序

吾郡教官，繇至元丙子以來，見於題名者亡慮數十人，皆得而接識之。其通於綜核者，善移易故籍，結熟郡守，鉗士口不得發。歲時表章，經説疑義，卒假耆舊以陰助。誦聲寥寥，講授不立，不復以師道自任。繇是諸生之亡賴者，挾短長以剽竊廩稍，而貴駭之子弟，恃其可侮，益得以恣睢，有終歲不入于學宫，極於弊壞。而勸學之詔屢下，爲虚文矣。

始余以爲吾郡惟然，後官京師，見教官選于吏部凡數百人，罷老不勝任，十居其六，若吾郡之弊，十有三。其俊秀博習，則皆爲館閣掄選，各得以自見，而所謂若人者，十僅居其一焉。噫！考昔時得人，必在教官。今不如昔，或者謂入仕之門，必慎其始，故今之爲教官，不三考已致其事，尚何能冀其惠淑之益哉？

合吾郡之教官，得一人焉，曰天台吴君宗彦。吴以牋記游公卿，其文辭亦關絡合時用。去三十餘年，復得一人焉，曰永嘉俞君希魯用中父，其屬筆纚麗，若錦機然，五采彰而文密也。其行温然，其容粹然，聽其言若飲醇酎而愈恭也，論理而不泛，取友而不雜。余交於俞君不一年，而知其所爲若是。惜吾郡之後進習於故常，不能以請業。於其行，序以餞之，爲歌詩凡若干，併見于後。

送陳山長序

郡博士而下，其尊且專者，莫若書院。數十年來，朱文公之説行，祠宇徧東南，各以《四書》爲標準，毫杪擿抉，於其所不必疑者而疑之，口誦心臆，孩提之童皆大言以欺世。故其用功少而取效近，禮樂政刑之本，興衰治亂之迹，茫不能以知。纍纍冠綬，礙於銓部，老死下僚，卒莫能以自見，良有以也。

蘭亭有書院，自東平王侯始。右軍之學，非止於一藝也，經綸憂世，寧不仕焉以見其志，審勢陳害，瞭然指掌，非善於謀國者不能也。語必堯舜，高自譽道，卒至變易紛擾，而莫可救。視右軍之行事，誠何如哉？

參政清敏陳公之曾孫鑑翁，爲長于蘭亭，求余以言。家世之正學，不能以告。憫夫世之通弊，知長于彼者。考右軍之傳，倣其所言，陳白于太守。太守王侯，通達國體，求儒以自近。君有言，其寧有不遭乎？

送蔡府尹歸里序

郡守之任亦重矣，視其精神，爲之折衝鉤抉，一不加意，吏挾以侮，民逞以姦。故其食息，嘗内省外顧，非智與力兩全者不能也。朝廷察爲仕者之有病於吾民也，於是著致事令，而其罷軟昏眊不待年而具者，朝廷亦不能以限之也。余官京師，見有請于廟堂，自陳其剛强矍鑠，雖不之許，察其意猶有觖望。噫！羞惡是非，人皆有之，若是果何如哉？

濟寧蔡侯茂先之守於四明也，屢引年以請于上，考其年猶未至也。既而曰：『吾宜休而不得謝，可若何？』遂移疾家居。踰三月，始告于其同官及嘗所往來曰：『吾具舟江滸，將行矣。』於是，咸驚且誦曰：『蔡侯之來，民實不知。戢其奇衺，返于雍熙。不苛不黷，歲則大熟。俟復于所，再命作牧。』自余歸里中，數聆其議論，明而通，相時以行，無矯激之過焉。保其身若是，人孰得以議？審侯之進退，將以爲不知止之勸。聞于天朝，其寧使夫終老於里閭？則其去也，蓋抑將以有進也。文學之士，是宜爲歌詩以餞，遂首爲辭。

泰定二年九月丙寅，郡人前史官袁桷序。

送閔思齊調閩府序

閩郡縣蓄産饒給，仕於彼者，咸曰可善更。蓋其疆理與京師相遠，浙爲要衝，貢賦、考工之役，使者督責亡虚月，而閩獨以絺繡爲勞，視若重任，較二浙爲十一耳。閩、浙二帥府府史，更迭受任，然終以閩地煙瘴蒙犯，少優其歲月。

隴西閔君思齊，繇浙東吏於閩，則曰不然。九州分設，唐虞之制也。今皇元以仁武函諸夏，卉裳重譯，罔不臣服，幅員倍古，限南北取士，非上意也。立賢無方，是則世祖之明訓，而凡吾徒之居於南者稍得致通顯，輒言財用掇奇禍，或言刑法致深文，根株排連，牢不可破。守正修己，悉不復自達矣

桷曰：珠玉蘊于山淵，採擇者必之夫絶域，是寧有遠邇耶？世祖皇帝遣使徵聘，必先夫江南。歲月既遠，聞者益荒，見者益狹，彼區區售技自獻者，實不與昔時並。思齊敏不自夸，百受而不撓。精於琴，知急焉不足以知操縵，將緩以求，深懼其爲孱緩也。考其中聲，按抑止泊，澹兮若無營，激兮若有感。是則於政事、文學、法理，於此盡矣，蔑有加矣。桷老矣，遲君之還，猶能鼓《南風》之絃，歌《明月》之篇，其果有合乎？

泰定三年秋七月，清容居士袁桷序。

送薛景詢教授常熟序

泰定元年，吾里進士上南宫曰：『薛君景詢、程君時叔、史君車父三人者，皆故宦家，所居皆在城東，志同道同聲聞同。』意其歷階以陞，比肩而袂接也。未幾，獨景詢下第。于時，余編

試殿廬，景詢不以咎，而余獨恨景詢之不果遭也。天子新即位，推龍飛恩，授常熟教授以歸，將之官，求言以導其行。

抑嘗考隋唐選舉之法，不久即弊。今夫所謂經義者，以知行體用而鈐〔五〕約之，不中不遠，經説萃于一家，按其形模而脱墼焉，不敢以自異也。有司守固陋而程式之，千士一律，欲求其總核同異，會衆美以合乎至論，不可得矣。賦貴於鋪揚，因雕蟲之譏，而以理致爲長，屈、宋、兩漢之作，誠不若是之易也。至於考晁、董之對，則方諸近作，有不待辨而明者。

自設科取士，㮳未嘗不預議焉。嚴以取之，則近於隘；俯以售之，則鄰於率。心恧焉以不釋。薛君較藝於京師，誠知其有幸不幸。操車於四達之衢，險阻曲直，惟御是審，則淑於是州者，必有其道。吾將見褎然秀出者，推是州爲首，是則薛君之教也。

校勘記

〔一〕郁校：「忌」，鈔本作「志」。

〔二〕「論」，四庫本作「倫」

〔三〕「夫」，原作「天」，據四庫本改。

〔四〕「禬」，原作「禬」，據文義改。

〔五〕「鈐」，疑是「鈐」字之訛。鈐約，謂鈐制約束也。

清容居士集卷二十四

序

李慶長御史餞行序

昔之公卿貴人，居處要地，言語出口，足爲世重輕也。故希進之士，聯袂接屨，望塵伺色，日若有所不足者，其勢然也。登用更迭，一旦謝去，則引結儔類，議其短長，甚者旁及其子弟姻黨，得者未報，其不得者常忿誹若是，則毁譽之説，固不足以爲誠然矣。

大德癸卯，桷以太史屬，事承旨閻先生於翰林。先生色莊，慎許可，待院屬必面質其長。質之而猶以爲疑也，卒詢於嘗往還，以考其詞學焉。桷入院五日，先生召堂上，曰：『子能爲制誥乎？』桷謝不敏。頃之，出片紙令試制草，即具稿以進。閲一月，將登車，輒命撰《廟學詔》，如漢詔令體。冬十月，大會院屬，令擬《進五朝實録表》，桷得預擬焉。先生始察而奬之，即署爲應奉文字。間以事詣門下，甥壻卻立，奉唯諾，不敢仰視，庭肅然也。夫爭名者，群進速化之道，莫易於自獻，爲之上者，審焉而彌詳，則其怨謗也實多。久而議定，必視其取士當不當，固可考也。

先生壻隴西李慶長，館于公有年矣，朝舉優老之制，爲高唐州同知，以便侍養。先生下世，議者之口始曰：『先生已矣，繼之者其果有能近之者歟？』慶長之仕，不急於進，方墾田樹桑，以裕其衣食，翰林追先生之德，舉以爲佐。未幾，臺徵爲西臺御史。桷始曰：『先生去國與歿幾一紀，翰林追思其壻焉，誠不亡矣。臺糾天下士之清濁，銖考而始用之，慶長之平昔可見矣。始爲得人賀，而終以見夫先生之行事焉。則桷也亦竊有榮也已矣。』歌詩以光其行者皆朝紳，桷以舊好，不讓而爲之序。

平章政事王公歸省魯公餞行詩序

延祐六年，平章政事王公居中書三年矣，每奏事，輒請于上曰：『臣疲懦不稱，臣父年過八衰，陛下赦其愚，俾遂終養，臣不任大願。』請踰四五，不允。後有詔曰：『宜官其子本郡，以侍祖父。』公卒謝不敢。冬十月，皇太子受玉册，詔示中外，始以其子某傳詔歸東平，因省魯公焉。

魯公往歲嘗對詔使具奏曰：『臣齒髮未脱落，願以弱息盡力事陛下。』公之雍容廟堂，魯公之志也，然公歲數請不置。十有二月辛未，始出允旨，公拜手稽首，望闕謝。翌日，蓐食策馬，遂行，公卿大夫設祖席門外，至則無及矣。迺遣使者傳旨，以内醖精幣錫魯公。猗歟盛哉！

桷嘗聞之，君臣際會終始之道，難矣。昔之大臣，一斥而不復者，往往見於傳記。今公之在位也，精白自持，卑讓若不足，超然遠去，詎捨國以自全也。粤若稽古明王，求忠臣於孝子之門。吾知公之在家也，閭里往還，益知夫守令之賢否。其不便於民者，孰詢而究論之。四方之使，乘傳入驛，將修容門下，水旱盜賊之原，財穀徵役之害，虚心以求，筆于簡牘，歲時附奏，益以彰畎畝不忘之忠。而魯公方精彊遨嬉，充然孺子之色，或徹于上聽，出處之道，是皆不能有以豫計也。維今聖天子孝治隆古昔，一時廷臣，生榮其親，不一二數。鋪揚詠歌，詞林之職也，遂各爲歌詩，庸敢不讓而首序焉。

瑞芝亭賦詠序

昔之聖人，建中和之本，畜四靈以爲應焉。麟鳳則其儀，龜龍效其文。修火之利，以制五穀，養其太初，壹情性以齊形色。四方不同，而養生送死，莫敢有異焉者，教使之然也。中古而降，道德不能以一，而昔之所睹，悉以爲異。表章鋪模，圖記所載，不常有於動植，遂名之曰瑞焉。繇是昡幽抉奇之士，棄所服食，吸空制景，烹冶飛伏，卒枯槁無所成就。甚者則曰：吾治法有未盡。吁！可哀也矣。

延祐五年，中和夏真人明適承詔，祝祠上清宫，精一不懈。竣事，憩館于崇真院，松竹交列，睹厥墳壤，擢莖而光，玉質鏐章，瑩然以敷。咸曰：『是芝也，誠爲瑞。』稽圖徵史，復曰：『無以異。』遂積竹爲亭以落之，迺曰：『緊吾道祖之應焉耳矣。』鏗鏘春容，摛藻獻秀，筆爭綴而簡爭續也。

余讀而歎曰：頌聲之變基於魯。登高能賦，始之以洋溢，終之以託寓，其理然也。神農書定芝爲上品，神仙家服之，云可得上壽。蜿蜒清淑之氣，嘗閟而不發，地非愛其寶，待其人而始彰也。維今開府大宗師張公，際休明之運，陟降帝所，幾五十年，子孫繼承，罔敢暇豫。是芝之瑞，吾見耄期稱道，益莊而愈完，表于山中，夫豈榮觀之美？揭其粹和，道充氣腴，異日駕青牛之車，歸返故山，撫芝一笑，則其爲瑞也畢矣。願敘以爲徵。

壽樂堂詩序

延祐乙卯季夏，桷乘驛留杭，間則與友人泛舟一游葛嶺諸山。穿幽入窮，嘉木叢柳，鬱然上下而相望也。遂遵其蹊以升其坡陁，有堂巋址，粗完而不華，册其顔曰壽樂。群峰蜿蜒，水光相屬，前挹左舞，顧登其堂而異之。客曰：『此容齋李公習静之所，非所謂臺榭苑囿之觀也。且昔之翬翼而侈者，於公乎何取？世有專鐘鼎之貴，其得意盛時，未嘗不寓興於山林泉石之清美，疲精竭資，彷象其舊游，卒不知其所造。今斯堂也，不專乎構築，不勞乎藝植，心領於物外，其得乎湖山者，是幾有道之士也。』

于時，李公領元帥之符于海右。桷復以間歸里，因得覽兹堂之勝。公笑且言曰：『土木之夸，吾深鄙之。洛陽名園多矣，擅名專美於後世，今何人哉？夫動靜交養，迺成其性。錢唐諸山水，渟泄起伏，大者爲盛衰，小者爲榮辱，有得乎是，則視兹堂之樸簡，其旨深矣。至人之心，如珠在淵，樂之至者，終身而不厭，取諸在外，非有損於内也。願與爾邦之士，率爲歌詩，而子序之。』退不得讓，遂以昔之聞見者，次以爲之序。

送彭道士侍親詩序

范文正公守番，更定學宫，咸言嗣是番爲衣冠聚。未幾，彭尚書舉進士第一，正直朝著〔一〕，爲吴楚間領袖。其弟忠毅公，不幸守城身死。二忠易名，見於《宋史》，作史者深有感焉。

嘉定初，先正獻公、越公俱在著作庭，深言朱墨史避忌，而宣、政實録爲魯諱，時宰尼之。後六十餘年，皇元大一統，宋故家子孫變滅澌盡，獨忠毅公裔孫南陽作而曰：『吾宜游於方外矣。』其道祖位秩視三公，於視聽也尊且榮，起處也不貸假以自貶。嗣師吴公，方藻思瑰識，將樂其同而進之，況於親者乎！未踰年，則曰：『詎宜久京師居？母氏春秋高，歸以奉，則庶幾幸不墜矣。』將行，且丐敘其情。

桷於是深有愧焉。忠孝秉彝，皇極之訓，中古肇分，重華是著。更秦暴强，而死節謹書，踰千百年，迄不能一二數。獨於彭氏見之歌詩者，寧得以辭也？

送文子方使安南序

安南繇秦漢以來，内郡縣。世祖神武皇帝，取宋荆、揚、益三州之全土，大一統，東踞高句麗，西度流沙、金山，王業之基，不知紀極。坐朝按圖，指銖黍地曰：『兹南交州乎？得不爲武，寧能以中國民甘心而係頸之？』遂俾成要荒之禮以歸。蠻夷多疑，其子常稱病不至，禮謹會同，尤嚴於錫命。故其自署表曰世子臣某，其所以容受而畏慴者實在是。新天子即位，更元曰至治，遣使詔諭。故事，必遣近臣爲之，又擇能文辭通達國體者以貳之。於是僉曰：『翰林修撰文君子方有使才，實可任。』迺名上于天子而許之，遂增秩爲禮部郎中以行。

將行，其友袁桷曰：往使者鄱陽李侍郎思衍、薊丘李侍郎衎、天台陳郎中孚、河間李侍郎京，皆得與交。交人言鄱陽清介質直不絶口。聞其俗善憸巧，館餼供帳，故不如法，俟詰讓始成禮。入其境也，必迂途清野，或謝以病，緩歲月始迎。春氣萌達，黄霧苦雨，然後拜使者而送焉。其狙詐率類此。而不知者常遈夸肆豪，以受多言之羞。昔讀《左氏傳》，見列國諸臣取《詩》斷章，以成好焉，簡而明，易而且和，信由於衷，而禮以辨之也。故夫子之言曰：『雖多，亦奚以爲？』列國之臣得之矣，況於朝廷乎！又嘗聞李公言：使者入境，詰其館人，一草木名字之微，必聞於世子，翌日涉筆始具對。蠻陬遠人，設施周密若是，無它焉，懼削其土也。交州之土産、道里見地記，而昔之入貢者，又皆淺薄不足取，於其不知者，寧缺如也。

子方以余言爲然乎？若夫周折之宜，守經以揚文德，則必曰：『天子仁聖，明達萬里外。』子方優言之，是則余無以告矣。

送程士安官南康序

朝廷清望官，曰翰林，曰國子監，職誥令，授經籍，必遴選焉。始命，獨東平之士什居六七。或曰：『洙、泗，先聖之遺澤也，誠宜然。』又曰：『其浸汪洋渟伏，昔東諸侯闡興文儒，飛矢交集，絃歌之聲不輟於黌序，有自來矣。』桷向爲翰林屬，所與交多東平，他郡僅二三焉。若南士，則猶夫稊米矣。士樂得所依，連彙以進，各以其所向。上有以挽之，下有以承之，勢使之然也。

程君士安則不然，程君，魯士也，獨游夫江之南幾四十年，詢其先友，則皆在上位者。不獲於上，豈程君之藝有未至焉者與？嘗得其詩詞讀之，視其同郡之仕於朝者，亦殆相似。其大過人者，誠顯矣，而視與程君同者，則誠枉而不逢者焉。少仕於南御史臺，後爲吾里元帥府掾，强貴者巇之，卒得白，而程君亦年以浸老。今年，調南康理曹以還。

嗟夫！類聚以方士，患不得之，既得之，則不宜以遺佚隨聲媚容置之，良是矣。才焉而不遇，則在上者，寧得以辭其責焉？因其行，敘以慰之。夫子曰：『不怨天，不尤人。』則亦曰：『有命焉耳矣。』咸爲詩章，凡若干首。

送陳景仁調官雲南序

至治元年，中書省選集賢都事陳君景仁調雲南官簿。將行，謂袁桷曰：『吾與子交久，子寧無一言以贈乎？』於是，有言曰：在昔世祖皇帝寧一海宇，幅員袤廣。凡爲仕者，力不能以自達于京師，故歲必遣朝廷望官即其地，如選部注授焉。省之遠者，曰湖廣，曰江西、福建，曰雲南〔二〕，其最遠莫如雲南。故自三品而下，皆得除擬，奏而後出命，視他省爲最重。其受任使者，非清慎明正，不足以當之。

維世祖繇壬子入吐蕃，破蒙、段二姓，宋、金所不能臣，至是踰三百年始定，神武偉著。時則有若賽公，稱合上意，羈縻而綏撫者，厥有攸治。夫以蠻獠之俗，俾安其素習，誠不在於煩促苛削也。因其民風而俾之，爲官長者，子孫不越於其境，則安而簡易矣。邊隙之生，所從來久，出於長民之貪黷。殿最莫嚴於考課，循歲月以善解，視其成牘〔三〕，則調是官者，雖離婁之明，將何以辨之哉？厥今御史循行郡縣，察採是不，而坐驛頃刻，促具食上馬，懼夫事之填委，將終歲不能以盡也。

今之爲遷調者，居于是邦，雍容詠歌，得覽其山川，詢其阨塞。仕焉而已者，入閭以問之，其隱而在下者，詳延以博詢之。則仕於彼之士，吾將瞭焉胸臆而示諸掌矣。不然，拾級循敘，朱墨之職，一介吏足以辨，何假於陳君乎？陳君清不近名，慎而有守，明足以養其厚，正無失於過舉。若是，則足當其選矣，余將奚言焉？是宜率爲歌詩，以迓其歸。

送李溉之致祠山川序

病[四]矣夫幅員嘗不能以合也。五方之俗惟不能以合，故地氣各乖於一偏。昔之赫然以統率之者，嚴於方嶽，望瀆海之爲帝，由所來久矣，必皆致祀焉。夫山澤通氣，騰降蟠際，卒之以立民食，豈以它故哉？在昔盛時，惟漢、唐近古，能徧至而遵行之，然而巫祝之秘，或鄰於方士，其餘偏方分裂，帝號尊襲，車輪馬跡，南北不相踵接，僑立望祭，神弗顧格，責之以一風俗成時雍者，亦難矣。

世祖皇帝以仁武英叡成大一統，考先代祀典，曰：『茲職方氏登載，實萬姓重事。』遂歲遣從臣捧香幣，各分道四出，郡縣祇恪，候驛謹絜，視他使者爲有加。粤昔唐虞黜陟，成於四岳。昔之善使者，不專於所命，水旱疾痛[五]，承制以便利之。今守職如守法，非儒者不足以語，而生事者不保惜，復將有以病焉，抑難矣。

至治二年，集賢都事李君溉之，承詔首北嶽，遵濟源，轉北海，終會稽焉以登。其於行也，將見夫挈瓢囊以就食者焉，又將見夫餐饘之不給於適館者焉。踰於大江，東南之民，外侈内枵，罷於不作不役，而歌臺暖樹，心目飛蕩，以貽無窮之害。若是者，不能以悉言矣。溉之明國體，所歷彫瘵，願悉疏以白于執政。若夫悲愉駭慕，深林危徑，矢於言辭，而使夫人傳誦者，於其歸也，桷雖還里，尚能敘而廣之。

郭子昭淮南[六]廉司經歷餞行詩序

淮南地廣袤，昔號用武，故其勁悍伉率，遇事嫌曲，輒私剖決以直，不復上官府。水有菱芡魚蟹之富，平陸則兔鹿馳逐，飛鳧鳴雁，蔭翳陂澤，網獵足食，不丐假於外，事簡而易治。夫以易治而强治，則變易不安。曹相之治天下，豈不用其心哉？則亦曰煩擾非所先也。余嘗過淮南道，繇肅政府，日未午，官吏上馬去，故視他道爲最優。

汝寧郭子昭，今爲其幕長焉。子昭之吏事，不拘文以求苛者也。若釃渠於川，順其自然，激射穿鑿，不能以逆水之性。學優而辭工，將考其山川，詢其廢興，抉搜幽奇，悉出於翰墨。廣陵有儒丈人曰王令逢原，文甚古，臨川王荊公敬企之，願求其書以廣。方今四海乂平，將化其斷斷，褒衣長襜，使與計吏偕。是則子昭之教，在所急也。爲歌詩者，俾余首爲敘。

王正臣浙東廉司經歷餞行詩序

朝廷置廉訪司，總司曰監，司曰使，其屬有三，每歲循行不與，止受其成牘，議輕重，職簡且尊，視聽黜陟，專於一郡，而所部他郡不復考。故其毁譽，常若不及，或者病焉。權莫重於循行，今之言者曰：『歲五六月，録囚。秋七八月，出司。明年春，還司。所歷有程限，疲精於某所，則足跡不能盡。於是有料簡之法焉。民懷其冤，卒無以自白，相率以告於總治，宜〔七〕矜其情而許之矣。』議者則曰：『是在於行部。侵越則事繁，事繁則寮寀不相協，安於平素，守官以自全者，爲善計矣。』

夫行部之寄爲最重，泛常以治之，民不勝其病，告于其上，卒拒之以辭。使一振舉之，則歲之分治，將悉心以究。是它郡之事，悉總於我，謂專於一郡者，非知言者也。聊城王正臣，以内臺掾出爲浙東幕長，通達治體，守儒善斷。今監司馬公嘗鎮江西，諸郡皆嚴憚之，是能知總制之道。輔之以正臣，事可立具。浙東民俗簡易，春温冬嚴，相濟以須，吾知其足以振采於一道。於其行，序以告之，且率能歌詩者以餞焉。

送朱君美序

許文正公定學制，悉取資朱文公。至仁宗皇帝集群儒定貢舉法，五經皆本建安書。蔡氏爲文公門人，而《春秋傳》則正字胡公之從父文定公，師友授受，宗于一門，會于一郡。至若訓蒙士，正史統，庋積筆録，悉師于文公，何其盛也！夷考地圖，閩粤繇秦漢始通，今九州之地非不廣，而道德師表，不敢有異於文公者，繇文正公獨建大議，而聖天子有以成之也。今之爲議者，則曰：『南士淺薄不足取。』又曰：『其文學論議，與中原大異。』夫行事必本於經，考成均之法，惟文公是師，而南士獨有背，何耶？

余嘗入議者之室，其服食器用由南以來者，頗若愜所好，其無迺貴物而賤士與？識患於不弘，黨患於過偏，自昔創業之君，合一海寓，必取遐陬荒域之士，以自近輔。維昔世祖皇帝能知之，選取蓋可稽也。

文公五世孫煒君美，以宸旨入國學，議者亦若不滿，然以其所受學皆文公也，視其子孫少假之。今以書考之法出仕，將行，求余以言。念昔先正獻公與文公俱以僞學坐禁錮，政治更新，善類彙進，文公書大行於東南。今六合一家，文公之學行於天下矣，士能通其學者，其寧有固執之弊？

桷官京師踰二十年，見昔時諸老津津於南士者甚衆，考其異同，其亦南士之不如昔耶？其亦異者之不如於群公邪？君美以世濟令德，將見於莅民。經術政事，余不能以告，故歷南北好惡，而知吾文公之道，千萬世南北不能以易也。

送陳道士歸龍虎山序

往歲見福唐張君見獨于京師，貌清氣完，語簡而意消，察其退靜，泊然無求者也。山中之人曰：『張君居室靚邃，滋蘭藝松，藏善本書盈庋，督教其弟子，恂恂卑讓，見之者必知爲其徒也。』至治元年，嗣天師入覲，君死且十年，侍劍印者曰陳某，桷〔八〕初一見之，甚似吾張君也。問之，則曰：『亦福唐人也。』

閩爲儒林。《經典釋文》，陸公德明所校定，天下遵守莫敢異。夫閩昔爲荒陬，言語不合於中土，六經表章，旁及諸子，繇唐世始定，而獨取於閩何邪？九州之士，未始以南北限。陸公書積六七百年而不廢，則其疑息而無可議者矣。今則曰揚以南爲蠻夷，吾不知其何所自也。其亦有所激也歟？余將有言焉，而未之能也。

嘗聞龍虎山尊崇吾聖人書，絃誦之聲，接於兩廡。往銘空山雷君，其於書若飢之於五穀，朝暮不敢棄。故其門人樹立偉著，推張君蓄書之心，觀陳子之甚似，知其刻厲，寧能以中晝也邪？兩京雄富，夫既身履而目受之，豪勁厖錯，可夸可愕，接於歌謠，風氣之盛，必將矢言沈深，以鳴夫太平。身安道充，必不戚戚以求外也。老子嘗曰：『無爲無不爲，國之本也。』願歸以究之。異日詢咨以承專美於前者，將有繼矣，勉乎哉！事豫則備，若然則其寧有不能者邪？凡我同志，宜爲詩以餞。

送劉生歸鄉試序

漢五經各立博士，唐兼以詞賦取士，至宋，廢置不一，然各精其能者，始得爲主司。五經難以兼，而詞賦號爲淺且難，以淺且難而兼五經，孔、鄭復生，不能爲也。科舉廢既久，先皇帝慨然崇文，酌損爲進士條制。今將十年，巖居谷隱，習其學者，家傳而户授，其蕪拙而宜黜者，主司之任也。

余嘗預考進士于禮部，鄉貢而來者，蓋疑之而不敢有汰也，汰則德傷而體損。繇江以南，求試于外省，多至八千餘人。司繩墨者，其無迺失於銓考與？抑亦以其耳目聞見之不接者而疑之與？以昔賢之所難而兼之，其於任也實重。古學之不講，于今有年矣。卒然加士林之上，冒焉以承，不咎于己，而曰試者之未至，故取之常合其譾薄進于禮部。禮部不得已，足其數。觀其所取者，則咎禮部之未至，禮部諉受其責。吾知夫八千之士，功深而學優者，詎不大有遺者矣？

廣信劉生任時來京師，試入國學，將敘次佐冑子講誦。今歸省其母，試于鄉。生敏于文，從余游焉，厄人事，不能以悉告。霅有牟成父先生，於群經，有考而爲書者也；於詞學，父師之所授，充然而炳，鏘然而和，東南、西蜀，蔑以有及也。生負笈而問之，若登泰山，瞠乎有失矣。使先生不以耄老辭，則東南之士類于禮部者，將拔穎以進。生蓋亦有得矣，勉之哉！

仰高倡酬詩卷序

今年春，房山高公彦敬歸休于舊隱。夏五月，延陵吳君成季首爲歌詩，以致其懷賢之思。於是次于其後者，凡十餘人矣。獨清河張侯與成季復肆奇逞敏，纚纚用韻不輟，筆未脱手，語未終舌，而兩家使者，各踵户限。故其飛籌急置，如督餉道於劍閣棧道之險也；角形擇利，如薄虎象於蒐狩之野也。風恬而水涌，欲掛席而爭進也；弓良而矢直，欲並發而連的也。至於夸豪競富，金張之靡、崇愷之侈焉。噫！何其至多若是也？古之言倡酬者，曰元白，其次莫若皮陸，彼皆因其事物之偶然，有合於風雲泉石之清適，故麗者流於情，羈者鄰於怨。而今也，因房山之賢，有以興其思，復因其思，以發其所養，異夫逐物而忘己者多矣。

房山筆精墨潤，澹然丘壑，日見於游藝。此詩之作，其所以惓惓不忘者，難與俗子語。姑以見夫思賢之心，在於寬閑自得之後，不在於爵禄有列之時也。詩成，凡若干首云。

送陳仲剛序

昔之職文墨議論者，必擇其瑰逸俊磊以自近，唯取其才焉。才與德不相並，或者譏之，謂德不勝不足以爲君子也。今有番易陳仲剛焉，其言恂恂，其度謹，且循於事也。不欲察其是否。見一善焉，不知其爲矯且詐也，翕而譽之，人議之，我且直之。其不善也，人議之，則曰：『彼豈誠不善也？將訓迪之，俾有以悛之。』嗚呼！是則人誰有議焉者矣？黨同惡異，以其類至。鼎鑾之遺，酒食之失，足以亡其國而廢其身，可勝道哉。吁！是則有可憫者矣。

余向爲史屬，見南士焉，執案牘者，刻若法吏，其滑稽跅弛，不善避忌，酒酣大言無所顧，吾深憂之。未幾，而陳仲剛亦受其讒以去。仲剛之失，在不能以自斷，彼之言者一無犯，何慘也？今朝廷下詔蒐舉遺逸，仲剛可以仕矣，而復以守資歷者不在是限，遂以外郡校官補之。始得爲教授，老至而濡滯，彼獨何心哉？喜怒以害天下之士，莫嚴於後漢之季。盛時清明，孰敢少肆其毒？不十年間，今皆澌盡無在，可歎也已，可哀也已。仲剛調湖廣，將行，于以悼其窮，亦以激其有自立。文辭之素能者，不敢以告。勉之哉！

陳彦恂餞行詩後序

士之爲吏，病飭於内而騖於外者多矣。飭乎内者，無赫赫之功，而亦不足以取仕。騖於外者，自處善士之目，率先得大官厚禄，故仕而臨民，雖百里之邑，其勢亦足以動衆，智亦足以防口。凡所居官，將解印綬，必諷諭能爲文章者，書刻其政績，方古循吏，殆未愜意。間有不肯操筆，輒威脅罪誅，閭里耆艾，爭相效承，長縑巨軸，聯衢表道，先出郊餞祖，語嘖嘖不自已。迨其去官，猶視彼黜陟爲廢置。而士不幸爲師儒之官者，則不能是。蓋其秩最卑、勢最下，其行事不能以致衆。方苟度歲月，以冀脱去，故來也無聞，去也無迹，而儒者之道，愈缺然矣。

噫！先王致治之效，必本於學校之興廢，而謂其道不足以致譽以自棄者，則過矣。且譽果可以致而得哉？余父友陳君，以越博士歸于家。三年，將調官行邁，越之鄉大夫以及博士弟子詠述遺愛，致詞于家，詩凡若干首。同里之姻黨、異郡之交友，爭歎美贊誦，詩亦凡若干首。而天台胡公，復敘昔日輿人之意，圭璋交輝，金石迭響，殊績細行，指掌畢具。斯亦偉矣，夫不求而自至者，非媚也；歲久而名益彰者，非强也；彼勞甚而無聞者，非過也。庸敘其言，期以信于後，敢繫于篇末云。

送洽師歸吴序

四明學行於浙東西，而南湖延慶寺，實尊者闡繹之遺址，陳忠肅公原觀想而爲之記，甲於東南。至嘉定中，史忠獻傾意營繕，莊嚴妙密，學子林立。運逢壞空，不四十年，兩遭燬厄。寺缺主者，僉以爲石泉洽公宜主是席。

至之日，除榛削礫，一以己任。而四明罹旱疫之災，信者靡替，施者莫能，迺慨然曰：『吾故吴産也。吴多信士，凡頹垣廢址，吾徒一詣其門，輒金帛踵至。高者矗雲霄，樸者絢丹碧。崇信生於心，斥其餘財以貽浮屠氏，非有所利益也。』嘗聞洽公化行吴中，所至傾接，蓋以能靜止息之道廣爲譬釋。夫安於給足，而哀樂喜怒爲其營役，則聞洽公之説者，孰不開朗？故其欣然以輸，肅然以接，夫豈聲音笑貌之傾動？

嗟夫！露臺百金，十家之産，而大雄氏以側布爲未足，化其吝心，非大言不足以警。若是，則是行也，見其稇載以歸，不日以就，罔俾忠獻專美於前。而忠肅之學，願竊有取焉。

校勘記

〔一〕『著』，四庫本作『署』。

〔二〕『雲南』，郁校：鈔本同。案下云『最遠者莫如雲南』，此當是『四川』誤文。然無他本可證，仍之。按四庫本亦作『雲南』。

〔三〕『牘』，原作『櫝』，據四庫本改。

〔四〕『病』，四庫本作『甚』。

〔五〕『痛』，四庫本作『病』。

〔六〕『南』，原作『東』，據四庫本及下文改。

〔七〕『宜』，原作『疑』，據四庫本改。

〔八〕郁校：『桷』，原本誤『物』，鈔本作『桷』，今改。

清容居士集卷二十五

碑

獻州交河縣先聖廟碑

尊聖人而親之，有爲廟之道焉。廟也者，享之以寧其神者也。氣行于太虚，莫窮其神，天地日月星辰，久而不息者也。聖人之道，與天地並，而其炳然立言，品節備具，則猶夫日月星辰也。人生則有死，涣而復之，亦必有道，著其思以立其誠，焄蒿悽愴，没世而不忘。故立廟之制，親盡而祧，祧而壇墠。其愈遠者，情不得而推也。

自唐以來，祖立先聖廟，天下郡縣皆以上丁致祭，升降迎享，有似夫宗廟，而復琢範土木，象其神明。故其廟也，有堂無廂，重屋四阿，具體而制簡，禮緣人情，敬生於其心，其從來也久。則今之爲廟者，不得而廢矣。夫子嘗曰：『祭神如神在。』神無在無不在。有其誠，斯知神矣。

獻州交河縣，舊有廟學。廟狹庳，不足展事。皇慶元年，王君某爲縣主簿，治事之隙，日率胥徒入學以受講。迺與其令長僚屬，勸士民出其嬴財，廣新孔子廟。越明年十月，告成。維昔獻王纂輯古文，補正六藝，今州以是得名。儒術之士，宜爲歌詩，以侈厥美。於是鄉大夫刑部員外郎葉蘇君俾志經始，且請〔一〕之以詩。詩曰：

兩河舒舒，民迄奠居。理政孰先？學廬是圖。禮殿弗虔，墉棟庳穿。我究我環，築營燥堅。嗟爾士子，康色以喜。出粟載車，以相胥宇。松柏甓石，維鐵丹碧。翼然崇崇，聿完有侐。王君之始，民不知至。曁來釁成，其徒烝烝。仰止獻德，胙土啓國。絶續闡微，維聖是則。聖有載籍，德修靡忒。毋辨以夸，毋質而阿。洋洋在庭，若聞厥聲。視而新宫，以淑以繩。

獻州交河縣三皇廟碑

司馬氏作《史記》，斷自五帝。世之言三皇者，著天、地、人之説而强名之。孔安國序《書》，以伏羲、神農、黄帝爲三皇，或者疑焉。晉皇甫謐述《帝王世紀》，謂八卦之畫切於人身，水火升降，得以有象，百病之理，得以有類。神農、黄帝設五穀藥石，爲生民本。謐之論，是殆謂醫家者流而專言之也。唐天寶禮官定議尊古帝、祀三皇，適與謐合。

皇元啓運，詔天下郡縣立醫學，因奉三皇以廟，春秋謹祠之。昔人有言曰：『庖犧、神農，順民之性，育之者也；黄帝除民之害，救之者也。』乾坤之道，合變以成，民用之而不知。象而示之，凡所以各得其正者也，誠在中矣。宫居粒食，順形色之正，將以養而安之。忘其和平，綦〔二〕其所之，疾疢生焉。博施濟衆，堯舜猶不能以全其功。則夫三聖人者，法施於人，而祀之誠宜也。

皇慶元年，保定王君來主交河縣簿。三月朔日，有事于三皇，敝垣蕪壇，虛位望祀，拜伏瞬息，而禮以成告。顧瞻惕若，謀於令長，語于若屬曰：『象設弗嚴，其何以肅衆？神道設教，其會通之道也。』迺即其址[三]廣而崇之，削荒黜幽，楹甓嚴密，資鳩於民，役成於工，相胥以勸，而莫知其勞。爲鏹三萬有贏，其用之不給者，悉輔而足之。明年，殿成。三聖峨峨，有嚴有飭，遂落而祀之。

維我世祖皇帝神武不殺，混合寰宇，憂民之不全其天，崇祀廣法，俾尊其道術，幸已厚矣。不幸或罹于非辜，此誠牧民者之責，餘何咎焉？民有輿[四]言：『交河之政，有匿其婦而誣其姑者，維我王君，跡而推之，婦姑以完。盜狃攻劫，吏隱之使緩，王君之至，越境斯得。』嗟夫！六氣之流行，壽夭不齊，上之人尤惓惓然拯閔之，而不至陷而攘之，則其爲疾沴災旱者，吾不知其何心也？王君爲政若是，椾職在太史，紀成宇而附書之。

奉化州三皇廟碑

馬侯爲州，急先崇儒，建尊經閣成，作而曰：『學無田，曷足養士？』表圭田租勵之。於是，鄉之儒合言：『茲實吾黨恥，鄉校日毀，《青衿》賦焉，館粲有加，士子知教，盍助田以成侯志？』侯復曰：『先賢遺則，惠養存歿，規曷敢湮廢？』正籍端本，恥格貪戢。於是始言曰：

『噫！世祖皇帝行仁肇邦，萬世永憲。今獲守兹土，疾沴不治，黎民何辜？』迺建三皇殿。初殿在廢觀址，後徙寺旁，庳隘弗稱，詢圖考初，厥地爽亢，遂廣土而興之。百柱翼成，萬瓦鱗比，厚者效泉，力者輸役，官不出賦，而巋然光尊。耆老贊企，願紀其建立，以彰侯績。

抑嘗聞庖犧闡極人居，其中靈根湛純，萬化是生，坎離致用，窮夫陰陽之機，壽夭不齊，彼實戕竊。維大聖憂之，樹藝五穀，輔之以醫藥，剛柔燥濕，各施諸用，神農之功也。因其厚生，迄於傷生，以憫以原，爲之經問，教之以知懼，使各盡性命之道，則夫黄帝之功，詎少矣哉？

三聖炳著，尊祀肇唐。皇甫謐之論，合於醫説，道不虚矣。爲作樂章，俾歌以祀，表侯於無窮。侯名巙德，字致遠，官奉議大夫。明爽幹飭，吏民畏而愛焉。是役也，州之官咸佐之，鄉老皇甫簡董役。訖成，前門九楹，廊廡齋序二十八楹，講堂五楹，禮器備充，圜繚丹堊，咸曰美哉！歌曰：

判鴻濛，精一中。八方圓，握以通。稽聖作，逆不逢。神之游，雲霓從。嗟彭殤，曷恣縱。簡差差，指厥蹤。玄籥啓，人喬松，煌煌大聖萬世功。

天昭昭，日月星。變化周，純粹精。木石土金盪至靈，飛走食物各受令。一日屢蘇，民迺修齡。覽九州，雲泠泠，是州秀淑守著能。牲具肥，酒齊馨。

日出作，晦宴息。守厥故常，民用不極。何顛僨自傷，縱恣作慝。帝有憂，筆載籍，目視毫釐脈寸尺。智者驚，保厥德，雲龍之冔杳無跡。祀靡斁，千萬億。

衢州重修三皇廟碑

混沌既判，民生之用日滋。制器創物，首於三聖，詳見於宣尼之繫《易》。儒者皓首，棼莫能以究。周外史掌三皇書，秦厄既盡，而其遺言間見於諸子，可得而考者，唯醫家者流見之。天經時訓，書禮之準也，察其循環，考其氣運，不悉是不足以言醫之本也。至於推萬化之原，别九州之宜，調神嗇精，按摩導引，湯液炮灸，無一不究。地利土膏，率有合於農書之説。若是者，其繁且難，有甚於吾儒。則凡爲醫者，良不易言也。小司馬作《三皇本紀》，其精約不出於《大傳》，而荒誕不稽，悉得以訾病。史遷之不作，良有以也。伏羲、神農之書見於《易》，黄帝書具在，有依髣而爲之者，亦不失本旨。自唐肇建三皇祠，世祖皇帝遵舊，令遍祠州郡，推仁濟衆，比合前聖。

泰定元年夏，三衢郡侯赫斯、趙侯仲禮僉曰：『天子神聖不殺，稱上意，俾洽于群生，莫若立醫學。』於是與府判官定住君勸糾于其徒，爭輸幣以助。不三月，殿以成告。繪象有嚴，禮器畢具，惠民有廬，校官有居。閲明年，廉訪副使真定白侯鐸拜謁廟學，首肯口贊，且割官沙田爲畝若干，以奉時祭。咸願刻石，以著永遠。繫以詩曰：

太素絪緼，品物類分。經緯五行，濟用立勳。茫茫開元，通幽合神。炳諸典墳，是究是勤。盪摩三光，區别九土。沮洳晦冥，或折或沮。潤澤滲漉，順而居處。正陽昭晰，以保純嘏。有簡斯彰，玩覈纂組。民用不知，其仁如天。大帝述明，播于垓埏。春臺以登，鴻澤日宣。嘉穗合畝，采鱗游川。俾絶癘疵，享其大年。三衢之宫，伊侯所築。濟濟者徒，惕若奉玉。研精韋編，以介蓋穀。侯云去矣，祝彼千禄。我庸作詩，相祀是肅。

饒州安仁縣柳侯廟碑

古昔祈報之禮，得行於州黨閭里，民神相通，禦捍於無形，厥有常祀。一有水旱疾癘，爲其所憑依者，尤卓然偉著。五行之精，成於太素，摩盪轇轕，主宰以名，國有典禮，莫得而僭。維神依人以行，實有姓字。烈山氏之柱，共工之勾龍，周之先后稷，死爲其主。後又擇其功德之高者，代而承之。噫！積虚以爲氣，氣散以爲變，居陰假陽，人鬼之化行，則凡今之列于祀典者，皆本于是。皇朝列聖，下制詔以通幽潛，遺德著功，表見郡國。雖數千百年，皆尊顯崇祀。

至大二年，崇文弘道玄德真人吴全節蒙被殊遇，推榮其親。退伏自念：『昔爲孩提，黨禜族酺，從我父兄，觴而祝之，緊神是賴。神之闡微，肇唐咸通。至宋宣和以來，由侯以王，肸蠁休嘉。鄉大夫湯巾〔五〕炳志于祠下矣。今歲時阜康，神靈熙熙，祥風甘雨，莫窮其徵，犬牙接壤，咸稱神效。願上其事于禮部，全節敢稽首。』集賢敷奏天子，以昭神惠。秋七月，武宗皇帝御朝，封顯靈溥惠沖祐真君，命詞臣宣制而褒錫之。

是歲，真人歸至安仁縣，以制書授神及饒國公、饒國夫人。吏士再拜，吴氏長幼亦再拜。

禮成，還風交雷，挾雨來應。安仁之人咸[六]言曰：『明有禮樂，幽有鬼神，孝以揚之，誠以昭之。兹邑之美，一舉而兼備。孝生於心，神之相之，孰使之然哉？』縣長吏將刻神制書于祠，真人屬爲記。按舊記：真君姓柳，名敬德。迺爲作迎享送神詞三章，以廣民思。詞曰：

結玄雲兮文虬，的容與兮山椒。光晶熒兮横流，帝鼓導兮前驅。山之阿兮神居，迎群睇兮與留。儼素容兮絜貞，佩泠音兮始停。

笴席兮翠遭，棘匕兮紫摇。露零零兮隕珠，嘉薦湛兮以陶。揮上牲兮吸秀芝，巫揚廷兮靈之娭。靈娭兮心降，日簡兮益康。

日懸車兮松冥，千童慘兮控軿。鼓坎坎兮輪砰，恍欲去兮心不寧。神居兮山承宇，汝居兮山下，神詎去兮愁汝。執玄德兮歷九疑，超無爲兮終焉以歸。

徐州吕梁神廟碑

神禹水功，龍門、吕梁惟最艱。聖人述書，隱而不言，懼荒怪以汨真也。陟[七]于上帝，受圖于河，其事偉著，豈誣也哉？

余宦京師，過今吕梁者焉。春水盛壯，湍石瀰漫不復辨，左迴右激，舟檣林立，擊鼓集壯稚，循崖側足，負縆相進挽。又募習水者專刺櫂，水涸則巖崿畢露，流沫懸水，轉爲回淵，束爲飛泉。頃刻不謹，敗露立見。故凡舟至是，必禱于神。神固靈矣。

夫集誠以致神，靈繇衆成。往之自信不惑者，猶感悼自恐，則今之所謂禄利奔走而不息，寧得無慊于其中也邪？昔世祖皇帝征南絶淮，夢神扈蹕以行，詔所至立護國祠。吕梁故祠，相傳歲已久。此邦之人，因其湍險，復增重之。繇是南北之舟至于祠下，必禱焉。彭城隸歸德，太守田〔八〕君以事謁祠下，肅瞻有加，迺命立石，以侈神績。於是鄉之耆老鄭安仁復廣其廟基，象設密嚴，棟宇軒靚，薦醑登降，嚴飭有秩。遂介總管錢塘姚君具圖狀，願刻其事于石。

余待罪太史，觀前代職方神祠，徐州有廟曰孚濟，曰顯濟，皆曰龍神。吕梁，信天下奇險處也，非神孰尸？非龍孰居？嶽瀆有祠，不以姓氏著。吕梁爲河下流，奔赴南海，一息千里。昔之神受令神禹，顯微無常，代謝上下，隨運以化。則今之神，猶古之神也。皇朝一四海，貢輸金珠、綺繒、犀象、水土精氄之物，悉出東南，舳艫相銜，晝夜不絶，道必繇徐州。神司其職，訖罔敢替怠，依神以行，相戒無虞，神任匪輕矣。迺作詩曰：

首河崑崙，厥行靡恒。或伏而舒，或迅以凌。在昔堯帝，孟門震騰。授禹以圖，百神罔不承。九野既疏，流水渾渾。挾河以行，北東斯奔。積鐵懸壁，怒雷赴川。如霤斯注，如蛟斯騫。自涯刊山，訖達其源。河既南矣，帝跡眇漫。赫赫世祖，威神耀天。爰率貢琛，萬桅盤旋。引梯從繩，以登以升。鼉歌稚和，鼛鼓受聽。櫂夫佐前，水師試命。曰吾神是依，捨神則病。騈騈士子，亦有商女。爰集宇下，釃酒致祀。金龍蜿蜒，以肖起止。導其棘流，如席如砥。此邦之人，仰神之來。昂昂石松，雲旂〔九〕離離。匪惟護之，將永綏之。山川出雲，古言祠之。崇堂豐堵，耆老相宇。戒而叫囂，毋作神侮。拾級有敘，勿黷貨以沮。神告萬年，天子受祐。

奉化州開河碑

奉化諸溪，至龍潭畢會，汪洋衍匯。陂塘澗溝，合流赴資國，紆行凡六十里，始達于江。歲霖雨不時，溪江相迎，上下交射，漫流田堤，或漂民廬舍。昔之爲政者懼焉，於是築埭善坊，潦至則泄，旱則瀦以灌輸，繇資國埭注市橋，循三山，爲廣平湖。凡言湖，通畎澮也。湖之下，有斗門，必嚴其水則。至是通鄭家淫，古有陰溝，或爲淫溝，皆取以達水。今言淫，名之省，聲之訛也。溪至是循明山，稍折爲揚橋水，以折始善行，將達江，復限之爲縣門，曰進林，曰常浦。又益限之以埭，曰車者。提閼有程，則水旱不病。今之善吏治者，挈挈奉公上不自保，政不能及此。

廣平馬侯驥德至州，曰：『皇元陞江南縣爲州，實租〔一〇〕户口。户繁租瘠，何以稱綏惠？田疇蕪闢，兹惟殿最首。吾視兹土，抑溝洫漫滅，以害吾民邪？』遂窮上源，首資國。耆老咸言：『市橋達車者，有故河，往宋舟楫聯絡，今趨江以行，驚駭濤浪，商賈不赴，而市用益匱。濬廣復舊，則民其有瘳。』遂遵市橋至陳橋，具畚鍤，表深廣。未及終日，而遺石斷絶，皆舊跡儼著。至何家埭，或曰：『是郡乘不登，積爲豪民利。水至是當行，何障固焉？』於是決堤仆石埭，復置卒守，水門亦如之。易資國埭爲水門，别立小栅，以謹通塞。廣平增斗門，志舊有贍卒租，亦復之。於是昔之言紆行六十里，皆得舟行以達于江矣。史遷作《河渠書》，能吏所紀，廑一二數。謝太傅守淮南，水利博濟，則自方之以召伯。謝公偉功迄不廢。馬侯之政，良近矣。迺係以詩，俾勿墜。詩曰：

閔閔汙萊，舉趾厥艱。婦饁子任，火墾水芟。相彼高下，粤昔膴蕃。有堤相之，有泉養之。崩奔交來，設險以防。彼防弗亟，時其雨暘。謀于在野，集作會節。低昂疏儲，究爾墜遏，饕强恣專，訖孰俾是罰。馬侯自南，宣承皇風。相攸以圖，鞠草茂豐。耆艾交謁，兹焉商功。千鍤剖壤，頽堤赴壑。宛其遺基，白石鑿鑿。復常彌堅，匪夸以丕作。泉流湯湯，陰洩陽瀦。江流馬奔，懼而舒徐。千帆縈紆，入于市區。河既復址，侯斯戾止。嘉穀羨穰，甘棠薿薿。維河之新，告來者勿替。

碑　陰

凡大工役，必資僚屬。長官某，同知某，判官某，吏目某，實僉贊之。州民之耆長大家某等，歷考舊跡，且佐厥役。吏奉令曰某等，董工庀程。州之南復有梁家灘、□□碶、戚家溪，悉濬治之，足溉田萬畝。開河績最著，庸附碑右，以見侯政小者亦若是。

許州衡君去思碑

至元初，詔議立五事，爲牧民根本。後數歲，憂其有不奉行者，輒總覈敦厲，又時遣重臣循行以振植之。大德七年，分命宣撫使糾嚴黜陟，多罷所居官，獨未聞有治行第一，入徵爲謀議邇臣者。使者以功狀上丞相府，府下東曹掾，掾守法，謂事任固當是，束狀入書庋，不復省。繇是詿墨抵眚，率常書于憲部。夫法不足以成政，先王馭臣，必先之以序爵，其不幸而奪廢之者，誠不忍於人也。民爲天下本，郡縣守令，常長於民，民病其長，歲有所黜。率天下之民，常不善其長，民獨何心哉？

余每過通邑大府，碑首高下，表植衢道。讀其行事，無一不皆古循吏，而焯焯在人耳目，又若相反。甚者謂懼其威使，而以媚夫人之爲也。俗媮而日艱，濟之以淺薄之論，上益以不信。則是守令考課，蹈規襲常，安所從超越哉？

皇慶癸丑秋七月，天子遣御史分察天下牧民賢否，咸屏息俟命。國子助教許昌趙君師顔言：『衡大夫氏守許，賢，解官三年矣。其承大夫者，亦已去，過時而政存，可以登紀，子職在太史，不溢美，不希諂，宜表石以昭永，毋固辭。』桷謝不敢，則又曰：『余叔父廉訪公師表河南，置論少許可，言大夫賢，無異語。誠不憚書衡大夫事，第以州里嫌，故遂雅屬子。』桷始謝不辭。於是退以其郡士劉君廷瑞、耆長郝守寧之狀摭而敘曰：

大夫爲州，質靜無亢異，視民便害，默計而成除之。州賦户二百，歲久亡絶，無所徵，别輸他民以追責，民莫敢訴。許爲要衝，遞馬户率多逃去，竟三歲，以民籍户四十二代之，户代而民籍徭調如故。大夫請于官，而悉除之。厚風俗，敦尚孝讓。考漢魏塚墓，若陳太丘而下，立鄉賢堂，以祀于學。復構廊宇，以庥諸生，而使之竟業。臨潁縣有鄧艾口〔一二〕故地，河南檄大夫按視，將屯之。大夫署筆曰：『鄧艾故屯，繇魏下千餘歲，未嘗復。今有民若干耕其地，墳壟居室環地左右，一旦官墾闢，大不便。願俾民以己耕田歲入官賦，猶屯田也。』河南是其議，民往謝之，大夫曰：『吾職也，何謝爲？』

今世揭揭然以商榷爲仕進路，使大夫廣屯穀，多〔一二〕得十萬石，顯要可立致。不忍數百民命爲俑，許人之思大夫，宜社而祝之，相與望其儀于天朝，以德我許人者日永久。迺繫之以詩，以篤不忘。大夫名佐，字君用，廣平人。詩曰：

瞻彼具茨，英英其雲。不稷不徐〔一三〕，粤維邦君。邦君之來，我民不聞。曰秋而嘗，曰春而耘。木之巃嵸，維侯之宅。侯轡在掌，言戾于學。有挈有任，亦丱其角。亦飲其醑，言考耆耄。潁川之流，其下黍稌。嗟余遠祖，及我鰥寡。是播是蓺，曷余敢震侮。潁水之湄，戢戢其牛。利言鼓簧，將復其陂。陂云當復，云誰之來。邦君痡痡，維衡大夫。大夫言邁，匪愠斯怒。有罾者居，有墳者墓。咎匪我執，言遵其所。陂既完矣，大夫旋矣。熟而豚肩，進其粲矣。曰我不敢嘗，爾歸爾鄉。墓門之柏，烏飛彭彭。中田之廬，椅桐稜稜。云昔不如今，永歌以康。

侯歸其組，三載云遠。許民之思，復日以旦。侯車在東，彼從如龍。侯車偃里，誰爲之朋。有弁斯綏，大庭團團。瘁躬在公，匪食其飧。式昭去思，攻珉以鐫。嗣初維終，慎永我傳。

華嚴寺碑

太祖皇帝肇定區夏，視居庸以北爲内地，户族散處，皆安其簡易。在憲宗皇帝時，將有事西南，底慎舊章，建置靡遑。時則世祖皇帝治軍和林，相厥地利，曰：『維灤陽展親會朝，兹爲道里得中。』稽衆契龜，僉告允吉，因城而名之曰開平焉。

歲在庚申，世祖承大歷服，建國改元，削僭靖亂。宗王殊邦，奉貢效牽，咸會同于開平。繇是定爲上都，大興爲大都，兩京之制，協於古昔矣。省方有常，庶職攸敘，商旅子來，置而勿征。首建廟學，乾艮二隅，立二佛寺，曰乾元，曰龍光華嚴，復立老子宫於東西，化俗警蒙，相須以成，具訓淵遠，將垂憲永，以爲民則。

仁宗皇帝在東宫，如華嚴，惕然永思：『粤維皇祖，置慮弘廓，建都功業，弗克崇闡紹開〔一四〕，是我子孫不大彰顯。』爰命守臣臣某撤而廣之，踰十年，將成，仁宗陟方。繼天體道敬文仁武大昭孝皇帝北巡狩回上都，首幸華嚴寺，若曰：『列聖在天，神化合一，朕罔敢有替。述修聖明，將於是有在，廣植冥福，神御周流，宜得以届止。』其以先帝所構殿，鎮于後。維五方佛像，在世祖時，素有感異，復廣大殿以居之。梵相東西，挾翼以從。凡尊事棲息，悉如其教以備。又别賜吴田百頃，安食其衆。至治三年夏六月丁卯，丞相入宿衛，上都留守司同知臣某傳旨，命翰林宜爲碑紀其成績，俾萬姓蒙祉，庶得以昭朕奉思。

臣桷竊以爲天地生物，無心以成。維聖人有憂，則曰：『物有不齊，皇極是訓。』大雄氏則亦曰：『性本至善，遷以隨欲。欲由妄生，性日益昏。』故爲物爲變，至於摩盪轇轕，生死靡分。於是，有懺解之説焉，有追崇之説焉，使生得以斷，死得以離，則本性湛空，無有垢累，道奚病矣？《華嚴》設辭，以富貴爲喻，終之以返真復初，俾世之所景慕，由境以入，因境而悟，入於無相。其於喻也，深有旨矣。世祖命名，亦將以警夫迷俗，愍濟群動，與前聖相合者實在是，聖聖繼承，靡有銖異。

臣桷屢從屬車，聞首主是山者，曰至温師，以妙密縝緻爲本行，傳宗洞山，與太保劉文貞公秉忠爲方外交，磊落有大計，因得見世祖於潛邸，陳對明朗，遂大器之。六傳曰惟壽，今授司徒，際遇隆赫，於法祖有光。壽能文辭，守其道專固，則永以傳。謹再拜稽首，爲之銘曰：

於赫世祖，武緯文經。廣莫相攸，堅墉斯城。鑑觀群生，厥性有恒。驕鷙忿鬬，失常是行。沈昵昏惑，執妄是成。維政與德，具訓以儆。善本性初，爲明爲静。猗與覺皇，功始戒定。或喻以空，或設以境。空解境悟，真慧永證。巍〔一五〕煌華嚴，窮珍極瑰。龍伏藻井，雲凝瑶臺。積香浮浮，側瓴枚枚。耄稚畢觀，心掉膽摧。相既永離，虚空如埃。世祖稽古，是則是效。暨于仁皇，益闡乘教。維皇御極，承志廣孝。曰列聖在天，鴻績靡報。顧瞻咨嗟，展飾殊妙。錫福兆民，列聖之心。拯彼大迷，覺皇具陳。謨烈顯承，如歲之春。物無癘疵，膏熙沐淳。億萬卜年，刻銘堅珉。

興福頭陀院碑

興福院，在都城保大坊北。院既成，其主僧尼捨塵以其狀來謁曰：捨塵，王姓，膠州即墨人也，家世素奉佛。今之言佛教有三，禪以喻空，教以顯實，律則攝其威儀。禁妄絶非，鼎立以陳。融會莫究，惟頭陀教。吾佛宣演，形色自然。汩其紛華，而悲惱集焉。外守或懈，内持益離，參而範之，將釋諸塵，以成安樂。若是者，誠有端緒矣。教始於西竺，盛於齊梁。皇元建國，今其教凡十傳。捨塵始與其徒劉普照誓志游京師，刻意問道，日唯一食，精嚴自牧，以勞役爲調伏，菲薄爲精進，草茇安寄，束身堅忍。至元中，今平章政事王公毅、樞密副使吳公珪、福建宣慰使李公果見而異之，始買今院地。至大德□年，平章政事賈公某邇院居，審捨塵積行無退意，遂與其夫人林氏引見于皇后，下教出財帛建其殿，曰慈尊，俾開府知院月魯公暨賈公奏其事於皇帝、皇太后，咸曰可，其悉以皇后私府輸助之。

延祐五年，院告成，復奉宸旨禁護，而掌其教者，錫名清修、妙行，以褒美之。是役也，齋庖廡室，皆捨塵所鳩建。嘗謂釋氏之説，福田利益，姑警誘盲騃，若曰：『離愛辭榮，非感物而動者也；真性虚湛，奚假於外？』則其説近矣。詞曰：

粤昔能仁，蟬蜕侈華。絪緼泰始，雪霜勵磨。厥性眇微，五采眩訶。毁形壞衣，其儀不頗。除空假廣陳，蕩恣斯病。佩規帶衡，迄莫内省。兹惟艱哉，爰參以竟。惱繇樂積，煩以欲騁。彼垢紛，曰執中無競。女德效坤，靜於鴻濛。維大雄是師，頭陀是宗。人憫厥勞，熙然以充。善士日來，格于群公。三宫清穆，昭事孔肅。鑑觀宇縣，作極錫福。夸榮逐魂，是究是度。秉持法權，俾民不黷。伊教之興，洎然纘承。千甓固室，百礎栱楹。式尊其初，匪維誕矜。戒爾後人，戰兢永寧。

校勘記

〔一〕郁校：鈔本『請』下有『繄』字。案碑文云『葉蘇君俾志經始，且請之以詩』，無『繄』字亦賅，似非脱文。
〔二〕『綦』，四庫本作『紊』。
〔三〕『址』，原作『攸』，據四庫本改。
〔四〕『輿』，四庫本作『與』。
〔五〕『巿』，四庫本作『中』。
〔六〕『咸』，原作『或』，據四庫本改。
〔七〕『陟』，原作『步』，據四庫本改。
〔八〕『田』，原作『曰』，即『因』，據四庫本改。
〔九〕『斿』，四庫本作『旂』。

〔一〇〕『租』，原作『祖』，據四庫本改。
〔一一〕郁校：『口』，鈔本作『屯』。
〔一二〕『多』，原作『名』，據四庫本改。
〔一三〕『徐』，四庫本作『稌』。
〔一四〕『開』，四庫本作『聞』。
〔一五〕『巍』，四庫本作『輝』。

清容居士集卷二十六

神道碑銘

武義將軍梁公神道碑銘[一]

梁公諱禎，字用之，大名元城人。父金吾公千，爲大名兵馬都總管。既卒，長子汴襲職。會用兵江南，復籍新軍，别擇將家子統領。中書、樞密二府議以汴兼領，公憫然曰：『兵事至重，寧能使吾兄獨受責邪？禎宜行，死國效命，弗辭也。』二府壯之，攝授以新軍千夫長，俾鎮睢州，帥領兵將渡河攻宋。宋將夏貴迎拒，遂領所部分擊，斬首若干級，帥上功狀，拜爲真。

中統三年，李壇叛，攝本軍帥，出擊，功益最，壇受擒。方壇叛山東時，調發旁午，壇善戰，故將士多失亡，壇受誅，軍帥俱恨之，議悉屠其黨。公密白宗王哈必赤曰：『壇逆黨非土著，俱東南狂士，宜汰擇以安新土。』宗王然其言。從攻襄樊，功益著，加授武略將軍。至元十一年，鎮邳州。十三年，王師渡江，州郡望風下，常州獨守，世祖皇帝命大帥率堅鋭併圍之，州嬰守益固，有將築橋登城，城弩中將，死，檄公代將。即輦木石齊城雉，劃其險塹，緣附以登。城陷第功，授武義將軍，佩金符。

後改鎮嘉興，群盜出没江湖，伺疑釁竊發，獨展誠撫綏，申令飭罰，使不能少越繩墨。會歲大饑，捐己儲粟以食餓者，郡益寧靜。

性沈默，善計事，天性孝友，出於自然。始公之考金吾衛上將軍，當金亡時，傍邑盜起侵掠，金吾率衆列栅守鄉土，天兵南下，越境率父老持牛酒犒師，城以降得完。宋將彭義〔二〕斌渡河，城中大震，搜其首亂者誅之。辛卯歲，郡將蘇椿叛入南，大將阿术魯怒，將屠城，金吾率宗人悉輸金帛，詣軍前請命，卒獲免。公之妣張氏，訓整有則，金吾以兵亂失元配董氏，踰二十年，董氏還，夫人即歸家政，退處裕如也。噫！觀公卓然成就，蓋其家教有自，再世樹德，傾身出口，活人於大難，其豐報蓋有以也。王父而上，兵難事遠，不獲考。

至元三十年，年未七十，願解兵致其事。大德元年正月某日，卒于里舍，年七十有一。其年四月某日，葬祔大名府西南白水村之先塋。娶張氏，大名織染局提舉津之女。子紹祖，襲爵佩金符，仍鎮嘉興，嚴重遠慮，鎮遏衺慝，悉不使入境。後鎮烏江，詗盜蹤跡在海浦，遣兵擒磔之，郡鎮肅然。延祐四年，年六十，終于軍，四月某日，祔先塋。公女二人：長適李居忠，温州路照磨；次適張鉉，濬州判官。紹祖娶天水郡侯秦穩女，生子、女各一人，曰成，襲祖職，佩金符，娶大名府安撫使宋天祐女。女嫁承直郎、佩金符、潁州萬户府管軍千户劉輿。

輿之父中順君，今爲雲南屯田萬户府同知。桷與之游最稔，善議論，嘗言昔時離亂，大名城中幾駢首就死，獨賴梁金吾得全活。空郊敗井，隱然鋒鏑遺跡猶在。厥今梁公子孫世顯，抑爲善之報。善有傳，往史良不誣也。輿以事狀來請銘，迺不復辭。銘曰：

草昧肇區，雨雷風驅。崩角喪元，孰完厥居？業業單壘，斧鑕就屠。壯哉金吾，請命發徒。稽顙瀝血，氣填以歔。春冰朗日，稚耄夾扶。或偃或興，聚其室廬。是生武義，趾媺以繼。粤維叛臣，率黨狂猘。交兵飛芻，靡有寧歲。既殲彼魁，迺徒斯薙。武義曰吁，罪有等第。宜磔其兇，此土何戾。再世興仁，陰功齋齋。如璞斯玉，如山斯雲。大田多豐，曷耔曷耘。番番餘齡，終樂里枌。靖共以儀，不瑕以温。金符後先，祖曾子孫。白水之域，松柏茂直。爲艱斯通，爰表初植。大名之城，大耋日隔。永言金吾，曷其有極？煌煌譜宗，接佩踵舄。有來墓門，肅立以式。公德允昭，後裔承則。

資善大夫資國院使贈資政大夫江浙等處行中書省左丞上護軍順義郡公謚貞惠玉呂伯里公神道碑銘并序

至元二十九年，世祖皇帝詔立肅政廉訪司，監治諸郡。濟南陳公□□實治慶元，按覈官吏大小百餘人。故工部尚書、資國院使、順義郡公時爲治中，獨受委任，條其不便於民者上府，力去之。會大饑，乘驛詣行省，言慶元瀕海，地狹隘，歲熟猶仰給他郡，非官賑給，將移徙不便。執政然其言，爲發粟四萬石。後爲廉訪副使，復治慶元，遺愛炳著，耄稚一口，迄稱敘不置。

大德中，㮊備員翰苑屬，時公爲侍從，每得奉議論，必歷問衣冠緒族，惓惓於舊治彌厚。公薨將十年，其子和上以儒雅善正論擢監察御史，㮊亦待罪集賢，相與言公遺事。御史則曰：『子實知吾先公爲詳，且神道之碑未樹，子宜爲銘。』㮊謝不得辭，遂次其官閥、世譜而爲敘曰：

公系出玉呂伯里氏，諱伯行。大父阿魯，家西北部，世安其俗，精騎射。父忽都，勇冠軍伍，天兵定中原，因從征，冒陣略地，以積功領南宿州軍，分鎮蘄縣，後家于大名路之清豐縣焉。公幼歲失蘄縣，母夫人徐氏躬牧莳紉織以贍。稍長，命從學里中。張蔡公尹大名，見而奇之。後從丞相阿术公征襄樊，南渡江，率先登。復從丞相阿答海鎮揚州，議以州所領四萬户軍移鎮鄂，而易鄂兩萬户軍更戍於揚。奏已準，白於鄂省丞相阿里海牙，使者相望，訖不肯發軍。淮省丞相念非公不能辨，即乘驛宣上旨。語竟，鄂相色赤反目，公前曰：『丞相何怒？受上旨怒，怒且不敬。』丞相懼，答曰：『吾怒阿答海。』公復前曰：『上旨非淮相所造，公怒，殆怒上，願亟歸。』相益懼，具酒食謝悔，迺發軍。丞相奇之，録其勞，以通國語，專奏對，歲率乘驛六七返。世祖見而喜曰：『是黑髯使臣復來矣。』

至元二十二年，授承事郎，調金壇縣長。省執政官計慮江浙事繁夥，非條達敷對，莫能稱上意。時征日本事不便，念所使有詰難，必忤旨，遂選公驛奏。奏至，即罷兵，遷承直郎、行省理問官。省中事急速，必命公詣御前，皆得允旨以歸。世祖曰：『伯行，昔朕以黑髯使臣目之。今察其相貌，誠温暖絜正，俾以重任，宜無負。』相桑哥方柄政，寢命不下，即再守舊職。丞相移省江西，征獠寇，奏公自輔，授奉議大夫、行省都鎮撫。

二十九年，授慶元路治中。慶元多故宋公相家，時翰林學士王公應麟閉門不納客，公首尊禮開説，俾學者師事之。里胥躪轢士族，著片紙叱名，立召庭下，公責吏數罪，俾書故官。吏復聚謀行榷酤法，壞富室釀具，當益官利三倍，公毀其牘不行。州民某氏某以事遁江淮間，傳王旨起大家十餘姓徙置淮南，傲睨指畫，莫敢忤。郡貳，南士也，益張大翕霍，公察其姦利，曰：『民籍始定，上計此非淮南分地，曷得徙？願上省白事。』卒止之。承接聲影，纍纍蚩氓爭願出其門下。會僞造印牒事敗，大興路獲得其所署僞籍，下郡逮捕。公時再爲理問，群氓造庭叩首伏罪。公憫，緩其事，卒得貰。

大德元年，遷浙東海右道肅政廉訪副使，復分治慶元。縣有廢湖，總戎官久據湮爲田，將輸官租以絶口，公立決以溉民田。撫循瘡痍，磨刮驕亢，皆素所習知，而獨於鄉校諄切訓諭，謂爲宣化所宜急，至今蓋有賴焉。同分治官跅弛，日弄事，爭上謁，出入無禁，公手疏力按之。

太傅、丞相荅剌罕公審察賢士，擢工部侍郎，日從丞相騎，具言江南弊事數百條。丞相首肯之，且命治西京賈人積逋鉅萬，得其實。大德八年，成宗召對，賜侍宴襲衣。十一年，成宗崩，丞相受遺，鎮遏嚴整，獨命公掌諸庫藏，鍵鑰唯謹。諸王會朝，頒賚有等，目公品節，纖粟毋敢讙。丞相益器之，遂陞尚書。

至大元年，今上皇帝時爲皇太子，以本部官見問：『今何階官？』再拜謝不敢。遂加正議大夫，俾稱其職。值營繕，推佛寺恩賞，悉謝不受。從皇太子如五臺山，頓遞如法，而不病於民，賜白金、名馬以寵之。

太夫人喪朞年，乞歸里，特賜上尊，俾祭于墓，仍疾趣還朝以視事。省更尚書，授兩浙都轉運使，力丐辭。再授資善大夫、資國院使，復辭，不允。三年，奉旨過江南，具條所行事宜，即得疾，卧寓舍。四年三月己卯，薨，年六十有一。

公平居簡默，絶聲色，謙抑自閟，遇事有發，發即不可犯，崇善斥惡若飢渴。峨冠深衣，于于庭廡，曲盡恩意。所至率招師訓諸子，御史之教，寔有自來。晚自號德齋。延祐四年，特贈資政大夫、江浙等處行中書省左丞、上護軍、順義郡公，謚貞惠。娶曲律氏，嚴正内治，一不累公，故所居官益自裕，今封順義郡夫人。男四：長即御史；次貎罕真，習儒業，以門功讓其季；曰教化，今爲武略將軍、同知沔陽府事。女一，適衡山奴，江西廉訪司僉事。孫男：聖童、銅臺、清涼山。孫女二：長適太傅鐵哥孫伯顔，直省舍人；次適駙馬丞相亦都護朵兒赤長子南無釋迦。以是年八月甲申，葬公魏縣，迺爲銘。銘曰：

伊涼之西，沈鷙悍剛。挽强策良，樂其騰驤。天祚神聖，授兵龍荒。湊輯部族，以先顔行。赳赳赴功，星流電驅。顯允宿州，飛矢執殳。裹瘡先登，擐甲以趨。履彼樂土，籍魏奠居，篤生尚書。積學以藴，力探其本。游於鄉校，不忮不忿。展武誓身，江流渾渾。踣襄擣樊，舟濟合盾。計其功多，司譯省中。敷奏簡亮，走驛歲終。黑髯長身，儀動帝瞳。罷征除徭，音詞鴻鐘。

靡忒其行，弗矜以辭。彼權抑之，訖莫疵之。再官洊歲，究覈謾欺。輕疑除蔓，納于春熙。丞相受命，捕獠西江。辟公佐戎，解甲受降。彼强先覆，轘于油幢。摩之沃之，革其愚狂。佐政海壖，恤黧廣賑。尊而儒先，俾職具訓。曰維此土，衣冠振振。勿爲隳辱，養真復淳。儒彥在堂，父老在廡。壽母委蛇，介彼春醑。歲亦有康，絜而秔稌。去馬騑騑，執轡如雨〔三〕。公復有來，爭任爭扶。悅其條教，激頑蘇枯。同列冒慝，書章劾鋤。端揆審官，俾執事樞。不譁以嚴，不激以正。庀工斯程，賞至傴命。品秩日崇，經國陳政。膏竭木萎，水涸魚病。積憂載馳，疚關我身。計其便宜，咋舌莫陳。教子惟忠，以報國恩。不夸其羸，淑施後人。魏縣之原，松柏堅貞。錫命孔熺，哀對以承。倬彼光大，維公之成。勒銘表阡，永垂厥慶。

資德大夫紹慶珍州南平沿邊宣慰使播州安撫使侍衛親軍都指揮使上護軍追贈推忠效順功臣銀青榮禄大夫平章政事柱國封播國公謚忠宣楊公神道碑銘

世祖聖德神功文武皇帝，奉辭興師于宋，厥相賈某黷愎違信誓，郡將悉解體不用命。播州安撫使楊惠敏公邦憲，襲土守邊，至是十八世矣，誓于衆曰：『喻合釁隘，荊州惴不保，宋主且已降，吾州遠王化，聞大國有聖人，當署款奉籍，俾若等耆稚完聚。果後降汙鋒鏑，吾寧忍哉？』衆稽首一口曰：『公言是，無緩。』於是瀝誠挈州，願上職方氏。世祖大悅，即璽書慰諭曰：『宋内附，邊臣莫敢後，播末奉命，宜詔諭，汝能承朕意，其悉如宋制授官。』至元二十二年，公薨。是生公，諱漢英，字熙載。年甫五齡，母夫人田氏攜朝于上京，眉目刻削，儀矩習如成人。上摩其頂，熟視之，諭宰臣曰：『楊氏子孤弱可愍，母子遠來，宜悉以父爵錫襲之。』賜名賽因不花。公之爲仕也，授金虎符、龍虎衛上將軍、紹慶珍州南平等處沿邊宣慰使，行播州軍民安撫使，後加管軍萬户，復拜侍衛親軍都指揮使，進資德大夫，勳上護軍。

其治邊也，改南詔驛道，罷順元宣慰司，升安撫司爲宣撫司，分定雲〔四〕地以東隷播，以西隷新部，減郡縣之冗員者若干，屯丁之糧三去其一焉。黄平素屬播，宣慰使斡羅思誘諸酋長，詐以爲新闢境獻于朝，公發其姦而歸我。使恥不勝，誣言：『舊有雄威忠勝軍，思、播匿不以告，當籍之交州。』公言：『納土時已隷籍爲别户。』臺審覈如公言，使益不得志，詣樞密府白其事，竟遣使者乘急傳將械公，丞相與昔審覈官言無是事。而斡羅思卒以擅掠邊民，獄具罷歸。部蠻桑柘亂，省議用兵，公言：『賊勢方盛，宜招諭之。』兵久無功，而卒以公議，相繼請降。天兵討南詔，道由播，大發卒輦運以濟軍食，隆濟賊日熾，合鄂、蜀二省重臣統師出征，檄公以民兵從。甫出師，卒與賊遇，公力急戰，大軍繼之，降阿苴，拔乍籠，賊復合拒，迄縛隆濟、阿女以歸。

大德四年，南蠻盧奔掠劫大姓，依險翳自固，黎魯在新部者，亦嘯劫蟻聚。攻守議未決，卒命公撫諭。二賊請命，遂置戍兵以歸。六年，詔出師復征蠻，命公與田茂忠率二州民兵專討之，茂忠以討他寇未至，公獨分兵五道以進，賊始卻，部蠻爭合從，公度深入絶後應，乃全師還，次黄平。七年，茂忠始來，議分民兵守險，而公以疾薨于師，年止四十。

公之治郡，殺妖民王忠以絶芽蘖，大修泮宫，招蜀之名士，教厲以化夷俗。至元二十七年，詔郡縣上計，播鄰壤不奉命，公即括户口、租税籍以進，上大器之。八朝京師，弓矢、鞍幣之賜不絶，以平南功，特賜玉帶，兩被璽書，俾世守其土。預御宴，輒與國戚相齒。世祖嘗曰：『此兒聰解，殆得天賦。』仁宗則曰：『此子貌沈厚，類畏吾人。』復賜譯經、佛圖象以寵之。二相貞憲王、忠獻王，尤加器敬。性純孝，睦宗黨，二兄殁道中，請于朝，而襲其爵。寬厚重然諾，嘗約以善馬贈士友，友死，趣贈之。南北冠蓋相依者無虚歲。

少讀濂洛書，爲詩文，以體要爲主，所著書有《明哲要覽》九十卷、《桃溪内外集》六十二卷。幼嗜山水，九州雄勝，悉窮力以遊。別自號爲中齋。子男四：嘉貞、嘉蓍、嘉祐、嘉禧。娶田氏，榮禄大夫義敏公謹賢之女，喜書史，善筆札，封遵義郡夫人。公薨之歲秋七月，葬于桃溪祖域之東。曾祖价，宋任閤門宣贊舍人、雄威軍都統，贈威武寧武忠正軍節度使，賜廟忠顯，封威靈英烈侯；妣田氏，封齊安和政安康郡夫人，贈永寧郡夫人。祖文，宋任和州防禦使、播州沿邊安撫使，國朝贈榮禄大夫、同知樞密院事、柱國，封播國公，謚崇德；妣田氏，封播國夫人，謚章靖。父即惠敏公，宋任左金吾衛上將軍、安遠軍承宣使、播州沿邊安撫使，國朝授龍虎衛上將軍、侍衛親軍都指揮使、紹慶珍州南平沿邊宣慰使、播州安撫使，累贈推忠效順功臣、銀青榮禄大夫、平章政事、柱國，封播國公； 妣田氏，封播國夫人，謚貞順。

至治二年秋八月，嘉貞來朝，見天子於大明殿，拜跪興，即錫名曰延禮卜花，禮宴如故事。嘉貞昧死言曰：『先臣殁有年，卹典未獲，敢以請。』詔下翰林、禮部、太常，趣議追錫，迺贈推忠效順功臣、銀青榮禄大夫、平章政事、柱國，封播國公，謚忠宣。田氏亦封播國太夫人。而以忠宣所受官襲其子嘉貞，爲資德大夫、紹慶珍州南平等處沿邊宣慰使，行播州軍民宣撫使、播州等處管軍萬户、侍衛親軍都指揮使、上護軍。嘉貞踵門言曰：『子職在太史，植德彰善，宜以傳信。先公隧碑未立，願有述。』㮣謝不得辭，而爲銘曰：

播唐内州，鮮于啓兵。憬彼西夷，蹂躪弗庭。虎欲潡潡，谷川震騰。乾符鼎移，五季嗣興。維并楊氏，太師肇初。往理其疆，以黜以鋤。相繼象賢，執武霆驅。奕葉昭宣，臣宋奉圖。中令之支，踵德趾孅。再世死忠，守節彌勵。枕戈復讎，斬首以謝。煒煒展功，贊貢不替。宋社踰南，間道以前。是生忠顯，擐甲開先。三帥締歡，痛不有年。立廟錫封，歲時牲牷。繇太師以降，十有四傳。崇德效奇，拯民脱危。貽于後昆，惠敏攸祗。實天有命，我弗敢違。委心效誠，世祖色怡。審彼逆順，朕不汝疵。恭承赫奕，恪事四帝。弱齡奏言，胸臆默計。宵征邁途，敹敿鍛鑛。或諭以生，或矢以誓。提郛一方，不泯世勳。盛德沄沄，如山出雲。壽畣爵穹，奚憾之云。揭碑隧門，萬子孫紹聞。

漳州路同知朝列大夫贈汴梁路同知騎都尉開封郡伯馬公神道碑銘

鳳翔府兵馬總判公，諱昔里吉思，以忠節死難，廟食於治所。汴爲金南遷都，作褒忠廟，悉合享死事之臣，兵馬公預焉。兵馬贈恒州刺史、鎮國上將軍。夫人王氏，太尉明德公女。方公提孤兵守空壘，力抗不敵，盡室投巨焰，一媪抱嬰兒以逃，是爲禮部尚書，諱月合。幼歲悲憤感厲。其先居天山，因以兵馬官爲馬氏，植德秉志，贖士人之爲孥〔五〕者，後皆爲達官，而子孫更業儒術，卒致光顯焉。

禮部子諱世昌，爲尚書省左右司郎中，傾貲粟結雋彦，家日困落，子孫益用儒自振。是生漳州，諱潤，字仲澤父。即以文墨入官，初署荆湖道宣慰司令史，遷吉州路經歷，陞兩淮轉運司經歷，改太平路當塗縣長官，再調常州路武進縣長官，進奉訓大夫、知光州，改漳州路同知。皇慶二年，卒于漳州，實十一月某日，年五十有九。

其佐荆湖，調漕舟討夔府，山壁夾江峻矗，樛木葛藟，率藏敵者以衝突。公上計帥府，焚伐蔽翳，取木藟，結綯索，挽舟銜尾以進，漕事迺不缺。在吉州，治豪民，絶其柄持。郡守以刻急自任，公以寬輔之，郡事不撓。有劫盜獄株連百餘户，閲牘讞論，止坐十餘人，守終不能以奪也。爲轉運幕，商人爭後先，歲終，鹽直不售，公請刻籌第甲乙實巨筩，俾商人自揲以抽，鹽卒以辦。縣當塗，上疏言：『括馬料民、徙户增賦爲不便。』時柄臣桑哥力主議，公獨以邑宰能奮言之。其治武進如當塗，刑其無良者，而貸假之，觴詠簡適，皆相慕以化。有拾松薪易酒滓，尉以盜論，公慰釋之。守光州，取官粟之羨者，廣弟子員以食。光久爲用武地，司馬丞相生于光，公歲率諸生以祠，民始知爲儒以自重。會有言利者，請籍光閑田，歲可得粟十萬石。河南省下其事，公執筆不肯署，吏固請，公曰：『官可免，筆不可署。』卒不行。州無茶租，民間採山谷微末以食，轉運司掩捕抵法，會奉使出諸道問疾苦，公疏所以，轉運生事者各降官三資。漳州負海障崖，龍巖、漳浦數反易，公命吏宣布上意，始受令，漸寧謐。會有言漳州地産水精，卒以獻言者代。公始罷當塗時，居儀真幾十年，母夫人張氏語家世官簿微警之，迺復仕。

所爲詩曰《樵隱集》若干卷，觀其命名，足以知志意矣。韋布踵門，降席倒屣，傾家治具，輟所得俸高下賢否以奉。而其教子晷刻不肯置，以門功讓其弟禮。長子祖常，皇慶初，桷得交于京師，其爲文詞深湛有師法，嘗默器而期之。科舉行，祖常試汴梁、南省，皆第一。於廷對，以尊國氏族爲第二。祖義，鄉貢進士。祖烈，江浙行省宣慰〔六〕使。祖孝，與祖常同登進士第，將仕郎、陳州判官。祖信，國子生，試中，承事郎、同知冀寧路保德州事。女二：長適金雲，次適劉某。孫男五人：武子，以公蔭授將仕郎、監常州路宜興州税；文子；獻子；懿子；惠子。女孫五。祖常官翰林應奉時，請于朝，贈尚書爲正議大夫、治書侍御史，謚忠懿。夫人白氏，追封梁郡夫人。公亦贈朝列大夫、同知汴梁路總管府事、騎都尉、開封郡伯。夫人楊氏，追封開封郡君。於是，郎中之夫人張氏，年八十有四矣。祖常今爲翰林待制、承直郎兼國史院編修官，願以其封婦者回授于張夫人。噫！盛矣哉。某年某月某甲子，將葬公于光州西樊原。桷辱爲文字交，知且深，乃來請銘。銘曰：

節以起宗，儒以紹傳。誰其任之，宗伯維先。再世是承，漳州象賢。佐政慈寬，智名不居。養其熙光，發于詩書。尊聞厲行，飭躬日劭。載籍之藴，心聲爲言。仰止不忞，兹爲德源。積小以高，本本元元。雲興崇山，百穀穎栗。鑑觀厥初，豐報匪嗇。揭其德華，昭銘以述。

武略將軍裕州知州李公神道碑銘

太祖皇帝略定函夏，以河南北要害爲分地，徵科供索，從守令取具，版籍缺落，富瘠莫能考。至憲宗用兵西南，調發煩重，推擇宜民人者爲尤難。時則有若故武略李侯，排解勸勵，鄉人德之。死逾數十年，仁聲善政，歷歷在口耳。在昔考循吏，繇身後始定，今於是見之。

侯諱英，字彦臣，滑州白馬縣人。弱冠襲叔父宥爵，以宣武將軍知滑州，立條教，惇孝讓。會歲饑，賦入莫能輸，率其州民見世祖于汴，啓曰：『兵興值饑，民即逃亡，將使此州爲空城，敢昧死請。』世祖動色，從其啓。中統元年，蝗食桑，蠶賦病民，獨建言：『約秋熟並取，果逋負，當以身任。』後至秋，悉如約以入。滑隸大名，遠三百里，糧餉轉輓不便，侯請儲本州侯遠近，朝廷是其請。方兵興時，鎧甲糧餱，率從豪民稱貸，子母轉息，旬月相倍，豪民倚州督取。復入見于上，言不可，陳對感切。下其議執政，執政咸是之。繇是官償其本，去其倍息，别爲内府籍，以誌本始。行田諮詢，旌別勤惰。如是治滑者三十年。

至元二年，改順德路判官，尹清豐、南宫兩縣。二十一年，授武略將軍，知裕州。二十五年，改知房州。所至以治滑爲準，而滑以久任，其事益章灼可考不妄。嘗言：『叔父撫我良厚，今得以宦業自拔。』即歸其爵兄子。儀觀修整，酬酌庶務，静要而理得。才不盡用，多士惜之。

三十一年十月六日，卒，年六十有九。娶郭氏，先一年卒，卒時年七十。學浮屠法，慈儉有度，靡密總核，允宜其家，夫人有助焉。是歲，合葬于白馬縣大吳村。曾祖義。祖信。父祐。二子：長元德，奉政大夫、龍陽州知州；次元忠，朝列大夫、慶元路治中。女四：適和義、郭君寶、馮德臨、魏仁。元德娶張氏，子二：熹、燾，燾蚤世。女一，適郭從道。元忠娶孫氏，子二：熙、杰。女一，適郭守中。

始元德以給事東宫，授贑州判官；元忠佐御史府，授新淦州同知。公及見之，戒曰：『壯歲長民，宜清謹自重。我昔罹兵艱，赤手立職業，若等展世勿棄暴，則先德永有紹。我語弗可忘也。』今二子所至植立，滑州之效，於是乎見之。桷待罪太史，預修纍朝諸名臣列傳，是則滑州行事宜有紀。謁告歸里，元忠以事狀請銘。銘曰：

粤若生民，大君長之。幅員芒芒，牧守是資。饑匪設糜，疾匪命醫。承化觀風，察其阨疵。展也李侯，百罹是逢。誅菅援溺，不希其功。天聽匪高，矢言率從。不苛以夸，不阿以容。社有美榆，田有嘉穀。輿言無浮，唯侯斯祝。侯云逝矣，厥績謖謖。種德孔深，豐報有僕。白馬之原，松柏茂鮮。詢彼耄倪，遺愛是言。家教允遵，罔有虧愆。爰表銘詩，孫曾永傳。

奉政大夫同知東昌路總管府事蔡公神道碑銘

延祐年紀丙辰，仁宗皇帝推恩群臣，考視品秩，榮其祖禰，及其曾大父。繇是單父蔡侯衍，以僉事廉訪，贈府君諱良輔汝弼甫奉政大夫、同知東昌路總管府事、驍騎尉、單父縣子，妣李氏單父縣君。泰定元年，新天子下詔，大賚內外，俾就所居官皆錫命。蔡侯時爲慶元路總管，又贈嘉議大夫、□□路總管、上輕車都尉、□□郡侯，妣某氏□□郡夫人。

桷謁告歸里，侯以郡侯事狀來請銘。詳厥原自，則由侯之祖父總轄府君諱旺始。總轄嘗語于單父君曰：『吾遠祖世居徐州，樹善不懈，吾禄弗及食，汝必有後。後果興，汝其與榮焉。』單父亦嘗語于侯曰：『汝祖訓語猶在耳，若兄弟仕進，皆祖德啓佑。』

總轄當金南遷時，限河南爲內界，禁不得渡河。歲大饑，民爭就食河北，潛戒舟夜渡，所全活不可紀。金愈迫，河南亦轉徙，皆竊據自保。郡人丁統領集衆萬人，爲宋前導，總轄往依之，署以部伍，徐説曰：『宋師入汴，兵弱不可用，彼將無固志，難與共事。』統領從其策，歸兵爲農，而宋將卒敗衄以遁。

所居曹州鄉曰東村，有孟氏，善居貨自厚，總轄避難，因家焉。後與孟相雄長，而卒以米帛賙其閭里之貧細。歲鬻鹽，增滲淤算以售，市悉便之。至元十九年八月，卒，年八十有三。集其姻黨與素往來者，敘遺言，端坐以逝。夫人孫氏，閱十有二日，相繼卒，治葬東村闊板塋。舊所乘馬負衣冠以從，至塋悲鳴，躑躅即死。讀其行事，則單父之追命，俟兄弟膴仕之效，實總轄君啓之。

單父天性明朗，其所待接，與其父率相類。官雖卑，一毫不以病民，民益宜之。家僮久役服者，毀其約，俾自便。僮不忍去，願服田以終老。年八十一，得與東帛令以卒，卒時在大德十年九月某日。夫人李氏，權某州之女，俱祔于總轄塋所。衍以臺察官入仕，其行事正不近名，去衺黜妖，愷悌以宜于民。而寬厚有度，迪祖父遺訓，復以燾後興，蓋未可測也。季曰衡，□□大夫、趙州尹。女一，適汶上李□。孫五：沖霄、敏學、山住、某、某。孫女三，適石定安、石公安、孟欽。曾孫一，奇山。桷嘗謂爲善無不報，根固膏沃，彌積以興，責成旦暮，考其所爲，不能以遠久，宜矣。若蔡氏祖、父，是誠可紀。銘曰：

水蹇於山，積流必東。磅礴委順，不希其逢。有截之椿，鬱兮輪囷。秀儀長身，襲和服醇。匪高其門，厥慶日增。如茨之茂，如木之升。父緝子承，既壽且康。詔爾諸孫，以受簡穰。厚德匪浮，是庸紀録。表于隧門，以闡以續。

校勘記

〔一〕郁校：「銘」，原本無，鈔本同。案目録「碑」下有「銘」字，後神道碑下皆然，此脱，今補。

〔二〕「義」，原闕，據元好問《遺山集》卷二九《喬公神道碑銘》改。

〔三〕「雨」，四庫本作「濡」。

〔四〕「雲」，四庫本下有「南」字。

〔五〕「孥」，四庫本作「奴」。

〔六〕「慰」，原闕，據四庫本補。

清容居士集卷二十七

神道碑銘

朝列大夫同僉太常禮儀院事白公神道碑銘

白於太原爲令族，至金源氏興，太原衣冠爲最盛，而白氏兄弟相繼踵儒科。故中大夫、樞密院判官兼右司郎中、輕車都尉、南陽郡伯諱華，字文舉，其季也。唐宋樞密無判官，金天興帝賞器之，特置職以寵，由是相仍，自郡伯始。郡伯後居真定，生子四人，俱有時名。

君諱恪，字敬甫。少警敏，三歲善作字，書八卦八字，有以見于鄉先生元公好問，公作詩深器之。郡守上其能，將薦于朝，郡伯謝弗許。稍長，里之先進張先生耀卿愛其才，獎拔力成就。至元中，世祖遣使詣州郡試明經生，復門役，君首預選。

弱冠試吏，探姦拔冤，獄具，御史不能撓。後爲河南按察司書吏。有尉卒利孀婦財，未終喪，强贅於姑家，既而虐其婦，復不禮其姑。姑告於官，絶之。尉卒隱其罪，屢訴，終喪無明文，事久不決。君悉疏所犯，聚邑人以告，婦得終養其姑焉。

至元十四年，江南建行臺，御史大夫相威公愼簡所屬，署君爲掾史，即條不便事凡二十，大夫見世祖力陳之，允十有八。最著令者，大辟成讞，上刑部聽報可。賈某公田租，歲減什二。十八年，授從仕郎、江東建康道提刑按察司經歷，改荊湖占城等處行省都事。時荊湖省臣某括財恣威福，君度不可與共事，辭不拜，後果受誅。

二十四年，改浙西提刑按察司經歷，遷平江。丁母羅夫人憂，以夫人喪葬于吳，將終老焉。會詔舉不附權臣自晦者，有以君辭荊湖事薦于上，除福建宣慰司經歷。閩郡廣遠，豐歉不同。是歲，汀州穀善收，戍兵所給糧不登數，福、泉、興化穀騾踊。有司議移三郡穀于汀，君建言：『道途轉輸，大無益，發貴粟以賑三郡，歸直于汀，可多得穀，誠兩便。』有司難之，君署記曰：『使有罪，願己獨受。』卒如其議，而官之嬴粮果增倍。宣慰司復爲省，君治六曹文牘以俟。平章某公知君簿領有能名，受其籍以付吏。

三十一年，丞相太傅公爲湖廣平章，君時爲都事，俾陳樞密院及本省利便，侍丞相入覲，有旨允其奏，復陞員外郎。湖廣聯絡左右江，官吏秩禄，歲一再受俸於省，地遠，得不償旅食，有棄俸不願受者，君建議隨所部以給，迄今行之。衡、永戍兵耕閑田，官出牛輸其租，牛死不得落籍，戍兵歲率鏹數十萬以酬。君惻然計之，曰：『牛死當納皮角于官，除故籍而以官租捐納之，則得矣。』戍兵由是免害。有省臣獻廣西地肥沃可爲田，徙湖南居民往耕之，當調户五千，君力言不可。平章公是其議，奏止之。獻田者復調兵征思明，發運粟入賊境，道遠雨淖，荷擔者各持去志。君憂有他變，出直募民，民樂受以往。峽州歲饑，請粟于官，有欲核驗始發，君言：『饑民朝不及夕，使核驗，死當過半矣。』

大德二年，進本省理問官，推誠燭幽，莫有滯濫，而言論風采，彬彬文雅，蓋以吏治濟其儒行者與！四年，改江西省理問官，究僞楮獄得直。于時，翰林承旨閻公復持士論賢否，有言曰：『白文舉父子兄弟俱有文名，敬甫幼負俊聲，老不入翰林，咎將誰執？』奏爲翰林待制，復同僉太常禮儀院事。儀度閑整，贊道禋祀，動不踰矩。蒼顔玉立，真善爲頌者也。

桷向爲翰林應奉，幸得侍同朝，聆議論，接顔色，寬厚平實，言金諸老行事，歷歷指掌。晚自號竹梧。其爲文不事雕飾，扶掖後進，侃侃自持，知其於孝友有加也。生丙午歲十有二月，至大二年己酉四月卒于官，年六十有三。積階至朝列大夫。有詩文若干卷，藏于家。某年某月某日，葬于真定路真定縣之朱洛村。

曾祖仲温，隱德里居，妣李氏。祖宗完，金故贈朝列大夫、輕車都尉、南陽郡伯，祖妣李氏。妣張氏、羅氏。君，羅出也。娶盧氏，中書架閣管勾順之女，翰林承旨摯之女弟。男五：淵，安福州儒學教授，沆，蘄州路蒙古教授，皆蚤世；湛，今承事郎、浙東道宣慰司都元帥府都事；洙，國子學正；灝，江西湖東道憲司書吏，先卒。女三：長適李棠，静江路税課提領；次適甄遂良；季適李權，河間路某州〔二〕樂壽縣尹。孫男八：貞、采、暹、辟、楙、□、樞、桂。孫女四。曾孫男一，女三。湛爲元帥府都事，桷適請告歸里，以事狀拜且言：『先君子嘗得與子同院，銘莫如子。』桷謝不敢辭，乃爲之銘曰：

有完者圭，藉之以韋。不泄其温，禋祀用祇。受中以生，剛柔是宜。木神則仁，其用不陂。顯用太常，幼敏且岐。挹其粹精，飭躬以教。黜明養潛，爰燭姦暴。匪伊求之，我曷望報？道在一源，挈以簡要。詹詹炎炎，益飾其巧。佩玉舒徐，六轡濡如。執簡以陳，矢言不迂。彼計功者，承色善趨。較以虧成，卒喪其軀。有高維閎，兹爲守儒。恒山之陽，松柏茂直。詔于雲礽，是謹是則。膴仕之初，壎篪踵奕。詢彼故老，曰惟祖德。我銘孔昭，庸告爾無斁。

贈翰林學士嘉議大夫馬公神道碑銘

浙東道宣慰使都元帥馬公踵門以告曰：『惟吾先公隧道碑未立，子職在太史，勳舊、死事、貞逸之士，嘗焯焯紀著，登載金匱。先公仕雖不顯，其見知于世祖，受學于碩師，河内後進，猶能誦習遺事。敢以行實告，它日上其事史官，則子實前史官，庶幾傳信可永久，敢再拜以請。』

謹按：公諱充實，字士輝，覃懷河内人。父庭。大父某，皇朝入中原，略地定圖貢，詔大帥專除授，嘗得署郡縣副貳。兵亂，大父以上名諱弗可考。公八歲，遭大喪，從母完顔氏攜載以從其夫李侯。侯長萬夫，隨征六盤，善謀畫，裨贊李，益取自助。六盤，爲高昌要衝。高昌之俗，收經史，立校官，地與西域接，故其聲音文字詳於諸國。公得其説而習焉。

世祖皇帝大一寰宇，命以其國語別立文字，用於印章、宣敕，其字母與西域相近。公旁曲通暢，單出雜比，會其指歸，學者爭詣門請業。許文正公薦于上，以儒服入見于柳林，委曲問時事，悉以國語對。上大喜，錫以錦帽，語翰林學士承旨某公、左丞相耶律公，宜以爲稠人師。遂僅授將仕郎、懷孟路蒙古教授，再授承事郎、襄陽路均州判官。然不樂仕進，嘗曰：『我能知樹藝。』遂力治其閑田，因原隰以種所宜木，春華秋實，茂鬱滿道。過者咸曰：『此馬公手植也。』縣西有田二十餘頃，皆先世業。歲久，勢家悉占其肥沃，後服公純德，始願歸其田，卒酬直以受。

方許文正公講授鄉里時，靳許可，遊其門者，察以歲月，始命執弟子禮。獨見公篤厚温謹，即俾就列，授性理大義，以躬行爲先。公能守之，故其退讓無干進之念，而恂恂里閈，克修克儉，皆師訓也。文正公侍帝所無虚日。懷孟素産地黄，可釀酒。其修治貴精謹，上問文正：『卿弟子孰爲誠實？』即以公對。公素知製法，得山中石泉，如法釀以進。許公之薦，將由是俾嚮用，而事若不偶，公復不以爲介，豈安於命分者與？後有奏爲河渠使者，又將奏爲蒙古院學士，皆力謝不受。里中有德大師，金内族，年過百齡，能知人壽夭前後，俱尊異之。公甫生一日，德夢其故友宋讓曰：『吾今爲馬家子矣。』後抱示之，摩頂即爲笑容。噫！死生事不可詰，若前史所載，又有若似焉者，寧勿書？

卒于至元二十九年四月六日，年六十，葬于河内縣青平村先塋之次。娶劉氏，征西萬户某之女，後公四年卒。生二子：長鑄，即元帥公；次鎔，朝列大夫、廣西海北道肅政廉訪副使〔二〕。次娶李氏，生二子：鋭，奉議大夫、廣州路治中，次鋼，皆蚤世。女五人：適陳吉甫、張漢卿、王某、朱仲德、楊某。鑄男四：長德潛，内監尚衣；次德源、德淳，皆國子生，德淳今爲鎔後；德淵，府學生。女四：適太祝王世昌、戴彦實、李起宗、郭成可。鋭男二：德潤，德温。曾孫一：孟孫。至大三年，鑄爲禮部郎中，推恩得贈翰林學士、嘉議大夫、上輕車都尉、扶風郡侯，謚莊惠，劉氏贈扶風郡太夫人，李氏封扶風郡夫人。鑄官中奉大夫、浙東道宣慰使都元帥，又贈公某官，劉氏贈某夫人，大父贈某官，大母完顔氏贈某夫人。

桷於是有言曰：仕嘗患弗及其身，殁而子榮，推其榮以及其先，而爲善之效著矣。世固有極其顯光，殁無德以傳，卒至於子孫流播，可勝道哉！元帥公中外揚歷，清白益著〔三〕，今帥浙東，事不苟求，而明燭幽隱，不爲已甚，遺其後者，猶先公之志。是宜銘詩，以昭來世。銘曰：

相彼土田，或隰或陵。深根平培，蓊焉以升。實者缶之，茹者釜之。梓漆是供，絲枲是輔。種不亟求，曰惟歲年。視彼種德，亦云其然。温温馬公，植善無倦。仕匪蹇時，從我之願。經緯聲音，服習訓則。奉盈彌謙，以退以默。詔爾孫曾，戰競是承。蔽芾長松，勿替厥聲。

翰林學士承旨榮禄大夫遥授平章政事贈光禄大夫大司徒上柱國永國公謚文康閻公神道碑銘

世祖皇帝應期握圖，肇函諸夏，文經武緯，各當厥職。粤惟東平，地接鄒魯，時則有嚴忠武公，披荊翦蕪，扶植儒學，作成逢掖，卒能敷文帝庭，風動八表。鄆之得人，號稱至盛，而閻、徐、李、孟，世名以四傑焉。自至元至于大德，更進迭用，誥令典册，則皆閻公所獨擅。

公諱復，字子靜。幼入東平府學，蜚聲炳著，操筆綴詞賦，音節和暢，融液事理，率占爲舉首。幼從贈翰林學士康公，康大器之。太常徐公道隆，年長有聞譽，不敢以後進待。

公在翰林最久，贊書積几，高下輕重，擬議精切，傳誦以爲楷則。其待寮宷，擇敏秀者自近，不滿意者，不復强以文墨，任滿不調，雖請託亦不得以敘遷。故事，表牋自待制而下分撰。公命各爲一道，輯其精良，融爲一家，而别擬以示其屬。始仕東平行臺書記、御史臺掾。至元八年，入翰林，爲應奉文字，進修撰。十六年，陞翰林直學士。十九年，侍講。明年，兼集賢侍講學士。于時兩院皆領會同館，由是自應奉至侍講，皆兼會同。二十三年，陞翰林學士，改集賢學士。大德元年，復除翰林學士。四年，拜翰林學士承旨，而知制誥、修國史，皆視其職以進。其補外職，則僉河北河南道提刑按察司事、浙西道肅政廉訪使。世祖陟方，召公草詔于上都。成宗繼崩，復召公上都。武宗即位，首上疏曰惜名器，明賞罰，擇人材。朝論韙之，賜金錦白金，以彰其直。顧公老矣，願致事以歸，迺進階榮禄大夫，遥授平章政事，給半俸，以佚其老。且命壻李嗣宗特授承直郎、同知高唐州以侍養。仁宗在東宮時，知公歸，特遣使賜幣，命公卿設祖帳于都門外。

桷嘗以院屬侍公入議事堂，鵠峙山立，中外各改容以奉。語簡意足，不屑屑持辯爭，丞相而下皆傾動。一日，草詔書，其語意難以入國語，大臣疑之，有集賢學士亦出微語。公召掾史具紙筆，請學士改譔，學士大愧卻立。會食畢，公改爲之，而前詔一字不復用，一坐大驚。

公以文墨自任，不肯爲緊要官。罷尚書省時，世祖召入便殿，諭以卿爲執政官何如，公謝不能，世祖曰：『知讓誠美事，宜勿强。』成宗擇相，召公密問曰：『左丞相缺，孰可任？』以江浙行省左丞相某對，益稱上意。其陳于上者，大較若是。

定孔子主祀，賜孔林灑掃及祀田，皆所建明。興國學，論廟樂，所助爲多。而其在憲府，以敦本崇化爲先務。當大德星變，疏十九事，皆切中弊壞，成宗賜楮錢萬以優寵。公受知成宗爲深，嘗問其所師承，金玉幣器，錫賚有加。仁宗初政，首命召公，以疾辭。

皇慶元年三月某日，年七十有七，薨。其年五月，葬于先塋之側。公將薨時，夢游祠宫，有道士迎問公年，口占一詩以答，覺而言曰：『吾殆云逝矣。』世方倚公爲重，而公不復少留，可慨也矣。其所爲文，號《靜軒集》、《内外制集》若干卷，將傳于世。

桷由泰定元年得告歸里，越明年，公之壻奉直大夫、南臺監察御史李嗣宗以書來海濱告曰：『子職在太史，出處大致，子侍承知爲詳。隧碑未立，願登其事于石，以貽永遠。』栴跛踖莫辭。

謹按：閻氏，平陽人，今居高唐州。曾大父衍，贈嘉議大夫、大司農卿、永安郡公，謚懿德；妣趙氏，永安郡夫人。祖和叔，贈昭文館大學士、資善大夫、永安郡公，謚昭獻；妣武氏，封永安郡夫人。考忠，故高唐主簿，贈銀青榮禄大夫、大司徒、永國公，謚惠穆；妣牛氏、劉氏，追封永國夫人。娶尹氏、趙氏、李氏。男一：嗣慶，以蔭授奉訓大夫、廣平路威州知州，未任，以疾卒。女一。孫男二：翁安、翁壽。女適即御史君也。公既下世，婦弟淮東宣慰使李處恭時爲吏部侍郎，慨然曰：『吾寧使閻公終無以易名？』遂請于朝，得贈光禄大夫、大司徒、上柱國、永國公，謚文康。其姊亦封永國夫人。而公三世，亦以令典得追贈並榮。猗歟休哉！銘曰：

泰伯之曾，食采於閻。因邑爲氏，慶源涓涓。太原之閻，顯武後唐。戰多著名，分茅爲王。有孫曰象，決科就文。撫綏降邦，拯其溺焚。迢迢裔孫，實家平陽。試邑死事，和川歸藏。是生惠穆，占籍名郡。推誠急施，樂善不靳。教子有行，俾離其鄉。業精行成，何求不償。顯允文康，以文偉著。執其牛耳，莫或敢侮。斟酌泰和，密勿元氣。英露裔雲，萬物贔屭。鎮于詞垣，幾四十年。矜彼不能，擢才進賢。維我世祖，養兹國珍。薦更三宗，猶昔舊臣。公歸白雲，多士盡悼。凡今曰能，亦公所造。何以遠貽，有豐其碑。實茂聲弘，播于銘詩。

周瑞州神道碑銘

景定元二間，賈相某隱城下盟，罔宋帝理宗，邀奇功，外受强寇，内括民業。廷紳鉗舌奉風旨，稍異議，輒諷臺臣斥去，小者歸田里，大者入蠻瘴。時則有豫章周公，以史館檢閲入對曰：『李璮由山東來歸，實急而求我。區區一旅，瞭然可見。借援無功，彼敗我辱，招釁之道。梁武在位四十餘年，卒墮其計。陛下臨御日久，不宜復蹈前轍。父全逆叛，著在信史，已登告于祖廟，璮乞改正，是作史者誣枉。逆全行事，淮東人猶能道，此亦陛下在宥之所睹。困獸投林，誠不可使縱意干紊。』又曰：『臣近睹輔郡和市富室田業，以備軍餉，良以和糴廣，造楮多。楮多則楮益賤，是誠不可不變通也。今所在置司，擇其上腴，低直以酬。又欲令賣田之主，抱佃輸租。歲或荒歉，田主必當割他租以補，他租既竭，歸于耕夫，耕夫逃亡，歸于鄉役，可謂獲近效而忘遠慮。自漢以來，納粟補官，歷代循用。輸粟既微，補爵亦輕，不足以動豪民。臣以爲宜[四]由尚書省、樞密院吏員爲出身，定品格，立止法，則大家相胥以勸，可以立辦，粟可無糴，楮可減造矣。』疏入，相大怒，言者急擊去，而公風節言論著江表。

公諱應合，字淳叟。七歲授《詩》、《書》，通習大義。年十[五]七，父如翼贈朝奉郎，母胡氏贈安人，相繼即世。逮事王父友賢，以卓行稱。宋寧宗朝，嘗旌其閭，書棣華扁以賜，號爲棣華周氏。嘗從棣華君至近郊，望邑有火光，亟返，奉安人柩入祠堂，袖神主以出，王父奇之。

紹定四年，詞賦應鄉書，不中，始悔曰：『吾安能事雕刻？』乃學《春秋經》，結廬深密，探微索幽，從者益衆。淳祐九年，應試兩浙轉運司，果冠諸生。十年，有旨試轉運司者入別院〔六〕，復在首選，授江陵府府學教授，待次。歸里授生徒，曲爲講説。會歲饑，首率鄉黨立三事：一曰貸貧民，二曰濟疾苦，三曰賑游末。包公恢記曰：『是三者，足補義社倉之未備。』十三年，官江陵，首講《孟子》，曰：『壯者以暇日修其孝、弟、忠、信，此凡民也。士無一日而不修，士不當以壯幼論。師友言行，去其偏黨，據會立要。』學者深德之。創鄉射齋，申勵武備。別立凡例，以修郡乘。趙丞相葵雅知名，會宣撫荊湖，辟爲元寮，以志書未成辭。

馬公光祖帥荊湖，師援夔路，俾爲屬主贊畫。蜀事益急，詔趣馬公援蜀，馬公聽群議不決，公獨贊進師，乃解。開慶二年，馬公帥沿江，復佐江東，兼長明道書院。淳公嗣久絶，詢諸池陽，得五世孫偃孫以主奉，稡《二程遺語》若干卷。復以馬公命爲《新金陵志》。自史館歸，外補通判饒州。後攝郡事，決疑剖姦，絶煩擾催督，部使者爭薦之。咸淳三年，主管華州雲臺觀。四年，通判寧國府，其治如番，而補其前逋。復攝郡事，大修學宮，除輸苗之不便於民，復梅都官諸孫，斥豪禁，吏人不敢以犯。

湘帥汪公立信，舊同寮，奏辟通判潭州，兼參議官。丞相審治行，自諸賢交章無虚歲，亦欲俾出門下，諭意長沙毋行。公不可，相聞益怒。會江文忠公在相位，以國子監簿進擬，亟命御史李珏褫劾。德祐元年，登極恩復官。是歲，賈相兵敗，走維揚，起守寧國。江西以瑞缺守，辟知瑞州，將治兵爲固圉計，與帥議不合，劾去。

素善訓子，長子天驥，年六歲，敏記誦。宋有童子科，俾習之。年十一，以能文詞舉，後登上第，人取以爲法。寰宇合一，天驥守吉州，迎以養，卻甘茹蔬，感慨遁迹，人不知太守爲有父。至元十七年，卒，年六十有八。

眉山程尚書公許嘗語曰：『君理義則濂溪，章表似平園，以溪園自號爲宜。』維周氏籍會稽，唐以憲銜官鎮遏江州曰勍，爲御史中丞、銀青光禄大夫，因家江州。六世孫，曰師，教訓生徒，里人稱曰一經居士。又三世曰昌元，妣胡氏，是生棣華君。子男四：長即天驥，次天虎、天鳳、天龍。女適朝奉郎經略參議官吳疇、吉州教授劉明仲、從仕郎潭州路湘陰令泠頤孫。孫男十二：志道，某官；志仁；志德；志學；志義；志立；志遠；志禮；志行；志敏；志伊；志崇。曾孫男十六，女二。四世孫十有八。五世孫三。娶王氏，繼萬氏，俱封安人。其葬在吉水縣同水鄉臻善里鷓鴣山之原。

天鳳幼歲入官，熟昔時言行罔缺軼。桷備翰苑屬，與之〔七〕言論傾倒，身履目接。人則曰：『官簿不足恃。』久而曰：『彼兩家不可輕。』桷投紱歸里，强使校文，天鳳以泉州推官同在院。未幾，桷以喪子歸，天鳳請銘。銘曰：

蹇蹇史君，内剛以文。察其要機，叩于帝閽。蒙恥冒功，厥腥四聞。我后不知，惟相之云。佐郡未幾，輒劾以去。冥心委順，不懼伊沮。山鑱野刻，勤彼纂組。謂宜掌制，命則不遇。教子有謨，見其提符。我實故臣，逃空以娛。叔也秉文，庭誥靡渝。詵詵者孫，冠佩是似。宦若不偶，名則罔替。昭銘松阡，以告良史。

有元故贈中憲大夫中書吏部侍郎騎都尉陳留郡伯郭公神道碑銘

大德十一年，桷再入翰苑，郭侯郁文卿時爲江浙行省都事，獲締交焉。見其受《易》學于侯先生，得見尊公于庭下。延祐五年，文卿爲中書檢校，余時直集賢，來往益密。而其尊公正席危坐，凡辱交于文卿者，咸執弟子禮。嘗聆其言曰：『吾兒幸竊禄位，不敢以自喜，其所行事，未嘗不察其指要，而足以垂後者，亦將以示吾子若孫。居，吾語子焉。始兒以吏能及格爲掾，都省定水縣門，計功以便民，民不敢謾，而官費以省。晉山荐饑，且疾疫，親歷其家，去僞冒，爲善藥以治，得活者三千人。爲宣徽都事，行省都事勾稽奉公，增饟羊若干。而浚役于松江者，去其工直十有六萬石。吾懼其瘠于民也，民不以病，是則吾之所深喜也。于時衛府調卒萬五千至都城，計其往復，俾俱以九月集，白于省大臣，大臣許之。至則器甲精鋭，士馬肅給，爲諸省冠。其餘稽工會程而不志苛刻，於余諸孫，良有望矣。其在浮梁也，迎余以養，見其治學宫，立鄉校，廣弟子員，知余後裔之必有以儒術顯者矣。』公之語於余者，知其嗣必昌也。

公飲酒不亂，道金朝遺老行事，猶能反復感慨，鄉人尊爲隱君。是年八月，卒于京師，得年七十有六。公諱天祐，字祐之，世居汴梁封丘縣吕村。祖進。考誠，嘗職民千夫長，娶林氏。

汴梁爲金遷都，兵逼野處，僑居大名，大帥器之，因以長千夫。郭氏大墓數十，兵亂蹂藉不可考，而新塚猶存三房，審其爲大家明矣。

延祐六年八月某日，葬于先塋。郁爲浮梁州，以大賚恩進封奉政大夫、知宜興州、驍騎尉。延祐七年，郁授中順大夫、知高郵府。至治三年，授中憲大夫、同知兩浙都轉運鹽使司事。泰定元年，授亞中大夫、僉江西湖東道肅政廉訪司事。二年七月，贈公中憲大夫、中書吏部侍郎、騎都尉、陳留郡伯。未幾，郁改授慶元路總管。

桷嘗以謂：貴顯之及於親，必原於遠祖。親榮矣，而考其若子之行事，是猶望於後也。自侍郎之無禄，亞中公四歷要官。桷略其治狀，以侍郎之言爲可證。豐功茂德，見於去思，誠不在是也。配李氏，累贈陳留郡君。公男四：長亞中；次迪，嘗爲錢穀官；厚，海道運糧萬户府百户；仁，以黄陂主簿，今爲江浙行省掾。郁娶孫氏，封陳留郡君。子三：澍、渥，國子生；壽〔八〕，蚤卒。迪娶崔氏，子三；厚娶崔氏，子四；仁娶孫氏。亞中來乞銘，銘曰：

大梁之區，厄爲兵墟。層城鬱峨，以薙以鋤。維郭氏先，歷有譜圖。迢迢郭公，在唐紫朱。吏部有謙，弗克以居。以其先聞，維訓菑畬。味道養齡，擊鮮以娱。治官蒞民，考于庭趨。大樸弗雕，盛德莫踰。維公有子，克遵令謨。述銘孔昭，勿替勿渝。

王氏先塋碑銘

延祐四年，中書左丞王公出爲江浙省右丞，將行，天子遣使由上京傳旨曰：『毅其勿行。』七月，拜中書省平章政事。由是推恩如令式，得贈其曾祖爲正奉大夫、山東東西道宣慰使、上護軍、魯郡公，妣周氏魯郡夫人。於是，平章拜命，惕然有言曰：『維我祖蓄德閟華，慶貽孫曾，稚昧實蔑克稱。天子寵綏于臣子，厥亦赫厚，願叙先德，以收合宗譜。子職在太史，爲我表而銘之。』桷謝不得辭。

謹按：郡公名汜，世家德州平原。金將亡，士族奔播南徙，郡公有子全，甫七歲，隨從母走亳州。稍長，壻田氏。由須城、鄆城三徙，後占籍汶上。晚歲嘗謂子曰：『吾幼罹兵凶，僅能記我考妣名字，遺牒舊事不復省。今祖墓在平原郭東北五十里，曰水務鎮。我死，力不能歸葬，若等毋忘平原也。』今以平章累贈資德大夫、江浙等處行中書省右丞、魯國公。

公二子：長曰玉，次曰傑。二女，嫁張氏、葛氏。玉嘗一試吏，輒謝去，謙約無表襮。策杖鄉社，通慶弔，煦煦無倦意。今年八十有四，以榮禄大夫、河南江北等處行中書省平章政事、柱國、魯國公致政于家。始平章以詹事歸養，魯公曰：『聖天子軫齒召至渥，我雖耄，尚善飯，汝不效犬馬報，居家何爲也？』又附詔使奏曰：『不佞老臣，骸骨堅且强，謹遣臣毅一心事陛下。』上大喜，特授集賢學士、資德大夫。其配郭氏、朱氏，封魯郡夫人。後以推恩進郡公，訖封魯公。魯公子三人：長平章，平章子思恭、思齊、思聖、思誠、思明；次子謙，謙子思禮、思義；幼子鼎，鼎子思道、思問。曰傑，魯公弟也。子四人：愿、讓、諒、懋。傑孫思正、思進、思忠、思温、思益。

噫！平原之墓，由郡公得封，今始有表焉。郡公之若祖若父，名字弗可考，隆然兆域，則皆在其上。而諸孫之與平章同高祖者，凡四房，猶在平原居。平章振興于百年之後，因郡公之追榮，合譜繫族，俾五世之本支横列旁附，將使之孝謹自將，益昌其祖，可謂厚也已。銘曰：

畇畇平原，土壙宅舒。民用泰寧，聿勤佃漁。自河雲奔，邑屋播逋。有變者雛，宵衣走途。九折其行，益南以趨。由亳[九]投汶，靡定厥止。税于須城，客鄆以俟。復還于汶，以鏄以耜。望彼北河，有隆坡陀。企焉音容，戰兢弗磨。衡門之棲，韜精養和。曰我此有籍，我墓伊何。戒而孫子，勿忘勿圮。番番魯公，樂道趾孅。允也魯公，不衒以試。藝而黍稷，亦有魴鯉。遨嬉大耋，訖用壽祉。篤生辨章，爲國之梁。夸毗弗師，佩瑀秉璋。諤諤藎言，百壬避剛。始事東宫，岌高傴讓。告疾遄歸，厥聲四揚。魯公在堂，曰汝來庭。國恩靡效，慎其寐興。汝車疾驅，我餬斯寧。鴻化惟幾，靖希隆平。勿忿以媢，勿喜以矜。帝曰汝嘉，庸遏南征。乃晉平章，衮衣具榮。視品追秩，三世是錫。平原之塋，松柏茂植。維高維曾，爰勗懿德。寸雲敷功，下土霈澤。嬋嫣祖芬，肅爾承翼。合宗别支，秩秩毋紊。瞻彼中林，王氏之本。匪祖曷思，匪譜孰辨。春秋墓門，蟄蟄在巘。紹聞象賢，繩武以昌。平章之心，孝思不忘。刻銘先塋，久載用光。

邢氏先塋碑銘〔一〇〕

邢氏世居彰德安陽之交口村。金亡，大姓散走，譜諜、塚墓軼塞，率高曾莫能考名字。維邢由酒使君始著。君諱植，字子實。幼隨父母竄處林谷，親疫死，從兄林歸里，力樹藝自給，厚德卑讓，以先業奉其兄。後居城中，蓄善貨取贏，頗以財自振。尚義急賑，兄無子，訖盡力治生死，每曰：『嗇用近禮，愛物近仁，執信守常，吾何慊焉？』坐肆中，有客數人貿縑於肆者，罷肆，縑有白金遺焉，追客莫及。明日客至，君先授之，客曰：『果有遺，不意在君所，誠大長者。』相謝以去。

庚戌歲大〔一一〕災，郡蕭侯率民攜綆缶，力用命不可滅，至君舍乃反風。侯敬禮之，始以推擇爲酒使。歲終，第籍上府，窶户無所納，乃悉以己財補輸之。書券於君者，毁不問。後不肯仕，鄉閭化之。至元二十四年三月二十有二日，以壽卒于家，年九十有六。

初娶李氏，繼楊氏。李生子曰德裕，字裕卿，風度皎峻展拓〔一二〕，所行整暢，爲儒吏。擢本路録事，路隸某王分土，俾復爲酒使。至元四年，銓選格行，授將仕郎、博州路録事，遷潞州判官，再遷從仕郎、陽翟縣尹，又遷承事郎、藁城縣尹。其涖博州，調征南軍，不使富民委役於貧。潞州有疑獄，立剖之而讞。陽翟獄尤著。民王氏有婢，竊其簪珥、酒壺以逃，盗不可得，詿誤相連坐。乃密詢其素所往來，或曰：『王氏姪誘婢他之，度不可俱行，因殺之以利財。』後卒獲其姪，一訊輒引服，縣人大驚，爭持酒殽以賀。在藁城，會真定無極縣軍隊長匿戍卒鏹二萬五千緡，詒言室中夜遇盜，告于官，三年不能獲，捕盜官多受罪，挾疑似坐獄者三十餘人。府以白樞密院，咸曰：『是能決陽翟疑獄者。』檄君以問。入其室，左右視驗，實無有盜跡，呼其孥二人別居之，所對皆異辭，遂直入其室，發牀下，軍鏹咸在，即日獄具。而君以二十九年六月一日卒于官，年六十有七。初配王氏，再配郭氏，皆葬于交口之祖塋。有子五人：長曰秉仁，字仁甫；曰秉義，某官；曰秉禮；曰秉智，某官；曰秉信。女四人，皆適士族。孫七人，女孫七人。

仁甫始由憲司筮仕，入掾臺、省，兩爲太醫院、行省都事，鐵冶正副提舉，一再爲二千石。今以治撫州，興學禮士，盜不敢入境。治廣平，亦以善理冤獄有能名，郡民立去思碑以祝之。今以嘉議大夫、禮部尚書致仕于家。而藁城君卒，以尚書爲提舉時推恩，得贈朝列大夫、騎都尉、河間郡伯。王氏、郭氏，皆封河間郡太君。尚書之長子温，字孟直，更迭省部，由御史徧歷中書左司官，諳習故事，而克謙慎修，以禮度自處，今授亞中大夫、大名路總管。將之官，致尚書公之命曰：『父子俱受朝廷殊遇，列三品，夙夜兢惕，實爲先德渟蓄，再世以昌。懼後人徒知邢氏之盛，而莫知二祖之勗善培本者若是，願刻諸墓上，因子銘以昭示于後。』乃銘曰：

雲雷之交，經綸靡寧。上降下騰，甲坼是承。劬儉于躬，不企其成。蓄極斯泰，奕奕振亨。

折獄探情，罔用口才。嗇以裕衆，兹惟艱哉。維子維孫，享其胚胎。仰俯橋梓，播美益培。霜雨濡降，永思彌虔。詔而後昆，絜其簋籩。仕以飭身，止以樂全。過者必式，兹爲邢氏厚德之阡。

任氏先塋碑銘

青、齊由尚父啓封，土沃民阜，擅魚鹽之利，山水險阨，雄偉冠鄰壤。昔時宰輔願優逸自便者，爭乞守是土。勝概見於職方氏數千年，盛矣。劉豫、猊父子背宋，以千里赤子驅爲兵徒，犯順滅德。金主悟其元惡，傳旨就戮，而青、齊户口物故過半。完聚未幾，李壇復懷逆抗拒，齊部所領，益莽爲墟落，痛矣哉！

任姓世著滕州，傳緒益遠。有元帥府君諱杞，以諱宏府君爲遠祖，葬于薛河源。宏有七子，擢文武科。墓碑燬落，今由元帥府君始可譜。府君娶王氏，二子：長曰鋭，金武舉進士，終千夫長；次曰釗，字某某。幼長戈革，篤考古今成敗，以進取自任，鬱不得志，持素所講習訓導鄉黨，陳義抑惡，片言總榮恥，薰受以化，咸曰：『繄任公所成就。』郡縣以其行舉于朝，辟行軍總管，再舉沂州臨沂令，皆謝疾不就。

始由沂州歸于滕，築室祖墓。一日，蔓火燎于野，逼墓次，公號泣伏墓所，有頃火由它行。郡嘗上其事，府君曰：『吾得歸故里，守丘隴，奚外慕焉？』美鬢善容，倜儻以隱逸自傲。至元

二十四年九月六日，年八十有一，卒。以孫貴，贈樂安郡伯。娶周氏，贈樂安郡君。三子：長
曰榮，曰滋，曰英。榮由元帥府知事陞閩海道提刑按察司經歷，以不樂入嶺嶠，改授廬州嘉興
總管府知事。善心計，仕泊如也。以子貴，贈某官、樂安郡侯。娶單氏，贈樂安郡君。生子
四：長曰居敬，善吏事，所至有能名，爲建康、般陽路總管，今以通議大夫、禮部尚書致仕，娶
王氏，樂安郡夫人。尚書子擇善，承務郎、樞密院都事；執善，江南諸道行御史臺譯從事。女
三。孫三。曾孫三。曾孫女一。曰居禮房，娶李氏，七子：師善，中政院管庫；兼善，泰寧
路司獄；思善，蚤世；明善、進善、悦善、從善，始學仕。曰居仁房，居仁爲鷹房總管府經歷，
娶王氏、馬氏，志善、適善、達善、宗善。曰居義房，娶丁氏，伯善、性善、友善。合子孫與曾孫四
十一人。郡伯次子曰滋房，娶李氏。生子四：居安、居信、居寬，居誠〔一三〕。合孫與女二十一
人。郡伯季子曰英房。四子：居實、居慶、居厚、居德。合子女十人。

嗚呼！由府君至于今，凡五世，通其譜，幾百人，世莫可儷，豈非其孝感于鬼神，蓄極以通？
故仕者振于朝，而其未仕者各相勉，思繩祖武以自顯。匪表于墓，則曷以彰盛德？擇善深湛雅
思，見事不苟，與桷同備屬翰苑，厚善，而尚書亦屢瞻其儀度，俾有述焉，奚敢辭？銘曰：

滕薛之間，任國首封。傳於東都，齒秩有崇。禮食是問，邈其遺風。泱泱三齊，絲枲沃豐。
執智秉機，厥俗攸同。允也府君，厄於兵艱。閲詳興衰，訓言閑閑。左閭右塾，化其悩姦。隱
身墓廬，以號以攀。仕不强希，榮恥莫干。雲藏靈淵，磅礴蓊鬱。朝躋于陵，百谷瀰溢。德盛

莫居，子孫秩秩。聿來墓門，展祀芬苾。敘昭辨穆，孝謹罔失。

校勘記

〔一〕『某州』，按《元史》卷五八《地理志》：『獻州，本樂壽縣。宋隸瀛州，又隸河間府。金改爲壽州，又改獻州。元至元二年，以州併入樂壽，直隸河間路。未幾，復舊。領二縣：樂壽，交河。』據此，則某州當是獻州。

〔二〕『使』，原作『史』，據四庫本改。

〔三〕『著』，原作『者』，據四庫本改。

〔四〕『以爲宜』，原作『宜以爲』，據四庫本改。

〔五〕『十』，原闕，據四庫本補。

〔六〕『院』，四庫本作『考』。

〔七〕郁校：鈔本『與之』下有『遊』字。

〔八〕郁校：『壽』，鈔本作『濤』，案上名渥、澍，俱從水，『壽』當是寫誤。

〔九〕郁校：『亳』，原本誤『毫』，鈔本作『亳』，今改。

〔一〇〕郁校：『銘』，原本所無，鈔本同。案目録『碑』下有『銘』字，今補。

〔一一〕『大』，四庫本作『火』。

〔一二〕『拓』，原作『君』，據四庫本改。

〔一三〕『誠』，原空，據四庫本補。

清容居士集卷二十八

墓誌銘

翰林學士嘉議大夫知制誥兼修國史趙公墓誌銘代院長作

大德七年正月辛亥，翰林學士趙公晦叔卒于官。其年十月，中書右丞相入對天子曰：『趙與票事世祖皇帝幾二十年，事陛下亦將十年，敦確清謹。今既死，無以歸骨於里，敢奏以請。』於是天子命有司賻緡五千，復給舟車傳費，俾其喪歸。將行，孟實等以狀來請銘。復往歲直翰林，公爲待制，其敘遷也亦相先後，知公尤詳，義不得辭。

方至元十四年間，公以驛來朝，深衣幅巾，見世祖于上京。冰澄玉瑩，詞氣整朗，言宋亡根本所在，親切感動，世祖傾屬。自是入翰林爲待制，爲直學士，累遷爲真學士。公之爲侍講也，言江南箕斂急督，移括大姓，宋世丘壟暴露，皆大臣擅易書詔明旨。又言：『庚寅〔一〕歲，大霧蔽塞，正月甲辰，虎來西城，其徵爲下臣執權簸政。』言雖不行，而公閉門待罪，後司徒公俾同列諭意，始復入署。

公每視職，清望近思，欲以言議質直，理道確近，條縷報上，故所言嘗若剴切無隱。而世祖皇帝沈幾先物，神量莫測，或爲公懼。至平章政事不灰木公爲公奏私負歲積，皇帝曰：『得非指故臣爲虎者？宜官酬其逋，別給廩粟布帛以養。』由是，始知君臣相與脗合，明著如是。

曾祖伯洙，宋朝議大夫、知南外宗正事。祖師雍，宋朝議大夫、直寶章閣。考希聖，宋宣教郎、史館校勘。高祖宗正某，南遷時，丞台州黄巖，因家焉。伯祖師淵，與朱文公纂次《通鑑綱目凡例》，微言奥語，耳受身履，故公所行尤近。嘗與許公仲平論伊洛闔域，首言力行致知，清簡惟高，沈默自秘，皆東南極弊。文以顯道，捨是無以議，許公深然之。

至觀公待人愛士，恩禮周洽，不爲疏數翕訿。其持家簡泊，無復商榷計慮，非深知道者，不能也。天性孝友，自宗正而下四世，力請于朝而復其役。贖姻黨男女爲奴而不能歸者，凡十有一人。始登宋辛未進士第，爲鄂州教授。由鄂來京師，迄爲翰林學士、知制誥，同修國史，積官至嘉議大夫，年六十有二。其所成就，不爲甚過，而公以榮禄豐遇爲可愧，不獲老田里爲可恨。噫！公之心，如是而已矣。

初娶夫人舒氏，不一歲卒，歸橐中装于婦翁不取。今夫人史氏。三男子：孟賓，以公爲侍講時，特官爲承事郎、同知瑞安州事；孟賨，温州路蒙古學教授；孟貫，將以廕入官。以某年某月某日，歸葬于黄巖塔山之原。復嘗讀《大雅·文王》之詩曰：『商之孫子，其麗不億。上帝既命，侯于周服。侯服于周，天命靡常。殷士膚敏，裸將于京。』以知文王之德之盛，商士之恪謹温遜，篤承天心。維我世祖，明德造邦，式混區夏，内外小大，共爲帝臣。而公陟降左右，承賚接錫，終始若一。至於不幸而死，今天子復申命而寵綏之，則公死猶無死也，是宜銘。銘曰：

禄不斂羸，謀不課利。我以其拙，彼以其智。衣敝策駑，内澡玉雪。誦聲清泠，鏗出金鐵。謇謇九關，壬人殞魂。維帝有訓，四方于聞。之身云亡，之德不爽。丘環麓茂，一息以往。緊畀〔二〕之豐，維時之通。尚詔後人，以封以崇。

奉訓大夫昌平等處屯田總管贈亞中大夫永平路總管輕車都尉宣寧郡侯劉公墓誌銘

太祖皇帝沈幾整武，蹙金踰南，乃肇定中原。物土萌蘖，横出迭變，莫能稱上意。將草芟而獸薙之，久而曰：『噫！吾赤子也。』始料其民，俾執藝丕作。故家大姓，爭占籍自詣，遂得脱鋒鏑，野處以居，飭材辨器，咸精其能，而人益效用，國以富强，猗歟盛哉！

故昌平屯田總管劉侯之祖仁，時爲金軍器局副使，治于汴。至是，率其屬徙北以行。副使之考秉文，家河南，世儒族，讀書通大義，審金將亡，兩河大饑，家故饒，傾所積以食餓者。或曰：『歲荐饑，宜善蓄以俟。』府君曰：『國迫民流，旦夕當走，守穀可乎？守子孫可乎？』後副使由燕居宣德，奉府君以養，終葬于宣德，爲祖域首焉。副使隨軍而北也，諸匠官所領，道亡過半，獨副使整部伍，工作皆完繕。帥大人奇，勉之曰：『吾當入白上，擢以美官。』卒俾見太宗皇帝，授諸路人匠提舉，後陞總管以終。

其配馬氏，故涿郡馬令公之女。孫男三人：長伯英，雲州判官；季伯豪，安平縣尹；仲即昌平君，諱伯傑，字巨卿。習士俗騎射，尤善諸部語言。初從其父至大興，見尹郭汝梅，郭以能理劇知名，善鑑識，一見即命佐麾下，使候賓館。使者鞭帽駢集，指畫不可辨，能悉其語意，周折省約，使各慰謝以去，尹益取自近。

壬子春，憲宗獵漷州柳林，尹日扈從，治供頓。一日，上問尹近郊歲入、州户籍多寡，尹愕謝莫對，輒從旁具對甚習。上喜，顧侍臣曰：『是人宜爲官。官寧有不能？』會供應官忤旨受誅，乃授警巡院判官。即不避署事，先白所司，言：『京師號賈區，奇貨善物可立致，官減其直，歲盡且不與，雖百置市令無益。』卒如所白，而官取需始輯。秩滿，府咸曰：『掊劉君，孰使？』遷本院副使，再遷院使，歷院四，曰大興、宛平、易縣、樂陵，循撫慰呴，倉卒泛索，不假氣色，卒不使煩擾，事益以理。

古言京師號難治，若内縣，得一善滿，輒蹈足以去。君所爲官，凡七遷，皆畿赤繁職，使忤貴近，一斥不復上，驅民迎合，將促數苛擾，曷得更取迭用，以自顯若是？則其治狀，可無愧矣。其治樂陵也，鷹房數百人從旁縣來，糗肉滿馬尾，意樂陵可稱意。讀令諭之，召其首曰：『使果犯，誠不貰汝。』卒避去。推樂陵所爲政，其治它縣與府院，蓋可知也。後爲昌平路屯田總管，積官至奉訓大夫。

卒以至元二十三年四月某日，年六十有五。其葬在大興縣招賢鄉烽臺村之原。男六：安，易縣尉，蚤世；弼，監太倉支納；致，事裕宗皇帝，年勞補官，積遷中大夫、建康路總管府事；佐，承務郎、同知深州事；敏，從仕郎、深州判官；敬，承事郎、藏珍庫使。女三：長適幽州賀進，次適承務郎、尚舍監丞蕭某，次適嵩州判官田從義。孫男九：可大，將仕郎、同知馬籠州事；可久，蚤世；可浩，崇祥院尚印；可任，幼事東宮，進義校尉，行篋司藥局副使；可復、可真，國子生；餘尚幼。孫女五：長適安平王某，次適幽州郭炫、保定于傑、幽州朱棟、蔚州宋某。延祐中，贈典行，致官三品，得贈二代，始追封亞中大夫、永平路總管、輕車都尉、宣寧郡侯。夫人宋氏，宣寧郡夫人。而祖父亦贈中順大夫、宣德府知府、驍騎尉、宣寧郡伯，配某氏宣寧郡君。

桷往與太常博士楊君宗瑞游，過其塾，見劉氏諸孫齊襟受經，雍穆有度，而建康公禮法自持，未老倦游，肅然以門户訓勉。今觀博士行述，儒素之積，實由河南來。禮不忘其本，遭時熙明，將於是乎振。遂不讓而爲銘。銘曰：

巍巍元后成玄功，鋋戈誕指中州從。麏驚鼠竄耄與童，土金石木獸草工。各飭攸職程作供，徙彼儒族漸勁雄。敉甲奉貢朝紫宫，語言清琅纊耳聰。指掌代對剖臆胸，天府赤縣吏選庸。貴〔三〕瘖獷伏氓顒顒，游刃不缺至理通。大椿靈根壤墳豐，美蔭蔽芾宏閎崇，鑱銘堅珉德彌隆。

將仕佐郎信州路儒學教授陳君墓誌銘

大德丁未，余供奉翰林，與廣信陳志仲游，粹然以容，慎密不妄言。間語昔時祖子孫家慶故事，志仲莞爾言曰：『吾大父迪功君、大母程夫人罹兵難，時年七十餘，我嚴君衛鄉保，入侍二老人，嬉戲盥饋，奉禮如昔。迪功君年愈高，别築華山梅堂以奉，益不復知有世事。于時諸孫，實五世矣。迪功君號南隱翁，翁終時，年九十有四。方南隱翁無恙時，諸父皆逝，唯吾老人力整門户，訓兄弟子，後以儒術興者，凡若干人。幸爲我記華山焉。』

己酉歲，秩滿南歸，余師剡源戴先生教授信州，亦還，言：『廣信多郡博士，獨陳博士温讓材智，篤素慎行，爲第一。方有司急庸調，徵儒生幾二千人，能力言而盡復其役。汝官京師，有名敏學字志仲者，其子也。與之游乎？』未幾，志仲以信州教授致仕，命歸榮其親，後爲宫師府司經典籍，稍遷太常，留錢塘，遇之，則又曰：『吾親年七十時，嘗爲書授敏學曰：「年至而仕，非古也。壯者必仕，仕不求禄養。吾視大父年不敢跂，幸氣血康完，若二兄恂恂善持家，勉若以仕，勿懼也。」』皇慶癸丑，余復入史館，志仲則以太常舉，將爲博士。冬十有一月，訃至，凡所與游者，皆入弔。越三日，凶服踵門，泣不能言，以國子博士虞集之狀授桷，俾爲銘。

君諱萬里，字德甫，弋陽縣人。幼善屬文，長從工部侍郎韓〔四〕公禾學詞章，起居郎徐公直方受理學，謝公枋得、張公卿弼植志節。咸淳癸酉，薦于鄉。後起家廣信書院，大修燕居堂，面帶湖，立諸生，論古今成敗道理，遺言微旨，文質益損，皆口授手畫。諸生不忍去，請于官，留帶湖凡十年。南隱翁卒，學者咸會葬焉。

雅性寬厚，善清言，與人交，久而彌篤。歉歲疾札，發粟施藥以全活。家多書，讎證成善本，謂諸子孫：『天佚吾老，吾遺爾書，守儒爲準，守身爲本，餘何言哉？』壯歲，慨然慕詞學，故於章啓語尤精。噫！方宋文治時，立博學宏詞科，番陽三洪公、周文忠公迄致清顯。至吕成公、真文忠公闡正學，彌貴重。真傳諸徐鳳，徐鳳傳諸尚書王公應麟，公曰：『中是科者，實有命。晚歲問難，無以承諸生，徒自辱爾。』桷聞是語，愧汗累日。今幸與志仲交，意謂從廣信山中論竟斯道，今不可得矣。

屬纊之日，戒勿用浮屠事。實以九月某日卒，得年七十有六。以某月某日，將葬于永年鄉之吉田。曾祖謙道。祖應隆。考文光，即迪功君也。長子誼，次天驥，皆爲郡學官，先娶程氏出。次敏學，將仕郎、太常太祝，今方氏出。女三，長適方晟，次徐某，次方天祐。孫男七人：長師中；第五孫弘，爲大都路儒學録。孫女五人。曾孫女二人。

桷嘗謂士患不得名，巖居谷隱，一時推可，多任俠，尚輕重，若先生者，休然養名，平進安時，鄉閭化之，郡縣企之，孫曾承之，殁有餘德。古所謂鄉先生者，陳氏之門見之矣。是宜爲銘。銘曰：

日劬其躬，以濬其逢。不逢樂天，修齡以終。帶湖之徒，來會幽宮。彼洌者泉，樹之青松。

而子而孫，慎其延弘。式昭墓門，百祀弗窮。

陳士直墓誌銘

咸淳三年，浙西提點刑獄、户部陳公卒。大臣以公清直挺著，特官其子𪾢伯，是曰貴白甫。有子命名長曰紹廉，季曰紹庭，廉言清，庭言直也。壬午歲，余過奉化，入其里居，拜户部夫人于堂下，退揖貴白甫于賓次，識二子焉。

其季紺頂斑襦，眉目刻成，燁然碧光流几席。稍長，群諸生，誦聲琅圓，端默絶外嗜。又十年，貴白甫居徙江滸，復入城僑館，則季已加冠，字曰士直。神益完、貌益整，肅客侍立無倚怠。退具醪茗，動中周折，不復俟指顧。間從士直坐書室，鉛黄森錯，卷帙整束。受業退暇，琴清筆潤，花竹手植如幢列。人咸曰：『誠有子。』椭則曰：『是宜壽且傳。』噫！世胄彫繭，夸者馳侈靡，卑者淪頹仆，幼儀雅言，耳目不相接，垂三十年。脱有能自樹植，皆野人窶子，椎魯不入繩墨。獨士直以故家兒接受薰熟，而貴白甫身教簡易，故人皆愛士直靜且和，足以蔚其宗。余亦愛士直，將挈而充之，使益有令聞。

大德丁未，余官禁林，有言士直遵海東游京師，遲之，不復至。己酉，歸里，貴白甫泣且言曰：『吾紹庭甫壯，以九月某日亡矣。其死也，遺筆敘訣無怛語，獨屬兄置後，以慰父母。』明年春，兄果得男，曰鑄。配汪氏，遂育以成其言。葬地在宅西嶼山，以辛亥十有二月某日窆，俾桷銘。

謹按官譜：曾祖諱某，宣義郎致仕，贈朝散郎。祖諱肖孫，朝奉大夫、户部郎中、浙西提點刑獄。嗟夫！世患不能持身，既壯且修，振衣康莊，御轡遠騁，其進莫可止，輪揉軏敗，卒歸于命。貴白甫秉德師古，迄逢不淑，莫紓其悲，以貌期稱，余復失之。天乎！是果不可知也。庸銘以慰而翁。銘曰：

有燁者珠，復沈于淵。云誰尸之，蒼蒼維天。雲乘嶼山，兆食歸復。詔而兄子，以衍以續。

戴先生墓誌銘

先生諱表元，字帥初，一字曾伯，世爲慶元奉化州人。七歲，學古詩文，多奇語。年十三，即加冠入鄉校，從里師習詞賦，輒棄不肯學，諸父强之，乃游臨安。于時，新定方尚書逢辰、廬陵劉博士辰翁以論策表厲進士，得先生程文，大奇之。咸淳己巳，入太學。改歲，以三舍法升内舍生。又踰年辛未，試禮部第十人，登進士乙科，授建康府教授。越乙亥歲，由建康歸，還臨安府教授，行户部掌故，皆不就，積階至文林郎。大德甲辰，先生年六十一矣，會執政薦于朝，起家拜信州教授。秩滿，授婺州，以疾辭。至大庚戌三月卒，享年六十有七。

先生在建康時，先處州通守是邦，朝夕互還往。先生眉目炯聳，慷慨自奮，欲以言語筆札爲己任，嘗曰：『科舉取士，弊不復可改。幸得仕矣，宜濯然自異，斯可也。』後二年，失仕歸剡，遂俾桷事先生，始盡棄聲律文字。力言後宋百五十餘年理學興而文藝絶。永嘉之學，志非不勤也，挈之而不至，其失也萎。江西諸賢力肆于辭，斷章近語，雜然陳列，體益新而變日多，故言浩漫者蕩而倨，極援證者廣而顃，俳諧之詞獲絶于近世，而一切直致，棄壞繩墨，棼爛不可舉。文不在兹，其何以垂後？先生深憫焉。

方是時，禮部尚書王公應麟、天台舒公岳祥師表一代，先生獨執子弟禮，寸聞隻語，悉囿以爲文。其文清深整雅，蓄而始發，間事摹畫，而隅角不露，施於人者多，尤自秘重，不妄許與。晚歲翰林、集賢以修撰、博士二職薦論，而先生不可復出矣。維先子與先生總角相厚善，暨先生登進士，年盛氣邁，故舊貶抑者不敢自進，先子正色相輔，復以不肖孤託于先生，誘之迪之，獲不失其身。往歲解官南歸，於是先子捐館踰一紀矣。先生始愴然曰：『先公之德，幸勿墜。』

嗚呼！朋友道喪久矣，過時而哀，桷實何敢忘？自昔孔門首分四科，歷代之士，率不能兼有，尊德行者後文學，世嘗病焉。先生爲文尤多，於忠厚孝悌之語，後之纂言者，其必有所考。夫文以蘄遠，果能遠矣，而近者五六十年，或止百餘年，其不幸者，又皆爲水火燬没亡紀。使誠盡傳也，則世有能名者不一二數，然視今世焯焯所傳，又皆無是事。噫！傳與朽始，固不論也。

曾祖辛，妣劉氏。祖汝明，妣鄭氏。考灝，妣王氏。世多儒科，伯祖杰，端平初爲宗學諭，篤厚爲時輩所尊。先生詩文若干卷，疾革，猶手加繕定，以所居鄉名曰《剡源集》。治窆張村，葬以至大元年三月某日。娶陸氏。子男四：初陽，次紀，後庚，幼儒。女四，壻曰陸孟孫、孫肖翁、徐公説、袁庚孫。孫男女八。始先生兩授徒于鄞、于宣、于杭，其徒散處莫會，初陽等謂從學最久而知吾父者宜莫如桷，遂俾誌其墓。乃泣對不敢辭。銘曰：

桓桓戴系，立氏以謚。信都九江，集禮秉衛。在漢國鈞，守正忠毅。別籍于剡，貞德彌勵。琅然孤桐，不諂其逢。浩歸衡門，邈焉冥鴻。二季重輝，續其高風。箋經暢隱，雅言春容。厥壤犬牙，旁邑是著。方門之支，本茂葉附。展世斯赫，宗釁攸輔。詵詵餘慶，聿踵先武。振聲鋪華，先生是承。有煒者光，不竦不凌。在泮峨冠，掩耳以行。曲裾長襜，祇繫其亨。千塗競譌，一轍交走。正歧前驅，白首莫疚。發其粹精，如痞脱口。如轡在手，如藥在肘。屢躓于艱，秉禮益閑。有泉潺潺，有佩珊珊。駕言東游，曰知者天。卒昌其文，以終丘樊。張原之柏，先生手植。彼高爲南，彼鬱者北。告而嗣子，以順以則。昭銘墓門，過者必式。

周隱君墓誌銘

先王盛時，以三物教民，六行之不修，則設刑以糾之。是六者，切於人道之日用，故嚴以爲之防，其理然也。降於戰國，彝倫益斁，孝友著於列傳。擁强貲，持短長，縱恣郡國，作史者復傳其事，豈誠有激於世乎？納粟之令行，虚文益張，實不見於鄉黨，執筆以揚人之美，不僞則侒，吁！可懼也矣。

廬陵曾君巽申，與桷同在翰林，狀其姻家周隱君之行曰：『君諱天錫，字極翁，吉安路安福州人。曾大父大成。大父宗元，平實自持，以累舉恩授迪功郎、臨江軍新喻縣丞。父〔五〕九鼎，篤信行，歲饑，能損粟直以售，遇朋友急厄，傾資解援，裕如也。牟内翰領史事，將薦以自近，後不果。文丞相信公靳許可，扁其齋居曰信，太學博士劉君辰翁實銘之。是生隱君。嘗以詞賦上轉運所，江丞相讀其文，奇之。事親盡孝，侍疾治喪，悉如禮，以遵父志。其待於族姻，洽於鄉鄰者，彌有廣焉。性不事表襮，勸之仕，謝曰：「吾求全吾初。」遂因以自號。至元二十九年十一月，年五十有二以卒。娶蕭氏。男長孺，將仕郎、征東等處儒學提舉。孫男三：福、祺、禎。孫女四。延祐五年四月甲辰，葬柏溪之横原。』

讀其狀，則知夫厚德之延非一世。繼志紹聞，久而彌光，泉蹇於山，木生於地，磅礴鬱積，有自來矣。君之遠祖廣，爲南唐節度押衙，積憲銜爲御史，階金紫。唐廣明以來有是官。曾君平居語不妄。孫禎，曾壻也。曾之先君監察御史縣桂陽時，爲湖南主文，實拔君爲首選。事可證若是。銘曰：

有錦絅之，有玉匱之。蓄兮續之，是用穀之。廬陵之原，豐碑秩秩。昭其幽光，詞不以溢。

楊府君墓誌銘

江南官簿大家，運統合一，緒〔六〕墜牒散，流降不復可考。或者謂聲聞詭激，德不稱名，馴致是理。味其語，淵乎有旨哉！箕疇敘五福，首次以富〔七〕，終之以考終命，而禄位弗敘。若是則尸禄位者，私善惡喜怒，鉤〔八〕名挈譽，幸終其身，其禍可勝道哉！至治元年，余校文南宫，得一士，曰張純仁，廣信人也，調鄞縣丞。鄞爲余里，會謁告歸，純仁踵門，以其舅氏之狀請銘。

其受〔九〕氏爲武夷楊氏。楊由侍讀學士徽之、翰林學士億顯，後有徙信之弋陽，今爲弋陽人。其曾祖諱崧，祖元龍，考汝翼，妣三世曰李氏、程氏、江氏。考能詩，有集曰《醉吟》，李君明通敘之。君名謙之，字謙叔。嘗監麻沙鎮，後不復仕。其所從師曰謝公君直，純仁之祖教授君某。其事親，有誣其考以重罪，君總角詣庭，直其冤。其居室，銖黍充牣〔一〇〕，使善裕。其施于鄉，損粟直以濟饑，買田以助縣庠。其宅南有重巖水石，君能專美獨樂之。其娶熊氏，閫助迄成其家。子三：長昭德；次拱辰，先卒；季進德。孫男九。孫女六。曾孫一。其生在寶祐丙辰，卒以泰定元年正月某日，年六十有九。其葬，在武石山。

噫！所謂五福斯備者歟？其自號曰謙山，名字與號若不相捨，兹其爲延永也大矣。是宜銘。銘曰：

世以禄夸，我弗企之。積小以高，莫或躓之。峨峨長松，美蔭日疏。迄樂其全，弗僭弗踰。武石之山，固爾體魄。爰廣墓門，過者是式。

劉隱君墓誌銘

五經之學，由宋諸儒先緝續統緒。《詩》首蘇轍，成鄭樵。《易》首王洙，東萊吕祖謙氏後始定十二篇。胡宏氏辨《周官》，余廷椿乃漸次第。《書》有古文、今文，陳振孫掇拾援據，確然明白。言傳心者，猶依違不敢置論。至天台劉君正仲諱莊孫，始憤然曰：『吾不能接響相附和。尊聞紹言，各爲論著，不没其實。』而先儒之傳益顯。所爲書，曰《易志》一十卷、《詩傳音指補》二十卷、《書傳上下篇》二十卷、《周官集傳》二十卷、《春秋本義》二十卷。其論《春秋》爲魯史之舊，是則發揚先儒之遺旨。喜著書，能以詞藻達幽隱。復爲《論語章指》、《老子發微》、《楚辭補注音釋》、《深衣考》。而其所爲詩文，曰《芳潤稿》凡五十卷，《和陶詩》一卷。

噫！多矣哉。學患不博，博矣其必不能有以精也。士生于今，會衆以合一，由谷而之川，川以達于海。蓋其書具在，獵英聚珍，朝成夕上，敏而求之者，良不以爲艱，是則於劉君見之。君少學古文，湛深隱伏，不見其涯涘，落筆數百語，詩工次和，愈作愈平順，而幽愁感歎，思其平昔，狀其羈窘，鑑燭清澈，物莫有逃遁者。性嗜酒，不解治生業。幼侍其父府君昇，自爲師弟子，從閬風舒先生岳祥游，唱和不輟，空林絶嶂，目接耳受，一寓於諷詠。晚歲，先會稽郡公延入塾，教諸甥。桷相與論經旨，往復不避輩行。蓋君篤信《周官》，而不鄙每置議，君亦不以爲忤。在太學五年，不善爲同輩文字，不獲釋褐。今其所爲書，先師尚書王公總而敘之。

大德六年十二月某日卒，年六十有九。娶王氏，後七年卒。子三：長主一，早夭；次存翁、學翁。女一，適董可傳。葬于士奥之龜峰。劉爲寧海儒族，八世祖世充，爲吴越王錢氏板授官。閭風里有二劉，曰和叔，曰允叔，於君爲曾叔祖，有文名，不大光顯。至君父子，亦若是。今遺書具在，詎果無傳也邪？曾祖某。祖某，妣某氏。其子存翁嘗請銘，以久官翰林，不克爲，至是二十有四年矣。今復有請，愀然謝曰：『隱君振華續光，將大有傳，耆舊澌盡，桷敢不自勵？』銘曰：

探微證墜前哲功，後學剽襲誣顓蒙。偉哉卓識合異同，輪囷卷帙浩不窮。冥搜玄象歌渢渢，弄筆爲戲箋魚蟲。辟雍三黜命莫逢，紀述有在蓄極通，墓門永揭昭儒宗。

曹士弘墓誌銘

褒貶論《春秋》，解經者失之，作史者祖之，則益失其旨矣。宋祚歷三百餘年，經國之綱領，治迹之盛衰，實書以示後，其義自見。深文巧避，多出其子孫。而爲國諱者，掩而益彰，沿襲不決，何以傳信？

吾友曹士弘甫深憂之，蒐摭遺逸，不瞽於昔時之議論，自成一家。其貫穿出入，年經月緯，誅其私心，附以旁證，莫能逃遁。桷往歲亦嘗以是自任，故書燬廢，不復敢。因微言曰：『帝在房陵，豈乾侯之例邪？外大夫不書卒，書卒者，其是邪？』士弘甫撫掌，大以愚言爲然，嘗約：吾二人當必任是事。

嗚呼！士弘甫今往矣，以余之識闇志荒，不復能有成矣。士弘甫讀書，目過即成誦，理財養兵、禮樂刑政之損益，折衷於古經，而以通今所宜行者爲之準。其見於用也，不卑於簿領，而志足以展用。取於友也，盡其所長，覆護以捨短，故舉世一皆以爲賢。奉親孝，事兄以恭，訓諸生，專席廣説，耳領〔二〕心會，爭踵門受業，後卒致顯仕。初爲郡史，燕公公楠爲大司農，辟以自近。歷婺州純孝、慶元丈亭、廣德陳揚村、杭村巡檢，後入銓曹，復授陳揚村。揚村父老咸曰：『是嘗攝吾里者矣。曹君善撫字，今年饑，必賑我，我何之？』

君諱毅，武惠王裔孫。五世祖某，從隆祐太后辟兵過廬陵，因家焉。曾祖某。祖某。父某，有詩集六卷。祖妣鄒氏。妣羅氏。鄒氏，以叔父某太學釋褐恩封孺人。所爲文若干卷，纂言行編曰《鉤玄》，凡五十六卷。疾革，命諸子曰：『必返汝祖母故塋，吾魂氣無不之，得地即埋我。』卒以至大三年四月某日，年五十有二。子男五人：汝霖，今爲兩浙轉運司書吏；汝舟，饒州，器資，宣州，皆以秀才舉；馳，以醫業入仕；幼桐孫。女一，適劉某，先卒。孫男女七。

嗚呼！人嘗恨位卑，齷齪媚上，甚則策功利以求進，名在罪籍，不自悔。王公貴人，持與奪生殺，身死無足稱道。較士弘所負所傳，得失爲何如也？先師禮部尚書王公應麟爲文餞之曰：『闕里高弟，冉有用矛，樊遲爲右。士弘爲此官，文武同方之道也。』侍講學士張公伯淳則曰：『伯淳官慶元，士弘在慈溪，與之友，不敢吏朱雲也。』汝霖、汝舟，皆能世其學。泰定二年，汝舟以書抵余求銘，實不敢辭。銘曰：

匏也不食，我心孔悲。聿求王明，以策以馳。輪囷知聞，如山簇雲。纂史闡名，不屑於文。緝墜紹緒，執筆是紀。年不稱德，傳世則偉。作銘允哀，以詔我同志。

陳縣尉墓誌銘

咸淳閱十禩，諸縣獨奉化號多士流，出入太學、上南宫，亡慮十餘人。于時蜚聲秀穎，旁縣皆斂手避讓，一時傳誦習讀，謂清選不歲月可馴致。未幾，皇元合一，皆失仕歸里，挾策授徒，疏糲自給，俱不能享中壽。子弟不自振飭，復歸爲農。

陳君，亦咸淳甲戌進士，不自矜褮，接幼待賤，謙挹愈加，混跡蒿翳，不知其爲故官，而得年且八十有一。有子漢，復能以儒自守。其視前數公，良敻過矣。君諱觀，字國秀，嘗調臨安府新城縣尉。十世祖棠，尉奉化，因占籍焉。子孫日蕃，其最顯者曰太學博士著，於君爲兄。博士倅貳臨安，君館于其家，君之考承務亦在館。既策名客館，其兄復賀其父，人咸榮之。

晚歲足不入城，府州爭迎致，率諸生以請業。君一至即謝去，徜徉巖壑，侍博士，窮幽抉奇，連唱屬和，有帙曰《棣蕚集》，其自爲詩文曰《窾蚓集》、《嵩里集》。延祐五年三月，疾忽作，猶力書《中庸》一章以授漢。是月某日，卒。祖諱某。妣戴氏，以守節著，事見州志。考某，承務郎。妣臧氏、董氏。孫男二：時説、時敏。孫女，一已嫁，次未行。今葬剡源鄉畢駐里，祔于曾祖迪功某之兆。銘曰：

日垂晻𡺎，亦既見斗。實命不逢，怨則屢疚。布衣便便，迄享大年。執其韋編，戒子于傳。維陳令族，詩書是續。作銘昭昭，以告必復。

靜清處士史君墓誌銘

大德七年，桷官翰林，史先生以書見貽，不獲領。後二十年，子璧孫槖其書稿以示，反復痛悼策勵，于桷爲甚重。今撮要而表之，曰：『斯文剥喪，餘數十年，師表郡縣，學者應格則得〔一二〕未嘗于其人，後生不説學，亦未嘗知學，剔僞務實而挽之古，子宜勉焉，非可以虚談冀也。』又曰：『吾將死，得子文表于墓。』桷拜手讀之，泫然以泣。

先生於外家爲舅氏，猶記拜先生於獨善坊，論宦族，纚屬文詞，顯著獨缺。自吴丞相開新河，有相者曰：『邇〔一三〕後當踵有之，甥宜自重。』先生於諸經窮探微旨，證墜緝缺，不溺於謏聞，剖釋正大，而折衷一歸於前哲。論古今得失，必探情僞，以暴其罪，正色憤悱，若造庭而受其責也。爲文邃古，不雜異説，手抄口講，更僕不能以盡。孝悌遜讓，知其出自然也。

先生諱蒙卿，字景正，生而奇頜秀目。七歲，善屬文。年十二，入國子學，通《春秋》、《周官經》，復兼詞賦。江文忠公萬里、常參政挺時爲大小司成，器待之。咸淳元年登進士第，授迪功郎、復州景陵縣主簿。呂少保文德帥鄂，檄入幕。呂命先生勉蜀帥温和解正陽圍，温疑呂猜阻，不肯發。微語撼之，即就道。凡所需器物，一夕以辦。温實先公帳下校，卻立曰：『史監軍誠有子。』調穿山鹽場，諭義勸輸，户不知有箠榎。十年，改江陰教授，復改平江。至是，不復仕。故其詩文多感憤自喻，禮部尚書王公應麟嘗勉曰：『思深辭悲，學陶靖節，其得之。』

維鄞史族，號相門。曾祖諱浤，蚤夭，贈中散大夫。祖諱彌鞏，司封郎中，贈少師。司封以儒學致顯，當貴盛時，獨卑退自持，鄉人稱爲獨善先生。妣臧氏，華國夫人。考諱肯之，中大夫、湖北提刑兼知常德府，贈太中大夫。妣趙氏、周氏，碩人。太中熟邊事，折衝料變，有大帥才，時宰尼之。太中在湖北時，謁告歸省，從巴川陽公岊學《易》、《春秋》，一年復歸國學，乃中上第。士常患固陋株守，皓首不痞。先生識足以窺淵懿，經緯一原，合師友之旨，老而彌實，確而不懈，故其成就若是。自號靜清。晚歲罹厄窮，講道不輟，從者益衆。天台多名山，心樂之，僑居者八年。大德十年七月某日卒，享年六十。疾漸革，語諸子曰：『我死，必歸葬。不能得資，良累汝。汝有志，其果能成也。』是歲十有一月，柩歸祖墓。明年，葬于陽堂鄉穆奥之原。娶陸氏，朝請大夫、將作監合之女。子壁孫、堇孫、坒孫、臺孫。女伯佺，適葉信公夢鼎之孫揆翁；仲忱，適紹興中書舍人潘公良貴之曾孫世演；二女未行。有文集二十卷，《易究》一十卷，託永遠於少賤，誠不敢承命。歲月逾邁，而壁孫能遵守不貳，奉遺言以請，曷敢以不腆爲辭？銘曰：

持丸障瀾，盡瘁不休。卒昌者名，屢空靡憂。生爲完人，歸藏于丘。有子紹學，曷怨以尤。

貞絜陸沈，志裂金石。秉言無郵，厄則孰職。驥伏于襄，不稱其德。塊獨結約，忿決胸臆。

校勘記

〔一〕『寅』，原作『戌』，據四庫本改。按趙與票卒于大德七年，庚戌爲至大三年，在其卒後。

〔二〕『畀』，四庫本作『碑』。

〔三〕『貴』，四庫本作『聵』。

〔四〕『韓』，原作『諱』，據四庫本改。

〔五〕『父』，原作『兄』，據四庫本改。

〔六〕『緒』，原作『諸』，據四庫本改。

〔七〕『首次以富』，郁校：鈔本『以』下有『壽』字。案『首』當作『壽』，此與鈔本疑俱誤。無他本可校，仍之。

〔八〕郁校：『鉤』，鈔本作『鈞』。

〔九〕郁校：『受』，鈔本作『舅』，誤。按『受』字原空，而郁氏所見元刻本不闕，今據補。

〔一〇〕『牣』，郁校：『牣』，鈔本作『牣』。按四庫本正亦作『牣』，今據改。

〔一一〕『領』，四庫本作『聆』。

〔一二〕郁校：鈔本『得』下空一字，原本不空。案文義，疑有脱字。

〔一三〕郁校：『邇』，鈔本作『爾』。

清容居士集卷二十九

墓誌銘

浦經歷墓誌銘

大德丙午，桷與吴郡浦源如淵同佐史局。史局總翰林，職清簡，屬筆將既，輒群坐臧否今古，如淵呐不出口。一日，正襟瞪目，援酌是否，纚纚數百語，經史綜錯，深切治道，且曰：『吾家君重然諾慷慨，子歸，且往見。』是歲還吴，始納謁焉。見其設席尋丈，車屨沓户限，茗絶觴舉，輒口數州郡靡敝事，傾耳點首，皆僑寓達官，奇其言，將引以爲他日助。未幾，授漕運府知事。朝貴人俾乘驛來京師，昌言漕計十數事不便，朝從其言，即陞爲經歷。

壬子歲，桷留吴最久，遂益得奉議論，痛言田税、民役，上下交困乏，將繕治其説於素所傾密者，于時以婉語止之曰：『害不什一除，旁出苛擾，殆將重病之。』君立悟，乃止。後授黄州録事判官。延祐乙卯，君年六十一矣，嘗謂知己多、行事少，平時措念挺挺可表著，迄莫能自見，一有委使，排根抉蠹，將欣然盡瘁。方受檄推考，而卒以疾至大故，實四月庚午也。嗚呼！

成周以三物教萬民，降于司馬遷，憤世嫉邪，獨致意任俠。君周於事物，激不近刻，任重致遠，出户而日昃。噫！幸歟？其不幸歟？

浦爲吴郡著姓，君諱椿，字□□，世家崑山州。曾大父某，大父某，植德潛閟。父某，貧而好施。君少試吏，以曲直視事，不肯有高下簡易。絶城府，解排糾徽〔一〕，磊落輒自許。壯歲恥同凡輩。始辟漕運府史，熟其利害，府薦于朝，爲照磨，三遷爲府經歷。晚授黄州，而志意莫遂，詎命也夫？娶陳氏。男五：長源，以編修官授承事郎、常熟州判官；次厚，與陳夫人先七歲卒；次湜、浩、津。女嫁同里嚴震。孫男五，孫女二。六月乙酉，葬長洲縣陳墓之原。銘曰：

璞隱于荊，彼士泣之。驥伏于車，曷予縶之？成者匪天，爲者匪人。不成不爲，其風肫肫。聿昌其始，有子文偉。高丘永安，是謂受祉。

司天管勾焦君墓誌銘

長安焦氏，世遠軼，莫究宗譜。有諱紹先者，金汰武〔二〕時，始著進士籍。生子繼祖，爲河南招討使。招討生餘慶，第詞賦科，仕至中順大夫、雲陽縣令。金將亡，國勢蹙僨日，挈都南徙，達官重族，棄播不自保。雲陽號儒家，乃讀建除、候占等書，察便利生死法，爲隱避計。

死未幾，有子曰永，字某，益究術自秘。天兵下陜，率里閈孥屬二百九人，道金、洋入蜀門。

蜀附定，悉完聚歸。後家岐陽，遂以術顯靈臺，因官焉。至元庚辰，靈臺卒，年六十有八。男二：榮，陝西四川陰陽提舉；顯，廣元路歸興倉使。女一，適輔某。孫男四：澤，臨洮府税務大使；溉，將仕郎、同知益良州事；渥，岳州路陰陽教授；沆，延安路陰陽教授。其葬在咸寧縣龍首鄉南岡，合配胡氏祔。

大德丁未，孫沆奉集賢宋公所爲先塋碑與靈臺君之事狀謁某京師，且曰：『吾祖不顯于儒，躬遘險艱，食藝保緒。晚歲聚經史探玩，意若有俟。性温重，無忤色，紛難急乏，力盡不瘁。諸父兄嶄然自持，承芬振華，挈挈自厲。匪我祖先德，疇克有賴？敢以是乞銘。』銘曰：

起儒維曾，逃艱以承。魄藏止止，昭爾孫子，俾復其始。

滕縣尉徐君墓誌銘

君諱之綱，字漢臣。金以詞賦舉進士，君爲詞賦，大有能名。會金將亡，不得試，作《賦説》以示學者。窮幽闡微，合金、宋體，指摘昔人鉅作，巖然不少讓。上論隋唐，曲盡幽眇。久而曰：『是果爲學邪？』益探道理，以河南二程、江南朱、張、胡、蔡爲根柢，窮《春秋》、《易》二經。其言《春秋》失始三傳，左氏誣爲甚，常事不書，聖人之旨也。《易》更三聖，《麻衣》誠僞書，夫子《十翼》，功並日月。其言與朱文公合。

當是時，南北葢未混也，意識卓絶，尚友於千載。其言論，金士疑之，宋號以儒立國，論亦如君言。其所爲書，《東齋默志》三卷，皆經説也；《通融賦説》三卷，舉子學也；《麟臺雜著》七卷，其所爲詩文也。

皇元略中原定地，戊戌歲始招輯儒士，君以明經選益都。于時李璮以諸侯兵分省，君以府學教授佐省事。璮喜儒，間問攻戰成敗，陰蓄甲士，習勞苦。君講經曰：『使民以時，相君不知也。』璮默然。又曰：『平王威烈，周之衰也。戰國之士，知諸侯而不尊周。唐世，河北將士尊藩鎮而不知有唐。』其言簡直，遂黜爲滕州滕縣尉。讒者復以《默志》羅君禍。後璮果就誅，而君亦已下世，中統四年八月某日也，年七十有五。配李氏、郭氏。

嗚呼！崎嶇兵塵，士悉以童習自守。磅礴河漢，横流塞而天源深，非君其誰邪？淄川楊公序其文矣。君世家單州，後徙濟州。祖鐸，父革，俱金進士。配翟氏。子敬，至元十三年中明經，無禄即世。孫天麟，十七年亦中明經；次鳳，以積勞爲益都路臨朐縣尹，今承務郎、慶元路總管府經歷；次士龍，代州儒學正。曾孫若干人。鳳靖共宜官，愀然言曰：『祖父節行經學，先哲推重。子嘗爲文字官，願誌墓道。』遂讀其所爲書以敘，乃爲銘。銘曰：

魯聖絶學蕪榛菅，曲説恣臆紛翩翻。浮聲急響曼以繁，青紫决拾靡覥顔。夫子勇志開冥頑，手持寸膠清渾瀾，雲陰駮霽白日還。佐鎮陳誼數斥姦，拂衣避席彼構讒。寥寥道統孰異分，正轍前趨南北貫。厥功茂著儒碩先，遺文傳信銘永刊。

龍興路司獄潘君墓誌銘

元貞元年，桷掌呂成公麗澤祠，于時壽俊有數公能言乾道、淳熙遺事，嘗曰：『麗澤選不輕，二潘君真名士，子繼二潘，亦僅僅焉。大潘君，吾里人，以介直忿世死。小潘君弼良輔，處之麗水人，介亦相近，氣邁年盛，用世必得善譽，子善識之。』

未幾，良輔來金華，望之魁偉壁立，瞪目拱手，廣席參錯，未始出半語。稍論古事，輒躍然纚屬穿貫，握手曰：『大潘君死，吾與子真交承矣。』後游京師，授贛州教授，見中丞崔公，議論剴發相感動，關絡解剔，不爲翕翕附。中丞喜聞四方利病，即奏授廣東廉訪司管勾架閣兼照磨。

是後，余亦入爲太史屬。臺使者旁午入奏事，咸言良輔有御史才。廣東副元帥囊橐峒寇，稍廉察，即縱寇摇動，斂手弗敢問。遂悉發其姦。𨯁德慶路官逋粮三萬石。劾具幕長不法數事，聞于臺，立罷之。監司欽察公悉付以事。副帥益鬱怒，誘引亡賴誣𧦅，會省臺停其職，而以君劾罷者復所居官。未幾，御史言論劾者罪著，不宜復，然君卒以是去。

江南行臺御史列署薦君，宜久任憲職。于時崔公已即世，不復任君矣。大德十年，復爲贛州教授，以昔之治廣者爲準，闢田築宫，訓士嚴整，力請于官，而復其役。皇慶二年，授龍興路司獄，不卑其職，悉疏宜行者以盡心焉。部使者佟公，憲府舊屬，命治佐劊專利者，凡得八百人，悉除去之。會佟公去官，不湜復以他事相詿誤，强訴者引君，然君自是抑氣，不能食以死。

嗟夫！士患不得名，名與謗常角立，昧昧後福，善不近名，誠有爲而言也。若是者，君幾近之矣。君族祖父曰叔豹，曰杞，世儒科，皆至二千石。曾祖恕，樂道不仕。大父垕，太學進士，修職郎、平江府吴江縣丞。父應發，薦于鄉，文行瑰偉，士尊稱之。

君幼孤，母項氏，招師教授，俾植立。其爲文辭，浩漾勢盛，衝激巖嶽，風止瀾静，卒不露飄泊，其善養氣者與？所爲文，號《宜山集》若干卷，《讀易管見》四卷，詩一卷，藏于家。元配何氏。子二人，曰龍吉、鳳翔。女三人，長適常鑰，次林定老、徐天祐。再娶陸氏。子二人：鼎臣、衡孫。女一人，適林街。三娶陳氏。子〔三〕二人，尚幼，曰昇，曰鑑，皆庶生。孫男、女各四人。君卒於延祐□年七月某日，卒年五十有八。

桷在翰苑時，嘗以君薦于承旨程公，程公曰：『吾固知之，得無以南士累乎？』相笑而止。至治元年二月，承徵至京師，預考禮部進士，策名得林定老，後登上第，授奉化州同知。定老踵門拜且言曰：『潘君，實婦翁，先生嘗知之矣，將以今年八月庚申葬朱溪祖墓，敢以銘請。』又言：『婦翁嘗從先人，先人卒，定老生未周，矻矻撫字，終以女妻之。』由是悲且歎曰：『師友道喪久矣，是尤宜書。』銘曰：

長紳峨冠，日出脂韋。莫窒其逢，委蛇以嬉。白駒在谷，不屑不辱。決臆過都，孰縶其足。生人匪艱，成之實難。丸泥障流，彼駛者繁。氣直以堅，維德之完。謂隘不由，其名奚傳。

江陵儒學教授岑君墓誌銘

慈溪黄宗卿震之季子叔英彦實甫，壻餘姚岑氏，咸言岑氏善擇壻。彦實館其家，以詩書授子弟，彬彬于于，鉤深纂玄，融液品節，各就條貫，掉鞅於詞場者尤宜焉。延祐五年，岑君良卿以詩義上禮部第二，桷時爲殿試讀卷官，定甲乙。七年，其弟士貴貢于鄉。桷以至治元年再入集賢，預校文選，詞賦工者擢前列，暨拆名，則士貴也。

國朝治定踰百年，始立科舉。江南行省有三，而襄、郢、東、西淮之士亦隸南選，三歲止七十五人，登名上于庭者三黜其二。岑氏連取之，盛矣哉！論德考實，必推其前人。士貴懷牒南歸，以其先府君之狀來請銘。

君諱翔龍，字雲起。踰弱冠，即起家爲高節書院長，調和州教授，又調江陵教授。幼警敏，能文辭，性慕高潔，以禮自持，植廢舉缺，罔有怠事，鄉里稱孝謹。事大府，能使貴盛者咸愛重之。大德九年卒，年四十有五。吏部教官格，年踰五十始得入州教授。州不滿三十，而接踵嘗數百人。十五年始得授，且守缺近三四年，遠至七八年，故多不能食禄。而陞于路者，非耆年則下世矣。君以盛年偏歷，宜蒞于民，不得年以没，前佚後窒，若有憾者。未一紀，兄子登進士，又三年，子亦進士，較其得失，是則亦奚有憾焉也矣？娶王氏，先九年卒。子男五：文仲；朝瑞，爲伯父後；士貴，今授某官；季德盛、楚材。女一，適鄞范某。至大元年，葬於上林鄉召奥之原。古者銘藏于幽，後揭於墓道，懼人之弗先見也。禮生於人，情弗忍焉耳矣，乃表以銘曰：

蒼姬展親，岑亭啓封。棘陽專居，傳漢益隆。矯矯舞陽，佐運闡功。後興儒碩，錮禁以終。定籍會稽，支居鹽官。三相佐唐，偉績彌刊。或鳴以詩，載車和鑾。降宋中微，其譜實完。蹇兮在山，不駛不僨。卒達于川，百折混混。孰導其先，孰開其藴。肇者不居，來者益振。執券獲酬，雙璧是陳。載考令德，其馨絪緼。我銘以昭，益勵後人。

河間清鹽使郝君墓誌銘

君諱從，字從之，霸州信安縣人。壯歲秀整，植聲節，與人交，不爲險薄意，拯其急難，里人推德之。至元十三年，爲河間清鹽使副，後陞正使。治弗煩擾，而政日以理。始君從弟彬，弱冠事裕宗，後爲工部尚書，官寖顯。從之曰：『吾郝氏，由大父宛平君多惠政，後宜有顯者。徵在尚書，吾仕宜已矣。』會得末疾，息心斷家事，調佐寒暑，力補治，策杖閭里如平時，踰二十年。嘗謂其子志善曰：『才能不如古人，擇今世賢公卿如古人者事之，斯近之。翕赫取貴豔，非進身本也。』志善從太傅丞相之子大夫游，始爲北郊署丞，爲監察御史。而君與世嗒然，益若相遺者焉。延祐五年十月某日卒，年七十有一。

噫！士患不知命，逐日希影，挈挈然不返，若君，能知止矣。而其弟參大政，罷歸閉門幾十年，亦不出，今拜大司農。郝氏之昌，殆未易量也。考諱德仁。妣李氏，宛平縣君。祖諱政，以參政贈資德大夫、尚書右丞，追封薊國公，謚康靖。妣[四]賈氏，薊國夫人。配劉氏。女二，長適楊居義，次適集賢照磨李忠。將以十有二月某日葬宛平君墓左，御史來乞銘。銘曰：

始奇終閟，覿德日温。訓言衡門，不華以尊。曄曄大椿，灌膏培根。弗利其身，利其後昆。

翰林學士承旨贈大司徒魯國王文肅公墓誌銘

翰林承旨、贈大司徒、魯國王文肅公，至大三年六十有六，薨京師，假葬于城東隅。至治元年，其孤翰林待制士熙始克奉柩，以某月某日葬東平祖塋瓠山之原。士熙拜且泣曰：『墓上碑，則父友翰林學士陳公儼屬比銘之矣。今葬日薄，知吾先公莫若子，幸誌其歷官、行事，納諸幽堂。』桷不敢辭，爲之辭曰：

公諱構，字肯堂。年弱冠，以詞賦入鄉校，賈文正公一見器偉之，禮載以歸，俾教授其子，遂來京師。至元十一年，授翰林國史院編修官，由院中敘遷應奉修撰，陞侍講，進翰林學士，訖承旨。佐丞相府爲司直，歷吏部、禮部二郎中，太常爲少卿，於臺外江北淮東道提刑按察使副，内治書侍御史，入省參議中書省事，復出守濟南。

公之在翰林也，辭命詔令，多所撰述，其最傳于朝者，曰《世祖皇帝謚册》、《追謚太祖册》、《武宗皇后册》。於實録，預修世祖、成宗兩皇帝，定武宗上尊號親享太廟儀。在太常，考輯因革有敘。其佐丞相府，剗刮蠹弊，更始選士，丞相齊魯公信從之。爲治書時，值桑葛擅中書政柄，嫉方直士，檄公偕翰林承旨魯國文貞卜忽木公覈究燕南錢穀，約一月治辦，公先事計畫，不以累魯公。會桑葛誅，乃得免。其按淮西，不切切近名，而吏亦不敢慢事。治吏、禮二部，無缺緩，同列見公署事，不復視成牘以行。參議府六年，一時執政聽南士陳利便，搜括田賦，時平章政事何公榮祖與公正色不少讓，摧萌折貪，卒俾其謀以寢。始天兵平宋，詔徵賢能，李學士槃同受旨，公至杭，首言宋三館圖籍、太常、天章禮器輿仗儀注，當悉輦歸于朝，董趙公文炳從其言，今宋實録、正史藏史院，由公以完。

守濟南，寛貧民官逋。修閔子祠，復學田，觴詠自娱，而訟益以簡。承旨李公謙幼師之，遷應奉，卒推以先。始受命，勤敏通博，一時鉅公皆屈己期奬，後卒與相並。史館辟署亡慮數十人，今相躡清要，皆門下士。其爲文，閉閣詠諷，落筆纚屬不止，於王言爲尤長。臺閣故事，資公始能奉行。事兄户部侍郎桓如嚴父，惇姻睦宗。在中書，迄不肯私其親，人益伏之。同里陳公儼爲孔顔孟教授，年幾五十矣，入徵拜監察御史。未幾，爲翰林直學士，蓋公昔嘗薦之。王愷年七十，爲編修官，公請于朝，以待制致其事，資歷循敘，銓衡所宜，守文字官，陞擢詔旨具在。後爲繼者，緘口不薦一士，視公，誠可愧也。

公之系，由琅琊居東平，自八世祖爲宋司農卿，守鄆，因家焉。曾[五]祖瑀，登金進士第，官奉訓大夫、滄州無棣令。妣范氏。祖鐸，以公官承旨，贈正奉大夫、太常大卿。妣杜氏，臨沂郡夫人。父公淵，贈昭文館大學士、資德大夫。妣薛氏，瑯琊郡夫人。昭文當金亡時，有兄三人，攜妻孥南徙。昭文私自念：王氏大墓，盡族以行，孰與守？下車伏草莽，兄呼其名，第不復得，後騎迫，大慟以去。昭文傭保自活，迄全其墓。厚德勃興，於公見之矣。娶薛氏，魯國夫人，是生士熙，再娶許氏，皆先卒。晚歲得二子：士點、士然。女一，嫁薛晉。士熙能文辭，有聲，將大用於世。推薦賢之功，王氏殆未艾也。銘曰：

德充智周，世莫與儔，士林之標。獎士無方，譽髦珪璋，孰阨其遭。文鳴盛世，金石雜比，厥聲四昭。子也允文，戰兢紹聞，嗚呼乎公之名益以高。

磁州知州程君墓誌銘

程君諱翔，字鵬舉，以孝友聞于州里。後其子若弟官江南，恂恂愉愉，夐然異衣冠常流。於是，江南之士族咸取以爲則。嗟夫！世降俗媮，能竭力以養者有矣。友于之乖，君師之嚴，不能以户化。若程君者，發於良心，成於身教，是宜揭豐碑，以昭示薄俗。

按其狀曰：世家廣平，大墓在城西南，兵難譜軼，獨記其父名約。是生三子：長即鵬舉；仲曰翱，仕至僉浙東廉訪司事；叔曰翼，吉州治中。二季以宦業表著，皆君之教。君綜家治生，服其勤勞，俾弟悉意問學，聚書延師，靡密叢雜，一不使亂意。弟則曰：『匪我之能，維吾兄之成。』其事父，承接意指，日侍食候〔六〕可否，或卻食，即不敢食。懷甘割鮮，斥幼者，避席以立。佐治湯液，時其寒燠，卒能以上壽終。既除喪，謹上冢禮，修誠厲行，分寸不使越繩墨，鄉閭尊之。昭文學士張公孔孫、集賢學士劉公悉曰：『吾徒不能以卓行薦諸朝，是誠有愧。』年七十有一，卒於元貞二年正月七日，葬某鄉。娶張氏。子四：良弼、良輔、良佑、良佐。君疾革，呼諸子曰：『父死異財，違古禮，慎遵我訓。』

若君者，懿德斯備，而復以囑其子。程氏之澤，良未艾也。良佑始仕在中書右司，歷參議府、户部、宣徽院，改授太常太祝，出爲鎮江常州推官、浙東道宣慰司都元帥府都事。甫解職，以選守令，授奉政大夫、上都路興州知州。孫十人，孫女九人。良佑來請銘。君弟之子良能，松江府横浦場司丞；良士，温州路永嘉場監運，亦曰：『伯父事實將湮佚，宜速銘以詔後。』君以推恩贈奉政大夫、磁州知州、驍騎尉，追封廣平縣子；張氏追封廣平縣君。銘曰：

惟民初生，其仁肫肫。摩盪恣情，有戾彝倫。展也磁州，執德養淳。奉盈臨淵，踧踖以遵。陳饌在堂，手函脆新。候顔以趨，厥容孔温。爰用則之，施于家人。濟濟雁行，厥聲四聞。永裕是嗣，振于朝紳。城南之塋，有大維椿。爰勵薄俗，表兹堅珉。

榮禄大夫大司徒特進饒國吳公饒國夫人舒氏墓誌銘

至大三年，武宗皇帝廣孝錫類，以翰林學士、中順大夫致仕吳公克己，特授榮禄大夫、大司徒，封饒國公；妻舒氏，饒國夫人。夫婦同日受封。其子玄德真人、玄教嗣師全節，歸饒州安仁縣，下馬入里門，奉制書跪堂上，二老人卻立望闕拜命，誠夐軼前古。

延祐元年，壽八十，仁宗皇帝遵先帝故事，錫上尊文錦以尊顯之，表署宅里，榮耀極致。人子之崇侈其親者，兹亦備矣。玄教嗣師，實開府大宗師張公留孫之大弟子。延祐六年，公與夫人壽八十有五。五月丙辰，公薨，全節號泣不食，得請于上，倍道星馳以歸。十有一月某日，饒國夫人相繼即世。嗚呼！生榮死戚，訖同以歸，盛矣哉！

人子之事其親，情至矣而養弗能以盡，養足以盡而禄弗及者，千萬焉。貴極於王侯，褒追之禮，見於墓下，則凡通顯之事親者，十無二三焉。合唐宋譜胄，幾七百年，具慶僅一二見。吳氏之德，胚胎磅礴，是誠有攸〔七〕來矣。喪禮莫嚴於儒者，飾情表行，哀不足而溢於禮者，多矣。玄德力行而兼有之，兹難能也。至治二年春，全節泣且告曰：『將以九月某日，合葬于崇德鄉山田原。願述我先公、先夫人之世系而銘之。隧道有碑，翰林學士元公則爲之矣。』古者墓而不墳，藏銘于幽，懼世之久而弗知也，視其姓名，有不忍人之心焉。後之慮其親者，則曰：『立於墓，人之見之者不忍矣，何藏焉？』碑於隧，斯敬矣；銘於墓，斯仁矣。

謹按：番陽吳氏，皆祖番君芮。饒公曾祖岳。祖夢旂。父鑑，追封某官，謚文靖。妣陳氏，追封饒國夫人。公字祥甫。卑讓自持，不善者避之，善者從之。身貴矣，禮鄉黨以和，視後進煦然以奬誘。觴至益持重，戒其子：『侍帝左右，毋以我耄爲往返。』夫人舒氏，諱妙真，世儒族。祖某。父某。公蚤事舅姑，盡孝敬，晚歲主祭享，親滌濯，遇諱日，淚涕滿頤睫，内闈姻黨咸儀則之。高堂齊眉，人以爲福德具備，何憾焉？子四：詢，承事郎；誠，蚤卒；叔即玄德君；季全義。女二，嫁某官。孫男五人，善，集賢修撰，能文詞。孫女若干。曾孫男、女九人。銘曰：

抑抑吳伯，植節秉仁。毁形以逃，克昌胤孫。傳國中圮，是生番君。得其民心，徙王策勳。代有顯賢，支庶日繁。廟食演裔，饒惟邇親。執經武夷，源同派分。是生饒公，守謙以文。大盈彌虛，黜驕鏡昏。厥配氏舒，廬江之蕃。相唐始興，矢辭派騫。楚吳犬牙，譜諜是遵。德儀媲賢，象服袊袊。訓子以忠，不私其門。顯晦偕老，死生同根。道以易傳，德以簡尊。悼哉令宗，允顯皇元。

海陰陳處士墓誌銘

咸淳元二間，吾里陳公肖孫以善政事驟用，由大理寺丞知嘉興。輔郡未幾，兼浙西提點刑獄。踰年，兼度支郎官。人謂且大用矣，會旁郡山寇起，罷歸。不數月，疾卒。喪除，其子暠伯候平章賈某于馬前。平章入政事堂，謂宰屬曰：『陳肖孫一廉可取，宜與致仕恩官其子，當上奏，餘人勿得爲例。』既授將仕郎。宋社亡，不復可仕矣，鄉人尊之爲海陰先生。

先生少歲力古學，不屑事科舉，聚群經師説，商略讎證，下逮旁聞曲記、遺言懿行、譜牒星曆之説，皆手抄，與梓本書相並。篤於信行，傾急解難，道里寒暑不廢。其學深湛詳博，尊聞傳信，懼悟〔八〕解者汨其真，嘗禁止之。非其友不友，既友矣，必反覆護衛，不使有議之者，友或叛去，先生泊然不爲言，人益服之。

桷先處州府君，於朋友義尤敦敍，而先生行事亦相近，故交好尤善厚。先府君即世，時來城中，愛撫彌厚。嘗曰：『汝父宜有後，昔百受欺，今詎使一無報邪？』大德五年，桷備翰苑屬，後屢遷，先生喜溢眉睫，曰：『吾所期，誠不妄。』延祐六年二月，得微疾，作書與常往來，戒勿用浮屠事，且命桷誌其墓。幸以故人子，何敢辭？

先生字貴白甫，世居奉化之鵁鶄山。卒時年七十有七，葬某鄉某原。妣方氏，封安人。曾祖聰謀。妣孫氏。祖師稷，以度支明堂恩贈朝散郎。妣陸氏、鄔氏，追封安人。娶樓氏。子二人：紹廉、紹庭。孫二人。先生仕不逢時，學不展用，熙熙然以壽終，於後人有徵，可無銘以俟？銘曰：

駕車康衢佐夔龍，日昃之離命不逢。寤言弗告隱志充，畬田瘁耕黍稷豐。考覈琬琰手澤功，大椿養齡蔭蘢樅。靈璞久閟合鴻濛，是式是似後當隆。

處士黄仲正甫墓誌銘

嗚呼！自聘舉之法疏，人得以易售，抱德藝者羞之。後法始密，益不肯自進，有薦之，人不盡識。或曰：『彼士奚足取？』又或曰：『士若是者衆，使一取之，將曳踵以至。』桷官翰林最久，故有若吾黄仲正甫之賢，明經博聞，卒不能啓口以告于當路。嗚呼！今亡矣，果使無傳，則誠有罪矣。

仲正事母孝，居家無語笑聲，待弟姪不使有忤意，持敬讓以禮，宗姻鄉黨，長者洽之，幼者慕之。其學汪洋暢整，經以載道，必考其精微幽顯之委折。於史辨疆理、氏族、制度、官名之興廢，旁搜博徵，曲而通，確而明，故爲文辭，纚屬不能以窮，將臻乎極而始底于用，欲以名世者，不在仕進也。有司三奉科舉令，卒不應試，而嘗以其説授于其徒。

昔者聖賢憂道不行於時，由列國言之，誠遇焉，斯得矣。今天下一轍，達而上者，其説具在布衣焉，以遺逸舉，進以秩禄，恧縮在下，不能有爲。仲正之不屑者在是。儒病通乎古而不知今，昔之在上位顯重名，其行事執愎誤後世，甚者竊高爵，講説他方，以鉤徵召。仲正嘗勃然不喜，然竟不假以年，則誠可哀也已。

仲正諱叔雅。父震，宗正少卿、提舉浙東常平茶鹽。咸淳間，號名二千石，晚歲高遯以卒。仲正不仕，繼志焉耳矣。世居慶元慈溪縣鳴鶴鄉。曾祖世垚。祖一鶚，贈朝奉郎。妣趙氏。配鄭氏，司農寺主簿大澤之女。子二人：正倫、正倩。今葬韋家奥之原。延祐七年五月二十二日卒，年五十有四。銘曰：

闕觀稱貞，舉世顯榮。肥遯靡求，孰爲之升。君允矣恬，搴奇漱英。求知者天，卒韜智名。有年不修，莫究其成。我銘孔哀，以永厥聲。

將作監主簿蔣公墓誌銘

朝奉大夫、將作監主簿蔣公諱曉，字堯臣。淳祐七年進士，以至元二十四年卒，年七十有一。葬奉化州長壽鄉邵奥之麓。曾祖梗，朝奉郎、通判台州，贈中奉大夫。祖如愚，朝請郎、通判隆興府，贈太中大夫。曾祖妣張氏、楊氏、伍氏，贈令人。祖妣諸葛氏，封〔九〕安人，贈淑人。考嶠，文林郎、池州貴溪縣丞，贈朝奉大夫。妣湯氏，贈宜人。既葬三十有六年，長子景先卒，無子；次子昭先次其先德家譜，來請曰：『蔣實望族，七世昭穆皆鉅公，著銘罔缺軼。我先人在時，子以子孫禮見，且承學。今子在太史，非子銘，其誰宜？』桷不敢讓。銘曰：

蔣姓宗姬，函亭漢侯。居鄞發祥，唐季是稠。厥孫評事，清淨急施。有嗣金紫，益振以義。忠肅陳公，謫明絶朋。俾子允師，連桂以登。曰高祖考，宰邑孤高。相京傳私，卒忤以逃。是生台州，繼以隆興。倅貳有聲，再世是繩。詵詵貴池，丞邑退卑。厥兄諫議，職穹聞馳。愍弟有孤，將授門功。公謝弗受，迄升南宫。試簿仙居，復攝寧海。卻妖節浮，民靡匱貸。入理京獄，直囚不刑。探其隱姦，大尹以驚。出邑武進，遄易分水。嚴盜獗張，召公顓治。摩礫羸頑，請粟食賑。楮帛賦繁，直疏罷進。神存正祀，學飭新象。彼厖者叟，祠祝泣想。爰倅于越，撫民彌加。計臣增輸，牘諫戢譁。佐餉既終，監舶涖温。香珠翠毳，罔游于門。輯爲成書，以儆墨惛。彼相嫉廉，改司匭〔一〇〕函。白璧襲緹，卒罹其讒。晚佐繕營，國步日窘。罄實食貧，絶見喜愠。少竄刑書，復入詞學。記言博精，灑墨清犖。譜書庚申，文紀甲子。視階郎中，澤奏冢嗣。歲行丁亥，九月庚戌。飾巾辭終，壽七十一。厥嬪氏曹，箋詩之曾。子曰景先，無禄絶承。有季昭先，守儒俟徵。墓在州南，先域接挹。集藏于家，厥帙爲十。維公儀觀，偉古動人。前聞後訛，指掌剖陳。巍坐若尸，不傾不陂。彼諂有徒，正色以止。耆舊川淪，來者荒塞。昭銘墓門，以作後則。

校勘記

〔一〕『徽』，四庫本作『紛』。

〔二〕『汰武』，郁校：『汰』，鈔本作『太』。案『汰武』不可解，鈔本疑『汰』爲『太』，不知惟晉時蜀成以太武紀年，金無此年號也。『汰武』或是『泰和』，以聲近而譌，又誌文下云『始著進士籍』，則汰武時或是去兵戎，始興科目耶？無他本可校，仍之。

〔三〕『子』，原作『女』，據文義改。

〔四〕『妣』，原闕，據四庫本補。

〔五〕『曾』，原作『魯』，據四庫本改。

〔六〕『候』，四庫本作『俟』。

〔七〕『攸』，四庫本作『由』。

〔八〕『悟』，四庫本作『悞』。

〔九〕『封』，原作『贈』，據四庫本改。

〔一〇〕『匭』，原作『軌』，據四庫本改。

清容居士集卷三十

墓誌銘　墓表　葬記附

宣武將軍壽春副萬户吴侯墓誌銘

往者壽春爲宿、亳要衝，犬牙相承，城郭樓櫓，移易無常所。草舍殘缺，狐兔出没道途間。築覆土窖，以避妻子，短兵迎接，利不利不復計，猶持農器治田壤，惴惴求活，歲率如是。世祖皇帝以天兵取江南，捨兩淮爲最後。至元十一年冬，渡江。十二年，平江東，抵錢塘，宋社告亡。十三年，兩淮爭奉地圖以降，無鏃刃之費，天下大定，而淮始得爲樂土矣。

當是時，吴侯祐以壽春歸職方。其子安民，字惠卿，侍父承〔二〕顔，行率部伍，招輯潰卒，控曹橋，下獨松渡，越江略定會稽、台、温三城，南踰閩嶺，拔莆田，擒將李雄，生俘其守臣，而以功歸其父。二大帥曰：『吴氏子宜第，其戰多，别有以賞勵。』乃署千夫長。十四年，父卒，始襲爵，佩金符爲管軍總管，鎮揚州。十八年，大治兵伐日本，拜疏請行，授宣武將軍、征東副萬户，領淮東西兵以先舟師抵其國。八月，颶風大作，器械、軍士沈溺物故，衂破舟亂流，以經海島。

高麗、日本二國常不相能，遇高麗邏人，問所以，載與還，而先帝亦厭兵罷征矣。

二十年，建黄華反，奉命往討之。至政和縣，獲賊將，度九峰嶺，接戰益急，得其僞署圖籍，虜驍將以歸。十有二月昧爽，進軍平溪，華盡死力拒砦赤巖山，盡俘其器甲、族屬，黄華始平，迴鎮揚州。二十一年，省治杭州，從與俱。其年，鎮湖州路南潯。明年，調嘉興路海鹽。未幾，復還南潯，又還鎮壽春。二十四年，詔領軍討交趾，至黄州，罷兵。二十六年，鍾世明叛江西，吳太仲叛興國縣，搏奇蹂虚，率以底寧。上功司勳，輒卑退不欲言。三十年，移鎮和州。

大德四年七月某日即世，年五十有七。娶楊氏，先卒。子男若干人，長繼武，襲其爵。葬于宣武侯之墓左。曾祖某。祖某。妣某氏。予嘗聞古名將垂老，吶吶若不能言，秘晝勇略，壯歲所施無留藴，閲成敗得失已盡，醇酒鐘鼓，夫豈託焉以自完者與？烏江馬君某言：『吳侯知儒書，後悟浮屠氏禪學，充然若有得，其女弟亦能爲禪人偈語，是皆世所鮮有者。』銘曰：

維昔淮甸，勁雄莫侔。一夫當百，鋋戈怒投。裹彼乾餱，聿嚴盛秋。養安懷慆，苞桑靡謀。天錫大帝，神武興邦。掐其喉襟，投鞭浮江。俘鷘擒驍，百城舂撞。視彼彈丸，後夫卒降。桓桓吳侯，效命奉職。以其素能，昭代著績。褰裳先登，飈掠電激。或乘其巇，或躡其跡。瞻彼霍山，雲流無蹤。昔困于兵，今黍芃芃。繄帝之功，維民之逢。侯之幽宫，松柏茂直。告而孫子，靡懈靡忒。法其退謙，恬静以默。我思于淮，作銘示刻。

同知樂平州事許世茂墓誌銘

端平三年，蜀破，衣冠大姓順流下東南，至江陵，十不存一二，皆舟觸巉崿，瞬息以死。淳祐三年，蜀益蹙，避兵來南，其物故與端平無異。宋主憫其流離，悉擢列在位，大者輔政機，備獻納，外爲閫臣、郡將，經術史學，四方取以爲宗則。宋既亡，故國世臣益困辱不自振，淪胥泥塗，非獨蜀士然也。

大德七年，桷備史屬選，與虞忠肅公孫集交。許君松以湖廣掾上計京師，詢其官簿，則顯謨閣學士、給事中、少保諱奕之曾孫，中奉大夫、知紹熙府謚介節諱彪祖之孫，奉議郎、通判涪州諱長源之子。君字世茂，懿範世則，珠貫而櫛比，語西〔二〕蜀事，歷歷在指掌。清言雅儀，筆札擅簡古。卑讓，恥與後進較。酒至醉愈恭，不復作世俗語。遂締與之交。

至大元年，授潭州榷茶副使。再見之，貌益温，論事盡繩墨，智圓氣完，欲以政理自表見。故其爲茶官也，不務苛刻，而課有嬴羡。仁宗皇帝立科舉，以君考鄉試，自喜曰：『吾嘗貢于鄉，黜浮培實，宜以稱明詔。』是歲君所貢士入南省，號爲得人。

延祐五年，授徽州路婺源州判官。復與語，輒愀然曰：『吾家繇開慶初辭簡池寓南康，墳墓井邑，生別踰五十年。貧不能忘禄，齷齪州縣，弗得以文墨顯。吾何爲哉？』其治婺源，益自振刷，絶蔓探疑，明以近民，而盜跡不敢入境。至治二年，見其神益清、貌益癯，舉酒屢酌，卻雋永，猶喜議當世事。桷與翰林直學士曹君元用子貞共署，薦爲湖廣提舉儒學，思以佚其老。集賢直學士鄧君文原善之亦曰：『是舉誠不忝。吾爲江東分部使者，嘗舉其政事、文學矣。』十一月，授承直郎、饒州路同知樂平州事。歲終，得上氣疾。正月甲午，終于邸舍，年七十有二。

曾祖妣某氏。祖妣某氏。妣某氏。娶趙氏，再娶陳氏。子男若干人，女若干人。孫男若干人。始君居南康，閉門授徒以奉母。右丞燕公公楠開營田司，知其賢，取以爲佐。後遷行大司農，益任之。掾湖廣省六七年，能以儒術輔法令，事明理融，無底滯固陋，一時吏師尊禮之。君始生踰百日，晝夜啼不止，有僧祝其頂曰：『汝爲許氏子，啼何爲耶？』啼乃止。未幾，涪州下世，年八歲，隨舅氏茶馬趙君寓江陵。里有災，能取涪州神主奉以逃。稍長，益自奮勵，諸老咸器偉。故晚歲宦業雖不大顯，而行事有足稱者。其喪歸，以某月某日葬于某原。子昉踵門，以廣信劉君光事狀泣曰：『願請銘。』桷泣相向，不復辭。

嘉定更元，韓侂胄誅，解僞學禁，先少師正獻公、曾大父樞密越公相繼入著作庭，給事中少保許公，巍科首班著，善類肅穆，天下傾動。未幾，少保論外戚不合，去。今幾百二十年，閱昔時題名，求其嗣續，率皆澌盡銷鑠。而桷與世茂俱爲曾孫，相顧自保，灰編墜簡，證世德之舊，於世茂實有望。今死矣，雖欲勿哀，其可乎？銘曰：

蜀繇秦開，千[三]載底寧。英光蜚聲，山川耀靈。漢魏啓伐，不假以兵。唐宋踵規，閈門書迎。錦楹繡牆，夸浮日矜。帝鑑地圖，百神震驚。氈車轟轟，金戈晶熒。自西徂東，舳艫貫繩。

或沈于淵，或疫以乘。蹇蹇許公，疑丞弗登。是生介節，嬰彼孤城。恂恂涪州，弱息慎承。流離拮据，守其書籯。儒以飭身，政以裕名。匪急於禄，抗宗希成。凡我士族，爨范是懲。東南之區，凜其春冰。我思許君，是用述銘。

任隱君墓誌銘

鄞甬東横溪，多郡宗故家。桷之七世祖祥符丞而下，娶婦皆楊氏，少保夫人曰申國，太保曰越國、魯國，太師曰齊國。幾三百年矣，楊、袁爲中外表，歲時往還無虚日。而甬東任氏，與楊姻婭亦十餘傳。一日，任氏子元善介予表兄楊仁之，以其先君子之狀求銘，復録其十九世祖唐建州司馬遠之葬記以示。其記曰：『建州生佶，檢校尚書工部員外郎兼侍御史。是生崇，試循州司馬。循州生貞幹，元和十三年補集賢殿供奉承旨，後爲越州都督府功曹參軍以終。集賢生行規，大中時，以明經薦于鄉，舉上第，爲蘇州司兵參軍。』

吾里士族，莫先於樓、袁、楊、蔣，作郡志者，於任有缺。仕莫榮於集賢承旨，承旨，布衣爲者也，職撰述校理，在元和時，任不輕畀。司兵以明經登唐上第，尤偉著，志亦不紀。考孫吳有任光、任奕，皆鄮句章人。今其地爲鄞縣，則建州蓋二賢之裔，而先賢皆遺軼。比予補郡乘，亦缺然有愧矣。嘗考大中以後，鄞數爲盜侵掠，城燬蕩遷徙，錢氏以宗親專節鎮，租税刮剥，民不堪奉。昔時故族，躪藉銷鑠，於任氏概可見。至宋受版圖，興文儒，鄞士在汴始盛。渡江以南，雲滃川涌，幾二百年。而不幸數十年詩書廢墜，望塵執隸，欲爲任氏十九世之傳，不可得。噫！可勝歎哉，可勝道哉！

任君名天祺，字君瑞。曾祖汝諒。祖用康。父逢龍。其居鄉，善保衛，徵調數起，先事以備，縣胥不能高下。友其弟天麟，弟病酒死，曰：『吾不可使弟無後。殯其喪，俟我死，必俱葬也。』大德七年六月某日卒，年五十有八。未幾，弟婦顧氏亦卒。以其遺言，大德十一年十二月丁酉，奉柩與弟及婦俱葬于吴公山之祖塋。妻屠氏。四子：元善；可善，承弟後；達善；兼善。孫男四：立道、弘道、鳴道、原道。孫女三。立道，楊氏壻也。銘曰：

世胄日顛任譜完，堂堂文藝志録傳。昔通今晦理則然，鄉井急誼手可捐。金峨東聳下泓泉，蹇極遇順盈百川。我銘考官以昭先，歷十九世緒益延。焯哉任恤德靡愆，率而雲仍亘千年。

史景賢墓誌銘

君諱韋卿，字景賢，鄞史氏。故國世臣太師、丞相、保寧軍節度使、越忠定王諱浩，爲曾祖；妣貝氏，魏越國夫人。太師、中書令、保寧昭信軍節度使、衛忠獻王諱彌遠，爲祖；妣潘氏，齊魯國夫人。觀文殿學士、正奉大夫、奉化郡公諱宇之，爲考；妣趙氏，高平郡主。

君幼成合矩度，進退持奉，侍立占對，識者知真王孫。筆墨書史，楚楚自將，皆有法。郡公目送，深念之。稍長，鉛采自陶寫，蒼松斷崖，昂然有遺世意。宮商敷宣，綵鸞詠而鳳幽鳴也。退靜韜匿，冥會於千載之上，察其念，良是矣。郡公職二品，君當以京官入仕，生晚，禄弗及。至治三年秋八月，得上氣疾，卻藥賦詩，出别語於宗親。梱時官京師，呼梱子瓘立牀下，曰：『爲吾語而翁，求銘以昭吾志焉。』越翌日辛酉，果卒。嗚呼！年甫四十有八。

章綬積襲，隱顯有定數，至於年亦不得永，是可哀也已。維忠定王，梱外高祖，幼習外家獻文，世德相業，焯在《宋史》，不敢論。獨敘三世壽考，以增君之悲。維忠定以三公居東湖三十年，陪祠慶壽，秀骨山立，多士秉笏，交語曰：『史太師真壽相。』年八十有九，即世。忠獻獨相二宗二十有七年，總核庶政，燭照藪納罔有缺，年七十以終。郡公恂退若癯儒，龎眉素毫，冰玉照焜鄉黨，年七十有九迺終。壽種彰灼若是，君才不得一見施設，年又不能以紹傳，是大可哀也已。子一：性孫。女二。將以某年某月葬鄞縣陽堂鄉金嶴之原。銘曰：

寥寥東陵瓜圃熟，沈冥里閭企高躅。達人知命化不悳，手持參差入雲谷。周公魯公儼初服，奉蓍以占剥斯復，學詩習禮在嗣續。我銘孔悲辭匪瀆，佳城鬱蒼覘宰木。

袁州知事孔君墓誌銘

大德初元，孔君昭孫明遠甫爲慶元儒學正。于時，禮部尚書王先生應麟師表後進，門無雜賓。明遠以通家子執疑證訛，梱每連席請益。時則有教授某恣睢自負，語侵先生，迺憤然曰：

『吾不能與之共處。』疏其謬誕十數事，鳴于憲府。人益奇其伉直，有先中丞遺風。是後，爲蘄陽教授。蘄陽舊爲邊障地，君能化其俗，使稍就學，久之，丕變爲儒士。皇慶元年，授慈溪縣主簿，郡人咸曰：『是斥故教授者。』飭躬以廉，民莫敢病。未幾，江浙省取爲掾。會歲歉，計富人籍田，出粟以賑，吏不能舞文，粟悉入市，其直輒減，宰輔奇之。延祐□年，授從仕郎、袁州知事。秩滿，泰定元年以疾卒，時年六十有二。

君實孔子五十二世孫，中丞爲大宗，傳四十有七世，中奉公傳與其從子玠，南徙三衢，賜廟譜諜章灼。而君之考諱某，咸淳間爲名太守，後僉書樞密院事，職進資政殿大學士。而大父某，亦贈太子少師，謚文介。曾大父諱某，贈某官。妣某氏、某氏、某氏，俱贈郡夫人。

噫！士常患爲世家，紹宗趾孅，懼難以繼。仕顯矣，德不稱，無取也。言足以斥姦，發揚剛毅，是則於孔君見之。仕雖不大振，於孔君何憾焉？予嘗與君繇義烏同邸宿，至婺學，旬日危坐論古今，各欲以名節相勉，而懷奇抱介，予輒讓不敢。今歸老田里，期爲全人，思一見明遠不可得。至是，淇來請銘，安得勿哭也已？

娶王氏，前進士集之女。男六：淇；淮，繼兄後；海，蚤世；涓，繼弟後，建德儒學正；瀛，慶元昌國州儒學正；滸，早夭。女二，適山陰王墉、富春張順可。某年某月，葬棊水浮河原。銘曰：

金剛而冰清，行之成也。白兮不緇，德之貞也。憤世嫉阿，全粹精也。謝彼戚施，實蜻蛉也。銘以揭之，歸藏永寧也。

僉事范君墓誌銘

大德六年，范君子誠爲平江路經歷。于時，桷將之京師，道吳。其郡大夫疑忌，事多不決。范君抱牘堂上，定可否，大夫頷頷，不復有異議。人皆曰：『是真贊畫才。』嗣後，爲掾中書。仁宗皇帝在東宮，興崇禮文，廣廟祭，凡視執政者，率增贊書。桷時日具紙墨，君排剔研討，使各中繩式，莫有訾議。嗣爾厭繁劇，告外補湖州推官，又爲黄巖州。州與鄞相犬牙，治跡賢否，嘗耳接巷議。州民來鄞，必曰：『吾州黄氏子，號豪民，范侯能挫抑之，帖首受罪。』後予直集賢，黄巖之儒生暨商于城坰者咸告曰：『黄生易黄冠，訴范侯以不直。』遂議于大學士郭公，訖不受其説。精神籠絡，貫穿于儒術法律。

將大展其用，而其子景文踵門，泣以告曰：『先君之不禄，在泰定二年閏月某日，得年七十。道遠不克歸葬，以是歲二月某日，與大父奉議君俱葬于平江路長洲縣武丘鄉白蓮橋之北原。知先君莫如子，敢以銘請。』

謹按：君諱忠。其先京兆藍田人，後籍真定，今三世矣。其爲仕，首受史丞相之孫耀辟，爲浙東宣慰府掾，改受蘭溪主簿，再辟江浙行省掾，迺授平江路經歷。又授揚州路經歷，不赴。改辟都省掾，授湖州路推官。以選能爲海道府千户，分治四明，知台州黄巖州。英宗皇帝詔風憲舉守令，再知徽州婺源，改同知福建轉運鹽司事。泰定元年，擢僉江南浙西道肅政廉訪司事。其簿蘭溪，嘗攝尉事，捕造僞楮，當受賞，君謝不取。在湖州，有訟弟死非命，且疑弟婦受賂焚其尸，君録囚，考弟實以鬬死，婦始得脱。湖多淫祠，毁三百六十以治官舍。分漕四明，首拓廳事，嚴竦治具。新天妃宫，以肅祠使。其治黄巖黄氏事最著，正彝倫，絶攘奪，尸祝口誦，宣著于郡乘。婺源俗尚競渡，易其舟爲浮梁，民不病涉。在閩中，鹽足於民，而私貿者悉絶。考其所居官，興建鋤擊爲己任。絶功利、守名實，爲君素志，迄不展大用，壽與禄不失其願，亦可無憾矣。

嘗鑄禮殿祭器，書二千卷，歸于鄉學，集賢王公仲常爲文以美。篤于慈孝，頒宗録孤，故贈禮部郎中白公某，壯歲深奇之，妻以女，君感知己。凡所爲樂府，稡〔四〕刻以傳。曾祖昂霄，金大安元年進士，官正議大夫、同知静難軍節度使兼邠州觀察使。祖元泰，元授從仕郎、同知解州事。父天祐，汀州路經歷，贈奉議大夫、真定路趙州知州、驍騎尉、元氏縣子。景文由臨安主簿辟江浙行省掾，敏修善吏事，其進將未艾。孫二：公琇、公琰。孫女五。乃爲銘曰：

吏訴于儒，以儒爲拘。儒以病吏，其刻莫渝。據會統宗，孰承其傳？温温范侯，趾孅紹先。化其奇觚，不急以干。削豪翦强，欲援以手。謂不大逢，亦既禄壽。世方尚名，我獨猗之。彼喜以功，縮武避之。武丘之原，松柏峙植。魂無不之，子孫承式。

鄭照磨墓誌銘

鄭威敏公驤，以靖康虜難死同州，紹興録孤褒忠，賜廟愍節。至于其孫建德，登進士第，延賞守祠，世嗣不絶。五世孫諱元貞，實奉祠事。生孫曰端，是生汝賢，爲江西安撫司準遣。生檜，爲都酒庫官，君之父也。君諱文瑞，字子祥。生而骨相殊特，府君深奇之。稍長，從鄉先生課程文，有能聲。科舉既廢，居里閭，以孝謹稱。

至元間，下令舉儒吏，實預首選。試郡功曹，移典玉山，郡侯復取自近。省授監平江路倉，轉海道萬户案牘官。再爲海鹽州案牘，轉行省鈔庫副使。平江庾氏歲入浩夥，不得脱，君獨以治辦稱。海鹽多豪民，殺人率遣奴償死，君能直之。行省積弊楮，三年不毁，君上言申其數而歲除之，後取以爲法。泰定元年，敕授將仕郎、浙東道宣慰司照磨兼承發架閣。

予見君于京師，言議縝密，剸割苛亢，中綮節。暨官帥司，下帷沈思，吏跡不入户，勾稽研覈，充然益有餘地。古之善居官者，必自持家始。自衣冠丘墟不復給足，荷戈負耒，何可勝道！念昔信實要衝，君獨善理其身，掇拾化治，任能竭力，相其天時，權其贏奇，卒昌於官，以發其素藴。是殆於君見之。抑又聞之，流光演休，首於死節。宋社云亡，忠義之録，一二僅見。則威敏之澤，雖十世未艾。君續其承，猗與盛哉！

其卒在泰定三年九月某日，年六十有三。某月某日，葬某縣某鄉。子男四：謙亨、復亨、鼎亨、泰亨。女三，嫁黄中正、孫良玘、葉原道，皆仕族。孫男七。孫女七。娶姚氏。曾祖妣蘧氏。祖妣劉氏。妣謝氏。謙亨奉柩將歸里，踵門泣以告曰：『先生故大門，知官譜唯詳，而吾里獲銘者數家，矧先子世系若是，敢以請。』銘曰：

志專豐崇，足昌其躬。家傳于忠，蹇事于公。美玉襲之，良馬縶之。不泄不辱，云〔五〕紹以續。作之怦怦，承之兢兢〔六〕。而子而孫，視我斯銘。

文清薛處士墓誌銘

孔子敘逸民，謂其求志達道，超然於塵垢之外，心若槁木，形若蟬蜕，動莫有跡，行莫可名。其混世也，物莫與俱，冥神内觀，返真潛虚。若是者，其近之矣。故昔之善晦匿者，草衣菲食，不導引以壽，養其天年，恣縱泉石，歷探遠挹，興至而若遺，擇幽絜以養其雅操。求於世，吾不得而見之矣。今得一人焉，曰處士薛君勉。

薛君，信州貴溪故儒家，自其曾大父子徹，以儒科縣南丹。大父琢，父士亨，繼業進士。君益以儒自勵，居鄉黨教授，名不蘄彰，沖然有容，守約自裕。游湖湘，極交廣，返築室于宜陽，納幽據勝，爲堂曰寶善，以示子孫。泰定三年四月某日卒，年六十有八。族黨姻戚咸會哭，曰：『先生儒以紹傳，兹其爲文也宜矣。固窮而無求，貽書以遺後，其得不謂之清乎？』遂私謚之曰文清。子二：玄義、玄儀。玄義與余爲方外交，在崇真宫數評議吾徒所當爲事，詞章清峭，翰墨簡絜，每視之，嘗以爲不可及。君既死，求銘於余，實不敢辭。在《易·蠱》之上九：『不事王侯，高尚其志。』而初爻則曰：『有子，考無咎。』嗟夫！離世絶俗，念不存於家，非子承意，曷克臻濟？是肥遯者，猶相須以成也。妣王氏。配孔氏。孫男二，女一。以某月某日葬。銘曰：

冥飛維鴻，莫窮去還。飄摇長裾，游於海寰。沈匿不羈，謝彼世艱。貞簡峻清，玉雪者顔。支離似困，爰養其遁。先賢高風，承耳接論。葆真藏名，永裕嘉問。振振有子，益昌者名。三光盪摩，服其粹精。有大之松，清風泠泠。非培曷成，非繼孰承。

海鹽州儒學教授袁府君墓表

維袁氏，四明大族。繇處州太守諱轂，試開封府第一，登嘉祐四年進士第，佐蘇文忠守杭，文忠爲同年生，後贈光禄大夫。生倉部郎中諱灼，得罪政和以歸。生贈朝奉諱坰。朝奉生通議大夫諱文。通議生龍圖閣學士贈少師諱燮，嘗以禮部侍郎專史事，謚正獻，天下稱爲絜齋先生。

桷七世祖諱轂，試開封，以中書守當官，遷祥符縣丞。生曾孫，爲少傅、同知樞密院事諱韶，贈太師、越國公，受學正獻公，於宗譜爲族子，相踵登淳熙進士第，同入秘書省爲史官，先後爲侍從，縉紳榮之。正獻生子四人，俱至名卿尚書東宫官，而第三子最清顯，嘉定七年進士第一。再任〔七〕國子祭酒，仕至兵部尚書、給事中、實録史院修撰，諱甫，贈少傅，謚正肅，天下稱爲蒙齋先生。正肅次子諱傒，通判潭州。是生君，諱裒，字德平，以安定長授海鹽州儒學教授。未拜，延祐七年六月二十日卒，年六十有一。

嗚呼！甲族鼎貴，莫盛吾里，甍棟接耀，郡守丞監官議婚對，未肯齒擬華腴爭高，姿度悦澤可愛，念遇大變故，困辱不自完，業無依歸，貿貿以死者多矣。

方至元十五六年間，故家猶亡恙，海鹽時年二十，桷年十四五，私相議曰：『宦族久當圮，宜蕲爲傳遠計。』未幾，正獻宅火，留城南。遂各盡晝夜，濬源鉤思，探索幽隱，以黜陳辭爲己任。考閩、蜀、東浙、永嘉、湖南、江西之儒先，合其異同，不在於貴耳。雜書襲訛，輯言行者尊之，吾與子所當辨。更二十年，各宦游四方。君以憂窘困躓，酒酣語豪，卒不少貶折，詩筆益温雅簡絜，察其學，猶以昔所言自任。桷繇集賢罷歸，往拜焉，病且瘠，不能起，忽手書曰：『夜夢游南嶽，署己判官。』遂釋之曰：『南正，火也，火爲離，爲文明，宜司以瑞太平。今天子興文，禄弗及，其在乎子孫。』未旬日，下世。夫子作《春秋》，譏世卿。史非世官不能，兩家子孫，凡五爲史官，獨君不及用，誠可憾。

曾祖妣邊氏，秦國夫人。祖妣趙氏，衛國夫人。妣趙氏，封孺人。子四：曰霆，曰杲，曰鋭，曰龠。孫一人。有文集若干卷。葬在正肅塋十步邇。迺表于墓曰：

桷備史屬號最久，見秉筆者罔再傳，獨東平王公其子文且賢。纂修有能名，嗚呼吾宗免矣夫。君不得預爲可吁，厥子若孫永紹圖。至治二年歲次壬戌，族姪具官桷表。

真定安敬仲墓表

嗚呼！金蹂宋踰南，兩帝並立，廢道德性命之説，以辯博長雄爲詞章，發揚稱述，率皆誕漫叢雜，理偏而氣豪。南北崇尚，幾何所分别。當是時，伊洛之學傳南劍，至乾道、淳熙，士知尊其説闡明之。朱文公統宗據會，纖鉅畢備，正學始崇。又未幾，僞學造謗，咸諱其説以售仕。于時金將亡，各流離自保，烏睹所謂經説哉？有明其説者，獨江漢趙氏，私相筆録，尊聞傳信，稍自異流俗。

皇元平江南，其書稇載以來。保定劉先生因，篤志獨行，取文公書會稡而甄别之，其文精而深，其識專以正。蓋隆平之興，使夫道德同而風俗一，承熄續絶，不在於目接耳受，而有嗣也。劉既死，得其傳者曰安君焉。君諱熙，字敬仲。其學汪洋靜邃，謂：『文以載道，辭不勝，不足以言理。』故其言修以立，於詩章，幽而不傷。慕貞絜之實，將以自任其道者也。道散於異端九流，證拾於墜簡，傳者益遠，而書幸具在。不知而作者，則索於句讀之末，旨意斷絶，踵謬而莫悟。君設對問以辨，後作者悔而焚其書。《左氏》浮誕不合經者，悉去之。續《皇極經世書》，繇元豐至至大三年。考《家禮》，爲祠堂以奉四世，邑人化之。教人也，持敬爲本。解經必毫縷以析，果知之，必驗其所行。弟子相從者常百餘人，出入閭巷，佩矩帶規，知其爲君之弟子。其於劉先生也，未嘗一見之，蓋篤信其書，默求以通焉者也。劉亦知君足以傳道，卒不得見焉，君深悲之，而於學有似，君無憾矣。

君之先，太原離石人。五世祖玠，仕於金。曾祖昇，不仕。祖滔，以經童登第。金將亡，徙真定，因居焉。戊戌歲，詞賦入等，占儒籍。考松江東宣慰司照磨。妣劉氏。君少敏悟，諸父咸器之。素多疾，嘗避隱封龍山。然卒不得年，至大四年五月某日卒，年四十有二。娶張氏、焦氏。子二：塈、垣。女一，嫁保定等路鷹坊總管王沖。是歲，葬藁城縣安仁鄉先塋之側。其卒也，翰林學士王公思廉以書唁其父曰：『自敬仲死，詎安氏不幸？士林不幸矣。』有遺文若干卷。

既葬之十三年，門人蘇天爵述其事狀，踵門曰：『默齋先生，天爵從學實有年。先生之德之行，願表于墓原，使有考。』桷作而言曰：

真文忠公德秀與朱文公同里，生不及事焉。文公之學，真實紹之，侑食于廟于祠無異辭。集賢劉公生愈後，闡揚合一，劉公功與真公並。安君不得見劉公，而道寔有傳，盛矣哉。春陵之學，四方爲有準矣。某年某月某日，具官袁桷表。

史猷父葬記代其子作

大德丙午九月朔，我先君子壽春推官卒于寢，年七十有三。越十月丙午葬，其地邇高祖越忠定王墓次百步許。先夫人郭氏卒，葬十五年，乃合窆焉。

嗚呼！先君子諱徽孫，字猷父。少孤，祖母嚴氏躬教督，具諷先訓，感悟于時。史氏極貴盛，壽春癯然整修，奮棄子弟玩習，搜紹淵懿。族祖文靖公見之，曰：『兒當以文名吾門。』稍長，試吏爲諸暨主簿，從政精覈，邑長缺，使者俾治幾一歲，入辟淮東，治田事，調揚州司理參軍，帥大器重，悉以事付。甫授壽春，帥益取自佐，循承直郎，而先君子不復仕三十有三年矣。有詩文若干卷。晚讀陶靖節詩，語近意遠，視世德脗合，深自慕儗。平居無愠忤色，筆墨清藝，觴至輒就。放邵子《觀物》，爲詩數十篇。久更困約，益以理自得，清日危坐，道舊事，緩語不絶口，鄉黨賴焉。

嗚呼！公亘〔八〕等五男子，爲從伯父、從叔父後者曰公玉、公謩，次公書、公亘。女三，已嫁仕族。浙西提點刑獄贈少師諱彌正，爲曾祖。紹興監酒贈朝奉大夫諱實之，爲祖。朝請大夫、通判處州諱顯卿，爲父。將葬，謹書納諸壙。

張府君墓田記

平章留守亞安公，介其掾韓叔亨致命於袁桷曰：『吾外大父張府君，世燕大姓。貞祐來，兵革相尋，獨府君逃難脱死，每言避兵本末，輒吁歎涕泗，且曰：「吾譜諜亡缺，使果得仕，吾安能爲祖父榮顯耶？」繇是益治生自裕，强之仕，弗願也。至元十五年三月某日卒，年六十有七。外大母劉氏，次黄氏，俱無子。一女，劉出也，嫁我先公中奉大夫、湖南宣慰使，後以卹典贈金紫光禄大夫、大司徒、梁國公，而吾母亦得封爲梁國太夫人。府君之塋，在大興路大興縣宜泉里，歲時率外孫奠薦于塋下，封植崇謹，顧瞻咨嗟。推其所自出，其接于見聞者，誠莫有怠也。更數十年，則曰禮有隆殺焉。推服盡之義，至於異姓，則必曰先王制禮，不可過也。夫禮緜情生，使張氏有後焉，誠不敢越。吾懼其塋域之蕪没，詔于曾玄，將有以謹諸。爲我記之。』

桷聞諸《春秋》，會盟稱辭，甥舅之國，雖數十世，猶徼福於先君。敦敘之義，蓋可考也。掩骼埋胔，先王之令典。留守公之用心，合於禮者之爲也。《凱風》寒泉，藹然見於悽愴，情之至也，然則凡爲子孫者，寧不守其家訓也哉？

府君諱祥，字瑞之，壻梁公諱某。外孫長即榮禄大夫、平章政事、大都留守、領少府監、行工部事、佩金虎符、武衛親軍都指揮使兼大都屯田事；次某，承務郎、太府監左藏庫使；次某，奉議大夫、太僕寺丞。外曾孫凡若干人。延祐四年九月某日，具官桷記。

田氏先塋誌

太僕田茂實君秀，與桷交京師，相好也。大德乙巳三月某日，其先君子諱某，年六十有五，卒于河南。君秀墨色蓬首，哀不絶，道兼晝夜行，歸治其喪，將窆于大塋，卜以不吉告。越二年，始得吉于邙山之白李莊，迺徙武略君與夫人齊氏合葬，以諱某君祔。

至大戊申，君秀奉家譜言曰：『嗚呼！先君子德豐而養薄，孤之罪也。田氏世居豐州，有試金武舉科爲環州司候者，諱青，金徙汴，拜武略將軍，總戎千夫，屯鄧州。鄧歸有元，改爲襄樊屯田官，豐州墓夷徙，始占籍于洛陽。武略，吾大父也。先君子嘗言：「金將亡，城郭蟻潰四出，馬塵南驅，躪藉爭死，枯骼野燐，千里一色。豐州爲路衝，荒墟敗礫，白日無人行聲。自吾少年聞祖父言，每震掉不自已。今汝生盛明時，重和累休，振纓清朝，吾老於斯土，藝于田，漁于河，涵煦濡嚌，食安閟華，没齒誠樂也，仕何慕焉？」茂實泣受其言而書之，敢以爲邙山之塋誌請。』

桷曰：噫！夫邙山，古之幽宅也，穹隆袤廣，可以數度。自秦漢而降，錮其封崇，極于夸貴，俠侈之士，不知其幾？後今變更，高者爲雲煙，下者爲水泉，而慎終送死，日相尋於此山，愈完而愈新者，何也？夫貴以日計，德以世計，德足而貴不至者，命也。恃貴而忘德，貴將恥之。今君秀官于朝，將貴矣，念先君子之言，警其宴安，彌以自勵。吾知田氏之墓，滃然而豐茸，必戒必護，衍其子孫，益守孝謹，雖千百年無變。而始田氏之譜由武略，愈遠而愈可考者由太僕，其尚勉之哉！母夫人高氏，慈儉有家則。君秀今爲奉直大夫、太僕院判。弟〔九〕二：德畯、世英。葬以某月某日。袁桷誌。

高夫人葬記代作

嗚呼！我先考至元甲申歲七月十有三日不禄，昉時年二十有一。平居嘗言：『吾宗世居遼陽，始祖當金時，以征遼功封太師，有子十人，皆拜節度使。金亡，太師子悉散軼，獨曾祖岢嵐州節度紹其宗，是生大父，諱植，爲洺州防禦使。妣大氏夫人。洺州生近侍局副使諱世榮。副使卒，吾時年八歲。妣王氏夫人寓殯于陝，因家焉。夫人鞠撫之，迄見其成人。初娶郭氏，前元帥左監軍巨濟之女；後來大名經歷孫〔一〇〕用之，無子，察吾氣宇非凡近，遂以汝母歸于我，因定居大名。而自洺州而下，藁殯于陝者，皆葬于元城縣之令公鄉焉。』

先考諱昂，字沖霄，繇轉運幕職拜朝城武陟縣尉，能以慈惠撫其民，盜不敢犯，後謝病退居，樹德自秘重，享年五十有九以終。昉初掾集賢，由院上中書，自中書累遷爲左司郎中，出爲潭州路總管。太夫人視聽明徹，總覈靡密，昉盡服王事，一不使亂其志意。未幾，入爲中政院同知，拜中書省參知政事。尚書省立，後除江浙省參知政事。至大四年，詔官二品得贈二代，繇是副使得追贈嘉議大夫、大名路總管兼府尹、上輕車都尉；王夫人追封渤海郡夫人。先考贈中奉大夫、參知政事、護軍、渤海郡公；夫人封渤海郡太夫人。皇慶癸丑，昉陞資善大夫，爲江浙行中書省左丞。太夫人年益高，屢疏終養。延祐元年春，復召爲中書省參知政事，奉夫人將北歸，使者屢趣就道。又未幾，改拜集賢學士、商議中書省事，迺不敢辭，遂侍夫人來京師。是歲十月十日，以疾終于正寢，享年七十有九。

嗚呼！ 昉不孝，先公亡恙時，不能以禄爲一日之養，幸得奉先夫人以自慰，垂三十年，不自殞滅，禍罹慈親，攀號訴慕，實無所容罪。將以是年十有一月某日葬于先塋。日薄，未得謁銘于當代，謹志其梗概，納諸壙。男一： 昉。女五人： 長適梁從晦，大名等處管民提舉； 次適李允中，萬盈屯丞； 二人蚤卒； 次適李好義，承務郎、齊河縣尹。孫男三人： 筠孫、壽孫、和尚。孫女一人。孤子昉泣血謹誌。

趙令人葬記代作

嗚呼！ 宰孫大父爲郎時，先子樂清尹始試吏部，靜秀專恪。鄞史氏號相家，刑部再世國子生，執禮秉度，不以官簿矜許。先夫人侍永陽王，族屬崇近，莫敢議昏對。永陽尊刑部，愛樂清，遂以歸，乃受封令人，而始嬪焉。夫人姓趙氏，諱孟柔。曾祖師意，追爵於吳，謚宣獻。祖希邏，掌宗正，食于會稽。夫人沖默謹視聽，儀範不出屏閣，相先子以和，撫子若女無二意。距先子葬始一紀，夫人以殁，殁時年五十有四。

嗚呼！ 養不能盡，哀未知稱。乃大德丙午，合封于樂清之兆。而先夫人之亡，適終喪矣。痛徹于天，彙事徵德，將不懈有俟。永陽諱與茉，夫人爲長女。刑部諱能之，夫人爲冢婦。先子諱普卿，宰孫爲孤子。女一，嫁趙孟貫。是歲十月甲辰葬，謹濡血爲之記。

校勘記

〔一〕『承』，原作『居』，據四庫本改。

〔二〕『西』，原作『四』，據四庫本改。

〔三〕『千』，字上原衍『踰』字，據四庫本删。

〔四〕『稡』，四庫本作『梓』。

〔五〕『云』，四庫本作『以』。

〔六〕『競競』，郁校：鈔本作『兢兢』。案《説文》兄部：『兢，競也。从二兄，二兄競意，從丰聲。讀若矜。一曰兢，敬也。』《玉篇》：『兢，冀徵切。兢兢，戒慎也。《説文》云：「競也。」』『兢，同上，見《説文》。』是兢、兢一字，原本爲正。

〔七〕『任』，原作『世』，據四庫本改。

〔八〕『亘』，四庫本作『旦』。

〔九〕『弟』，原作『第』，據四庫本改。

〔一〇〕『孫』，四庫本作『高』。

清容居士集卷三十一

墓誌銘塔銘附

周夫人墓誌銘

夫人諱天福，朝議大夫、知瑞州周公諱應合之女，朝議大夫、直寶章閣、廣東經略安撫、知廣州泠公諱應澂之婦，今湘陰尹名頤孫之配，世爲龍興武寧人。瑞州以學行表後進，論議惜許可，湘陰拔童子科，整敏善自晦，亟愛重之，故俾夫人以歸。兩家爲儒宗，婦壻各得所擇，衆咸曰在是。

夫人幼靜慧，受女史，工正書。二弟始就學，日諷誦，感發相勵。事尊順謹，媲德儷義，能使外有不知。絜豆籩，洽昭穆，靡密斟度，恩意各盡，夫宗宜焉。二子，曰有泰、有益。保抱具訓，輒置筆札，毋詼戲。稍長，約繩墨，躬詰難，嘗言：『吾誘弟以婉，督汝以嚴，皆一轍也。善宜亟稱，過不可得聞。書種寧有斷乎？』年四十有九以卒，是歲大德癸卯，葬仁義鄉下畬里。女六，長許嫁周志行。孫男三，女二。仲弟分宜丞天鳳來京師，桷與之游，議門户興植，婦道允賴，數稱夫人之賢，過時而彌哀。於是，有泰實來致湘陰之命。銘曰：

有崇義閭，維周之敷。展世秉文，耳受口濡。執彼閫儀，來彝來祇。宗承其和，家安其慈。誦聲在户，嘉酳在廡。叶于夫君，婉德以輔。雙桐高岡，附蕚煌煌。擢榮舒英，穀旦用光。冽彼寒泉，聿環墓田。昭銘新宫，實曼厥延。

方夫人墓誌銘

湖廣儒學副提舉上饒劉君安德恭甫之夫人方氏，大德庚子五月己未卒，卜祔先墓，不吉，乃假葬于舍東。越八年，相中堂山兆，以吉告。於是，其子光以事狀來京師，謁陳郡袁桷銘。

夫人世居饒之德興，幼特静好。其父隱君常抱膝上，祝曰：『吾家世儒林，當爲汝慎擇婚對。』方是時，上饒劉君某，以太學名輩待次寧國教授歸，授徒山中。饒、信地接武，習進士業者，率相戒師。劉君始出鄉，隱君慨曰：『捨劉氏子，奚適？』即德恭甫也。未幾，寧國死，德恭甫刻意振擢，不以貧窶自慊，隱君念夫人憫德恭不自置，察夫人意色無吝悕，卒俾以歸。德恭甫壯歲力問學，預計偕，生理靡密一不問，夫人銖黍化治，手劘而身理之者，寒暑曲備。方丙子兵變時，德恭甫傾家資，以完護爲急，夫人力贊之。事定，勉夫以仕，且言曰：『盍亦少慰吾父意？』

始伯姊嫁同里蔡氏，蔡姊家侈盛，脱簪珥以服，亟搖手弗受。自是，終老無異飾。生男子曰升老，幼卒。德恭甫晚得光，時夫人躬訓育抱哺，慈嚴酌宜，迄見光克紹其父業焉。

始光游京師，與余交相久，話言母儀，悲泫不已。余特以爲母子至情不足異。夫賢其媳，子孝其母，閭里知事者率能是。及觀夫人之行，與光終身之哀，見焉若將弗及。則帷閣衽席，色笑敦厚，制事以理，夫豈勉而然哉？噫！是宜銘。

夫人諱柔則。曾祖瑋。祖應奎。隱君諱逢吉。卒時年六十有三。子光，瓊州教授，今爲中書屬從事。孫男二。至大二年，將治葬，德恭甫亦即世，於是以某月某日祔。銘曰：

詩始房中，維教之基。芣苢薄言，和平以孳。考視劉媛，温恭具儀。膏沐以韜，絲枲是師。外防内完，拮据孔艱。孩無矯慈，諸御閑閑。匪異其誠，由衷允安。興言遺思，載汍載瀾。女史日微，德音莫跂。瞻彼墓田，有頮斯泚。松岡豐融，不震不圮。廣揚嘉芬，式裕爾嗣。

盧母王夫人墓誌銘

盧氏，河北望族。有諱仙者，家深州武强縣。金將亡，武强爲秦趙要衝，歲蹂兵不息，繇是徙家睢州。兵浸南，家益蕩析。有子曰全，掠爲奴。于時，全生子曰榮，甫十歲，審其父北行，斷髮仰誓，呼曰：『兒不獲見父，寧即死。』行泣道中，呼其父姓名。道繇真定，日號訴宛轉，事益著。里人憫之，問所掠主，無異辭，卒義以歸。父子復居武强，稍長，學書筭，入鄉校，試吏爲縣從事。時録事王君崇攝武强，審盧氏子孝感且吏能，迺曰：『吾女，捨盧氏曷取配？』遂以歸。生子四：曰文，曰仁，叔曰廷信，季曰德。廷信生始三年，不幸盧君卒，夫人撫其四子，力治桑枲，甘苦淡，垣屋庳狹，内外整截有限，程督訓導，過者無敢譁。事其舅姑，以壽終。

至元十三年，詔考郡縣孝節。於是河北道提刑按察司審盧婦事不誣，州達于禮部，復除其家。而廷信始仕江南，調泉州晉江尉，辟福建行省掾，又掾江西，敘遷爲鄞縣丞，復掾江浙。未幾，以才佐海道漕府，陳不便事，就領金符，爲温台千户，歲運粟視往歲數三倍，而夫人皆見之。

廷信爲鄞丞，余時里居，見其處事精覈，剔植蠹利，官長不能出私語。上府陳白，伉直無隱。嘗曰：『吾盧氏世爲吏，刻峭文致，非以起宗。吾父有孝行，迄不得上壽。稍自飭勵，緊吾母之訓戒，子孫爲儒，冀吾母慰意焉。』

至大二年，夫人卒，年八十有六，祔葬于先塋。延祐二年，天子孝治天下，推賚存殁，而廷信秩五品，得贈其考奉議大夫、真定路趙州知州、驍騎衛尉、柏鄉縣子，夫人亦追封柏鄉縣君。四年，遣其子某來京師請銘。椾待罪史館，若盧氏事，誠宜書。今誌也無溢辭，系以銘曰：

林林生民，男室女家。禮失俗淪，企而禄奢。維貞丈人，尚古不遐。卓彼孝童，木升斯華。承筐來嬪，絶其榮夸。四雛在户，蓬首苦心。甃牖屹城，過者肅襟。宅里表植，柳槐森森。頍弁奮揚，滑甘具新。大耋莫嗟，淑德岑嶔。戒而孫子，服儒以嗣。教經展世，厥武踵起。有隆墓田，大賚告祉。式時芬苾，永保千祀。

侯母王夫人墓誌銘

世祖皇帝以仁立國，敦節申義，丕變醇厚。至元八年，時則有若太保劉文貞公議事省中，增益令式，繇是郡縣旌表，綽楔槐柳，光于往史，猗歟休哉！桷繇集賢歸里居，録事判官侯玉踵門來言曰：『聞子嘗執筆太史，節婦孝子，歲終必登于史籍。玉也敢有言：「玉故居濮州鄄城縣，其先女直人。曾祖敬，嘗爲金殿前將軍。祖林，金人匠總管。父珪，仕皇元爲濮州儒學教授。濮州不幸，年四十有一以卒。母王氏，生子女六人，惸然未勝喪。吾母之教四子也，皆身訓之；其鞠二女也，必教以纂組化治。嫁娶耕稼，能謹之以時，家貧無生産，而充然若有餘者，緊吾母之力也。玉兄弟既長，而吾母益能綜核靡密，不知有缺息。故仕者得盡心於官政，而不仕者孝謹稱里閭。玉之爲婺州永康縣巡檢，時至大三年也，母年七十有七以卒。至是，嫠居凡四十有餘年矣。後復爲婺之平準庫副使。婺之人知吾母行若是，縣儒士具實言於縣，縣下於鄉，加察考焉，繇是以達于郡，郡復移於所居州，州明於禮部，然後悉如詔旨，旌于其鄉。敢以是有請傳永遠。」』

嗚呼！劉向作《列女傳》，當熙明之時，則肅雍平和，藹然有《關雎》士女之行。至於末季，則不幸不得全其生。讀其書，未嘗不興歎也。孝慈耕桑，帝堯表閭。夫人生承平，貧能以禮防，少老一節，實聖天子休養生息，漸仁秉德，有自來矣。盛矣哉！能勿書乎？夫人名妙善。父某。妣某氏。長子伯巖，敎授定海、慈溪兩縣紅官；次某，不仕；幼即玉也。女嫁某氏。銘曰：

勵其躬，訖于逢。慈儉勤，壽考終。表華楹，帝堯功。過者式，報娥豐。

劉夫人墓誌銘

婦人之事舅姑，有從其令者矣，若近矣，莫知其心焉，有屈體承色，先事以備，逆志以求，其得謂之孝與？或曰：『是知及之，考其中，有疑焉。』今之爲舅姑，嚴重則生畏，畏不能以洽；玩弛則生怠，怠近於瀆。閨門之訓，厲以失之而容忍者，於教乎何有？在《易》之象曰：『家人嗃嗃，婦子嘻嘻。』吾於郝君鹽使從之之夫人有取焉。夫人姓劉氏，河間人。父諱鼎。母牛氏。夫人之姑李嘗祝香以告曰：『願吾子孫生悉如劉婦。』

噫！此非出於令與知也。孝根於心，怨咎莫知，旻天中野，且悲且懼。若婦人貞靜，其誠慤顯著，一語以盡，玆其爲孝也大矣。夫人事夫之寡叔母、夫之孤姪有恩愛。鹽使病末疾，歲久不愈，斥竭簪珥，佐醫藥。教子志善，能植立，兩見爲監察御史。至治二年某月某日卒，年七十有二。明年二月某日，祔葬于西山之祖墓。桷往銘鹽使君矣，今御史復請銘夫人。諛溢辭事，史官所大戒。婦人事不出閫户，以孝養爲飭躬本，考其姑嫜之言，是宜書。銘曰：

有言閑閑，有儀珊珊。視其寒温，靡覵愠顏。從姑玄宅，弗愧以懌。緊爾後人，以永作則。

韓夫人墓誌銘

中原韓有二族，居會稽者爲安陽，居廣信者爲潁川。龍圖閣學士無咎公，師表一世，其子仲止〔一〕，克紹家學，搢紳號二韓父子。而廣信別出一族，曰侍郎公祥，字履善；常卿公補，字復善。嘉熙中，士類稱爲二韓兄弟。桷族祖正肅公持節江東，辟入幕府，在後省復薦爲國子官，人皆曰正肅善選士。二韓公聞望，駸駸與潁川相並。盛矣哉！

天運合一，衣冠家澌滅幾盡，江、浙、閩、蜀，大略相近。余歸老里閭，有儒生踵門以告曰：『容，徐氏子，祖母韓夫人，無爲大夫諱禋之女。大夫，二韓公之親弟也。自夫人歸徐門，克持其家，事姑以孝著，待夫之弟妹，助裝以有室家。其相夫也，卻金以成美。夫官建寧，僚屬有不孝其母者，夫人引喻廣譬，能使其妻訖事姑以禮。訓子，舉前史言行，時刻畫故事人物，以佐警戒，故其子孫俱能守家教。』容又言曰：『徐故廣信大家，刑部侍郎諱元杰，實容從曾祖。』

桷聞侍郎公侍講筵，于時史丞相圖起復，百僚皆進疏，理宗猶豫不決，侍郎獨微言曰：『邊事漸寧，從戎以墨縗，失國體。丞相誠經濟，老其才以用，未晚也。』丞相聞是語，憮然曰：『嵩之不得起復矣。』

夫人之舅諱卿子，朝奉郎、權知嘉興府事。其夫諱忠甫，終廣德建平尉。夫人之曾祖大寧，奉議郎、知徽州婺源縣。妣諸葛氏，贈宜人。祖貴玉，贈朝請大夫。妣端明，汪公逵之孫女。男一：拱辰，將仕郎、信州路永豐縣主簿，先八年卒。女一：順正，適祝士貴。孫男五：宜、容、宅、安、竇。孫女四。卒以至治二年，享年八十。以泰定二年某月某日，葬于某山。容不遠千里來謁銘，秀整足以興植，使世家皆若是，其曷有憂？迺爲銘曰：

亭亭兩家，允爲舊門。服習懿德，克紹厥聞。幼工女史，粲其纂紉。亦游于藝，靡不究勤。母目既盲，舐膜還明。來嬪于徐，事姑益精。奉脆擇甘，順其性情。不侈其長，不夸其盈。訓子督孫，雅言諄諄。厖眉秀姿，儼兮淳真。宦族日圮，内教莫陳。吁嗟夫人，表兹堅珉。

定水源禪師塔銘

大雄氏以己説剖三宗，禪學汪洋廣博，言意承接，絶去文字，稍契入，輒證爲知道，小智大黠，相煽以自高。律教廢棄，食不知耕，居不知工，恣情於無畔岸，而道益以昧。唯妙源師獨憂之。自嘉定十七年受具戒，即游方，明本心，久而曰：『不耐塵勞，心曷以制？願習賤事以調御。』寓本州天寧寺，歲大饑，赤足踵門以化。後始歷清職，曰：『吾得無愧名教矣。』其師愚公，持正議，不肯下宰相吳潛。潛怒，繫獄辱之。退居精舍，獨侍側辨難，卒有疑義，愚公啓機以示曰：『汝今太平矣。』愚公住徑山，即俾首率僧衆。愚已老，學子林立寮下，析微統宗，愚喜，力贊之。主平江薦嚴，内外事不一廢。舉鼓山國清，辭不就。主泉州水陸院，治若薦嚴，而俗士益信慕。愀然曰：『吾寧久是？』攜錫以歸。

桷先曾大父太師、樞密越公功德院曰定水，伯父賓州、先府君處州議曰：『寺缺主者，善趨謁迎奉，吾兄弟不受，能以寂照解脱爲義，則庶幾冥福。源公行堅望高，使力請，必不讓。』以素所往來者通意，迺欣然以來，桷時年十三。或問曰：『吾儒性善，與佛所言同否？』曰：『同感物而動，漢儒失之，繇是有不同焉。』後迺曰：『儒、釋二教，分别有異，在治人、治心。治人在五常，治心在四大。修五常，治人之本；修四大，亂心之本。道微世衰，誠得一人焉，不可得。』涕淚交下，謂桷曰：『禄損則福益，盍慎諸？』布衣鐵裓，終日尸坐，語徹機迅，奔雷絶壑，不可制伏。稍斂戢，則瞬息在几席。禪人仰之，四方士尤宗之。精於詩，故宋名士喜之，然不肯表襮。舊築居於越之雲頂，將終，願解定水以歸，且命無建塔、無火化，以任其壞。其徒不忍，卒埋是山。以至元十八年卒，壽七十有五。俗居象山縣，姓陳氏，爲僧五十有九年。銘曰：

道弊於文，巵言以宣。繇簡遠超，悟者日繁。空浮變騰，若火燎天。服奇食珍，謂合自然。師實已憂，榮戚靡睹。或逃于谷，或伏于莽。唯大雄是遵，唯古德是祖。機以峻傳，言以戒輔。通黜興廢，道曷敢替。幽扃潛珍，户屨屬係。彼昧其承，卒黯以逝。昭銘授徒，勿圮勿翳。

延慶入法師塔銘

四明法智大師，以天台教旨經緯導達，學者謂爲中興。南湖賓講貫舊址，踵主其席，稍不厭衆議，呰病交集。歷代承接，皆有足稱道。至師居南湖，千口無異辭。

師名善入，傅姓，世居定海。大蓬因法師見異之，淳祐十一年，與半山彬師俾受具戒游諸方，辨解究詣。客東掖山，著《教家四書》，據會執約，不以文字溺泥，指畫勤懇，從者樂其易簡。初，佛光法師居上竺提，其徒悉使出門下。于時有善良師，與師相講習，各植立不肯和附，師與良議曰：『吾師大蓬，兄能嗣之，願再拜以嗣。』良後嗣圓覺頑空師，而師卒能昌大蓬。始典謁南湖，後首教坐，主赭山東皋，世宗〔二〕其說，以角立爲大病，支離爲末流，泛不溢詞，約不厓絶，禪人士子咸傾仰之。興仆復侵，安衆靡懈。

泉南僧素宗禪學，慕師德，重趼以請，法智之學，行於東南六十餘州。至是，入海嶠，人益奇之。至大年中，詔宣政行院慎採選，勿阿意貪倖，集議者曰：『南湖缺席，捨師孰能？』遂以昔日所傳授者深省密啓，空假破建，一性明靜，而互議交毁，訖忘于言。大蓬果有聞於世，崇本誓志，師於是有成焉。其凡見於修植，施於人事，今不復著。

錫號惠觀弘教法師，而自號曰秋虚。延祐□年五月二十有六日示寂，爲僧六十三朞，年七十有八。化于城南，頂骨得舍利。葬法智祖廷，而以爪髪歸東皋家間之精舍。至元間，桷納交于東皋，吶若不能言，聆其坐講，則汪洋罔詰，秉行潔清，癯容儼修，粹然古德，有足興起。弟子大倫、正道等來乞銘。迺爲之銘曰：

四明之興，匪事於言。橐籥萬殊，貫于心源。如水必東，如矢〔三〕必鵠。末世濫觴，語益以瀆。佔畢究鋪，千緒億條。炎炎詹詹，泛焉以寥。師慨有憂，約陳其辭。探微發機，會歸一岐。承宗紹傳，不希其逢。謝彼翕訿，矢心圖終。後歸南湖，振揭初説。曰吾師有傳，兹道不滅。弗蔓其根，弗瑕其璞。癯然蕭閑，廓以恬泊。世教日淪，躡雲徂高。著爾懿德，我銘用昭。

天童日禪師塔銘

紹定辛卯，蜀破，士大夫蔽江東下。成都大慈寺主華嚴教僧之秀朗，率棄舊業，以教外傳，游東南，若癡絶沖、無準範，導達後進，表表名世者皆其門人。而範之成就益衆，天童師其一也。

師諱淨日，號東巖，俗居南康之都昌，姓廖氏。幼歲喜誦佛書，解大義，常食蔬果以自持。年十五，告父母願爲浮屠氏。明年，祝髮于廬山香林，訪道仰山石霜，遂入浙，見沖師於靈隱。越二夏，不契，乃登徑山，見無準師範，大許之，語在《傳道録》。後見西巖惠于天童。惠，無準師大弟子，其提示與無準無異，危機敏鋒，迎拒莫睹，風止水息，涣然帖順，遂密契其旨，卒服從之。俾守藏室。後開先無文璨屈爲第一，璨亦僧之俊傑，繇是譽聞益彰。

宋景定某年，江東帥汪公立信慎許可，推以主圓通。咸淳某年，江東漕使錢真孫俾兼領東林。至元壬辰，主育王。三年，歸隱雪竇。大德四年，集公議主天童。師之行，峻絜以完，語温氣和，衆益得以親，納其徒，俾明徹復性，不侈于言，解其蔓惑處。於世若無所施爲，遐邇嚮慕，傑閣銅象，無踵以至，而於天童功最著。久居東林，化俗警衆，民爭繪以祝。故其興天童，廬山之民奉資以助尤夥。

生宋嘉定十四年辛巳，終至大元年戊申，年八十有八，僧臘七十有一。將示寂，戒其徒，書韻語以示曰：『天爲蓋兮地爲函，吾奚爲乎塔與庵？灰吾骨兮山阿，言已矣兮勿鑱。』越二日，沐浴端坐而逝。其徒奉遺言以化，齒根不壞，遂斂藏于西巖之清風塢。噫！耆舊日淪，爭慾恣蕩，甚於世人，理不勝欲，靡然頽瀾，莫有障窒。覩師景行，實泚其顙。今弟子在浙東西、江東西若干人，鑾溪嶺嶠，承師之教，亦不可勝紀。如砥等來請銘。銘曰：

七情盪摩，約性返源。喻以攝持，匪夸浮繁。末俗濫觴，競立險艱。眩一駭百，莫執其凡。性本湛虛，分別則二。不以解通，不以思擬。寂非有存，感迺隨義。達摩之功，空其所空。奚後人騁馳，庸失玄宗。空不假爲，茲惟用中。蜀學簡易，師承其風。開盲振瘖，發機以示。云彼摩尼，非淨非穢。往安自然，是謂止止。鮐背長身，從者如水。丹霞嵌空，匪耀凡目。曰茲山之顛，否極斯復。敬者效輸，罔不率服。山君來朝，雲靄霧矗。幻身既空，勿錙勿甓。一氣孔周，窮彼變易。清風之塢，石列五色。恍焉如存，嗣者是式。

廣恩仁法師塔銘

師名可仁，貫天台縣寧海，姓胡氏，號木庵。幼歲游四明山，居資福寺，習天台鈔疏。于時我曾大父樞密越公治齊國楊夫人喪，見師秀整儼恪，俾以從：『服闋，吾必以汝祝髮，資楊夫人福。』越公以右司郎中歸，召爲軍器少監，尹臨安，樞密之夫人周國陳氏曰：『師宜祝髮矣。』

嘉定十三年，設齋上竺，迺得度。于時月大師以講論訓諸徒，願侍席側。大師與越公厚善，謂師曰：『今僧徒聰敏林立，稍使一人預人間事，得無害統體乎？』繇是在郡治，間歸胡麐〔四〕，展治林嶂，一以任師。在館中，參政應公繇猶未仕，深器之，曰：『使師不爲僧，其問學當與士子並。』中書舍人陳公耆卿時爲臨安教授，與師同里，亦曰應公言然。

越公入政府，例得經院，迺相攸紫巖，繩約四履，峻危有階，引泉有梯，淬醢除險，帖石助高，審面曲直，周折獻秀。紹定肇工，淳祐告成，屈以主席，錫名曰廣恩崇福。伯祖吉州、大父尚書咸諉以事，罔有弛缺。往侍諸父，時見師承接曲盡，而恃氣凌轢者不敢出慢語。至於桷，四世矣。噫！逮今五傳，有不善扶植者矣，而師亦四傳，守規蹈矩，僅一二數。兩家相視，岌乎可懼。桷繇翰苑歸，登塔亭，謂塔主子鎮曰：『往事將湮没，師之行業，不可不紀。』其徒曰：『是在太史。』

師以至元十七年某月某日入寂，僧臘六十一。度弟子二十有□人。有詩集若干卷。大澤、大雅相繼主是寺，凡四十年，規約散弛。今有子堂、子鎰、子鎮、子金、子真，猶能知師遺事，下是不復解，其寧有不哀也夫？銘曰：

維大雄氏，内寂外修。不偏一能，用彰以周。在師敏通，卒異其儔。峨峨新宫，百礎承宇。

以其彌縫，莫或敢侮。智周行圓，耆年以輔。成之匪艱，承之孔難。大訓厥徒，黜慆砭頑。昭銘以儆，勿踰其閑。

延慶良法師塔銘

天台之學，其説汪洋浩博，旁訓廣詁，多至萬言。學者讀其書，前迷後遺，究厥本旨，更席不能以終。良法師始疑之，謂：『繇律以入，則心以懾持；繇禪以入，則心以解脱。』玄文妙旨，約以據要，事理昭晰，如瘖獲吐，如盲獲睹。其爲書，曰《十門指要約説》三卷、《指要餘論》一卷。教觀宏立，門分户列，貫穿出入，莫窮其塗。師以諸部證其義例，條焉不紊，示焉指掌，其爲書曰《教觀撮要》四卷。三千别説，則其師覺法師之言具在。舉世尚同，因省立異，良非苟於言也。

師名善良，字子直，號月溪，族姓朱氏，定海縣人。始祝髮淨居，習律湖心，游杭之大雄，師頑空覺大師。空問不二門所屬三諦三千，其旨意與空合。覺大師言辯簡峻，師入其室，嘗俾守講席。後游淨慈，訪禮禪師，以古德語叩辯，禪語瞬息眩晃，意師泥名相爲可惑。師徐曰：『三觀之旨，不外乎是？』禮謝曰：『其歸，振汝宗。』

集慶寺成，朝命選主席，班從者亦皆精良。晦法師主上竺，任可否，師預是選，講《大涅槃經》，聽者雲集。師懸辯提機，整暢理得。然卒師頑空，上竺不能强也。主禪惠、擇陽、報國、藥師、治平，户屨日接，别爲堂以處，篝燈星列，咸曰：『是宜繼四明矣。』歲既久，卒以興論主延慶。

至元二十六年，寺延燬，芟舍草緝，講論彌不輟。大德元年九月某日入寂，僧臘六十，年七十有九。奉遺骨歸于祖關。桷居邇南湖，幼歲游起信堂，群僧誦聲接几席。取其書讀之，茫不能解。泰寓曹先生説曰：『取子直《約説》讀之，斯解矣。』後來南湖，睹其容和以莊，其説坦以明，始悟曰：『先生語不虚矣。』殁三十有一年，弟子允恭來請曰：『公深知吾師吾教，有行業，碑敢以請。』迺不得辭。銘曰：

天台之宗，明性合理。銖縷其别，弊極口耳。以言顯道，言曷有止？若舟在川，茫不有涘。若蓬繫風，去莫以趾。支離演文，積沓縑楮。迷途具茨，珠探濁水。至簡以求，允究厥旨。聚不滿握，邇納步跬。解其桎梏，一貫真諦。南湖之庭，屨履纚纚。振塵一言，聞者竦起。遺書具存，毋敢訾毁。昭哉是銘，千祀勿圮。

空山雷道士墓誌銘

孔子曰：『文勝質則史。』班固亦曰：『道家者流，出於史官。』豈其然乎？老子爲周藏室史，酌古今治亂，成五千言，致用以準《易》，較其治，良不誣也。噫！爲老氏者，其知此與？河圖洛書，聖人則之，《易》、《書》誠經緯也。微言既湮，傳注門户，各立自勝，《易》與《書》迄不能並，士方斷斷然不可參錯，進老子之説焉，得力而勝諸。士患無恒心，遇不遇，命耳。曠百世而相感者，吾得一人焉，曰雷齊賢。

始予讀其書，益知其所以言，病乎世莫知其涯也。齊賢所爲書，援據切至，感厲奮發，不蹈世俗繩墨，合神以窮變，盡變以翼道，申言廣指，其於力誠至矣。今知齊賢者不若是，則齊賢之意，將終無以自表。齊賢於書無所不讀，悉資以爲是書者，其道然也。道散於九流百家，同歸而殊塗，唯《老子》最近，然則《易》、《老》誠相表裏耶？嗚呼！齊賢之志，予深知之矣。齊賢著書，曰《易圖筮通變義》、《老子本義》、《莊子旨義》，所爲詩文二十卷、《和陶詩》三卷。

齊賢名思齊，家世臨川人。幼棄家居烏石觀。晚講授廣信山中，暨終也，復歸烏石，治其窆而先表焉。表曰空山雷道士之墓。卒時年七十有二。番昜吴成季，廣信弟子也，嘗曰：『空山先生承絶學於蕩裂，繕刻志意，卻甘茹苦，光景變幻，皆隱慝不道，飛伏控握，愈眩愈遠，道無有矣。今遺書具在，匪吾徒私彰，確者如是，則行若藝猶其粗也。』陳郡袁桷以是銘。銘曰：

入而不出，神不可以物。通而不寒，用不能以怵。膏軸御輪，其行彌踆。無適不宜，曷問其津。生以道爲樞，死以天爲徒。有隆空山，泉流舒舒。矯爾後人，抑華食實。弗繢弗雕，我銘是質。

戴道士墓誌銘

予讀《桃源記》，私竊以爲慕肥遁有遺於世者之説云耳。後讀地志，則沅南地今號爲桃源者，不與王化邇，安食水土，無君臣守令之程節，於徵需乎何有？嗣後地益闢，桃源遂爲壯縣。溪峒增爲十州，今烏能辨桃源也哉？或曰：『州有桃源宫，累聖蠲復，山水清湛，其人惇厚，直且信，使能居之，寧非桃源乎？』戴君道安和甫其人歟？

和甫成童辭家爲道士，性疏曠無畦町。其師王君文卿器之，俾遠游，見開府大宗師于崇真宫，隨其委令，風雪承給不少替。請於人也，事弗就弗止，而人不以煩避之。處於衆也，率退以自持，衆先矣，而君亦跂焉以及之。故亦受制爲龍瑞宫提點，奉香于武當、桃源。性不喜臧否，遇酒嗒然以忘，然不復失事，故職教者彌任器。世人以記短長、逐日影爲能事，君不能且鄙，恥較其得失，是真無懷、尊盧之民矣，豈唯桃源民哉？往歸其宫，攜酒邀父老游白馬洞天。洞近長磧山，酒酣，援筆述韻語，曰：『吾死必藏是。』

延祐七年，還京師。明年，改元至治。正月某日，微疾以逝，年若干。斥其囊資，不能以斂。遺言以弟子李禮謙領宫事。和甫在崇真，度弟子天台徐信初，厚禮翰林待制虞君伯生，俾教之。伯生與予皆故家，見後進傲誕，不復與語，獨信初給事無惰，聞論文獻道德，嘗惕悚不自置。信初果能爲請銘，君斯無憾矣。某月某日，葬是山。銘曰：

棄方刓觚，睢盱以趨。何誕之日多，樸莫能扶。瞻彼沅溪，中季載圖。其德弗雕，其人允符。持觴養和，奚憾之祛。命也不尤，卒爲天徒。

通真觀徐君墓誌銘

開府玄教大宗師張公留孫，以玄道贊理，陟降帝庭，踰四十年。其承次授受，同流一源，罔有支别。故其弟子相傳多至六七十人，以文辭議論達國體者爲之嗣教。其餘彬彬行能，清整英發，林立輩出。或激昂自修，則俾之挈綱振維，往來京師、山林間，重其名教。若是者，寧不備矣？

夫開府弟子之最長者，曰徐君。余官翰林十有六年，未始識之。延祐四年，開府年七十，始來上壽。閉户不復出户限，邂逅予庭中，若相避然者。集賢大學士李公某，傳詔醮崇真宮，益避跡隱奥中。集賢語開府曰：『聞高弟在是，願接顔色，可乎？』强之見，揖以退，復辭其師曰：『弟子歸山中，不來矣，願師自重。』

至治元年，專价走京師，作訣别語，衆咸疑焉。未幾，訃至灤陽，以夏五月癸巳化于仙源宫，得年八十有二。於是，嗣師真人吴全節率其弟子爲位以哭，皆不勝其哀，且以狀求余銘。

維徐，故士族。祖某。父某。君名懋昭，字德明，饒餘干州人。饒爲衣冠望郡，宋端明湯文清公、丞相江文忠公善衡鑑，幼獲接識之，繇是棄仕譜爲老氏學，以其道游江淮間。于時烽燧連警百里，士舍不相接，獨澗飲草茹，以善勸勵，俾崇信其法，後皆化之。開府公入皇朝，隨侍二歲即歸，且誓曰：『釋老以募衆集施爲能事，叩門囁嚅，抑獻笑且取誚。吾不能若是，當益貶損焉。』積數十年，作仙源觀。久之，復作神翁觀，佳木奇卉，編緝墾治，山林壠畝陂塘之利，益充然衍裕，卒能遂其初言。歲饑，以餘食餓者，不足則損直以售。葛衣布幬，十數年始一易，見者服之。

老氏之學，力本自治，退足無欲。其言黯以彰，不知者以虛無釋之，邈不相涉矣。夫不丐於外，則必慎於内。宫室、蔬穀、絲麻、丹漆之物，燕興俯仰之節，酬酢進退之儀，人之生不能以缺也。今而曰：『吾無求焉，將何以取具？』世以役鬼神、竊服食爲道，吾不能知之。不惑於衆，則害於民者寡。考其自治，則於吾道合。清淨富强，昔之時君嘗師之，則凡刻繕者誠得矣，夫何疑焉？

余嘗侍開府公，言語絶臧否，耆而謙，默而簡。退與嗣師游，彌綸損益，將以行其道。是非家庭之教，績業纂素，能若是乎？盛矣哉！大德六年，制授主常州路通真觀。皇慶元年，制加保和通妙崇正真人。二觀亦以璽書尉鎮焉。以是年某月日，葬某山。開府再傳，曰李立本、陳義高，義高明朗通豁，器行瓌特，贈粹文沖正明教真人，皆蚤世。今以次傳者，曰余以誠、何思榮、吴全節、孫益謙、李奕芳、毛穎達、夏文泳、薛廷鳳、陳日新，餘若干人。將葬，開府惻然曰：『吾弟子蚤從吾游，其亡也，不宜以薄。』迺命奕芳歸涖葬。銘曰：

林林生民，厥初一原。帝霸肇分，兵刑日嚴。維玄元君，治道不繁。節約寡求，罔有僭貪。榮觀超居，導迎泰和。絶色屏味，日用不頗。後侈怪奇，風揮電訶。造舟構臺，百靈迄訛。赫赫大帝，尊企清淨。玄風恬寂，守貞自正。温温開府，不夸不佞。于帝左右，淵默無競。在師承之，儉以繩之。泯泯自營，卒克興之。道合古初，訖莫我病。銘昭真宅，是式是證。

陸道士墓誌銘

道家者流，以清靜無名爲本。時王以其宜於治國，靡然宗之。傳世益薄，長生之説侈，卒茫昧不復講。今世所傳，惟法藥與術藥，術又鄙棄不用，而法僅傳。謂其宜於水旱疾病，通得而用之也。余行天下，與方外士游，率不得一二，蓋其傳受訛缺，浮靡恣蕩，攝思握神，罔不知所以。而其祛役禁制，按圖以求，叱咤瞬息，欲通靈於肹蠁，不可得也。噫！其教若是，而爲其學者又皆不自植立，可哀也矣。

余居近東嶽行祠，有陸氏者，掌其祠有年矣。其四世孫曰頤真，幼歲識之，儀觀秀整，淵乎抱道之器。與之語，慎重不伐，悒悒然欲求其師，未能也。日尊所聞，抄綴盈篋。樓楚公諸孫坦好黄老，能以參考損益編簡，往受其説，遂爲弟子。後聞天台桐柏山有靈寶法福聖觀道士曹君爲正傳，往師之。又聞維揚潘師得白真人上章法，遠遊以受。然不自表襮，處群衆益簡嘿，丹經篋書、星曆孤虚之術，悉究詣旨要。

晚得末疾，疾漸革，呼其弟子陸宗玄、張蒙生，語授受本末，且曰：『我死，必得袁内翰誌文以信後，是死爲不朽。當葬我於先母之墓側，墓在翔鳳鄉白石紫虚觀右。』紫虚，樓君所建，實繼其事。曾大父軾。大父景文。考斗瑞。生宋開慶元年，歿時年六十有七，實泰定二年七月某日也。葬以某月某日，其弟貴和實來請銘。哀其志，嘉其勤，而卒不逢，非命也與？銘曰：

握奇制氣超鴻濛，約束萬神驅霆風。物無疵癘玄感功，秘圖靈籥昭群蒙。後生棄暴甘盲聾，嗟哉紫虚憂忡忡。踰江越嶺冀一逢，死生晝夜在反終。不怛其化輪旋空，恍兮步虚出雲中，有縞之鶴來城東。

校勘記

〔一〕『止』，四庫本作『正』。

〔二〕『宗』，原作『忠』，據四庫本改。

〔三〕郁校：『矢』，原本誤『失』，鈔本作『矢』，今改。按四庫本正亦作『矢』。

〔四〕郁校：『嶴』，鈔本同。案《説文》、《玉篇》山部皆無此字，集中屢見，義與奥同。奥與墺、隩通，易土爲山，當是越中俗字。此存原本，餘並作『奥』。

清容居士集卷三十二

行狀

翰林學士嘉議大夫知制誥同修國史趙公行狀

曾祖伯洙，宋朝請大夫、知南外宗正事，贈金紫光禄大夫。祖師雍，宋朝議大夫、直寶章閣。考希聖，宋宣教郎、史館校勘。公諱與票，字晦叔，宋燕懿王德昭九世孫。高祖子英，宗正少卿，避地南徙。紹興間，爲台州黄巖丞，家于縣之西橋。至其子孫，遺育蕃衍，故今號西橋趙氏。宗正有孫師淵，字幾道，官至太常丞，爲朱文公高弟。文公述《通鑑綱目》，條分例舉，整齊芟奪，迄于成書，皆太常所定。其言理學藴奥，心受耳屬，精析該邃，非若語録所傳剽臆謬妄。東南後進咸尊太常，與黄榦氏並，於公爲伯祖。

公少美儀觀，音吐清徹，讀經史大義，必本家訓。弱冠以《易》入宗學，登咸淳辛未進士第，用積舍法，教授鄂州。鄂爲楚上流，歲備武不懈，公視邊將翫弛，而咸淳士大夫率恥言邊事，迺策諸生而問曰：『文武之用，不可偏廢，韓、范二公不以言武而失文，曹彬、狄青不以清談而喪武。文事武備，豫然後立。』時未幾，王師絶江，守以城獻，公自念爲宋國族，鄂先内附，兵勢若破竹，不可支，而歸道已斷絶，不得返，遂上書丞相伯顔公言：『宋權臣賈某，柄國十有五年，脅威罔主，棄背信好，事一至爾今，得冀如藩臣，歲奉貢幣，願緩師以行成焉。』書未報，而錢塘已下，實至元十三年也。

公知南北已混，復上書丐返田里，會大臣有奇公狀貌，告于世祖皇帝。十四年，遣使上驛來京師，幅巾深衣，見於上京。天子清問温渥，首詢其老幼及江上事，首尾其對，復如上書所言。特命給廪餼以俟用。明年，奏言：『江南郡縣，户口繁夥，當以簡易治。近歲有司急切興利，殊失安輯新定之意。臣生長江南，悉習利害。因條類爲十六事以進。』大較以擇守令、釋征斂、厚風俗爲急，而末復以存活趙宗爲請。

十六年，入翰林爲待制，陞直學士，復兼集賢。又三年，遷侍講學士，預纂實録，加太中大夫。於是，侍講十四年矣，累疏乞致事歸里，雖未得旨，而不入翰林者幾二年。久之，拜翰林學士，自鄂之來京師凡二十有七載，由里居而之鄂也適三十年。每恨乖隔愈久，冀一得請以終老丘隴，常忽忽不樂，秋風倚楹，懷悲故鄉，擁衾障袂，聲出金石，非復以宦達爲可戀惜。而志迄不遂，抱疾朞歲以卒，大德七年正月二十有二日也，年六十有二。積官至嘉議大夫。

公之爲侍講也，言：『江以南括責營聚，皆大臣與其黨類私植貨累鉅萬，願寬今年田租，以緩赤子。宋世陵寢毁掘，及移徙故宗室大姓，皆非初詔本旨，乞正其私擅之罪。』天子以爲然。又言：『乃者庚寅歲，大霧四起，越翼日癸巳夜，地震。地爲臣道，臣强則震。至正月甲辰，西城老虎就擒。虎於象爲兑爲金，其著尤異，咎在姦臣竊權。今已執咎，而宸斷未果，願蚤正天誅，以應變異。』上意若微忤，而終不以罪，由是居家待罪。閲三月，大司徒公自上京俾燕只干學士諭以復職。後平章政事不灰木復爲公奏，逋負歲積，不能自養。上曰：『得非指桑哥爲虎者？』宜令有司計逋以償，歲别給帛粟，餘勿爲例。人益知世祖皇帝神武沈斷，非真忤公。

公天性疏達，與人交，緩急高下，盡力傾引弗避，不爲刻峭自高，亦不復計得失成就，故始爭趨慕而間輒掉去，訖無毫髮恨意。傾觴煮茗，費盡即止，危坐清論，一不以靡密缺乏廢其雅道。歲時奠薦，雖甚匱嗇，猶豐絜盡力如舊禮。自宗正四世而下，皆請于朝而復其役。族屬男女以及鄉里之俘虜而北來者，悉贖以歸，凡十一人。有張生貨藥西關，一日過之，張死已數月矣，亟歸視藥券，盡酬所負，其家人不知也，遂具以告而歸之。一士人伺公錫賜時，謾言當買田毫、宿間，計資與之，歲久不至，後亦不問，其受欺類如此。

同列有侮公爲方拙，暨死之日，朝野咸曰：『善士已矣。』各賻奠哭弔，終其斂事，而同列亦悔昔日所侮爲可愧。往右丞許公仲平，篤意道德性命之學，奮自飭厲，以文公《四書》爲標準，達官高胄，皆俯首承訓不敢怠。公時至京師，首言：『力行致知，近世率清曠自高，言行若枘鑿不相入，非儒先本旨。』許公深然之。至觀其平居處身待人，抑華養實。許公雖死，而昔時門人親聞其言者，皆以爲伊洛源委，惟趙公爲真似，益以知太常之學爲可信，至公爲有傳矣。有詩文若干卷，類聚藏于家。初娶舒氏，御史中丞亶之五世孫，未踰年而卒，斂篋中裝歸其婦翁，不取。今夫人史氏，奉直大夫、知連州一之之女。生三男子：長孟賓，以公居朝廷久，特官爲承事郎、同知瑞安州事；孟賚，温州蒙古學教授；孟貫，以廕入官。孟賓等欲求銘當世有道，以信于後，俾桷有述。謹具歷官、行事如右。謹狀。大德七年七月日，從表姪具官袁桷狀。

推誠保德功臣開府儀同三司太傅上柱國追封薊國公謚忠哲梁公行狀

公諱德珪，字伯温，姓梁氏，大興路良鄉人。八世祖德成，遼末以勇力善資雄鄉里。生子吉，不仕。吉子伯緼〔二〕，金皇統進士，官通議大夫、同知河南府事，遂贈吉安定郡伯。郡伯孫牧，牧子陟，明昌進士，官中奉大夫、同知南京路都轉運司事，亦贈其父安定郡侯。郡侯有別墅，金世諸名士日觴詠從之游。中奉髫年能以詞章相周旋，咸器偉之。晚歲直節善政，深自植立，值金亡，終老於里。生衎，爲金承奉班祗候。祗候生守信，終隆興都轉運鹽使。轉運生國禎，終内藏庫提點，是生公。後以公爲左丞時，朝廷特號中奉曰通憲先生；轉運贈榮禄大夫、定國公，謚忠毅；提點贈榮禄大夫、安定郡公，謚僖敏。

公幼歲給事昭睿順聖皇后宫中，奇其器骨，俾熟國語，通奏對。年十一，太府長官愛之，帥其弟德瓚同見世祖，命相者閲二兒，相者曰：『後當貴。』帝頷之，遂使從東平忠獻王安童習憲令儀注。年十四，即襲父職。至元十六年，升中書左司員外郎。二十三年，遷右司郎中。踰年，復左司。二十六年，進太中大夫、總管大都等路打捕府，仍領左司。是歲，復右司。二十八年，參議尚書省事，復還中書。二十九年，世祖特旨拜參知政事。成宗即位，陞中書左丞。大德二年，拜平章政事。

公未弱冠，即官宫省，踰三十年，錢穀出入高下，若指諸掌，四方奏請，率面授中書掾，言某事當如律，某當如先帝某年所行。極邊宗王急驛調發卒，無所從具，同列拱手不能語，公徐言：『軍用有故實，泛索非故事，不可行。』執筆量劑，退考故籍，無少訛誤。戊子歲，地震北京，世祖問：『今歲刑部所報囚徒何煩多？』公對曰：『囚非犯刑罪，特以徵索羅織，無所從納，故悉爲囚在獄中。』上大感悟，迺悉赦天下逋負。

京師供給繁夥，屢奏蠲復之。漕運根本江南，浚治諸湖堤，不宜使富民侵塞，以殺水勢，議自公始。選部資歷，吏不敢後先，一時以事功自期者，公亦與一二執政議超常格，俾自效力〔二〕。大德初元，成宗恭儉守成，一繩祖武，公亦以朝政自任，年穀豐熟，四境寧謐，廟堂大臣相戒以清淨爲治，凡上書言利害，斂口不敢發。自是希進者皆避匿。後議相持既深，朋聚比進，乘事間發，浸淫於疑似之際。會上不豫，遂出公湖廣安置。踰年，上疾稍瘳，罪一二幸臣，急召公還都，遂乘驛朝于上京。上問：『卿從何來？』公環視嗚咽，不敢對，上賜酒饌，命歸省其母，諭以將再用。至九月，詔復入中書，時公已得上氣疾，與家人言：『向嘗遠謫，今得再覲上明白，母子相完聚，即死且不恨，何敢復有希進意？』遂卻藥，危坐謝事。某日，星殞西南，有光流室中。是夕薨，年四十有六。葬于宛平之樊村。

妻安氏，今封薊國夫人，柔靜能家。子一人：某。女三，長適納速刺，僉事；次適伯達，某路都提舉；幼適某，同知宣徽院。今上改元，詔録勳舊，贈公推誠保德功臣、開府儀同三司、太傅、上柱國，追封薊國公，謚忠哲，而公祖、父亦復追命爲國公。母夫人完顏氏，公能承侍盡道。待二弟曲致恩意，對賓客謙不失禮。

自以先諜踵世科，尤重儒士，詢考安定別墅，爲圖表章，一時縉紳咸賦詠追美其事。侍帝左右，率偵候意嚮，獎拔士類。至於決事占奏，悃款不讓，而悉簡愜稱上意。死雖十餘年，朝廷至今猶稱道之。前翰林修撰、知高郵府張某次公遺事，命桷演潤，將求鴻藻，以表墓道。

桷與張侯曩同在翰林，見一時行事。張侯以親嫌爲辭。公之弟德璋，今益都總管，昔爲慶元判官時，桷居鄉里，得聆公言行，遂不敢以草野爲辭。然舊聞中原故老嘗言：梁斗南文采風度，有陶靖節晚歲志意，後進爭慕企久，知迺通憲先生也。先生言行，在人口不絶。方金將亡時，士族解散澌盡，暨獲平定，推原高、曾名字於荒碑野塚之際，皆缺軼無所考。獨梁公八世官簿，歷歷可據，德源深長，通憲守儒之效著矣。至若公行事在史册者，不敢有私，姑次其出處大致，使銘述者有考焉。延祐三年九月某日，翰林待制、承務郎兼國史院編修官袁桷狀。

翰林承旨王公請謚事狀

公諱構，字肯堂，世居濰州。家譜云與中書令同系。八世祖某，宋世爲司農卿，守鄆，因家焉，故今爲東平人。曾祖某，金進士，奉訓大夫、滄州無棣令。祖某，以公貴，贈正奉大夫、太常大卿。考某，贈昭文館大學士、資德大夫。

公幼歲肄業郡學，試詞賦入等，杜先生仁傑深器之，賈文正公居貞一見，館以教其子，載與來京師。時太保劉文正公、王文康公、王文忠公持薦士權，即辟爲權國史院編修官。丞相史公、耶律公在政府，聽公上事言論，接以賓禮。耶律公復戒其子以兄禮事焉。

至元十一年〔三〕，授將仕郎，命爲真。于時集議時政，必使公預會裁酌之。十二年，丞相伯顏出師，諭江南，公實草詔。是歲渡江，世祖命翰林直學士李槃與公偕行，俾蒐擇儒藝之士。明年春，次杭州，公見董壽公某，曰：『故宋圖籍、禮器具在，宜收其秘書省、天章閣、翰林、太常，考集目録，宋史異日必修纂。』遂悉輦歸于朝。

十四年，充應奉翰林文字，公辭曰：『少嘗受學于李先生謙，今先生猶教授東平，實不敢先。』遂以其官召李。明年，始受之。十六年，陞修撰。凡制誥撰述，文康公必以命公。丞相齊魯國公和禮霍孫領翰林，開司徒府，授府司直。世祖詔大臣議《道藏》可焚棄者，公與議，完救之。十九年，丞相阿合馬敗，齊公入相，議選舉更定法，皆公手定，遂授吏部郎中。未幾，改禮部，後復吏部，而翰林制誥猶諉公參詳焉。二十二年，遷太常少卿，上方定宗廟、修禮樂，而公昔從故宋所輦還者皆得補缺。二十四年，出爲江北淮東道提刑按察副使。御史大夫率公陛辭，上賜酒慰遣。擊奸惠民，淮民猶能言其事。二十七年，除治書侍御史。故相桑哥嫉公，命與故平章魯公卜忽木檢責燕南逋負，公先馳驛會計簿領，迄無所迎合，謂魯公曰：『公近臣，某復在言路，相若苛責，當受罪，不以累公也。』未幾，桑哥伏罪。二十八年，調選江西。二十九年，改翰林侍講學士。三十一年，世祖升遐，成宗嗣位，分院上都，制誥多公次定。徽仁裕聖皇太后知之，特賜楮幣七千五百，復命撰世祖祔廟謚册，攝司徒，以導禮。大德改元，纂修《世祖實録》，陞翰林學士。二年，參議中書省事，右丞相引見于柳林，上問：『昔從何人？』丞相奏：『是和禮霍孫官屬，真儒者，昔奉旨參用儒生，今故用之。』

時上初即位，勵精文治，年穀屢熟，海内熙洽，公從容二相間，以薦士安靜爲急務。後數年來，執政希合生事，將檢括增羨，首以其策行東南，公卒不肯附，稱疾納禄幾一年。七年，朝廷更政，獨公無所累，歸里。九年，授濟南總管，禮法自持，嚴而不苛，凡爲民害者，悉除去。丞相答刺罕見公所申牘，咸從之。十一年，太師瀋陽王等奏，俾乘驛造朝，拜翰林學士承旨，復修兩朝實録，特命贈公二代。公言：『臣本儒家，遭逢四朝，先世皆潛德里士，大國美謚，懼無以稱。以臣所居官授之，誠以爲過。今群臣封謚下太常，必繇翰林議官品。臣首踰越，將無以服衆。』今上時爲皇太子，嘗詢翰林老成，必首姚燧、王構，手以酒賜之。是歲，尊謚祖宗，公撰太祖、睿宗皇后謚册，賜楮幣萬緡。正月，撰皇后册文，攝侍中讀册。至大三年，以疾薨。

公在朝廷踰四十年，凡累朝憲章損益，能悉舉源委。翰林述作，自爲編修時已預撰，先賢文懿，尊酒敘論，咸有據依，欲輯爲臺閣舊聞，而事莫遂。崇拔後進，雖未識面，汲汲稱許不絶口。性剛直，有不善必面責之。有文集三十卷，藏于家。子士熙，今爲翰林待制。

竊惟聖朝褒録臣下，見於令典，謹摭其居官行事，請於太史，上於太常。至若居家雜儀、治民遺事，悉弗敢次第。延祐三年九月日，門生翰林待制、承務郎兼國史院編修官袁桷上。

李司徒行述代作

嗚呼！我先公之亡，銓時年十有三，遺言懿範，誠不盡知；雖知之，亦不能盡詳。少鞠于趙氏外家，外大父諱某，爲南京同知。先夫人嘗泣語銓曰：『汝父沈静寡言笑，篤志嗜古，卓然遵聖賢言行爲矩範。强之仕，弗肯仕，凝塵敗席，家事靡密，弗顧。疾革，猶執卷瞠然若有思，空約彌甚。間嘗曰：「我幼孤，長兄樞密都事，教我撫我，緊汝舅之訓。汝舅生三子：長都事君從革；次總判君從謙；余敘爲季。生兵革中。我先君每誨吾兄曰：『家世朔州，罹亂離，朝夕習騎射。今邊宇寧謐，諸兒宜守儒顯親，毋刻木吏爲也。』都事受其言，朝夕以詔二弟，俾從學于九山李先生徵。吾詎願不仕，非其道不可也。銓幼不能必其成，後其語諸。」又曰：「大父之墓在朔州，地遠不能至。考其事，則有紫陽楊先生之誌在，戒其毋忘焉。」』不幸某歲卒，年四十有一，葬于南城柳村之原。

先公既卒，家益困，太夫人挈于外家，化治銖粟，率資以教。銓稍長，痛自感勵，有以其名聞于世祖皇帝，詔習儒業，入國子學，師許文正公焉。後直省闥，三年，出爲彰德鐵冶提舉。又十年，同知歸德府事，始得致養于母夫人。元貞元年，過汴梁，將歸京師，不幸夫人卒於汴。卒時年五十有八。奉柩歸葬于柳村，相其地，水齧洳，不可旁祔，迺卜於西山金河口田峪之南，得合葬焉，冬十有一月某日也。元貞元年，爲翰林待制。又三年，轉廣平等處鐵冶提舉，改工部員外郎。承檄視屯田雁門。雁門地近朔州，銓思念吾大父葬朔州，在鄯陽灰河西一里，今六十年，榛莽不可考，有楊先生英誌在。雖無能知，吾以誠求，寧卒使無知哉？翼日，驗誌，徵旁近，卒無有，哭走于野，有老叟年八十餘，迺來曰：『李府君葬時，吾嘗治畚鍤于灰河，今西一里隆然者，其墓也。』銓泣且拜，得封崇以識焉。

楊先生之誌曰：『李君大父諱彥宏，由彥爲名者十八人，自彥而別爲玉者二十六人。』其諱玘者，銓大父也。我先考，大父之幼子也。都事有子曰某，總判君無後。銓由是奉都事而下，皆合葬于西山，而灰河之墓始樹楊先生之碑，推大父壽後之德，遭時隆平，非若昔時之永隔，歲時省墓，則力猶可至也。楊先生之誌又曰：『大父爲山西西路課税時，耳目所逮，纖悉必陳於長官，有以榷麴牟利，即峻拒，絶後患。或言郡縣始安輯，宜用重典使不犯，輒面折陳白，非忠厚恤民本旨。』

先公之誌，翰林承旨王先生構則曰：『拱璧駟馬，流俗所恃嫭者，先公無是心也。』銓無所肖似，自工部改授朝列大夫、揚州路同知，臺擢爲監察御史。四年，少中大夫、河北河南道肅政副使。五年，移淮東。未幾，嘉議大夫、常州路總管。不六月，召爲參議中書省事。又六月，除禮部尚書。復五月，轉燕南河北道肅政廉訪使，改昭文館大學士、中奉大夫、治書侍御史。今上皇帝推賚存殁，於是得贈大父資善大夫、司農卿、上護軍，追封冀國公，謚莊順；祖妣王氏，冀國夫人。考榮禄大夫、司徒、上柱國，追封冀國公，謚端敏；妣趙氏，冀國夫人。

嗚呼！銓無所肖似，承藉先德，先夫人之訓，歷歷在耳，顧因朝廷光顯之寵，求文鉅公，表於墓道，俾李氏子孫，後有攸考。謹再拜，敘其事于右。端敏公諱從益。銓今爲翰林侍講學士。娶孫氏，封冀郡夫人。合三房孫，凡幾人。長某。

延祐四年九月日，男翰林侍講學士、中奉大夫、知制誥同修國史李銓狀。

資德大夫大都留守領少府監事兼武衛親軍都指揮使知大都屯田事贈推忠贊治功臣銀青榮禄大夫平章政事澤國公謚忠宣鄭公

行狀

本貫澤州陽城縣澤陽鄉屯城里，年四十七。曾祖珪，不仕。祖皋，故忠昌軍節度使。父鼎，故鎮國上將軍、湖北道宣慰使，贈銀青榮禄大夫、中書右丞，謚忠毅。公諱制宜，字扶威，澤州陽城縣人。大父節度，當金危亡時，以智略慷慨衛捍里社，興屯田陂池之利。年不展用，是生忠毅公，提天師勤羌蜀，絶襄漢，奇勳冠勇，功次表焯，官譜始著。公，忠毅公之嫡子也。方勝衣時，忠毅攜見于世祖皇帝，特視偉之，命從大臣習給事儀。忠毅遏寇死難，世祖震悼，迺即授金符，襲平陽、太原之軍而戍鄂焉。公盛年受殊數，益矜謹自重，控伏將士，帖首無撓犯。湖廣行中書治鄂，戎帥策馬進退承教令，縮蹙不自給，獨公爭器重傾下。鄂守缺長，執政俾攝治，日坐決文武兩府，郡益以理。凡數歲，訖不除鄂長官。

十九年，詔治樓船，有事於島夷，江滸地不足居船官。城南有何家洲，洲爽廣多居民，中書行令遷洲屋，仆徹墉瓦，聲洶撼，白日交走，驚泣道上。公行相旁近地，與洲無異，即趣還其居。洲民爭持牢醴拱謝，公揮手曰：『安民，吾職也，何謝焉？』鄂多火災，連晝夜交作，或言：『城中隱姦利，羅疑似者急治，火可止。』公言：『咎在火政不明，火未絶而復誣構，彼何生爲？』遂率軍士申令，約立渠巷，俟火所未至，通徹其道，火是日迺止。有盜私立部號伏近郊，日暮剽劫負擔者，訛言將入城，索之不得。見數男子從城外來，促數異顧，命縛之省。貴人曰：『得無以疑詿誤？』將出之。明日，過城東門，見一少年乘白馬行且色動，公呼曰：『汝曰：『汝賊也，汝貌良人也，何作賊？不速言，當訊汝。』少年叩首吐實，復信宿日所捕亦同款，一郡大驚。

二十三年，徵入侍中。明年，從駕北征，願前敵效擊，上曰：『鄭制宜死，唯一子在，宜勿使擊。』復請戰，乃命從太師以行。師還，詔侍膳殿中，加懷遠大將軍、樞密院判官。春，駕如上京院，留毋行，公曰：『年少宜服勞，願以偕行。』上愛而勿許。二十八年，超拜湖廣省參知政事。是時鄂大臣集括斂爲奇功，上怒録其家。公入辭，上曰：『而父死賊難，賞不及于汝。今有盜臣資財僮孥留貯于鄂者，宜擇精善自取。』公對言：『某臣家入皆贓，穢不可詰，受之雖無汙，然跡其由來，寧無汙乎？』上益奇之。

鄂爲舊治，土俗厚薄，悉周知其隱，蘇枯翦彊，翕然至和。上知其能，賜中金五千兩。間歲，具口奏：『臣向留鄂治兵，臣母知臣年未更事，乞臣侍陛下宿衛。今不以卑鄙，預外政府，朝夕思念不勝任，敢昧死以請。』復徵爲内臺侍御史。安西地歲牧馬，牧人利曠遠，率併入旁近世業，民數訴理求地，持軋不下，命公乘急傳治其事，覈地得三十萬頃，考籍于官，餘悉歸于民。

三十一年，拜行樞密院副使。院治衡州，公統軍入衡，下令不得入廬舍，營部擇便地定井竈，食罷畢發。至暮，整列就次，道遇雨，卒言宜止頓舍休憩，公立雨指畫，訖一卒無敢宿民居。道旁市井人雜語，不知爲官軍也。湖南地介江、廣，賊負險煽昭賀，聯絡廬陵諸屬邑。大軍至，即守固不復出，歲一捕寇，率害善地。寇伺去，復嘯集如故。公至，相阸塞，雜耕守戍，據其出没，明語歸降者釋弗殺，遂[四]殲其酋長。茶賊譚計龍匿兵器，有異志，立捕得之，其弟昇貨以緩事，公趣輸于軍，卒正其罪。

成宗皇帝改元，復别置副使一人，與公同治。公謂：『官溢常員，先置者當罷。』入授大都留守，領少府監。未幾，兼武衛親軍都指揮使，知大都屯田，始進階資德大夫。公幼熟内府，營繕工巧，供給祠祭之屬，能通達緩急，終歲事集，無曠敗。至大宴席，刀匕樽斝，必命公董領，以重其事。大德七年，地震太原、平陽，公承命往視，且言：『河東罹鉅創，聖天子出粟幣以賑活之。設一不及，是負明詔，死罪萬萬何可逭？』迺躬入里巷，傷殘羸餒，悉疏録以給。有市官利征商，詭言某地少災，不宜費官廪，征法宜如昔，無所損。公怒曰：『幸災困民，民何罪？且汝計征入，何補縣官？』入言于上，復其地三年。

公天性慤厚，上宴大明殿，獨侍立不惰，命之飲，再拜辭。上察其意，賜酒二壺，使歸飲于家。事母蘇氏至孝，特封潞國太夫人以寵之，錫賚無虚歲。復加賜海青，俾入禁囿，尤號爲異數。大德十年二月五日，以疾薨，年四十有七。其葬在某縣某鄉。自公少時，已知自貴，乞名於王文忠公，王見而器之，遂定其名字。忠毅以死事顯，故公彌欲以忠孝勉獎，通敏有持守。其居鄂十年，善政藹著，至今父老言：『鄭公真清士，非他人比。』至守官靖正，不以喜怒害事，謙抑自晦，中朝士大夫則曰：『鄭公真吉士也。』配可烈真氏，丞相孛羅公之女。子鈞，今爲懷遠大將軍、武衛親軍都指揮使。至大更元，特贈推忠贊治功臣、銀青榮禄大夫、平章政事、澤國公。復下太常，定謚曰忠宣。

謹具歷官、行事，鴻筆碩彦得以取擇。謹狀。

榮禄大夫大司徒特封饒國公吴公行述

本貫饒州安仁縣開興鄉壽櫟里。公諱克己，字祥甫。維吴氏遠有令緒，泰伯以至德讓嗣，逃于吴。周受殷命，大封同姓，而泰伯胤系，因食采吴地，子爵不絶。周既衰，吴、越、楚爭王，吴爲越所儧，子孫散處江湖間，因以國氏。夫差六世孫芮，爲秦番令，有德于番，號番君。漢次芮功，封長沙，而廟食番，世不絶。宗庶蕃衍，凡占籍番者，悉祖之。

安仁吴，世儒家。宋淳熙間，有從朱文公講學曰某，皆其譜諜。公之曾祖岳，祖夢旂，養潛樂幽，丘園晏如也。父鑑，服儒業，言行矩範，閭里是否，能持平善諭，俾率初，後皆尊信之。飭書教子，誨之曰：『學非以干禄，遇不遇，命也。』故公受其訓而行之。

幼靜默寡嗜好，達生養和，非仁義之言不言。其居家也，斥絶喜愠，躬行以導之，不逮者，微語以警之。其處于鄉也，肅然如有容，暴者化之以慈。有爲不善者，輒自勵曰：『得無吴公知吾所爲乎！』幼督之以學，壯獎之以仕，稍有能，輒譽之。其成就也，怡色若己得。年益耆，賓客造户無惰婾，酒至愈莊，夜分猶危坐，治纖悉，人皆曰吴公。有子全節，爲玄教嗣師，總攝江淮荊襄道教，崇文弘道玄德真人。其好賢，其持身，常念若不及，繄家教所致，推公之德，視其子，則猶可企也。延祐六年五月，玄德扈駕上京，桷以待罪集賢偕行。公薨，以五月丙辰訃至，玄德晝夜哭不絶，泣且曰：『全節不天，疾驅以歸，願述先公之行，以聲其哀。』桷謝曰：

『述德敘行，宜在門人佐吏，敢辭。』則又曰：『猶子善辱與子游，其何辭？』

謹按：玄德真人幼慕老子道，年二十，從大宗師開府張公入朝奉祠宮，間歲告歸省。成宗皇帝憫許之。大德八年，公與夫人壽七十，上賜公上尊，加帛，俾乘傳以歸。大德十一年，特拜翰林學士、中順大夫。至大三年，武宗皇帝隆孝治，恩賚中外臣子，繇是超拜榮禄大夫、司徒、饒國公；配舒氏，饒國夫人。而公考，亦追贈昭文館大學士、資善大夫、饒國公，謚文靖；妣陳氏，饒國夫人。玄德奉制書以歸。延祐元年，公壽八十，天子遵成宗錫賜如故事。延祐四年，復降璽書，復其家，命守臣王都中表鄉曰榮禄，里曰具慶，玄德築公所居堂曰晚香、曰天爵，翰林侍讀學士元公明善記之矣。曰齊老，則因宋孝宗所書扁，以徵其實。曰樵隱，公所居，自號以寓其沖澹之意焉。公壽八十有五。將以某月某日葬于鄉之山田原。子四人：長詢；次誠，蚤卒；次玄德真人；次全義。女若干人。孫男若干人：善，集賢修撰；蒙；剛；才；致。孫女若干人。曾孫男、女若干人。

始，善來京師從游，嘗出大父手書，誡善制酒，力纂述，勿惕玩以自棄。又誡其叔父持敬存誠，爲應天事神之本。日承君師，毋以我耄爲辭。幸未棄昭代，嘗惕然深念曷報稱，數數道途非所望。假我死，何憾也？水蹇於山，屈曲演迤，遇順而始達，非偶然也。養深用嗇，累遠益振。於吳氏有考。世胄顛覆，抑其所發者誠過耶？

嗚呼！吾於是見之矣。桷也辱再世之游，耳受目矚，向爲史官，錫命享醴之禮，嚴詳於記注。惇史純孝，贊皇風，闡鴻藻，有自來矣。遂不克讓，奉于太史，俾有考焉。延祐六年七月日，具官袁桷述。

校勘記

〔一〕『緼』，原作『温』。按上言傳主字伯温，其祖不宜復名伯温，今據四庫本改。

〔二〕『力』，原作『方』，據四庫本改。

〔三〕郁校：『至元十一年』，原本作『二十一年』，鈔本無『二』字。案下年數次第甚明，此誤衍，今删。

〔四〕『遂』，原作『逐』，據四庫本改。

清容居士集卷三十三

表　誌

西山阡表

嗚呼！我大父嚴州，宋寶祐五年丁巳六月七日庚寅即世，年六十有七。後六十有七年，是爲皇元至治三年，歲在癸亥，聖天子推恩文武，錫命有秩。不肖孫桷以從臣，遂得贈中順大夫、上騎都尉、會稽郡伯。大母令人王氏，會稽郡君。是歲五月，丞相忠獻王薦于英宗，超拜侍講學士。泰定元年，又贈嘉議大夫、禮部尚書、上輕車都尉、會稽郡侯，郡君加會稽郡夫人。

嗚呼！桷生七日而母史夫人卒，先考處州嘗語曰：『汝外祖敷文轉運公諱賓之，淳祐十一年辛亥歲秋八月，病且革，嚴州詷疾候所命，于時汝母年六歲，余年七歲，即指曰：「吾女以中外表，願奉公幼子。」大父謝且立曰：「幼子獲爲越忠定王孫壻，他日生孫，寧負吾兩門哉？」』桷泣受其語以識。

桷髫齓時，喜聞遺事。于時越公賓客子孫宦途著仕，而大父遊從咸在，嘗語曰：『越公爲京尹十有一年，擿括隱伏，抑强振惠，緊汝大父密以贊，外若韋布，使世不知有子弟名字。其居越公喪，盡喪禮。喪除，廬于墓，不入城府者三年。匪惟鄉人言之，外州士大夫能言之。』退考于家乘，曰：『初補承務郎，監無爲縣襄安鎮，知建寧府浦城縣丞。』

越公久侍從，陞政府而執政，子求外仕，令不許，故再任佑神觀。紹定四年，越公解機政，始得授江南東路安撫司幹辦公事。端平二年，以侍養請于朝，優許之，充沿海制置司機宜文字。淳祐七年，通判嘉興，兼尚書省提領田事所檢閲，迺曰：『吾得以仕矣。』治府事無留難，囹圄以空，悉以越公尹京法治之，郡守謝不能。提領户部財用史宅之悉括諸司田，阿媚奉上，具籍百餘萬，用户部印入御府，而以副帙置三省。始愀然曰：『吾不可復治。』乞歸，三年，授江陰軍，力辭以疾。

後户部果督責浙西諸州虚籍，守臣爭納告丐罷。言諸司田皆朝廷舊籍，欲入虚籍，則宜蠲舊籍。未幾，宅之死，始悔罷，而副帙在三省者，國亡散落民間，言利大臣深信之，卒爲東南害。十一年，知嚴州。寶祐二年，提舉台州崇道觀，積官至中散大夫、鄞縣開國子。先處州登朝，贈中奉大夫，再以登極恩贈中大夫。

維我大父，訓範嚴密，居家治具畢舉。區别工技，悉精其能。堂奥危坐，無笑色。聚書至數萬卷，圖畫鼎彝，鑑裁得源委。而先處州遵奉誡令，教子晝夜不廢。桷得以譾薄文藝，敘升翰苑，幾二十年，再爲集賢直學士，今復超進爲翰林侍講學士。夙昔期望，於遺言見之。今墓在桃源之西山，王氏夫人合葬焉。

大父諱似道，字子淵。曾祖諱皋，累贈太保。妣楊氏，越國夫人；楊氏，魯國夫人。祖諱昇，累贈太師、衛國公。妣楊氏，齊國夫人。考諱韶，少傅、同知樞密院事、資政殿大學士，累贈太師、越國公；妣陳氏，周國夫人。配王氏，平江府吴江縣癯庵先生份之四世孫。蘇養直、向伯恭、張安國、朱元晦諸賢，賦詩于其家圃，有詩集十卷，行於世。長子諱浚，奉議郎、淮西制置司機宜文字，入皇元，改授承務郎、賓州同知。娶史氏。孫四，曰棟、楳、楝、梂。孫女十。曾孫五：彦、毅、亨、端、辛。孫女一。先處州諱洪，朝列大夫、同知處州路總管府事，贈中奉大夫、浙東道宣慰使都元帥、護軍、會稽郡公。娶史氏、楊氏，並追封會稽郡夫人。子桷，爲嫡長孫。女三。曾孫二：瓘、瑾。女四人。四世孫男：曮、曄。女德秀。

袁爲鄞聞姓，晉政府繇越公始，至于大父，承緒展世，不赫赫以求高，命所居堂曰拙逸，曰得閑，殆見其雅志，將以俟于後矣。夫德厚者報深，恃報自佚，必不能以顯。郡公事兄若父，讓爵避財，鄉黨至今能言。惴慄四十年，而教子督切，則曰：『我大父之訓，我不敢私，今雖未底于成，詩書之澤，殆能以自白。』歲月逾邁，交友故吏澌落幾盡，隧碑有缺，幾於無傳。是則有罪，矧以不腆之文行于南北，庸述祖德，刻于墓道，俾子孫有考。

泰定元年歲次甲子□月□日，孫具官桷表。

先大夫行述

先大夫諱洪，字季源，姓袁氏。袁爲明州著姓，州陞爲慶元。宋仁宗朝，詔外郡得籍開封，舉進士。嘉祐初，爲開封舉首者諱轂，後通判杭州，蘇文忠公時爲郡太守，日論文史。典處州以終，贈光禄大夫。其宗諱轂，亦占籍開封，試進士，歷官至祥符縣丞，因家焉。爲公六世祖。五世祖諱謂，贈少保。高祖諱皋，贈太保，靖康難作，隨青州兵復歸里，積善好施，年八十餘，預言死期，别親黨，沐浴端坐以逝。曾祖諱昇，爲明州助教，贈太師、衛國公，樹德力卑讓，鄉里尊信。郡有不軌大獄，命公攝治，即其家搜驗，得僞署籍姓名一千餘人，皆六縣大家，不以送官，立焚之。異行遺事，世多所傳録。妣楊氏，封太恭人，贈齊國夫人。祖諱韶，幼學于族父正獻公燮，登淳熙丁未第。嘉泰禁道學，自趙忠定以下皆入黨，正獻公坐廢，越公爲吴江丞，得罪蘇師旦，俱家居避禍。嘉定改元，褒敘趙忠定公、朱文公，於是相次被召，先後爲侍從，搢紳榮之。尹臨安十年，神明愷悌，自辛棄疾、揚王休、馬大同、丘密以後，推公次之。爲同知樞密院事，以資政殿大學士、銀青光禄大夫、奉化郡開國公致仕，贈太師、越國公。妣陳氏，吉國太夫人，贈周國夫人。考諱似道，中散大夫、知嚴州，總覈事物，能通達損益，然不樂仕進，守次江陰，將行，乞祠禄以歸，理宗異之，贈中大夫。妣王氏恭人，贈令人。

公嚴州次子，七歲能諷誦《詩》、《書》、《左氏》，通大義。以越公遺表恩，奏補承務郎。年十七，試吏部，銓監鎮江府大軍倉。明年，道臨安，馬光祖以樞密爲京尹，上書往見之。馬公喜，謂曰：『是故袁越公孫耶？光祖治京師，皆先公條教，今官位適相同，然貴家諸郎多不達文墨，是書果子所作，當留以自近。』公謝不敏，遂改辟監桃源酒庫。檄入帥幕，時馬公號嚴敏，客多畏避不敢進。率秉燭決諸曹事，命四客坐四隅，禁私語，夜分間，以成案俾閲先後是否。一日，擇卷牘繁宂者以試公，公疏其要領，言是事曲直微有隱，某官所擬微兩端。馬公大喜，日以不決事委處分。將俾徵旁邑逋負，公謝曰：『初入官而以括責稱，懼失先公遺訓。』馬公謝之。

禮部尚書李公伯玉薦可治劇邑，中書舍人劉公震孫薦可理瘠縣。馬公去國，改兩浙轉運司幹辦公事，轉運使胡太初刻峭，善伺時相意旨，公不樂之，請告歸里。胡亟怒，以緑匣檄還司署，曰：『不即來，當議劾。』公起視事，或咎之，迺慰曰：『太初先子，先樞密門下士，知予能官，固若是。』後潛説友爲轉運，檄督寧國絹十六萬疋，公婉謝曰：『嘉熙以來，江東税絹皆虚負實籍，寧國尤甚。莫若悉蠲虚名，止取景定至今年逋。且昔時嘗以不能謝馬公矣。』説友懼蠲數廣，亟命他吏，然卒不能辦。爲禮部貢院封彌官，甫出院，度宗忽降手札諭賈相〔一〕曰：『舒津，太學名士，袁洪，嘉定名臣孫，宜與陞擢差遣。』舒，同里人，賈疑有内援，遂除舒太常博士，公爲太社令。就職兩月，諷門下省論，而舒亦以他事去。賈相嘗曰：『浙東唯温處士可任事，四明士不宜用。』于時高公衡孫、趙公汝楳以户部侍郎，汪之林以汀州，陸合以軍器少監，章士元以太常少卿，趙孟傳以贛州，合執政官至守倅凡六十餘人，皆家居，月爲一集，約討論先哲言行，不得議時事。繇是公益得紬繹文獻，深愛重自晦，絶不通京師書問。賈相悉偵知之，迺命主管華州雲臺觀。

咸淳壬申，遷通判建康府。公閲事敏決，老吏不敢詒〔二〕，慮獄句容，有僞楮連坐二百餘人，悉出之，定議止誅其首。帥趙溍貴騃，不親庶務，僚屬上府謁不得入，率用紫袋取畫諾。公坐賓次，命吏白帥：『今邊事益急，惡少年掠奪市上，將驕不習兵，非紫袋可奉行。』帥聞，即延入閣，出遜語，且曰：『將循視沿江諸屯壘，苟可安便者，毋忌也。』甲戌冬十有二月，帥行，郡中大驚，爭移徙出郭，而村落民與故侯聯絡者復入城，有約白晝罷市。公詢扇亂者斬之，戒門者毋納村民，城中始安。夜多火災，有徼卒瞻對詳練，公私以白金，立署賊曹。一夕，卒馳報：『有賊約以二鼓縱火東門，劫門鑰以出，今賊俱在廟中治火具。』公遣卒往伺，賊將出廟門，捕二人，有緼火在手，即斬以徇。諸將留城者皆故侯部落，至是益蹇傲，願習射求官賞，且曰：『在昔唯陳招捕習騎射，今不能復見此等相公矣。』翼日，將巡城，請公乘騎，吏擇馴馬以進，公命取將馬來。將異之，坐城上，召諸將曰：『郡庫非制置使不敢用，若等求較射，吾當以私財定高下。』語畢入射，將挾矢前喏曰：『願奉約束，然不敢先。』公手弓遂弦，三發皆中革，一入的，將謝不敢。公强之，終不能並，卒定其賞如初。諸將前曰：『惜侍郎官晚，然事不可爲。』公嘿然。侍郎蓋江淮間幕府通稱也。二月，帥調精鋭居屯江，城中羸卒數百相偶語，有卒夜從江滸還，言趙制置已南遁數日，將解兵還淮西，總領費伯恭棄軍資，夜乘舟如通州入海，賈相師潰，歸揚州。諸將率故侯部落將劫公出城，公不得已，微服間道歸臨安，見太常丞吳浚。浚舊爲沿江參議，與公厚善，相對各泣下。公曰：『國勢日蹙，諸將率聞風内叛。』浚薦丞相陳宜中，將留用之，公願自劾待罪，急辭去。

趙公孟傅尹臨安，奏爲浙西安撫使機宜文字，不拜。趙公制置慶元，復奏爲沿海制置司參議官，公時已陞階朝奉郎，亦不拜。乙亥冬，臨安奉表降，謝太后詔諭東浙諸郡如命，戒毋徒以百姓汙鋒鏑。時入南軍，道上虞、餘姚，焚掠以行，聲言留軍慶元備禦。居無何，王師將壓境，公見趙制置，言南軍以具海舟，實無意留，旦夕必入城縱焚，當先攻甬東門，宜戒火政，分卒保東城，以全居民。未幾，果縱火焚浮橋，劫江滸，城有備，不得入，舟出定海以行。制置司改宣撫司，復署爲參議，人心危疑，旁郡邑相屯堡未散，舊不快意於衣冠者，爭上變入爵。參議官陳允平素與王姓雠，雠言：『新從福州航海來見陳參議，爲書蘇都統，約以九月乘帆下慶元，當出兵以迎。』又言：『禮部尚書高衡孫而下三十餘人，皆聯署勸進。』時張元帥督師將征南，命招討使王世强圍捕鞫實。公儒服立庭戺，見王，辨陳參議與聯署書實亡有。招討故爲宋官，寧知雠不爲虛言？王未應，有戎服長髯者將登階，見公亟下拜持抱，曰：『此吾袁侍郎。』詣王前曰：『傅海舊爲建康壕寨官，承宣使阮思聰與侍郎巡城，議列木柵，阮言：「城廣不可守，且木柵無所從得。」傅海答曰：「蔣山左右，巨木可取，撤近郊居民屋，高下附益，可立具。使果欲守，良無難。」阮故吕太尉姻，盛怒，將以軍律抗對殺海。袁侍郎悟旨，急叱海入獄。明日，杖海而遺之。今不知侍郎何故立庭下，海願以身贖罪。』王大驚，具賓禮以迎，且告元帥。帥引問之故，公言安反側、定新國，當絶告訐羅織。翼日，元帥盛軍容坐府，有告者復言：『奉化、昌國某大家，以故王爲名，一從台州黄巖來，一從海上來。』帥立叱去之，陳參議亦繇是得脱。

郡大疫，具善藥以施，死者給棺以殯。後戒以爲常，行之踰二十年。至元十五年，從趙公朝京師，覲世祖皇帝，天語命班秩宜高從行者一等，將授總管，以子幼辭，迺授朝列大夫、同知邵武路總管府事，以疾不赴。至元二十年，授温州路同知，疾作，復辭。

公幼從王先生鐳學問，戒以躬行爲持身本，每授以《言行編》諸書，公守而行之。至是，書陶靖節詩、《顔氏家訓》爲一編以寄意。至元丙戌歲，侍御史程公奉詔徵士，首寄聲起公，公遜謝不敢當。大德二年，改授處州路同知，命下而公已捐館，實是歲二月十有八日，享年五十有四。

先大夫性孝友，事兄賓州如父，器物田宅，賓州所予者，猶辭不敢受。嚴州遺澤〔三〕一一，悉讓兄子。淡嗜好，自建康歸，即獨處清坐。嘗曰：『綺縠聲色，非潤身延年佳物，諸君何慕焉？』喜賓客，終歲無虚日，客去，復具饌以俟。不喜言人過，或甚不能自重者，猶覆護言無是事。急施與，家無長物，嫁娶喪葬有不能舉者，悉賑與之。愛博而内明，碩儒故官，旁邑外郡，俱館致教子弟。嘗言：『吾交游宜廣，汎愛親仁，勿爲臧否可也。』有客素依公，調官京師，願奉公文書以效勞。久之，客得官，群議咎客，公以書慰之：『君果有得，猶我之得。』客出書示，議者迺止。善尺牘，琴弈諸藝皆過人，不自詑襮。每言：『沽名激行，爲之良易，然不可欺於心。』晚歲過郡土神祠，桷侍行，指謂曰：『吾言出諸口，今得視神無愧。』自丙子來，冠屨雜糅，抑負不自振。嘗開釋防漸而扶植之，或利害不便，必正色廣論，絶其萌蘖迺止。殁之日，鄉里無貴賤老穉，皆驚惋不絶。葬在鄞縣桃源鄉慈溪奥之原。

元配史氏，太師丞相忠定史越王浩之曾孫。祖彌堅，資政殿學士，贈太傅，謚忠宣。考賓之，朝議大夫、直敷文閣、荊湖轉運副使。再娶楊氏，世儒家，五世入太學，景定壬戌太學進士、太平州判官□□之女，以宋明堂恩俱贈安人。男一：桷，史出。女三，長適丞相史莊肅公嵩之之孫似伯，前將仕郎；次適工部尚書余天任孫昌期，前通仕郎；次適資政殿大學士史巖之孫益伯，前承務郎。孫男二：瓘、瑾。孫女四，長適同知餘姚州事趙孟貫，餘許嫁未行。

痛惟先大夫言履歷歷在人口耳，蚤登膴仕，將大有爲，迄不得展究。尚義勇斷，施止於州里，而中年泊然退靜，莫有知其意者。不肖孤藐然嗣承，懼歲月之久，失於傳貽，將益負不孝。願託于立言大賢，以求信于後世，謹述歷官行事，辱賜之銘而傳焉。

先君子蚤承師友晚固艱貞習益之訓傳於過庭述師友淵源録

王鏞，濟南人，侍御史伯庠曾孫，繇次翁始居鄞。敦厚寡言。幼師之。精理學，多録言行教人，不喜矯飾。壬戌進士。

張即之，參政孝伯子，孝祥從子。善爲頌，語乾道、淳熙事，月日先後亡異，史官李心傳嘗質之。喜校書，經史皆手定善本。嚴州奉祠，日相過從。有絜疾，語言清整，待僮僕亦然。書蔽其名，書法之壞自張始。特加太中大夫，以壽終。

趙汝楳，善湘子，爲宰相壻。卑退自修，精易象，有《易敘叢書》可傳。官至户部侍郎。晚歲以理財進用，失士譽。

李伯玉，鄱陽人。爲右司，論事得罪，後爲禮部尚書，薦以政事可作劇邑。將入政府，卒。

馬光祖，婺州人。號吏師，改署佐其府。性過急，斷決無停滯，一時新進效之。鄉有馬元演，時爲仁和縣，晨坐廨決事五百，縣大治。改官奏舉，皆出馬公。後爲衢州，坐殺饑民罷。

劉震孫，東平人。忠肅公元孫，文清公之子，魏文靖公之壻。爲喬丞相行簡樞屬，喬相與劉嘗言越公尹京政治。晚歲爲宗正少卿兼中書舍人，知爲諸孫署剡曰：『嘉定名臣某，有孫敏材，宜理瘠縣。』

胡太初，天台人。以清苦自檢，治與處州季鏞同。其父越公門下士，胡晚始自言，事見劉克莊所爲銘。

劉黻，永嘉人。左史出治慶元，于時奉祠山中，以居鄉清修薦，世號六士。

汪之林，里人。龍圖閣學士大猷族孫。爲諸王宫教授，守汀州。晚歲十年不通時相書，逮識樓宣獻公，言出處，大致不可易。居同里巷，貧益甚，卒。

應文煒，奉化縣人。精史學。年六十，始入太學。蚤游江淮，吳毅甫作相，兄淵守建康不去，應作書諷之，即謝事。毅甫奇之，招入相府，不顧，去。史嵩之罷相，猶子璟卿上書，或言應爲輔，史相諷所屬掠治，應益忿然，卒得脱。癸酉歲，襄陽降，應言世事已去，先子官金陵，戒毋攜妻孥。凡所言得失，悉中。

曹説，侍講粹中曾孫，父爲山陽佐，死難。幼絶葷娶，精易象數，《論語》、《詩》、《春秋》皆有解，多折衷舊説。歲一再至。《易説》爲里人所竊，今不傳，聞在松江儒家。

王先生應麟，兄弟中博學宏詞科，爲翰林學士、禮部尚書。咸淳詔册辭命，皆先生所作。著書有《春秋考》、《逸詩考》、《古易考》、《通鑑義例考》、《困學紀聞》、《玉海》一百卷，文集一百卷。先子命桷受業門下十年。

胡三省，天台人。寶祐進士，賈相館之。釋《通鑑》三十年，兵難，稿三失。乙酉歲，留袁氏塾，日手抄定注。己丑寇作，以書藏窖中得免，定注今在家。

吳浚，建昌人。喜論兵，爲建康參議，數凌侮郡將。賈相督師，舟泊龍灣，客謁不得入，吳大慟，賈奇之。後入爲王宫教授，累遷起居舍人。嘗薦先子于陳丞相，入南，起義兵，事不濟，議降，文丞相殺之。

戴表元，辛未進士。善論策，失仕歸里，力從諸先生，能古文。爲金陵教授時，與之同官。

家貧，衣食喪葬咸賙之。後留塾中。有《榆林集》五十卷。

黄震，慈溪縣人。以清介聞。賈相知之，守撫州兼本路提點刑獄，迄不能合，坐論去。性不喜鄉里，獨作書，以所爲《日抄》一編寄贈。

陳蒙，鄞縣人。國子司業塤之子。善筆札，治獄多探奇，嘗疑之。後爲淮西總領，以浪用公帑罷，貶建昌。晚守温州，夜別先子，行益詭誕。子孫散亡不可考。

安劉，汴人，居鄞之小溪。以《詩》義冠多士，善清言。三歷秘丞郎官，素爲賈相客。安以科目自持，卒不得顯用。

程鉅夫，舊名文海，郢州人，今居建昌。善鑑裁，爲侍御史時，奉詔徵江南遺逸，首薦先子，以疾辭。所薦士皆知名，多至大官。今爲翰林學士承旨。

謝昌元，資州人。淳祐甲辰别院第一。守封州提舉、廣東常平。幼歲見劉文節公光祖，能道蜀士大夫言行，可傳録，言蜀中亡事甚慘。僑居于鄞，入朝爲禮部尚書。

青陽夢炎，西蜀人。使李壇，善機辯，賈相愛之，爲荊湖提點刑獄。仕元朝爲吏部尚書，多智。

留夢炎，三衢人。事見國史。晚爲翰林承旨，焚香擇吉日，薦先子于御史中丞。翰林修撰汪漢卿與桷官翰林時言之。

趙與票，黄巖人。篤實無城府。睦姻族，與先子俱爲史壻。官京師，歲一遣問，官至翰林學士卒。

盛夬，金華人。邃經學，多本項安世氏。丞相王爚薦爲太學博士，後通判慶元。

梅應發，廣德人。與叔祖履道同補太學，爲慶元教授，習詞科，卒不成。官至太府卿。喜抄書，先世書皆傳寫。

舒岳祥，台州寧海人。七歲能作古文，弱冠謁吴子良吏部，大奇之。吴學于陳耆卿舍人，舍人學于葉適正則，以師道自任，好譏侮。晚歲詩益工。官慶元時，與之游，後作書俾桷往事之。

劉莊孫，學于舒，能文詞，深沈善精思。家貧無書，傳五經，能默與先儒合。病廢卒。

樓槮，宣獻公族孫。精曆法，言宋司天氣朔盈虚，當改章法，不可用。未之信，後《授時曆》頒，言始驗。館于賓州伯父家四十年，日布算，疑多財者。貧老卒。

應發孫，參知政事繇之子，父爲翰林學士時，能代父書命，後秘其父書不出。好博，以蠱死。

史蒙卿，乙丑進士。拙程文，默誦五經，其學喜奇説。禮部尚書王公多傳授之，卒以奇不合于王公。

陳定孫，參知政事卓之孫。爲軍器監丞，家居四十年，歲奉祭祀，必哭泣。年八十餘迺終。

余尚賓，官至太府寺丞。賈相入朝，不得調。孝友誠實，鄉里交賢之。

謝翶，南劍人；　僧圓志，瑞州人。俱能古文，尚嚴簡，氣鬱不自舒，困死。

周密，湖州人。與陳厚、韓翼甫、李義山咸淳初爲運司同僚，俱有吏才，約貴日以字稱，禁近俗名號。陳能文，端明存之弟；　韓，安陽裔孫，善持守；　李豪邁，名吏壽朋之孫：　皆蚤卒。周中丞秘曾孫，晚歲以鑑賞游諸公，微失雅道。

葛慶龍，南康人，寓居四明僧舍。精唐律詩，酒酣，能飛筆爲數百言，然棄不復録。有《什一集》，極精警。游越，卒。

先夫人行述

嗚呼！　桷始生之七日，已不孝，罹禍于先夫人。音容永隔，無所容罪。每侍先大夫，嘗語曰：『汝生之年，歲大熱，丙寅爲火，協于支干，臨安居民繁湫，坐地沃水，猶喘息不得止，茵席器案如執焦。汝母體素弱，一夕暴泄，輒不可藥，目光已離，猶視汝在褓中，復愀然曰：「桷來前。」念至是，曷時可忘耶？』桷泣而記之。又曰：『大父嚴州與汝外大父敷文公最相好，伏臘治具悉相似，商榷品目，議論好惡，無一不脗合。汝祖母王令人，史太師甥孫，故於敷文通姻好，益密。淳祐辛亥八月，敷文病，瘠下，嚴州日問疾，敷文力疾言：「吾有二兒二女，皆未姻，願以穉女屬公幼子。」吾時年七歲，汝母年六歲，是月，嚴州治幣問名。閱七日，敷文捐館。嚴州歲時往敷文家撫汝母，候笄期，以主我中饋，又無禄。嚴州即世，景定辛酉，歸于我。史氏號大門，伯父賓州嚴峻，汝母屈意，朝夕承候，無替惰。分至大祭，盛服俟廟門，陳器薦牲饌，低首傴立，終日不少動。性絜靜，無華飾。從母廣國夫人，爲昭化軍節度使謝公埜配，貴家競侈異，獨無纖粟模效，每一詣親黨歸，悉脱去鈿靨。嘗言：「教兒嬰孩，必蚤加訓整，庶無爲父母羞。」』

余年少時，習騎射，必正色切劘，或從廳屏偵問所與交。有凡近者，即掩被就睡。明日，徐曰：『先丞相家無此客。』先夫人，少母張夫人所出，張夫人生二女，長適謝公。先夫人既卒，謝公日迎張夫人，張夫人不肯去，泣曰：『吾一外孫，曷忍去？』卒撫字，見桷有室。張夫人言：『外祖敷文方死時，汝母坐牀下，泣不置，勸之食，不食，終日坐殯次不離。服除，一詣庶母房。至嫁日，始再詣别之，家人莫有識其顔面者。』桷既長，舅氏軍器監丞柳州某言：『忠定越王，淳熙中，召赴德壽慶壽班，孝宗曲宴，問曰：「太傅幼子，今何姻？」忠定謝不敢。孝宗曰：「吾爲太傅成之。」是時，崇憲靖王伯圭女方笄，即封新安郡主，以嫁忠宣，是生敷文。』敷文長外家，出宰武康縣，縣滿始歸里。敷文言：『吾祖暨外祖，皆真太師。汝曹當謹擇婚對，今甥已克堪問學，慎毋忘外家。』敷文嘗言：『而母幼靜簡，當有成，竟迄不享年。幸子在，猶能慰吾意。』

夫人諱棣卿，字景華，以宋明堂恩追封安人。謹按史氏譜，有舉八行者，諱詔，贈太師、冀國公，爲五世祖。曾大父諱浩，舊學，相孝宗，純誠厚德，歷三公，以太師、保寧軍節度使、魏國公致仕，追封越王，謚忠定。妣貝氏，封齊魏國夫人。伯祖諱彌遠，相寧宗、理宗，太師、中書令。祖考諱彌堅，資政殿學士、光禄大夫、奉化郡開國公致仕，贈太傅。壯歲尹臨安，帥湖南，多異政。中令爲相，歷年滋多，太傅不復肯仕，家居十餘年。端平改元，謚忠宣。妣趙氏，新安郡主，封衛國夫人。考諱賓之，朝議大夫、直敷文閣、荊湖北路轉運副使。少事丘文定公崈，以政事稱。六爲郡太守，贈通奉大夫。妣王氏，恭人，丞相忠定魯公淮之孫；妣葉氏恭人，俱贈碩人。丙寅歲冬十一月，葬于鄞縣通遠鄉建奥之原，卒時年二十有一。

後三十有三年，先處州不禄，懼體魄之不寧，遂别葬于桃源鄉慈溪奥之原。先處州諱洪，朝列大夫、同知處州路總管府事。曾祖諱昇，贈太師、衛國公。祖諱韶，同知樞密院事、資政殿大學士、銀青光禄大夫、奉化郡公致仕，贈太師、越國公。父諱似道，朝議大夫、知嚴州，贈中大夫。男一人：㮣。女二人，長適丞相莊肅史公嵩之孫似伯，前將仕郎；次適工部尚書余天任孫昌期，前通仕郎。先大夫晚得女一人，適資政殿大學士史巖之孫益伯，前承務郎。孫男二：瓘、瑾。孫女四，長適同知餘姚州事趙孟貫，餘許嫁未行。

私念㮣孤苦不自振擢，揆厥有生，與先夫人違棄之日俱積。今宰木已抱，過庭之訓，懼無以貽子孫，敢求偉於文詞，叙而銘之，庶得以永考而有傳焉。

亡妻鄭氏事狀

亡妻諱某，姓鄭氏。鄭爲明州令族，世家于鄞，始自元祐舉進士。至宣和時，其孫入辟雍。

有諱某者，當孝宗時，爲郎曹，守平江，寖著。至太師、尚書令、忠定魏郡王諱清之，以舊學相理宗，官簿益盛。故君之七世祖至高祖，皆贈太師、魯國公。魯公長子某，國學進士，贈中大夫。妣邊氏，封太碩人。魯公配臧夫人，素嚴。忠定之生，夫人將不舉，邊氏亟詣姑取保乳之，長歸于其姑。後碩人生子諱某，與忠定同登嘉定丁丑進士第。邊碩人卒，忠定爲之服衰以報。其子亦官至中大夫、秘書監、寶謨閣待制以終，於君爲祖，贈正奉大夫。妣汪氏，封太碩人。

待制生子諱某，朝請大夫、直秘閣、主管建昌軍仙都觀，於君爲考。妣汪氏，封宜人。淳祐中，忠定以師臣再相，年益高，秘閣入閤承侍，禆贊可否，務總約體要，纖秒不以類。于時賈相帥京湖，數張皇軍旅邀國用，朝廷抑不下，賈相恨議繇公出。辛亥歲，丞相薨。庚申，賈入相，繇是積二十有三年，不復出仕。先處州繇太社令奉祠里居，秘閣公多能言臺閣舊事，數往還。是時，秘閣新喪子，無他嗣，庚午歲，迺得君。客至，嘗抱立左右，錦襦珠髢，注目不聽去。處州戲曰：『他日願以爲子婦。』秘閣愀然若有屬。癸酉歲，處州通判建康府，將之官，宜人與秘閣餞飲于中堂，共指桷曰：『誠宜爲吾壻。』是歲，秘閣與宜人俱捐館，居第在城東門外。乙亥，兵難作，先處州以其遺言謀于其宗長，始歸于我。

于時袁宗猶完盛，先廟祭祀，娣姒林立，能卑順盡禮。朔望承問，無缺怠。事桷外祖母張夫人，甘柔涼燠，調適以宜。張夫人嚴整，語相家內儀，和珍組絲，皆精巧有度。君能耳受目悟而敬成之。張夫人病革，視藥膳，連月不入寢處。嘗曰：『新婦不獲事先姑，得事夫人，斯可矣。』性静厚，寡言笑，遇事不輒發，而是否瞭然不能易，故處親黨無間言。處州幼撫如己女，君偵顔色承事，幾二十年，絶纖粟忤意。

己丑，城中災，遺物散燬，先處州以它事往吴、杭間，意忽忽不樂。間治觴具，能使如平盛時。秘閣所後，子不自振，君深憂之，竊從招提命所〔四〕子歲時以祀其先。大德戊戌歲正月，君産女，病槃弱，榆主史甥姻于杭。二月十日丁卯，亟歸視之，則已不及矣。大禍仍構，又八日而我先處州亦捐館舍。噫！念昔少時，私欲奮勵學問，以自振植，先處州愛之，迺悉總攬酬酢，俾不以亂其心，不幸志昏能薄，一無所成立。四女二男，皆君所出。幼箴訓飭，復能相其夫，使有所不知，及今一十有七年。從宦京師，藐然孤身，若忘其家。缺内佐之助，靡密綜錯，日益加多，而學益以落。文誠不能以表君之志，敢求於故家之友人精於言詞者，誌而銘之。

君葬在鄞縣桃源鄉潘奥之原。男瓘，次瑾。女一，嫁餘姚州同知趙孟貫，餘許嫁未行。榆今爲翰林待制，是爲先樞密太師越公諱韶之第四曾孫，先嚴州中大夫諱似道之嫡孫，先處州朝列諱洪之孤子也。

外祖母張氏墓誌〔五〕

外祖母張氏，諱致和，湖州德清人。嘉定六年七月生。父某，事趙崇憲靖王，父子再世部樂伎。年七歲，通音律。榆曾外祖母新安郡主歸崇王家，見而愛之，載以歸，俾事外祖敷文轉運史公。稍長，爲侍姬。户室靡密，總覈合繩墨。外祖性嚴急，挈長覆短，使不有忤意，囊篋甲乙隨旨諭，立陳于前，如是踰三十年。生二女：長和政郡夫人，嫁太尉、昭化軍節度使謝埜；次即先妣，會稽郡夫人，歸于我先考諱洪，朝列大夫、處州路同知總管府事。二女皆嫁宰輔家。于時謝以后族貴顯，先處州官臨安，常卑讓疏之。外祖母雖久居相門，見謝壻侈靡踰限制，心不樂而多留處州，以靜恬自怡。咸淳二年丙寅夏六月，會稽夫人實生桷，甫七日，洞下遽卒，又未幾，先處州病大熱，垂死，咸言不利於母，將及父。謝公願取己育之，處州在病，揺手不許，外祖母排斥詬詈户之，遂日訓飭調適，且祝曰：『兒宜爲史氏，外翁自重。』八年，謝公死，泣曰：『吾固審若是，吾盡力撫袁氏外孫，他何之？』訖見桷娶婦生女。至元二十四年二月□□□日卒，年七十有五，葬于先夫人墓左五十武。

幼通書算，善心計。處州事有未及，始諷之，終以舊事敷文者言之。晚歲病瞽，纚纚言外家事曰：『汝外曾祖太傅忠宣公居東湖滄洲十有四年，不復仕，作書諫兄忠獻辭相位不輟。歲賜生日器幣，辭一再始受。後數年，不復受。鄭忠定，丞相忠宣公塾師也，敷文受學焉。其舊第，前爲舊學壽皇書，後爲授經鄭相書，皆有深旨。』又曰：『音樂慎勿蓄，今世公卿女樂，皆俚野不足聽。惟太傅壻趙崇王，悉祖樂髓。景祐譜調八十四，穿心相通。嘗曰：「譜與《易》合。」吾不知《易》何圖可合？汝識之。』又曰：『丁抗掣曳，大住小住，爲喉舌綱領，法曲散序，忠宣删正之。曲有均，猶韻也。纍纍貫珠，韻不絶也。聲有盡，拍以度，非句斷也。于時周待制邦彦孫𤪻於太傅爲中外表，太師越忠定王嘗命譜《清真詞》，手筆具在。今付汝，雖不解，慎勿墜也。』

舊以恩賜紅霞帔，再封孺人，記曰：『庶母不祀於孫。』而復曰：『祔于庶祖姑。』古不墓祭，昔之大賢嘗慊然矣。今夫禮緣於情，而義以制者，懼後之昵於私者之過也。先王營丘壟之大小，無貴賤，慎其始。不幸有沮洳崩齧之患焉，其修之也必有道。是則於吾外祖母，非有過者矣。以孤兒傳處州，考其所自，曰：『外祖母保鞠之恩重。』桷二子瓘、瑾，將竦然以加厚。外祖母有田若干，足以治墳壟、奉春秋。刻于碑陰，懼瓘、瑾之子若孫滅其情義，必曰：『禮有所不載。』遂具昔之訓撫行事，立石于墓，俾勿墜。

某年某月某日，外孫具官袁桷謹誌。

校勘記

〔一〕『相』，原作『某』，據四庫本及下文改。

〔二〕『詒』，四庫本作『紿』，義同。

〔三〕『澤』，四庫本作『宅』。

〔四〕『所』，四庫本下有『後』字。

〔五〕郁校：『誌』，原本作『記』。案目録作『誌』，文後云謹誌，則『記』爲『誌』誤文明矣，今改。

清容居士集卷三十四

傳

徐師顔傳

徐君諱師顔，字子愚。遠祖天聖間繇太末徙新定，故所居里以氏得名，曰徐閈。君始生時，蓮出並蔕，父母器之。稍長，讀經史，心徹意領。年十七，授室，君白大人：『當令兒從師外方。』乃游三衢，習進士業，入宋太學，程試甲乙，表流輩。

性倜儻急難，歲饑，日具釜鬵滿庭廡。值父喪，慨曰：『世俗飯僧爲冥福，吾當活餓者以報親。』是歲，就食者幾萬人，太守楊潮南書以勵旁邑。至元十四年，詔用兵入南，俘虜日縶馬尾，疲弱棄道上。春大疫，饑民旁午，君出粟募民舁骼坎瘞。可醫食者，親撫視以活。遇一女子，扶曳蒼然氣微，屬問之，曰：『吾三衢儒家女。』命載以歸。稍長，俾爲士人妻。

客方達可館于君，死，已飭斂具，其子辭不能行，即指某地葬焉，復嫁其孤女。事繼母至孝，一日，妻治紉澣，出微語，君聞之，自責不居内者幾月。母言亡是，叱妻具簪服拜堂下，始復初。外氏族黨嘗質田，歲久，君束券母前，願奉田以償。其承順率類此。

始爲信州教授，首言于郡，復儒役七百人。署所居曰道悦，以奉母。會母思歸，即解去。湖南缺提舉官，集賢章舉之，辭曰：『母在，不宜遠遊。』受湖州，迺歸。秩滿，視資當入縣佐，君言：『昔爲太學諸生，中繩墨，始得郡博士。博士古官，何縣佐爲？』復授太平路教授，所至必先新學宫，嚴餼廩。安定胡先生墓，浮屠氏將夷圮之，君力復而致祀焉。在太平時，治丁蘭、王祥諸祠墓，於仁孝殆天性，待諸生穆如也。

晚得末疾，卒時年七十有四。曾祖某。祖某。子男九人：覯，先卒；頤，爲族弟仲龍後；艮、革，爲長興州教授；節，處州路教授；益、晉、萃、復，未仕。女二。方丙子時，游騎入人居大索，二女爭死之。孫男二十人。女三。曾孫男、女三人。所著有《上饒集》、《吳興集》、《姑熟集》、《北游録》，凡十卷。大理卿陵陽牟公序其詩曰：『事親若徐積，詩亦似之。』其子革留京師，將歸，泣言于袁桷曰：『先人力詩書，宦不充其德，遺行又泯遏弗表見，革等何以自樹？將乞銘于翰林學士廣平程公以表墓，子爲之傳，藏于家，其可乎？』迺弗敢辭。

贊曰：周官以鄉三物教萬民，任恤之道。戰國而降，挾持以干冀，幾於靡矣。若徐君者，不翕翕以近名，禮以爲防，恬然孝謹，彌老益安。子孫滿門，歿猶有稱旨哉！

蕭御史家傳

公諱泰登，字則平，姓蕭氏。遠祖繇唐末遷長沙，占籍廬陵太和縣，代有吉士。曾祖諱逢辰，官至中大夫。當開慶間，以安撫使副守鄉郡，兵至，卒急。群議撤近郊民居爲清野，大夫持議不下，城守兵去，里人德之。晚歲築宅一區，立田八百畝，聚其族以教，厚德衍裕。生德安府觀察支使諱安中，稱其先猷，蚤歲以亡。德安生中順大夫、瓊州安撫副使諱元永，玉雪矜謹，倜儻自榮。是生則平。

方幼時，頭角嶄異。九歲，入鄉校，治《論語》義，屬筆精警。稍長，忽自悟儒以道得名，事物險易，當品節中理；齷齪翦翦，無益也。弱冠，試吏，調永豐丞。永豐多盜區，跡巢穴僇之，丞以治稱。入京師，授湖南儒學副提舉，振直士氣，使治靡密者不敢撓。部使者徐琰奇之，言可爲御史府屬。會徐爲中丞，亟力言，遂僉廣東道提刑按察司事。

廣東介絶嶺海，幽篁深水，蠻獠縱恣，郡吏私表裏，聲言獠不可治，白日剽劫子女財物，公贈遺，良吏清謹者皆避讓。郡縣多版授官，姦宄馴積莫問。使者循行，擇善地坐歲月即去。至則躬歷所部，劾治與獠相根蔕及積貪濫者八十七人，皆罷之。減始興貢銀之半，疏其可宜行于臺者，凡二十便事。廣東民繇是知朝廷有犯贓律焉。

初至廣時，讙言獠寇入境，亦欲以是嘗試，一坐大驚，徐曰：『督盜，守令職。署舍在是，卒有警，我輩何自〔二〕？』即上馬出境，軍將爭率兵以進，獠乃退。是歲至元二十八年，天子下議，群臣言按察官糜爛不任職，更名曰肅政廉訪司，遂以舊職解。後新使者及御史咸言：『肅按察治事纔二百日，所論按皆引直當法，不宜以舊官同罷。』牘甫上，御史大夫書牘曰：『須選用。』

元貞改元，成宗即位，罷兵安南，釋陪臣陶子奇歸，命李衎爲禮部侍郎，奉詔往使之。遂拜兵部郎中，介其事。明年二月，入安南，世子遣僞署官曰太尉迎詔，空首不至地，因問：『何得爾？』僞太尉曰：『國世子未至，不敢先。』以黄蓋二皂衣數十人清路入館，世子髡首跣足，率從吏百餘人至館門前，問聖天子起居，卻立曰：『主上新即大位，二使者辱入敝境，道里勞遠，秋毫無所取，誠切感忭，敢昧死願聞明詔大意。』侍郎目郎中，郎中前曰：『昔迺先王先諸蠻款附，朝廷録舊功，將錫宥于汝小邦，汝曷敢不祗畏？畏克敬，乃不墜厥命。或少縱自恣，天憲速罰弗敢逭。宜肅恭盡事。』世子錯愕唯唯，越三日，備仗奉綵輿，率朝服數十人導詔，從褥道中行入其宫，世子後從。二使者授詔，世子拜伏讀詔興，稽顙曰：『小臣不自意獲寬大如是。』復命再拜，遂定慰賀皇帝、皇太后、皇后表牋貢物儀注。成禮，乃還。

道繇思明時，思明帥言：『石西州、禄州皆本朝地，爲安南所侵，幾二百里。彼詭言山溪蠻阮盉出没不相統，虚文歲往來無益。』至永平寨，寨故宋戍兵遮道，言實安南部領侵撓，不得耕耨。回首語陶子奇：『山溪蠻誠所屬，奚號令不可止？今已目睹，當語而世子。』子奇不能對。至是，復命歸地，蠻吏上下顧吝，遂言：『吾非以侵疆來，石西地不足輕重，設奉辭致討，汝何以自洗？』各屏息一口，盡歸侵地。故右丞相、太傅公時治湖廣省，聞復地，亟喜之，爲設宴以勞。凡安南所贈遺，悉返之。

明年，遷連州。又明年，改爲江西儒學提舉。儒者用廢已久，新舊持短長，科舉律令交排，鄙不中節。至則擇知名士禮致之，導誘後生，斟酌可能行者爲繩準。省檄慮囚，有巡官及富民殺人，誘傭奴以財，俾自誣伏。獄屢閱無異詞，徐跡處所及，所持刃亡有，獨引囚曰：『若是，汝當死。』咸款實，得出。會詔使按問諸道守令治狀，使回，丞相問官吏孰廉，使以儒學官蕭泰登對。

四年，僉嶺南廣西道廉訪司事。海南都元帥薛闍干聲焰震海上，多所爲姦利不法，立具章劾。有詔雜治抵罪，覈『殺無罪七人，焚掠村堡二十四，奪私没奴婢六百七十五，雜畜三千六百五十五』。過柳州，出妖民誣詿者百三十七，凡黜吏二百一十，罷攝吏四十一。

六年，進奉直大夫、江南行臺監察御史，分守江浙行省。會歲大饑，吴流民扶曳滿道。已定議出官粟，守法吏言：『非朝旨，不得擅。』語曰：『民命在旦夕，後有詰責，己捐資以償，何害爲？』行省吏牘積糅叢雜，首尾銜絡，摇手莫敢問。時已得疾，呼掾史詰難，視罪輕重，悉坐之，又别爲副書筆其事，使後毋有出入，群吏大驚。是歲八月，疾漸革，趣治棺斂，手書屬其子，語侍疾者勿宜受贈賻。遂登舟，不復言。

卒，時年三十有八。歸葬于其鄉螺岡門外。配楊氏，繼彭氏。子男三：文孫、憲孫、昇孫。女三。大夫天性明爽，閱具獄，率不爲吏蔽，探情傅意，多所出活，非曲假恩貸以自異。重然諾，容采精絢，達官大人皆傾耳與論事。或言太剛必折，徐正色曰：『今世士無有剛，果折，何憂也？』長子文孫，靜專自修，留京師，授翰林學士程公銘，俾爲家傳。念與公同年生，相後纔一月，薾薄不自振，然職在太史，筆削傳信惟謹，乃弗辭。

贊曰：大江以南，號多公卿。比數十年，闊焉無聞者，何邪？官御史府，靳靳五六人。或以激毀，或以懦譏。獨蕭公精謹自持，正靜益明，物莫能逃。守儒知通，据法不阿，使參錯天下，三年可成也。年不衍用，名益以昌，何恨焉？

史母程氏傳

嗚呼！余嘗得《三卯録》讀之，蜀禍之慘，誠忍言也？夫朱禩孫之死而復生也，蜀民就死，率五十人爲一聚，以刀悉刺之，迺積其屍。至暮，疑不死，復刺之。禩孫屍積於下，暮刺者偶不及，屍血淋漓入禩孫口。夜半，始蘇，匍匐入林薄，匿他所。後出蜀，爲樞密使，嘗袒視人，未嘗不泣下。賀靖權《成都録》：城中骸骨一百四十萬，城外者不計。嗚呼！推是考，蓋可悲也。蜀眉州史氏，由唐吏部侍郎儼從僖宗幸蜀，因家焉。其先墓在青神，將二十世，宋世號名族。其出蜀也，今唯居湖州一房。讀其遺事，益悲之。

史母程夫人，蘇文忠公之母之族也。夫人將攜其家下峽江，以槖金腰纏之，兵暴至，伏林莽，與鄰嫗謀曰：『輸金果可生，吾兒無資，不復能出蜀，史宗誠無噍類矣。縱得生，旦夕兵復至，亦決死。均死，死以全史兒，誠不恨。嫗見身死，爲吾出腰中金，告兒使速走。』須臾，兵果執母，謝以實亡金，遂遇害。翼日，嫗語于鄰，告史氏兒。兒年甫十三，從草野得尸，如其言，窆以歸，且亟圖其象，識曰：『史光母，年五十有四，嘉熙二年十月二十有七日申時，死兵難。』兒遂東南來，占籍湖州，刻意自奮，以右科爲浙東兵馬鈐轄。鈐轄生子圭文，嘉定儒學教授。嘉定生子台孫某，台孫儒術通吏文，復有子幾人。而史氏繇嘉熙至于今，且四傳矣。

噫！蜀繇秦帝入中夏，至于宋，凡一千五百餘年，文物大盛，絶不知有兵革。一旦掃削殆盡，迄今百餘年，遺墟敗棘，郡縣降廢幾半，可哀也已！可哀也已！

贊曰：婦人内德，不出門。房中歌廢，戰國而下，俱不幸以著，非得已也。諱莫甚於死，從容反復，烈士猶難之，况士女乎！歐陽公傳斷臂婦人，以愧馮道。夫人以死傳宗，承平世澤，於是乎見。作史者烏得廢諸？

延祐七年十月壬子，前史官會稽袁桷撰。

孫孝子傳

表厥宅里，首於唐虞，若是則失其本心者，見於上古歟？司馬遷傳貨殖、滑稽，或者譏其有激。五典爲治之本，捨正而求異，於世道何補焉？晉、唐作史，始立孝友，勸勵後世，靡然嚮風，深有取焉。

孫孝子楫，字濟川，世爲保定雄州新城人。幼倜儻，讀書通大義。其喪父也，遵禮而不瀆。後調宣德尹，慨然曰：『吾惟母存，何仕爲？』不踰月，謝去。事母以上壽終，而歸于田野者，凡十七年。兄蚤喪，奉嫂彌謹，卒爲兄子授室。姊贅李氏于家三十年，將異居，營近市高燥以奉姊，姊大慰喜，録其孤有成。性重然諾，不自表襮。有故人喪至，日將葬，適以故不及送，抵暮，促騎以往，夜已分，一家大驚。其待友也，有掛劍之義焉。其居鄉，隱約自持，鄉多宦家，絶不通問。鄉人咸曰：『此孫孝子居也。』卒上其行于朝，表其門閭。

始爲燕南府史，録事襄陽，繼授宣德，繇宣德名始著。調興和路經歷，改河東憲府屬，又調濟南，卒拜監察御史，今爲浙東道廉訪僉事。其行事不阿，多可紀，余獨著其孝行於父母、兄姊、朋友兼盡，故特書。太原郭幹卿嘗曰：『孫濟川少歲能以其妻奩物償父兄逋，一難能；兄無子，買妾以奉，二難能。』郭靳許可，今考其行，信然。

前史官袁桷曰：曩在史院時，嘗纂次世祖以來功臣列傳，考實録所著旌表令，尤諄切，至作《隱逸》、《孝行》，訖未有章灼篤實可以詔後世。若孫孝子，允其人哉！

韓威敏公家傳

公諱政，字君用，姓韓氏。高祖諱天麟，知金臨潢府，有惠政，民祠奉之，卒葬城南，因家焉。曾祖諱垂，高州節度。妣李氏。祖文卿，知耀州。妣孫氏。貞祐避兵，南遷臨淄，今爲益都人。父松之，膂力善戰。四駙馬募兵南征，與之俱，至下邳，主將奇其勇，俾率益都兵戍山陽。戊子歲，攻宋揚州，歿于陣。公時年五歲，妣劉氏挈以家山陽。明年，益都爲皇元所破，淮南城守爭遁去，劉氏走奔莒，居烽火山。劉母家沂州，其舅業醫，命習之，盡得其術。復遇一醫，繇是益精。稍長，猶隱醫以自活。

山東連歲大擾，入于汴，復歸臨朐，又復還青社。時甫弱冠，見叔父順，始得拜淄州諸塋，迺復從軍，取海州，掠東海，破漣水，皆在功簿。塔察大王鎮遼東，召公以從〔二〕，至于龍庭。與議事不合，卒以其嘗所計畫者告于世祖皇帝，遂悉以邊陲大事委之。

至元十三年，討西羌，相威國王領兵，即授嘉議大夫、漢軍元帥、監軍事，佩金虎符。軍中大驚，曰：『監軍非國姓不得領。』裕宗在東宮，心亦疑，會入辭，命以鎮庫弓挽之，彀而復引者三，始曰：『大帝善任使若是。』賜金錦衣一以行。西入大磧，斬馘凱聞，還軍至臨潢，得拜祖墓，其碑記猶在。

十五年，立五衛，首授前衛親軍副都元帥、指揮使，復兼領左右衛屯田軍馬，紀律整遏，卒莫敢譁，奏以屯田各歸于衛，而治其無良者，則諸衛各有統屬。上從之。秋，繕修大明殿，以治具稱。

十九年，加正議大夫，充樞密院判官。二十年，進治書侍御史。二十三年，改淮東道按察使。善決事，有拾遺者，告于其所失，輒誣以金，公遣拾遺者而叱去之。商人暴死于旅邸，疑邸人殺之，驗其嗜炙有毒，邸人得釋。其餘行事，往往與傳記相合，常出能吏上。薦士十三人，率致位通顯。在御史府，定議盧右丞牟利罪，卒流徙之。

二十六年，卒于官，年六十有六，葬于某鄉。贈嘉議大夫、□部尚書、上輕車都尉、南陽郡侯，謚威敏。娶孫氏、袁氏、石氏、殷氏。男八：拱，承務郎，廣州路增城縣尹；次振；搏，奉政大夫、慶元路昌國知州；拯，御藥院副使；次撝，皆蚤卒；次揆、扶、持。女十人。孫男若干人。搏之治昌國也，興儒學，建三皇祠。嘗紀其美績，且命作家傳。讀其隧碑，襲慶趾熾，有自來矣。

贊曰：貞祐兵興，中原士人無噍類，獨臨潢以遺愛祠葬兹土。三世牧守，至於曾孫。死事有光，威敏是承。北省臨潢，南保臨淄，難矣哉！政合古先，不茹不吐，子孫繩繩，宜哉！

有元開府儀同三司上卿輔成贊化保運玄教大宗師張公家傳

公諱留孫，字師漢。系出清河東武城張氏。留侯良之裔孫歆爲司徒，歆弟協爲衛尉，生魏太山太守岱，自河内徙清河。七代孫彛，徙魏州昌樂，爲後魏侍中，謚孝侯。子始均，復謚孝侯。孝侯生晏之，北齊兖州刺史。生虔雄，爲隋陽城令。是生文瓘，相唐高宗。子潛，揚州刺史。揚州生齐，爲杭州刺史，始居江南。至公十五世，今爲信州貴溪縣人。曾祖宏綱，集賢大學士、光禄大夫、柱國、魏國公，謚安惠。祖粹夫，金紫光禄大夫、大司徒、上柱國、魏國公，謚康穆。皆以公貴贈。父九德，太中大夫、同知江東道宣慰使司事，累贈開府儀同三司、大司徒、上柱國、魏國公，謚文簡。公兄聞詩，學道龍虎山，見而慕之，遂服道士服，以漢天師所傳授，游江淮間。儀觀頎整，見者尊異，咸願受其説。有相者曰：『當貴極人臣。』而清奇絶俗，視陶弘景、葉法静殆將過之。

世祖皇帝平江南，召嗣天師宗演，選公從行。北方地高寒，皆不樂居中，遂委任其事。門室清泊，處之晏如也。世祖祠幄殿，裕宗入侍，風雨卒至，召見于上，見其貌異常士，而奏對簡異，益器之。風雨隨止，遂賜廪給裘服，俾歲從北巡。上與昭睿順聖皇后駐日月山，后疾甚，召至，命愈其疾，若有神人獻夢于后，遂愈。上大喜，命爲上卿，鑄寶劍，鏤其文曰大元賜張上卿。敕兩都各建崇真宫，朝夕從駕。日昃，命衛士提輿以歸，内侍强登輿，謝不受，即步出禁門。

十五年，加玄教宗師，授道教都提點，管領江北、淮東、淮西、荊襄道教事，佩銀印。明年，奏復宫觀，令自别爲籍。有獻言者：『《道藏》經多殽雜，宜焚去不録。』遂密啓裕宗：『黄老書，漢帝遵守清淨，嘗以治天下。非臣敢私言，願殿下敷奏。』後上大悟，召翰林、集賢議定上章、祠祭等儀注，訖行于世。十七年，奉詔祠名山川，給驛馬五十，令訪遺逸以進。敕輔臣設宴崇真宫，復餞于國南門外。回朝，以所見聞剡于上，上悉用之。十八年七月，皇曾孫生，是爲武宗，上命擇嘉名以進。是歲，分翰林、集賢院爲兩，道教專掌集賢，始自公議。

二十二年，仁宗生，復召命名。今二帝廟諱，雖用國語，皆以公名義釋之。二十五年，預議集賢院，賜七寶冠、金錦衣、玉珮、珠履。二十八年，丞相桑哥敗，上欲相完澤穆，卜之，得《同人》之《豫》。公曰：『《同人》柔得位而應乎《乾》，《豫》利建侯。《同人》爲得位，《豫》爲建侯，象傳之辭也，陛下所擬爲無疑。』未幾，拜完澤公爲相，後卒受遺輔政。二十九年，開通惠河，上問：『果便利？』對曰：『漕爲國本，孰敢議非？是誠減民力、取實效，民必趨之。』繇是河役卒不爲民病。

三十一年，上不豫，遣内侍諭隆福太后曰：『張上卿，朕舊臣，必能善事太子。』太子繇軍中歸，即帝位，是爲成宗皇帝。成宗慕道家説，蒇祀彌盛。在宥十年，歲輒祠上帝侈甚，秘祝御名，皆上所自署。後有白鶴翔雲中，命詞臣敘紀，付史館。元貞元年，同知集賢院道教事。大德三年，加大宗師，别給銀印，視二品。上御便殿，命講《南華經》。七年，上京旱，兩京、山西地震，復命祠祝，謝曰：『祠祝實臣職，祭不欲數，地道主静，厥罰惟暘，見於《五行傳》。災繇人興，願應天以實，布德賑惠，臣敢稽首以請。』上深領之。八年，上御玉德殿，賜玉冠爲壽。十年，制授上卿。

十一年，興聖皇太后自懷孟還宮，武宗即位，加大真人，知集賢院事。至大二年，領集賢院，位大學士上。是歲，再加特進。時仁宗在東宫，進講《老子》，自是入侍必賜坐。皇慶元年，錫號輔成贊化。二年，命將作臣製玉，刻文曰玄教大宗師，手授曰：『以是傳教，俾永遠。』延祐二年，群臣侍嘉禧殿，上曰：『先朝備陟降、持保無瑕缺者孰在？』咸未有對，上語曰：『張上卿其人乎！』衆唯唯。遂制授開府儀同三司，號加保運。四年，以七十特敕設于其宫，伎部畢列，宰輔以下咸奉壽。復命圖像鎮崇真宫，賜璽文曰皇帝之寶，命翰林學士承旨趙孟頫爲贊，兩宫傳賜。翌日入謝，俯奏曰：『臣際遇累朝，惕惕顧念罔有替。今年且衰耄，不去，辱聖世。願歸老鄉里，即死且不朽。』上不允。

七年，英宗皇帝即位，遵累聖優褒禮，再降璽書。至治元年，益求去。十二月壬子，酌酒會弟子，少頃入寢室，修靜端坐以化。斂之日，顔色完好，舉體如蜕羽。兩宫震悼，賻贈有加。宰輔至于士類咸曰：『福人逝矣。』傾城耄稚則曰：『善人亡矣。』皆弔哭盡哀。及啓軔，木冰載路，觀者嗟愕。始從日月山，世祖即命公爲天師，卻立以謝曰：『嗣天師，漢張陵之裔，今居龍虎山，願正其傳。』繇自三十六代嗣師宗演至于今，凡四傳，皆公所匡翊。美鬚長大，癯然沖退，不擇貴賤，傾下承接。奏告廣殿，音聲激鏞鐘，聞者凜竦，賚錫無虚歲，未嘗奉己，屢錫田園，以食其徒。

當至元末歲，成宗新嗣位，時宰不快於御史臺，成宗是其言，讓責中丞崔公彧。崔懼，問：

『御史臺，世祖皇帝建立，專以懲姦慆勢，尊則綱紀明，削之則臺不能立矣。』近臣大驚，入言於上。明日，大宴大明殿，諭崔曰：『臺爲朕耳目，朕曷不知？憂卿等不職，故告諭，宜勿懼，其盡心焉。朕行爲汝增重矣。』崔頓首拜手謝。其彌縫國體，婉順若是。至於排解薦助，人不知所自，亦不肯自以爲功，絶口不言朝政。貴客至，爭短長，酒盡三爵，即假寐。客去，禮復初。

暨喪還，州、郡、縣接祭以俟，今葬某縣某鄉。祖師八人，皆贈真人，事在《傳宗碑》。今嗣玄教爲吴全節，授特進、上卿、玄教宗師、崇文弘道玄德真人。以真人佩銀印者三人：夏文泳，江淮荊襄等處道教都提點；曰毛穎達，掌遁教事；曰王壽衍，領杭州開元宮。以真人制書命者三：曰余以誠，領鎮江路諸宮觀；曰孫益謙，領杭州佑聖觀、延祥觀；曰陳日新，承詔興聖宮。以璽書命者九：曰何恩榮，提點信州真慶宮；曰李奕芳，提點南嶽廟，兼衡山昭聖宮、壽寧宮；曰張嗣房，提點潭州嶽麓宮；曰薛廷鳳、舒致祥、張德隆、薛玄羲、徐天麟、丁應松，皆奉兩宮崇真祠事。其它弟子三十有八，曰上官與齡、何斯可、彭齊年、薛起東、李世昌、陳彦倫、詹處敬、于有興、王景平、蔡仲哲、彭堯臣、張汝翼、馮瑞京、祝永慶、蔡允中、張善式、董襲常、王國賓、曹載靜、余克剛、丁迪吉、張居遜、董宇定、王用亨、張顯良、徐守勤、彭一寧、劉若沖、彭師尹、張逢吉、趙有立、程某、施某、葉某、童某、倪某、上官某、李某。公兄子榮祖、弟子熙祖，亦以公故入宿衛。榮祖爲邵武路同知，熙祖爲衢州路同知。泰定二年，今上召全節曰：

『玄教，汝祖闡立，其爲朕祈永。』遂大祠於長春，復追贈某官。

前史官贊曰：世祖皇帝闔一海宇，蒐遺逸、選藝能，靡然踵來。江南持政柄者，不一二人，卒不能善終，何哉？在御三十四年，命相幾二十餘人，或解罷，或斥逐，獨張公無少疵病，目睹成敗，至於五朝，難矣哉！蓋其行無跡，曲焉以全，得老氏之旨，五福斯備，前古鮮著。《詩》云：『昭明有融，高朗令終。』張公其近之。

拜住元帥出使事實

至元二十九年，今浙東元帥拜住公，奉世祖旨，以行軍招安使從征爪哇。于時，高、王二將爲蠻兵所圍，公深入，拔圍出之。元貞二年，奉成宗旨使西域。哈贊王愛其才，以尚衣職行軍，有戰功，賞金符金帶，因令其入見於成宗，復賜虎符。

皇慶二年，仁宗以金印賜丞相孛羅，且俾往哈兒班答王所議事。至中途，遇也先不花。王疑有間諜，執以問，答曰：『今上所遣，不過通歲時問禮，曷有他意？』王左右曰：『使者往來，皆言有啓邊生事形跡。汝此行，宜得要領，可實言，否則搒掠，汝亦必言。』遂命跪大雪以問，且搜其衣中，無所有。公曰：『王所問，實不知，且王從何所得是議？』王曰：『阿必失哈至，是嘗言之，且曰：「哈兒班答王，上近支也，吾等族屬，存與留不可知，後使者至，必有處分。」今汝往彼，必生事，速吐情以告我。』曰：『王擁兵遮道，使者急求去，多詭辭以脱。阿必失哈曷可信？』左右曰：『彼統軍九萬，寧肯不自愛惜，詐言以求脱？』遂縛公兩手，納諸股擊之，迺曰：『有璽書具在，使臣往來有後先，拜住萬死，實不知。』取璽書視之，始曰：『彼果無罪。』遂奪其虎符及丞相金印，拘囚王所。

延祐元年，王興兵内寇，復遣使召公至獵所，曰：『我已入汝境土矣。』公曰：『兄弟之國無内外，彼地亦王地，王往，何所疑？』王曰：『親疏既分，釁隙已兆，勢不得不爾。』公徐言：『在昔太祖皇帝西征，有訓若曰：「人不可以信讒，讒入則宗親乖離，宗親既離，則百姓他適，將貽笑於敵國。」拜住嘗聞在成宗時，先王有盟，興滅國，開關塞，以安百姓。今言猶未泯絶，使者掉舌生異同，令王致疑。拜住等良不稱職，敢叩頭死罪以請。』王解顔曰：『吾欲遣汝詣上通好，何如？』公謝不能。時有不内附者梗於路，遂罷行，復以公往昔拘所。未幾，王薨。

延祐七年，弟怯别王立。王召曰：『在昔先王嘗遣汝詣上前，後不果，汝今宜以素所具奏者以聞。』是年秋，入朝，上曰：『太祖造邦孔艱，惟和好惇敘，則宗支允寧。汝其以元帥職名，乘驛諭朕意。』王既受上旨，拊膺謝曰：『疆宇寧敉自此始，汝來何遲也？』對曰：『使副有疾在道，故不得速進。』王曰：『來旨極善，使他人來，吾亦不若是深信。大較使臣多擅增減，致啓邊禍。』公曰：『拜住來途中，聆逃人言且云：「復將有兵變。」拜住實不信，懼王惑其言，而行人之言不得信于上，是爲虛行。王宜孰察善計慮。拜住不敢他引古事爲比，維昔定宗皇帝征把秃王，有滅國真薛禪使者諫罷征，嘗喻太祖得國之本，明配日月，量侔江海，合天地之大德，故能混一海宇。滅國真薛禪死已久，拜住不才，願踵其策以獻。』後王從公言，奏于上，訖如約以平。王遂遣使收兵四境，而少尼其行，且曰：『邏者猝遇，將害汝。』遂設宴三日，給符信護行，俾歸于朝。

至治元年三月，抵上京，入見於上，而王亦遣使奏：『拜住兩爲行人，不愛其身，隆爵厚職所不吝。然除拜非吾所預，爲語朝廷大臣，善奏於上，使得享至樂、建牙纛爲諸侯表，得矣。』是年冬，丞相拜住入奏嘉禧殿，具以功簿言，迺拜中奉大夫、浙東道宣慰使都元帥。官既滿，類集行事，俾桷爲《奉使事實》云。

前史官袁桷曰：太祖皇帝經畫區夏，以磐石宗犬牙於龍興絶域之地，四履奠安，盛矣。夫疆域既廣，詔旨上意，傳諭失實，則時致疑爭。拜住公間關險阻，百慴不撓，義正功倍，以數百語解百萬之師，非精白一心，曷底于是？計勳上多，卒稱其職，俾後之爲人臣者，益有勸焉。

校勘記

〔一〕郁校：『自』，鈔本同，疑作『事』。

〔二〕『公以』，原作『以公』，據四庫本改。

清容居士集

〔第四册〕

〔元〕袁桷 撰 王頲 點校

浙江文叢

浙江古籍出版社

清容居士集卷三十五

内制

昭憲元聖皇后謚册文

德合乾元，母儀正而宸極立； 道參泰治，王化基而國本寧。靖思保佑之功，宜慎欽崇之典。有嚴祔禮，爰重尊名。欽惟太皇太后陛下： 淵静體仁，齊莊秉度。憂勤潛邸，清謐治朝。内教洽乎宫庭，懿範著于海寓。寔生二聖，光於前聞； 用貽沖人，纂兹丕緒。方將樂怡愉以承至養，率恭儉以挹太和。痛鑾輿之莫旋，儼珠衣之如在。謹遣某官奉玉册玉寶，上尊謚曰昭憲元聖皇后。伏惟靈承顯册，陟配宗祧，錫羡家邦，永延祚胤。

英宗皇帝謚册文

瑶圖纘緒，神已御於鼎湖； 玉册揚休，禮宜陞於太室。悼降年之不永，儼立政以如新。爰述徽猷，以傳信史。欽惟皇帝陛下： 文明天縱，剛健日嚴。辨奸邪於嗣位之初，肜廷祇畏；　廣儀注於治朝之際，清廟肅雝。絶封敕以杜憸人，申憲章以勵多士。罰茲無赦，令必惟行。君臨三載而有成，知周萬物而莫隱。豈運逢艱否，大命靡終；　然號謹追崇，尊名是著。謹遣某官奉玉册玉寶上尊謚曰睿聖文孝皇帝，廟號英宗。伏惟炳靈有赫，歆格無違。祔于新宫，以妥以宜。

皇后册文

皇帝若曰：　在昔正始之道，必先内治，于以奉承宗祧，化成天下。朕嗣大歷服，祗循憲章，宜資配助，用彰位號。咨爾皇后：　淑慎柔嘉，遵道是行，輔佐王邸，謙抑自持。寔生元子，國本斯建。興龍舊鎮，介于紹封。粤若臨御之初，贊畫計慮，厥相維多。正位中宫，天神協祥。今遣某官授爾玉册寶章。坤順承天，人道攸則，表正母儀，萬方是觀。惟躬儉節用，則徽音是嗣；　惟求賢審官，則私謁靡干。匡朕德，格朕心，實爲有賴。《詩》、《書》所稱，罔專美于前代。噫！　敬厥初，終有慶。尚其念哉！　以膺爾景命。

特命右丞相詔[一]

帝王之職，在論一相。于以表正百司，綱領庶績。朕纂承丕緒，勵精求治，然而澤有所未洽，政有所未舉，豈委任之道有遺缺與？　今特命中書左丞相拜住爲開府儀同三司、上柱國、録軍國重事、中書右丞相，監修國史。一新機務，使邪正異途，海寓乂康，以復中統、至元之治。所有便民條畫，具列于後云云。於戲！朝廷既正，著端本澄源之功；風俗斯醇，廣摩義漸仁之化。咨爾有衆，體予至懷。

戒飭曲阜廟學詔

郡縣廟學，崇奉之制，所從來尚矣。乃者大臣言：曲阜廟學，創建聿新，將嚴飭以風厲四方。朕甚慕之。惟夫子之道行于天下，崇教立化，實始於魯，可不知其所自與？有司其益加明絜，屏遊觀、嚴汛〔二〕掃，以稱創立之美。敬而勿褻，神明之道也；苟完以教，夫子之訓也。其盡心焉毋怠。

閤皂山萬壽崇真宮加大崇真萬壽宮詔

朕慨慕希夷，式瞻殊勝。蜿蜒磅礴之所，兹神必靈；虛静恬淡之徒，其用彌廣。睠彼仙翁之化境，曰惟江右之名區。歷年滋多，嗣教不墜。形而下者謂之地，兹實景山；神而明之存乎人，載加美號。承天之大，與國無疆〔三〕。

試進士策問延祐五年三月六日進

制曰：　蓋聞昔之聖人，垂衣裳以成無爲之治，稽於書傳，任賢設教，品節備具，諄諄然命之矣。是無爲者，始於有爲也，事久則弊。唐虞之世，歷年滋多，不聞其有弊也。治莫重於定國體，尊國勢。綱常之分嚴，風俗之化一，國體定矣。善惡之類明，賞罰之制宜，國勢尊矣。廉遠堂高，上下之辨也。量才授官，莫得踰越，國之大柄也。若是者，其道何以臻此？《記》曰：『禮樂刑政，四達而不悖，王道備矣。』夫禮以防民，樂以和志，刑以禁暴，政以善俗，四者何所先也？夙夜浚明，卿大夫之德也。知其邪慝，則知所以儆之；知其困窮，則知所以振之。爲吏習常，恬不知省，其故何也？繼體守文，善論治者，尤以爲難。朕承累聖之丕緒，宵旰圖治，罔敢暇豫。於變時雍，若有缺然者，子大夫觀乎會通，酌古今之宜，毋迂言高論，以稱詳延之美，朕將有考焉。

試進士策問泰定元年三月六日進

制曰：　朕聞自昔聖王之治天下，罔不在初政。故舜之嗣位也，明目達聰，命九官，咨十有二牧，禮樂刑政之道，粲然備具。禹成厥功，祗承于帝，精一執中，實聖聖傳心之要。湯黜夏命，以克綏厥猷爲本。武王勝殷，首訪于箕子。天人之際明矣。《詩》之《訪落》、《公劉》，《書》

之《無逸》、《立政》，亦惟成王嗣服之始，君臣交修，以成繼志述事之業。唐虞三代，其揆一也。

維我世祖皇帝聖神啓運，時則有同心同德之彦，效謀輸忠，故能混一區宇，治化旁洽。朕祗承丕緒，永惟帝王事功見於經傳，悉遵而行之。時有古今，制宜損益，若稽世祖之宏規遠略，垂統萬世，夙夜寅畏，以圖治安。然人才之列於庶位者，猶若未及；治道之達于庶政者，猶若未備。子大夫其以前王之坦然明白，可行於今者何策？世祖政典之綱領，當今未盡舉行者何事？宜悉心以對，以輔朕惟新之治。

先農祝文

仲春令月，原陸勸耕。祗率舊彝，以陳明祀。惟兹艱食，稼政允修。相其陰陽，迄獲豐廡。

司嗇祝文

春土方興，曰耘曰耔。聿修耕籍，庸薦常事。維神功協先農，種斂是司。除菑布祉，以成善歲。

太歲祝文

年熟於酉，曷敢震驚？僝功在初，率循其舊。爰立寢宇，匪曰廣居。尚訖相成，以祈寧謐。

后土祝文

至哉坤元，以静爲主。匠石踰年，寧免震疊？寖宇畢治，庸復其初。敢伸揭虔，克相終事。

五方帝祝文

五行之用，相須以成。維神司之，萬物以靈。相彼土宇，撓神實多。引誠致祈，勿譴勿訶。

立皇太子告太廟祝文

列聖延洪，纂嗣大歷。國本聿嚴，太后有訓。親王大臣，僉言允同。曰嫡曰長，兹惟主器。將建册命，首告于宗廟。

西鎮祝文

地道静專，載物惟職。震竦失恒，咎徵莫測。側身内修，秉德若惕。慎其政刑，爰别淑慝。迺戒輔臣，香册昭格。籲復故常，以底寧謐。

司天臺祭告祝文

太　陽

煌煌大明，浴光咸池。丕冒八表，出震見離。揆時朱明，中街御輪。體乾以行，庶物駢臻。法兹照臨，實予一人。爰絜芬祀，庸遂民因。

太　歲

歲行歸終，福禄是惇。四時秉權，百神攸遵。禮有報祈，德用兆民。時將平分，雨暘協宜。綏此金穰，物無癘疵。

太　衝本命

卯爲春門，品物彙滋。受命自天，集兹蕃禧。聿嚴省方，高明謹時〔四〕。大德曰生，繄震是出。順陰養陽，罔敢暇逸。肅迎元本，多祜有秩。

勝光

鶉火之宫，司南秉陽。時維長養，品物用章。繄月之恒，儷日以光。茲實命元，受福無疆。芳薦式陳，莞簟錫祥。

金星

金精呈輝，配日後先。遇伏斯晦，厥用不偏。清商助威，晱晱導前。爰庸預祈，以相坤寧。吉蠲匪瀆，戩穀是膺。

火星

執法麗天，俯承太陽。曰茲羸縮，厥有故常。飭德省躬，導迎景光。陽居大夏，翼翼靡違。順軌合躔，德馨是祈。

土星

昭哉填星，德隆倭遲。燁燁中黄，百穀阜滋。斟酌元氣，導迎丕基。照臨元命，肅將以祈。嘉薦苾芬，留俞靡違。

氐宿

蒼龍首東，兹維宿殿。界于卯辰，靡有忒僭。象緯或淩，曰有成憲。彼不順行，曷敢適從？虔命宗祝，監兹寅恭。

房宿

巡狩事嚴，百司靡寧。率彼徒御，興言宵征。天星之精，實爲準繩。淩伏愆常，推策布程。蘭席令芳，祗迎展誠。

心宿

布政于宫，上稽明堂。維兹日永，法天以行。五緯疾遲，渾象森著。謂數實然，嗣服彌懼。祝册致詞，式筵菲具。

尾宿

析木天津，燕都所次。維昔初基，相攸塗塈。民用不頗，益遐以治。靈臺考占，庸啓震悸。善言維從，式致芬祀。

迎　神

天佑丕基，一誠肅將。瞻卬昊穹，紫微騰光。龍虎森衛，鸞皇鏗鏘。降兹瑶壇，八音開張。碧雲紓徐，肸蠁斯皇。

送　神

靈斿歆顧，靡亟靡遲。敬天之休，億載維期。三垣潤明，五曜逶迤。玉斗宣光，瑶壇受釐。憺兮如存，脱兮若遺。

楠木殿上梁祝文

揆時夏季，維土居中。百堵皆作，震疊是恐。不日以成，帝令攸式。棟隆之初，以底元吉。

崇真萬壽宫設醮齋文

序推良月，式符坤厚之光；誠揭層霄，虔致泰元之祝。竹宫汛潔，蕊笈宣揚。伏願神御顧臨，靈斿昭格。玉衡齊政，永綏有道之長；寶籙延年，誕啓無疆之壽。三宫悦豫，四海乂安。

青　詞

天佑丕基，肇啓乾元之始；　令行吉月，於昭坤德之祥。寅畏在初，籲尊惟重。伏願監觀有赫，敷錫無疆。懷德維寧，溥群生而康乂；　以慈爲寶，遂億載之怡愉。

皇帝本命長春宮祈福齋文

獻歲肇春，懋對亨嘉之序；　祈天永命，式臨元本之辰。矯首層霄，延真殊館。伏願祥開泰治，道合乾剛。綏萬邦而致豐年，咸躋仁壽；　錫五福而建皇極，迄底雍熙。

青　詞

陽和肇歲，宜與物以皆春；　元本建辰，敢自天而申命。籲尊爲大，祇翼若初。伏願帝鑑不違，神功溥運。成四時之玉燭，允協昇平；　展億載之瑶圖，恪依覆燾。

昊天上帝青詞

皇極建中，密運生成之造；　玄穹垂象，益嚴寅畏之誠。禮謹祈禳，功深保佑。伏願靈斿下令，景緯順躔。發政施仁，迓丕基之永固；　側身修行，迎嗣歲之嘉祥。

崇真萬壽宫設醮齋文

歲慎省方，爰恪遵於祖訓；秋嚴報禮，庸祇奉於玄科。演繹瓊章，敷陳瑶席。伏願靈斿昭假，叶氣周流。玉燭常調，遂家給人足之願；皇圖永固，致兵寢刑措之風。

青　詞

嗣守丕基，心靡違於寅畏；導迎繁祉，歲恪謹於修崇。維德在秋，自天申命。伏願祥雲開瑞，景曜宣光。怡愉永康，受介福於王母；清寧無斁，錫皇極於庶民。

皇太后爲皇太子祈福設醮齋文

天威不遠，好生洽於民心；帝訓孔昭，受祉施于孫子。誠深保佑，禮盡禱祈。伏願飈馭肅臨，雲輿駢集。鴻圖鞏謐，允諧載物之功；燕翼綿弘，永保貽謀之吉。

青　詞

正位宅中，恪守成於祖武；承天順則，庸徼福以孫謀。矯首叢霄，傾誠璇極。伏願玉衡齊政，金篋賜齡。重輪重暉，誕保無疆之慶；有嚴有翼，永恢長治之規。

長春宮散壇青詞

祈報聿嚴，儼神光之下顧；精誠允格，荷帝命之密符。茀禄攸宜，際蟠均慶。伏願歲成玉燭，政叶璣衡。孔蓋繽紛，歸三千之寶所；瑶壇馥郁，拱百二之皇圖。

興聖宫上梁文

旭日蒼龍，聳帝京之積翠；層霄彩鳳，流阿閣之霏煙。巍成少廣之居，盛極東朝之禮。欽惟殿下：道師清淨，性合儉慈。色石補天，法女媧之妙用；瑶池錫宴，符王母之長生。穆如薰風之自南，粲若衆星之拱北。陛下孝嚴温凊，敬謹膳羞。謂神遊泰初，當廣鬱儀之宇；而養以天下，益新長樂之宫。庶民子來，百堵皆作。倚空繡柱，峨峨太乙之揚旌；鬬角雕檐，奕奕飛廉之奏舞。彩宇周遭於禁篽，寶華流曳於驂鸞。匠石繕完，蓍龜告吉。舉修梁於地上，川嶽無譁；成巨構於域中，雲霞得色。敢伸善頌，庸贊昌辰。

抛梁東，天雞初唱日輪紅。漢殿瓊巵稱萬壽，堯階寶扇擁重瞳。

抛梁西，三素雲扶鳳輦低。閬苑碧桃聞已種，廣寒靈藥不須攜。

抛梁南，薰風殿閣聳眈眈。一色花光濃似酒，十分松露滴如藍。

抛梁北，帝子天孫來侍側。何須玉檢告昇平，擬把瑶編增鏤刻。

抛梁上，仙藥輕調承露掌。龍圖載見贊無爲，魚夢維占歌有象。

抛梁下，女史未須夸鄧馬。聖德重歌韓愈詩，徽音願續周王雅。

伏願上梁之後，坤元光大，鼎命延弘。雲需湛露之恩，德廣陽春之澤。松茂柏悦〔五〕，三宫同億載之歡；風散雨濡，九有順四時之序。與天齊壽，率土歸仁。

皇太后寢殿上梁文

璇宫擁翠，刻姑射之層山；柏寢通雲，儼廣寒之寶所。凝神清淨，協德順承。皇太后養備東朝，尊臨北極。天純佑命，握四時而品物亨；夕以〔六〕安身，御六氣而陰陽理。寶典深調於玉燭，珠星連緯於紫躔。陛下禮謹家人，孝行天下。謂榮觀合老氏之要道，而廣居迺亞聖之至言。令月書春，惠風司律。瑶池涌地，龜吐瑞以成形；畫棟騰雲，燕銜文而獻秀。髣十二樓之縹緲，開億萬載之怡愉。工師肅給以無譁，多士驩呼而稱慶。修梁舉地，率土皆春。敢集歌謡，庸伸贊祝。

抛梁東，髣髴神君下壽宫。絳闕雲光催曉日，翠簾花影颺春風。

抛梁西，靈杵玄霜煉紫泥。露下隃〔七〕知金掌濕，參横坐見玉繩低。

抛梁南，咫尺天居接蔚藍。底用麻姑擘麟脯，共看帝子引鸞驂。

抛梁北，色石神功參太極。物無疵癘樂豐年，道合希夷超至德。

抛梁上，紫微鉤陳肅玄象。五兵不試太平年，三聖重光天下養。

抛梁下，内宴傳歡慶朝野。遊魚漸識柳邊舟，飛鳥時隨花外馬。

伏願上梁之後，乾清坤謐，月穆星俞。擊壤而歌阜康，結繩以復淳厚。千萬年永清於四表，九五福悉萃于三宫。

楠木殿上梁文

天道不言而庶類亨，式嚴居所；聖人無爲而天下治，爰法當陽。坐朝知問道之勤，側席審思賢之念。揆辰考室，申令鳩工。欽惟陛下：守位建中，施仁濟衆。陋竹宫之侈靡，羞桂館之虛無。宣室受釐，未遑鬼神之問；石渠論奏，是資經術之明。掄楩楠以擬棟梁，審律度以合規矩。爰居爰處，乃寢乃興。歌庶民之子來，形四方之風動。虹梁歡舉，龜墨告從。敢述輿情，庸伸善頌。

抛梁東，一朵紅雲泰嶽峰。絳闕翠旌浮曙色，玉階星弁整朝容。

抛梁西，王母傳宣曼壽齊。漏下銅壺催密炬，庭傳丹詔擁金泥。

抛梁南，薰風殿閣靜潭潭。帝子承顔催鶴駕，宗王侍宴擁龍驂。

抛梁北，紫微熒煌儼宸極。五兵奏凱一車書，萬國來朝合圭璧。

抛梁上，玉燭金穰契玄象。陽剛深法泰元尊，至孝力窮天下養。

抛梁下，百穀芃芃滿原野。淳風再使比羲黄，雅樂重宣繼磬夏。

伏願上梁之後，乾坤合德，日月順行。高拱穆清，景化溥霑於八表；茂迎穰簡，嘉祥均被於三宫。率土歸仁，與天齊壽。

普慶寺後殿上梁文

積翠凌空，儼諸天之層構；側金布地，成四梵之妙緣。惟我皇帝陛下：味道圓明，宅心清淨。深植善本，靈山之付囑未忘；廣種福田，竇所之莊嚴彌奂。像設參前而山立，威儀殿後以雲趨。一一青蓮，層層貝葉。爰以棲神而凝睇，亦云澄觀以集思。成祇樹園，作平等觀。虹梁將舉，龍象具瞻。

抛梁東，瞿曇瑞世日輪紅。一手指天呈實際，九旬談妙演宗風。

抛梁西，雪山深處鵲巢低。白足赤髭随地見，紺眉青眼倚巖棲。

抛梁南，要看彌勒與同龕。擊竹莫參朝九九，拈鎚且問後三三。

抛梁北，大地山河光的的。平齊斗柄布王春，深拱宵衣開壽域。

抛梁上，堯仁如天高蕩蕩。八風不動太平年，四時平分真實相。

抛梁下，川后山君擁風馬。赤麟白雁奏郊丘，瑞麥嘉禾徧原野。

伏願上梁之後，後天不老，景緯齊光。玉檢七十二君，同觀三脊；金輪萬八千歲，共拂銖衣。四海永清，三宫均慶。

天慶寺佛殿上梁文

寶構凌空，稱華嚴之富貴；青蓮涌地，成祇樹之神通。雪堂老禪：心匠虚明，性宗真淨。住南城數十載，名滿江湖；祝北闕億萬年，日嚴香火。雖紺宇禪扃之已敞，而璇題秘殿之未雄。靈山之法會如新，黼扆之綸音已下。無踵而至，不日以成。繡甍結飛霞，稱由旬之龍象；金波麗鳷鵲，儼第一之人天。爰舉修梁，敢陳口號：

抛梁東，須彌初見日輪紅。願上吾皇千萬壽，銖衣拂石宴春風。

抛梁西，一朵紅雲映日低。不用親遊天竺國，只今寶所總菩提。

抛梁南，軒窗面面是瞿曇。欲問拈花微笑意，雪堂老子睡方酣。

抛梁北，殿角罘罳如翠織。鐘魚解作梵王音，日把心香祝宸極。

抛梁上，大雄之尊壽無量。聖朝方是太平初，白馬迎經踵三藏。

抛梁下，禪板蒲團不須假。側金布地擬諸天，香鉢如雲坐長夏。

伏願上梁之後，乾坤泰治，日月恒新。豐年調玉燭之和，正法拱金湯之固。兩宫萬壽，四海一家。

天壽節致語

《洪範》九五福曰壽，允屬至人；　上古八千歲爲秋，實名治世。仰天門之葱鬱，審雲闕之青圜。黄道日明，式紀老人之次；　金莖露肅，有開上聖之祥。慶浹叢霄，歡騰穀旦。恭惟皇帝陛下：　穆清居位，剛健體元。雷在地中，消群陰於既長；　風行水上，示景命於方來。辟雍建崇化之規，象魏布新民之法。以食爲本，歸漕粟於中都；　所寶維賢，卻貢琛於絶域。方且端冕以聽古樂，惡酒而好善言。蘙蘱相臣，簫勺多士。瞻鳳皇來儀之瑞，歌鳧鷖守成之詩。克叶禹謨，丕光周道。某等伎陳九奏，曲合三呼。蘭有秀，菊有芳，願敷宣於律吕；　月重輪，星重曜，行登載於歌謡。遥望天威，敢陳口號：

羲和御日上蓬瀛，盛旦曈曈集壽星。冠珮雲排朝帝闕，笙鏞春響藹宸庭。瑶池已獻蟠桃實，玉殿初開五葉蓂。要識吾皇清淨理，長生瓊液養修齡。

校勘記

〔一〕『特命右丞相詔』，《元文類》卷九題作『命拜住爲右丞相詔』，下注『至治二年十二月』。

〔二〕『汛』，四庫本作『洒』。

〔三〕『疆』，原作『彊』，據四庫本改。

〔四〕『時』，四庫本作『持』。

〔五〕『松茂柏悦』，四庫本作『松深柏茂』。
〔六〕『夕以』，四庫本作『地用』。
〔七〕『隃』，四庫本作『預』。

清容居士集卷三十六

外制

翰林學士承旨榮禄大夫知制誥兼修國史遥授平章政事閻復贈光禄大夫大司徒上柱國追封永國公謚文康

聲音與政通，辭莫先於風雅； 易簡而理得，治實效於乾坤。維昔先皇，歷選群彦。一道德以垂統，嚴誥命以興文。奉璋孔峨，執簡有度。考諸遺老，號稱名臣。具官某： 學博而智周，材新而意古。山立陽〔二〕休之儀表，望重縉紳； 日光玉絜之詞華，才工黼黻。進揆臣而堅國是，避政柄以守儒榮。晝旨尚方，密勿深符於上意； 澄清外服，咨諏慎考於民風。人物著龜，典章衡石。遽告休而還里，終辭徵以養年。脱屣如歸，逝川滋遠。噫！ 德輿制詔，早已類於人間； 居易詩文，今果傳於身後。載加褒恤，式克欽承。可。

妻李氏贈永國夫人

魯侯燕喜之歌，褒其令美；敬仲皇〔二〕飛之卜，後將蕃昌。事不偶然，理難固必。具官某妻某氏：韞玉養德，佩蘭襲芳。規矩不出於廳屏，律吕永諧於琴瑟。守大家之戒，静慎而禮法自防；誦季女之詩，恪恭而祭祀有度。命之不淑，報也宜豐。噫！茅土並封，亦既慰文儒之願；玄堂同穴，尚欽承人世之榮。可。

翰林學士承旨榮禄大夫知制誥兼修國史劉賡贈三代

曾祖深贈昭文館大學士資德大夫追封邢國公謚康穆加上護軍

泰山之雲，起膚寸而成雨；黄鍾之律，累銖黍以立均。德胚胎於前人，澤膏沐于後嗣。具官某曾祖某：持身圭璧，篤學巾箱。清白儒科，曩共誇於鄉黨；丹青帝制，今復見於階庭。念昔干戈擾攘之艱，唯汝詩書種殖之懿。既開公社，載廣王勳。噫！天勝人，人勝天，事果成於昭代；子有孫，孫有子，慶永萃於一門。增秩便藩，疏恩冥漠。可。

祖肅中書左三部尚書商議中書省事致仕贈推忠贊治功臣金紫光禄大夫大司徒追封邢國公謚文獻加贈上柱國

乾坤清夷，真主昇而四海一； 風雲際會，英傑出而庶績凝。 篤生股肱之臣，能總喉舌之職。 亶惟熙運，爰立鴻勳。 具官某祖某： 學博而通方，才長而守正。 讀《易》悟損益之理，觀文參忠質之宜。 中歲投閑，卒起裴度於既老； 平居緩獄，審知定國之將興。 廟堂咨國是於蓍龜，朝野係民瞻於柱石。 家聲允似，子承曳履之榮； 書種有傳，孫擅掌綸之美。 用永厥世，以等其功。 噫！ 四世三公，亦既推赫奕之懿； 一門萬石，尚毋忘孝謹之思。 可。

祖母鄭氏贈邢國夫人

王臣外勞，動資邦媛； 冢婦中饋，訓立閫儀。 具官某祖母某氏： 佐餕靖共，持家澹素。 縑緗整比，齊襟拱立於北堂； 錡釜絜蠲，斂衽儼趨於南澗。 子先仕顯，孫復文榮。 噫！ 沃壤再疏，足示龍光之赫奕； 芳猷未遠，尚瞻象服之委蛇。 爰詔後人，式共爾位。 可。

父慤中奉大夫護軍彭城郡公加榮禄大夫大司徒柱國封邢國公

帝堯雍熙，擊壤之民鼓腹； 漢文寬厚，扶杖之叟厖眉。 念累聖之仁恩，俾遺老之壽俊。

具官某父某：　脱棄軒冕，徜徉里閭。誦讀詩書，邈矣師承之舊；陟降籩豆，僾然孺慕之思。壯年幹蠱以裕如，晚節撝謙而泰定。言追古往，耄及意新。種樹養生，默合三槐之故事；巾車訪俗，有符五柳之曠懷。亨嘉真磻水之師，朝著仰商山之皓。皃年希有，世號少儔。噫！周公拜前，益慎威儀之則；韓侯受命，毋忘傴僂之恭。可。

母彭城郡太夫人李氏追封邢國夫人

貴子而不及親，施仁宜厚；揚名以之爲孝，報德是先。禮有追崇，恩推錫賚。具官某母：　身同隱遁，性一柔嘉。蘋藻恪共於春秋，絲麻力勤於夙夜。執喪慟絶，竟三日而始蘇；佐餕懽違，遽中年而長往。是生賢嗣，爰顯清朝。噫！翠輅魚軒，亦既極小君之寵；蜜章鸞誥，尚再疏下泉之思。可。

妻冀氏彭城郡夫人追贈邢國夫人

月圓而魄虧，理或可詰；劍成而神化，物莫能推。念兹偕老之盟言，詎意中道而淪世。具官某妻：　秉芳蘭茝，佩矩珩璜。奉舅姑以無違，處娣姒而彌度。年之不淑，生也有涯。噫！　鄉國大邦，追錫永光於窀穸；泉臺佳氣，周流宜見於焄蒿。可。

妻廖氏封邢國夫人

相夫之道，靜淑是師；承祀之儀，絜蠲惟謹。故貴得以從其爵，而教必先修其身。具官某妻：執禮奉盈，守德珮玉。事舅嚴雞鳴之問，逮下審桃夭之宜。噫！小君實諸侯之妻，惟謙抑可以長保；鉅鹿乃邢子之國，惟儉素足以久安。毋替戒詞，以底終吉。可。

集賢侍讀學士中奉大夫李倜贈祖父二代

祖懋河東宣撫檢察使贈嘉議大夫吏部尚書上輕車都尉追封冀寧郡侯謚文惠

乾坤轉旋，臣擇君而審事；風塵膠轕，民徯后以求生。匪資談辨之折衝，曷得從容而完聚？昔有俊士，聞于當年。具官某祖懋：沈鷙決機，秋毫析理。不背時而棄利，魯連感燕將之風；能因危以爲功，陳康歸蕭王之智。按堵復鄉閭之舊，開田廣井邑之繁。全逃民山寺之中，没猶有祀；憐故帥孤城之守，許以自新。謂宜膴仕之軒飛，迺獨急流而高避。菟裘嘯傲，合難兄難弟之懽；犢車雍容，追某水某丘之勝。才不大用，德遺後人。噫！維此冀方，存憂深思遠之旨；嗟爾孫子，篤尊祖貴始之誠。賜履舊邦，克昌胤嗣。可。

祖母張氏贈冀寧郡夫人

婦人内訓愈久，則事莫可稽；聖朝鴻恩雖遠，而澤益加厚。錫類者教民之本，顯親者繼志之基。具官某祖母張氏：語簡以嚴，心靜而正。斂容似玉，家庭服其母儀；飣坐如山，鄉閭師其懿德。益昌爾後，克底于成。噫！貽厥子孫，不負窀穸之願；烝畀祖妣，爰疏湯沐之封。營魂有知，寵光無斁。可。

祖母某氏贈冀寧郡夫人

孝治天下，教必本於興仁；惠及萬方，禮莫嚴於尊祖。爰念瀛洲之彦，庸推下泉之恩。具官某祖母某氏：韞玉無瑕，服蘭有度。采藻行潦，雝雝承祀之顔；殷靁南山，黽黽勸夫之義。生子允才而不淑，傳孫濟美而始昌。噫！一門同封，聿廣聖朝之澤；三晉故壤，足爲里社之榮。垂世彌光，終古奚憾。可。

父昱成都路防城軍民總管贈集賢侍講學士追封冀寧郡公

古澗長松，宜棟梁而弗施於太室；韞匵美玉，器瑚璉而莫致於合宫。維先朝宣力之臣，皆一時成德之彦。才不究用，没猶可稱。具官某父昱：沈思而好文，敏斷而濟事。地生天施，知民悦以阜通；城高池深，審人和而環守。蜀爲望郡，職號劇曹。足食足兵，流馬相迎於道上；爲物爲變，飛凫疑度於雲中。天不以年，子由之貴。噫！三牲之養，榮親弗逮於膝前；兩谷之間，錫土有光於身後。式嚴嘉命，爰慰九泉。可。

母仇氏贈冀寧郡夫人

曾參風木之悲，深嗟于身後；孟宗冬筍之養，得遂於生前。事爲至難，道無全美。具官某母仇氏：遵行儉素，服習勤勞。不見其夫之榮，舜華隕露；猶幸有子之似，蘭茁承春。肆衍褒嘉，同疏追錫。噫！金葩錦橐，益增玄宅之光；丹轂文軒，允過板輿之樂。清朝展慶，故里聚觀。可。

母韓氏贈冀寧郡夫人

孟軻五鼎之饋，禮非有踰；子路三釜之悲，情何可既！仕獲通貴者常有，禄不逮養者何多？具官某母韓氏：家法儉勤，母儀慈惠。化治絲枲，生兒承膴仕之傳；恪共蘋蘩，奉祀守吉蠲之度。鬣封已拱，口澤猶存。肆推錫類之仁，誕布昭天之渥。噫！黄河一曲千里，兹實故鄉；白雲孤飛太行，有光前躅。烝嘗不墜，褒寵如新。可。

妻許氏封冀寧郡夫人

君子偕老之宜，國風所詠；家人中饋之吉，易象攸存。作則閫儀，來嬪瀛彥。具官某妻許氏：有諧琴瑟，相夫之道無違；不出廳屏，教子之心彌切。維静以正，既樂且康。噫！蟋蟀唐都，合儉禮而民始化；采蘋南澗，循法度而祀迺修。遵錫舊封，祇承景命。可。

集賢大學士榮禄大夫致仕李謙贈光禄大夫柱國追封魯國公謚文正

祚衍皇圖，上聖聿開其正統；教興文治，鴻儒允際於清朝。四時周而寒暑成，八音宣而律吕比。道關運數，天篤忠純。具官某：藻思夙新，蜚聲壯著。處身閭里，蔚然黄流之在中；策名搢紳，煒矣錦衣之尚絅。早贊青宫之善，迄編金匱之書。疏傳十事〔三〕之簡嚴，志遂四休之安佚。碑板華〔四〕夏，辭累貫珠；詩篇林泉，語深挾纊。故老倚之爲衡石，諸生仰之如蓍龜。大帶幅巾，儼君實之在洛；秀眉明目，侔康成之居鄉。既得壽以保終，宜易名而廣譽。噫！孔門設科，先德行而後文學；漢廷取士，首孝弟而次賢良。舉世土荒東魯，爵列上公。實難，唯卿無愧。可。

妻孫氏追封魯國夫人

夷考儒學之彦，允資賢淑之妻。從游外方，米帛不干其念慮；敦敘同姓，籩豆式謹其威儀。古有其人，今見于汝。具官某妻某氏：温恭秉度，禮制飭躬。相敬如賓，皓首不墮其繩墨；有嚴教子，青燈猶課以詩書。惟小君之封用加，矧大賢之忠宜録。爰伸並命，以慰九原。噫！起家而居有之，惜未配夫宗之貴；告往而知來者，庶永爲婦德之規。於昭營魂，哀對天寵。可。

禮部尚書中奉大夫元明善贈二代

祖海贈嘉議大夫秘書監太卿上輕車都尉追封清河郡侯謚貞惠

青桐孫枝之良，雲和所植；紫芝靈根之秀，商山是宜。隱顯之用有時，報施之效不忒。具官某祖某：養真巖壑，策名里閭。試吏緩刑，卒應高門之語；抱孫奇骨，可勝執硯之悲。器卓犖以不群，量汪洋而莫測。李翺之傳皇祖，文已四馳；王通之述府君，事關百世。禮嚴教孝，爵侈勸忠。噫！東壁圖書，爾尚詔後人之似；故鄉湯沐，益毋忘昭代之恩。可。

祖母高氏追封清河郡夫人

珠藏九淵，神光燭而愈悶；蘭生空谷，幽香馼而自持。通塞維時，存殁奚憾？具官某祖母高氏：慶源演迤，淑則和平。種桑而望繭絲，亦云勞止；樹桐而中琴瑟，夫豈偶然？錫類者治世之湛恩，尊祖者孝孫之美志。噫！爵書故里，永爲枌社之榮；稱曰小君，益表松阡之觀。可。

父貢奉議大夫驍騎尉大名縣子贈中奉大夫吏部尚書護軍追封清河郡公謚孝靖

種德如藝木，必閱世而始昌；保身若奉盈，惟持善者無愧。窮達有命，幽明不渝。具官某父某：孝友篤躬，質直守道。簞食卒安於簿領，籯金始羡於縑緗。不假以年，益豐其報。孝能繼志，鬱成南陽之阡；文以顯親，行擬瀧岡之表。肆加錫爵，復舉易名。噫！丹詔疏〔五〕恩，天官實古之冢宰；蜜〔六〕章分土，甘陵維爾之舊邦。尚其營魂，歆此殊命。可。

母弭氏大名縣太君贈清河郡夫人

孟軻大儒，深藉斷機之訓；仲由至孝，每懷列鼎之悲。審閫範之可遵，慜堂封之彌遠。具官某母弭氏：孝慈有度，淑慎無違。禮行於家，蘋蘩循沼沚之素；教施於子，斧藻爲朝廷之光。已錫鴻恩，爰加再命。噫！九原可作，鸞書啓鄉郡之尊；八座並榮，象服稱小君之號。可。

妻李氏大名縣君封清河郡夫人

鵲巢起家之因，實原勤儉；燕喜受祉之美，斯爲樂康。報之厚者始必勞，持之素者終不懈。具官某妻李氏：習熟女史，幽閑内儀。儼服笄珈，執謙沖而彌下；恪恭籩豆，盡蠲絜以無踰。百禄是遒，再命而傴。噫！相其君子，益知典禮之寅；稱曰夫人，毋忘主饋之訓。可。

光禄大夫湖廣等處行中書省左丞相阿力海涯追封太師郡王

四懸設樂，必假鏞鐘之洪音；八柱承天，斯合明堂之巨構。乾坤啓運，川嶽降靈。是生非常之偉人，以佐一統之真主。没且不朽，德猶可稱。具官某：勇略致身，英姿蓋世。羊祜平吴之策，誰復先之？楊素渡江而來，何其神也！據荊州以爲之根本，擣長沙以披其腹心。兵勢建瓴，皇威震電。先皇帝知人而善任，定功以行封。倬彼《雲漢》之章，廷無儔匹；享有金石之奏，位班侯王。兼將相之重權，契君臣之嘉會。令肅風生於細柳，政成人指其甘棠。念耆定爾功，實有資於贊助；而大賚於廟，必申錫以褒崇。彌深撫髀之思，莫遂圖形之想。白雲已往，青史如新。噫！齊岱爲鍔，石城爲鋒，朕已悉皇王之大武；黄河如帶，泰山如礪，卿允爲邦國之元勳。詔爾後人，無替先德。可。

妻某氏贈國夫人

鵲巢起家，因以爲《召南》之首；殷靁勸義，足以成大夫之行。矧江漢之舊邦，昭柱石之偉績。必資内助，以佐高賢。具官某妻某氏：澹泊無華，靜專有守。良玉在匱，襲中美以善藏；幽蘭生林，愛國香而自閟。稟北庭之渾厚，婉南澗之恪共。方考禮以報功，爰推恩而錫類。噫！西平有子，足彰閫範之光；魯侯令妻，宜受國封之侈。是惟崇德，尚克歆榮。可。

太尉平章政事某特授太子太傅

朝廷大策，慶莫盛於建儲；社稷重臣，禮尤嚴於敬故。功參羽翼，政倚股肱。具官某：秉志精忠，宣猷惇實。黄閣調元之始，允屬謀謨；青宫選士之初，必先德義。惟左右前後之人正，斯君臣父子之道彰。噫！日重輪，月重光，宜益資於輔導；書同文，車同軌，期咸底於昇平。往堅乃心，祗若予訓。可。

遥授平章政事某特封秦國公

亶惟龍飛之初，考圖數貢；爰篤鷹揚之舊，崇德報功。出命告廷，分封啓宇。具官某：蚤乘熙運，躬受真才。絶北威名，允著長城之助；居中韜略，密宣前箸之籌。肆予纂承，委以輔弼。噫！干戈弓矢，于以昭武功；山川土田，斯以彰異渥。祇服明命，益殫嘉猷。可。

中書左丞某封贈三代

曾祖某贈資善大夫中書右丞追封高昌郡公謚康懿

粤昔高昌肇邦，藏經史以崇儒師，立校官以訓子弟，所從來久矣。故其聰明才知，通於聲音文字之學，代不乏人。具官某曾祖某：誦詩讀書，漸仁摩誼，得於鄉里之素。若雲在淵，勃然以升，蓄極而通，至曾玄而始見。疏封舊寓〔七〕，以報流澤之無窮。尚其享哉！可。

曾祖母追封高昌郡夫人

諸侯之制，立廟以五，親服未盡，是猶有待於後也。今爾曾孫某勤勞王家，錫之山川土田。而汝與封，推其自，則由玄孫啓之。先王之旨遠矣。具官某曾祖母某：蓄德不耀，保躬益貞。

敷佑後人，輔弼不懈。曾孫之慶，至于五世。其昌矣，今從夫爵，尚承朕恩。可。

祖某贈榮禄大夫平章政事追封齊國公謚莊靖

赫赫在上，永遵繩武之思；子子爲孫，爰述尊祖之義。發揚潛德，追錫愍章。具官某祖某：明珠媚淵，良玉韞匵。言寡尤，行寡悔，禄不願干；旋中矩，折中規〔八〕，動無踰則。養真於擾擾之際，味道於沖漠之初。本碩枝繁，源深流遠。噫！稽尚父之返葬，咸謂分封；仰周公之拜前，允宜淑後。載嘉正直，庸受寵綏。可。

祖母追封齊國夫人

蘭長空林，羞當户以自獻；珠生巨海，懼媚川而深藏。矧爲隱約之時，曷表殊絶之行？婦德永閟，孫賢可推。具官某祖母某：孝敬行於家門，肅雝傳於閭里。念昔日艱難之際，爲善是持；至歷年磅礴之多，興宗有驗。恩分沐邑，賚廣脂田。噫！綺繡冰紈，莫慰生前之願；文軒象服，足爲身後之榮。可。

父某贈銀青榮禄大夫大司徒追封齊國公謚恭惠

大明麗天，群陰伏於蔀室；寸雲出岫，甘澍徧於寰區。崇德報功之典存，繼世象賢之制著。惟勳是録，于爾有光。具官某父某：潛珍養名，砥節礪行。王明受福，井渫不食非所憂；父教爲忠，籯金之藏奚足羡？事久斯定，時至乃亨。念爾嗣之弘文，生聞孫而佐治。蟬聯朝著，磬折里閭。維積善之粹精，宜流澤之溥博。詢于集議，庸爾展恩。噫！泱泱大風，知紹封而益茂；謙謙終吉，詔承德以靡虧。可。

母追封齊國夫人

積行累功，允賴夫人之配；承先共祭，載歌季女之賢。剛柔之道有恒，倫紀之位斯定。具官某母某氏：持守貞白，衣被絜清。子又生孫，莫計堆牀之笏；善必有慶，久高容駟之門。議勳以褒藎臣，錫命而及賢配。亶惟異數，足稱營魂。噫！三服齊官，是在昔女工之訓；五鼎廟食，亦庶幾孝祀之芬。旌寵有光，歆承無斁。可。

榮禄大夫宣政院使領延慶使某贈推誠佐理功臣太師開府儀同三司上柱國追封齊國公謚文忠

式觀景運，灼考藎臣。際乾坤清夷之時，承風雲亨嘉之會。精忠儼在，褒恤庸加。具官某：慎懿而行方，沈潛而量厚。踐揚禁近，官一品以益謙；陟降邃嚴，閱五朝而彌著。恕能及物，廉以律身。經文譯潤之功深，開宗明義；詩書服習之訓久，教子象賢。維時輔臣，佐我初政。壎篪雅奏，圭璋令儀。蓋德厚者世必昌，勳著者爵宜峻。誕開公府，庸正師垣。儼精爽以如生，合神明而無愧。噫！保兹青社，斯爲胙土之崇；封以紫泥，益見蜜章之重。體兹申錫，期爾永承。可。

妻封齊國太夫人

馭爵疇功，録先臣之大節；疏恩並命，成賢媲之芳猷。往莫追尋，生宜悦豫。具官某妻某：秉心淵静，制行霜嚴。悃愊無華，佐餕惟精于五飯；温恭有恪，執容儼稱於六珈。是生絲綸之英，復得鹽梅之佐。入室每諮於慈訓，揚庭爰著其母儀。噫！誦齊風雞鳴之詩，則貞女宜封於東土；歌魯侯燕喜之頌，則壽母益介於長年。裒對殊恩，恭承令祉。可。

資德大夫同知宣政院事某贈存誠秉德功臣太傅開府儀同三司上柱國追封齊國公謚忠穆

帝室興隆，君臣交孚而同德；王庭肅穆，弟兄相繼以共爲。睠若昔之揚休，越今兹而錫命。輿言是採，卹典有加。具官某：植節秋霜，持評水鏡。侍元戎於漢上，屢奏凱功；奉大帝於禁中，益參聖諦。凛有不可犯之色，充然無自滿之心。阿閣鳳凰，虞廷屈軼。績既昭於簡册，望宜冠於巖廊。噫！舉賢上功，爾猶存太公之生氣；慎終追遠，卿勿忘人主之殊恩。尚其冥魂，享此休寵。可。

妻追封齊國夫人

王言惟作命，揚于庭者爲報功；内訓不出門，宜其家者爲合德。有嘉賢媲，宜盡褒封。具官某妻某：秉德芝蘭，奉身玉雪。遠行江漢之域，勸義不違；深居房闥之中，服勤無斁。考圖定地，錫命繽綸。噫！取妻必齊，蓋有資於大國；從夫之爵，今已謂之小君。昭于幽扃，歆我異渥。可。

監察御史沙某封贈祖父母

祖某嘉議大夫行工部事專一修築宫城勾當今贈太傅開府儀同三司上柱國

追封某國公謚武敏

式考皇猷，承命以永新邑；爰立民極，相宅以營成周。輪奂彰施，高深鞏固。言念梓材之彦，興懷棫樸之官。具官某祖父某：氣壹而静專，智圓而肅給。順陰陽，伐材木，構寶殿以如規；議遠邇，程土功，儼金城之有截。通四方而罔缺，傳衆力以聿成。典制百工，論道時趨於清切；辨護少府，使民每减其宂煩。紫闈深教以手書，墨詔屢傳於宸旨。亶惟際遇，允協隆平。睹設施而舊跡愈彰，思典刑而老臣彌重。誕開公爵，復廣社封。噫！召公之誥簡明，命庶丕作；蕭相之謀宏遠，俾後無加。追命焕章，營魂昭慰。可。

祖母〔九〕

女教勤閨門，夫獲修於六府；皇恩洽寰宇，死得慰於九原。睠惟藎臣，成于良媛。具官某祖母某：韞玉制行，範金作程。化洽絲麻，宛昔〔一〇〕日稽功之效；絜清蘋藻，儼承先盡職之能。用施孝孫，亦克王事。方褒忠以大賚，爰追命以並封。噫！蜜印昭天，益侈桓楹之表；脂田廣國，式崇柏板之嚴。茂對有光，靈承無斁。可。

茶迭兒局使沙正議贈父母

父某正議大夫遥授工部尚書管領茶迭兒局人匠總管

漢宫密勿之邃，首重細旃；周廷朝會之嚴，用資陰羽。省方維歲，考古若今。具官某父某：才敏而通時，慮深而應變。春秋蹕道，環徼廬虎士以無譁；風雨屬車，望帳殿翠華而有焕。犄如鹿角，整若魚麗。曉籌爭奮以啓行，夕頓悉安其成列。舊規儼在，故老能言。爰開大國之封，式體先朝之任。噫！相王入大次，禮猶想於肅雝；論道惟三公，恩豈殊於冥漠？

詔爾後嗣，祗予至懷。可。

嫡　母

世官嗣業，古罕其人；工師致功，今慎其職。具官某母某：肅著令德，恪嬪大家。上承尊章，察素絲五紽之儉；下訓子婦，審狐腋千金之難。爰俾象賢，式克紹後。噫！翟茀崇貴，已享偕老之時；蜜章廣恩，足慰厚夜之望。子能謙謹，汝預寵光。可。

生　母

佐中饋之職，必假婉柔；成繼世之賢，實資訓飭。泉遇蹇而利見，水積小而始升。具官某生母某：勤勞大門，光寵盛代。象服之貴，宗婦攸同；鸞誥之榮，鄉人所羨。爰相胤嗣，益慎忠嘉。可。

資德大夫紹慶珍州南平沿邊宣慰使播州安撫使侍衛親軍都指揮使上護軍楊漢英贈推忠效順功臣銀青榮禄大夫平章政事柱國封播國公謚忠宣

繼世立諸侯，審象賢之有託；推恩保四海，在追遠以彌加。有懷藎臣，庸厚恤典。具官某：著德遐域，效誠先朝。聰敏得於繈抱之初，發于天性；稚弱置於扈從之側，斷自宸衷。用能絶黨殊鄰，投戈納款；尺天寸地，負版奉圖。先國後己之慮深，尊主庇民之績著。闡學效文翁之化，好賢師鄭武之風。雅量鎮浮，方橐弓而韔矢；澄懷味道，時緩帶以輕裘。出門興折軸之悲，行壘應流星之兆。何以勸善，必也正名。循故壤以加勳，衍圭田而封土。青綬崇副相之貴，衮衣嚴辨章之稱。噫！忠孝傳家于以顯，昭事厥辟之實；殁存錫命所宜推，圖任舊人之終。精爽有知，欽承無斁。可。

妻田氏遵義郡夫人加播國太夫人

婦人中饋，歌《采蘋》則謹其承先；大夫遠行，誦《殷靁》則審其勸義。禮有準則，行無過踰。具官某妻田氏：嬪高門之勳庸，受外氏之經籍。曹大家之女誡，奉上克謙；魏[一二]夫人之仙書，教兒能學。念王事靡盬之際，知女子有行之宜。夙夜傳恭，寒暑循度。噫！從夫以貴，今已位於小君；勉子惟忠，益有光於先正。茂膺異渥，式介長年。可。

開府儀同三司上柱國録軍國重事中書右丞相監修國史拜住贈清忠一德佐運功臣太師開府儀同三司追封東平王謚忠獻

八柱承天，棟橈萌於巨構；六飛御日，輻說見於中街。愍死難以成仁，考生榮而錫命。

具官某：鼎彝王社，閥閱相門。自結主知，應雲龍之異遇；獨持國是，炳蓍蔡之先幾。陳於上者不足言，見於事者爲可則。斥聚斂之臣，以靖四表；誅黷貨之徒，以正庶官。庫無餘財，拔葵之訓靡替；門絶私謁，懸衡之鑑益公。天下望其治平，朝廷以之模楷。然盡言招過，愉謀愈深；選賢與能，奸黨滋懼。變成肘腋，禍延股肱。川嶽動摇，日月昏翳。雖元兇正罰，足明朕心；在壹惠易名，姑慰卿意。分茅故壤，增爵維垣。噫！未明入朝，竟墮承宗〔一二〕之計；盛服假寐，孰爲鉏麑之賢？念此畫傷，恩斯優渥。可。

妻某氏封東平王夫人

星坼中台，輔弼之虧果應；舟藏半夜，伉儷之情曷勝？死者易名，生焉從爵。具官某妻某氏：素系相閥，克嬪王門。纂組之功，弗訓以習；祭祀之謹，於禮無違。偕老之志莫酬，並封之恩宜厚。爰增湯沐，庸縯絲綸。噫！司徒之妻，問齊君以予邑；蹶父之子，樂韓土以相攸。宣飭諸孤，以保終譽。可。

太中大夫内史府司馬狄琮贈榮禄大夫中書平章政事柱國追封冀國公謚貞毅

山西諸將之英，沈雄有自；斗南一人之裔，正直是傳。爰産魁梧之賢，以贊藩輔之政。

具官某：少植奇節，壯懷孤忠。朱邸論思，引經説以開導；細旃密勿，詢治道以彌縫。挺然廊廟之姿，鬱有江海之量。才見於用，知無不言。邊陲以之敉寧，帷幄以之康濟。朕纂嗣大歷，圖任舊人。方審象以博詢，慨撫髀而莫睹。興宗有似，玆爲柏臺之羽儀；追遠彌加，庸進槐階之品秩。噫！吕望老而賜履，實文王之故臣；丙吉生而受封，迺悼考之遺德。事莫能偶，恩宜有加。可。

妻張氏贈冀國夫人

遠行從政，閔勤勞者著壼儀；脩身踐言，循法度者執婦道。允矣温恭之媛，疏其赫奕之封。具官某妻張氏：謙以自持，儉而有守。酒食是議，春秋之祭無違；狐狸爲裘，風雪之需悉備。既嘗艱阻，莫遂恩榮。噫！兼謩入臺，紹祖之傳彌振；僧孺清道，思母之念益深。尚其營魂，承爾嘉命。可。

妻劉氏贈冀國夫人

展如邦媛，典刑傳於大門；晅兮國英，謨謀見於藩邸。天相其配，恩與之俱。具官某妻劉氏：珩璜母儀，纂組女訓。如璞藴石，審玉人之琢磨；若鳩在桑，信君子之均一。嗣爲烏府之模楷，母增魚軒之寵榮。噫！繼世象賢，于以録先臣之舊；慎終追遠，庶幾彰盛世之光。綸誥下頒，營魂祇服。可。

校勘記

〔一〕『陽』，四庫本作『揚』。

〔二〕『皇』，四庫本作『凰』。

〔三〕『事』，四庫本作『漸』。

〔四〕『華』，四庫本作『肆』。

〔五〕『疏』，四庫本作『流』。

〔六〕『蜜』，四庫本作『宸』，非。

〔七〕郁校：『寓』，原本誤『寓』，鈔本作『寓』，今改。按四庫本正亦作『寓』。

〔八〕『旋中矩，折中規』，四庫本作『折中矩，周中規』。

〔九〕『祖母』，四庫本下有『某氏追封某國夫人』八字。

〔一〇〕『昔』，原作『惜』，據四庫本改。

〔一一〕『魏』，四庫本作『衛』，非。按魏夫人，名華存，晉司徒魏舒之女，劉幼彦之妻，生二子，學道，景林真人授以《黄庭内景經》。事見《山堂肆考》卷一五〇。

〔一二〕『承宗』，郁校：原本『墮』下空二字，鈔本作『承宗』。案此用王承宗刺殺武元衡事，今補。按四庫本作『長魚』，迺用《左傳》長魚矯殺三郤事。考《新唐書・武元衡傳》云：『未幾入朝，出靖安里第，夜漏未盡。』與下文『未明入朝』貼合，作『承宗』是。

清容居士集卷三十七

外制

太傅右丞相伯顔贈太師開府儀同三司推誠翊運[一]功臣淮陽郡王謚忠武

乾坤呈符，構風雲之嘉會；山川毓秀，挺柱石之英賢。夙奉宸猷，丕揚帝訓。惟不嗜殺人者能得天下，而可與事君者實非鄙夫。睠我元勳，膺時碩望。合太平之寰宇，成一統之輿圖。生爲名臣，殁有公論。太傅、右丞相伯顔：機沈而識遠，量重而器宏。十乘啓行，共服征南之妙算；七騶咸駕，默傳濟北之遺編。誓衆於鼓角之初，過師於枕席之上。具宣德意，誕廣仁聲。簞食壺漿之迎，咸知已後；觴酒豆肉之賜，士向無前。是謂制勝而屈人兵，抑亦好生以全天道。丞相之功第一，智士之譽無雙。方謙牧以學卑，愈蒙養而用晦。角巾私第，恂恂似不能言；雞翹屬車，斷斷猗無他技。肆予纘服，躬任受遺。功成莫居，年運而往。格于皇天者，有儀可象；游於造物者，不見而章[二]。師尚父之崇名，貞惠文之美謚。益疏王爵，庸示國恩。噫！彝器景鐘，足銘邦家之偉績；蜜章禭典，斯昭泉壤之幽光。尚其明靈，歆此殊命。可。

平章政事廉希憲母某氏贈某[三]國夫人

温璞出於玄圃，貞松産於徂徠。良由地氣之完，以合天和之藴。故平章政事廉希憲母某氏：柔嘉維則，淑慎其思。采蘋采藻之恪恭，爲絺爲綌之素儉。奉尊章於壯歲，樂其天全；率娣姒之諸郎，視爲己出。齊家以禮，教嗣以忠。用能爲先朝社稷之臣，啓奕葉簪纓之慶。雖爵從夫貴，莫得而加；然義以子賢，當崇其本。益開湯沐之侈，庸增窀穸之光。是爲異恩，以旌舊德。可。

忽答的迷失公主追贈齊[四]國大長公主

維王展親之道，實先於惇敘；粤昔慎終之典，尤謹於追崇。矧予同氣之賢，是惟長主之貴。廣疏異數，庸寓至懷。忽答的迷失公主：玉海澄輝，金枝毓秀。充然婦德，成肅雝以爲穠李之華；相其夫家，閔勤勞而勸殷靁之義。婉順諧於日就，儉慈出於天然。美王姬，下諸侯，固異公宫之制；問我姑，及伯姊，益深先朝之思。胡不百年，以永終譽？肺腑之託云在，手足之念彌鍾。圭簽荐更，湯沐儼舊。爰開名國，下慰營魂。噫！立愛惟親，曷愧死生之初志？以義度德，莫窮修短之大原。没而有知，服之無斁。可。

宗正府寶哥贈祖父母

祖某特贈推誠保運翊亮功臣開府儀同三司太尉上柱國追封恒山郡王謚忠靖風雲初際，允資佐命之賢；歲月既徂，庸厚報功之典。亶惟平治，爰錫褒嘉。具官某祖某：貫日精忠，凌雲節概。載櫜弓矢，翊龍德於初潛；以爲股肱，展鷹揚而無敵。噫！孝文拊髀，豈惟思古之名臣？顯宗圖形，實欲方今於前世。九原可作，千載如新。可。

祖母追封恒山郡王夫人

慎終追遠，本先王之至仁；崇德報功，傳有國之令典。具官某祖母某氏：從夫早貴，訓子克賢。如山如河之儀容，宜室宜家之愷悌。肇封大國，儼焉象服之新；益慰九原，歆此蚉章之寵。可。

參知政事賈某贈官

朕丕承大業，遠究前圖。肇邦九有之初，紀綱備舉；同德一心之彦，贊畫允資。慨年運之云徂，儼風猷而如昔。具官某：經術展緒，孝廉起家。侍幾微於帷幄之中，保身彌謹；識變通於衡石之外，得士尤多。故一時出令之坦明，皆先帝欲言之旨意。器能容物，清不近名。暨更南國之旬宣，咸謂中朝之倚任。方堅退佚，益避權姦。活千人，有封考於爾嗣；德百世，而祀論乃至公。爰褒賢以勸功，復易名而疏爵。噫！方叔壯猶之雅，雖已美於盛時；韋丹遺愛之碑，實有俟於今日。皦如精爽，綏我寵光。可。

淮西道宣慰使劉復亨妻趙氏贈某國夫人

圖任舊人，式表世臣之重；烝畀祖妣，用昭孝孫之賢。維德厚者慶益長，而爵貴者報必遠。具官劉無隱祖母趙氏：鐘鼎望族，山河令儀。使節春行，從子從夫之樂備；女箴夜誦，爲母爲婦之道全。頌臺之彦有嘉，漏泉之恩宷〔五〕廣。高堂素象，音容猶想於含飴；故里佳城，湯沐儼疏於刻蜜。湛然精爽，歆此褒崇。可。

荊湖北道宣慰使劉澤妻孫氏贈某國夫人

孝治聿嚴，誕布蓼蕭之澤；聖謨丕顯，遐思屈軼之賢。念服瘁於外庸，允資成于內助。恩昭並命，光慰九泉。具官劉無隱母孫氏：里族高華，閫儀淑慎。閉户而行盥饋，曲盡婦儀；映雪以課詩書，咸稱母訓。桮棬之飲猶在，茵鼎之養莫加。位正小君，已備沼蘩之德；

爵崇大國，益攄風木之思。可。

參知政事趙世延贈曾祖母某[六]氏雲中郡夫人

積德在於百年，實資内訓；褒封及其三世，亶謂異恩。勤勞藎臣，服襲先矩。具官趙世延曾祖母某氏：幽蘭雅度，喬木舊傳。殷靁雖閔其勤，克彰忠節；采蘩不失其職，允佐肅雝。膏之沃者根必深，種之豐者穡益厚。顯于西土，咸曰大家。維爾曾孫，益彰有慶。於戲！秩秩先廟，崇松楹柏板之儀；翼翼小君，承錦誥金花之寵。奉先追孝，錫類興仁。可。

平章政事董某封贈三代九道

曾祖昕贈光禄大夫司徒趙國公謚宣懿

大裘無文，可饗于帝；良玉韞璞，孰窺其珍？灼知遺逸之民，邁種渾圓之德。克昌厥後，不在其身。具官董某曾祖具官某：畎畝怡愉，里閭退讓。開田種朮，深期蔽日之輪囷；如山出雲，莫測爲霖之變化。子能擇主，孫亦象賢。一門萬石之家聲，四世五公之譜牒。噫！慎終追遠，分茅宣曾矩之光；崇德報功，推本協孫枝之願。亶惟異渥，寵爾營魂。可。

曾祖母李氏追封趙國夫人

岷山之源若甕，而達于海；至日之影如綫，而麗乎天。信知明道，不可以計功；要在積微，因之而成著。具官董某曾祖母李氏：盤阿共隱，饁畝如賓。惟耽積善之勤，厥享降祥之驗。百年未遠，五世其昌。噫！象服表儀，亦既慰賢勞之願；蜜章刻篆，斯有昭孝治之隆。可。

祖俊贈翊運效節功臣太傅開府儀同三司上柱國追封壽國公謚忠烈加贈推恩翊運效節功臣依前太傅開府儀同三司上柱國改封趙國公謚忠烈

駿命握乾，誕啓中天之運；豹韜宣武，協成上國之光。念風雲之會匪常，而日月之流如駛。爰新景命，以慰故臣。具官董某祖具官某：被褐潛珍，棄書學敵。戎馬驅攘之未定，志已出塵；雲龍會合之有開，獨能就日。察敵保臨淵之智，挽彊夸貫札之精。釋兵爲農，所活者衆；延師教子，其訓益深。馬革裹屍，深可憫生前之語；虎頭食肉，終有期身後之榮。惟德之厚者嗣必昌，而功之著者禮必報。肆朕嗣服，念爾疇庸；爰廣重封，以彰異數。噫！修祖廟，陳宗器，在于君臣之交修；光王室，逆〔七〕天休，惟爾子孫之無斁。精爽不昧，寵渥其承。可。

祖母李氏特贈壽國夫人改贈趙國夫人

殷靁勸義，於昭媲德之賢；柏舟作詩，爰表自防之志。雖内教止傳於閨闥，而懿範備著於鄉閭。具官某祖母李氏：淑慎持家，嚴勤訓子。斥簪珥以奉賢師之饌，化絲枲以助先祭之供。衡宇周旋，人不識其面目；闔門款洽，族猶想其儀刑。雖雙鯉之養弗居，而八龍之譽罔替。允惟賢母，有光前聞。兹予溥澤於世臣，庸汝啓封於大國。噫！先正昭事，已克光竹帛之傳；夫人起家，式歆承絲綸之訓。用昭後嗣，永肩一心。可。

父文炳特賜贈謚金紫光禄大夫平章政事忠獻公加贈宣忠佐運開濟功臣太尉開府儀同三司上柱國追封趙國公仍謚忠獻

君臣相資，莫喻同心之美；忠孝兩立，斯爲佐命之殊。念汗簡曷能紀其勳？而朝著猶足以優其禮。維祖有訓，非朕敢私。具官董某父具官某：沈毅而善謀，明恕而敦本。黑頭試邑，棄官羞墨綬之卑；赤腳從軍，絶食望翠華之幸。刑輕典以安反側，釋降人以靖流離。白日揮戈，睥睨益張其羽翼；長風破浪，蒙衝竟擣其腹心。命在養民，市不易肆。取麥禾以陋鄭人之過，收圖書以成蕭相之功。嶺嶠宣威，南人不復反矣；朔方請使，周公方且膺之。恂恂持儒者之風，諤諤挺大臣之節。靖念丕圖之建，彌深喬木之思。格于皇天，雖儼若帝庭之陟降；渙其大號，必有加玄宅之褒崇。錫以嘉名，胙之大國。掌武襲建牙之舊，開司增立戟之榮。九原如生，終古永譽。噫！英才間出，足爲邦家之立基；盛德無瑕，成爾子孫之逢吉。載加殊命，以賁營魂。可。

母趙氏追封趙國夫人

《鵲巢》推夫人之德，於配實難；《碩人》歌衛侯之妻，其賢可想。具官某母趙氏：秉心淑靜，主饋柔嘉。逮事皇姑，克奉甘旨於左右；一視諸子，莫窺憎愛之後先。每傳家訓之忠勞，遂致孤兒之死事。噫！開脂田而獲上國，敻謂無儔；被象服以從先塋，幸哉有子。可。

繼母某氏追封趙國夫人

國族世貴，鮮執禮以下人；王臣功高，適合符而媲德。具官某繼母某氏：敦厚天性，靜專内儀。瞻彼南山，深得勸夫之義；遵于行潦，不失奉祀之恭。有子忠賢，爲我宰輔。噫！推恩三世，庸疏湯沐之封；錫類九原，益廣蓼蕭之澤。可。

繼母王氏追封趙國夫人

嶰谷之竹，應律而氣自鳴；十洲之膠，續絃而奇乃見。不有佐餕，曷能相夫？具官某繼母王氏： 組織婦工，齊莊母道。歲時盥饋，立蘭玉以無譁； 春秋烝嘗，絜牲醪而有度。嗣子極中書之貴，一門疏大國之封。噫！ 生也有涯，莫稱魚軒之樂； 死如可作，尚歆鸞誥之榮。可。

所生母樊氏追封趙國夫人

綵衣之養，莫罄其私心； 板輿之歡，遂以爲美事。念風木之永感，惜春草之寸暉。具官董某所生母樊氏： 禮以母稱，義由子貴。勞謙終吉，竟莫覩垂魚擁笏之榮； 一視同仁，乃預享刻蜜演綸之寵。允惟盛事，服我異恩。可。

集賢大學士張晏贈二代四道

曾祖宇贈保節功臣銀青榮禄大夫大司徒追封魏國公謚文愍

韋孟明經，諸孫之傳始貴； 袁安卜葬，三士之言若符。膏之沃者日以光，德之厚者世益遠。具官某曾祖某： 進修家塾，退靜鄉閭。乾坤轉機，徯后服先知之算； 干戈效勇，舉宗成全歿之悲。命也在天，幸哉有子。噫！ 忠孝一門之盛事，百世可知； 節義千古之大閑，九原不作。聿申景命，庸建上公。可。

曾祖母常氏追封魏國夫人

盛德之報，若券取償；內訓之施，如玉韞璞。聿行尊祖之禮，益知起家之難。具官某曾祖母常氏：澹靜無華，儉勤有素。清晨佐餕，奉羔韭之肥甘；晚歲謀生，治蠶麻之靡密。積善有慶，没世不忘。噫！魯孝孫之詩，宜告成于先廟；魏大名之國，爰錫命於九原。服我鴻恩，亶惟異數。可。

祖英贈純德秉義功臣太保儀同三司柱國追封魏國公謚簡懿

幽蘭空林，抱孤芬而永閟；長松古澗，垂巨蔭以自完。明其道者不計功，非其身者必在子。具官張晏祖英：德若不足，樂且有儀。遇真主之龍興，出關而俟；喜佳兒之豹變，潛邸以從。居官恥商榷之謀，接物多任俠之義。念干戈首難，彌深丘壟之思；歸鄉里自娱，益廣子孫之澤。考其篤素，允謂安行。噫！于公之門少高，兹言已驗；畢萬之後必大，今食其封。爰詔後人，益光前業。可。

祖母劉氏追封魏國夫人

德盛起家，允著夫人之懿；時危秉志，有高列女之風。蓋在昔以爲榮，至于今而彌顯。

具官某祖母劉氏：澡身蘭服，耽耳椿齡。重闈期冢婦之興宗，一札勸孤兒之入侍。忍乃有濟，鑄金符緘口之銘；安不忘危，考室遂飛翬之制。勗德若是，生賢可知。噫！徂賚孝孫，已極登瀛之貴；逮事王母，益疏分國之恩。幽泉有知，純嘏無斁。可。

資德大夫江南諸道行御史臺中丞于璋贈推誠肅政功臣光禄大夫平章政事上柱國追封薊國公謚文簡

善人天地之紀，德莫有加；君子邦家之基，没猶不朽。睠懷遺直，追錫殊封。具官于璋：志藴忠貞，運逢熙洽。慶雲甘露，氣和而動植自宜；威鳳祥麟，瑞應而猛摯咸伏。華要屢更於中外，靖共彌保其始終。緇衣不渝，素絲彌替。念在昔菁莪之彦，皆先朝棫樸之功。年運既徂，風猷彌遠。噫！劉寬長厚，允宜居鼎鼐之官；胡廣中庸，謂當久臺閣之任。事乖往古，恩浹九原。咨爾〔八〕營魂，服我休命。可。

妻某氏追封薊國夫人

慎終追遠，先王惇俗之盛心；崇德報功，治朝馭臣之大勸。恩褒臺彦，澤及閫儀。具官某妻某氏：靜淑自修，柔嘉彌謹。珩璜有節，動常法於女箴；圖史自娱，身不逾於内則。傷哉無子，貴也從夫。脂田廣大國之封，蜜印慰九京之望。噫！瑶琴别鵠，早已棄於人間；寶劍化龍，竟相從於泉下。尚期冥漠，歆此寵光。可。

茅山第一峰大茅君特加封東嶽上卿司命太元〔九〕妙道沖虚聖祐真應真君

靜慕玄風，灼觀往事。無爲曰道，必刻意繕性而始成；修身乃真，非積行累躬而莫就。大茅君：奇操矯俗，精思集虚。壹德齋心，受龜臺西華之秘旨；萬靈受職，開金陵句曲之宗壇。丹光千載以如新，寶氣三峰而彌固。發祥肇祉，民到于今稱之；逆雨寧風，天之所助順也。亶惟作聖，允合祐神。孔蓋翠旌，祀莫嚴于司命；瓊文蕊簡，禮爰謹於秩宗。假兹聰明，佐予平治。可。

茅山第二峰二茅君特加封定籙右禁至道沖靜德祐妙應真君

合人心，理萬物，禮宜順於鬼神；建皇極，錫庶民，徵有稽於暘雨。大江以東之地，句曲維望而尊。土樂昇平，歲稱稔足。二茅君：中峰司命，西華鍊形。作牧審煩擾之非，修真得恬淡之要。驂鸞導從，壎篪儼奏於雲中；化鶴來歸，城郭時看於華表。朕方推仁以濟衆靈，宜妙物以祐民。學道受之以神，端有宗於李耳；望祀不祈其福，誠深慕〔一〇〕於漢文。嘉與函生，誕敷景命。可。

茅山第三峰三茅君特加封三官保命微妙沖慧仁祐神應真君

氣化爲神，握陰陽而執要；物來能應，遇水旱以成功。兹山之靈，以氏爲號。三茅君：不導引而壽，體素純爲真。密從蒼龍，承左右而無間；時乘白鵠，侍伯仲以遠遊。荷天降休，爲民請命。逍遥容與，服光景以如新；周流常羊，蒙祉福而無極。肆加褒錫，丕應隆平。埋鼎高峰，爰慕軒轅之有道；獻金空谷，方薄光武而不爲。以赫厥靈，同歸于治。可。

吳全節特進上卿玄教大宗師

運開至治，法簡易以合泰元；教審宗傳，隆繼承以明正嗣。用揚涣號，誕聳具瞻。具官某：孝友中乎準繩，詞華鏗乎金石。居無思，行無慮，粹然令名；禮爲翼，知爲時，協于王度。陟降紫宸而匪懈，贊襄琳館而益謙。藏珠在淵，雲五色而川媚；納息于踵，風八景以星從。維列聖嚴珪幣之薦以格天，而乃祖受劍印之錫而展世。四十餘年專〔一二〕帝顧，卑己行權；三千之徒首汝賢，小心盡瘁。俾超華貫，爰仿舊階。侍清祠以表群公，度玉墀而膺六命。祇若具訓，允爲異恩。噫！奏陰陽之和以祝釐，則諸福可以畢至；通神明之德以事上，則庶績底於咸熙。守慈儉以佐無爲，遵希夷而贊有道。式觀素履，庸佩綸言。可。

三十七代仙姑馮淑真特封靖明貞素夫人

紹玄風而展世，丕闡帝猷；溥内則以疏恩，勉從人爵。仙姑馮氏：簪纓素緒，蠁帨芳儀。媲穀城之傳，益師清淨；守柏舟之操，釆固堅貞。受祉惟深，錫名斯侈。雲龍風虎之慶會，亶謂有光；舞鳳迴鸞之制書，懋承無斁。可。

昭應宫提點王氏金蓮特贈淵靜玄素真人

寂然不動，知來去之有因；湛焉長存，宜死生之無間。辭風雲之際會，竟糠粃於世塵。昭應宫提點住持王氏金蓮：早塵椒掖，晚謝蕊宫。修崇密契於九重，爰加異恩，以彰殊遇。錫賚屢承於三接。淨如止水，斯爲至道之宗；脱若太虚，實本重玄之體。尚歆嘉號，庸表將來。可。

長春宫提點常某授玄門演道大宗師掌教真人管領諸路道教所商議集賢院道教事

治國以無爲惟宗，式符要道；順物乃自然之理，允謂至言。長春宫提點常某：橐籥重玄，蓍龜萬變。氣超渾沌，灼知天地之根；運際昇平，默贊陰陽之化。方獨立以不改，彌大盈而若沖。爰紹真風，以彰人望。噫！內觀形影，斯泉石之素心；外飭身名，實朝廷之異渥。保茲清淨，俾以闡揚。可。

昭瑞宫提點張惟一特授全德靖明弘道真人太一宫提點

神以知來，至教匪存於象設；人惟求舊，褒封首錫於龍飛。念扈蹕之宣勤，默儲祥而介福。坤元具訓，涣號揚綸。昭瑞宫提點張惟一：泉石古心，冰霜雅操。侍晨長樂，澹焉若樸而妙感彰；澄觀穆清，廓乎不驚而衆虚集。惟才全者德不競，而正靖者明愈昭。闡道王庭，葆真沖館。噫！有國之母以長久，爾尚謹於祝釐；立天之道曰陰陽，當益思於觀復。恭承嘉命，助贊無爲。可。

廣誠靈妙演法真人江南諸路女冠諸宫觀都提點邵靈瑞特追封宗師

二儀之生，根於太極；萬物之母，始於有名。推剛柔迭用之原，悟坤乾交泰之理。茲焉觀妙，足以表微。具官邵靈瑞：野鶴孤標，金芝內行。亶麻姑之清淑，允謂地靈；慕南嶽之沖虚，聿工草聖。通章帝闕，備問宫闈。曄矣龍光，守大盈而自牧；端然蟬蜕，享上壽而弗居。道氣常新，仙風不墜。噫！女偊〔一二〕朝徹，已傳宗師之篇；帝堯時雍，爰有化人之國。錫茲美號，昭我鴻恩。可。

沖靖靈妙凝真法師玄元萬壽宫提點盧行益襲封真人

道要易爲功，必假相傳之秘；　名盛難與繼，益求自治之方。矧兹女冠之慎修，爰出朕綍以示勸。具官盧行益：　沖澹若璞，謹飭自繩。侍蕊珠之宫，宣琳琅而不瀆；　守萼緑之訓，視金玉以如遺。惟清淨者，玄學之宗；　惟〔一三〕簡素者，師資之本。斯焉無忝，足以有承。噫！誦赤松中誡之經，卑退爲德；　考南嶽内傳之旨，齋戒是先。可。

五雷宗師沖靖先生留用光特加封五雷宗師沖靖至德昭應真人

天地交泰而雷出奮，風霆流形而物露生。神行兩間，因體而始有用；　數合五位，由柔而後成剛。乃知變動之機，不出陰陽之妙。五雷宗師留用光：　參合太始，摩盪無垠。學道從師，罹厄窮而不悔；　救災禦患，卒韜斂以如遺。詢諸長老之言，考以輿圖之載。損之又損，承禎之語若符；　生而不生，介象之歸非異。運隆累洽，道慕重玄。思其人如欲見之，宜加綸誥；　告諸往而知來者，益勵羽流。可。

通妙葆真先生高士易如剛特加封通妙葆真文教真人

式觀修真之徒，多出好古之士。伯陽柱下，習典禮而道成；　弘景山中，博載籍而書備。

高士易如剛：學通群藝，妙集衆虚。師清淨以避堂，可謂簡矣；問鬼神而前席，殆將近之。韋編之繼絶孰傳？洞章之補亡猶在。無文不立，松風恍其步虚；與時偕行，草露晞而羽化。方企崇玄之館，爰思列仙之居。本無名而有名，庸彰往古；效先覺者後覺，庶勸將來。可。

臨江路閤皂山萬壽崇真宫住持四十六代傳籙嗣教宗師楊伯晉陞加

太玄崇德翊教真人

性出於無始，存存爲成性之門；道合於有爲，生生乃得道之奥。式觀載籍，爰有至人。吐故納新，以調其神；齋心服形，以制其炁。于以濟衆，因兹延齡。具官楊伯晉：守樸丹丘，潛珍琳館。止〔一四〕息以踵，陋熊經鳥申之迂；藏珠于淵，握龍變虎騰之要。開九籥之秘記，傳八景之玄文。問年今見其復丁，會月密推其納甲。天台之召，司馬損數術以理身；羅浮之迎，軒轅徹聲色而合德。朕悉兹理，卿無復言。聿加綍命之殊，以重羽流之選。噫！居安《易》之序，所當明天地之根；修身德乃真，宜益究坎離之用。贊敷皇極，懋協鴻禧。可。

毛穎達封真人主祭丁甲神

道萬物之奥，非虚不能以通微；誠百行之源，惟静斯足以制動。聿求佐理，爰慕希夷。兹得有恒之人，以贊無爲之化。崇真宫提點毛穎達：澄心止水，植節貞松。禮爲翼，知爲時，澹然無競；巧若拙，辨若訥，休乎有容。藏名琳館之珍，養粹玄門之望。維昔世祖，動遵軒轅。占瑶光以探五行之情〔一五〕，通紫煙以嚴六子之用。山林肅絜，星斗爛明。苟非其人，靈弗顧矣。不懈于位，爾其勉之。庸加綸誥之隆，以示真卿之貴。噫！乾元天下治也，浚明用變之功；神物聖人則之，敬謹祝釐之效。有嘉恬靖，永保恪恭。可。

校勘記

〔一〕『推誠翊運』，原空，據四庫本補。

〔二〕『章』，四庫本作『彰』。

〔三〕『某』，原空，據四庫本補。

〔四〕『齊』，郁校：案後題某國字闕。考《元史・公主表》，呼圖克台默色公主，裕宗女也，係趙國。舊作忽荅迭迷失公主，集中『迭』作『的』，與《闊里吉思傳》同，蓋譯音無定字也。傳中初追封齊國，後加趙國。集中制詞是初追封者，作『齊』不誤。後題當補『齊』字。今據郁校補。

〔五〕『采』，四庫本作『彌』。

〔六〕『某』，原空，據四庫本補。

〔七〕『逆』，四庫本作『迓』。

〔八〕『爾』，原作『示』，據四庫本改。

〔九〕『元』，四庫本作『玄』。

〔一〇〕『深慕』，原作『慕深』。郁校：『慕深』，鈔本作『深慕』。今據郁校改。

〔一一〕『專』，原作『之』，據四庫本改。

〔一二〕郁校：『偊』，鈔本同，或改『踽』。案『偊』字《説文》、《玉篇》皆無，此本《莊子·大宗師》文，陸氏《音義》云：『偊，徐音禹，李音矩，一云是婦人也。』或改非。

〔一三〕郁校：『惟』，鈔本作『而』。

〔一四〕『止』，四庫本作『吐』。

〔一五〕『情』，四庫本作『精』。

清容居士集卷三十八

表牋附

進五朝實録表

皇祖有訓，聿成四繫之書；　大曆無疆，允纉五朝之治。夙陳載筆，上徹凝旒。欽以邦啓治平，運符熙洽。禮樂刑政，教化之具，炳若丹青；　典謨訓誥，誓命之文，昭如日月。維累聖繼承之述作，實皇家混一之謀猷。官謹具寮，書嚴信史。雖編摩之匪一，幸聞見之悉同。欽惟陛下：　祗奉鴻圖，光膺龍御。惟天佑于一德，咸曰湯孫；　受命丕若歷年，悉循堯道。仁宣孝治，學廣文明。臣某等：　職忝汗青，官慚尸素。帝王之制可舉，今已稡於鉅編；　詩書所稱何加？　願有光於億載。

賀册皇太子表

黼扆當陽，首重升儲之建；　彤庭叶吉，誕承鏤册之頒。宗社以貞，幅員胥賀。中賀。切〔一〕

以天下之本，在國在家；　皇極之言，是彝是訓。然知子莫若父，故立嫡必以賢。二美斯完，群情允屬。信爲非常之慶，實開太平之基。欽惟陛下：　駿命溥將，燕謀敷遺。本支百世，咸推受震之亨；　壽考萬年，益著離明之象。臣等：　濫巾膴仕，欣睹上儀。金石鏗鏘，知協風之從律；　乾坤清晏，瞻景耀之宣精。

賀册皇太子表代宣徽院作

乾坤合德，立鼇極以建中；　日月繼明，奉龜圖而示吉。誕敷涣號，允迪震亨。中賀。欽惟陛下：　寶曆儲祥，璿源衍慶。立嫡以長，遵三代有道之常；　受命於天，膺萬年永保之裕。惟知子莫若父，故治國先齊家。上當帝心，下定民志。臣等：　恪共内府，欣際昌辰。太極稱觴，效驩呼而率舞；　寢門視膳，嚴唯諾以致恭。

賀正旦表代宣徽院作

泰元衍策，百二十日以爲春；　乾御當陽，於千萬年而受祜。紫清叶奏，丹陛傳臚。中賀。欽惟陛下：　盛德在躬，至仁育物。象闕而垂治法，祖訓是繩；　獸樽以招直言，皇猷滋闡。嗣歲蒼規之始，群生玉燭之和。臣等：　班辨〔二〕外朝，職嚴内宰。雲迴龍衮，肅瞻天日之光；　星拱鵷行，虔祝岡陵之壽。

賀武宗皇帝登極表

乘龍御天，握純乾而居正；斷鼇立極，奠下土以宅中。百辟一心，四方胥賀。中賀。欽惟陛下：聰明合道，智勇冠倫。承詔撫軍，展素書之奇略；登途受璽，昭黄屋之珍符。惟謳歌曆數之有歸，繄祖考神祇之允格。丕基永紹，景命不移。群徯后以來蘇，政與民而偕樂。臣等：班瞻文陛，瑞仰層霄。頒度量以朝諸侯，三千同德；垂衣裳而治天下，億萬斯年。

賀皇太后表爲都省作

六飛夾日，奉大曆於聖人；五色補天，歸玄功於文母。事關宗社，慶浹宫闈。中賀。欽惟陛下：教闡周南，德參太極。以慈爲寶，夙資保佑之勤；維道積躬，聿致怡愉之養。顯坤元之光大，卜鼎命之延洪。臣等：幸列周行，欣承〔三〕嘉會。瑶池晝迴，樂四表之驩心；玉殿春迴，衍東朝之曼壽。

賀聖節表本院

天開景運，篤有道之曾孫；電繞神樞，受介福于王母。觚棱瑞靄，閶闔儀傳。中賀。欽惟陛下：誕紹蘿圖，丕承葆命。至仁育物，得秋而萬寶成；盛德在躬，居所而衆星拱。當立經[四]陳紀之始，新省刑薄斂之規。郊廟肇禋，朝野胥慶。臣等：名汙玉署，目極璇霄。廣文王有聲之詩，載歌律吕；衍中宗無逸之壽，虔祝華嵩。

賀聖節表代宗正府作

乾御當陽，甫際中天之運；斗樞繞電，式臨彌月之祥。絳闕青葱，瑶京肅穆。中賀。欽惟陛下：聰明合德，孝友根心。偃武修文，百神歆而九廟格；敦本崇化，皇極建而庶績熙。爰開有道之長，斯衍無疆之慶。臣等：職縻邦憲，身阻廷趨。有王者興，行見温洛榮光之瑞；祝聖人壽，願增泰元神筴之書。

賀皇太后册寶禮成表本院

蘿圖衍瑞，丕昭景命之祥；寶册騰徽，誕紀慈元之懿。聖心祗恪，子道昭揚。中賀。欽惟陛下：稽古聰明，事親愛敬。有國之母以長久，致養聿嚴；天道之要在陰陽，飭躬彌謹。禮行中禁，慶洽九圍。臣等：職近鼇頭，班聯龍尾。玉卮前壽，肅瞻長樂之儀；彤筆特書，願廣思齊之聖。

賀皇太后册寶禮成表代宗正府作

黄鐘應律，協陽德之初亨；寶册告廷，奉坤元之至養。尊歸慈極，慶洽治朝。中賀。欽惟陛下：愛敬積衷，順承法道。雍雍肅肅，聖實本於大任；怡怡愉愉，孝有光於唐帝。日嚴〔五〕初政，風動八方。臣等：恪謹國章，欣陪班著〔六〕。瑶池晝迴，幸預聞管籥之音；玉斝春融，願虔祝岡陵之壽。

賀皇太后册寶禮成表爲都省作

乾旋坤轉，定妙算於宫闈；月吉辰良，鏤徽音於典册。東朝禮著，九寓歡騰。中賀。欽惟陛下：聖嗣大任，道希少廣。以天下母，神游清淨之居；惟泰元尊，致謹怡愉之養。允持慈寶，益届壽祺。臣等：會弁鵷聯，趨庭鼇抃。陽回玉琯，八音首協于黄鐘；春滿瑶巵，萬歲齊呼於紫禁。

賀聖節表

寶曆建元，協重華之嘉運；瑶光貫月，開上聖之貞符。盛德在秋，昊天有命。中賀。欽惟陛下：智仁御極，孝友根心。丕顯王謨，端拱巖廊之上；達觀新邑，式均道里之中。取泰象於坤乾，合離明之日月。璇璣叶紀，玉斗儲祥。臣等：祗率班聯，肅瞻清穆。宣昭鴻業，載歌《七月》之詩；耆定武功，願繼萬年之雅。

史局謝錫宴表

立朝載筆，交懷愒日之慚；就館肆筵，申錫需雲之寵。恩傳宮醴，光動廷紳。中賀。欽惟陛下：黼黻先猷，憲章祖武。謂丹青信史，紀二聖之鴻文；念鉛槧微勞，屬小人而燕賚。魚藻歌騰於周室，鳳簫聲遶於鈞天。屆視朔以迎長，粲飛霙而奏瑞。上追槁飫，下陋權輿。臣等：愧匪食功，歡惟飽德。陽剛初復，太平歌《既醉》之詩；天威不違，下拜祝無疆之壽。

賀正旦表爲都省作

會謹天朝，文命敷于四海；曆司人統，攝提正於孟陬。率由舊章，曰爲改歲。中賀。欽惟陛下：道裁天地，政在璇璣。崇鄉黨以厲賢才，聿嚴親策；詔郡國而謹牧養，爰廣使軺。東漸西被以如春，小往大來而交泰。禮行雅壽，捧瑶斝於東朝；親納直言，開獸尊於前殿。亶惟平治，允際亨嘉。臣等：祗率鵷行，肅登龍尾。弘敷五典，慚退食以罔功；永保萬年，敢矢心而善頌。

賀正旦表本院

清臺課曆，允符顓頊之元；明堂視朝，茂正攝提之位。陽迴象魏，儀贊鴻臚。中賀。欽惟陛下：經緯人文，財成天地。審賢良知古今之體，能勵廉隅；謂吏道以法令爲師，益嚴品節。剛健密參於太極，怡愉深謹於東朝。車駕蒼龍，導迎木德；樽開白獸，詢採芻言。臣等：才乏頌椒，恩叨給札。春王正月，推五始之大原；天子萬年，納八荒於壽域。

賀皇太后正旦表

歲在攝提，叶孟陬之令月；曆符顓頊，開太始之上元。時屆履端，天綏眉壽。中賀。欽惟陛下：清心慈儉，至養怡愉。數往知來，利永貞而坤厚；體中居順，祉元吉以泰亨。徽音惟日以恒新，懿德如春而益暢。臣等：職叨視草，才乏頌椒。絳闕五雲，王母喻臨於黼座；玉卮萬壽，神堯親捧於瑶階。

全德泰寧福慶皇太后尊號册寶禮成賀皇帝表爲都省作

皇矣上帝，丕昭立極之功；至哉坤元，申衍得名之典。禮行宫壼，化被寰區。中賀。欽惟陛下：敬養日嚴，文明天縱。謂聖德無加於孝，爰盡討論；而天子必有所尊，載揚徽美。御未央而登册，即長樂以展儀。鳳泊鸞飄，寶刻永光於秦璽；雲蒸霧起，翠華親下於堯階。協氣醇和，嘉生博厚。臣等：班聯會弁，壽介奉觴。太微三光之庭，烟熅交泰；有名萬物之母，允合永貞。

賀皇太后正旦表丁巳爲都省作

正月始和，資坤元而蕃衍；兩儀交泰，綏壽祉以亨嘉。德協青煒，瑞浮紫禁。中賀。欽惟陛下：寶慈作則，履順行仁。龍衮捧觴，喜溢椒花之頌；龜臺簇仗，坐觀蓂莢之祥。審孫枝之正傳，定國本以蚤建。邦家大慶，朝野均歡。臣某等：祇率鵷行，式遵鳳曆。正時成歲，百廿日以爲春；利用厚生，萬億年而受祜。

賀皇太后正旦表集賢院

禕衣視旦，丕彰立極之功；鳳曆頒春，誕合建邦之歲。笙鏞翕繹，黼繡昭明。中賀。欽惟陛下：道協母儀，教參女史。承顔致養，順德備於九重；正位在中，行願符於六五。朝贊聖神之治，禁傳慈儉之謨。臣等：叨侍近班，肅瞻嘉會。玉巵爲壽，儼寶殿以雲從；金篋賜齡，樂瑤池而晝燕。

賀册皇太子表集賢院

前星定位，仰宸極之聖謨；　陽月臨軒，法坤元之慈訓。光騰鏤册，儀謹傳臚。中賀。欽惟

陛下：　稽古行仁，憲天合道。知子莫若父，審恭敬之積中；　治國先齊家，盡怡愉而致養。惟

宗祊繼體之事大，玩《易》爻重明之象深。蓍龜協祥，匕鬯承嫡。臣等：　職縻珍館，班肅彤庭。

喜溢〔七〕龍顔，虎拜咸呼於萬歲；　禮嚴鶴駕，鸞和共徯於三朝。

册皇太子賀皇太后表集賢院

承天正位，詒謀啓於重闈；　諏日揚廷，涣號昭於寶册。大明繼照，萬邦以貞。中賀。欽惟

陛下：　色石功深，黄裳德順。以似以續，降葆命以丕基；　是訓是行，席蘿圖而端本。知立嗣

必子之有自，審建儲非私之惟公。施于神孫，緊我文母。臣等：　職塵清貫，班肅上儀。簫韶

九成，願盡稱觴之慶；　本支百世，式瞻主鬯之尊。

皇太子兼中書令賀表代宗正府作

黼扆當陽，懋對紫宸之慶；　玄龜叶吉，丕昭寶册之光。八音播廷，群公會弁。中賀。欽惟

陛下：　悦親有道，立賢無方。謂一人元良，勢實尊於藩翰；　而中書政本，命尤慎於樞機。孝

友宣昭，仁慈溥博。臣等：恪司成憲，欣睹縟儀。卜七百年，願衍周家之曆；上千萬壽，咸趨漢殿之班。

賀正旦表集賢院

丹扆當陽，頒發春之仁政；清臺治曆，符建國之昌期。日之方中，天其申命。中賀。欽惟陛下：澤漸滲漉，心玩神明。盤銘監觀，德又新而無斁；河圖則象，祉元吉之有恒。獸樽設席以招言，龍衮坐朝而問道。臣等：瀛洲布武，閶闔詔儀。玉燭豐穰，用制九年之蓄；紫清蠖濩，業隆萬世之基。

賀皇太后正旦表丙辰爲都省作

歲指蒼龍，密叶昭華之琯；雲開褕翟，首稱長樂之觴。順履始和，懋隆元吉。中賀。欽惟陛下：儉慈作則，清淨頤神。色石功深，妙裁成而交泰；黄裳位正，盡滲漉以皆春。母儀循四序之周，聖孝衍三朝之祉。臣等：職叨輔相，效愧夔調。拜捧椒花，慶載臨於元日；宴觀桃實，祈永保於萬年。

賀正旦表壬戌本院，是歲閏五月。

肇祚發春，伸〔八〕正陽之布治；　歸餘成歲，審長至以觀生。　黼扆昭明，彤庭肅穆。中賀。欽惟陛下：　仁推滲漉，道協際蟠。　修德錫符，驗陰陽之消長；　發號出令，則天地以裁成。　念丕圖演繼于祖宗，究盛禮益嚴於上下。臣等：　瀛洲接武，文石趨班。　閏月定時，泰治密齊於七政；　皇極錫福，乾〔九〕元永保於萬年。

賀太皇太后正旦表

地天交泰，陰教法乎坤元；　閏餘歸終，寶曆增于夏五。　陽浮中禁，瑞靄重闈。中賀。欽惟陛下：　端懿母儀，慈明内範。　怡神少廣，悟黄中通理之爻；　辨秩東郊，樂青煒登平之景。曰惟肇歲，兹用儲祥。臣等：　給札承恩，肅班稱慶。　筆徽音於彤管，歲不絶書；　望長樂之璇宮，天惟曼壽。

進仁宗皇帝實録表

君臨十載，式昭垂世之謨；　聖治萬方，庸謹繫年之録。　編摩玩愒，敷奏淩兢。　欽以仁宗皇帝陛下：　濬哲積躬，欽明稽古。　發揚乾健，預清宮以候先皇；　祗奉坤元，虔問寢而娱太母。審俗周知於民瘼，授時彌切於歲豐。謂養性存心，宜採於傳記；而修身治國，必取於禮經。監觀歷代之蓍龜，夷考前王之軌範。《政要》採諍臣之讜議，《大學》芟衍義之浮辭。爰譯成書，用裨博覽。至若譽髦斯士，擢不次以待非常；爵人於朝，表有功而抑妄進。每遵帝範，肇立儒科。廣祖宗百年未備之規，示子孫億代永貽之訓。珠玉非寶，旁招菁莪之賢；農桑惟勤，旋致嘉禾之瑞。惡衣服以申緣履之禁，省畋獵以彰開網之仁。增胄子之官資，限計吏之品級。爲民請命，匪營一己之福田；遇災秉誠，果應自天之甘澤。與人不求備，從諫〔一〇〕如轉圜。河徙故灘，謫斂臣於嶺徼；雪深前殿，憫戍卒於邊防。常思創業之艱，益慎守成之效。道傳精一，明授受之至公；孝竭怡愉，協繼承而無間。凡兹殊美，冠乎群倫。濡毫惟懼於荒蕪，削牘復虞於缺軼。雖盡巧心於舉要，蔑窮茂績之敉功。欽惟陛下：葆命誕膺，鴻圖丕顯。窮神知化，彰明聖之鋪張；詢事考言，採臣鄰之記注。屢宣睿旨，迄萃鉅編。雖天地之德，無俟於贊揚；而日月之光，有資於繪畫。臣等：職叨率屬，識乏簡僚。慕永貞之謹嚴，詞慚韓愈；稽太初之直核，筆愧馬遷。舊制：進實録表，文有短長，然未敢以數聯直致。伏睹聖朝二帝實録，進表必加詳盡，摘其所行事跡，以序篇首。桷大德中嘗進《五朝實録表》，未免倣效前作。今輒不揆遵守舊制，譔成一篇，或恐繁蕪，別有副本，庶便宣讀。

又

十年御極，聿修四繫之編；億載揚休，殊乏三長之筆。祇成信史，上徹宸旒。中賀。欽以仁宗皇帝陛下：仁靜根心，温恭合德。詩書造士，闡學制以設科；法律爲師，嚴官規而限禄。諏經作則，稽古鑑今。所寶惟賢，卻獻琛而弗尚；莫大於孝，謹視膳以彌加。蓍龜定主鬯之公，棫樸藹奉璋之衆。宜登琬琰，永秘縑緗。欽惟皇帝陛下：慕切羹牆，令行金石。率時昭考，摭言行以無遺；迪惟前人，繼聖明而有造。臣等：尊聞傳信，竭思纂題。閲歷歲年，已深慚於尸素；經緯日月，期不朽於汗青。臣某〔二〕等所編成《仁宗皇帝實録》六十卷，《事目》一十七卷，《制誥録》一十三卷，總計九十卷。繕寫已畢，用黄羅袱封全，謹具進呈。

賀正旦表癸亥爲都省作

歲正天門，陳揆治朝之位；曆新人統，肅嚴魏闕之班。四表迎祥，八風順律。中賀。欽惟陛下：仁施滲漉，命受溥將。輔相財成，别忠邪而無黨；斟酌損益，合禮樂以同流。圭璋藹多士之良，玉燭兆大田之慶。準繩乾健，橐籥泰亨。臣等：補衮功慚，更弦政拙。萬年永錫，仰瞻太極之尊；六甲既周，行履上元之運。

賀聖節表癸亥爲都省作

十月爲陽，於赫發祥之兆；一人有慶，丕昭嗣服之初。出日之升，降年以永。中賀。欽惟陛下：斂時錫福，握乾闡珍。玩天地之心，陽初升而來復；發雷霆之令，陰早辨於履霜。繩祖武以雍熙，格民風而醇厚。道尊泰壹，運接上元。臣等叨列近司，欣逢盛旦。望翠華之行御，瑞藹五雲；趨絳闕以傳臚，齊呼萬歲。

牋

賀皇太子受册牋爲都省作

禮嚴中禁，位建承華。萬國以貞，咸曰吾君之子；四方來賀，永底烝民之生。中賀。敬維殿下：玉璞藴珍，金枝表秀。繼體而承匕鬯，如歲之春；定志以協蓍龜，維天其祐。方謹雞鳴之問，聿新鶴禁之居。某等：叨列政司，欣傳制命。父子君臣之道備，允廣緝熙；詩書禮樂之教崇，式符繼照。

賀皇太子受册牋代宣徽院作

範金作寶，禮成内朝；簇仗演綸，驩騰四宇。協春秋之大義，覃雨露之殊恩。中賀。敬惟殿下：岐嶷天成，温文夙就。佩規帶矩，正言正事之教成；執玉奉盈，事父事君之道備。某等：叨司庶府，欣睹盛儀。仰黄道之日長，式符離照；候明堂之星潤，允謂震亨。

賀皇太子受册牋本院

體元更始，肅瞻玉裕之姿；崇德計勳，肇錫朱明之服。宗支襲慶，國本奠安。中賀。敬維
殿下：英睿夙成，藝文天縱。清宫朝邸，朱虚之功爲高；審俗迎郊，孟侯之賢允似。受介福于王母，繼明照於四方。維軍國之樞機，實政化之橐籥。名倡百辟，兩儀正而五緯齊；德和萬邦，九穀熟而三農足。某等：職叨掌綍，欣睹揚庭。紀王子之吹笙，有慚斧藻；歌堯民之擊壤，願廣丹青。

賀皇太子受册牋代宗正府作

盛德動天，誕受元良之册；萬邦爲憲，悉資文武之賢。政本增崇，皇基鞏固。中賀。敬維
殿下：圭璋王度，黼黻聖謨。整齊乾坤，指揮於旋轉之頃；肅清宫廟，怡愉於定省之間。亶惟不世之勳，庸舉非常之典。某等：職司宗籍，欣睹王綸。磐石既安，願上則百斯男之頌；權衡允稱，克成曰三有俊之功。

賀皇太子正旦牋爲都省作

曆起上辛，啓自天之申命；歲行維戊，瞻出日之重光。萬宇薰陶，九垓滲漉。中賀。敬維

殿下：功調玉燭，政察璇璣。宴錫龜臺，密承歡於王母；仗移鶴禁，親奉壽於神堯。維春之祺，有秩斯祜。某等：導迎嘉節，贊詠清時。候銅琯之陽和，式占泰定；望青宫之葱鬱，允協震亨。

賀千秋節牋代太保府作

月映彩雲，慶仰猗蘭之瑞；令行青陸，書占玄鳦之祥。維春之祺，粤上斯已。中賀。敬維殿下：宅心聖學，匡力皇圖。廣邦家太平之基，澤窮滲漉；察天人同心之理，下逮芻蕘。仁孝合名，中和叶德。某等：展儀縠旦，徯首叢霄。壽考萬年，敢陋千秋之頌；本支百世，願陳《大雅》之詩。

賀千秋節牋代詹事院作

甲觀晝堂，仰紀吹銅之瑞；瑶山玉彩，特書主鬯之勳。維暮之春，初吉云已。中賀。敬維殿下：蒼規體德，銀漢儲祥。稽七政之有恒，實循冬夏；消群陰於交泰，爰法坤乾。興鴻文以闡基，握龍圖而佐運。兩宫定省，雍容化日之長；四表謳歌，瞻徯前星之耀。某等：具寮無補，盛旦有光。奉曲水之羽觴，齊呼曼壽；探泰元之神策，允謂延洪。

賀皇太子正旦牋本院

青規紀曆，甫開嗣歲之祥；蒼震布和，懋協少陽之象。自天申祐，與物爲春。中賀。敬維
殿下：經緯人文，權輿政治。三朝交泰，聿嚴盛禮以奉觴；四德尊乾，行美成功而瑑玉。卜稔已符於祈穀，登賢深味於拔茅。慶洽宮闈，仁施寓縣。某等：叨塵顧問，欣睹亨嘉。聲徹鳳笙，仰非霧非煙之瑞；班隨鶴駕，歌重暉重潤之詩。

賀皇太子正旦牋爲都省作

歲正璿璣，丕應震亨之象；春先寶曆，允符泰治之祥。絳闕光華，青宮蔥鬱。中賀。敬維
殿下：道隨陽長，德與日新。玩易中行，密包荒而坱圠；法天繼照，永主器以彌綸。稱觴前殿以承顔，侍宴瑤池而受福。某等：禮成鶴禁，敬謹梟趨。祈穀躬耕，預卜金穰之兆；頌椒介壽，欣瞻玉裕之姿。

賀皇太子受册牋集賢院

明堂辨儀，裒對重輝之耀；昕朝發册，丕昭上嗣之賢。宗社敉寧，幅員驩慶。中賀。敬維
殿下：孝仁生禀，禮樂夙修。一人元良，羽翼靡煩於商皓；百揆時序，英威共仰於秦王。鶴

駕之御日三，烏輪之光明兩。某等：叨塵仙館，末綴臚庭。瀛水汪洋，望瑶山而親切；宸居蔞蔆，瞻青路以陪從。

賀皇太子正旦牋集賢院

大曆更新，叶皇祖建元之祚；少陽正位，隆神孫承嫡之基。百辟是儀，五辰攸敘。中賀。敬維殿下：應乾作命，受震行仁。嘉禮告成，《歸妹》祉吉之象；外朝佐治，《同人》文明之祥。日就月將而緝熙，小往大來而分類。某等：肅瞻玉裕，謹候青煒。詠歌重光，紹天休而繼照；弼諧庶績，占歲在之有年。

賀千秋節牋國恤未餘月，百司皆擬賀表，非禮，後不進。

電繞斗樞，允昭甲觀之瑞；日昇暘谷，行受明堂之朝。宗社底寧，神祇協相。中賀。敬惟殿下：欽文師古，剛健法天。或躍在淵，龍德合乎中正；永言配命，龜圖闡其延長。仰震夙之非常，審傳付之素定。某等：肅瞻晬表，獲際重光。聖孝有加，羹牆之慕彌切；民情共戴，岡陵之祝益虔。

賀千秋節牋〔一二〕本院

心居天位，前星耀於明堂；卯爲春門，大電騰於甲觀。盛德集福，至和儲祥。中賀。敬維殿下：體仁法元，師古合道。温恭事帝，密贊化以生成；問學積躬，益緝熙而光大。疇選黄髮之彦，庸佐青闈之規。如日之升，降年有永。某等：肅瞻英偉，虔祝簡穰。輯往則於瑶山，一辭莫措；採暘〔一三〕齡之金篋，曼〔一四〕壽是期。

賀千秋節牋爲都省作

玄駈發祥，丕顯吹銅之瑞；蒼龍協紀，式昭主器之符。紫禁懽騰，璿源秀衍。中賀。敬惟殿下：温文秉度，仁孝積躬。侍宴瑶池，令德令儀之可述；問安内寢，正言正事之足聞。如歲之春，自天其祐。某等：導迎穰簡，贊詠中和。瞻出日之舒遲，重光允繼；望彩雲之蔥鬱，曼壽是期。

賀皇后正旦牋本院

王春謹時，肇正内朝之治；帝曆更始，益嚴中禁之儀。與物咸亨，自天作合。中賀。敬維殿下：矩循内則，言法徽音。《關雎》詠歌，禮避乎蘭殿之貴；《卷耳》思念，頌取于椒盤之文。稽陽德，維如歲之初；考陰教，曰履端于始。某等：清班接武，穀旦趨朝。日月並明，願上千萬之雅壽；天地交泰，載歌元二之太平。

校勘記

〔一〕「切」，四庫本作「竊」。
〔二〕「辨」，四庫本作「列」。
〔三〕「承」，四庫本作「逢」。
〔四〕「經」，四庫本作「綱」。
〔五〕「嚴」，四庫本作「勤」。
〔六〕「著」，四庫本作「署」。
〔七〕郁校：「溢」，原本誤「液」，鈔本作「溢」，今改。按四庫本亦作「溢」。
〔八〕「伸」，四庫本作「仰」。
〔九〕「乾」，原作「北」，據四庫本改。
〔一〇〕「諫」，四庫本作「善」。
〔一一〕「臣某」以下，據《元文類》卷一六補。
〔一二〕《元文類》卷一七收有此文，題作《賀千秋牋》，其間文字多歧，如「心居天位」作「心依宸極」，「大電騰於甲觀」「騰」字作「環」，今從簡，不復覼縷。
〔一三〕「採賜」，四庫本作「探錫」。
〔一四〕「曼」，四庫本作「萬」。

清容居士集卷三十九

啓

上王尚書

伏以瞻望聲容，幸有登龍之舊；披陳悃愊，慚無吐鳳之長。圖鼓勇之新功，冀鑄顽於大造。掃門受業，緘櫝致詞。

切念桷生不逢時，長始知學。伶俜素緒，綺襦紈袴之習無聞；零落青編，漆簡〔一〕汗書之藏曷見？久知我輩，固當投之濁流；靖念斯文，豈宜束之高閣？操觚而歎，詎秉異心？倚柱而歌，終持正色。胸臆結約，肝膽輪囷。惟其用拙於今，將欲修名於後。

載惟宏博，世號殊科；夷考哲賢，咸稱異數。當紹聖之首創，蓋以窮經爲先；至大觀之重刪，乃因代言而設。唐朝疏略，故退之自笑其俳優；宋制精詳，至文公欲加以深厚。維較藝於詞苑，杳若探丸；雖置身於書林，悉同畫餅。苟非討論於暇日，孰能敷奏於一時？爰取舊規，各成要覽。涑水之尚德，筆纂金桴；義山之好奇，文編玉府。《初學記》資騷人之屬對；《稽古編》假進士之試文。博要之粹於丁年，統類之塵於乙夜。斯皆品節之效，可爲區別之模。然獨此書，實難其例。千門萬户，恍焉莫知所之；六律五音，聞之不喻其意。至若寢門路鼓，遂成君子之欺；御庫神弓，終藉老兵之對。望洋之歎浩浩，測海之智嘎嘎。一物不知，過亦多矣；兩端而竭，恥莫甚焉。信知梓慶之巧專，益訝庖丁之技異。

伏惟内翰尚書先生：南州元老，故國重臣。望壓縉紳，聊復浮湛於閭里；文驚華夏，未妨談笑於江湖。恥申公之蒲輪，便管寧之紗帽。樹人爲急，獎士尤先。子誠齊人，侈以都邑之富；波及晉國，化其潢汙之卑。

是用忘揣顓蒙，惠徹恩育。鉤玄提要，在明公爲壯歲之筌蹄；糾繆繩愆，於後生爲百世之模範。儻獲書傳於琬琰，尤當襲藏於巾箱。與汝共之，深議中郎之隘；非吾徒也，尚祈夫子之憐。欲報無從，未言先愧。

謝王尚書

拔叔度於幼童，深慚非偶；執李膺之下御，竊喜同時。敢緣擁篲之恭，庸致摳衣之請。

伏念椨才實滯頑，心尤退縮。經箱塵寂，莫逃家丞庶子之譏；藝苑雲蒸，誠駭翰林客卿之對。深恐凋零於冷譜，固嘗論索於陳編。志不能以過人，識不足以廣問。戴盆望日，勤無補袞褒語重，茅塞心開。

於三餘；坐井窺天，智有鄰於五技。衡門感歎，斗室屏營。然而切觀盤盂之書，致戒必謹；韋弦之義〔二〕，繕性尤深。苟非取則於古經，曷足振名於來世？虚心實腹，學始類於安弦；閑邪存誠，念實同於執玉。反觀典學之成訓，爰採遜志之嘉名。輒布請祈，方虞僭躐。豈駑駘已下，尚希一顧之功？然爰居何知，遽享九奏之禮。寒窗展玩，絢兮虹蜺之章；素壁高張，森然神鬼之護。論深藥石，字重璠璵。已三復而吝消，終九思而感併。

此蓋伏遇某官：言爲楷範，道藴經綸。化閭里之澆風，慼簪纓之弱息。至誠樂易，許傳新著之書；雅量恢弘，不棄一偏之士。遂令少賤，屢獲親承。桷敢不躬勵前聞，仰稱春秋之筆；恪遵明訓，益加歲月之功？永依師門，以堅壯志。

與陳無我論樂府

伏承下教，垂示雅詞。退揆疏蕪，敢居品藻。復緣明命之重，庸誦謏聞之迂。執筆覗慚，通函傴伏。

切以陽春白雪之唱，和者固希；清廟朱弦之音，知之尤寡。歷觀樂府之傑出，悉爲詞林之緒餘。良由萬物變化之愈多，抑使五采章施之匪易。龍文被寶鼎，雕刻益精；天馬駕鼓車，低徊滋窘。貫珠之音空在，累黍之器莫傳。吐角含商，孰分其清濁？析宫合徵，莫辨其短長。俚歌日煩，古調幾廢。留連《桃葉》，習晉世之風流；淒切《竹枝》，傳巴人之羈旅。《江南》腸斷之句，誰足近之？《涼州》意外之聲，今無是也。風聲鳥葉，當由動植之可通；《霓裳羽衣》，徒託神奇而自眩。捨《陽關三疊》之清怨，變南鄉九闋之狹邪。樂意生香，寫天機之妙理；山光水色，换俗子之凡容。彼誇刻鵠之工，詎悟承蜩之解？精義無二，至道不煩。靖言思之，孰可繼者？

伏惟無我學士：詞華泉涌，言吐冰清。飛星急羽之秋，文傾上幕；投綸沈鉤之暇，興滿南山。每希白石道人之雅聲，以成黄絹幼婦之佳製。雪兒低唱，未多學士之風高；墨客廣傳，益見咸陽之紙貴。

桷尊聞惟謹，快睹尤先。用鹽洗金，殊未明於物理；以蠡測海，徒竊笑其心思。狂斐莫裁，涵容斯幸。

回宗人袁慶遠教授

同源分流，夙感陶公之詠；劬躬焘後，每懷韓子之碑。均此靈根，裒然望姓。

切以經術基於博士，衣冠盛於司空。名節爲天下高，言非其過；歌詩著先人跡，時與之俱。念鼻祖嘗客於上虞，而耳孫分胙於越土。定居鄞水，占籍開封。西湖之佐蘇公，風流儼在；明招而從太史，文獻有傳。光于淳熙，錮在嘉泰。父子同館，繼廣受之美談；師生並朝，陋禹宣之異禮。京兆踵河南尹之祖武，成均慕光禄公之家聲。藐焉遺孤，承此玄胄。正倫之妬諸杜，鑿地何心？子雲之亡它揚，泝江有考。車書一致，江海相逢。豈無它人，因以合譜。

伏維教授學士：摛詞展世，敬業守儒。謂鄧林之廣敷，本於一木；探崑崙之無底，散作群川。田歸於齊，良非得已；爰絶於漢，或曰未然。驗賦形之不齊，審受氏之有自。處祧唯謹，繫世是嚴。然而内舉避親，昔者之邊幅；合族戒令，先王之準繩。愧鷽鳩之圖南，憫騏驥之伏櫪。義之之别王述，趣乃不同；康樂之愛謝莊，心誠有得。

桷偶緣鉛槧，久汙絲綸。傳呼欣大小戴之稱，臭味鄙南北阮之騃。菿室而得明月，當道而逢夜光。百世不遷，揆宗支之非遠；異姓爲後，幸譜牒之可通。敦敍攸同，參承伊始。永懷繾綣，曷罄敷陳？

謝閣學士

東觀英游，久欽諸老；南州俚士，獨守陳編。念相望之迥然，知無因而至爾。何期銓鑑，俾預薦揚。惟清切之司存，實作成於俊乂。王言之制曰七，史官之長有三。風動四方，必訓詞之温雅；詔垂萬世，在書法之簡嚴。維班馬之良，不能繼獲麟之筆；而燕許之體，難以推倚馬之才。藝不兩能，物無全美。筆則筆，削則削，非曲學之可爲；見所見，聞所聞，恐直情而難致。古有斗米而作傳，近多千金以致詞。好惡成一己之私，褒貶失當時之實。掩長卷以竊歎，抱遺經而自娱。故魏收以輕薄寡才，咸稱穢史；王通雖隱淪不仕，獨著《元經》。

方今偉績無前，太平有象。大禮略封禪之記，純誠汰郊丘之儀。聲教萬邦，文質二代。追皇猷創業之永，傳丕基嗣服之初。必屬鴻文，以揚駿德。彰施作繪，極妙巧於群工；雜比成音，合天和於衆耳。拔犀之選非易，聚毛之長亦難。如桷者學不逮人，志徒師古。獻漢家三雍之頌，庶或可能；續《周書·王會》之篇，良非所任。揆小材之雕鏤，幸大冶之作成。忘其顓蒙，倍以踊躍。

兹蓋伏遇某官：儒林冠冕，文藪準繩。桃李不言，以成衆芳之春；松柏後彫，而貫四時之氣。官僚慎簡，載籍肇新。爭名於朝，難後來之居上；修身以道，匪平〔三〕進以依流。深虞同升之譏，上辱大賢之舉。幸相知於氣味，迄無假於聲容。桷敢不益勵討論，上酬獎拔？求識李邕之面，當已有期；效彈貢禹之冠，不幾於贅？因風輸感，執筆寫情。歲律云更，神休所屆。庸致茵憑之禱，密調鼎鼐之和。

賀鄧善之應奉

兹審講徹皋比，班登龍尾。早居三字，極鉛槧之光榮；爰作一經，萃縹緗之芳潤。朝端色動，江左文明。

切以詞章之體，與政相通；禮樂之宜，隨時斯舉。誠少近古，于以酌今。釋訓聱牙，固難返殷周之盛；委心綺靡，殆有鄰齊梁之風。山東之詔令温然，河西之璽書炳在。往者諸賢不競，故老云亡；掇拾成言，編聯賸語。形模近巧，難逃脱塹之譏；刻畫傷和，殊近鏤冰之累。徒畫虎以類狗，强令鶩而隨雞。事非偶然，時使之爾。念欲復還其正氣，抑嘗深探於陳編。然而木人石腸，難以語經綸之事；河目海口，要當歸黼黻之才。請誦所聞，無出其右。伏惟某官：清言古瑟，雅製方壺。冶百鍊之金，而成雲雷之奇。合八珍之味，以調薑桂之美。當下帷之多暇，每傾蓋而劇談。意得忘筌，神閑舐筆。船容萬斛，果自致於水中；芝産九莖，宜載歌於殿内。夙嘗相勉，今匪共諛。桷倚馬才疏，屠龍技謬。歸來之詞莫擬，遂初之賦或尋。話茅舍於玉堂，當塵遠想；謹蔗漿於金盌，冀保天和。傾向之忱，敷陳莫既。

壽鄭潛庵

兹審玉宇金明，蓬壺瑞藹。數環六甲，堯年已合於上元；福擁三壬，申旦適同於洊九。江湖相慶，樽俎交歡。伏惟内翰學士：鬱鬱澗松，昂昂野鶴。辯排堅白，共誇麈尾之清言；書喜硬黄，猶習蠅頭之細字。方窮太始之理，以與造物者游。陋絳縣老人之年，讀清溪道士之《易》。踏龜殼而一笑，持蟹螯以高歌。夢繞故園，壽客相期於晚歲；情親近局，麯生肯負於良辰？椨傾接維新，扳援實舊。黄絹幼婦之詞莫擬，子墨客卿之賦未能。八千歲爲秋，願致長生之祝；六十養於國，佇看優禮之加。薄物助誠，副椷瀆聽。

回交代潘檢閲

誦子墨客卿之賦，竊有激昂；聆諸老先生之言，深相推挽。審珠玉之將至，愧糠粃之在前。塵牘未遑，巽函先枉。

伏惟内翰學士：冰壺貯月，水鑑懸秋。下帷授徒，有矻矻窮年之趣；閉門樂道，無惘惘望歲之憂。追北渚之嘯歌，覽東齊之形勝。斧藻樸素，丹青炳靈。相如《封禪》之書，直譏其陋；賈誼《治安》之策，允謂可倖。濯纓益振其高風，結綬良非其雅志。金馬門之待詔，有類俳諧；白虎觀之談經，亦幾糅雜。惟茲册府，亶號詞林。竇書如山，汗簡若束。方偃武修文之盛，乃立經陳紀之初。候日影於松階，詞容潤色；瞻天威於芝閣，議許討論。匪慎簡於英髦，曷專美於治世？除書一下，輿論僉諧。

椨學匪適今，才不逮古。重以簪纓之舊，猶工鉛槧之勤。泉石寫心，比元郎之漫仕；山川感興，追杜老之壯遊。過廛幼婦之辭，重託聞孫之好。有懌其旨，不知所裁。

回冷教授

仰南州之喬木，美蔭獨存；　望西山之慶雲，英光猶在。居然傾蓋之幸，辱以投函之謙。斧藻溢情，丹青炳目。

切以取士之歧不一，用儒之道實高。賈誼少年，憂國之策允著；　馬周逆旅，入對之疏密諧。法如牛毛，賤若魚目。將望然而引去，寧挽之以必來？　方今人文交修，禮樂備舉。金馬碧雞之頌，可被弦歌；　赤麟白雁之祥，宜書竹帛。孰爲稱選，僉謂當仁。

伏惟賢良學士：　溟海扶摇，清秋沆瀣。圓冠方履，儼魯國之舒徐；　漆簡汗書，補羽陵之疏略。寶氣横鬱，天葩芬奇。方按軌以徐行，羞登途而捷進。青氈舊物，行廣高門；　白水同心，益窺雅志。幸雲龍之有應，成針芥之相投。遺以十朋之龜，貴若連城之璧。有味其旨，固難和於大羹；　無德以將，敢亟酬於雜佩。銘膺感幸，占對簡蕪。

賀吳編修

兹審疏青汗簡，錫寵身章[四]。史官之具三長，英髦慎簡；　聖經之法五始，盛事特書。荷針芥之偶投，慶雲龍之胥會。

編修内翰[五]：　篤志精白，結交老蒼。審黄鐘於希聲，灼知律吕；　嗜昌歜之古味，允適酸鹹。維懷寶而深藏，終待價而一試。筆耕云舊，學殖焉窮？　樂以忘憂，慨宣尼於往昔。斐然贊美，蔑以效規。

桷師友川流，獻文日墜。喜而不寐，類文子之同升；

壽貢仲章

月暈虹蜺，藹南漪之五色；　春浮花柳，揆東作之平分。孕彼玉人，瑞兹寶運。伏惟某官：　池塘逸興，金石流波。懸弧表四方之心，遠游結駟；　落筆擬千古之作，長嘯彈冠。愛東方之偷桃，專北門而視草。蓋將旬五日而後返，抑亦一千歲以來歸。桷善頌莫陳，雅游屢接。沈香亭北，行催芍藥之詞；　白玉堂前，愧伴梅花之直。薄儀侑祝，副穎瀆清。

賀鄧善之修撰

伏審儒林著望，詞苑僉賢。超近署之清班，贊中朝之元化。光膺異數，允際重熙。敢緣肺腑之私，庸寫胸臆之藴。

切以王言之制，始分于唐；　人文之精，特盛於宋。故便於宣讀者，必資諧叶；　而直以訓告者，當務簡嚴。作者數公，流爲末派。學疏而才勝，每師浩汗而失於麤疏；　記贍而思遲，必慕敷腴而拙於裁翦。皀鶴不續，蕭蘭莫分。蓋洗金以鹽，當研物理；而攻玉必石，有假朋從。歷年滋多，此道不競。藏名淵默，莫窮龍虎之變騰；處友善柔，徒欣牛馬之奔走。望風隨其臧〔六〕否，疾才摭其短長。有符東晉之清談，自謂西都之舊作。昔君實不爲四六語，未嘗失朝廷之尊；而温伯輒草廿二麻，豈害爲錢穀之吏？必此爲士，其何敢言？然作新斯文，是在吾黨；復古之道，誠惟今兹。起八代之衰，昌黎固專其事；振五季之弊，師魯亦預有功。樂在群居，道無孤立。

伏惟修撰學士：丰姿凝湛，雅量韜深。大音希聲，儼一獻九奏之意；玄酒不和，成百拜三行之儀。中和養其本根，英華發於情性。譬若夜光明月，衆咸以爲寶珍；方之威鳳祥麟，人莫窺其形狀。陳太丘之容衆，王茂弘之盡歡。以爲黼黻帝猷，曷取竟寧之事？丹青神化，獨追正始之音。

桷幼講門功，早親庭誥。探諸老之源委，不知者謂得異書；道前賢之心期，無聞者猶譏曲説。懼廢三槐之緒，聊希五柳之恬。爲可汰之技官，守不求之樸論。要蘄傳後，寧望敘遷？欣睹除書，缺修賀記。幸燈火平生之舊，道江湖相忘之言。人皆曰賢，亦既遂彈冠之願；老而能學，當益思炳燭之勤。敢效頌規，斯爲處與。

回趙太社

伏以豎燎扶朝陽之光，敢居斧藻；　贈貂得明月之報，庸謹襲緹。三復先猷，重陳素款。切以屬辭比事，匪遵魯史之舊文；　微顯闡幽，允正周王之大統。無傳而著，惟道是明。然而獲麟之箋，有鄰神怪；　矢魚之訓，詎止觀陳？　紛然賣餅之譏，蕞爾垂旒之喻。泥天〔七〕正於長曆，循夏五之闕文。郊用辛而非長日之時，禘尊祖而雜圜丘之謬。清言何補，墨守徒矜。投膠澄百尺之渾，引髮舉千鈞之重。首勷啖趙，心學邵程。義理精明，賴先儒之啓迪；　權衡輕重，資前哲之贊揚。嘗窺西周之簡編，深陋後王之典禮。致太平者，猶有群議；　言五伯者，殆無全人。廢學熙寧，卒致爲我之歎；　尊王慶曆，遂多刻吏之嘲。人物眇然，年運而往。

伏惟大尹學士：　山林圭組，燈火詩書。返袂高歌，法天時於五始；　下帷坐授，悟人事於三微。載惟先正，細觝奏對之書；　是爲後學，青箱纂輯之式。集狐於腋，端有假於翼成；　洗金以鹽，良永慚於瘢索。

楄困學有志，强仕無功。百年雁塔之聯登，季世龍門之末至。欒胥皂隸，捫心有感於同時；　管鮑交朋，掉首未逢於知己。翕然針芥，終以絲蘿。萬二千五百家爲鄉，豈無好學？　二百四十餘年行事，聿睹成書。擁篲以陳，袖〔八〕函非禮。尚祈矜采，俯賜鑑融。

回趙太社鄉飲

習鄉上齒，咸推大里之典型；隆禮尊賢，幸屬貞元之耆舊。矧蟬冕三公之地，在皋比一變之功。人物眇然，年運已往。於粲雙魚之牘，孔昭二馬之期。入學祭典修，願廣太平之盛觀；升歌主人獻，敢隨後進以同登。

回趙太社

切以百人逐兔，祗益苦心；一朝解牛，敢煩敏手。念洛社久存於鄉約，而杜陵或廢其家聲。宰肉莫均，拔毛不與。仰止金刀之禮樂，陳兹典午之春秋。無以易堯，不如歸趙。粲飛函而禮讓，堅縮袖以勞謙。君子是憂，貪人斯幸。潛魚畏餌，雖自潔於水中；群蟻慕羶，卒相緣於堂上。其爲計則得矣，獨竊議其可乎？難以立談，終祈卧治。匏五石而無用，其果不能；粟萬鍾以何加？顧兹可陋。僉謀懇切，童〔九〕瀆矜融。

壽徐德剛七月八日

涼生兔子，瑞應麟兒。玄祖流芳，歲遠猶傳其玉硯；黄姑停宴，夜分端俟於銀津。家聲之克振可覘，宅相之深期有在。

桷陳人愈拙，妙語莫工。望閭里之葱葱，阻舟航而耿耿。九五一曰壽，願益窮皇極之書；四十不動心，矧已開中年之衰〔一〇〕。薄儀侑祝，善頌增情。

謝程承旨

爵人於朝，已甘逐避；譽髦斯士，忽被選掄。小己惟驚，大鈞有自。

切以王言之制，炳若日星；帝令之行，潤如風雨。三代訓誥誓命之作，理雖同而體實殊；累聖歲月日時之編，事若近而書貴備。簡嚴足以成信史，清切然後爲文〔一一〕人。才非甚長，藝莫能擅。皇明啓御，文治興圖。漆書汗簡之奇，來者不絕；金泥玉檢之陋，卻而未遑。寬大之詔數頒，遺逸之聘屢舉。宜得鴻碩，以贊雍熙。大鵬乘風，乃鶯鳩之斯集；長鯨失水，顧螻蟻之所凌。惘涇渭之孰分，慨薰蕕而同置。拾芥而取青紫，彼謂不難；相馬而視玄黃，曷云有遇？炙手可熱，涌氣如山。生能齊言，豈莊嶽之所變？恥與噲伍，何淮陰之過高？聚惟末俗之實繁，斯南士之不競。離明有照，涣汗聿新。鍊金於陶冶之餘，煮海於剛鹵之後。毛雖氄，擢象是精。懸水鏡於廟堂，今兹選衆；審銓衡於臺閣，夙已簡僚。閭巷駭聞，江湖翹首。

桷之不佞，人能具言。性褊介而弗通，學固陋而無補。少承諸老，欲窺龍馬之秘圖；晚效一官，深愧蟲魚之曲學。守西樞之遺緒，望北門之後塵。侍坐松階，占對或言其可教；散襟茅宇，倚歌人數其太迂。雖慚殺青之工，僅免尸素之誚。既云美解，寧敢强留？蒼狗浮雲，幸逃物論；白駒過隙，謂失事機。蠖久屈以奚伸，鴻已飛而何慕？私以恤緯之諛見，敢言出綍之舊章。知之非艱，試可乃已。泛觀唐世，歷考宋朝。元白才高，必授題而方拜；歐蘇望重，免給札以即真。誰謂秦無，請從隗始。惟智行其無事，於人何所不容？然而爭進駢肩，一兔詎堪其百逐？旁觀袖手，前禽終失於三驅。彼非招而不來，羌奚爲而遽集？議由鵾閣，功在鑾坡。

此蓋伏遇某官：問世宗工，先朝元老。文諧律吕，八音振而四懸成；智合蓍龜，六虚周而三極建。既任棟梁之重，彌深參术之儲。謂立賢無方，當視朔南之員幅；凡成人有德，豈拘州里之遠遐？夾袋初謄，青氈已復。桷蒙恩若是，圖報謂何？欲酬國士之知，願假客卿之對。承明三入，莫能書赤麟白雁之祥；滄海重遊，要飽識紫鳳天吳之異。寸心有在，千穎莫殫。

謝李承旨

五載辭榮，已安初服；一朝出命，遽復舊氈。三已何慚？重來有靦。切以太史編摩之所，翰林清切之司。貴慎密而熟於憲章，尚精敏而達於事勢。欲取倜儻絶群之士，將貽落魄無檢之譏。苟從〔一二〕依違寡言之人，必致脂韋不稱之弊。原昔養才於館閣之地，蓋當責效於廊廟之時。文治日興，皇猷淵默。委諸元宰，于以彰衡石之無偏；詢於輿言，足以知芻蕘之可擇。克謹天戒，慎簡乃僚。肩摩足累之徒，揚鞭而避；巖棲穴處之隱，接淅以來。矧聲教久敷於朔南，而忠信可行於蠻貊。拔茅以彙，采葑不遺。有如苦窳之蹤，亦預陶甄之選。

茲蓋伏遇某官：精忠貫日，盛德格天。高宗之得傅巖，營求諸野；成湯之於伊尹，學焉後臣。彌窮成性之存存，益著匪躬之蹇蹇。以匡王室，其代予言。惟宮府一體之意深，念君臣同心之會罕。顧因知己，庸敢竭愚。難得者非常之機，易失者不次之遇。方今輿地紀載，悉歸于梯航；觀闕會朝，相望其冠蓋。東漸西被，上際下蟠。法過密則煩擾而不安，赦愈多則姦婾之滋幸。理錢穀雖號爲俗吏，當究其出納之源；議禮樂實本於儒生，孰明其沿革之理？同風俗以合志尚，敦樸素以去奇衺。言舉斯心，可運諸掌。然文盛必有武弊，而陽長尤懼陰來。積薪憂燃，非賈誼之過計；前籌借箸，乃張良之遠謀。和羹難壹其酸鹹，成錦易工其萋斐。有懸高鑑，奚假諛言。

桷累世詩書，百年簪笏。與銅臭而同傳，敢謂未然；爲瓦注以自怡，不幾於似？當朱門炙手之日，乃清林散髮之秋。著書期身後之名，擊缶遂山中之樂。恩蒙乘傳，非所據以屏營；技止操觚，將何爲而報謝？念承明三入而奚補，望天門九重而莫通。大書特書，執筆難施於青簡；一命再命，循牆深愧於素餐。曷稱獎提，惟肩樸直。玉堂獨掩，恍江南送客之情懷；

衡宇載瞻，形稚子候門之夢寐。願安靜退，以盡感藏。

賀曾提舉

兹審望領儒先，道光王化。宣尼乘桴之意，豈果居夷？幼安度遼而還，殆將易俗。登瀛可俟，艤舟以須。

伏惟某官：妙思春雲，壯懷秋水。掣鯨魚而游員嶠，奇觀畢陳；踞龜殼以挹浮丘，妙言合奏。身寄神京之陸海，胸藏東壁之木天。允議居中，詎宜補外？

桷居龍技拙，倚馬才疏。詭御以告王良，則云豈敢；執鞭而慕晏子，尚或可能。不腆儀羞，無文敬在。

招俞光遠入塾

七歲入小學，幼儀深著於曲臺；三年通一經，俚諺敢誇於東魯。先猷滋遠，穎識無聞。空多老翁不量力之譏，莫慰大賢願汝爲之意。

伏惟教授學士：砭頑妙手，注[一三]巧良模。樂矣誨人，陋孫賓之避舍；幡然就道，知李耳之入關。談經排狗曲之嘲，挾策恥兔園之固。以身徇道，初何愧於古先；辭富居貧，益有覘於雅量。

尚煩負劍辟咡之訓，以成灑埽應對之儀。虛左以迎，側躬而俟。

校勘記

〔一〕『漆簡』，原作『簡漆』，據四庫本改。
〔二〕郁校：『韋弦之義』上，鈔本有『反覆』二字，此疑脱。
〔三〕『平』，四庫本作『干』。
〔四〕『錫寵身章』，四庫本作『寵錫章身』。
〔五〕郁校：『編修内翰』上，鈔本有『伏以』兩字，此疑脱。
〔六〕郁校：『臧』，原本誤『藏』，鈔本作『臧』，今改。
〔七〕『天』，四庫本作『春』。
〔八〕『袖』，四庫本作『伸』。
〔九〕『童』，四庫本作『量』。
〔一〇〕『衮』，原作『衮』，據四庫本改。
〔一一〕『文』，原空，據四庫本補。
〔一二〕『從』，四庫本作『崇』。
〔一三〕『注』，四庫本作『鑄』。

清容居士集卷四十

啓疏附

回宣城郭教授雷焕

江左諸賢，夙慕敬亭之山水；洛中九詠，肯言京邑之風塵。擔簦而賜璧一雙，馮軾而下城七十。奇節矯亢，高名激昂。

伏惟教授學士：藻思春雲，丰神秋月。子綦隱几，立言深愧於炎詹；林宗墊巾，置論匪鄰於危覈。脱穎悟折衝之敏，發硎窮肯綮之情。流涕力疏於《治安》，多病恥陳其《封禪》。懷章宿邸，知富貴之有時；棄繻入關，審功名之可卜。方盛世興賢於郡國，詎長才抱道於草茅？雲龍類從，冥鵬運徙。遴選金臺之彦，孰敢居前？深藏寶劍之篇，豈宜緩後？方爭求而識面，謂鼎來以解頤。顧懷刺而卻行，將舉扇以疾避。長箋鯨掣，蔀室珠輝。

桷學殖塵荒，經畬德墜。儒林丈人之源委，老矣亡傳；子墨客卿之詞華，終焉自失。每念空餐而增戾，誠思拔茹以避賢。位卑語輕，望淺任重。吾徒掌帝之制，弗稱絲綸；君子贈人以言，有慚斧藻。永繹其旨，不知所酬。伏希亮察。

答郭山長

家近神山，那有望瀛之想？禄尸玉署，每慚玩歲之羞。將賦式微之歸，忽膺連茹之寵。捫心悸惕，揆分僥踰。椾智不逮人，器非越衆。老而能學，永希先世之勤；樂以忘憂，欲述聖門之志。考茲盛代，尊彼儒流。選部推毛之精，崇文拔犀之舉。謂南士後至，難效盧前；而靈胄遠尋，所宜隗始。白駒空谷，振鷺西雝。有來琳琅之書，彌重錦繡之段。客師之遇跛男子，似若倒之；汾陽之許謫仙人，于今驗矣。襲藏是謹，傳誦惟驚。

回府學觀禮

瀛州清切，甫賦歸休；泮水肅雝，適嚴秩祀。方謹陪庭之儀注，遽承巽牘之詞華。進執豆籩，升聞金石。惟素王道德之懿，合蒼姬文質之宜。謂巍坐光榮，不幾淺陋；而成令炳著，斯爲故常。深嘉絜己以作新，共企傳恭而復舊。奉璋相事，敢居髦士之先；執禮導前，難免鄹人之誚。

答朱生

一還故里，分安野鶴之閑；　三入承明，衆哂黔驢之技。櫛髮淒其已化，捫心省以獨慚。粲然霞裾，申以冰繭。蔀室獲兼金之耀，衡門駭織翠之奇。

伏惟賢良學士：　汗簡功深，韋編思切。議詞章之弊，肇於揚劉；　發騷雅之幽，擬於屈宋。單出雜比爲律吕，五采一就分等夷。靡然變藻績之工，綽矣成灝噩之古。然而明理者鄰於直致，修辭者萎於曲裁。謂箋記止媚上之文，能之實少；　而制誥得儆衆之體，作者猶難。桷金匱世官，青箱家學。嘗自處於木雁，深有哂於土龍。史乏三長，敢述馬班之制作；　經迷五始，莫推啖趙之淵微。事與願違，志隨年往。幸睹清修之標度，得攄磊落之襟期。針芥有投，漆膠彌固。贈以繡段，拜雖亟以莫辭；　酌彼金罍，禮未成而先醉。輪囷有感，厓略是酬。

回楊編修

綴班玉署，悵諸老之川流；　晉秩金華，撫微躬而涯返。選鼒鼎鼐，事駭搢紳。方虞按劍之疑，忽荷遺珠之贈。

伏惟編修學士：　文裁錦段，思涌繭絲。目無全牛，論固輕於餘子；　智專老馬，語或齒于陳人。每憐炳燭之勤，能破炙轂之辯。嗜同昌歜，玩比懸藜。既接壤於片雲，復盍簪於中禁。事云有幸，時不偶然。

桷久困京塵，宜收朝跡。望蓬萊，隔弱水，肉羽難勝；歸鄉里，授諸生，丹心尚炯。敢因褒拂，庸寫摧藏。

賀臧户曹七十

光分華旦，瑞啓希齡。兕觥以躋公堂，允資裨贊；鳩杖而遊鄉校，實賴主維。人瞻壽骨之有傳，天挺蜚聲而彌壯。

桷陪游再世，縻縶一官。望廣潁之彭籛，雲煙縹緲；想修容之姑射，冰雪湛凝。侑慶薄儀，別陳副楮。

回韓知州

伏承劄翰，俾篆碑顔。詳讀再三，莫殫萬一。

竊惟先正按察相公：智謀超俗，勇略立勳。東西戰壘之出奇，左右屯田之擇便。矢穿楊葉，彤弓昭大帝之恩；斧破豫章，金符儼百神之助。烏府藹澄清之譽，紫樞彰鎮靜之謨。薦士惟公，共擬巨源之識量；聽訟以理，未夸廣漢之精明。至若更異代而振家聲，以孤兒而傳宦牒。績爲罕匹，人所難能。編摩已著於穹碑，揚厲宜歸於汗簡。伏惟節使相公：窮神述事，立身揚名。繼世象賢，牧守之任相接；爲政以德，撫字之念彌加。安陽之圖譜可尋，潁川之風猷如在。昔聞惟二，今見其三。某演誥罔功，紬書無補。龜趺贔屭，幸附驥以託名；蠆尾參差，願濡毫而作傳。尚賖參覿，統祈鑑融。

壽史允叟

數周甲子，壽開絳縣之年；瑞後中和，慶萃金閨之彦。槐堂馥郁，榆社歡榮。伏惟某官：服食頤神，希微養智。撫松筠而閱歲，霜雪不移；調茵鼎以樂天，煙霞自得。方將友安期於瀛海，揖子晉於緱山。坐觀盛衰，笑視今古〔一〕。招邀親黨，願成二老之風流；約集耆英，共繼九賢之真率。薄儀侑祝，副楮別陳。

埜甥定鄧氏

西州勝士，久欽翰墨之芳；南國故家，自笑冠裳之冷。幸託根于外氏，獲聯蔭於清門。不假揄揚，遂諧婚對。伏承某：封□□□，德參女史；訓服姆師，從子公埜。習有童心，才猶凡品。每慚鐵鑪步之誚，敢意玉鏡臺之緣。敦義有加，申盟無斁。陳不腆之幣，爰以敬初；叶和鳴之占，永言綏後。臨風瞻倚，執筆感愉。

趙氏請婚代作

明珠當道，愧無因而至前；幽蘭深林，敢不採而自佩？庸假蹇修之力，允諧懿氏之占。伏惟某人：朗鑑冰清，義襟河潤。品題吾黨，合閭里之衣冠；繅藉斯文，振家庭之詩禮。有懷聯事，歸擇賢宗。不煩千金之致詞，端藉七寶之合月。翠屏宜晚，行參群從之游；白水同心，益覬片言之助。輒干將命，恭俟報音。

長女許適趙氏

西府垂芳，遺編僅守；北門視草，一疏獨高。興懷二老之盍簪，屈指故家之傳笏。前言儼在，嘉命是恭。

伏承令姪同知壯慕直清，仕版方堅於冰蘖；而稱長女某幼遵婉娩，閫儀粗習於絲麻。眼空餘子之隨群，人議迺翁之擇壻。察其素履，終以淡成。萬里遠歸，自訝子平之拙；百年偕老，願諧敬仲之占。腆禮莫酬，副書以載。

次女許適趙氏

伏以〔二〕漢庭甲乙，曩已託於同年；商邑後先，適相符於十〔三〕載。仰止青雲之素，歸然喬木之存。施于孫曾，成爾姻婭。

伏承長令嗣學士思深象管，譽已藹於階庭；而楄第二女某工謹鞶絲，職粗遵於閫奧。末習競夸其侈靡，吾徒宜守以儉純。此道清風，斯盟白水。仕非爲貧也，願早觀金題玉躞之奇；言得無訒乎，已預述竹笥綀裳之簡。有嚴報禮，庸謹副椷。

回余氏議姻

成季之勳，象賢是嗣；有嬀之後，教順惟慚。念修程方歷於冰霜，而賤跡幸安於田里。事適相偶，時何敢違？

聿來金薤之華，申告瓊茅之吉。悉蠲繁縟，以奉周旋。直道而行，固官箴之攸謹；外言不入，在壼範之必嚴。匪惟弱息之有歸，益見清門之足法。奉板輿而調鼎膳，所願事姑；入玉堂以復家氈，敢云傳壻。莫攄喜臆，庸致規言。

季女許適余甥

百年事契，仰止高曾；再世婚姻，施于姑姪。念造端於幼歲，獲締好於今辰。允自氣同，抑光肺附。

伏承令姪灑掃應對，久遵壽母之規；椷女保抱攜持，夙賴大家之訓。展也衣冠之緒，凛然弓冶之傳。人亦有言，吾爲此懼。魯衛兄弟，禮已判於立談；秦晉舅甥，事益難於坐視。勉焉亢植，稱爾奬提。

叔女許適史氏

秦晉甥舅之國，論世可知；朱陳嫁娶之村，披圖儼在。惟華閥孰比肩而擬？迺衡門爭接踵以前。盛德有容，寒宗奚讓？

伏承令姪孫承奉衣被儒素，綺襦之侈靡聞；而椷女服習女工，鞶絲之精未解。念遊宦久塵於當路，而婚姻馴致於失時。立談璧雙，訂諾金百。綀裳未備，敢云九十其儀；鐵硯可傳，行奏三千之牘。

回史氏聘

宦路因循，莫酬宿諾；　相門清邃，猶守舊規。荷崇篤之愈加，審姻婭之攸自。書來尺素，禮重兼金。歌《摽梅》之詩，懷惟有慊；　效投瓜之報，愧莫可言。

瑾請婚史氏

元老傳宗，專清名於碧沚；　彌甥承緒，徼餘福於滄洲。百年婚媾之孔昭，再世姻親而允著。

伏惟某官某封□□□内閫服習，手絺繡以益精；　而桷男辟水從游，躬簡編而粗謹。唯閱吾徒之當保，何閭閻餘子之爭前？　謝彼濁流，成是古道。納采用雁，欲男女之及時；　端策拂龜，審公侯之復始。　敢陳薄禮，庸載副械。

牟氏招贅書代作

中年婚對，每深禮本之思；　晚歲家聲，猶守儒林之舊。盟既諧於築館，事宜免於御輪。老矣無能，視之猶子。

伏承令嗣學精緗帙，才詎止於目前？　而某女某功謹鞶絲，情難離於膝下。受餐願同其甘苦，奉匜深謹於寒温。既重久要，敢辭先施。青氈硯在，敢言翰墨之有傳；銀燭屏開，豫卜門闌之多喜。

疏

易州文廟疏

聖人之道，極覆載莫得而名；神明之通，若淵泉無往不在。維上谷之古郡，實陪京之奥區。脱戰國任俠之風，服五經仁義之訓。化行衿佩，家有衣冠。然而揭虔妥靈，廟堂之制未舉；設儀辨位，籩豆之禮莫施。雖像設之教，啓於後人；而神棲之宫，見乎累代。事關我輩，天祐斯文。泮宫作詩，願同功於史克；鄉校有頌，豈專美於鄭僑？敢不盡心，聿來胥宇。翬飛鳥革，佇看不日之成；玉振金聲，共享無言之化。鄉閭樂助，庠序增榮。

贈陳無我凌波圖疏

右軍换鵝經，不了生前之債；東坡賣馬券，要求身後之名。然而畫餅豈足充飢？須信望梅亦堪止渴。

菊南道人：　璠璵古學，瑚璉雅材。江漢秋風，付經綸於獨笑；　冰霜晚歲，寄漫浪於一官。食苦茗而論事不休，坐胡牀而倚聲自若。寧爲雞口，任刮龜毛。丈夫豈願憐，出門何礙；　平生不道乞，對鏡奚慚？　信天公之記已成，孔方兄之交頓絶。雪車豪士，會須奪吏部之金；　秋水達人，寧復貸監河之粟？　知心惟一，具眼無雙。

張玉田歸杭疏

采藥神山，悟朱顔之今昨；　呼猿靈鷲，勞清夢之去來。要當青鞵布襪，徒步徑歸；　誰信黄絹色絲，空言何補？　弄笛恨邊雲慘澹，坐窗惜江月凄涼。落葉孤尊，無復金貂之慷慨；　古梅千檻，空懷玉照之風流。食肉之相已非，解牛之技焉用？　焦桐未遇，斷木自慚。風雪江湖，肯後當時之置驛；　交游金石，定先桑子之裹糧。鄙騎驢灞上之寒，遂跨鶴揚州之願。膝行而謝，稛載以歸。燈火話平生，慰老弟兄之白髮；　詩書娱晚歲，還名祖父之青氈。恩極無言，情陳有靦。

周可竹移居疏

借車載家具，已知生理之疏；　騎馬傍人門，可怪言辭之拙。相期青眼，少尉〔四〕白頭。可竹教授：　清比叢蘭，臞如野鶴。無殘杯冷炙之色，有簞食瓢飲之安。鼓琴授生徒，近馬季長之標致； 隱居任漁釣，入方玄英之品題。幾經茅屋之秋風，厭聽小樓之春雨。烏鵲三匝，鷦鷯一枝。欲尋菟裘之謀，難課兔園之效。昔和靖處士享西湖之樂，不以告人； 然康節先生買天津之居，嘗聞醵衆。既自慚於啓口，要當會於知心。不惜一言，毋煩婁請。門多長者，共成來往之歡； 尊有賢人，不廢倡酬之適。鄉閭佳話，湖海高風。

許路教入館疏代人作

道喪於千載之餘，談經者逐章句之末； 士奮於百代之後，言理者析天人之微。不有淵源，孰爲矩範？

某人： 學優聖域，譽藹儒林。光風霽月之心胸，莫窮其藴； 清泉白石之志趣，所養者深。名羞少室之山人，衆羨關西之夫子。得英賢而教育，終愧顓蒙； 美盛德之形容，莫殫善頌。卻前而請，虛左以迎。

趙太社刻春秋法度編疏

列國寶書，慨混茫而亡紀； 三陳鐵擿，洞消息以深憂。永瞻黍離之遷，迄成葵丘之會。蒼姬凛在，素王是專。考牛耳之盟，悉淪於誣矯[五]； 推麟趾之應，莫捄於衰頹[六]。匪惟凡例之嚴，是曰筆削之正。然而隕星退鷁，非有貶褒； 歸賵求車，實渝典禮。直書其事，足以誅亂臣之心；　曲説以箋，殆有若法吏之口。三傳角立，群儒狐疑。

維昔師臣，侍經白虎；　今有賢子，紹業青氈。討論無歆向之嫌，文獻續問平之美。年運往矣，風猷儼然。幼讀父書，若擣珍以和於舉鼎；　老嚴家訓，雖嗜芰猶守於加籩。泯然鄉校之闕遺，懼爾世卿之淪靡。願廣傳於琬琰，庸不墜於箕裘。白首書成，允遂殺青之志；　清門人在，益章壽梓之功。

戴先生刻遺文疏

羊公峴山之碑，深懷身後；　白傅雞林之集，豈較目前？　是以壁中之藏，咸嗟其斷缺；　航頭之獻，或議其改更。念茲汗簡之勞多，孰若壽梓之功博。生乎今者，嘗忽夫近；　志于古者，或知其非。爰舉耆先，以告茂異。

剡源子少負奇志，晚成大名。漱六藝之菁華，窮百氏之源委。如得温璞，以成連城之璧；若裒吉金，以合四懸之鏞。世方尊崇，老益平實。夫既人〔七〕慕其學，是宜家有其書。失今不圖，斯咎誰執？　十年之計在木，庶得廣傳；　同心其利斷金，允宜共贊。不在是舉，曷成斯文？　穆參軍市上之酬，敢求美價；　蔡中郎帳中之陋，徒蔽修名。

尚仲良刊醫書疏類長沙張仲景書爲十圖

欲觀日月星辰，疇咨繪畫；　多識鳥獸草木，具訓傳模。犲左圖右書之教備存，内榮外衛之微莫辨。張長沙類四證，以明治病之本；　朱南陽衍百問，以推用藥之原。其書雖完，厥理難究。

爰有多聞之士，聿成一覽之圖。考百藥之君臣，推五行之母子。分弦濇於坤艮，别表裏之陰陽。若遊建章，咸旁通其門户；　猶入武庫，悉能名其甲兵。允得於心，如指諸掌。欲推己而傳世，必假衆以全功。張廣樂於鈞天，詎資聽瑩？　掛高堂之素璧，端便覽觀。共勉揮毫，所期刻楮。

陳晦父致仕還家疏

掛冠神武，注晚歲之蟲魚；　歸老鑑湖，了餘生之麴糵。駭士林之一見，合選部之二宜。喜在眉端，春生足下。

湖西致政陳教授：　長材韞匵，敏手斲輪。破帽塵侵，不辨支離之粟；　矮簷風急，徒賡骯髒之歌。烏信天以無愁，楊厄閏而彌老。李太保亦爲之惠米，固以眼青；　蘇司業時賴其與錢，終憐頭白。漫浪江湖之迹，淒涼山澤之癯。囊無一錢，室如懸磬。扁舟下吳會，願共謀扉屨之資；　騎鶴上揚州，庶益遂衡門之樂。

金陵鄭生應炎道士疏

北闕上書，著詠受嗔於唐主；　南山種豆，貽言增禍於漢朝。生也有涯，安之若命。金陵鄭生：　精神玉絜，辭辯春霏。負笈登途，謂功名之來可立致；　下帷講道，審義理之得爲無窮。淒涼灤水之情懷，隱約金陵之夢寐。將置身於方外，行抵掌於人間。柱史猶龍，匪宣尼之私論；　塞翁失馬，詎莊叟之寓言？斷于乃心，告兹多士。青精顔色，深培橐籥之功；白日羽翰，必假刀圭之助。渝盟天厭，效義風從。

真定劉謙父葬母疏

貧迺士之常，命有拘而淹屈；　孝爲行之本，力不逮以因循。歷觀聖賢，夷考傳記。脱驂之贈，成於斯須；　掛劍之酬，定於往昔。蓋惻隱爲人之固有，而慷慨則世所共難。謙父提舉：　臺閣蜚英，江湖漫仕。郎潛衰矣，虀百甕以自怡；　吏隱蕭然，粟五秉而誰助？假牆壁以葬其先母，閲歲年莫返其故居。雲聳松楸，難合延平之劍；　煙迷鄉國，似隔蓬萊之山。傾麥舟則蓋有其人，指米廩亦當繼其事。古推任恤，義濟厄窮。覩百金爲壽之辭，誠爲過舉；　輟一朝享客之費，是在勝流。凡我同盟，知此非僭。

史朝甫鳩金疏

衮繡舊坊，痛家氈之羽化；簪纓故物，存遺址於霜餘。非假熏修，曷能永遠？昔梁公有廟，以香火而綿長；魏氏故莊，因耕稼以蕪翳。肯堂之志敢替，居室之資孰謀？矧此地號寶奎，湖通碧沚。四世五公之故躅，十洲三島之仙蹤。道氣分紅塵之囂，勝概接紫清之邃。王珣捨宅，虎丘之跡彌芳；賀老棄家，鴻禧之傳益著。願憑衆力，允成勝因。

鞏子固鳩金疏

顔淵希聖，簞瓢之樂有餘；揚雄好玄，甔石之儲不足。道之充者身愈泰，心之廣者貧益安。

子固經歷：游藝精深，養神恬靜。因五行而知貴賤，響若蓍龜；閲千官而審盛衰，明如水鑑。腰難折米，口厭言錢。監河之粟誰償？吏部之金莫奪。廣廈寒士之願，古蓋有之；綈袍故人之情，今斯可矣。一時傾蓋，相與揮毫。

奇禪師住天童疏

身隔片雲，更上玲瓏高處；心如止水，久明清淨本源。行藏不假於修爲，去住靡容於擬議。僉言推挽，一笑承當。

伏惟天童怪石禪師：潛雷在淵，美玉藴石。法筵擊拂，大辯若訥以難窮；丈室閉門，掩息如灰而莫測。澹兮守僧伽之鐵鉢，寂然護摩尼之寶珠。不滯一方，難違衆論。雲無心而出岫，允稱招〔八〕提；水有時而回川，佇看興復。祝聖主壽，作天人師。

沖禪師住補陀疏

平湖春藹，久居水月之上方；絶岸雲深，要識海潮之瑞相。雖神化無形而應感，在世緣即境以示真。選衆維公，當仁無忝。

伏惟補陀大虚禪師：澄源心鏡，懸河辨鋒。藏室眼空，一滴果投於巨壑；石盤手透，正宗允紹於東巖。對達官不下繩牀，示諸徒靡煩禪板。睠惟寶刹，上徹紫宸。香幣絡繹於道塗，車馬駢闐於島嶼。發乎邇，見乎遠，變現莫窮；左畫圓，右畫方，應酬非易。敢煩主宰，庸闡招提。小白花香，證西天之梵語；空青水影，印南海之圓光。顯大士功，祝聖人壽。

壽國堂師住廣恩疏

法王寶刹，殫億劫以莫窮；盛德佳城，考五傳而必復。維樞庭奉先而結構，實木庵受畫以拮据。子爲孫，孫爲玄，初無間隔；公慚卿，卿慚長，卒致荒蕪。群議交譏，諸方竊笑。

伏惟某人：溥〔九〕洞下之旨益密，爲山中之行最尊。化鶴還家，飛錫歸里。翠浮松柏，儼奇觀之舊模；金透簷楹，增清暉之秀色。祝彤庭壽，廣緑野恩。

南湖十六觀重修疏

想逐心生，由思爲而攝以觀；行隨誠立，積空假以歸于中。推西方清淨之樂邦，解群生昏垢之苦海。法智尊者，開講席於是山；介然比丘，肇化境於此地。十六觀室，炯銀樹之光明；八千由旬，儼紫臺之芬郁。坐無虚位，儀具清規。巍峨髣三聖之現前，拱衛恍諸天之如在。若兹妙所，允勝他方。壞空乃算數之循環，變幻成刧灰於瞬息。睠維名郡，素號相鄉。信士孔彰，法身不昧。陳諫議以筆墨爲之翊贊，史中令傾金帛盡其莊嚴。古與今同，事由衆舉。掄梗楠於澗谷，采丹雘於陶鈞。蓮花涌七寶之池，貝葉集諸香之案。雲興膚寸，徧龍澤而有年；毛積毫釐，成狐裘之無價。以斯功德，作是因緣。庸報皇恩，咸增佛果。

永禪師還定水疏

百年得意，大槐宫真成一瞬；千載還家，華表鶴今喜重來。山林以之鎮浮，松柏爲之改色。去留何礙，出處無心。

東州老禪：　骨格老蒼，宗玄真淨。沙盆之破已補，佛法無多；　寒厓之倚如春，機心盡掃。厭聽蕉窗之點雨，竟歸茅屋以看雲。塚間之約遽忘，庵外之事漸識。微我弗顧，盍歸乎來？　一宿閣中，寧許當年之掉臂？　三生石上，會須今日之點頭。水已歸東，車容虛左。

儀師住天台飛瀑寺疏

如來四十二章，已成經論；　天台萬八千丈，難與度量。爰開祖庭，以揚教觀。天台飛瀑寺儀公講師：　心懸水鏡，辯雨天花。跨遠道以獨遊，觸緇塵而無染。方且寄吟詠於畦町之外，追談笑於江湖之間。惠勤來京師，歐公嘗進而與之語；　文暢游河朔，柳子亦序以壯其行。二美適同，群言允愜。挽之不可，去矣奚求？　飛雪懸崖，拾〔一〇〕枯薪而煮茗；清風夾徑，對明月以倚松。迥絶見知，益增定慧。

真禪師住定水疏

古人冢間樹下，是大道場；　彼處山色湖光，乃真長物。雖三宿恐成知見，然一擊終有本原。飛錫肯來，虛車以俟。

真公長老：　松源嫡嗣，竹閣儒流。大庾嶺擲衣，了無諍語；　雙峰山舉拂，允謂報恩。卧白雲以送千帆之飛，斞清泉以展一鉢之供。爲仁由己，斯道覺民。今年貧勝舊年，幸尚有卓錐之地；東澗水流西澗，儼相望埋玉之阡。壽祝三宫，道參七佛。

寶林塔重建疏

如來以不二心作浮屠相，至人以無縫手成窣堵緣。睠兹寶林，名冠東越。平地涌起，實許玄度之勝因；兹山飛來，有徐會稽之妙句。徐浩詩：『兹山昔飛來。』今有墨本留寺中。雖佛燈之相續，奈劫灰之屢更。萬里有行，七層儼在。中殿記靈山之會，已爲天下之先；康衢歌擊壤之謡，共效封人之祝。雖云具足，要在合尖。願力精專，等童子聚沙之戲；神通溥博，謝育王使鬼之能。舉筆生風，成功不日。

東嶽興造疏

三宫空洞之中，上通寥廓；四海幅員之廣，實有主維。古稱岱宗，仁並木帝。伸爲神，屈爲鬼，端假去來；生者養，死者藏，必資旋轉。三千餘里之太嶽，七十二司之真官。爰謹鳩工，用嚴象設。居士垂鶴髮而成勝果，詎止一年？懷州號龍興而闡珍符，永祈萬歲。丹青之費雖廣，黑白之業可消。煩孔方兄之點頭，須楮先生之落筆。五穀熟而人民育，造化功深；三階平而陰陽和，生成道廣。

西隱道院重修疏

賀秘監千秋之觀，門有水雲；王大夫安化之廬，居多竹樹。爰宅清淨，以成勝殊。然而絳闕蕊宮，乃梵靈之所幻；桂棟蘭橑，兹地産之所爲。若風落山，木葉盡脱；如舟在水，波濤相凌。故卦氣示還返之方，而丹經著補服之妙。兹維人事，必假衆修。告于棟梁，視我牆屋。華表驚其如故，鬱蘿儼以常新。伻來以圖，還十二樓之森著；神降之福，祝三千歲以遨嬉。

修桐柏觀疏

福地七十二所之最，允屬金庭；台山萬八千丈之高，實通丹闕。維王子乘雲而税駕，至仙翁禮斗以建壇。谷神闌靈，山君集異。瀑水千尋而横練，松花五葉以垂珠。興公之賦，曲盡其瑰奇；擇木之碑，悉書其遠始。

睠兹寶殿，迺開元皇帝之經營；考彼漆書，肇司馬山人之展布。歲月屢經於代謝，風霜曷任其枝梧？羽人停鶴以興嗟，客子控驂而問故。巍峨道祖，必資蠖濩以導迎；縹緲虚皇，宜假靚淵而崇奉。計匠詎涉旬之可集，商財非積萬以莫能。瓊臺何昔日之易成，玉局蓋一時之神化。匪資柱石，曷濟津梁？鼴鼠飲河，願早貸清溪之水；精衛填海，當有憐白首之心。

煙霞改觀以翺翔，草木懷新而鼓舞。祝崇萬壽，道贊重玄。

校勘記

〔一〕『今古』，四庫本作『古今』。

〔二〕郁校：『伏以』兩字，鈔本無。

〔三〕『十』，四庫本作『千』。

〔四〕『尉』，四庫本作『慰』。

〔五〕『誣矯』，四庫本作『矯誣』。

〔六〕郁校：『頽』，原本誤『顔』，鈔本作『頽』，今改。

〔七〕郁校：『既人』，原本作『人既』，鈔本作『既人』。案『夫既』與下『是宜』爲對文，原本誤倒，今改。

〔八〕『招』，原作『拈』，據四庫本改。後《沖禪師住補院疏》『庯闉招提』同。

〔九〕郁校：『溥』，原本誤『溥』，鈔本作『溥』，今改。

〔一〇〕郁校：『拾』，原本誤『捨』，鈔本作『拾』，今改。

清容居士集卷四十一

議狀附

進郊祀十議狀

桷近奉敕牒，授桷前件官，拜命以來，實竊戰汗。自惟慵駑俚儒，濱海蟄處，平時所習，不過以雕蟲篆刻粉飾其固陋，誠不自意俾獲擢用。捫心顧影，愈積愧靦，思欲上報朝廷之萬一，退揆素志，願以上陳。

竊伏思念國家車書混同之後，聲文昭明，典章純備。議禮考文，實惟聖明之大本。觀會通以行典禮，今維其時。然因循有待，幾三十年，得非睹歷代儀文之繁縟、費用之浩博，故由是而未舉也？

桷嘗質五經之本文，較群説之同異。自漢而下，良由鄭玄注釋殽雜，遂不得其當。若郊壇神位之侈靡，牲牢尊罍之加多，又皆出於東西兩漢之舊。增益愈繁，而古禮愈失。有司益憚其費而不敢議。若歲必親祀之説，下至唐宋，承平大盛，猶不能一歲一祀，則歷代所行，足以知非五經之正禮矣。

昔叔孫通奉漢高旨意，成野外之儀，獨魯兩生不至。方是時，承秦絶學，使魯兩生號爲知禮，其補亡正誤，當不至如叔孫通綿蕝而已。故儒先惜兩生之不來，而復議兩生之迂介。金馬碧雞之頌，茂陵封禪之書，㮰雖愚賤，度不敢爲。獨懷區區之説以陳者，實以郊祀爲國之大事，不應闊略而未議。

方今翰林爲清切之職，典章文物，悉自此成，而衆賢肅和，討論潤色，不憂其不至。謹獻所爲《郊祀十議》，以補缺佚，備皇朝之禮，明郊祀之本，其亦有在。若夫登降燔燎之儀，禮文豐殺之異，非《十議》所盡，當别具以獻。知其綱，則其目可知矣。將仕佐郎、翰林國史院檢閲官袁㮰狀。

郊祀十議序

五帝不相沿樂，三王不相襲禮，所由來尚矣。損益之道，其旨同焉。嬴政絶滅三代典禮，臆爲之制。《禮經》廢缺，殘灰斷壁，收合於西漢之世。名爲宗周，而祠祭廣衍，皆祖秦舊。逮王莽尊信《周官》，後漢二鄭申釋名義，違異於五經者，旁傅曲會，皆得以合。自漢而降，言禮者悉本於此。

愚嘗紬繹經傳，尊聞審問，緊儒先是證。郊社大典，秦漢而下，莫有疑義，惟合祭同異，其詳可得聞矣。若郊非圜丘，帝非天帝，沿襲舊説，卒無與正。夫天無二日，是天尤不得有二也，五帝非人也，然不得謂之天，作《昊天五帝議》。祭天，歲或爲九，或爲二，或以變禮者爲正，作《祭天名數議》。圜丘不見於五經，郊不見於《周官》，作《圜丘非郊議》。后土，社也，先儒言之而復疑焉，作《后土即社議》。三歲一郊，非古也，作《祭天無間歲議》。燔柴，古經之可見者也，《周官》以禋祀爲天，其義各旨，作《燔柴泰壇議》。祭天之牛，角繭栗，用牲于郊，牛二合配而言之也，禮成于周公，未之有改，增群祀而合祠焉，非周之制矣，作《郊不當立從祀議》。郊質而尊之，義也，明堂文而親之，義也，作《郊明堂禮儀異制議》。郊用辛，魯禮也，卜不得常爲辛，猶至日之不常爲辛，作《郊非辛日議》。北郊不見於三禮，尊地而遵北郊，鄭玄之説也，作《北郊議》。

多聞闕疑，先聖有訓，私不自量揆，妄爲之説，實有戾焉。鴻藻碩儒，洽通上下，其必有以折衷而深證之。大德五年春三月，具官袁桷序。

昊天五帝議

言昊天者有三説：鄭玄六天之妄，攻之者衆矣。王肅謂祭天有二：冬郊圜丘，春祈農事。若明堂迎氣，皆祭人帝。歷唐而下，則謂郊祀配天者爲昊天，明堂配上帝者爲五帝。甚者因其説之不通，併《孝經》『后稷配天』本文而非之。其説紛雜，良由天與帝之號不明故耳。夫在郊者謂之天，在明堂者謂之帝。河南程氏曰：『萬物本乎天，人本乎祖。故冬至祭天而以祖配之。以冬至者，氣之始也。萬物成形于帝，人成形於父，故季秋饗帝而以父配之。以季秋者，物成之時也。』胡宏氏曰：『天言其氣，帝言其性。』其説是矣。故由其在郊，則以其遠祖配，尊而無文之義也。由其在明堂，則以其父配，尊而親之之義也。

鄭氏六天，本於讖緯，攻之者雖力，而卒莫敢廢。漢魏以來，名號不一。漢初曰上帝，曰太一，元始曰皇天上帝，魏初元間則曰皇皇天帝，梁則曰天皇大帝。至唐，始曰昊天上帝，從長孫無忌之議，而廢六天之謬。後復尊鄭而不敢廢者，蓋鄭氏謂《星經》之天皇即《周官》之昊天，上以合夫《周官》，而下復合夫從祀。於是郊之所主爲昊天，而其壇之二等復有天皇焉。此存鄭之説，至於唐宋而不敢廢者，以此也。

王肅言明堂爲人帝者固非，而攻王者未嘗不泥於五帝。至以明堂之祀五帝，其來已久。或者又謂禋祀五帝爲祭天，以此病肅，然卒無以歸於一當之論。

愚嘗獨謂五帝非人帝，其所謂人帝者，五帝之配耳。且五帝非天也，新安朱氏之定五帝，有取夫《家語》五帝之説。天有五行：木、火、土、金、水，分時化育，以成萬物。其神謂之五帝，而不敢加天以混之。唐永昌之敕亦曰天無二稱，帝是通名。承前諸儒，互生同異，乃五方之帝亦謂爲天。自今郊祀惟昊天上帝稱天，餘五帝皆稱帝。證以二説，則六天之説，不攻而自破；五帝之誤，可證而不誣矣。

獨黄榦泥夫鄭學，謂饗帝于郊，而風雨節、寒暑時，非人帝所能爲。殊不知五人帝者，若太皞是也，五人神者，若勾芒是也。今以五行之官名，佐成上帝，而稱五帝，何憂不能寒暑節、風雨時〔二〕？獨不可稱天帝，以混夫昊天上帝之號耳。陳祥道言五帝無預乎昊天上帝，其説良是，而下文言上帝，則五帝兼存焉。此亦泥夫鄭説。又謂明堂之上帝，兼昊天與五帝而一之，其説又不通。獨三山林岊言：『古之祭上帝與祭五帝之禮，以經推之，禮莫盛於周。周之祭上帝，亦曰祀天。郊祀之天，明堂之上帝，即一也。郊祀從簡，爲報本反始，以稷配；明堂從備，爲大饗報成，以文王配。稷，王業所始；文王，王業所成。從其類也。祭於郊曰天，於明堂曰上帝，天言兆朕，帝言主宰也。』《周官》先言祀上帝，次言祀五帝，亦如之。謂大臣之贊相，有司備具，至其圭幣，則五帝各有方色，未嘗與上帝混同也。

愚嘗妄謂：《周官》無明堂郊天之文，先儒必欲合於五經，其説愈不可解。天官大宰，祀五帝則掌誓戒，後云祀大神示亦如之。鄭謂大神示即天地也，是重五帝於大神示也。五帝之説，盛於吕不韋之《月令》。先儒嘗言《周官》爲戰國時書，故《周官》之言五帝多於祀天，而其禮之大者，未嘗不與祀天並。玉樂雖重於上帝，而充人掌牲牷，止於五帝。小司寇之實鑊水納亨，士師之沃尸及王盥，皆止於五帝。《詩》、《書》所載，未嘗有五帝之號，尊上帝而黜五天帝，要不爲無據也。

祭天名數議

天，歲有九祭，鄭玄之説也。何以謂之九祭？祀昊天於圜丘、五天帝於四郊，復立郊祀、明堂而爲二，龍見而雩，帝于南郊，此九祭也。王肅之祭有二，謂天惟有一，歲有二祭：南郊之祭爲圜丘，以冬祭；其祈農事也，以春祭，謂之二祭。梁崔靈恩宗鄭而黜王，不過謂郊丘不可爲一，而五帝之祀同爲天帝，明堂之不可廢，猶大雩之不可廢也。自唐以後，非六天者皆是，而九祭之名微與鄭異者，則謂春祈穀、夏大雩、秋明堂、冬圜丘、兆五帝於四郊，爲九祭。歷代尊黜異同，不過出於三者之説。

愚獨以謂其説皆無足取證。鄭氏之五天帝不得爲天，前已辨之詳矣。以圜丘、南郊爲二者，分帝爲太微、爲天皇，而非昊天之本名也。王肅之祈農事，先儒之言大雩，愚請得而論之。

按《月令》：元日祈穀于上帝。《噫嘻》之小序：春、夏祈穀於上帝。祈穀之祭，非郊與明堂之比也。善乎廬陵胡氏之論曰：鄭謂此即郊。按《郊特牲》云：郊之用辛。此云元日善日，則不必辛。《郊特牲》又云：郊迎長日之至。注引《易説》，謂春分日漸長，則此未春分也。《易説》三王之郊，一用夏正。孟獻子云啓蟄而郊，則此未啓蟄也。獻子又云郊祀后稷以祈農事，此不祀后稷而祀帝也。足明此但祈穀，非郊天大祭。《詩》云春夏祈穀，豈謂郊乎？先儒亦言：祈者，以民食之重，有求於天，不得與南郊、明堂並。而大雩之祭，尤不宜與二大祭同議。

按《春秋》之書：雩，旱祭也。司巫、女巫之舞雩，皆不得已，吁嗟乎而求之義，其甚者則歌哭[二]而請，禮之變也。《爾雅》曰：雩，號祭也。《春秋》書雩之例，三傳雖有異同，大較紀其旱災之極。若昭公之季年，一月而兩書焉，足以見夫旱之極矣。謂夫子紀魯之僭者，非也。魯之雩壇舞詠而歸者，非歟？又按鄭注周雩壇在南郊之旁，則非郊天之壇明矣。《詩》之小序，自歐陽氏、蘇氏、朱氏疑而去之者已久，詳小序之箋，則先已有疑於本文。故其箋曰：『《月令》孟春祈穀於上帝，夏則龍見而雩，是與？』夫是與者，疑之之辭也。春猶得以祈穀言，夏不得以祈穀言矣。孔疏知『是與』爲若不審之辭，復引『仲夏大雩，以祈穀實』爲證，是徇小序之失，不若鄭[三]氏之置疑也。

祀天之禮，有常有變，有因事之祭，若國故之旅于上帝，師行之類于上帝。天地之大災，疾病水旱，皆不得不禱于天，孰謂雩旱而可爲常祭者也？今定以南郊爲一，明堂爲二，此爲一歲之大祭。若祈農事，雖非變禮，要爲祭之次者，《吕令》固有議之者矣。獨祈農于上帝，誠不可廢，而元日之祭，不得與郊祭並，故兩存而復議之。

圜丘非郊議[四]

圜丘之名，獨見於《周官・大司樂》，《詩》、《書》、《春秋》、《儀禮》之所不載。二戴《禮》，先儒謂出於漢儒，今不復引。以《周官》考之，圜丘非祀天之地。其本文曰：『凡樂，圜鐘爲宫，黄鐘爲角，太蔟爲徵，姑洗爲羽，靁鼓靁鼗，孤竹之管，雲和之琴瑟，雲門之舞。冬日至，於地上之圜丘奏之。若樂六變，則天神皆降，可得而禮矣。函鐘爲宫，太蔟爲角，姑洗爲徵，南吕爲羽，靈鼓靈鼗，孫竹之管，空桑之琴瑟，咸池之舞。夏日至，於澤中之方丘奏之。若樂八變，則地示皆出，可得而禮矣。』鄭康成釋以爲禘祭，又謂天神爲北辰，地示爲崑崙。歷代相承，皆謂祀天於圜丘。王肅之徒，雖難鄭説，能知禘之非祀天，而謂郊即圜丘，圜丘即郊，其説牽雜而不能定。

愚按：圜丘非郊也。圜丘非祀天之所，獨鄭康成言之，既不能合於《詩》、《書》、《儀禮》，而於《周官》復有所背。以《周官》之本文言之，止言於地上圜丘奏之，不聞其祀天於圜丘也。況《大司樂》前云：『奏黄鐘，歌大吕，舞雲門，以祀天神；奏太蔟，歌應鐘，舞咸池，以祭地示。』夫祀天神，祭地示，其樂與圜丘所奏實異。則當以黄鐘、大吕、雲門爲祀天，不當用圜丘降神之所，而遽言爲祀天之所也。其祭地也，亦當以太蔟、應鐘、咸池爲祭地，不當用方丘降神之所爲祭地之所也。

鄭康成知其説之不通，遂釋前天神爲五帝、日、月、星辰，圜丘之天神爲北辰。後來紛紛沿襲其説，而王肅六天之辨，復泥於祀天圜丘之説，不能詳明其本文而折其謬，乃謂郊即圜丘，圜丘即郊。故崔靈恩、孔穎達咸宗鄭而黜王。

夫《大司樂》既無祀天圜丘之文，而鄭氏天神復釋爲二，有不待辨而明。按釋圜丘者謂爲自然之丘，非人力所爲，其説與《爾雅》合。雍、鎬近郊，宜或有此，若後代國都於平衍之地，將人力而爲之耶？抑亦爲壇以象之耶？

或曰：圜丘祀天，鄭康成必本於前代。愚曰：《詩》、《書》、《易》、《春秋》、《儀禮》之所無者不必信。鄭氏之説，本於秦始皇祠八神地主之圜丘，又漢武帝作十九章之歌，以正月上辛用事甘泉、圜丘，二者皆非祀天。鄭氏陰取之，而不敢明證其事。若謂南郊即圜丘，北郊即方丘，不知《周官》四郊非南北郊之郊，《詩》、《書》、《春秋》之郊，非圜丘之制，不得合而爲一。謂祀天於圜丘者，特鄭氏之説，初非《周官·大司樂》之本文。陳祥道《禮書》謂祭祀必於自然之丘，所以致敬；燔瘞必於人爲之壇，所以盡文。亦宗鄭之説而微異。崔靈恩《義宗》，亦宗鄭黜王，而所謂郊即圜丘、圜丘即郊之誤，乃不能正其説。歷漢至宋，諸儒悉不過以《周官》傅合於《詩》、《書》、《春秋》，滋以啓後來之誤，故爲之辨。新安朱氏亦疑《大司樂》本文。五峰胡氏非『圜丘天神降，地示出〔五〕』，見文集。

后土即社議

《周官》無祭地之文，先儒言之詳矣。而其言近於地者有五，曰地示、大示、土示、后土、社是也。鄭氏之釋地示，則曰：北郊，神州之神及社稷。夫以北郊爲祀地，此祀之大者，不得合社與稷而言，合社與稷，是爲三祀，非祭地明矣。曰大示，鄭無明釋，或謂大示乃地示之大者。祀地以北郊爲大，則地示之大者，將何以祀之？曰土示，鄭謂原隰平地之神，此又非祀地矣。曰后土，鄭氏則直謂后土黎所食者。后土，官名，死爲社而祭之。又曰后土土神，不言后土社也。其答田瓊則曰：『此后土不得爲社者。聖人制禮，豈得以世人之言著大典？』明后土、土神不得爲社。至於太祝建邦國，告后土，鄭復曰：后土，社神。獨此説違戾特甚，啓歷代之訛謬，實自此始。

按《尚書》曰：『告于皇天后土。』孔注曰：社也。《泰誓》之宜於冢土，亦社也。召誥之社于新邑者，亦后土也。《甫田》之『以社以方』注：社，后土也，后土與社，皆地之稱。今悉疏經文之可證者而言之。《泰誓》曰：郊社不修。《禮》曰：祭帝於郊，所以定天位也；祀社於國，所以列地利也。又曰：郊所以明天道，社所以神地道。又曰：郊社所以事上帝。又曰：明乎郊社之義。又曰：禮行於郊而百神受職，禮行於社而百貨可極。若然，則社即后土，后土即社。鄭氏之釋《大宗伯》，既以黎所食者爲是，而復有所疑而不決，於是答田瓊之問，以后土不得爲社。四者之説，更相背戾〔六〕。而方丘、北郊復爲二説，終莫能定。

至胡宏氏，始定郊社之義，以爲祭地於社，猶祀天於郊也。故《泰誓》曰：郊社不修。而周公祀於新邑，亦先用二牛于郊，後用太牢於社。《記》曰：天子將出，類乎上帝，宜乎社。而《周禮》以禋祀祀昊天上帝，以血祭祭社稷，別無地示之位。四圭有邸，舞雲門以祀天神；兩圭有邸，舞咸池以祭地示。而别無祭社之説。則以郊對社可知。後世既立社，又立北郊，失之矣。此説足以破千古之惑，故新安朱氏《中庸》郊社，亦以社爲祭地，取夫胡氏，而獨以其廢北郊之説爲未然。

愚按：北郊不見於經，獨見於鄭氏。鄭氏之北郊，非至日方丘之祭。攻鄭氏神州之説者多，而不能辨鄭氏北郊之不經；攻合祭之説者力，而不考以地爲郊之失，亦始於王氏。郊以祀天，社以祀地。謂郊爲祀地，吾知其不出於六經也。《春秋》書魯之郊，止於郊天，不聞其郊地也。用牲幣于社，間于兩社，皆天子之制也。謂魯爲僭郊社則可，以魯郊爲祀地則不可。《雲漢》之詩曰：『祈年孔夙，方社不莫。』又曰：『自郊徂宫。』宫，社宫也，告天地之禮，郊、宫爲二，則《詩》之郊，亦非祀地也。朱氏亦曰：《周官》止言祀昊天，不言祀后土。先儒之言祭社者爲是，其言《周官》禮大神、祭大示，皆無明文。是深有疑於《周官》之非全書也。或謂社不足以盡地，此蓋因諸侯大夫皆得立社，遂因此以致疑。

按《大宗伯》：王大封，則先告后土。又曰：建邦國，先告后土。謂之后土者，建國之始稱，若武成之告于后土者是也。左祖右社，親地之道也。此言社之名，成於告后土之後也。先儒謂尊無二上，故事天明，獨行於天子而無二，事地察，故下達於庶人，而且有公私焉。胡宏氏曰：諸侯之不敢祭天，猶支庶之不敢繼祖也；諸侯之得祭地，猶支庶之各母其母也。其説爲是。且社有等差，至於州黨族閭，愈降愈少。獨天子之社，爲群姓而立。王社之説，孔疏謂書傳無文，其説莫考。陳祥道釋社后土之辨，終泥於鄭氏，至謂建邦國先后土爲非社，曾不知社之未立，其不謂之后土，其可乎？

祭天無間歲議

古者天必歲祭，三歲而郊，非古制也。然則曷爲三歲而郊也？三歲之禮，始於漢武，其祀天也，不於泰壇而於甘泉。壇有八觚，席有六采，文章采鏤之飾，玉女樂石之異，鸞輅騂駒之靡，瑄玉寶鼎之華。其禮也侈，其用民也勞，如之何其勿三年也？至於後世，不原其本而議其末。三年之祭，猶不能舉，其能力行者，若唐之太宗，享國長久，亦不過三四。至宋仁宗以後，始克遵三年之制。

夫三年一祭，已不得爲古，則一二舉者，尤非禮也。蘇氏曰：秦漢以來，天子儀物日以滋多，有加無損，以至于今，非復如古之簡易也。今所行，皆非周禮。三年一郊，非周禮也。先郊二日而告原廟，一日而祭太廟，非周禮也。郊而肆赦，非周禮也。優賞諸軍，非周禮也。自后妃以下至文武官皆得廕補親屬，非周禮也。自宰相宗室已下至百官皆有賜賚，非周禮也。先儒又曰：古之郊禮，以事天也，以報本反始，以教民尊上也。天子前期齋戒，命冢宰誓百官而涖事焉，事之莫尊者也。近世則變矣，三年而一郊，其所事者，則軍旅億醜之賞賚耳。事軍旅億醜之賞賚，則誠不專於享帝，制不一於報本。

夫郊，以報一歲生物之功也，夫豈三歲一生物而三歲一報耶？古者大路素而越席，大圭不琢，大裘不飾，牲用繭栗，器用陶匏，謂德産精微，物所以稱，故其文至緐，而其誠至慤。近世盛鸞輅冕服、珠玉金繒之飾，唯懼不華；内闕觀宫一夕之具，惟恐不工。其文至緐，而其費至廣，豈所以降格天神之意邪？如是，則郊天之禮，自漢而下皆非古制。

禮樂百年而後興，誠能如三代之禮，其繭栗陶匏，費不爲甚廣。罷壇陛從祀之位，止以始祖爲配，則千百年之廢禮墜典由是而舉，豈不甚盛？其或不與祭，則如《大宗伯》所謂若王不與祭祀則攝位。鄭氏之釋量人亦曰：冢宰佐王祭，亦容攝祭。庶幾破千古之陋，上以合於天道，而下足以解諸儒之疑議云。

燔柴泰壇議

《儀禮·覲禮》曰：『祭天燔柴，祭山丘陵升，祭川沈，祭地瘞。』《祭法》亦曰：『燔柴於泰壇，祭天也；瘞埋於泰折，祭地也。』《爾雅》曰：『祭天曰燔柴，祭地曰瘞薶。』《祭法》、《爾雅》雖各自爲書，而其説與《儀禮》合者，獨燔柴無異。《周官》曰：『以禋祀祀昊天上帝，實柴祀日月星辰，槱燎祀司中、司命、飌師、雨師。』

夫周官之柴歸於日月星辰，而以禋祀爲祀天，是不與《儀禮》合也。《禮器》曰：『至敬不壇，掃地而祭。』不壇非燔柴也，掃地而祭，非《周官》之祀也。合《儀禮》、《周官》、《禮器》三書而言之，實有不同。自鄭氏必欲合三禮之説爲一，而後人附會者曲爲之遷就。崔靈恩則謂：『先燔柴及牲玉於丘，訖，次乃掃地而祭。祭天之法皆於地上，以下爲貴，故不祭於人功之壇。』陸佃則曰：『祭天之禮，升煙於泰壇，奏樂於圜丘，所以致天神也。天神皆降，可得而禮，然後掃地而祭。樂者，陽也，其聲無形，故奏於自然之圜丘。煙者，陽中之陰，其氣有象，故燔於使然之泰壇。』至於禋祀實柴，有異於《儀禮》。鄭氏則云：禋，煙也，三祀皆積柴實牲，體於月，言實；柴於昊天，言禋。三祀互相備矣。其釋覲禮則曰：燔柴祭天，祭日也。祭天爲祭日，則祭地瘞者，祭月也。日月而云天地，靈之也。敢各疏其穿鑿，以從古禮經之正。《周官》之不與《儀禮》、《易》、《詩》、《書》、《春秋》合者，不止於祀天地，今止因三禮之異同，諸儒之附會，而言其非是。

夫《周官》之圜丘，乃奏樂之所，非壇也。自漢而下，皆祀於圜丘，已失《周官》之意。崔氏謂圜丘即壇，爲人功之壇。按釋圜丘者，爲自然之丘，非人功之壇，崔説與釋圜丘者異矣。使果從壇下掃地而祭，則燔柴於人功之壇，不可謂質，而獨掃地之祭，得謂之質矣。若然，則《儀禮》之燔柴爲末，而掃地之祭爲本。歷考梁陳以來，不聞有祭於圜丘之下者。是崔氏之説，不得以行也。陸氏謂自然者爲丘，使然者爲泰壇，是祀天之地[七]有二。

愚嘗謂合於《周官》，則泰壇之制未嘗有；合於《儀禮》，則燔柴之制無圜丘。歷代之失祀於圜丘，非是。陸氏獨不能證其誤，是爲二壇者，亦非也。鄭氏謂：禋，煙也。《詩·生民》

之禋祀，《書》之禋於六宗、禋於文武，釋者謂：禋，敬也。又曰：精意以享之謂也。使從鄭説，以禋爲煙，則六宗之祀，不得與上帝並，而祀文武於宗廟，又難與燔柴之祭同也。鄭氏之釋燔柴，以祭天爲祭日，祭地爲祭月，其説尤妄。是殆尊《周官》之書，其不可合者，遂臆説以非。

古禮如夏正郊天，迎長日之至，圜丘，南郊二天帝之説，類皆若是。古《禮經》獨覲禮爲天子禮，捨燔柴爲祭天，則此書又如王安石之罷黜，不能以用于世。《戴記》之合于經傳者，先儒類皆取之，若《王制》、《禮器》、《儒行》、《明堂位》等篇，固有疑之者矣，獨燔柴泰壇爲祭天，與古禮合，特取其説。泰壇雖不見於《儀禮》，然從古傳襲，未嘗不以壇壝爲正。覲禮之壇十有二尋，周公之三壇同墠，司儀之爲壇三成，去祧爲壇。下至周末，齊侯爲柯之盟有壇，先君適四國未嘗不爲壇，況祀天欽崇之實，其可廢壇壝哉？

郊不當立從祀議

郊有從祀，西漢末之見也。禮之失，始於建武。建武采元始之制而爲之。元始，王莽之政也。王莽之失在分牢，在同祭，不聞其從祀也。杜佑尊時王之禮，而深知其非，謂從祀之坐近古皆有。梁陳及於國朝，始相沿襲。夫謂之近古者，非古明矣。

開元之禮，成於徐堅之徒；而開寶所作，祖於開元。大較從祀損益，咸取於建武。今因開元所定，而論著其非是。其第一壇曰五帝，曰大明、夜明。以《周官》言之，五帝之祀在四郊，大明、夜明以實柴，而朝日夕月之制，復見於經傳，此不得混而一之之證也。壇之第二與第三，皆以《星經》爲之制。杜佑謂天有萬一千五百二十星，地亦如之。考其所祭，知其壇壝之不足以容也。遂爲外官、内官以别，而節其數。開寶以後，又復增五嶽、四瀆、飌師、雨師之類，而併祭之。其壇愈廣，其牲牢愈繁，而其禮愈失。考於《周官》，則《大宗伯》之實柴槱燎，此又不得混而爲一之證也。

今考於《虞書》，其類上帝之後，則行六宗山川群神之祀，不聞其合祭也。湯之玄牡，武成之柴望，皆若此矣。《召誥》用牲於郊牛二者，后稷配天之始也。若魯之三望，雖爲非禮，亦皆無總祀之理。自漢而下，牲犢尊罍之數，不勝其煩，其郊禮之費，竭九州之貢賦，不足以供。由是雖三年之祭，亦不能舉。壇壝繁雜，宫縣四立，有司臨事登降，傴仄懼不能以周旋，跛倚顛仆，無所不至。昔之儒先能議合祭天地之非，而不能正合祭群祀之失；能以親郊爲是，而不能以三年一郊爲非；能知牛羊供給之費廣，而不能盡角繭栗之誠慤。甚者配帝之爭不決，遂有二配帝於壇上。依違莫從，一至於是。今若悉如三代典禮，不傷財，不害民，一歲一郊，則何憚其不可行也？按：晉泰始明堂罷六天，止設昊天上帝坐。唐顯慶亦止祀昊天於明堂。宋元豐明堂亦罷從祀，獨郊天從祀，循襲舊誤。

明堂與郊天禮儀異制議

晉摯虞議曰：『郊丘之祀，掃地而祭。牲用繭栗，器用陶匏。事反其始，故配以遠祖。明堂之祭，備物以薦，三牲並陳，籩豆成列。禮同人理，故配以近考。』新安朱氏曰：『爲壇而祭，故謂之天，祭於屋而以神示祭，故謂之帝。』晉傅玄亦云：『於郊尚質，於明堂尚文。』若然，則儀文悉皆有異矣。

郊以特牲，明堂以牛羊。《詩》曰：『我將我享，維羊維牛。』此牲之異者也。燔柴以報陽也，猶宗廟之祼鬯也，明堂與宗廟近，則燔柴乎何有？沈約《宋志》謂：郊有燔柴，明堂無禋燎，郊以遠人而尊，堂以近人而親，不必盡同。此説是。席用藁鞂，器用陶匏，象天之質也。玉爵代匏，尊罍簠俎之屬，一以宗廟，此元豐議禮之得也。

郊之祭，用氣也。進孰之失，始於唐。自唐以降，未之有改也。《記》曰：『郊血，大饗腥，三獻爓，一獻孰。』解者曰：郊，祭天也；大饗，祫祭也；三獻，社稷五祀也；一獻，群小祀也。郊不以血，而以孰薦，禮之褻而失之甚者也。然則明堂之祭，其不進孰與？曰：聖人享以享上帝。上帝，明堂之稱也。用於明堂而不用於郊，其義明矣。

特牲少牢之始於薦孰，大夫之禮也。用大夫之禮於郊，不可也，用於明堂，近宗廟也。配群祀於郊，非禮矣。明堂，國中也。邑外曰郊，引而近之，其瀆莫大焉。尊罍，尚質也，彝以盛鬱鬯，郊得以用之也。《記》曰：黄目鬱氣之上尊，彝得謂之尊也。孔疏：六彝上經八尊無鬱鬯，以言宗廟有鬱鬯。其實天地亦有秬鬯之彝，用疏布；宗廟亦有八尊，用畫布。互舉以明義。定尊罍於天地、六彝於宗廟，鄭氏之説也。開元遵而不用於郊，猶曰以質不以文。明堂，宗廟之近，而文物之極也，其不用也，則野矣。凡此皆禮儀文質之異，不可以不辨也。

郊非辛日議

《郊特牲》曰：『郊之祭〔八〕也，迎長日之至也。』又曰：『郊之用辛也，周之始郊日以至。』鄭玄謂：『迎長日者，建卯而晝夜分也。三王之郊，一用夏正。』其釋『周之始郊日以至』，則謂：『魯之始郊日以至。魯無冬至祭天圜丘之事，是以建子之月郊天，示先有事也。』夫以迎長日爲建卯，胡氏非之至矣。

三王之郊以寅，則冬至圜丘之祭，是周以冬爲春矣。正月正歲，猶曰以子爲首，若以冬爲春，則非矣。蓋郊之用辛，言魯禮也。『周之始郊日以至』，言周以冬至而郊也。易周爲魯，以附夫臆鑿之論，則大有所不可。周爲周王，魯爲魯公，合周、魯爲一禮，曷不曰『魯之始郊日以至』？葉夢得氏曰：『以郊爲迎長日之至，下言郊之用辛。周之始郊日以至，正以别魯禮。鄭氏反之，强以建卯爲日至，甚矣其好誣也。冬至祭天，此周之正禮不可易者。孟春建寅之郊，蓋祈穀之祭。是以因周郊之日以上辛，三卜不從，至建寅之月而止。魯雖得郊，不得同於天子。魯郊，殆周祈穀之郊，故《左氏》謂啓蟄而郊也。』或曰：『郊必以辛，周之制與？』曰：『以至日而祭，則至日非常以辛也。魯之郊雩皆辛，是用辛，魯之禮也。』『然則周郊非辛與？』曰：『《周官》祀大神則卜日。』崔靈恩謂：『卜日以至爲主，不吉始用它日，是有疑於卜也。』橫渠張氏謂：『日至不必卜日，周之始郊日以至，言日至則不容卜，言月至則有卜，卜日則失氣至之時矣。』是定以爲不卜日也。《曲禮》曰：『大饗不問卜。』呂大臨謂：『天時陰陽之至，日月素定，故不問卜。若他饗則問卜矣。』或又曰：『周之不用辛，有所本與？』《召誥》曰：『越三日丁巳，用牲于郊。』非辛也。至翼日而社，非卜也。《五經異義·春秋公羊説》：『禮郊及日皆不卜，常以正月上丁。成王命魯使卜，從乃郊。故魯以上辛郊，不敢與天子同也。』是足以明周郊之非辛矣。

歷代之月時不一，獨唐武德以冬至祀天，孟春辛日祈穀於南郊。能取二説而裁正之，號爲近古，故特表而出之。

北郊議

北郊之名，不見於五經，謂北郊見於《周官》，鄭玄之論也。《周官》無北郊之本文，因鄭玄讖緯之説，而與《周官》並行者，王莽、劉歆實爲之始也。先儒能攻王莽南北合祭之議，而不知立北郊之説者，始於匡衡，成於王莽。捨其大而議其細，相承謬誤，今千七百餘年矣。敢推其本始，而詳言之。

夫《周官》圜丘、方丘，爲奏樂之地，非祭之所。圜丘之辨，詳矣。鄭氏祭地之法有二：夏至之日，祭崑崙之神於澤中之方丘，一也；正月，祭神州地示於北郊，二也。是方丘、北郊爲二，今合而言之，不知其何所始也？

按《大宗伯》之本文，鄭氏之不能釋者有二：曰以血祭、以貍沈、以副辜，則曰不言祭地，此皆地示，祭地可知；以黄琮禮地，則曰禮地以夏至，謂神在崑崙者。至於《大司樂》之地示，則又曰祭於北郊。鄭氏既以方丘、北郊爲二，而後人之尊鄭者，未嘗不以方丘、北郊合而爲一。神州讖緯，非之者至矣。

至若方丘之不爲祭所，北郊之無所經見，皆泥其説而無有辨之者。或曰北郊始於匡衡，非王莽自爲之説。謹按《漢志》：高帝因北畤而備五帝，至武帝時，后土猶未立，建始之際，方立南北郊。匡衡、張譚以天隨王者所居，援據禮經，皆自爲損益。若所引祭地於泰折，在北郊，就陰位之説，今《戴記》無北郊之文。陳祥道《禮書》知其説之無所據，遂謂南郊祀天，則北郊祭地。祀天就陽位，則祭地就陰位，以强合夫鄭氏北郊之説。夫郊非天不足以言，社非地不足以盡。二者相對，如天地之不可以合祭也。謂之郊地，其何所據哉？

先儒能明祭之不可以合，而不能辨社之不可以爲郊，沿襲建始之弊。自漢而降，無有知其非者。祀地之爲社，詳見于后土之議，尊地之説，莫先於罷方丘廢北郊，以全古禮之正。或者謂玄瑱禮北方，孟冬迎氣北郊，古不得而廢。愚謂鄭氏之言人帝、五精帝，於地無預。王肅之攻鄭玄，其説雖行於泰始，惜其説猶以郊、丘爲一，故宗鄭者多，而王説復廢。馴致今日，郊社盛禮，方由是損益，以承三代之正，罷北郊之謬，其不在兹乎？

國學議

成周國學之制，略於《大司樂》，其遺禮可法者，見於《文王世子》。三代而上，詳莫得而聞焉。漢武表章六經，興太學，至後漢爲尤盛。唐制微附益之，而其制愈加詳密，今可考也。宋朝承唐之舊，而國學之制日隳，至于紹興，國學愈廢，雖名三學，而國學非真國子矣。當時布衣從公卿牒補入國學，而真國子入學者，十無一二。夫所謂三舍法者，崇寧、宣和之弊也。至秦檜而復增之，月書季考，又甚夫唐明經帖括之弊。唐楊綰嘗曰：『進士誦當代之文，而不通經史；明經但記帖括，投牒自舉，非仄席待賢之意。』宋之末造，類不出此。

今科舉既廢，而國朝國學定制，深有典樂教胄子之古意，儻得如唐制五經各立博士，俾之專治一經，互爲問難，以盡其義，至於當世之要務，則略如宋胡瑗立湖學之法，如禮樂、刑政、兵農、漕運、河渠等事，亦朝夕講習，庶足以見經濟之實。往者朱熹議貢舉法，亦欲以經説會萃，如《詩》則鄭氏、歐陽氏、王氏、吕氏，《書》則孔氏、蘇氏、吴氏、葉氏之類。先儒用心，實欲見之行事。

自宋末年，尊朱熹之學，脣腐舌弊，止於《四書》之注，故凡刑獄、簿書、金穀、户口，靡密出入，皆以爲俗吏而爭鄙棄，清談危坐，卒至國亡而莫可救。近者江南學校，教法止於《四書》，髫齔諸生，相師成風，字義精熟，蔑有遺忘，一有詰難，則茫然不能以對。又近於宋世之末尚，甚者知其學之不能通也。於是，大言以蓋之，議禮止於誠敬，言樂止於中和。其不涉史者，謂自漢而下皆霸道。其不能詞章也，謂之玩物喪志。又以昔之大臣見於行事者，皆本於節用而愛人之一語，功業之成，何所不可？殊不知通達之深者，必悉天下之利害，灌膏養根，非終於六經之格言不可也。又古者教法，春、夏學干戈，秋、冬學羽籥，若射、御、書、數，皆得謂之學，非若今所謂《四書》而止。

儒者博而寡要，故世嘗以儒詬誚。由國學而化成於天下，將見儒者之用不可勝盡，儒何能以病于世？作《國學議》。

修遼金宋史搜訪遺書條列事狀

猥以非才備員史館，幾二十年。近復進直翰林，仍兼史職。苟度歲月，實爲罔功。伏睹先朝聖訓，屢命史臣纂修遼、金、宋史，因循未就。推原前代亡國之史，皆係一統之後史官所成。若齊、梁、陳、隋、周五代正史，李延壽《南北史》，房玄齡等《晉書》，或稱御撰，或著史臣，此皆唐太宗右文稽古，數百年分裂事志，悉得全備。至宋倣依唐世，爰設官局，以成《唐書》。是則先朝屢命，有合太宗文明之盛。卑職生長南方，遼、金舊事，鮮所知聞。中原諸老，家有其書，必能搜羅會萃，以成信史。

竊伏自念先高叔祖少傅正獻公燮，當嘉定間，以禮部侍郎、秘書監專修宋史，具有成書。曾祖太師樞密越公韶，爲秘書著作郎，遷秘書丞，同預史事。曾叔祖少傅正肅公甫，吏部尚書，俱以尚書修撰實録。讕薄弱息，獲際聖朝，以繼先躅。宋世九朝，雖有正史，一時避忌。今已易代，所宜改正。昔司馬遷、班固皆以父子相傳，遂能成書；劉知幾、劉餗、劉贊咸以家世舊聞撰成《史通》、《史例》。輒不自揆，庸用條析，兼本院宋朝名臣文集及雜書紀載，悉皆遺缺，亦當著具書目，以備采擇者。

一，《宋太祖實録》，舊有兩本，一是李昉諸臣所爲，太宗屢曾宣索，已有避忌。至真宗咸平再修，王禹偁直書其事，出爲黄州。禹偁所著《建隆遺事》，足見深意。前實録無太宗叩馬一段，後録增入，顯是迎合。

一，杜太后金縢之事。趙普因退居洛陽，太宗嫉之，後以此事密奏，太宗大喜，秦王廷美、吴王德昭、秦王德芳皆繇普以死。今《宋史》普列傳無一語及之。李燾作《通鑑長編》，亦不敢載。私家作普别傳，始言普將死，見廷美坐于牀側，與普忿爭。其集號《巽巖集》，所宜搜訪。

一，天聖三朝正史，紀載多有謬誤。蓋修史官夏竦所爲，吕夷簡受成而已，其列傳遂以寇準、丁謂同傳，所宜改正，若此非一。

一，洪邁作神、哲、徽、欽四朝史，于時高宗在德壽宫，多所避忌，立傳亦有蕪纇，所宜刊削，當直書徽宗亡國之罪。

一，徽宗違盟契丹，童貫復燕城，正史回避，所合改正。

一，徽、欽圍城受辱，北行遭幽，正史不載。所有雜書野史，可備編纂，今具于後：《三朝北盟會編》、《靖康傳信録》、《孤臣泣血録》、《靖康草史》、《靖康奉使》、《靖康遺録》、《裔夷謀夏録》、《陷燕記》、《南歸録》、《靖康録》、《犯闕録》、《僞楚録》、《松漠紀聞》、《僞齊録》、《起戎録》、《痛憤録》、《建炎復辟記》、《己酉航海記》、《建炎扈從録》、《中興遺史》。

一，元符至元祐事，趙鼎雖於紹興改正，亦有隱諱。今可考證增入者，今具于後：《邵氏辨誣》、《元祐黨籍傳》、《尊堯集》、《丁未録》、《符祐本末》。

一，宋世九朝，莫詳《長編》，而可資證援參考，復別有書。今院中《長編》不備，諸書並缺，今具于後：《續通鑑長編》、《長編紀事本末》、《國紀》、《九朝通略》、《編年備要》、《建隆編》、《隆平集》、《元符詔旨》、《治跡統類》、《兩朝國史紀志》、《東都事略》、《仁皇訓典》、《國朝要會》、《續會要》。

一、太史公作世表、年表，至秦楚之際，復爲月表，致意極深。晉代播遷，魏宗勃起，所宜爲表，以分年統。時兵火湮厄，《南》、《北》二史無所憑依，卒不能就。至歐陽脩任史官之責，獨能於宰相、方鎮年月譜系。蓋宰相之任匪輕，推年可以考得失；方鎮之害最重，因年可以推盛衰。宋朝興亡，繇是可考。目今舊書尚有，而史院無存，今具于後：《百官公卿表》、《宰輔拜罷録》〔九〕、《百族譜》、《麟臺舊事》、《宰輔編年録》〔一〇〕。

一，禮樂，歷代帝王不相沿襲。自聶崇義作《三禮圖》，多有舛誤。樂自王朴、李照、胡瑗、范鎮、魏漢津、房庶，皆有異同。史志所載，止於一時，而諸家所陳，罔有紀載。其樂志止詳於《樂髓新經》，禮書若《元豐集議》，未之有載。其書尚在，可備討論，今具于後：《開寶通禮》、《開寶通禮義纂》、《分門禮選》、《禮閣新編》、《太常新禮》、《慶曆祀儀》、《太常因革禮》、《郊廟奉祀禮文》、《政和五禮》、《大饗明堂禮》、《鹵簿記》本院止有宣和、《濮議》、《東嚮議》。

一，兵、刑、徭役、漕運、度支，隨俗施政，莫敢偏廢。趙元昊用兵，保甲、義勇、保馬等制，群臣各有議論。王安石以顧役行於河北，司馬温公以差役行於東南，各有不便。王安石青苗貸息，大壞極弊，繇是馴致靖康之禍。所宜博採奏議及食貨等書，以備作志。《經濟集》、《群臣奏議》、《三司考》、《會計録》、《救荒録》、《刑統》。

一，宋翰林視唐尤加清重。有雜書可補志書者：《金坡遺事》、《翰林雜記》、《續翰林志》。

一，地志，宋有成書：《太平寰宇記》、《皇祐方域圖志》、《皇祐地理新書》、《元豐九域志》。

一，纂修史傳，必當先以實録、小傳附入。九朝史傳仍附行狀、墓誌、神道碑，以備去取。《琬琰集》、諸家文集、《涑水紀聞》、《邵氏聞見録》、《春明退朝録》、《夢溪筆談》、《龍川略志》、《歸田録》、《續歸田録》、《可談》、《談叢》、《師友雜志》、《童蒙訓》、《晁氏客語》、《清豐懿範》、《韓忠獻遺事》、《忠獻家傳》、《中國春秋》、《歐公本末》、《蘇魏公譚訓》、《師友談記》、王鞏《聞見録》、《桐陰舊話》、《王沂公筆録》、《張乖崖言行録》、《胡安定言行録》、《王沂公别録》、《舊聞證誤》、《唐介事實》、《范太史遺事》、《鄒道鄉語録》、《豐清敏遺事》、《文昌雜録》、《楊文公談苑》、《塵史》、《能改齋漫録》、《石林燕語》、《嘉祐雜志》、《東齋紀事》、《談圃》、《澠水燕談》、《避暑録》、王鞏《雜録》、《秀水閑居録》、《卻掃編》、《揮塵録》後録、三録、《典故辨疑》、《吕氏家塾廣記》。

一，諸降王當别立傳。三朝史所載簡略，宜用僞史參照作世家，倣歐陽脩《五代史》例。《十國紀年》、《九國志》、《吴越備史》、《南唐書》、《江南録》、《南唐近事》、《蜀檮杌》、《閩王事迹》、《江南野史》。

一，宋代疆理，北不盡燕城，南不盡交趾，西不盡靈夏，東不盡高麗。宜倣《晉書·載記》，各紀其事。當訪尋四境關涉諸書：《高麗圖經》、《至道雲南録》、《趙元昊西夏事實》、《交趾記》、《丙午録》、《遼金誓書》、《國書本末》、《使遼録》、《西夏事宜》。

一，李筠、李重進本非叛臣，實漢周之忠臣，《宋史》作叛臣傳，所宜改正。韓通亦周忠臣，歐陽脩作《五代史》，不立韓瞠眼傳，議者非之。又如諸方僭竊，皆宜立傳，宋史悉諱，今宜會萃立傳：李順、方臘、王則《甘陵伐叛記》、趙諗有事實，儂智高有《平蠻事跡》。

一，歐陽脩作《唐書·曆志》，悉取一行《十議》。造曆之法，見於志書。宋世五朝志、應天曆、乾元曆、儀天曆、崇天曆、明天曆，亦號詳備，獨熙寧奉元曆經、元祐觀天曆、崇寧占天曆、大觀紀元曆，洪邁作志，不能盡紀，所宜訪求曆草，見於志中，大抵曆不差不改，得其造曆更改，則後有考。民間通曆學者亦有其書，所宜搜訪。

一，神宗元豐以前官制似唐，亦有增損；元豐以後，官階勳爵分爲二途。史志雖詳，難便檢閱。《官制新典》、《官制舊典》，《官制通考》。

一，藝文志，自元豐後該載未盡，宜以今世所行書籍備載。舊制進呈者入書目，亦當以館閣書目爲主，分類補入。

自惟志學之歲，宋科舉已廢，遂得專意宋史，亦嘗分彙雜書、文集及本傳、語録，以次分別。不幸西城火災，舊書盡燬，然而家世舊聞，耳受目睹，猶能記憶。或者謂國亡史不宜修，南方鄙儒，詎敢置論？年齒衰邁，分宜歸老田里，曠官縻職，實爲罔功。而區區素藴，亦蘄别白以稱朝廷獎拔之厚。凡所具遺書，散在東南，日就湮落，或得搜訪，或得給筆札傳録，庶能成書，以備一代之史。謹呈翰林國史院。謹狀。

校勘記

〔一〕郁校：「何憂不能寒暑節、風雨時」，鈔本作「何憂不能風雨節、寒暑時」。案《禮記・禮器》「饗帝于郊，而風雨節、寒暑時」，前已引，此復本其義爲説，不妨少異，非誤易也。仍之。

〔二〕郁校：「哭」，原本作「笑」，鈔本作「哭」。案《周禮・春官・女巫》文作「哭」，原本誤，今改。

〔三〕郁校：「鄭」，原本誤「毛」，鈔本作「鄭」，今改。按四庫本正亦作「鄭」。

〔四〕題原作「圜丘議」，據四庫本改。

〔五〕郁校：「地示出」下，鈔本空二字，原本不空。案「地示」上當有「方丘」二字。

〔六〕「戾」，四庫本作「謬」。

〔七〕「地」，四庫本作「壇」。

〔八〕「祭」，原作「至」，據四庫本及《禮記・郊特牲》改。

〔九〕郁校：「宰輔拜罷録」，原本作「宰輔拜表罷録」，鈔本同。案《宋史・藝文志》范仲《宰輔拜罷録》二十四卷，「表」字衍，今删。

〔一〇〕郁校：「録」，原本無，鈔本同。案《藝文志》徐自明《宰輔編年録》二十卷，今補。

清容居士集卷四十二

策問問答附

大都鄉試策問延祐四年

先王之政，莫先於養民。《洪範》以食爲先，故昔之水旱，歷年多而民不病者，有以也。周、漢上計簿，以周知民數，三年則大比，以登于王府。制國用之法，日計歲會，使之裕如者，將以預其備也。大無麥禾，《春秋》非之，則周知民數，將悉民以備不虞歟？其止爲國用乎？耿壽昌立常平，皆以爲便，或以不便罷之，其去取可得聞歟？

京師天下之本，實粟重内，理所當急。唐貞觀轉運之法，歲不過三十萬石，後雖增多，然止給軍用。至于貞元，所入不過四十餘萬石，而京邑未嘗有闕。抑内地無閑土，民不仰於官歟？抑有司定制無泛宂歟？

聖天子惠養元元，實粟内畿，間遇不登，漕運或不能足。今天時雨澤，上協聖心，中外豐熟，九年之蓄，九穀之數，可講而行也。將取諸民而備諸，意其有煩擾也。社倉之法，唐首用之，後復有科折之患焉。斂散之法，壞於後人。國服爲息之辯，非本旨也。藏富於民，貧者得以濟乎？穀賤傷農，因時而官收之，積歲朽腐，何以處之？上下給足，因其豐穰而講行，實在今日。習進士業者，通識時務，宜陳説便利，以俟講明焉。

會試策問至治元年

夫《書》者，即古之史。孔子删述，自唐、虞二典，以訖于周之《文侯之命》，附以《費誓》、《秦誓》，而三墳、八索、九丘諸書，皆芟而不録。至其約史記，修《春秋》，託始於魯隱公元年，寔周平王之四十九年也。褒善貶惡，特書屢書，至獲麟而絶筆。前乎唐、虞之所著，豈不過於《文侯之命》等篇？而去彼取此，泝平王而上，沿獲麟而下，豈無可紀之事？而絶不爲書，是皆有深意存焉。

司馬子長創爲《史記》，首軒轅以逮漢武，或有孔子所芟者，子長乃從而録之。後人翕然以爲有良史之才，愛其雄深雅健。凡操史筆者，如班孟堅、范蔚宗諸儒，爭相蹈襲，是祖是式，而未有取法於《春秋》者焉。豈聖言宏遠，匪常人所可擬其彷彿邪？

自荀悦倣《左氏傳》爲《漢紀》，體製稍爲近古。於是，袁宏、孫盛之徒並爲編年之書。而學者或忽而不習，終不若子長《史記》盛行于世。司馬公編《資治通鑑》，造端於周威烈王二十三年，繫年敘事，歷漢、唐以終五代，勒成一家之言，淵乎博哉！此近代所未有也，其亦得聖人之意否乎？我國家隆平百年，功成治定，禮樂方興。纂述萬世之鴻規，敷闡無窮之丕績，吾儒之事也，故樂與諸君子討論之。諸君子游心載籍，聞見滋廣，其於《書》、《春秋》之所始終，《史記》、《通鑑》之所以製作，必詳究而明辯之矣，願聞其説。

江浙鄉試策問泰定三年

用賢之道，治天下國家先務也。人才之賢否，本乎心術之邪正。邪正者，義利公私之辨，君子小人之所由以分。古之時，宜無有黷貨而鬻獄者，然《伊訓》曰『其刑墨』，先儒謂貪以敗官之刑也。《吕刑》論五過之疵，亦曰『惟貨』，又曰『無或私家于獄之兩辭』，當時諄切告戒已如此。漢去古未遠，嘗舉孝廉矣。乃或萬家之縣無應令者，或闔郡不薦一人，豈自昔廉吏已難其選歟？

賈長沙之言曰：『有坐不廉而廢者，曰簠簋不飾。』或謂此粗可厲廉隅之士，而頑頓亡耻者不格也。賢良若董仲舒、公孫弘、兒寬，皆稱經術，而公孫弘卒以布被脱粟之詐，見譏當世，則廉者又未可深信歟？楊震辭暮夜之金，劉寵卻父老之餽，世以爲美談，然震之刺荊州，寵之守會稽，皆治行焯著，民咸德之。豈廉特守己之一節，而惠澤之及民者不專在是歟？

方今聖明在上，薦紳之士分布中外，封贈足以遂顯揚，禄廩足以供事育，而十一章之典又嚴且密也。刑賞勸懲之道亦至矣，然廉者守法奉公，未必見知；貪者嗜利營私，不爲少戢。

豈刑賞之外，猶有當加意者歟？官吏之貪廉，其於政事之臧否，民生之休戚，所係至重也。諸君有明當世之務者，其悉意以對。

答高舜元春秋七問

問：先儒謂《春秋》常事不書，凡書者，皆非常也。非常者，見其不正也。又謂事之非常者誌于册，又謂有貶無褒。邵子謂録實事而善惡形乎其中。愚竊謂如桓公以管仲九合諸侯，以獎王室，孔子是之。如許叔入于許；又如葵丘之盟，同盟于幽；又如書有年，書大有年，公弟叔肸卒，豈皆非不善歟？若謂無褒，舉録而罪之者，愚所未曉。邵子之説，是歟？非歟？

答：《春秋》書法，惟吾邵子知之。録實事而善惡形乎其中者是也。又曰：五霸功過不相掩。先褒其功，後貶其罪，夫是之謂褒貶。其言得之。獨所謂褒貶者，是啓後世紛紛之疑也。常事不書，其説得之，而謂非常者不正，則非矣。謂事之非常有貶而無褒，亦非矣。

會稽袁桷曰：無褒之義，諸人皆知之；無貶之義，子何知之？姑以隱、桓之事言之。桓之弑兄，猶以公稱，何取乎其貶也？夫人姜氏，人皆醜之，會于禚，夫子不削其夫人，何言乎其貶？此直書而見其非常也。許叔入許，褒貶皆無之也。許絶十有五年而直書之，何褒何貶焉？是直書而見其非常也。葵丘、幽、首止、召陵之盟，齊桓之尊王明矣。謂之貶邪，吾實不敢。以子糾葵丘之説考之，皆孔、孟之言也。貶何從而生與？季子來歸，愚不敢謂之貶也，褒其可乎？此皆書非常之例也。有年、大有年，因桓、宣之時而書之，亦非褒貶，此亦非常事也。宣公之螽蝝饑見於十五年，螽見於六年，大旱見於七年。自文公時，不雨之書不一，則其十六年之大有年誠宜書，何褒貶焉？是非常而書無疑矣。叔肹兄弟之義明矣，書之，亦非常也。

問：《左傳》載晉申生以僖四年十二月縊于新城，而《經》書於五年之春；晉里克以僖九年弑卓子，而《經》書於十年正月；晉以僖十年冬殺丕鄭，而《經》書於十一年春。《經》、《傳》不同。劉原父謂傳與經不同者，左氏作書，雜取當時諸侯史策，策有用夏正者，有用周正者，錯雜文舛，往往而迷。故《經》所云冬，《左》謂之秋也。此説然否？

答：以日南至考之，例差兩月，劉氏之説，得之矣。温麥周禾，又似夏正，然杜氏悉取正月爲十一月，啓後人之議者，皆杜氏也。

問：晉殺其大夫里克，衛殺其大夫甯喜。愚竊謂晉、衛殺其大夫，似大夫無罪而晉、衛殺之。里克、甯喜果無罪邪？有罪邪？

答：稱國以殺大夫，罪累上也，《纂例》之説，得之矣。劉氏言里克不聽優施之謀、甯喜不從孫林父之亂、陳乞不隨景公之貳，晉無殺世子之禍、衛無逐君之惡、齊無立嬖孽之變。以此言之，里克、甯喜之罪著矣。或言晉、衛二公皆惡其專偪而殺之，理容有之。然總殺大夫之例，此特一節耳，不如罪累上爲正。

問：文十二年，子叔姬卒。先儒謂《春秋》内夫人則書薨、葬，吾女爲外夫人則書卒。按《禮》云：女子許嫁，笄而字。伯、仲、叔、季，皆字也。已嫁之女，各以國氏，如紀伯姬、宋伯姬之類是也。今子叔姬笄而字之，卒不繫於國，何也？

答：叔姬之卒，以《左氏》考之，似若可證。然僖公之九年，復書伯姬卒，則是許嫁而有字，當以成人之喪待之也。以《曾子問》考之，壻爲之服，書其卒，亦非常事也。詳見《經解》。

問：澶淵之會，諸國大夫皆貶書人，而虎牢無貶文，何哉？

答：公之盟大夫，自隱公始也，然猶曰宋人、莒人。考其時，疑非大夫也。莊公蒞防之盟，夫子不得而諱也。僖盟于齊、楚，與中夏盟之始也。再盟于翟泉，與大夫盟王子之始也。然猶不書公以隱之。至成公之盟蜀，夫子迺直書之，則諸侯之會荊人，自成公始也。魯大夫會諸侯之大夫，迺衰周之常也。城虎牢，紀大夫之實也。故兩會于戚，皆直書之。獨澶淵之會，魯無大夫，而後人遂以爲貶例。左氏之説，遂以諱魯大夫，其謬戾莫甚於此。公會荊蠻，猶不得而諱，澶淵之會，何其諱與？善乎陳君舉之説曰：晉之城杞，合十二國之大夫，爲悼夫人於澶淵；合十三國之諸侯大夫，爲共姬也。晉爲盟主，區區宋、杞，晉已細矣。

愚謂魯大夫若叔孫豹、仲孫羯，使果預會，夫子皆直書之。獨澶淵之會，魯不復預，書之者記晉之細也。大夫稱人，已見凡例，或疑魯大夫不會，何以書？余答之曰：齊、狄盟邢，齊、衛胥命，蔡侯、鄭伯會于鄧，如此例不一，皆非魯事。何疑於澶淵之無魯也？左氏之説不可據者類此，它國自盟會，不書卿名，見陸氏《纂例》。

問：　莊九年夏，公伐齊，納子糾，齊小白入于齊。糾與小白皆庶子。任氏謂小白是子糾之庶弟，爭國自立；　孫氏亦謂子糾是桓兄，胡氏卻謂子糾是小白之弟，何也？

答：　按《史記》，以小白爲糾弟，明矣。　而先儒謂小白爲兄者，由齊小白入齊之説啓之也。愚直謂紀年既遠，姑當從司馬氏之記，若謂齊小白而謂之兄，則子糾之説雖出《左氏》，不應獨從。公穀之説子者，子般之例見〔二〕之是也。按《論語》公子糾，其義甚明。糾爲魯甥，魯故納之。夫子之與桓之義，管仲之説詳矣。或者不達，降糾爲弟者，此因齊小白之書以論夫子，謂之過焉，可也。夫子之書齊小白，正是不當立之書法，糾爲長當立，明矣。

問：　《經》閔元年春王正月，《經》無所云，《公羊》何從而傳之？

答：　慶父之禍，三傳通能言之。前後不同，蓋有追而紀之，有張其本之法者，有言禍首之法者，通貫于一年之中，無害也。

答高舜元春秋四問

問：　襄二十有五年，衛侯會于夷儀，此衛侯剽也。是年，衛侯入于夷儀者，衛侯衎也。衎入夷儀不名，復歸于衛而名之。舜元謂：　衛侯衎，失地之君也。失地之君，恒名之。衎入夷儀不名者，其脱文歟？

答：衛侯入夷儀，與鄭伯突入櫟之事相似而實非。故夫子一名之，一不名之。夷儀，故邢地，滅爲衛所邑。衛侯之入，不得主其國政也。甯喜弑剽而衛侯始入衛，故夫子始書衛侯衎，言其復國也。鄭伯突之入櫟，雖非國都，而諸侯之相與者，在突而不在忽。遇于垂，居櫟之鄭伯也，政在於突。夫子安得不名之？則衛侯之入夷儀，在所不當名，至入于衛，則當名矣。先儒之説，皆有所未安，執事謂入夷儀當名，疑爲脱文，則衎之入衛，將名乎？將不名乎？吾故曰：此夫子之深意也。

問：崔杼逆光而立之，《經》書齊殺其大夫高厚，殺之不以其罪也。公子嘉叛晉而起楚〔二〕師者，《經》書曰鄭殺其大夫公子嘉。公子嘉與高厚之辭同，何歟？

答：自《穀梁》言稱國以殺爲有罪，杜預則又爲稱名爲有罪之論，紛紛不決。陳殺其大夫洩冶，冶豈有罪哉？謂之無罪，則殺陽處父，得無罪乎？或又以累上之文書之，則凡殺大夫，皆非國君矣。《左氏》之言殺高厚、公子嘉，一以爲崔杼，一以爲國人，其説自相矛盾。獨《公羊》云『稱國以殺君殺大夫之辭』爲得之。榊謂專殺大夫，諸侯之罪，而大夫之有罪無罪，實不係焉。有罪不可殺，況無罪乎！以此論之，凡言殺大夫者，蓋可見矣。

問：襄公之世，有穆姜、齊姜。説者謂穆姜成公之母，謂齊姜成公之妻。舜元謂：何由知乎成母、成妻？

答：穆姜，宣公初即位之所逆也。通於僑如，見成公之十六年。其卒也，見襄之九年。

齊姜者，即襄元年姜氏薨者是也。其逆也，見於成公之十四年。

問：吳子使札來聘書，札與楚椒、秦術無異稱焉〔三〕。《左氏》、《公羊》皆謂以札賢而進吳子。説者又謂札辭國而亂者，札之爲也。舜元謂：吳，夷狄之國，札之賢，類不得通於此也。札不書族，不書字，不書公子，何賢乎札也？屈完書族，札不書族，與楚椒、秦術之使，夫何異哉？

答：吳札、楚椒同例，何褒貶之有？二人皆公子，故不書姓。若屈完，非公族。屈氏出於莫敖者也，薳罷來聘，則蔿氏也。謬始於《公》、《穀》，不攻〔四〕而自破矣。

答高舜元經史疑義十二問

問：《易》有辭、象、變、占。《太玄》以方、州、部、家擬辭、象、變、占。其《太玄》方、州、部、家九首之説，傳諸世者，請喻其所長。

答：《太玄》以蓋天之法爲之，方、州、部、家在上，此地承天之説也。起於牛宿，隨天而左行也。方、州、部、家者，以元而生三方，方爲三州，州爲三部，部爲三家。其所謂八十一者，則棄其方、州、部而言之也。先儒多以辭、象、變、占擬《玄》之方、州、部、家，僕獨以爲非。《易》成六十四卦之後，一卦之内，必有辭焉，有象焉，有變焉，有占焉，是四者缺一不可也。揚氏之《玄》，既棄其方、州、部而獨取家，而爲八十一，復取八十一而爲七百二十九以贊。是方、州、部者，緣三以起，於家若無預者焉。先儒嘗言：《太玄》與卦氣圖偶合。邵子亦言：《易》之卦，始於《乾》，而終於《未濟》；《玄》之首始於《中》，而終於《養》。《中》者，法於《中孚》；《養》者，法於《頤》。此始終之異。自邵子、温公、荊公尊《玄》之後，如二蘇譏《玄》之說，遂棄不道。然其中十有七卦，分而爲二，義殊不可曉。所謂卦氣圖，公、辟、侯、大夫、卿之定卦，亦不能通。執事其詳思之。

問：《易》有起於《中孚》者，未究其理。

答：《易》起《中孚》，先儒之說甚詳。今録其說曰：先儒言卦起《中孚》，非也，《中孚》復起於甲子耳。蓋由揚雄作《太玄》，以初卦準《中孚》，故先儒誤以爲卦起《中孚》耳。夫六十四卦，首之以《乾》、《坤》，何以言起於《中孚》耶？夫子分上、下經，而上經三十卦，始於《乾》、《坤》，終於《坎》、《離》；下經三十四卦，始於《咸》、《恒》，終於《既濟》、《未濟》。且《乾》配甲而起於子，《坤》配乙而起於丑。故六十四卦，歷《乾》之甲子、《泰》之甲戌、《噬嗑》之甲申，至《坎》、《離》，凡三甲，而上經三十卦盡矣。又歷《咸》之甲午、《損》之甲辰、《震》之甲寅，至《節》而周，凡六十卦，爲六六三百六十爻，一年之日周矣。而《中孚》、《小過》、《既濟》、《未濟》之四卦，繼《節》之後。謂《中孚》復起甲子可也，謂卦起《中孚》，不可也。且《乾》爲十一月之卦，而起甲子；《節》爲十月之卦，而得癸亥。由是知上經三十卦，是陽生於子，而終於巳；下經三十卦，是陰生於午，而終於亥。至《中孚》，而陽氣復生於子，故亦爲十一月之卦。

自《乾》之起甲子，至《節》六十卦而終，是四其河圖十五之數，爲三百六十爻。爻當一日，而爲六十卦，一年之候也。自《中孚》之起甲子，至《未濟》四卦而終，是四其六子之數，凡二十四爻。而爻當一氣，爲二十四氣，應一年之候也。或又曰：何取於四其六子之數？應之曰：《中孚》，《巽》上《兑》下；《小過》，《震》上《艮》下，併《既濟》、《未濟》《坎》、《離》互體爲六子。少陽少陰，六子之氣分布於四時。故四之以應二十四氣耳，亦應四其河圖十五數，而日當一卦，凡六十日爲六十卦，一年之候也。其淵妙如此。

問：《易》占法，其取驗於人者，當何所祖本？爻之變處，當何爲主？

答：占法，唯程沙隨得之。嘗以《左氏》考之，古必有占書，今既散軼，但當以變者爲主。然一爻之變，猶可究索，至二爻、三爻之變，則茫不可通。舊聞唐正卿深於筮，若二爻變者，便不敢臆斷。古人心虚静，因動生變，隨變而推，有千萬變而不可盡者。今人心念駁雜，無感而遂通之理，縱有所感，其感不一，當從何處下手？康節推象變之説，亦不外此説。卦乃占之本，能通其類，尚庶幾。僕甚有意於此，然一行作吏，終未有至静工夫。苟能静，斯得矣。

問：古《儀禮》今所存者，可見端緒。未審於盛周之時，曾盡行之乎？爲後世立教乎？愚所未曉。

答：禮爲禮，儀爲儀，成周盛時，自天子至于士，皆躬行而親習之者。聘、射、燕、饗、昏、冠之禮，考於經，無有不合。謂存于書而不行者，非也。後人因《周官》一書，謂周公營洛之後所成，未及舉行，遂併《儀禮》有疑。其説陋甚亡取。按《藝文志》，以《儀禮》謂之禮，古經未嘗有《儀禮》之名，先儒疑後漢學者見十七篇中有儀、有禮，遂合而名之者，是也。

問：大、小《戴記》，其盡取諸於經乎？摭漢儒之説乎？望喻其取諸於經者如何？取諸於漢儒者如何？

答：二戴之學，原於后倉，而小戴盛行者，繇馬融、盧植等考合衆家古文之文附之，遂刊而行，名爲《禮記》。今《冠》、《昏》、《鄉飲酒》、《射》、《燕》、《聘》義，爲古經之羽翼。而《中庸》《大學》又爲傳道之書。若《學記》、《樂記》，皆集古書而爲之者。其有駁雜，則《哀公問》、《儒行》、《王制》、《明堂位》、《禮運》諸篇，先儒已嘗置疑。至若《大戴禮》之《哀公問》、《投壺》，與《小戴禮》無異。若曾子之《大學》，與《祭義》相似。其餘又與《荀子》、《賈誼書》相出入者，則《大戴》之不及《小戴》多矣。鄭康成，後漢之精禮學者，獨《大戴》未嘗爲之注。朱文公有取《踐阼》、《釁廟》等篇，然學者觀其會通，不當貴耳而廢目也。

問：黄鐘爲宫，則三分損一以下，生林鐘之徵。林鐘之徵，復三分益一以上，生太蔟之商。太蔟之商，損一以下，生南吕之羽。南吕之羽，益一以上，生姑洗之角。姑洗之角，損一以下，生應鐘之變宫云云。益、損，數理未達。

答：太極元氣，函三爲一。三者，天、地、人也，故必以三而損益之。三統相通，始成律吕。陽之生陰，曰下律也。陰之生陽，曰上吕也。正變之説，自古有之。陳暘《樂書》去其清聲，不考之過。不然，安得成八十四調哉？

問：井田制治，願聞其詳。

答：井田舊有圖譜，然不通開方之法，悉如棋局。又兼以《周官》授地之法相參，悉非舊制。蓋鄉、遂、井、甸，皆《司馬法》之説，惟可與《周官》合，而不可與《孟子》合。先儒必欲合而一之，愈不可通。蓋井牧，《小司徒》之法；井衍沃，《左傳》之法；丘井，黄帝之法。《漢書》井田，亦與《孟子》微異。秦廢井田開阡陌，僕嘗謂井田古制，至秦始廢。兵農相通，非井田之制，此未易遽言也。

問：《周官》及《月令》真僞之理，請喻其詳。

答：《周官》，或謂周公營成周後成此書，而不及行。其説無所據。甚者方之爲戰國陰謀之書，吾不知其何者爲陰謀也。或又言劉歆僞爲。歆何所爲而僞爲之耶？三説皆非。

僕嘗謂周八百年，其間更革損益不一。穆王之吕刑，夫子不存于書，或者又將以爲周公之所作矣。兩漢、唐、宋，歷年不及周王之半，而官制更改，皆有成書。則《周官》之書，當審爲周時所作，特不能定爲何王時書也。然《周官》井田、禘祫、郊社，絶無其名，先儒必欲以郊爲圜丘，井田爲授地之類，難以勉從。實以其書列官分職，整然有條，欲强合於諸經，遂不得不支離其説。其餘可疑者，五峰言之詳矣。《月令》具見《吕覽》，爲吕不韋書無疑。陸德明云此是《吕氏春秋》十二紀之首，後人删合爲此。蔡伯喈、王肅言周公所作，皆非也。《月令》云『命太尉贊桀俊』，此蓋秦官，鄭氏釋之明矣。

問：《春秋》於王正月上，《左傳》加一周字，其義有所謂？無所謂？

答：《春秋》云王正月，《左氏》云周王正月，皆周之正月。然《左氏》增周之一字，其跡若與夫子同，而其釋經實有不同。今世之以周正爲夏十一月，皆啓於《左氏》。如書雲物、取温麥之類，直以春、夏、秋、冬更易而改書之。後人紛紛之謬誤，《左氏》其尤也。正朔之説，家有成書，非立談可盡。聞吴幼清亦與鄙見合，不審得其説否？

問：周子《太極圖》，上一空圈，下二空圈，當存當舍，乞喻之。

答：《太極圖》，的確自陳希夷傳，二圈乃成人、成仙之説，非面陳不可。

問：三國之時，司馬公、邵康節、朱文公三子之言不同，誰之言爲是？

答：司馬編年之法，當時較量極費力，然既謂之編年，不得不爾。終建安而始魏，亦自有深意，但不合謂諸葛公入寇耳。朱文公帝蜀自正，但後連書晉事，又不可曉。若書莽大夫揚雄卒，大與《春秋》書法不同。莽爲亂臣賊子，《春秋》未有書家臣之禮。僕嘗謂正統二字，於經無所見，《尚書》止有大統二字，漢曆法有三統二字。後人泥正統之説，故皆不通，前後遮護不得。律以大義，則漢以後皆當缺書。若用編年備事，温公之法盡矣。邵氏經世以不書事，故可糢糊無罅漏，然此老少年先從《春秋》下工夫，終占得道理端正。

問：『窮理盡性，以至於命』，又『不知命，無以爲君子也』，與『公伯寮其如命何』，又『知命者不立乎巖牆之下』，其義同否？

答：命也者，禀於有生之初也。夫人之生，天所與者，有一定而不能移。先儒雖有理、氣之分，以命言之，其實一也。天以命人者氣，人受於天者理。若仁、義、禮、智，則理也，貧賤、壽夭，則氣也，是豈命有二也哉？析之雖殊，命則一也。尚論古聖賢之言命者，其辭旨蓋有不同，亦各從其所由而發之。啓道德之門者有之，達微妙者有之，有不得已而言之者有之，又有爲言之者有之。故《易》曰：『窮理盡性，以至於命。』孔子言知命，孟子亦曰知命。知其命者，夫是之謂君子。君子之所以知之者，修身成德，順其正而已。至若見危忘〔五〕身，不苟去就，死宗廟社稷、城郭封疆者，皆得其正者也。自罹刑戮，此以罪致，而不知命者矣。孔子曰：『公伯寮其如命何？』言公伯寮何預焉。在我者豈委而廢？在天者豈强以必？今之言命者悖於此，至若不保其身，死於巖牆之下，當在不弔之義。然所謂命者，乃天命之命，孟子之言詳矣。

答高舜元十問

問：吾自衛反魯，然後樂正、雅頌各得其所。

答：樂正，非謂四代之樂有誤而正也。魯用四代之樂，是魯僭用之失，非四代之樂非也。夫四代之樂，各有律吕，夫子安得而正諸？古者房中之樂爲二《南》，朝聘會同、燕飲鄉射爲二

《雅》，告神之歌爲《周頌》。頌爲周王所得行也。歌與樂相並而作，三終之義，可得而考也。季子觀樂歌詩，亦與樂相通，無以議爲也。至於樂正、雅頌各得其所，則有不可不辨者。

范甯言『孔子列《黍離》於《國風》』，殊不知季子之歌，王固爲王矣。歌小雅而曰周德之衰，是歌《六月》至于《何草不黄》矣，《鹿鳴》至于《菁菁者莪》，皆美詩也，曷言乎周德之衰乎？今之小雅，皆夫子所定，則凡歌《鹿鳴》至於《菁菁者莪》，非周德之衰，是雅頌之得所復與樂正，明矣。太史公謂『仁義陵遲，《鹿鳴》刺焉』，夫子以前，雅之無别，明矣。故司馬氏作《孔子世家》曰：『《關雎》爲風始，《鹿鳴》爲小雅始，《文王》爲大雅始，《清廟》爲頌始。』是真謂夫子所定，夫子皆絃歌之，以求合磬武。雅、頌之音若是，則豈得不謂之詩樂相合？

然則謂夫子正四代之樂，實非也。季子之歌大雅，誠文王之德矣。然《民勞》至于《召旻》，此周之亂也，何文王之德乎？故凡可以合于樂者，小雅至于《菁菁者莪》而止，大雅至于《卷阿》而止，衰亂之詩，不得入於樂矣，頌之得其所者，夫子直書周頌以别。則魯之配天烝禘閟宫之廟，皆非禮矣。歌《周頌》之詩於魯侯之廟，則奚取三家之堂，夫子之意明矣。《魯頌》非告神之歌，謂之頌者，頌之變。然《敬之》、《小毖》、《振鷺》、《閔予小子》諸篇，亦非告神之詩。善乎太史公之言曰：『成王作頌，推己懲艾，悲彼蒙難。』觀至於此，則後人之效魯而溢美者，誠可羞矣。《商頌》是夫子之祖正考父所作，夫子殷人，遺聞墜簡，附以傳後。觀其辭，想其世，之宋而不足證可知矣。肆直而慈愛，商之遺聲也。歌商之説，次於雅頌，夫子之意深矣。

雅頌得所，樂亦正矣，非他有樂也，即雅頌之歌樂也。

問：邵子謂：『天覆地，地載天，天地相函，故天上有地，地上有天。』

答：邵子言天依乎地，先儒言地在其中，蓋如磨然，上下皆天。虚者爲氣，只天之形；濁者爲體，只地之形。所謂天上有地者，日、月、五星，周行晝夜，日没於地下。但認得地在其中，則天上、天下皆可通矣。

問：邵子謂數起於午。

答：數起於午，微妙不可言。已生之數，皆順天而行，《復》至於《乾》也。未生之數，皆逆天而行，《姤》至於《坤》也。非午不能起，陽盡於午，由静而動，此知來之妙。邵子之秘，先儒未嘗言之。

問：邵子謂天行不息，未嘗有晝夜，人居地上，以爲晝夜，故以地上之數爲人之用。

答：邵子曰：『先天學，心法也，圖從中起，萬化萬事生乎心。』又曰：『先天圖者，環中也。』方圓之圖尤密，所謂『地上之數爲人之用』，方圖是也。用九環中，則依天而行，圓圖是也。合天而行，附地而生，故人爲萬物之靈，而《乾》之九三、九四，其功用尤可見。

問：邵子聲音之學及字母淵源。

答：縱爲四聲，横爲七音，鄭漁仲之説備。邵子聲音之學，出於其父，名古，號伊川丈人，有圖譜行于世。温公《切韻》，皆源於此。然此學由西域來，今所謂三十六字母，亦從彼出。中國四聲甚拙，至沈約始明七音。先儒嘗言中聲合於天籟，若如近世祝泌《觀物解》中韻譜，卻又入樂工清濁之拘。莊子謂樂出虚，乃邵子心法，但得伊川丈人圖子一觀，亦得髣髴。後漢風角鳥占，亦不出此，然非至靜工夫，未易能通也。

問：芣苢，説者謂車前，其子治婦人難産。愚謂采之於《詩》，殊無義味，其中必有其義，乞教之。

答：芣苢謂治婦人難産，政如釋螽斯、芍藥之謬也。先儒謂敘物以言情，謂之賦情體物也，索物以託情，謂之比情附物也，觸物以起情，謂之興物動情也。此詩兼興賦之體，古樂府中『魚戲蓮葉東，魚戲蓮葉西』之詩，深得此意，難以語言盡也。

問：《詩·關雎》，謂之《國風》，自王季爲西伯，至紂，又命文王典治國南。文王作邑於豐，乃命岐邦周、召之地爲周公、召公采地。至武王定天下，巡狩述職，陳誦周國之詩，以觀民風俗，得二公之德教尤純者，屬太史分而國之，謂之《周南》、《召南》，作樂用之，被之筦絃，以爲房中之樂。又謂太姒稱后，此追稱云耳，其義何如？

答：地志：扶風雍縣東北有周城，東南有召城。文王之爲西伯，周、召未得封也。武王伐紂以後，周、召未得封也。周、召之封，始於相成王以後。《詩序》不足證，今直以《行露》、《甘棠》考之，明言召伯，此不可通之一也。夫既以二南爲文王，在《周南》則爲王，在《召南》則爲公，此不可通之二也。太姒在《周南》爲后妃，在《召南》爲夫人，此不可通之三也。《關雎》

之作，太史公所言不一，或爲刺，或爲康王以後詩。但先儒之説林立，雖有鄙見，未易陳道。若復異論，此又似吳幼清宗象山之謗興矣。世無真學，貴耳賤目，難以立談。

問：作史及編年、實録凡例。

答：日曆、起居注、時政記條目，歐陽公言之詳矣。實録迺加謚以後書，必有臣傳，亦有字數限式。宋元豐以後，日曆壞於王安石；建炎以後，日曆壞於秦檜。至咸淳之謬，尤不足據。然遺書舊聞，皆足考證，若欲討論，非經月議論不可。

問：四六格式及速成之方、檢閲之書。

答：牋表之説，當别詳具，此雖小技，更僕未易言。大要寡學而才氣差敏捷者，直師東坡。南渡以後，皆宗之。金源諸賢，只此一法。惟荊公一派，以經爲主，獨趙南塘單傳，莫有繼者。汪彦章則游乎蘇、王之間，若欲精究，當取夏英公、楊〔六〕文公、翟忠惠、綦北海、王疏寮、元章簡、王禹玉、張安道、劉莘老諸人文字置几案，賤子當面言源委矣。

問：古賦當祖何賦？其體製理趣，何由高古？

答：屈原爲騷，漢儒爲賦。賦者實敘其事，體物多而情思少。登高能賦，皆指物喻意。漢賦如揚、馬、枚、鄒，皆實賦體。至後漢，雜騷詞而爲賦，若左太沖、班孟堅《兩都賦》，皆直賦體；如《幽通》諸賦，又近《楚辭》矣。晁無咎言『變《離騷》、續《楚辭》』，其説甚詳。私謂賦有三變：自後漢之變爲初，柳子厚之賦爲第二，蘇、黄爲第三。今欲稍近古，觀屈原《橘賦》、賈生《鵩賦》爲正體；又如《馴象》、《鸚鵡》諸賦，猶不失古；曹植諸小賦尤雅潤，但差萎弱耳。

校勘記

〔一〕郁校：『見』，鈔本作『兄』。案《公羊·莊三十二年》經：『冬十月乙未，子般卒。』傳曰：『子卒云子卒，此其稱子般卒何？君存，稱世子；君薨，稱子某。既葬，稱之。』《穀梁傳》云：『子卒，日正也，不日故也。有所見則日。』此《公》、《穀》稱子例也，作『見』是。

〔二〕郁校：『楚』，原本作『曹』，鈔本同。案《左傳》，是起楚師，今改。

〔三〕郁校：問『與楚椒，秦術無異稱焉』、『與楚椒、秦術之使』，『楚』原本並作『曹』，鈔本並作『楚』。案下答詞即云『吳札、楚椒』，此誤，今改。

〔四〕郁校：『攻』，原本誤『敀』，鈔本作『攻』，今改。

〔五〕郁校：『忘』，原本誤『亡』，鈔本作『忘』，今改。

〔六〕郁校：『楊』，原本誤『揚』，鈔本作『楊』，今改。

清容居士集卷四十三

祭　文

祭余寺丞代大人作

維年月日，某謹致祭于故知郡寺丞余公親翁之靈。

嗚呼哀哉。世日澆巧，爲善者希。惰士尚媮，智士死奇。公獨爲善，窮日孜孜。始終其心，夷險不移。方公少年，貴盛莫比。顯允文昌，玉節絲轡。笑談春生，叱咤電起。公獨趨庭，巽若處女。維昔晏安，雲冠霧裾。一車當道，百役避衢。官有未便，入閣勸除。公獨守謙，癯然清儒。世禄日蕃，兄怨弟咨。囊珠匵玉，宴見以時。公獨友于，高堂春熙。寒衾朝飱，二難怡怡。守官唯勤，不矜其智。尺牘撫問，各盡親意。人有急難，公先其慮。族有困乏，公遺之食。天運既遷，飄風激阿。棲遲精廬，髮化其皤。末疾未幾，奄然無何。嗚呼哀哉。維我與公，三世有素。知公之詳，匪以姻故。天道與人，先後莫睹。事或未然，曷咎曷怒。陂陁墓田，自公親卜。世途昏茫，之死何惑。永念殊隔，泣涕莫復。酹兹一觴，以寫哀臆。尚享。

祭外祖代大人作

城南之望，奕世惟賢。接武辟雍，厥聞藹然。紛綸五經，曰鄭屯田。維公高曾，廣塾以延。諸老簪盍，二獻是先。遺言懿範，公承其全。體涵中和，靈珠媚川。粃糠世機，德容渾圓。囿身書林，徘徊孤騫。亦既食實，紹兹家氈。世德儉微，喬木蒼煙。紛紜欒胥，岌其疾顛。掇拾耆舊，列于簡編。蘧廬方牀，卷舒窮研。其語雖寡，其意實傳。秀眉玉色，投老愈妍。謂享大耋，事胡不然。俯仰疇昔，今三十年。歲在丙寅，憂患日纏。變彼諸雛，不能飛翾。請昏于公，以煦以憐。服襲粹温，雍容周旋。雖乏偕老，情實不遷。飄風揚塵，畏途屯邅。爲善斯懼，公無愠言。昔者遠行，相望越燕。甘脆莫奉，於禮實愆。歸省牀下，公疾沈綿。形枯神朗，遺墨愈鮮。屬託孔深，悲不可宣。淳厖日希，百巧相梴。執玉奉盈，敢以自完。公死何恨，如雲在天。式陳酒殽，辭盡涙漣。尚享。

祭李雨山代大人作

維公周敏之才，英偉之彦。金精璞温，不假琢鍊。摩蒼雲以高翔，目九日而不眩。造物之畀，蓋將以固斯文之元氣，閲天下之事變。故其始也，脱略畦町，卷書長哦。浩然經濟之意，忘其冠切雲之嵯峨。分席於諸老，謏〔一〕言腐談，拱手以置。睹江流之如帶，凛丸泥之莫倚。嗚雞號寒，篝筆疾書。負囊封以叩關，維石友之與俱。事往既莫得咎，而所以保衛先緒者，常兢兢以懷圖。嗟今之人，志與運乖，道與事違。介者卒至於困，而爽者或流乎卑。抑嘗反覆出處之大致，每惕然以深思。而公雍容兩端，不茹不吐，莫余敢侮。試命南荒，酬勞於東浙之濱。既不以利其身，亦不以望於今。玩理忘世，孰能踰於斯人者乎。幸公之强，謂坐進此道，以鎮當世之浮薄。而事有不可料，狂雲飄奔，隕晴日之飛雹。滔滔川流，逝者如斯。往不可復，徒以爲生者之悲。昔某辱知文昌公，白首故吏三十年，于兹始得見公于金華，握手傾倒。酒酣耳熱，各相視不復道。念此意冷，今聞公喪，愈重不競之歎。公魂在天，一息八極，雖千里其奚遠。我哀之長，敢緘辭以薦。番江怒瀾，其有相余之悲黯也。尚享。

祭王尚書

維年月日，以清酌之奠，祭于内翰給事尚書先生之靈曰：

道大如天，學廣如漢。企而望之，自涯而返。末俗濫觴，昧彼一貫。捨學而言，所執愈涣。伊洛之盛，嗣於乾淳。析仁辨義，修己治人。先民有訓，其言諄諄。稽經探本，纂史輯聞。匪默以高，匪誕以守。降于叔季，其弊莫救。千士一律，躪訛踵陋。坐曹清談，迎事拱手。文散武萎，禮弛樂虧。孰據其全，以爲國毗。篤生我公，是宗是師。天清景温，前旃後麾。窮源崑崙，賓日扶桑。磅礴萬類，衆曷敢當。積潤滉漾，舒光煒煌。探巖排碕，纖巨畢藏。若農有秋，箱輪廩峙。若龍起淵，雷震雨施。九招希聲，昌歜古味。爰薦合宫，以享以蒞。灌膏養腴，心君清澄。讜言訪對，屈軼在廷。群疑未決，神龜示靈。化被姦饕，淳風泠泠。天運悠邈，公亦永歎。學絶道傾，死灰莫然。獨行誰儔，獨立誰言。吾非斯人，其誰與傳。翳翳里門，易窮三陳。捨泣而歌，謂天莫聞。劍失其光，蘭銷其薰。柴桑沈冥，王官混淪。年已逮耇，秉燭繼晷。一柱承天，四海仰企。蔽牛之陰，百草茂美。謂享大耋，以淑後士。云胡微疾，永蜕世塵。歲匪龍蛇，其理莫詢。訴詞重華，蹇兹遺臣。曰士之弊，逮今弗振。桷以蒙昧，請業門下。反覆可教，授以端緒。有疑必開，有謬必舉。語其平生，載出載處。冀登斯堂，舉觴以祝。詎期須臾，望公以哭。蹻蹻小子，抵掌掉目。哀哀吾儕，殞首莫贖。死生之原，千古一致。瘁躬報德，匪哀以既。風雨神交，卻立鬼魅。秉心靡渝，服義靡墜。庶幾公魂，慰此耿特。皦如兹觴，之志罔慝。拜手薦公，公其來格。矢詞致誠，有淚俱滴。尚享。

祭胡梅澗先生

維年月日，袁桷謹以清酌時羞之奠，祭于梅澗先生胡公之靈。

嗚呼。司馬氏續素王之旨歸，成萬世之標準。過高之議，始於王霸，謂秦漢而下不得並混。取法於唐虞之雍熙，其見於所行，迄無以救其元本。習剽竊以爲工者，絺繪變幻，乘虚附近。語新意粲，過都而疾馳，自涯而遽返，其不謬者則已爲過幸。書愈傳而學愈陋，論愈高而事愈謬，紛紛比比，孰有尸其責以自任。曠百年而一見，知畀與者之所靳。

維先生負淵海之學，執事物之樞。用功於青雲決科之前，大究若訥，小得若愚。網羅搜抉，極竹素之秘，而其微細委瑣，猶不遺於初虞。襲釋例於杜氏，著履霜堅冰之旨。條分目舉，而牛李棄地之爭、黨子制父之議，前人之有疑者，雖取舍有在，以明迂叟當時之不得已。至於孜孜衛翼，拾遺補誤，亦幾乎司馬氏之忠臣而無負。江上之策，不行於老姦。蒙昧草野，避聲卻影，年運而往，知吾道之愈難。寫心聲之悲憤，聽澗水之潺湲。陰陽倚伏，何得而非辱，何失而非福。匪歷代消長，融會胸臆，其何能若是之蓋穀。

甲申之歲，先生出峽，訪先子於城南。桷時弱冠氣盛，望先生之道，不知佩玉之利於徐趨，駕車之不可脱銜也。先生微機以抉之，再而赧，三而竭。垂頭卻立，畢志以請業。由是始得知二千餘年之内，論事不可以一概。而所謂非三代不陳者，實要君以行怪。憂患荒落，負先生之訓。相望信宿，猶冀往復以自振迅。書來自冬，屬託孔懃。諄諄已近於期耆之語，感多而疑成，懼不能以久親。語未脱口，而會事已陳。一老之不憖，斯文之所係。而不肖所受之深者，恩不止於玉成，哀不止於流涕。

痛遺書之已稡，異夫草玄之隘。苟志願之不泯，雖少屈而何害。掃兒童之哀悼，陳一觴以自誓。蓋事有至難而可成，時不可以終逝。炳然之書，安能久名山之副藏，迄垂闡於盛世。公之精誠，理寧有昧。矢兹一言，以俟其會。溪流奔匯，雲木黯霮。相此皦如，魂兮其返旆也。

尚享。

祭戴先生

維至大四年歲在辛亥三月癸酉朔，越二十有四日丙申，學生袁桷謹以清酌庶羞之奠，敬祭于剡源戴公先生之靈。

功業可以致君，而名不得以潤身。科舉足以取士，而文不足以行世。二岐孔分，厥害實深。彼沾沾之白首，汔莫能自悟。卒翳于榛莽，而漠然爲太虛也。先生之識，成于髫年。失仕以歸，素業永捐。篝燈蓬髮，支笻聳肩。抉拾天巧，落其華妍。視雲在山，散爲飛泉。戊寅之秋，愚騃無肖，承先子之命，以奉灑埽。謂百尋之宇、拱把之木，曷中梁柱。凛然師訓，顔汗舌吐。維臨淵是懼，維執玉是慕。經事爰久，先子棄養。十年之間，百摺相望。深源厚殖，莫知其力。往歲，先子嘗曰：『德非我敢專，而世由是傳。萬物五色，絢兮翩翩。吾懼汝之一偏也。』先生隱几驚坐以起曰：『汝毋忘父訓。』嗚呼。文以承道，德以承世。父師在天，終莫敢墜。矢文寫哀，有淚如洗。尚享。

祭危功遠

神室既虚，周流無跡。巖巖先天，風水涌激。念兹先契，論敘夙昔。魂兮有歸，勿怖勿惻。

尚享。

祭楊内翰文代作

維年月日，翰林學士承旨、正議大夫、知制誥、同修國史閻復等，謹以酒脯之奠，致祭於故翰林學士楊公之靈。

沄沄濟源，始于王屋。達爲清泉，以合四瀆。篤生令賢，浥此渟滀。砥行立名，不諂不瀆。發身以儒，分教東魯。佩規帶方，莫余敢侮。爰歸承明，編簡斯補。徘徊歲周，庸振華武。鋪宣帝謨，草木五色。清心無華，外損中益。雍容成均，訓掌是職。鏘鏘佩衿，曰古遺直。晚歸鑾坡，實爲舊物。炳燭無倦，寧以耄屈。長松之貞，幽蘭之鬱。瑰詞玉篆，粲若黼黻。川流星徂，典刑日淪。豈期纏綿，隕兹德人。我老意短，我悲孔新。敬率具寮，薄奠以陳。尚享。

祭王瓠山承旨

維年月日，門生具官袁桷謹以酒殽之奠，昭告于翰林承旨瓠山先生王公之靈。

芒芒九州，求應惟類。粤昔先民，疆理制治。考賢論方，角立競詵。大同莫諧，多士兹弊。始公南來，黑髮嶷嶷。挈其圖書，是根是柢。我先大夫，接識辭氣。晚歲在京，閔恤昧稚。曰不覺有先後，士無遐邇。喬雲在空，萬物五采。毋匿彼光，厥誨以仕。逌居禁林，執度量士。不見其人，有簡斯揆。手書諄諄，而父不死。明有帝制，幽有信史。削煩養膏，汝駿其熾。聿來承公，傴伏屏俟。公車東行，跂望靡已。公車來朝，載色載喜。彼山維雲，彼堂維杞。帶兮委兮，告我知已。其餞伊何，教言靡靡。塵之朝飛，曷其有既。弗寧履冰，竟爾用逝。外踐内揚，於粲終始。敷文宣昭，秩秩在耳。于嗟公兮，公往弗墜。凡今寠人，冒疾有技。視公之爲，有泚以愧。愧能止之，止孰可嗣。嗣今企而，彼嗣不躓。聞哀于鄉，承睫涌淚。殯宮有紉，淚盡斯矢。佩玉曳裾，玩月歲愒。寫心何言，弗辱罔貳。嗚呼哀哉。尚享。

祭吳饒公

維延祐六年閏八月癸丑朔，越十有二日甲子，具官袁桷謹以清酌庶羞之奠，敬祭于大司徒饒國吳公之靈。

寸雲興功，甕源湯波。磅礴畬沄，德同其科。稽公玄胄，行仁于番。隆汙迭仍，卒昌靈柯。維是生上嗣，高挹泰和。手握玄機，萬象畢羅。不翕以隨，不媚以頗。允謂家教，靡勞琢磋。維公純篤，里社婆娑。耆壽好禮，受祐則那。外謙養恭，内温守和。鄉國賜履，紆垂佩珂。燕豆孔陳，湛焉春酡。或車於閭，或舟於河。恂恂熙熙，鼓缶以歌。書來京師，戒言匪苛。勿私我躬，瘁公靡他。告而孫子，飭書暮哦。觀化有終，奄然微痾。有子純孝，涕洟交沲。回視吾儕，泚顙實多。國恩懋昭，賁於坡陁。生無憾私，没無缺蹉。仰止盛德，白雲嵯峨。南望伊阻，心思云瘥。承交再世，其舊如何？薄奠遠陳，矢言匪阿。尚享。

祭黄仲正

嗚呼。世儒謏聞，昧焉求容。天命罔知，曳裾憧憧。迄莫有成，祗尤其逢。惟我仲正甫，日韜其躬。退讓益卑，殖學若農。謙兮虚谷，訥兮太沖。恭不近卑，夷不失中。粤昔耆舊，慶曆闡宏。鋤荒廣聞，維公維卿。世胄疾顛，欒范是程。君獨憫之，仰天撫膺。緝簡差差，綴書聚蠅。經緯譜諜，範圍日星。若綱斯綱，若臂斯肱。維歲壬辰，盛名日起。泮宫舒遲，不泄其美。維我先子，一見驚喟。曰姿宇儀觀，先大夫是似。大夫令名，士有定誄。謂君嗣之，克踵厥皦。奉于家塾，群幼漸被。彼幼困蒙，迄莫有啓。僕實與君，針芥密投。窮玄蒼[二]垠，探源渠搜。比律爲均，擣珍爲羞。彼昧不知，議莫與酬。先子云亡，南北異軥。歲月逾邁，塵積弊裘。君書到手，云胡永留。中年相同，繭室豫修。今訖南歸，動色相慰。運有顯晦，官實郵置。曰汝二子，教實未至。空林荒野，黜彼聽視。三餘養功，先德是嗣。彼誇逐魂，氣蹶彌圮。屬觴孔深，君以疾告。話言慎矜，罔有顛倒。長年駒隙，曩[三]虚禄稍。汝易漸完，吾與汝校。麟經説幽，吾願汝斆。詞林榛蕪，書圃川浩。執轡以驅，不失其導。伏枕瞬息，疾危奔泉。鄉失成彦，親失令賢。謂天蓋高，則莫敢言。謂德靡修，衆[四]曰不然。承契疇昔，今三十年。金蘭合交，矧維姻聯。薄奠寫哀，涕盡莫殫。嗚呼哀哉。尚享。

祭袁府君

稽乾淳之盛際，多士闡其皇風。啓城南之文會，首屯田之封崇。維正獻之模範，實高躡其遺蹤。植大本以沃心，廣經説而訓蒙。雲負笈而鵠立，越公兹焉以相從。懷試牒而不上，考舊譜而合宗。登慈恩以後先，黨籍焰而避鋒。洎大明之更絃，俱玉珮於秘蓬。靈椿儼其不凋，桂聯芳以增隆。髣安陽之成思[五]，與桐木而相通。凜風雲之變更，丹林殞其青葱。粲千金之美裘，澳涊辱而蒙茸。雪霜厲以交隕，復融風之相攻。履蹇武以不前，慘胡爲乎泥中。合情話以交慰，證墜簡而彌縫。鼠行窗以窺燈，各飣坐以炯瞳。意凌空而肆奇，效並飛以追鴻。神投淵以搏怪，爭交手而捧龍。或舉觴而心眩，或擊筑以氣雄。窮探蟻於珠曲，駕採蓮於神峰。語不泄而益婉，詞欲陳而彌封。瞻懸瀑於踞石，聽空籟於舞松。運通塞以莫推，各分岐而西東。歲協洽以入燕，益磅礴其心胸。馬伏軛以悲鳴，詎示之以不逢。亟返駕以式微，疾果侵乎令躬。念兩家之敦敍，五世閲而攸同。原伯魯之世胄，交衢泣其憧憧。蚊秋集而失喙，菌露溥而慘容。憫坌垢以多虞，爰返真乎顥穹。天柱鬱其朱明，校緑籍以昭融。玩死生之情狀，周流竟乎鴻濛。陟帝廷而不震，承顏優乎先公。賜二笥以永藏，靈根衍以和沖。覩萬化之終始，深有悲夫夏蟲。陳薄奠以永訣，抑以寫夙昔之悲衷。嗚呼哀哉。尚享。

祭張宗師

維至治元年歲次辛酉十有二月庚子朔，越十有八日丁巳，具官袁桷謹以香茗之奠，告于開封玄教大宗師張公之靈曰：

維公以篤碩之姿、沖靜之量，執儉與勤，靡有恣放。際遇五朝，貴盛莫伉。口絶否臧，身守謙讓。大盈益虚，小德彌諒。衆罔置疵，異莫敢謗。絪緼無垠，如雲在天。亦既作止，脱焉藏淵。金冠玉圭，四十五年。緼袍蕭齋，弗競弗鮮。易簀以逝，嗒然癯仙。死生亦大，公寧慊然。賤子在京，踰二十載。每默察之，謂可免悔。笑言孔勤〔六〕，觴至彌愛。聞公觀化，寧不永慨。凡我南士，命有顯晦。五福之全，莫與公配。一奠寫忱，盛德曷沫。靈斿來歸，昭鑑如在。

祭外祖

淳祐辛亥，大父嚴州養逸家居，我外大父敷文繇臨漳解組歸于里閭。是歲八月，抱疾以吁，曰：『吾女甫六歲，相宜生佳兒，將曷所從。維嚴州夫人，我中外表，俾它日以事問名。』不旬日，嗒然以終。

辛酉之歲，歸處州府君，實惟次壻。官于京畿，是生不孝子曰桷。七日以逝，外祖母張氏鞠之，曰：『果長成有立，我敷文無愧，吾女亦不死。』幼歲多疾，兼以羸弱昧昏，先處州督過不置。稍長，知外家爲王門，剋自奮勵。遂獲見于鄉大夫，鄉先生曰：『是子其有聞。』桷生丙寅，先夫人之亡三十有三年，處州無禄，禍罰酷纏。閉門省愆，曰：『吾何以報劬勞之恩。』是外祖之期，卒莫能紹聞矣。備員史館，掌制十年。復叨集賢，今復歸于詞垣。雖學不稱其職，則吾外大父冥漠之中，當以昔言爲真然矣。久宦京師，不能展省墓田。謹遣男瓘以酒殽之奠，陳告曰：桷母史夫人，以上恩得封會稽郡君。今叨塵三品，宜得追封郡夫人。歸老故里，敢省墓以陳。言盡而情無窮，涕與淚淪。尚享。

祭趙子昂承旨

維至治三年歲次癸亥六月辛酉朔，越二十有七日丁亥，從表弟具官袁桷，謹以清酌庶羞之奠，敢昭告于翰林承旨榮禄趙公之靈曰：

河嶽之精，上爲列星。形而爲人，孰著炳靈。茫茫禹甸，萬不一能。維公之生，服食粹清。幼敏于學，雲英天葩。崑崙五色，散而爲河。其見有卓，其别有科。書證古文，律合泰和。肩曹躪鮑，絀莊廣騷。身承萬牛，手題六鼇。神游靡窮，燈螢補勞。運通承休，官于兵曹。嘉名既彰，日底于高。大緋豐碑，喜愠靡辭。或與其奇，或削其疵。窮欄華居，卒爲其師。行不矜細，語不擇辭。客去我休，嗒然相忘。英英玉堂，瑹兮珩璜。心如虚舟，云返其鄉。鷗波大雅，曰兹徜徉。都有異傳，愛者以匿。歲月既深，傳者維的。聞訃莫奔，相視動色。世失名士，曷有南北。維我外祖，崇王外孫。桷實史出，絲蔓是論。乙酉之歲，定交論文。我賦孔深，公辭彌敦。俯仰三紀，獲接佩履。薦墨專特，屬以史事。彼雖藐然，公意則侈。今承後塵，或謂是似。哭不憑棺，葬不視穴。雖云係縻，禮則有缺。歲周如流，心志若割。薄奠寫忱，以告永訣。嗚呼哀哉。尚享。

祭史車父助教

維昔外家，過於侈盛。乾坤轉旋，咸謂其將不競矣。文治聿興，闔郡不薦者幾三舉。桷以譾薄，考校輒與。而私以計，則曰：『我外家譜諜若是，計偕之來，抑疑且自懼也。』嗚呼。車父色蒼而貌淳，規矩不踰於常人。其考經也，守儒先之説，罔敢越踰。吾則曰：『五經之説，弊極則返，昔有議而必除。涣然怡然，知鄙説之不妄，而冒昧固陋，得奉身於殿廬。』嗚呼。區區之心，兄悉知之矣。投老還山，書疏不置，意謂衰朽猶能相奉以劇議也。靈輀遠歸，痛徹心膂，暮年哭子。因兄之喪，涕泗不已。可哀也夫，其可置也夫。嗚呼哀哉。尚享。

祭定水真禪師

維皇慶二年三月辛卯朔，越八日戊戌，具官袁桷謹以香茗之奠，告于雙峰長老真師之塔。空性返真，匪以言先。詮要混殽，强名爲禪。立禪啓宗，假言以宣。語默動作，斯言之筌。

末派沄淪，若蔓斯延。巧迺嫉之，斲方毀圓。彼尚辭者，復據其顛。視之莫名，執不以權。駕彼駑馬，冥途加鞭。在昔源公，孤立巖泉。食苦避甘，養其德全。匪石匪金，以刻以鐫。來者卻立，恣言佔諠。疾抱遺衣，涕語漣漣。信宿熟視，維師是傳。師來斯丘，若源之在前。毀心以完，沈珠于淵。謂支離苟生，何有歲年。散形而歸，雲升在天。一髮挽鈞，事實眇綿。糜爛缺敗，曷其有痊。陳茗寫心，其然其然。尚享。

祭定水源禪師

維師之行，力垢穢而益清也。維師之言，事韜匿而益明也。志異乎衆，知者不以爲介。居處乎獨，識者不議其隘。壞裓脱粟，憂道之無傳，涕與淚漣。辭俗避世，將處夫懸厓之顛，誓隕其年。以厲夫貪鄙，而卒不能以遂願也。戊寅之冬，會于先塋。師抉其旨，神光晶熒。匪事於解，粲焉緯經。曰無體無方，簡易是程。世道日淪，夸誕益臻。望洋以行，靡知其津。維師之示寂，今四十有六年。桷也周游南北，亦既垂老。何授徒烝烝，而罔有以紹。雙峰之山，實演法之所。有祠歷年，塵翳莫睹。適臨忌辰，薄奠式陳，以寫我衷悰。尚享。

祭湖心奎律師

維泰定三年歲在丙寅四月乙亥朔，越十有一日乙酉，具官袁桷謹以茗果之奠，告于前湖心漢章律師之靈。

維師以峻絜縝密之行，儀于叢林。不言而耄稚所仰，無文而顓蒙所欽。壞裓薄飯，攝念一室，梵唄震動，絶怖畏以息其貪嗔。末世頹波，毁戒壞律，罔止於一人。鰍鱔縱恣，侮夫澄海之巨鱗。雖心不爲動，持清議者何縮吻而咽瘖？暮專一丘，將挽退静之質以爲比鄰。今歲之春，會言諄諄。手書至門，遺語益親。勸余以老之將至，息機心而罷哦吟。念故老之澌盡，紛攘臂以自陳。視師之行，其嚚曷悛。今師往矣，寧不戚辛。薄奠寫懷，庶其鑑歆。尚享。

祭育王明禪師

慨禪林之盛時，爭摩擊以相接。或勵行以安行，或發機於危掣。辨鋒激以奔雷，玄鑰契而吸鐵。遵古聖之矩範，接前賢之軌轍。於斯時也，師能承其餘風，以考其異同。數十年來，兹道不競，角立爭騁。遺言懿行，罔有深省。師獨巋然玉几之峰，會衆説以持正。繁霜孤松，巨浸一航，凛乎誠不可以當。相會未幾，遺書在門。痛耆舊之欲盡，知典刑之莫存。高年昭明，曷有盡傷。如月在天，孰存孰亡。持兹一奠，以寫餘光。

祭王蓬山

精氣神之交媾兮，動死地而莫可詢。魂既升而茫忽兮，有假夫攝鍊以存存。彼學仙者之自任兮，謂能持精思以叩夫帝閽。鬱儀兮繽紛，髣靈霄兮粲以文。目渺渺兮空洞，晬容髣兮神君。道至簡兮宜鋤耘，絕聽視兮合渾淪。蓬山爲鄉兮海爲門，是生王仙兮合吐吞。劬躬以訪道兮，老益以勤。窮還反之變化兮，莫逃夫大垠。慨宗伯之上征兮，壯歲實預其駿奔。守不懈以自將兮，二父合情以彌敦。數九九而益少陽兮，不怛乎世劫之邅屯。念初志兮冀有聞，侍靈斿兮駕長雲。歸來乎隱仙兮，塵舃以坌。

祝文

壬子歲除告祖禰祝文

舊歲冬十月，將入直翰林，舟來吳門，知有代者，乃不果行。菑畬先疇，爰築室是承。徭役紛更，復逗留以治靖。念烝嘗不克親奉，是慄是懼。秋九月，得疾幾殆，庸禱於祖禰，幸獲有瘳。十月既望，蒙恩復授舊職，遣官趣驛以進。退惟譾薄，承藉先德，迄克臻茲。言歸于家，敢絜酒饌，合祀於中堂。尚祈相綏，以保嘉吉。

丙辰歲告追封祝文

承藉先蔭，有列于朝。今踰十稔，叨恩次對，亦復再留。卹典既行，咸得追榮其父母。而㮐視先考，品秩有懸，格未應得。先妣從先考之爵，今追封爲會稽郡君。妻鄭氏，亦獲追封爲會稽縣君。縻縶京師，未能遄歸。異日將告于墓下，爰羞酒殽，虔告行宇。敢告。

戊午歲終告祖禰祝文

癸丑之春，莅官于朝。今兹六稔，烝嘗之奉，弗克親薦，夙夜惕心。次對再叨，亦滿秩考。歲聿云暮，絜陳庶羞，以伸永慕。尚相其成，俾歸奉松楸，㮐之大願。尚享。

己未封贈祝文

延祐丙辰春，叨塵待制。霈典普行，得追榮于我考妣。是歲，翰苑扈從，不以官秩高下，咸獲霈恩。獨吏部申明，謂子職既卑，難擬於父，繇是僅獲追封妣爲會稽郡君。丙辰秋八月，復獲再任。惕然松楸之念，朝夕不置。將俟代南歸，捧黄以告墓下。夏五月踰滿，忽蒙誤恩，超陞爲直學士。靖惟僥倖，皆考妣劬勞覆燾之德。奉職伊始，曷敢告還？謹奉宣命，令孫瓘跪讀于墓所。保祐無斁，俾獲爲全人，以無負先訓，㮐之至願。敢告。

己未告鄭氏縣君祝文

向以叨榮侍從，追崇典行，遂得恩及于妻。因循再任，晉秩集賢。卒未可歸，令子瓘以副黄焚白。敢告。

辛酉歲終祭祖禰祝文

桷濫官于朝，踰二十載。舊歲南歸，將一意誓墓，以奉祭祀。承詔復舊。春三月來京，即預考士。四月供職，復扈蹕開平，八月始還。孱弱之質，崎嶇道里，迄獲平善，皆我祖宗保祐之功。歲聿云暮，庸奉祀於寓廬，俾遂平康。二子瓘、瑾，克紹詩書，以光祖德。不肖孤實有祈望，惟陰相而默成之。尚享。

壬戌春祭祖禰祝文

三月甲戌，中書奏奉，改直翰林。退省淺學，非所宜當。實我祖禰，胚胎前光。而不肖嗣，冒膺是天寵。扈蹕有嚴，將上開平，脆弱之質，驅馳不堪。車馬修途，冀有以扶翼，使獲歸田，以奉松楸，不勝大願。次子瑾，俾入成均。敢庸虔告，相其有成。尚享。

癸亥封贈告廟祝文

憑藉先蔭，獲綴從班，卹典肇新。祖考嚴川府君，得贈中順大夫、上騎都尉、會稽郡伯；祖妣王氏令人，贈會稽郡君。考處州府君，贈亞中大夫、輕車都尉、會稽郡侯；妣史氏郡君，贈會稽郡夫人；　妣楊氏安人，贈會稽郡夫人。妻鄭氏縣君，贈會稽郡夫人。今祇承宣命，奉祀于寓舍，以申虔告。淺薄承緒，戰兢靡遑，晉秩侍講，實繇祖德深厚。弱息踵武，克己樹德，敢不夙夜？伏祈鑑歆，以永終譽。敢告。

告嚴州府君祝文

登極之詔，以推恩錫命爲首。越小大臣，罔不承澤。桷以侍臣獲追榮于二代，而我祖考今得贈中順大夫、上騎都尉、會稽郡伯，祖妣贈會稽郡君。追惟付託之重，實篤意于先大夫。不肖孫朝夕思念，靡有替墜，踰六十有七年，獲遂初志。霜露既降，謹以副黄俾瓘焚白。近叨綸音，晉秩侍講，行能淺薄，大懼弗克荷負。先德弘遠，冀有以綏祐。贈典有加，行申告于墓下。敢告。

告處州府君祝文

登極有詔，以推恩錫命爲首。小大臣罔不承澤，越今始奉行。桷以侍臣獲追榮于二代，而先考得贈亞中大夫、輕車都尉、會稽郡侯，妣史氏贈會稽郡夫人，妣楊氏贈會稽郡夫人。靖惟義方之教，期勵甚遠，種德殖義，奏身以淑後者，鄉黨所共知。施于孤兒，得食其豐報。霜露既降，謹以副黄俾長孫瓘焚白以鑑。近叨綸音，晉秩侍講。忝竊踰分，惟寵綏而啓祐，使行能無愧，獲爲全人。則世德永遠，施于諸孫，俾有憑奉。敢告。

告鄭氏縣君祝文

往歲已膺縣君之命，今䘏典既開，位在三品，追爵彌高，繇是陞爲會稽郡夫人。天澤深厚，魂其欽承。敢告。

謁告還家祭祖祝文

庚申蒙恩被召，再入集賢。連歲疊除，大懼不克負荷。日夕念歸，以虔奉祭祀爲急，守職有嚴，不敢遽去。今者謁告歸里，將杜門息心，力教子孫，永承松楸之蔭。私心未遂，惟陰相以成其私。禴祭有嚴，敬奉昭穆，合食于新堂。敢布由衷。尚享。

追封祝文

綴跡朝著，今踰二紀。行能譾薄，大懼弗能稱職。迺者先丞相忠獻王，不以卑鄙，驟加超擢，叨塵二品。今上嗣位，大賚中外，視其職秩，悉俾追榮。繇是祖考加贈嘉議大夫、禮部尚書、上輕車都尉，追封會稽郡侯，祖妣王氏加封會稽郡夫人；考加贈中奉大夫、浙東道宣慰使都元帥、護軍，追封會稽郡公，妣史氏加封會稽郡夫人，妣楊氏加封會稽郡夫人。成命已頒，庸告於遠祖。敢告。

立碑告墓祝文

維泰定二年歲在乙丑，十有二月丁丑朔，越三日己卯，男具官桷，敢昭告於妣史氏會稽郡夫人。

七日而孤，先郡公以家教之謹始於嬰孩，能言即授書。甫七歲，《詩》、《書》、《語》、《孟》皆已誦習。尚書之澤，桷以嫡長當受，郡公讓于兄子。甲戌歲，先公陞員郎，法當從是進秩，且得以官其子，先公正色曰：『我即死，官亦不以與。鄉書國學，儀圖以紹世德，汝之責也。』纖粟靡密，先公一以自任，遂得專意問學。師友之淵懿，皆躬探而力討。辛丑歲，登名於翰苑，凡二十有五年，僥忝踰分，皆考妣之垂裕。隧碑未立，每耋然于懷。往官待制，清河元公擅金石之作，遂獲乞銘；吳興趙公專翰墨之美，得求其書。今已十年，而桷齒髮漸衰。亟刻石立於墓右，亦欲俾子孫知儒學足以發身，於是有考。謹以清酌庶羞，敬奉考中奉大夫、浙東道宣慰使都元帥、護軍、會稽郡公，妣楊氏會稽郡夫人合祭。尚享。

祭外祖母張氏祝文

嗚呼！自先夫人之亡，我外祖母不忍棄其諸孤，鞠育撫訓，日期成立，以報罔極。桷今幸不墜先訓，官于翰林、集賢者二十有五年。而先夫人之誌，始得成就。載惟厚恩，懼子孫之不詳，亦登具於誌上。今茲立石，敬以清酌蔬食，用伸虔告。尚享。

立碑告墓祝文

幼承嚴訓，遂得悉意於藝文，有列于朝。大懼遺言懿行之罔傳。向爲次對，廣平程公辱在先友，適爲院長，迺求其銘。是後叨塵二品，封贈疊加，不敢易其舊文，遂刻于碑右。乙未之日，實爲誕辰，肅建碑于隧道。嗚呼！厚德如山，百不寫一。靖惟孝思，曷有殫極？敢告。

男瓘祔祭文

男瓘不幸蚤夭，已安葬於錢湖黄奥之原。日月不居，已經卒哭。禮宜祔于王父大母，今茲陳設殽饌，有事于中堂，敬以其主祔。孤兒孤女，冀相其成，俾宗緒不墜，則實有望。敢告。

男瓘祔廟文

盛年長往，亦既妥安其體魄矣。卒哭事竣，當祔主于祖廟。設祭中堂，其從與享。

校勘記

〔一〕郁校：「謏」，原本誤「諛」，鈔本作「謏」，今改。

〔二〕「蒼」，原作「倉」，據四庫本改。

〔三〕「曩」，四庫本作「囊」。

〔四〕「衆」，四庫本作「余」。

〔五〕「思」，四庫本作「憲」。

〔六〕「勤」，四庫本作「殷」。

清容居士集卷四十四

雜　文

放生池祝聖文

重華廣孝，琴奏五絃；　成湯克仁，網開三面。　式届正陽之月，密符元命之辰。　寸地尺天，歸皇恩於不有；　四生萬類，涵惠澤以無窮。　恭惟陛下：　功契重玄，道融衆妙。　鳶飛魚躍，極上下之昭明；　馬負龜呈，發陰陽之靈秘。　臣等依承真蔭，詠贊昌期。　天地大德曰生，想洋洋而圉圉；　文武萬邦爲憲，咸肅肅以雝雝。　碧海波澄，瑶池仙下。

鮑王廟祈雪祝文

維神廟食兹土，幾千餘禩。　比歲饑疫荐臻，户口耗絶。　意者降罰自天，神不得以有請也。　飛蝗蔽天，神能相其穡事，俾獲無害。　而入冬以來，陽不斂藏，雷電晝作，月臨嘉臘，同雲之候，迄莫有睹，深竊懼之。　雪爲五穀之精，協應以時，則遺胤原隰者可以弭伏。　民無疾疫，春有東作，千里之幸。使者觀風於此，朝夕徯念。神於斯民，休戚彌重。願力闡明靈，叶贊於山川，錫以嘉瑞，勿愆其期，以絶菑害，益足以彰神之賜。

賀東嶽表

節應蒼龍，紀岱宗之元祀；雲舒彩鳳，流阿閣之祥光。萬姓庭趨，百靈弁會。中賀。恭惟氣超混沌，功運冥茫。稟木帝之精，仁施無際；悟谷神之藴，道妙難名。永孚于休，必得其壽。臣等肅矚瑶罣，祗演琅函。望齊魯之青蔥，天威彌近；恨蓬瀛之拘縶，肉翅難飛。

又 庚子歲甲辰日

陽德鍾靈，龍集式符於天統；昌辰紀瑞，虹流上合於堯年。五福錫民，百神受職。臣聞：至仁無極，如歲之春；盛德莫名，惟天爲大。故能彰施黼黻，以盡人文之妙；休養封殖，以成品類之和。幽明相通，顯微無間。極際蟠而均被，亘今古以常新。佳氣鬱蔥，神光孚達。中賀。恭惟位冠群后，功贊無爲。玉檢金泥，極昔王之潤色；丹山赤水，覽海國以遨遊。爰假青煒，以諧寶典。臣等傾心雲闕，注目霓旌。呼萬歲三，莫侍鈞天之廣莫；方百里五，徒推東魯之幅員。

又是歲三月十九日立夏

瞻雲喬嶽，叶盛德之在春；受曆清臺，揆發祥而維夏。四方來賀，六合同風。中賀。恭惟樞紐陰陽，權衡品物。金穰玉燭，以成三時之和；丹臺紫清，以佐九皇之治。雖真遊之無跡，幸神御之有嚴。光挾龍輿，下琳宮而布武；燕分麟脯，傳玉斝以流恩。海觀塵清，城闉瑞靄。臣等式循舊典，庸展上儀。大道無言，莫測絪緼之始；人心不遠，益窮肸蠁之微。

又

天作高山，實尊魯甸；位冠群后，兹爲岱宗。良辰揆維莫之春，多士仰思皇之祐。中賀。恭惟受元氣始，爲萬物宗。七十二君，莫測神庭之秘；三千餘里，有開日觀之祥。睠兹海壖，實維侯服。斥鹵竭魚鹽之利，生聚紀蠶麻之功。民食每假於轉輸，土俗猶存於浮靡。雨暘微戾，伏臘遽乖。敢因善頌之誠，庸致預祈之懇。絳旂丹轂，密除疵癘之妖；紫府清都，彌降簡穰之祉。然後東皇太乙，錫宴鈞天；壽宫神君，追遊化國。遹廣聰明之聖，懋昭長育之仁。眷此有生，施於無極。

又

時維莫春，誕紀盛旦；　歲行吉亥，丕昭令辰。蒼龍宣長育之仁，玉燭啓豐穰之瑞。中賀。恭惟希夷道廣，亭毒功深。神化無方，寸雲合而甘澤溥；　精誠有感，巖石固而積霤穿。臣等身囿海圻，心傾日觀。萬年永保，降祥敢擅於斗牛；　大德曰生，衍壽益齊於箕翼。

東嶽殿上梁文

伏以海觀澄清，聳神山之紫翠；　仙閶縹緲，靄雲闕之青紅。光景常新，規圖改舊。伏惟陰陽合德，高明配天。三宫空洞之遊，道無不在；　六虚周流之妙，用莫能窺。睠兹海壖，古稱鉅鎮。廉讓被先王之澤，詩書敦故老之風。穀粟桑麻，行協三登之慶；　象犀珠玉，聿來重譯之邦。神符默契於天心，嘉貺式資於帝力。洋洋在上，蕩蕩無名。雖兆祀之苾芬，愧揭虔之庳隘。今太守顧瞻下宇，咨度廣居。龜卜既從，鳩工斯集。雕欒藻井，峨然金雀之棲；　玉階彤庭，鬱若彩鸞之舞。雲光五色，花氣千層。誕揚仁惠之聲，益廣循良之政。梓人之道類相，敢愧裁成；　王者之德好生，益申贊詠。今兹穀旦，庸畢偉功。虹梁初舉於地〔二〕中，鳳輦疑從於天下。載色載笑，來宴來娭。輒采歡謡，少揚盛事。

抛梁東，天雞午夜日輪紅。風馬雲車歸帝所，丹臺紫府布皇風。

抛梁西，江闊城迴細柳低。簇騎共看紅叱撥，踏歌時聽白銅鞮。
抛梁南，簇簇山光擁翠嵐。蓂葉陰陽元有準，蛙聲水旱不須占。
抛梁北，滄波不動平如席。祥風甘露瑞豐年，大貝南金書絶域。
抛梁上，仙藥未須承露掌。絳宫神闕自回環，玉檢金繩空悵望。
抛梁下，萬井春風樂皇化。雕題交趾九夷朝，草笠黄冠八方蜡。
伏願上梁之後，乾坤清宴，星斗潤明。蘿圖永衍於皇基，椿壽益延於睿算。六府三事，百吏兆民。雍容治世之音，翱翔太和之域。物無疵癘，家用平康。結繩追渾沌之風，擊壤繼康莊之詠。神祇受職，動植霑仁。

梓潼青詞

陽春布德，誕開震夙之辰；天運興文，允協亨嘉之會。四方來賀，萬神唱恭。恭惟道合希夷，氣超混沌。揚靈西蜀，通肹蠁於妙庭；佐治中州，職銓衡於帝所。維桂籍固嚴於取與，而芸編復驗其勤勞。至道無私，積善有慶。某學拘鉛槧，業保簪裳。教子未能，企世科之必復；傳家有託，守先訓以丕承。肅展素忱，式陳薄薦。伏願祥光紛郁，梵氣開通。孔蓋翠旌，覽德輝於九土；虎符龍券，錫慶澤於一門。

梓潼醮齋文

瑞靄層霄，誕紀降靈之節；誠傾魏闕，有嚴事帝之儀。慶接九垓，芳垂百世。恭惟至仁育物，玄感闡幽。受色筆夢寐之中，晬容有赫；廁金牓銓衡之際，嘉兆密符。允懷一經教子之心，適值大比興賢之歲。雖登崇有數，難以預祈；然神化無方，終期默運。伏願祥光下燭，飈馭恍臨。桂籍書名，願俟家氈之復；棘闈進步，思成盆繭之抽。詞盡意長，恩深感集。

宴交代鄧集賢致語

繡衣南國，屢施白簡之威；玉佩中朝，允稱金闈[二]之彦。惟姻好實侔於兄弟，迺交承永紹於雲仍。愧乏弦歌，式陳籩豆。伏惟交代集賢相公：雲霄自致，風月無邊。給札玉堂，氣欲吞於兔穎；橫經璧海，坐嘗撤於皋比。清言王謝之比肩，妙書[三]鍾張之接踵。與人無競，詎論鵬鷃之鉅纖；處身以和，不計雁鳧之雙乘。京師之望君實，洛社之慕堯夫。廟堂掄才，會弁已同於諸老；巖壑動色，拔茅肯後於吾徒？蓋將拄笏以看西山，披裘而傲北雪。老子之興不淺，先生之祝何如？特進宗師大真人幼結文盟，壯持道紀。度弱水之萬里，騎氣而遊；登紫微之九重，步虛以進。謂孔老之同有自，若晉鄭之焉依。避堂尊賢，授粲禮客。諸臯官或遠使絕域，或近職內銓。俱精神磊落之英，實羽翼贊襄之士。儀生彩鳳，武接祥麟。我翰林修史大夫，針芥密投，金蘭久託。候松階之日影，舊若壎篪；踵蓬島之雲光，今慚糠粃。悟三已之無慍，知四休之當宜。敢以心聲，上陳口號：

婆娑老子倦東吳，笑挹胥濤傲太湖。坐使千巖爲几席，能令萬籟作笙竽。瀛洲法曲行刊譜，酒國長春莫計壺。賴有嘉賓相勸舞，玉山暫倒不須扶。

亡是公代聽雪主人宴客致語

疾病相扶持，迺天倫之至理；酒食召僚友，亦人道之常彝。挹南斗以爲漿，夢鈞天而廣奏。熒煌接席，醲郁陳歡。清容處士素褐癯儒，青氈舊緒。投簪逸海岸，有古松流水之心；騎馬傍人門，無冷炙殘杯之色。困頓於俎豆弦歌之事，沈淪於醫藥卜筮之流。匪曰卑陬，亦云曠達。喜愠既不形于色，口腹亦何累於人？聽雪主人出壑清冰，臨風玉樹。陽和盎面，士疑挾纊之恩；沖粹積躬，衆美虛車之讓。鼎烹而調衆口，杯水以勝萬言。給月支風，陋人間之腥腐；屠龍膾鳳，窮天外之珍羞。厥德不回，何恙弗已？方將肥羜以速諸父，庸示等差；弊袴以待有功，悉除僥覬。芳筵縹緲，雅集舒徐。露墮三危，化逡巡之麴糵；風號萬竅，陳廣莫之笙竽。享若太牢，澹如明水。敢陳口號，少贊神交：

玉堂學士詫英豪，濯濯天葩簇錦袍。擬上瑤池擘麟脯，不將金帳飲羊羔。長卿多病緣消渴，坡老長貧漫老饕。從此青州化烏有，夢迴霜月冷如刀。

太虚道士劾清容子文

鑄金作象，深垂饕餮之文；索米爲飢，何異侏儒之拙？迺知芻豢之悦我口，不如禮義之根人心。傳書染指之卑，易著濡首之悔。詭稱聞道，實曰費辭。清容子山澤迂疏，冰霜傲睨。乏燕頷虎頭之相，初匪適時；爲牛溲馬勃之才，猶言藏用。徒禀薑桂之性，殊乏參术之和。望似木雞，出語爭疑其鐵石；癯如野鶴，持身或近乎膏粱。岐黄之問對匪專，元白之唱酬莫預。已廢三餘之業，獨夸一藝之長。隤其家聲，恥莫甚矣；同乎流俗，己實爲之。弗思尚口之凶，猶見朵頤之色。昔茅容雞黍，詎爲設客之資；而張翰鱸蓴，迺在還鄉之日。捨飯蔬飲水之自得，爲蒙袂輯屨之可憐。不爲盤飧，固難免跨驢之誚；我有斗酒，要當爲得魚之歡。幸前倨而後恭，姑小懲而大戒。尚期深省，以贖往愆。

涼州牧白羽乞致仕表

控扼喉衿，粗謹揚清之節；叨承掌握，莫甦中暍之民。知見幾而作之良，致陳力不能之請。明時匪棄，小己實兢。

伏念山澤癯儒，江湖野性。樊籠久困，難自致於雲騰；邊幅自修，徒强追於時好。心已忘於虚室，手慵炙於權門。勇不足以沈舟，技莫施於秉翟。畏趙盾之日，固曲盡其巧心；憎元規之塵，終有慚於眯目。羞踽踽涼涼之行，鄙媛媛姝姝之能。謀乏知兵，謬忝三軍之寄；材非補衮，莫資四皓之成。荷執中之從權，俾持麾而自效。然而動静之道，莫逃於數；代謝之理，亦維其時。今者扶摇在空，蓐收届候。羊角之哀已急，鴻毛之順實先。雖酒泉之封，相與絡聯；而雪山之衝，深惟扞格。服不衷而災也，清有餘而簡之。鄣面見人，詎堪寒士之誚？翳身而舞，不逃宛丘之譏。況臣翼蔽非長，骨立早見；久尸重寄，深懼大何。同異之論方興，終難佝習；磷緇之瑕已露，必致投閑。

兹蓋伏遇某官：八柄馭臣，一時講武。治天下運諸掌，式契古初；繫一人謂之風，灼觀民志。憐蓐席之舊物，希篋笥之厚恩。動之斯和，固已遂馳驅之微願；揮之不去，誠有乖名節之大閑。優哉香山之歸，凛矣杜郵之戮。先猷儼在，遺訓具存。矧兹蒲柳之姿，愓若桑榆之景。亟全末路，俾就完人。問温樹而不言，深疑過謹；開浴堂而召對，未忍自捐。得請爲期，束装以俟。

答　詔

式瞻天文，俯察世道。求賢自輔，故建官以廣其見聞；使民以時，故用人弗責其全備。卿皎若明月，穆如清風。早振儀于天朝，晝承問於温室。盛秋守塞，力丐散閑。當宁念功，莫違雅素；飾賁無咎，持謙有終。朕執中而慊然，卿爲計則得矣。百年過隙，要當從佚老之歡；　萬物爲銅，行復俟秉鈞之用。勿云致事，不我告猷。可特授扶風公致仕，擇日降制。廬陵蕭靜安作《白羽扶風公致仕制》、《涼州牧白羽謝表》，余因擬《乞致仕表》及批答。

漢雲字説

雲漢之萌，進於《坤》而踰於《乾》。其昭然者，陰也。陰何乘於陽乎？天地之初，至靜而虛，根於陰矣。陰者，陽之先。夫下而上者，爲升。鶉火之中，陰之基也。陰見而極，陽始著明。萬物彙貞，各返其生。生而不已，復歸於陰。其環無端，其去無趾。故曰：體之者，陰也；用之者，陽也。廬陵蕭道士，字曰漢雲，知所後先。引而明之，道不遠人。合性與神，其道得矣。老氏之學，捨是奚自？庸俟而質諸。

張子敬字説

乾坤之用，近取於人者，必始於敬。敬立，則誠始存。聖人繫辭，旨且深矣。自伊洛之説行，各希美名，然徐察視履，矜矜于外者，猶慊然于内。豈果以爲外飾哉？余嘗聞中原諸老言：許文貞公教授諸生，窮髮之北皆負笈以請，一聞善言，有終身行而不倦者。是殆其至靜未散，先進禮樂之遺意。子敬居河西，沈厚默靖，莫敢自暇，内外交養，在己治人，悉本於是。尚勉之哉！

史文振字説

丞相史忠武王，以雄韜淵謀，佐上聖合寓縣，功書鼎彝，勳在琬琰。厥子若孫，章綬承接，至于雲仍，罔有替墜。時則有若今江浙省管勾君，勾稽知微，謙謹保緒。譬之巨木，蔽芾百里，群柯交蔭，條達而不紊，亦盛矣哉！一日，以書抵余曰：『鐸受名于父兄，而字未之有，竊有請焉。』嘗考文武之事，不能以兼，而鐸焉則能以備丞相之勳。殫於武事，則今之振文事者，緊後人是望。敢字之曰文振。夫文，非止於詞章而已，縝密而不泄，著而明，翕然以成其聲也。清以廉，宣明國家之盛，俾後之人夷考世臣之系，則必曰：允文允武，罔俾專美於前代。余於文振，實有望焉。

余孝友命名説

邃古命名，六相七輔，莫得而詳也；八愷八元，或得以有解焉。是則命名之説，其始於周乎？周之初，猶未聞其説也。申繻之言，名有五則。夫今之問名者，皆本於是。私獨怪夫世降而俗漓，高者希於聖，卑者希於禄。余閲夫歷代之史傳，獨漢爲近古，皆以一字爲則。至於方術，有所不足責〔四〕。德命爲義，則於東魯余君見之。成王夫子之訓，先儒紬繹，不能爲言矣。或者喋喋然爲言，其無乃贅而不知非者與？余君方力行以爲本，因義以究其實，是不在於吾徒之告。異時行修於家庭，顯於朝著，願勉之哉俾勿替，則得之矣。

平山説

唐僧一行，陋周畿、漢志之陿，始定南北兩戒，而山川之肇源止伏，一覽以盡，可謂善矣。然而磅礴雄險，隱然若有所限，其支脈連屬，猶屏蔽自衛，焉睹所謂平山哉？

余嘗出居庸，上桑乾，始識其衍迤之勢，千里若一，方若布席，圓若拱璧，氈廬蔽空，凝雲積雪，杳不察其高下。故其行者如升虚，騎者如凌風，忘登頓之勞。繇是達于金山，靡有紀極。而視兩戒之説，倍蓰未足以議也。王侯設險以防國，德不勝，不足以恃。是則幽州之北山，不以險稱。雄絶萬世，朝九州以函諸夏，豈峻極于天者非山之謂與？在《易》之象曰：『地中有山，謙。』不言山在地中，謂有高大之實藏於地，謙之象也。

余嘗聞洞庭諸山，跬步巖崿，謝君獨取其平焉。久留京師，願至開平，知盛世之廣，洗耳目之固陋。歸于故里，卧遊以思。登東山以小魯，夫豈虚言哉？

琴述贈黄依然

往六十年，錢塘楊司農以雅琴名于時。有客三衢毛敏仲、嚴陵徐天民在門下，朝夕損益琴理，删潤别爲一譜，以其所居曰紫霞名焉。自渡江來，譜之可考者，曰《閣譜》，曰《江西譜》。

《閣譜》由宋太宗時漸廢，至皇祐間，復入秘閣。今世所藏金石圖畫之精善，咸謂閣本，蓋皆昔時秘閣所庋。而琴有《閣譜》，亦此義也。方《閣譜》行時，別譜存於世良多。至大晟樂府證定，益以《閣譜》爲貴，別譜復不得入，其學寖絶。紹興時，非入閣本者，不得待詔。私相傳習，媚熟整雅，非有亡蹙債遽之意，而兢兢然國小而弱。百餘年間，蓋可見矣。

曰《江西》者，由《閣》而加詳焉。其聲繁以殺，其按抑也，皆別爲義例。秋風巫峽之悲壯，蘭皋洛浦之靚好，將和而愈怨，欲正而愈反。故凡騷人介士，皆喜而爭慕之，謂不若是不足以名琴也。

方楊氏譜行時，二譜漸廢不用，或謂其聲與國亡相先後。又謂楊氏無所祖，尤不當習。噫！楊司農匿前人以自彰，故所得譜，皆不著本始。其爲今世所議，無可言。余嘗習司農譜，又數與徐天民還往，知其聲非司農所能意創，間以問天民。時天民誇詡猶司農也，謾對焉，終不以悉。余益深疑之，而莫以據。後悉得廣陵張氏譜，而加校焉。則《蔡氏五弄》，司農號爲精加紬繹，皆張氏所載，獨楊氏隱抵不述耳。今世琴調，清商號爲最多，郭茂倩記古樂府琴辭，亦莫盛於清商。杜佑氏敘論雅樂，謂楚漢舊聲猶傳於琴家。《蔡氏五弄》、《楚調四弄》，至唐猶存。則今所謂《五弄》，非楊氏私製明甚，議者悉去之，不可也。

按廣陵張氏名巖，字肖翁，嘉泰間爲參預。居霅時，嘗謂《閣譜》非雅聲，於韓忠獻家得古譜，復從互市密購，與韓相合，定爲十五卷，將鋟于梓，以預韓氏邊議罷去。其客永嘉郭楚望獨得之，復别爲調曲，然大抵皆依蔡氏聲爲之者。楚望死，復以授劉志芳。志芳之傳愈尊，而失其祖愈遠。天民嘗言：楊司農與敏仲少年時亦習江西。一日，敏仲由山中來，始弄楚望商調，司農驚且喜，復以金帛令天民受學志芳〔五〕。故今紫霞獨言劉、郭，而不言廣陵張氏傳授，皆楊氏與其客自私之蔽。

越有徐理氏，與楊同時，有《奥音玉譜》一卷，以進《律鑑琴統》入官，其《五弄》與楊氏亦無異。晚與楊交，楊亟重之，益知楚漢舊聲非楊氏所作。余來京師，見鼓琴者與紹興所尚微近，第重緩如寬厚長者。余不能以是説告之也。黄君依然，豫章太史之裔，以琴遊公卿，余未識之。而余之嗜琴，當有同者。故書其源緒，以解夫今世之惑，而因以告之。

贈醫者陳生

鄞衣冠家爲最盛，閭里棟宇相接。屬議醫藥，尤尚選擇，輒考論其世，又察其詞色温謹涉於儒者，始得進焉。每視疾，必先告以虚實先後，始筆簡牘，議其月日，以校輕重。有不如式者，爭詬病詆笑。於時待之也良厚，而所謂醫者亦咸自愛重，不敢妄試。車軌混合，南士游宦居多。中原人壤高氣厚，所服餌率宜寒涼。由是群醫爭視，好尚迎合，間有奇中，遂復以施于鄉黨，十失其半。夫泥於古者非通論，而强試其所不可。吁！亦殆矣。

余官京師，時遇南士之稍適於時者，服食嗜好，茫不可分辨，疑誠中州人也。節宣之不時，亦復以攻導之法自治，問者未退，已倉卒不復救。輕千金之軀以夸眩，誠有罪，猶諉曰是不通。至於業醫，捨風土燥濕之宜，以逐近利，利未獲而害日以甚，吾不知其爲何心也。

里中陳氏子某，世爲醫。祖父篤厚君子也，力訓諸子讀古醫書。長子辨論開博，余每見之，則曰：『醫不可以泥古，徇今則非矣。』又未幾而死，心每悼之。後二十年，其孫復自立不墜。余迺有言曰：『夸言以爲容，非術之工也；媚時以自售，非術之究也。』相其州里，審其表裏，神而行之，日踵于門者莫可禁。雖嫉媢遏抑，不足爲子懼。勗哉以樹道，何憂焉？

示羅道士

近世通南北，謂吳中所習琴爲浙譜，其咎在楊司農纘諱其所自。譜首於《嵇康四弄》，韓忠獻家有之。侂胄爲平章，遂以傳張參政。其客永嘉郭楚望，始紬繹之。今人不察，百喙莫以解，精於琴者始知之。

北有《完顔夫人譜》，實宋太宗《閣譜》。余幼嘗學之，其聲數以繁，《完顔譜》獨聲緩差異，而裏聲良同。字本於右軍，今而曰浙字；琴本於蔡、嵇，今而曰浙譜。吁！其孰能解之？

玉笥羅道士大章，秀敏且文。其游於藝也，必求其極致，傳余操調，嘗以幽遠沖寂之旨語之，當于其心，蓋愈澹則人愈厭。余將終老故山，異日大章能芒鞋以訪，一倡三歎之遺，尚有以相告。聲生於無形，而悲愉感愕之跡畢具。古人之事於斯者，豈徒然哉？因書以告之。

贈番昜筆工童生

咸淳間，湖州筆工馮生製筆得截法，圓不至輭媚，勁不至峭直，一筆可作萬字。馮生死，其弟若孫漸變家法，然猶有韻度。近世子昂承旨擅書名吳中，筆工爭進技庭下，率形製相類，書不滿卷，則已成秃翁。蓋毫熟則易乏，如脂韋之士，寧復生氣？子昂不言其短，將以爲彼養生計。

來京師，劉自謙編修以番昜童生筆爲贈，絶類玉山徐氏舊製。先正肅公平生惟用徐筆，守番最久。徐氏妙法，豈童生家世能傳之耶？梔蠟粉澤，識者所哂。譬如行車，慎操其輈，詭遇獲十，蔑有效矣。右軍製筆法傳諸葛氏，嘗作右軍筆進柳誠懸，柳不能用。吾徒書記姓名，童生之哂，甚於諸葛，願勉之。三吳專利，將卻走以避。峨峨清遠，可用於朝，審矣。

校勘記

〔一〕『地』，四庫本作『池』。
〔二〕『闈』，四庫本作『闈』。
〔三〕『書』，原作『畫』，據文義改。
〔四〕『責』，四庫本作『貴』。
〔五〕『芳』，原作『方』，據上文改。

清容居士集卷四十五

題跋

皇姑魯國大長公主圖畫奉教題

徽宗扇面

水殿風高菡萏清，手題紈扇墨花輕。君王猶道宮中熱，竟上臨潢五國城。

定武蘭亭

薛郎輕薄盜爲鄰，蟹爪金鐘眩世人。從此子孫千百億，錦囊玉軸各稱真。

牧羊圖

高柳風清曉日蒼，牧童隨處候陰涼。似嫌挾策當年客，物我胸中兩未忘。

吴元瑜四時折枝

吴生天機握群動，彩筆隨時作輕重。幽如靜士槃澗歌，妍若妖娥漢宫寵。娟娟交鳴疑欲語，宛轉不去情相送。宣和殿前花似玉，珍禽低昂手堪捧。傳言寫生論甲乙，御筆親題群輩竦。一朝百幻歸逝水，舊苑淒涼麥成壟。君不見桑間粟留田間雀，難作折枝奉宣索。

九馬圖

九衢塵沸各低頭，水暗荒陂得自由。矯首天池欲歸去，乘風緩從玉皇游。

江貫道煙雨圖

江生泉石本膏肓，刻削經營入渺茫。老樹雨深龍翼重，隔川雲冷縠紋長。吟鞍欲度愁溪徑，漁艇將歸認石梁。擬向此中尋隱計，底須紫禁謁虚皇。貫道，紹興間召至行在所，一夕而卒。

周增水塘秋禽圖

蘆葦蕭蕭秋水清，拒霜迎日鬬紅英。鵁鶄屬玉休驚訝，歲晚江天得共行。

王振鵬狸奴

畫堂緑幕鎮犀懸，花影雲陰得散眠。自是主家扃鎖密，晚風緣木捕新蟬。

天王供佛圖

諸天陳妙供，奉佛演大乘。佛以施受之，佛亦墮因果。所施不願報，自然福無量。布金與獻花，輕重同一念。若以多寡論，富者日增益。天王護虛空，如月七寶合。正覺無等夷，即不入生滅。世人重施報，萬劫成輪迴。問佛佛不言，彈指即成就。

徐白秋塘戲魚圖

魚背水深一尺，溪毛日映千絲。似笑釣鼇狂客，獨騎瘦馬歸遲。

惠崇小景

惠崇作畫，荊國王文公屢褒獎之。京、卞作《宣和譜》，堅黜之，何耶？余嘗評惠崇遠景：『不踰於吳頭楚尾，殆如大年朝陵，止見西洛山水。』然黄太史作詩曰：『坐我瀟湘洞庭。』豈其芒鞵踰楚而南，胸次浩蕩，非少年所作也。此卷得之。

黄太史松風閣詩

謂松有風松不知，謂風入松風無形。聲繇形始成，言六書者取焉。肇於無名，入於有名。萬化之始，吾未始以妄聽。松動風動，當於混沌以前得之，斯可矣。

王生鬼戲圖

青天白日，其呈怪獻醜迺敢是。昔人嘗云：『有錢鬼可使，無錢鬼揶揄。』作斯圖者，其無迺逆旅燈下見其情狀，抑亦貂裘珠帽視窶人子，類以此目之邪？

出山佛像

世尊雪山成道時，日食一麻一米，其枯槁蓋可見。天王八十億衆，猶未深伏，故其獰雄怪醜，溢於面目，胡跪合掌，當是淨瓶不動以後儀相。若曰相好端嚴，閉目則失相，繇目成有相，俱妄。或有問曰：『丈六金身，真妄曷辨？』答者曰：『清淨妙法身，無住亦無去。明月印海波，白雲倚巖樹。』

折枝

錢生調露滴花枝，蜂蝶無知鎮日隨。記得畫橋流水處，雙紅背立隔簾窺。

隆茂宗羅漢

子昂評畫，要是具眼。隆無住，葉石林門僧，久居弁山，故其作畫極多。德壽宫評畫，以隆爲龍眠嫡嗣。今觀此卷，信然。

周昉金星

兑景肅萬寶，秋水瀉銀潢。渺渺帝子降，寶冠縠文裳。凝睇白玉京，晶熒動瑶光。手弄鵾雞絃，運撥雲飛揚。正心秉無回，緩節申以商。西遊升廣寒，東迴從扶桑。鼉臺鈞天奏，八景儼高張。出入復安窮，隱見定有常。閶闔下符貺，嗣歲歌穰穰。稽首連蜷靈，萬年奉虚皇。

黄居寶湖石水禽圖

峨眉雲疊翠凄迷，更著層峰小殿西。誰信蜀王辭劍閣，鴛鴦飛盡杜鵑啼。

梵隆護法神

威音無善亦無嗔，獰目揚眉定有因。欲識世間平等觀，雲如流水月如輪。

馬賁秋塘水禽圖

古木荒陂澮澮秋，禽鳬高下意夷猶。似憐天際南飛雁，年去年來不自由。

孤鶴圖

一庭涼月白，萬里海雲清。似欲乘天女，排空入帝京。

唐摹鍾繇賀捷表

《賀捷表》，唐摹有二本，褚河南微瘦而勁峭，徐季海差肥而沈著。此本蓋自季海來，若希白《長沙帖》所摹，則祖河南舊本。施武子墓田丙舍石刻，與此筆法無異。觀此，足以知前人鉤搨之工。孔世三十八，白而長身，猶取其類，況此實曾玄也與！宜重寶之。

傳古龍贊

下土焦，聲嗷嘈。靈在湫，蕩遊遨。鼓以風，挾以濤。受帝令，行林皋。百穀成，神功韜。

庶徵敘，靈靡勞。

何尊師醉猫

攪甕翻盆勢不禁，晚風辭醉首岑岑。醒來獨立闌干畔，四壁無聲蟋蟀吟。

羅漢圖

四果圓融得自如，天台樓閣總虚無。何人繪畫供青眼，拍手雲中笑客愚。

錢舜舉禾鼠

七尺長身愧負多，清時空食幾囷禾。營營蒼鼠饞分寸，不奈詩人總譴訶。

徽宗鸂鶒

太液池清皺碧羅，兩禽相對盪春波。當年肯憶閨中令，舐筆和鉛恨未磨。

徽宗桃核圖其廣幾尺

三足之烏千歲芝，當年曾作帝王癡。黄龍府裏沙溪淺，準擬平分作酒巵。

蕭照江山圖

蕭郎解作湖山圖，上皇一見玉色愉。明知此景落歌舞，別灑妙墨爲訏謨。長江吐吞恨無極，突兀金鼇障西北。雞鳴不聞中夜起，零落烽臺候朝夕。蒙衝揚帆去如仰，遥望青徐在吾掌。諸公坐談籌畫疏，年年送使瓜州上。輪囷米舟踰汚水，驕將高眠載吳妓。卷蘆吹笛斜陽愁，折箠投江等兒戲。只今承平五十年，蜀荊賈客船相聯。箜篌傳歌賽神舞，不信人間有今古。

順宗墨竹

濃淡娟娟涼月，低昂淺淺春雲。胸次何須千畝，筆端咫尺平分。

巨然山水

空江浩蕩挾秋聲，不是匡廬只秣陵。老子定回神觀靜，笑渠艇子浪千層。

趙昌折枝

瑶池朶朶玉精神，滴露研朱竟奪真。蛺蝶不知遮繡幕，飛來猶認故園春。

時苗留犢圖

伯夷采薇身苦飢，人言周土夷受譏。鶴翻孤松蟬嘒柳，絜腹得免身中肥。昔聞汲井嘗投錢，清白之子推父縑。人生作事在平易，鄒子受金非慊然。時君作吏心不懈，一犢相辭匪奇怪。當年孝廉爭入徵，壺飧柴車魏王令。

徽宗瓊蘭殿記記中云：『湖湘佳致，足以指顧其髣髴。』

玉殿遥思湘水遊，欲看虞帝九疑秋。二君野死難相似，宫女當年一樣愁。

蘇李河梁圖李藻

曾作河梁客，山迴溪水灣。春看人北上，秋見雁南還。

燕文貴山水翰林學士、將仕郎、守雲州雲應縣主簿

晚色蒼茫外，秋聲縹緲間。亂溪環水佩，千嶂疊雲鬟。曉瀑村舂急，風林寺鐸閑。片帆如可託，吾欲與君還。

海潮圖

銀潢清淺瑞星輝，的的秋光下紫微。欲識潮音真實相，落迦山畔五銖衣。

海狗窠石圖

靈壁[一]層峰負六鼇，藥欄花檻翠周遭。如何畫史同群吠，不與君王繪旅獒。

王振鵬錦標圖

界畫家以王士元、郭忠恕爲第一。余嘗聞《畫史》言：『尺寸層疊，皆以準繩爲則，殆猶修內司法式，分秒不得踰越。』今聞王君以墨爲濃淡高下，是殆以筆爲尺也。僚丸秋弈，未嘗以繩墨論。孫吴之論兵，亦猶是也。然嘗聞鑑古之道，必繇其侈靡者言之。余於《畫斷》有取焉。龍舟之圖，得無近似？不然，昔之所傳者，安得久遠至是耶？

徽宗梅雀圖

金帝母家宋外孫，筆畫好樂餘風存。披圖勘書儼相似，天水別記牙籤分。明昌宫中三萬軸，盡日雲窗看不足。平明鐵騎踰河來，玉鑁金題碎車轂。上皇寫生工入神，一枝瀟灑江南春。天興之初汝南失，猶解傳藏記年日。卷題天興元年藏記。爲言當年愛遺墨，不如洗手還河北。

黄宗道播州楊氏女

長頭黑髮垂玄雲，矯矯馬首雙手分。彤弓寶刀左右挾，欲領鐵騎趨崑崙。前關濤涌如壞牆，後砦百溜奔溪篁。群蠻簇唇爭叫囂，云是楊家女子功最高。旋如長蛇轉空洞，快若俊鶻凌風飄。還家膏沐帶簪珥，父母見之眼垂淚。君不聞木蘭女兒著金鎧，年少從軍顔不改。一朝脱役歸故鄉，樂府相傳至今在。

魯國大長公主圖畫記

至治三年三月甲寅，魯國大長公主集中書議事，執政官、翰林、集賢、成均之在位者悉會于南城之天慶寺，命秘書監丞李某爲之主。其王府之寮寀，悉以佐執事。籩豆静嘉，尊斝絜清，酒不强飲，簪佩雜錯，水陸畢湊。各執禮盡歡，以承飫賜，而莫敢自恣。酒闌，出圖畫若干卷，命隨其所能，俾識于後。禮成，復命能文詞者敘其歲月，以昭示來世。

竊嘗聞之，五經之傳，左圖是先，女史之訓，有取於繪畫。將以正其視聽，絶其念慮，誠不以五采之可接而爲之也。先王以房中之歌達於上下，而草木蟲魚之纖，悉因物以喻意。觀文以鑑古，審時知變，其謹於朝夕者盡矣。至於宫室有圖，則知夫禮之不可僭；溝洫田野，則知夫民生之日勞。朝覲贊享，冕服懸樂，詳其儀而慎別之者，亦將以寓其儆戒之道。是則魯國之所以襲藏而躬玩之者，誠有得夫五經之深意。夫豈若嗜奇哆聞之士爲耳目計哉？

河水之精，上爲天漢，昭回萬物，矞雲興而英露集也。吾知縑緗之積，寳氣旁達，候占者必於是乎得。泰定元年正月，具官袁桷記。

校勘記

〔一〕「壁」，四庫本作「璧」。

清容居士集卷四十六

題跋

書孝宗賜史忠定王褒賢臣頌後

右王褒《聖主得賢臣頌》，乾道八年，先忠定王守福唐，孝宗皇帝御書遣使繇郡治所賜也。始忠定爲直講時，嘗沐是賜，實署御名，且書王字于後。是後繳帖以進，遂復被是賜焉。猗歟盛哉！

惟聖主之得賢臣，唯高宗、傅説事相脗合。方王之爲直講，訏謨定計，蓋已見於三善之陳告。監先王之成憲，惟孝宗足以承。式克欽承，旁招俊乂，惟忠定足以繼。舊學之素，夫豈若持守希阿光禹輩然哉？故其在相位也，知恢復爲正論，時有未至，則寧受衆誚而不避。相位三月，正色引去。未幾，符離潰師，張魏公首乞速定和議，則昔之未敢出師，蓋實在是。家居十年，王之心事露白於天，而昔之言恢復者，皆大言取官位，一無所成就。至是，君臣交孚，過闕入對，實畫森著，實彰厥旨，非偶然也。

桷之外大父敷文户部，爲王嫡孫，是生會稽郡君。桷實親出，學術荒薄，爲國朝史官十五年，獲纂金、宋舊史，簡帙繁廣，猶未克就。五世孫公升，王之大宗，獲寶是卷。他日願上於太史，俾有考焉。延祐七年十月己酉，外曾孫具官袁桷拜手頓首謹書。

書彭忠毅汝方贈官誥後

忠毅公，實尚書器資公之親弟，以尚書門功補太廟齋郎，故終身爲右選官。方臘陷歙、睦、杭三州，衢介於中，公以孤城分守，卒駡賊以死。當時贈典，亦至厚矣。嗚呼！豐亨豫大之説行，馴致靖康，長驅中原，皆望風迎降。嘗讀兩朝忠義録而悲之，則公蓋居其首。見危致命，臣子之當爲。徹彼桑土，不能不憾於宣、政之事。使龍圖公正色朝著，事寧有是哉？

書高安蔡中允誥後

嗚呼！宋仁宗世，康節邵先生以爲日之方中，至今南北議論無以易，何則？賢人多而朝廷治故也。今觀高安蔡中允誥身，而桷世爲史官，請得以考焉。

故事：進士第一，獨命詞，以其相繼者爲首，次其甲乙。若幕職、縣佐，則總其詞命以畀之。石揚休，字昌言，眉山人，蘇明允先生所敬尊者，以高第爲同州推官，誥中首稱是也。元豐前，率沿唐官制舊，六曹尚書、侍郎總爲階官，入政府始得之。吏部專職，則有三班審官、流内銓等官。誥中署權判，即判流内銓也。知制誥，舍人職也，亦元豐正之。翰林學士權判曰郊，宋郊也。言前已改名，非也。李淑五爲翰林學士，景祐間元憲同院，淑忌其先登，譖之曰姓符國號，名應祀天，實斯年也始更名焉。曰絳，陽夏謝希深也，謂爲韓絳者，亦非也。是年，父億爲參知政事，無父子同要地之理。

竊考仁宗更元凡九，而史官與歷年圖，景祐止四年，爲寶元，今誥曰景祐五年，倘不知者寧不置疑焉？吾敢爲蔡氏子孫言之：景祐實有五年，六月前猶五年也。至秋七月郊，上尊號曰寶元皇帝，凡十四字，遂更寶元焉。是則自七月始爲寶元，紀年者莫知，遂悉以寶元元年書之。先正獻公以秘書監、禮部侍郎領史事，先越公爲秘丞著作郎，睹舊史，聞於家庭者若是。輔之不鄙，謂余世習臺閣故事，遂書以歸。若夫贊美感慨，有諸賢説在，不容於言矣。至治元年九月丁丑，史官袁桷書。

題放翁訓子帖

放翁先生送其子之官，獨書《莊子》二章以訓。或曰：『五經切近，而書《莊子》，何耶？』余曰：自農師右丞相尊臨川，臨川宗老莊，故其家學世守之。此二章，足以涉世變。清而容物，遠禍之基也。喜怒哀樂，不入於胸次，進德之本也。紹熙黨禍萌蘗，故逢迎者廢於嘉定，標榜者錮於慶元。雖善惡歧，而當時仕進者寧不自重？先生教子之意深矣。晚歲一出，終能全身以歸。觀此，蓋可知矣。袁桷書。

題汪龍溪與從子書後

汪氏皆祖新安，故先生祭其遠祖，有曰：『散處諸邑，非雲則仍。』今玉山、番陽、宣城、新安，皆同所自。獨新安之宗，其別爲三，貴賤貧富，角立不相通敘。世遠源分，故若是耶？先生居饒之德興，而宣城諸房皆祖之。先生嘗謝其宗衮舉剡，有曰：『渡江而上，傷不見於它揚。其敦敘同姓，無彼我之異。』中興誥令，蓋合王、蘇之精整明暢。文獻益遠，桷以荒陋備員詞林踰十年，每惕念罔敢替。敬觀遺墨，因以識景仰之志。至治元年十月壬戌，四明後學袁桷書。

跋朱文公與辛稼軒手書

晦庵嘗以卓犖奇才、股肱王室期辛公。此帖復以『克己復禮』相勉，朋友琢磨之道備矣。嘗聞先生盛年以恢復爲最急議，晚歲則曰：『用兵當在數十年後。』辛公開禧之際亦曰：『更須二十年。』閱歷之深，老少議論，自有不同焉者矣。公所居號帶湖，一夕而燼，時文公猶無恙。慶元四年，公復殿撰，此書蓋戊午歲以後所作。至六年，則文公夢奠矣。今觀此帖，益知前賢講道，彌老不廢，炳燭之功，良有以也夫。

跋蔡君謨帖

蘇文忠評忠惠行書第一，後見莆田所刻，亦主此論。京、卞師其從兄，而名節虧喪，愧恧多矣。《爾雅》：『姊妹之子爲甥。』至晉世，則謂之郎。忠惠日習晉帖，語與之俱化矣。

題曾文昭詩

文昭、文肅當貧苦時，皆舍人撫字，迄見有成。至於制誥，則殆青過於藍。《尚書省記》，實公所作。後評文者，謂當爲萬世法器資。番陽彭公與公同臺，熙、豐改更，乃若有不同者，幸以内相謝事，卒爲全人。後作史者，宜深考焉。

跋曾文肅帖

顧子敦爲河北轉運時，實司馬公作相之時，子宣猶在外服。建中調停之説既興，善惡玉石，黨碑既成，則子宣亦復同傳。後之作史，其去取爲如何？嘗讀丞相日記，類其子姪若公衮輩。緣飾術，不可不慎，於紹興作史見之。

跋楊補之月賦

逃禪老人出處清峭，當與魏、林同傳。思陵愛其所作宫梅，將召見之，一夕遁去。此真方外士。昔人言蜀無他揚。以九州言，揚州或言輕揚，或言維揚。子雲寂寞，賴此能紹宗矣。

跋米元章帖

中年養生，惟獨宿第一。東坡貶謫，有權發遣之語。山谷戒行堅嚴，有『漫種老生涯』之詩。信知未易脱。釋景遠，余故人，能寶襄陽二帖。晚歲煎熬，良不能自存。釋氏嘗於此驗生死關，聞之者足以戒矣。

書東坡寄真隱詩

東坡先生作《續養生論》，知及之而未知守者。晚歲，慕丹元子真隱翁。桷嘗深疑之。道以氣爲母，文以思爲宗，二者相反，聚散有不同耳。神行六虚，止者合於自然，朝市而能之者，無是也。故近世方外之説，釋性、命爲二途，平叔之學不復傳。言語動作，一謂之性，卒未見有超然者。巽堂内翰，明至理，通玄微，異時登紫霄峰，願相與竟其説。坡仙游八極之表，必撫掌視吾二人矣。

跋晉帖

晉帖見於《淳化》，多不成文，蓋唐文皇去其斷爛，以成卷軸。今《十七帖》號可讀，餘則不然矣。姜堯章作《絳帖釋文》，旁證曲引，有功於金石，缺亦疑之。此帖蓋唐人搨本，欲求文義，則幾臆説矣。

跋于湖帖

于湖先生與王宣子皆紹興進士第一，而皆以政事發身，二公皆守湖南。此帖蓋于湖江東、宣子尹京時也。杼山劉季高寓金陵，于湖守行宫，納謁杼山。杼山曰：『守謁當有故。』于湖曰：『願求書法。』杼山野服以肅，于湖拜而受[一]之。今其書蓋與劉無異也。文獻彫落，因巽堂内翰出其書，敢以過庭所聞者告焉。

書陸子履賀復熙河詩後

王樞密開熙河，功成而萬骨枯矣。至元祐初，司馬公堅欲棄横山之地，深恐生事之人復啓邊隙故耳。維州牛、李之事，是温公去取之本心。後之評史，當於是考焉。陸子履，歐公之上客，作是詩，其亦有媚夫上之意。厥今皇圖，窮吐蕃而西，唐、宋之恥，一洗而盡。時則有若總帥汪公，以元戎經略。桷舊爲史官，得鋪揚其偉績。今獲觀此卷，始知英賢。夷考往事，以展拓其素藴，盛矣哉！

跋定武禊帖

歐陽公著《集古録》，言定武二，民家各有石，較其本，纖毫不異。是則定武有二本，從來久矣。後宋諸賢，謂薛向之子嗣昌私易定武本，别刻石以留公庫。此論千人一律，今以歐公所論，則明有二本，薛守定武，果易以歸，則民間猶有一本，是公庫本爲第三本矣。議者又謂嗣昌鑱損『湍』、『流』、『帶』、『右』、『天』以亂真，後入宣和曲水亭。余嘗毫髮辨證，亦微有不同。此卷壓角小印，正嗣昌名印，而米襄陽親跋尤真。舊藏張參政孝伯家，其子寺丞即之，以書名一時，大變古體，遂不能傳，印識猶可考也。今以余平昔所見本，悉疏於後。

不損本

趙明誠本。前有李龍眠蜀紙畫右軍象，後明誠親跋。明誠之妻李易安夫人，避難寓吾里之奉化，其書畫散落，往往故家多得之。後有紹勳小印，蓋史中令所用印圖畫者。今在燕山張氏家。

王順伯本。第一跋是王黼。順伯，名厚之，號復齋，有《金石録》。家藏石刻、鐘鼎、篆籀、鑑銘、泉譜倖内府。其家兵後不廢，近歲丁未饑，越新昌尤慘，遂悉散落。始歸于龍翔道士黄石翁。黄秘不示人，後有順伯爲浙西提舉時，攜入秘省，諸賢題名皆有，其最著者，樓宣獻、劉文節。今亦歸張氏。

趙子俊孟籲得於閩中，有樓宣獻跋，翦碎作册葉，與前二本無異。今歸子昂承旨家。

蘇承旨易簡第一跋，後有元豐諸賢同觀于鄞之城南崇法院。有舒信道字畫，然不著名。在内侍譚氏家，精神無毫髮恨。

趙子固本。舟過嘉興，遇風舟没，子固疾呼曰：『《蘭亭》在否？』舟人負以出。子固作跋識其事，復題八大字曰：『性[二]命可輕，此寶難得。』子固死，入賈相家。賈敗，籍于官，有官印。歸濟南張參政斯立。今在集賢大學士李叔固家。

潘經略時本。題識皆德鄜手書滿軸。余以有米跋本，遂贈鄧善之文原。鄧借田師孟。師孟有借書不還癖，因留之。余跋乃翦去矣。

損本

龍圖閣學士劉公克莊本。細書滿紙，後有賈相跋，亦滿紙。括蒼鄭陶孫爲福建儒學副提舉，得之。爲翰林應奉，貧，質于甆器劉氏，屢入子錢，卒以逋重，爲劉氏所得。有叔信父印。

損本多有叔信父篆印，蓋宣和曲水亭既成，亟以御筆繇京兆薛嗣昌家宣取，留内璫所。暮夜，以匱金紙即越蟬翼紙疊三紙連印，故下本肥，中本著中，上本微瘦，然皆無異。此本子昂得於都城，裝成册葉。甆器劉生手之不置，以銀壺杯盂易之。

翰林承旨趙孟頫家本。得於霅溪陳侍郎振孫伯玉，號直齋。其家藏書冠東南，今盡散落，余家亦得其數十種。此本亦有叔信甫印。

翰林侍讀學士張伯淳本。有黄豫章跋。余每疑鑱損與山谷差有後先，然本無異前數本，更俟他日以考。

題薛紹彭帖

長安薛道祖，與米元章、劉巨濟爲三友，朝夕議論晉唐雜跡圖畫，然其作字則各自成一家。紹興中，購薛、米書最急，率〔三〕以小璽印縫。後御府刻米帖十卷，而道祖書不得入石。客杭，見道祖書一巨卷于駙馬都尉楊公家，精神峻整，遂深疑紹興不入石之故。問于子昂，子昂曰：『薛書誠美，微有按模脱墼之嫌。』余不能書，而深識其語。私嘗謂：『米襄陽書，政如黄太史作詩之變，芒角刷掠，求於匱韞川媚，則蔑有矣。』學魯獨居之男子，於道祖見之。至治二年八月乙亥，袁桷記。

魯公坐位帖

《坐位帖》真跡，在京兆安氏家，嘗刻以傳世。吴中復守永興，謂安氏石未盡筆法，因再模刻。此二本，余家咸有之。安氏子孫分析，《坐位帖》乃剖爲二。此帖至『行香寺僕射指』，後不復有。蓋吴安石刻本『卓頭高指』後别爲一行，遂由是平分爲兩，是安氏兄弟不學之謬。東坡見安師文時，帖尚全，嘗手搨數十本。余得坡公搨本於東平王氏，無纖毫失真，旁用『眉陽蘇氏』及『趙郡蘇軾』印記。米襄陽少年嘗臨之。邵伯温亦云：『安氏析後，不復見全本。』此卷筆法，絶類米老。往見《乞米帖》墨跡於子昂家，子昂以重資得之，余心有疑而不敢言。今得此帖，紙色行墨絶相類，遂定爲米老所臨無疑。延祐二年八月丁丑，袁桷氏記。

書梅聖俞詩後

都官公與歐陽公繇河南幕府締交最久，至嘉祐元年，始一薦爲直講，距都官之死，僅五年耳。故王荆公挽詩有云：『貴人憐公青兩眸，吹嘘可使高岑樓。坐令隱約不見收，空能乞錢助饋餾。』此蓋爲歐公發也。崑體之變，至公而大成，變於江西，律吕失而渾厚乖。馴致後宋，弊有不勝言者。敬觀詩帖，精思以求，益爲之懼。至治三年歲次癸亥正月丁未，後學袁桷書。

黄華帖名庭筠

米襄陽學段季展，得其刷掠奮迅，故作大字悉祖之。考諸右軍《筆陣》，實未有是體。蕭齋丈二，蓋其鼻祖。季展之變，繇是始。沈傳師實爲雲仍，米良有所本矣。黄華老人《百一帖》，評品悉祖寶章，故其大字超軼抗衡。桷舊閲金帝實録，老人爲修撰時，坐擅議朝政受杖。噫！使在慶曆、元祐，寧有是耶？至治三年二月，史官袁桷書。

書錢王板授某官長洲縣

五代擾攘，十國各有年號，獨武肅不以數十州之地自負，崎嶇航海，入貢中土。其設心置慮良遠。至再傳，則亦建立元號，良繇更易不常，尊重其一方者不得不爾。唐末多板授官，於此見之。唐有敕授官，與此亡異，隆殺有等，惟錢氏能守之，相時以行。一門盛事，上極宰輔，内爲都尉，與宋同爲終始。吁！盛矣哉。吴越皆本武肅，而散處淮甸，亦其苗裔。展觀無斁，因爲之書。

書孔子廟堂碑

永興公守智永舊法，故唐能書人盡變，唯永興號爲第一，以右軍譜系猶在也。余嘗見大周本於故家，精神遒整，其雲仍散落，不復可考，此當在嫡孫行。唐人唯魏華得正傳，孔穎達碑與虞相似，或云孔卒時，永興下世已久。

書皇甫君碑

渤海公以險勁易王體，故碑石照耀四裔，大小皆合宜。右軍世傳皆小楷，《霜寒帖》稍展，至《筆陣圖》，則疑非真。再傳爲《千文》，爲《廟堂碑》，確守繩墨，稍廣拓，非歐不能。余嘗評歐書，《化度》第一，《皇甫碑》與《温恭公》伯仲。臨池積年，必領其妙。余幼不學書，酷喜藏歷代金石。覽此，益重自棄之歎。

題劉共甫與朱文公書

劉共甫樞密世濟忠節，而其文詞詔[四]示於隆興、乾道之際，四方聳動，詎止一經生學士哉？樞密隧碑，實文公所撰。文公受知樞密，實繇韋齋吏部先友事契。此書蓋在江東留守時所作。扶植故家，解釋僚友，非盛德不至是。古道寥落，肅觀益增泚顙。至治三年十有二月，袁桷書。

跋李公擇尚書帖

公擇尚書手跡，惟鳳墅石刻一見之。元祐間爲正人，以黄太史爲甥，它不足論。山房藏書，以待天下士，盛德至矣哉！

題子昂書靈寶經

承旨公作小楷，著紙如飛。每謂歐、褚而下，不足論。此經尾題距下世纔兩月。『痛』當作『慟』。

書徽宗御書詩

道君書此詩，當在寶籙宫所製。筆法飛動，有凌雲步虚之意。真元杳冥，詩中有『一點真元在杳冥』之句。驗於五國城下，殆詩讖與？泰定元年三月癸卯，袁桷書。

跋李時雍墨跡

思陵《翰墨志》謂：『熙、豐以後，蔡襄、李時雍體製方入格律。』繇是紹興初年，一二公字畫俱用紹興小璽印縫。此卷政初年所收。宋世諸賢筆法，終不逮唐。隴西公書深有懷素氣象。

觀此足以知其源委。

徽宗賜温益搨本黄庭

温益以王邸舊僚，崇寧初即拜中書侍郎。其傾邪翕訿，見於陳忠肅公之疏。迫鄒忠公渡海，侵侮范忠宣，諸賢之貶湖南，而崇寧之主愈近而不疑，何哉？賈生師傅之論得之矣。益死未二十年，而其子已登次對典大藩，又何哉？國之亡也，宜矣。《黄庭》真跡，在建中靖國刻爲《秘閣續帖》，後易爲《大觀帖》。余舊得劉無言雙鉤《蘭亭》，今復得此，感昔人寵遇之非當，因書以爲纍臣之痛。泰定二年七月丙寅，袁桷記。

跋米元章書趙崇公墓誌

故事：宗室墓誌，例屬翰苑撰述。嘗觀歐陽公、王華陽、李淇水、王臨川所撰，殆得玉牒之五六，而其蕃衍盛大，一一皆然。今觀崇公墓誌，多有可書。故鄭太宰所作，得盡製作之美。噫！京城括索，盡籍以行，獨太祖諸孫號爲疏遠。渡江勃興，皆得奉朝請，人事之不可料。襄陽此卷，龍跳虎卧，不盡贊述。太宰此文，亦稱合作，惜與王將明、蔡元長同傳，訖蔽其名，可爲歎息。

劉貢父與羅正之手帖

彭城劉舍人，晚入西掖。以元祐元年十二月赤城羅公爲開封縣令，此帖云：『相望累年，不忘瞻渴。』蓋元祐二年書也。嘗考二公相知之舊，始於彭城公之守曹。曹爲盜區，彭城公緩刑而盜息。赤城公時爲濟陰縣，其必有裨於劉公，故其以事罷歸，即需章留之，有曰：『伏以羅適自臨百里，將及二朞。奉詔條，主於恪恭，聽獄訟號爲簡諒。有識詠頌，咸謂得古人之風。愿民服從，可以當屬城之最。惜其未盡施設，遽爾罷歸。輒徇輿情，亟陳囊奏。』朝廷遂允其請。後自開封推官爲府界提點刑獄，其制詞曰：『强力民事，知其要務。』亦公所爲也。羅公政績，湮落少見，漫摭其事書於後云。

書潞公帖

潞公兩守永興：其一自秦州徙知，皇祐之五年也；其一自洛入覲，到郡不數日，即召還爲樞密使，治平之二年也。此帖謂：『旦夕赴雍，游嵩之約，竟不如願。』蓋入覲時所作也。嘗考潞公之居洛，始於皇祐二年之立廟。其三年罷政，知許州。五年徙秦，復知永興。未嘗一日歸河南也。至嘉祐三年始判河南，八年復判河南，居洛凡六年。方家居無事，暢心適意，莫過於窮極山水之樂。而嵩山去洛無信宿，乃不能一踐此約，何哉？昔王逸少欲遊蜀都、汶嶺弗果，每爲終身恨。公晚年居洛，幾三十年，山水清詠，見於篇什。其與逸少之恨異矣。潞公學蘇靈芝書，余嘗見靈芝易州碑，豐峭特甚。觀此筆法，尤相肖。越國袁桷書。

跋荊公帖

吕嘉問以元豐元年自金陵改知潤州，二年四月落職罷郡。方是時，朝廷積息之弊極矣。公時家居，然猶不悟其非，何哉？昔山谷老人嘗言：『荊公不甚知人痛痒。』余謂此説，殊不近理。夫人之厚薄，皆生於情之好惡。方熙寧間，荊公之所惡者多矣。至於晚年，而其所好者，又皆背叛構禍。宜其平昔簡牘漠然，若無世俗之情。今觀此帖，勞問勤懇，且憂其乏絶。噫！以嘉問之姦，何得公之深若此？余嘗讀荊公與嘉問詩，末章云：『所懷在分襟，藉草淚如洗。』惜不爲范蜀公、司馬公諸賢發之。

跋富韓公帖

神宗初年，鋭志更治，虚席以俟富公之來。然當其時，言不足以勝辨，德不可以厭智，君臣之際，難矣。此帖謂『舁杖自便』，蓋斯時也。嘗三復公求退之章，未始不扼腕痛憤，而或者謂公逆知五行休咎之説而退，則過矣。

跋蔡忠惠帖

蔡忠惠書，筆圓韻滿，蓋其楷法精到所至。今人作書，先事行草，是猶未能言，而强之以歌也。近世行體，多尚嫵媚，回視忠惠書，凛凛有清介之氣。

跋王岐公帖

前賢作家問，語質而情周，非如今人從事筆墨長語。今觀此帖，亦足以少勵薄俗矣。

趙清獻公帖

清獻公祖墓，與陶山陸右丞祖墓相邇。紹興間，陸氏地爲攢陵，清獻旁近墓地，亦皆歸朝廷，而不絶其祠祭。先朝陵寢遭賊韜之酷，痛通于天，而趙氏祖墓亦莽爲丘墟矣。又聞陸氏祖墓復歸王氏。今觀此帖，慨不自勝。

陸放翁答杜賢良求試牒〔五〕書

金華杜氏昆弟，文學行義，大科異等，固其常也。然自孝皇設科之初，有司輒抑而不取。故李文簡公之子賢良猶不免謗議，自此其科遂廢。今觀此帖，有愛莫助之之意，則一試牒，其肯爲杜氏惜？昔葉正則序龍川之文曰：『使同甫不登進士，則爲狼藉人矣。』噫！科舉之弊，果足以困天下之士哉？

書東坡涼熱偈

東坡先生作《藏院記》，自謂夢中所作，文不加點。至作《魚魫冠頌》，落筆驚坐，則所謂夢中語，特神其説耳。今觀《涼熱偈》語，亦與前二文相似。釋氏之書，皆自梁、隋諸臣翻譯，故語質而文窘。至若《楞嚴》，由房融筆授，始覺暢朗。公文如萬斛泉，風至水涌，鳳翔祈文，與訓誥相表裏，則房融文體，一規近之。如洗金以鹽，濯錦以魚，不亦易也？焦火凝冰，廓然于得喪之域。嶺海炎瘴，又何足道？三挹遺墨，清風泠然。

書鄭資政伯祖中散題名後

山水清事，非矻矻朱墨吏所可與。鄭公邑長於斯，而三游雁山，則其清淨之政，蓋可見矣。雁蕩之名，自唐末始著，故前賢罕有至者。此碑字畫，頗有顔魯公《東林題名》筆意，益可爲鄭氏家寶。

跋米元章書

陶寂本唐彦謙後，石晉時避帝諱，改曰陶。後納唐氏爲婿，可怪。米元章書。

歐陽公常曰：『士大夫不明氏族，與禽獸無異。』然自晉世渡江，譜牒散亡，夷虜殽互，賜姓別族，漫不可考，要難以盡責也。潞公之先，本敬氏，易而爲文，失製字之體。今陶氏爲婚于唐，虧人倫之義。蓋石郎之害，不止割十六郡而已。米老本曠達之士，而能書此爲戒，亦足以知前輩非苟於一藝者。

吴傳朋書曾丞相夫人虞美人草詩

鴻門玉斗紛如雪，十萬降兵夜流血。咸陽宫殿三月紅，霸業已隨煙燼滅。陰陵失道非天亡，剛强必死仁義王。英雄本學萬人敵，安用慘戚悲紅粧。三軍散盡旌旗倒，玉帳佳人坐中老。香魂先逐劍花飛，新血化爲原上草。芳心寂寞寄寒枝，舊曲聞時似斂眉。怨悒徘徊愁不語，恰如初聽楚歌時。清魂杳杳今誰主，玉骨他年恥爲土。會當移植漢王宫，更伴樽前戚姬舞。右瀛國魏夫人《虞美人草歌》，紹興乙卯七月廿八日，吴傳朋爲沈守約書。

南豐諸曾，與王廣陵爲文字交。吴紫溪，實廣陵之外孫，於曾氏有素，則此詩爲文肅夫人所作無疑。噫！熙寧之逢迎，建中之調停，夫人獨無一語諫其夫，而且倚聲弄筆，尚論漢高之戚姬，何耶？前輩嘗言：『婦人與知文墨，非美事。』殆有深意。然曾氏子孫，空青艇齋，世傳江西之燈，閫庭淵懿，有自來矣。紫溪自謂筆法得柳半葉體，不知此語何所自？豈與魯公屋漏法相類？然不可强解也。

跋黄太史帖

此一帖，疑在黔南時所作，有云『慎言重行』，蓋息影畏禍之餘意。釋氏與太史有緣，輟錢奉馬，其意蓋可見。

跋東坡黄州謝表

昌黎公《潮州謝表》，識者謂不免有哀矜悔艾之意。坡翁《黄州謝表》，悔而不屈，哀而不怨，過於昌黎多矣。然余嘗讀《嶺海謝表》，有云：『人皆相傳其已死，臣亦自厭其餘生。』言至於此，章、蔡之罪，可勝數哉！

書劉元城與李莊簡公書後

崇、觀間，老京竊威簸權，天下善類皆禁錮不用，而汪龍溪、葉石林、陳簡齋號爲渡江名賢，亦嘗出門下。至若元城先生、龜山先生、莊簡李公，進退言議，爲一代矩範。而元城奉祠南京，龜山被召，莊簡爲尚書郎。始余嘗疑之，久而後知拯世之道，有不得不如是也。

原老京當垂耄之年，逆知公論之不可揜，張觷以一書生微言警悟，悔心之萌，黨禍漸解。向微諸公少貶以自遁，則其無所顧藉之意，將必置諸死地而後止。方了齋之爲《尊堯》也，其意蓋亦若是。至於群姦轇轕，用權之道，迄不可救，由是聲罪而正之。吁！豈了齋之願若是也？

朋黨之禍，盛於東漢，張讓之喪，持正論者一律，獨一陳仲弓往弔，後卒賴以解禍。乃知志士仁人之用心，雖相遠數十〔九〕百載，蓋未嘗不相同也。此卷皆先生與莊簡公書，清名勁節，其淵源實自茲始。至紹興和議之首，莊簡入參大政，皆昔時所聞於諸老救弊之説，遠歷瘴霧，其大節蓋自可見。惟元城先生字畫端謹之妙，有不待贊述。敢因莊簡出處之事，推先哲之所未發者而書于後。丁酉歲正月丙寅，四明後學袁桷書。

跋唐鎮遏使侍御史倪亞手帖

桷與番陽倪仲賓同爲太史屬。一日，出其先鎮遏公墨刻一通以示，實象山先生識焉，俾桷有述。

謹按鎮遏使廢置之始，繇貞元間，悉屬諸刺史，而邊於溪峒、連於蠻徼者，則特置城鎮，而刺史不與焉。廣明以來，江淮之地，秦、畢、孫、楊迭相雄角，而鎮遏之職，隸于節度，信爲犬牙要衝。雄石鎮之得名，實貞元以前遺令。唐制：御史別爲憲銜，自押衙、都虞候至兵馬使，凡十有二年，而始爲監察。又積年而遷，止於侍御史。其功高而軍倍，迺得爲中丞焉。故當時稱謂，咸以中丞爲貴。今此帖言中丞，誠尊稱也。

仲寶言：御史之傳，今十六世，而丘隴昭穆，封植彌謹。遺言舊謀，日補其未備。譬之岷江，初若甕口，而至于海者，其源遠故也。念昔吾里衣冠故胄，皆爲文安公之門人。俯仰變更，而事有不可言。敬觀遺墨，實勞我心。仲寶尊祖敬賢，其深匱藏之，俾勿壞。大德乙巳，四明袁桷書。

跋李後主詩稿

右散騎常侍徐鉉奉使汝陰，泣觀故國主詩筆。太平興國壬午歲前十二月十六日，西湖北臺記。

李主〔七〕辭廟北行時，猶倚聲製曲，不知降王宅果淒抑也？晚歲幽憤，溢于歌詠，竟以憂死。獨徐鼎臣守遺臣舊禮，痛東鄰之煽禍，怨歸錢氏。而此卷，文僖寶之，何耶？鼎臣題識，足厲薄俗。方承平時，士風藹然，故莫有疑迕。使以文爲害，則當如律令矣。悲夫！

重光書世謂撥鐙，然不解何語。按書記言：推拖撚拽，乃具秘訣。先德學士，爲李西臺。余嘗見其三體《道德經》及《風后廟碑》，審爲無疑。天駟監，太平興國四年置。監有左右，復各有二，故此印云第一也。

畢少董，文簡公裔孫，繇東平南遷，多藏圖畫雜跡，後入秘府。紹興間，人謂之畢谷董。

李丞相在翰林三十年，太平興國八年始入政地，如扈、李二學士。今《玉堂集》猶存其制誥。趙嘗預修實録，所謂初本者是也。徐公八分，世不多見，益可貴重。時中宜正色深寶，勿爲豪巧者簸侮。是日，袁桷重記。

跋姚子敬所藏東坡書飛白記

東坡先生語慶曆、皇祐，未嘗不感歎三復，此正紹述深意。熙寧諸子，迺始祟是議元符間，何耶？舊見蔡君謨飛白，廣不盈尺。此字當與是記相屬。思陵購先朝書入秘府，悉去題識，今不可復睹。而記爲子敬所寶，誠可感也夫！

東坡玉堂制草

淳化後，學士院紙頁從池陽。唐、五代所用，迺矮麻紙。熙陵愛李氏澄心，遂易此制。蘇公此卷，正號玉堂底本。桷見文潞公、吕申公辭免平章，批答有賈相私印，疑當時故家翦以修媚，與此紙無異。今留河東李士弘家。袁桷識。

校勘記

〔一〕『受』，原作『授』，據四庫本改。

〔二〕郁校：『性』，原本作『姓』，鈔本作『性』，今改。

〔三〕『率』，四庫本作『悉』。

〔四〕『詔』，四庫本作『昭』。

〔五〕郁校：『試牒』，原本作『牒試』，鈔本同。案文中作『試牒』，目録亦作『試牒』，此誤倒，今改。

〔六〕『十』，四庫本作『千』。

〔七〕『主』，原作『王』，據四庫本及卷四七《跋玉笥觀李後主牒》改。

清容居士集卷四十七

題　跋

題唐玉真公主六甲經

《靈飛六甲經》一卷，唐開元間書。當時名能書者，莫若李泰和、徐季海，然皆變習行體。獨鍾紹京守鍾、王舊法。余嘗見《愛州刺史碑》、《黄庭經》，無毫髪違越。至開元間，從貶所入朝，一時字畫，皆出其手。此卷沈著遒正，知非經生輩可到，審定爲紹京無疑。昌隆公主，睿宗第九女，景雲元年入道，改封玉真，因以名觀。方盛夏時，工役迫急，群臣諫疏咸入。魏知古之疏有曰：『陛下爲公主造觀，將祈福祐。季夏之辰，興工犯禁，百姓居宅，卒然逼迫，令其轉移，功德何有？』觀地，蓋太平公主之舊第也。唐世諸主，多强入道，以爲報本冥福。否則和戎，以弭國難。爲女子者，不亦難矣〔一〕！併識其事于後。

跋竺氏藏舒沈二先生書

二先生授學鄉里時，踵門而登巍科膴仕者，固不一二數。殊異以後，衣冠淪落，有不忍言者。獨剡源竺君嗣孫稷，猶能守儒保世，庋藏二先生遺墨惟謹。桷伏讀沈公書誨，有曰：『兢兢自持，若果能爾，何用師友？』審竺君誠能用力於是。舒公誌其歲月，則曰：『樂道其教子，荐更百年，敦厚愷悌之澤，今復未艾。』竺君諸孫，宜力修而善繼焉，俾勿墜。袁桷書。

題唐臨講堂司州帖

臨書如九方皋相馬，遺其玄黄。筆意洞達，妙在轉摺。若拘然位置，不復有神韻矣。唐臨《十七帖》，較《閣帖》多異。此卷紙品墨色，真數百年前舊物。宋世唯蘇才翁、米襄陽得此妙解，能書者必能深辨。

跋鄭太宰奏撰樂章

故事：圜丘、明堂，孟享宿齋之夕，六宫起居奉表，必委學士。翼日，復命它學士作宣答詞。車駕還宫，始賀慶成，及錫賚，亦皆學士所爲。詞臣書詔填委，蓋不止是也。自元祐以後罷合祭，儀文悉倍舊規。國用不足，二蔡之徒悉遵王安石熙、豐理財之法，史官書之，未嘗不慨歎也。

鄭皇后三爲妃嬪，始正后位，實大觀四年之十月。今觀太宰鄭公奏譔樂章之文，在十二月，實此年也。鄭相世居開封，三開茅社，雖由椒掖之貴，而其子孫殆有能以詩書自顯。都承公興裔，詳習刑政，今世所行大理格目，實自公始。蟬聯官簿，見於周文忠公所爲墓碑。四世孫出示手敕，足以見一時文物之美。噫！翩翩不富之戒，又何其速也！延祐三年五月甲子，史官袁桷書。

書唐臨蘭亭紹興内府故藏

定武《蘭亭》，文皇摹本所刻，故毫髪無踰矩。至徧賜諸王群臣，則皆一時能書所臨，精神横逸，雖抵掌相似，然猶以爲優孟也。余所見元嘉賜本第一，神龍第二，蘇才翁家本第三，才翁本則祖神龍，褚河南悮字本第四，馮承素本二第五，褚庭誨本第六，陸柬之本第七，最後復見米老所效褚河南本第八，效馮承素本第九。今見此，爲十矣。

十本皆臨書，與定武微異同，又皆繭紙，非雙鉤響搨所可作。米友仁定此爲模本，失之矣。況此卷濃淡結構皆出己意，『每攬』二字，落筆尤奇媚。米老臨摹誑一世，豈此法不以授其子耶？柯敬仲好法書，而近世輒效米老，眩易者十有八九。故余特敘所見，且以爲貴耳賤目之戒。

跋齊竟陵王蕭子良書

敘云： 齊永明三年正月十九日譔。自書契以訪，唯文字象形鳥跡，總成一卷。韋續纂書體，中有張芝一筆書、鍾繇行狎書、曹喜懸針篆書、杜伯度章草書，此卷蓋五十六體之十一耳。蕭子良書不傳於世，獨《述書賦》其書『有力而無體』。此卷是唐嚮搨粉蠟本，筆力遒勁，有智永舊法。宗少文作一環草，蕭齊咸慕之。子雲書政與此類，文皇乃深非之，何耶？ 圭璧殘斷，然猶審爲朝覲遺寶，吾於此書亦云。

跋柳誠懸隴西李夫人誌

顔魯公錐沙印泥法，僅傳於藏真，誠懸真得其遒勁。魏晉隸書以扁古爲工，至唐虞永興、褚河南猶守舊法。唐世碑刻作字逾廣，遂以長勁爲能，而晉法悉變矣。近世書家不屑顔、柳，競爲李北海書，而隸體遂絶。余拙於書而善鑑，未有能易余言者。往歲嘗見柳公書《清靜經》、《西昇經》、《靈寶經》、《易賦》、《心經》，凡五卷，當以此誌爲第一。

題定武損本

損本定武，多匱金蟬翼越紙所印，字彌精神，不知者乃以纖瘦疑之。當宣和流觴亭成，有旨從薛嗣昌宣索，急驛以進。内侍梁師成暮夜亟以蟬翼三紙連覆得百餘本。故上本差瘦，中本肥瘦得宜，最下本與不損肥本亡異。雖非北紙，實皆薛氏所竊本也。此本蓋是薛氏舊本，紙墨昏渝，殆猶東郭子綦，垢弊愈甚而神益清，望而就之，真有道之士也。

跋懷素草書四帖

藏真論右軍書，未若深服，後乃爲黄長睿所貶，殆釋氏所謂報緣。員嶠賓旮之餘，復游戲唐跡。吾意後人無敢出議口，當以是爲徵。

跋歐陽詢隅隩帖

評書家嘗言：率更書，難雙鉤。蓋其落筆全在骨法，若填補肥媚，則失其體。舊見唐彦猷摹《鄱陽帖》，筆意絶近，此卷殆髣髴之矣。

跋聖教序

《三藏記》，舊經生多習之。李西臺人品高，猶不免蹈襲。今觀此卷，遺其玄黄，非有拘窘。蓬萊神仙，海鏡雲滅，濡毫而踞龜殼，非此翁也耶？

跋懷素自敘

《自敘》墨跡，俱有蘇子美補字。凡見數本，董逌進德壽殿者爲第一。然子美所補皆同，殆不可曉。善鑑定者，終莫能次其後先。今觀員嶠所書，貴耳賤目之士願加詳焉。

跋急就篇

索靖《急就》，王廙所藏，僅存於衣摺。是渡江時已不完。章法微茫，轉摺之分，少失之則訛謬矣。自唐以後，遂不敢以是擅名。觀此，足以驗筆塚之功。噫！誠難矣夫。

跋懷素聖母帖

劉綱得道四明，余嘗欲游山中，攀懸崖，坐石窗，問超世之旨，而未得。今觀此帖，極偉怪。素爲文，世未之見，而此帖亦世少摹刻。觀法書幾三十年，謏聞若是，是果孤陋耶？

跋玉笥觀李後主牒

漢武南巡，以天柱爲南嶽。而江西諸山，言神仙者皆宗之。《玉笥山記》所言漢武，良本此。至蕭子雲譔《立館碑》，有曰『清虛之館』，蓋其地也。李重光以蕞爾小邦，當開寶末年，兵勢寖迫，奉宋正朔不暇給，而猶曰御批，此殆終身不去帝號之誚。所行文又曰準教，則王制也。南唐之亡，城陷猶誦佛不輟。渡江雖功在曹彬，而江面闊狹，表裏實一。僧圖獻于太祖，宋史特諱不言耳。九華先生，道家者流，李主得國之效，觀其成敗，爲之憮然。前史官袁桷書。

跋蔡君謨汶嶺帖

君謨行書，蘇文忠定爲第一。其所摹右軍諸帖，形模骨肉，纖悉備具，莫敢踰軼。至米元章始變其法，超規越矩。雖有生氣，而筆法悉絶矣。昔人嘗言：『程、李御兵，各善其用。學程之道，猶魯男子也。』君謨蓋深知此。唐人雙鉤多横搨，執筆尊謹，懼其妄出胸臆也。今觀《汶嶺帖》，較唐文皇棗木本益足取徵。延祐五年六月，會稽袁桷書。

秘閣續帖劉無言雙鉤開皇蘭亭

元祐間，詔以秘閣舊跡淳化所未臨摹者，命劉燾無言董其事，爲《續帖》十卷。至建中靖國畢工。後大觀間，蔡京復增臨十卷，去無言所題，命京改題，通爲二十卷，後復有孫過庭《書譜》，今世號爲《太清樓帖》是也。

開皇真本，後由権場復入德壽御府，號《神龍蘭亭》，紙前後角有神龍半璽，蓋唐中宗時所用印也。理皇下嫁周漢長公主于駙馬都尉楊鎮，故事，奠雁奏進禮物一百有二十奩，理皇從復古殿取《神龍蘭亭》爲第一奩以報。宋社亡，楊氏子不能守，歸于濟南張參政斯立。大德末年，復歸集賢學士李某。余得見之。以百花蟠龍官作錦爲褾首，前有『希世藏』小璽，真奇物也。此卷正爲無言在秘閣親摹，事見無言手跋。

向冰，文簡公裔孫，當韓侂胄聚閱古圖畫，皆出冰鑑定。自淳熙後，圖籍考訂之富，惟霅溪向氏、錫山尤延之、諸暨王厚伯三人，然字畫最惡拙。及今與僕，遂成四人。延祐七年二月六日，越袁桷記。時官集賢，獲睹此卷，賈相舊物也。

跋蘇文忠與黄師是尺牘

黄師是寔，先浦城人。其父潁州府君好謙，與二蘇公爲同年進士，師是遂與蘇公家通姻譜。嘗爲提點刑獄，文忠有曰『白首沈下吏，緑衣有公言』之句，所謂緑衣，蓋指侍婢朝雲，言師是官職之不遷云爾。師是官至侍制，其弟宰星變上疏論蔡京，遂長流海島。有子子游，脱驂以葬，歐陽徹、張魏公義之。後居四明之奉化。此帖縫印曰仁儉者，爲子游之子，而視師是爲伯祖。仁儉之曾孫應春，以詩學教授鄉里，後其子皆爲達官。

桷嘗聞長老言：其家所藏二蘇公帖凡數十紙。五世澤衰，皆散落殆盡。此帖蓋遭母章碩人之喪，文忠所慰唁者。舊亦嘗見石本，今獲真跡，爲之深有感焉。

跋米元章書

元章壯年學蕭誠書，後學段季展，最後悉意師褚河南。其體三變，晚復規模大令，往往行書爲長。御府米帖，有楷書《周官》，性不耐拘檢，時有塗注。中原諸賢所見《周官》，蓋行書也。草書之變，始張旭；行書之變，由米老。蓋其顛逸政相似耳。孫過庭嘗自言：『作書無一筆大令。』善書者必能評其優劣也。

跋汪氏推恩誥

右《信州汪氏孺人誥》一道，實壽聖齊明廣慈備德吳太后壽七十時，孝宗上壽康壽殿，推高年恩所賜也。紹熙五年，復以八十行慶壽禮。未幾，孝宗崩，危疑之際，定立曾孫，母儀四朝，猗歟盛哉！嘗考乾、淳之際，國境寧謐，天子以孝治天下，一時郡縣以年高聞于朝者，視汴史惟最多。

舊制：男女凡年登百歲，得官封仕。而父母年九十，官封如民百歲，而慶壽恩八十以上始得預，如前制差等焉。張氏自待制時爲宦族，則汪氏之年耆，蓋可知矣。參政師點，蓋施公。施爲廣信人，首相文定王公淮，實梱外祖母碩人之大父。于時文定作相，其母夫人猶迎養相府。君臣廣孝，於是可見。元傑沈靜好修，學老子道，猶能寶家牒於易代之後。故國喬木，藹然遺思。桷也世爲史官，得無書乎？　袁桷記。

題李龍眠雅集圖

龍眠舊作《雅集圖》，在元豐間。于時米元章、劉巨濟諸賢皆預，蓋宴于王晉卿都尉家所作也。嗣後詩禍興，京師侯邸皆閉門謝客，都尉竟以憂死，不復有雅集矣。元祐更政，蘇文忠公爲中書舍人，黄太史入史館，張右史、晁河中爲正字，秦少游以品秩最下，亦校黄本書籍。未幾，晁以憂去，又未幾，趙挺之論蘇公、少游、魯直同一疏，否則晁亦在疏中矣。噫！元二之際，號爲翕和，黨論之萌，蓋已兆朕，良可悲也。

此圖蓋作于元祐之初，龍眠在京，後預貢舉。考斯時之集，則孰爲之主歟？曰：『此安定郡王趙德麟之集也。』德麟力慕王晉卿侯鯖之盛，見於題詠。文潛嗜飲，樽罍滿几者，其實也。少游凝然有思，其小秦王之意乎？魯直每遇家妓，輒書裙帶，今乃題卷，猶故態也。東坡公精神凌厲，見於筆墨，而待門下三客，蓋未嘗以此易彼。

嘗考文章盛時，各展素藴，故六君子别集，體製各備。後宋之弊，以華貫爲重，墓中之文，前歸於周文忠公，樓宣獻踵之，至於末造，劉龍學專之矣。仰止英躅，庸書于後。

題八馬圖後

龍眠嘗作《明皇八馬圖》，此蓋其雲仍也。奚官調牧，深得沙苑間意態。畫評云：『人稱高名，馬虧先匠。』余於斯圖亦云。

題雙竹圖

彭城遺派，如俞且軒、梁率庵，皆有蕭灑意態。世人貴耳賤目，正不免如米老『牛即戴嵩，象即章得』之誚。此卷雙折枝，煙雲慘淡，展閲晴齋，頗有莊生去國幾年之意。

書藝祖皇帝十節度風雲圖後

杯酒釋兵柄，此啓運立極之基也。然文盛武衰，亦自此始。攬《風雲圖》，痛當作慟。遺民袁桷書。

以辟穀圖壽張治中併識其後

參預篤素張公孝伯，于湖先生之從弟。爲貳卿時，有以《辟穀圖》爲初度壽。翫其詩語，典密超遠，非參預公不能受。未幾，入西府，又陪幾政。僞學之禍，公實彌縫。雖一手獨拍，國史時政，至今猶可考也。 晚歸桃源，領祝鼇十餘年，康强壽考。 是生樗寮太中公，亦以字畫醞藉重一時，年過八十，作字猶嫵媚。 本茂枝亘，有自來矣。

桷大父嚴州，於太中情好深厚，每相顧語。 時事艱塞[二]，思欲如參預公嘉泰時不可得。 風雲變更，此圖遂爲袁氏家寶。 思得留侯裔孫，以永兩家傳襲之美。 治中張公，精神炳燿，篤志文物，於吾家族祖正肅公有三世之舊。 振轡甬水，言語冰雪，誠信金石，優游孫讓，而發不可犯，事不徒作，超然有黄石公審勢之道。 桷往游金華，聽言論之緒，睹兹佳辰，敢以參預張公所至者爲祝。 俯仰疇昔，今百二十年矣。 庸書所聞，爲公壽。 四明後學袁桷書。

題趙希遠山水

前賢議大年，山水平遠，多朝陵往回所見。 今觀此圖，殊有泉石意態。 吾鄉樓宣獻公，嘉泰坐錮，十年不作子公書問。 趙尚書時方尹行都，其猶子輩行，後先不同。 要知此畫，不當以此爲重，近世附會率類此。

題家山圖

巖壑朱鴻臚翰墨繪事，乾淳諸老咸尊許之。 余屢見其書《洛神賦》、《飛湍圖》，當未易入書畫家評品。 信知前賢遊戲，不得以藝名目。 竹墅先生舊爲《江行圖》、《登瀛圖》，復因思陵書法，充爲學書韻譜，使之較藝書畫二博士，意其猶朱鴻臚也。藝成而下，韋仲將、閻立本懊恨莫雪，則知游戲深意，未爲害道。桷客錢塘，獲觀《家山圖》於其從孫一清。典刑日淪，雅思清集，萃于牆屋之被文繡，宜深寶藏，以示同志。

題赤壁圖

空濛寒江，望斷壁如日色。羈臣謫子，作淒然懷土語，似傷正氣。余嘗讀《囚山》諸賦，深惜其才。其不遇，果命歟？覽此長卷，益知東坡翁百折不撓，非景物可動。爲之一噱。

題模本重屏圖

《重屏圖》，至汝陰王明清氏始定。正坐者爲南唐李中主像，余嘗見樓宣獻公家周文矩所畫初本，前有祐陵御書樂天《偶眠》一章。噫！承平盛時，君臣圖治，而區區慕企耆年之安佚。禍及於身，國亡於嗣，苞桑之戒，有自來矣。此卷模搨，不遺毫髮，乃喬仲常所製，深得龍眠筆意，而精巧過之，以此辨定。

書牟端明脱韡圖黄魯直返棹圖贊後子昂畫，時守當塗所贊。

嘉定改元，首召樓宣獻公爲翰林學士承旨。更十七年，不復有繼，而學士亦久虚不用。寶慶初，首用鄭忠定公。時則有若洺水程公，相繼爲學士。端平則真文忠，嘉熙則魏文靖。文忠不肯拜命，文靖不兩月即入政府矣。淳祐特用三人，曰端明李公、參政應公，其以不能辭者，吴丞相一人耳。至景定，始踵用徐公、端明牟公，獨牟公至咸淳初猶學士。噫！四十一年，理宗所命内相不過四五人，則凡號爲學士者，誠難矣。

方陵陽李先生特以史局入蜀爲參謀，首辟先生以自近。蒼黄出蜀，李公造朝，顧給筆札補其書，先生之助爲多。龍翔之役，丁、董氣熖無敢犯。一麾出守，惓惓憂國。絶僥踰鼠穴之蠹，初圖見之。感指摘文致之弊，太史之圖見之。裕于子孫，經術淵懿，爲東南師表。故國喬木，殆於是見之矣。

念昔至元乙酉，嘗從子昂承旨公于錢塘。于時年少氣鋭，各欲以文墨自見，此圖之作，實在是歲。鼇頭之兆，殆表於是。桷也學不加進，而志日益懦。肅容斯圖，其亦有所感也夫！延祐四年九月，袁桷書。

題楊補之梅

逃禪居士平生文章字畫，清勁簡絜，獨作《梅花》，習宫體，豈宋廣平遺意邪？德壽殿深愛之，嘗命作横披，親御翰墨。懼以是干進，即脱身還里。士大夫自重若此，可以見昔時之盛。

題湯叔雅梅

舊見叔雅作《三香圖》，踰二丈，遺其女，準奩田四十畝。清實清矣，如太清何？叔雅性慕曠達，其繪事有山林枯槁之意。德壽殿乃不喜之，何耶？遇不遇有命。昔人評詩，謂柳塘春水真富貴語，叔雅豈故爲是以自況？然予嘗聞評畫家言：『竹外一枝，水邊摇落，非叔雅不能。』蓋棺論始定，於此圖見之。

李成寒林

李光丞畫多入御府，在民間者，其子天章以金帛悉購藏。故米元章作《無李論》。此卷，王都尉畫帙中物。余留京師，見寶繪堂畫帙，仙佛、折枝、禽畜凡三帙。後入《宣和》，太上皆御題姓名，復加寶璽。宣和最重光丞山水，今裝潢犀軸皆舊物，蓋從畫册表而出之者，摺文猶在，而後紙略翦去。至治元年十一月丙子，導尊號玉册置省中，歸坐南窗書。

題小坡竹石牧牛圖

小坡竹石，綽有父風，後倅定武，罵賊不屈以死。其風節不墜，光于前人矣。坡翁流落困苦，有『悔不長作多牛翁』之語，將買田終老于陽羨，而志迄不遂。此圖之作，無乃聆庭訓以寓初意與？江南穲稏，千里一色，久客于京塵，莊舃故鄉之思，無言而色已動，覽之悵然。

題李伯時馬性圖

仁廟賜郝參政此圖，爲龍眠李元中作。

龍眠三李，元中廁伯時，豈淺淺哉？嘗聞伯時欲工馬形狀，或有告者曰：『非入天廄不可。』今世所傳《好頭赤》等圖，悉天廄摹寫。嗚立起俯，神氣洞馬腹矣。後復有告者曰：『子性非馬，性入於自然，寧有悔悟？使真入之，曷有出理？』由是懺悔，作大士像。

袁桷曰：『性以理成，物具理具，區别有殊，性之益彰。惟我仁宗皇帝溥博濟物，一視同仁，其所以際待大臣者，實有差等。其膺是賜，非臣彬不足以稱。龍御上賓，先臣不接踵以逝，誠有是也夫。』

嗣子升，至治二年命小臣袁桷敘本末。謹稽首拜手爲之書。

題王黄華墨竹

黄華老人，祖襄陽筆墨，至於平世不遇，卒至窮困流離，時使之然。使生元祐盛時，實不在米老下。文丹淵用墨，意在筆前。觀此卷，豈在彭城下邪？德常評古精詣，遂取其評以書。

題李龍眠十六羅漢象

龍眠白描，多用吳道子卧蠶筆。若一用界畫法，則非真矣。此卷山林嵚崟，骨相巉崿，猶有離王舍城真態，非復有江右卑弱儀度。神閑意定，視天台、靈鷲直瞬息事。龍眠神氣洞馬腹，晚修蓮社，得無冥會耶？

題彦敬子昂蘭蕙梅菊畫卷

余嘗見彦敬、子昂親作繪事，生香疏影，光透紙墨，觀者莫不斂衽。二公既下世，摹傳益多，優孟之叔敖，幾不可辨。觀此生意，猶侍杖屨時也。

題子昂擊磬圖

君子聽磬聲，則思死封疆之臣。蒯聵父子之亂於斯時也，聖人得無所感？柴也其來，由也其死，事果有至於此。《名畫記》有《擊磬圖》，不存。子昂創意作此本，其亦有所感也夫？

題鄭有之蘇黄海棠詩卷

吾鄉樓楚公爲令登封，得嵩山之石以歸。自渡江來，南北隔絶，其孫宣獻公遂築樓，扁曰登封，而貯石於其上。京洛慨歎，其記文實三致意焉。華陽自甲午之破，衣冠南來，不一二數，土地之宜登於王所者悉絶。若奇花美木，往往於前賢題詠中髣象，而不復可睹。

金華鄭有之北山先生，宣撫公之裔孫。其家有《蜀棠》一本，猶傳以爲宣撫公自鎮蜀歸時手植。有之復得摩圍閣所刻東坡《海棠詩》一篇，又得黄太史所草，合爲一卷。每花時，舉酒展卷高歌，居然萬里之勢見於眉睫，其於宣獻公之意政相似。

余嘗聞牛奇章聚花石之奇麗，而身不及享。近者内翰洪公築瓊圃於第，而幾致奇禍。孰若宣撫公清名懿行，淑於後人？一花之微，猶存於百數十年之後。古人有言曰：『十年之計在木，百年之計在德。』今德與木俱存而無墜，豈不美與？謹書其事于後，他日訪喬木之居，坐花陰之下，舉觴相屬，當爲賦其事。

書趙監酒墓記後

唐世宗室，其初皆有封爵，世遠親盡，遂與異姓之臣雜而仕宦，至或流落民間，故作史者深爲之歎惜。然而石堤谷之慘，則又有甚可歎惜焉者也。宋太祖懲前代之失，諸降王子孫皆得登仕版，而柴氏、錢氏復與爲婚姻，號爲最盛。至於靖康大變，流離南來，皆得奉國牒以見于宗廟。絶猜疑之嫌，於此可見。

余嘗自紹興以來，考其世系，彬彬秀出，亡慮數十人。至若魏王諸孫，雖其族屬號爲疏遠，卓然可傳者，詞華則德莊仲白，清謹則德老父子，抑有以知祖宗垂裕之盛。

乙未秋，趙君開叔出其皇祖監酒君之銘，謂余曰：『此相國程公之所作也。監酒君於魏王爲九世孫，而文昌公之從子也。文昌師性命之説於慈湖先生，爲時儒宗。曩先人官廣陵時，詔以家世舊聞甚習，暨歸餘姚故居，每拜高曾墓下，讀諸老所述先德，夙夜畏懼，不能承嗣。丙子奔播，善和故書與墓碑俱燬，爲庶爲奴，不敢自恨。獨欲求程公之銘，不可得也。惕然於心幾二十年，今復獲于四明之族黨，誠不勝慰喜，其爲我記其事。』余曰：『世之畏禍者多矣，變姓之張禄，别族之輔氏，蓋思以自全也。今君之喜，非昔之喜也。君方以《易》推策隱市以自活。《易》之道非止於是，其憂患之深者也。養其支離，以盡其天年，斯足以不辱其先矣。』餘不足爲道，姑書其事而歸之。

書進修堂往還尺牘

始曾大父越公從正獻公時，通判少卿方總角誦書，正肅公方入小學。于時諸生從正獻公凡數百人，公教不及諸子，母夫人戴氏手模顔魯公大字以教諸孫。宗盟之好，實夫人啓其議。故越公少年作字，亦習此體。後伯祖通判、大父嚴州，尤相與模學進修堂書體，兩家敦敘情誼，於書牘猶可見也。

嘉定癸酉歲，正獻公自九江召歸郎省，越公亦自桐廬入爲奉常屬官。後正獻公爲侍從，而越公復入著庭，同朝凡六年。後三年，正獻公奉祠歸里，越公以列卿尹臨安，公作詩十章相寄[三]，獎勵尤深。而其首章有曰：『少年妙譽已超然，不肯隨群苟目前。』蓋猶言昔時遲赴禮部相從事也。暨正獻公薨，越公挽章有曰：『燕堂聯族子，講席後諸生。』蓋言合譜時事也。

自正獻公而下，書牘無慮數百，皆藏二父房。往歲從兄子禮舉此卷以授。己丑之災，凡先世舊物，一夕而燼，獨此以藏于故山獲全。追念二祖宗盟之始，今已百二十年，舊聞零落，懼不復記憶，因書識于後，俾後之子孫得以有考云。甲午歲良月，曾孫桷謹識。

書馮將軍翠峰詩後

金煬渡江，世人咸稱采石功爲雄偉，而不知煬之首謀，以海道進兵爲第一。向非膠西用奇決勝，則長驅海陵，江左殆未可保。始余閱李伯微甫《繫年》書，深疑紀采石之事爲多，膠西之事爲略。間閱傳記，則知前輩已議雍公之張大，而伯微甫《雜記》亦書雍公經理關陝之不遂，蓋未嘗不置疑於其間也。

膠西之戰，李寶功誠不得泯。若馮將軍事，獨不見於史，爲可恨。惟趙氏《遺史》所記，號爲詳悉。而所謂當時卓然奇功，皆歸於李寶之偏將曹洋，乃於馮將軍深有異論，且謂獨請海艘，借勇以避虜，棄陣卻走於凱旋之先。余嘗反復其事，有知其不然者。夫軍法莫嚴於背兵。李寶非能假馮將軍者也。其捷也，實寶命曹洋詣闕以奏，洋安得不揜美以自稱？方是時，猶概受其賞，將軍之不卻走也明矣。所傳聞異辭，聖人猶疑之，《遺史》重妄之罪深矣。黴正獻公直筆以行[四]遺事，則將軍之功不止於泯焉而已也。

桷曾大父樞密越公尹行都時，築射圃，曰旬閱下教，出將軍射法以試士伍。白首軍校猶能誦將軍射譜，樞密公訓閱之勤。山陽弄兵，公以不發兵坐視責時宰，由是去國。于時領兵殿巖者，幾欲承受風旨，襲夏震遺志，以報私恩。每思將軍之忠烈，有不待子孫而後傳也。今觀翠峰題詠，諸老贊述滿卷，獨正肅公書尾之語，猶不滿於紹定之事。噫！其亦有望於後者與。

彭叟，成紀正裔，今爲范氏後。馮、范之譜，猶臨邛高、魏之譜也。昔陶商翁、劉景文以邊將有能詩名，將軍翰墨之美，誠不愧古昔。彭叟以詩書迪紹前人光，其當不止此。敢辨《遺史》之妄以補家乘，復以勵彭叟云。丁酉歲正月辛未，越國袁桷書。

書史文靖爲西山先生薦黄參軍家問

嘗讀西山先生通文靖公啓，有曰：『四紀奉常之第，三州刺史之符。華塗咸擬於直登，雅操獨安於平進。』又曰：『青原彭蠡，善政有百年之思；太白東湖，勝賞窮四時之樂。』味繹詞旨，蓋不以赫奕爲可貴也。紹定元二，先生去國，文靖亦歸老里第。今觀薦士之急，遂因父以致其子，而文靖諄諄訓諭，尤以先生爲重，絶干撓之嫌，於斯可見。

桷聞諸老言：永國爲相時，欲迎公政府就養，不一歲而返。方永國之入相也，公獨言參預應公宜爲文字官。應時以議端平兵事謫歸里，未幾果得召命，將入國門，劉、濮二豎相繼論去。公聞之，歎恨數日。

噫！父子至親，宜無所嫌避。在隆興時，若張紫微之總得，近世之江文忠，誠有不可處。若文靖父子，誠無可議。一時廷紳，不免有趙括之譏。慨貴盛之不常，愍天運之日圮，三復遺墨，肅襟以嘻。是歲五月乙亥，年家孫袁桷謹書于其曾孫益伯題識之後。

書張仲實家譜後

古者別姓收族，莫嚴於祖廟。自宗法不行，各尊其禰，不待數世而視爲絶族。蓋譜諜不修，廟制不立，迄無所藏附故耳。唐世廟院之法，猶有遺意，至宋令甲，非君賜不得立。由是公卿大臣各懷安苟且，視以爲難事。自渡江來，承賜者亡幾，其所立廟，率燬於火，或撤去不復立。而獨張忠烈王故廟，易代猶無恙。

方承平時，張氏族號最盛，散處都邑。其房院稱號，各以數目爲别。歲時烝嘗，男女長幼，悉列廟下，而復擇宗子以主祀。傳于今，其法蓋未墜也。昔摯虞以漢亡之後，譜傳之失，子孫不能言其先祖，推其本始，作《族姓昭穆》。夫當流亂之餘，理固若是，而先儒以爲厚風俗之道，亦莫若明於譜系。今仲實因故廟之舊，合七世之譜，旁行邪上，如指諸掌。慨今思古，將襲德踵燉，使夫來者之有以自振。而其可傳者，非止於章綬赫奕而已。

夫尋丈之木，其旁達拳曲者，莫病於本也；阿閣之鳳，翱翔振迅者，無害於德也。惟其有之者，斯似之也。《書》曰：『紹聞衣德言。』又曰：『迪惟前人光。』仲實其勗之矣。袁桷識。

校勘記

〔一〕『矣』，四庫本作『哉』。
〔二〕『塞』，四庫本作『蹇』。
〔三〕『寄』，原作『奇』，據四庫本改。
〔四〕郁校：『行』，鈔本作『紀』。案疑當作『存』。

清容居士集卷四十八

題跋

書張忠烈王傳後

世言老子書富國强兵，以予觀之，是未足知其說。老子言：『佳兵者不祥。』而陳平亦言：『陰謀，道家所忌。』夫其書，學道者之所祖，而言用兵，有不得已之意。則兵者，非真喜用也。

宣、政以來，老姦宦豎，爭弄兵立功於僥倖，馴致靖康之禍，議者謂佳兵於此可見矣。至於建炎，兵不得不用，而一時狃宴媮之久，長驅南來，蔽遮阻厄者，皆望風奔突。驍將巨鎮，遂廣立屯衛以自重，而東南民力，匱轉輸供給之苦，未幾而紹興用事者言罷兵矣。

方是時，秦氏子誠無所容罪，獨張忠烈王有適墮偃月之計，而後無與辨之者。當罷兵之初，莊簡李公嘗同其議。檜之始，未可以遽議也，論檜之罪，當成於罷王西府之任。蓋姦臣造謀，未始不假宿德重望以厭服衆論，事成而即排之者，毋怪其若是。故李公之去也不數月，而王雖一歲而去，則亦有所不免。

夫事之毀譽，難定於一時，而視其子孫，始足以知昔時之行事。漢高密侯鄧禹，功爲中興第一，遲遲長安，無以辭光武之責。至其訓子孫，俾各習一藝，則其善後，良有古意。唐李勣垂殁之訓，嚴且明矣，敬業之覆宗滅祀，終不可逭，豈非立后之議，誠有遺憾也？

今王聞孫彬彬滿於家乘，施及五世，崇德植學，以自〔二〕表著，猶不可一二數。則是非之公，當由是而見。因書所聞，以附于家傳之後。

書史忠定王貸錢券後

桷年十三四時，有鄉先生應君文煒，年八十餘，善談論乾、淳諸老舊事，爲桷言外高祖忠定越王未第時，僦富民錢氏坊，以養越國夫人洪氏。今天童松徑東皋先生精舍，即坊故址也。坊故當紹興甲子歲，越國夫人壽周甲子，忠定王假坊錢爲酒食，以合姻族閭里，禮甚具。是歲，鄉試期已迫，忠定王不得歸里，鬱鬱悵望。媼微問曰：『秀才何負官逋如是？』遂具以前對。翼日，媼召兒，與共約曰：『我積錢百千，以治終事，今悉與秀才輸官。若中秋試，必速償我。毋惜也。』王歸，果與計偕，實紹興之十四年。至乾道間，王以衮衣偃藩，養越國夫人于越，時媼猶亡恙，王命使者車迎媼坐堂上，拜之，欲官其子。媼謝弗受，曰：『願丞相子孫他日官越，毋忘媼家，時賑與，足矣。』後忠獻爲常平使者，復命駕媪家，拜其像，與其子坐，且遺金帛甚厚。

應君又言：『樞密公帥越，余時相從，湯媪諸孫猶在。樞密公紹先志如初，特伺候門下旬日爲異耳。』今獲從五世孫公升允叟伏睹手券，夷考歲月，去秋試纔二月，當從此券以償湯媪。而梲所聞於應君者不誣謬，爲可信，謹書以補家乘之缺。

維王盛德厚行，垂裕無極。以允叟五世大宗，兢恪遵奉，睦宗廣孝，下賢急施，當不止智周於家庭，慮〔二〕盡於鄉黨而已也。桐木之韓，由南澗而愈昌；申國之吕，至太史而益著。韓、吕五世孫聞望若此，允叟其有以昂之。《書》曰：『迪惟前人光。』又曰：『紹聞衣德言。』因以勉允叟，併以自勵。

書焦節婦傳後

唐虞之事，載籍莫詳。往讀劉氏《外紀》、胡氏《皇王紀》等書，記帝堯之時，孝慈力耕桑者，表其門閭。雖遐邈無本，非有類於荒怪不經，吾取以爲始焉。世衰道微，日淪於媮，《彤管》之詩，先儒或疑爲季代之作。於是淑德内範，與男子並稱。若《列女傳》所載張芝、桓女之徒，皆得如帝堯時故事，亦足以惇行表勵。噫！其意亦深且明矣。

梲游吴門，讀中丞徐公所爲《焦氏婦傳》，誠可謂懿厥哲婦，而其彰明之始，實自其弟焦侯發之。昔屈原作《楚詞》，悲切反復，而獨推高陽之玄冑、女嬃之嬋媛，蓋其好德之心，根於自然。移爲忠君愛國，猶不敢忘其所自。使原幸得其時，則其光榮之道，不假於原之自陳也。稱是。非如李文公之傳楊節婦，不得入唐史爲可恨也。《詩》曰：『此令兄弟，綽綽有裕。』焦侯孝友之道，於是乎備矣。敢書所聞于後。大德庚子，越袁桷書。

方今焦侯以明達粹雅嘗舉正於省闈，前徽貞行，將以請于太史氏。更生、蔚宗之筆，足以稱是。

書湯西樓詩後

玉谿生往學草堂詩，久而知其力不能逮，遂別爲一體。然命意深切，用事精遠，非止于浮聲切響而已也。自西崑體盛，襞積組錯，梅、歐諸公發爲自然之聲，窮極幽隱，而詩有三宗焉。夫律正不拘，語腴意贍者，爲臨川之宗；氣盛而力夸，窮抉變化，浩浩焉滄海之夾碣石也，爲眉山之宗；神清骨爽，聲振金石，有穿雲裂竹之勢，爲江西之宗。二宗爲盛，惟臨川莫有繼者，于是唐聲絶矣。

至乾、淳間，諸老以道德性命爲宗，其發爲聲詩，不過若釋氏輩條達明朗，而眉山、江西之宗亦絶。永嘉葉正則，始取徐、翁、趙氏爲四靈，而唐聲漸復。至于末造，號爲詩人者，極淒切于風雲花月之摹寫，力孱氣消，規規晚唐之音調，而三宗泯然無餘矣。

夫稡書以爲詩，非詩之正也；謂捨書而能名詩者，又詩之靡也。若玉谿生，其幾于二者之間矣。吳門湯君，往得其《過葛嶺》諸詩，玉辟邪、鐵如意之警策，有得乎玉谿生之深切精遠。

余每欲蒐其精良者，而一讀之。來吳門，其從游陳子久相過，知湯君之詩，雕搜會稡，皆子久任其事。余不識湯君，而知其用意間有與余合。遂書玉谿生作詩之源委，宋三宗詩體之變，以慰湯君，庶知湯君非苟于言詩者。子久嘗學于湯，不知余言能有合于湯否？

噫！詩至于中唐，變之始也。若玉谿生者，跂而望之，其不至者，非不進也。子久年富才俊，它日追風雅之正，返雲咸之音，其視余言，殆猶糠粃也。大德庚子，四明袁桷書。

書高息齋嚴母方氏夫人墓誌後

息齋先生蚤歲入辟雍，受知于龜山楊先生，後掌國子於熙興。五峰先生一書，慷慨明白，遂即掛冠致事，辨春秋王霸，未嘗不嚴正而簡明也。成均學制，至咸淳之末，猶復遵守，其或變更傅會，皆大臣私意。或謂與宣和三舍法微近，是殆不知先生本於《周官》，乘聲附響，無以議爲也。

舊聞遺落，麟臺故史三厄，無從考訂。郡志疏缺，能言高氏出處大致、譜諜官號，亦不多見。而桷以先世遺藏，得其《集注喪禮》，若奏牘之見於會要者，猶一二條目，至於他文，則皆未之知也。今年春，得讀《嚴母方夫人墓銘》，其敘師友婚姻之好，不以窮達渝易，足以知先生成均之法，出於閭塾之遺意。而方夫人崇師教子，不得與流俗同也。

噫！師友道廢，遂恥以師自言陳。稽古印綬，惡遇舊館人者有之矣。婚姻禮乖，雖潘、楊之睦，猶以貧富異心，尚何敢修師友之誼、敦婚姻之舊於富貴利達之後也？夷考漢[三]唐傳記，嚴母之賢者，莫若延年與武。彼二子苛酷驕蹇，遂不幸使内則懿範見於史氏。今嚴氏儒雅，奕世聞孫與計偕登仕版者，亦不絶書。則方夫人之賢，不著於郡乘，嚴氏之幸也。巨川往歲南極交廣，蒐奇補軼，多四方聞見。今垂老隱居，充然自足，不假於當世，而獨卷卷表章先夫人之訓範，以示厥後。復使高先生之遺文振暴於二百年之後，謏聞寡見由是而廣，惇本崇禮由是而興，不亦韙與？謹書其後而歸之。大德壬寅二月九日，袁桷書。

書吴興張景芳祖母費夫人所作華嚴偈頌後

南軒先生祖母魏國夫人，日誦《華嚴》，得心法於佛日杲。佛日之頓悟機辨，亦由《華嚴》。或謂《華嚴》乃佛富貴，此蓋以妄測妄，非知道者。方魏國學佛時，忠獻以忠正謫居，南軒先生從五峰游學，子孫爲一代師表，未始諱言魏國爲異端也。近世崇正之説方新，凡類近釋氏者，子孫皆揜匿不著于家乘。今吴興張景芳獨次其祖母夫人偈頌，以光示子孫，忠厚孝謹，將由爾以興。敢書宗衮之事以勉。大德壬寅良月望日，越袁桷書。

書鄭潛庵李商隱詩選

李商隱詩，號爲中唐警麗之作。其源出於杜拾遺，晚自以不及，故别爲一體。玩其句律，未嘗不規規然近之也。拾遺愛君憂國，一寓於詩，而深譏矯正，不敢以談笑道。若商隱，則直爲訕侮，非若爲魯諱者。使後數百年，其詩禍之作，當不止流竄嶺海而已也。

桷往歲嘗病其用事僻昧，間閱《齊諧》、外傳諸書，籤于其側，冶容褊心，遂復中止。私以爲近世詩學頓廢，風雲月露者，幾於晚唐之悲切；言理析指者，鄰於禪林之曠達。詩雖小道，若商隱者，未可以遽廢而議也。客京師，瀋庵鄭公示以新選一編，去其奇衺俚豔，讀其詩，若截狐爲裘，播精爲炊，無一可議。去取之當，良盡於此。

昔蕭統定《文選》，至淵明詩，存者特少，故議之者不置。至王介甫選唐百家詩，莫敢異議。而或者又謂筆札傳録之際，多所遺落。嗜好不同，固難以一。今此編對偶之工，一語之切，悉附于左。商隱之詩，如是足矣，覽者其何以病？因書其説而歸之。

書定興王成之墳臺記後

自古不修墓之説，見於《禮經》。世媮俗浮，遺墟敗塚，子孫有泚其顙而莫以爲怪。抑不知必誠必信，當自其始，至不幸而修者，非禮之正也。自墓田定尋丈崇卑之制，穰穰世胄，率從事翁仲雲闕之靡麗。發丘摸金，蔑有遺藏。抑不知制令之始，蓋以防其侈，非俾之薄内以事外也。定興王成之，躬負土之勞，高爲墳臺，積至尋丈，絶椎埋之望，而慎終謹始，復合於聖人立言之本意。吾友李伯宗甫特敘表其事。余嘉其純孝之實，而復以是説告之。大德癸卯七月既望，四明袁桷書。

書陸淳春秋纂例後

近世《春秋》家，立褒貶於字義，茫不知盡性之理，按其形模，以中有司程式爲精巧。天理人欲，三尺童子，矜矜然猶能言之。《春秋》之學廢矣。習三傳者，唯文詞是師，左氏盛而公、穀廢矣。武夷胡氏作傳，止於七家，唐世傳《春秋》者皆廢矣。噫！士何事《春秋》哉？吾里樓宣獻公，晚歲欲明義例之説，時永嘉陳君舉舍人爲《春秋傳》，遂序其意而焚其稿。每語後進，當以唐陸淳《集注》、《纂例》，清江劉氏傳爲下手。

余家所藏《纂例》，乃寶章桂公所校，號爲精善。按《纂例》他無善本，審此書廢已久。聞蜀有小字本，惜未之見。《唐志》：『《纂例》十卷，《集注》三十卷，《微旨》二卷，《辨疑》七卷。』余來杭，復得《微旨》二卷，乃皇祐間汴本。聞苕溪直齋陳氏書目咸有之，當搜訪以足此書。以假友人，得脱灰燼。劉氏傳乃先越公居宥府時，岳肅之侍郎所遺，家諱咸以絳羅覆其上。二書當永爲子孫寶，俾勿墜。

書鄭潛昭曾祖東谷先生謚議後

胡忠簡論王正道時，不知其後之忠烈也。廟有碑，史有傳，斯無愧矣。三槐名孫，崎嶇擾攘，欲以奇計立功業，不幸有脱略名教之誚，使不若是，則幾爲狼藉人矣。今觀栝蒼鄭公覆謚，猶不恕置議。禮義名節，士之大閑，謹于正道，蓋將以謹夫後來者耳。渡江百餘年，屢厄權相，獨定謚無敢希指。至若賜謚，則由舍人行詞。端平以後，謚愈多而名愈濫，惜不得鄭公有以正之。嗚呼！悲夫。

書朔齋先生都梁第一樓詩後

南豐記擬峴臺，欲與州民同其樂。至朔齋先生之賦都梁第一樓，則欲與之同其憂。非深知民隱者，言不至是。此卷筆勢，有《籌筆驛》詩態度。嘉定以後，士大夫不復崇尚字學，獨公與莆田陳復齋號能書。二公出處相近，要未可以一藝名。

書朔齋送弟牧翁十絶後

朔齋先生以宗正兼直後省，于時先子方入轉運幕府，一見道問家世，即以科目剡薦。至今照牒猶襲藏也。今得拜觀遺墨，其藹然友于之意，見于篇翰。前哲愈遠，古道日媮，摛章繪詞，言行實不相顧。觀此，亦足以媿警。

書高使君脈圖後

吾鄉嘉定以後，故家諸賢，獨高使君衍孫興寄冠珮，清逸儼整，如晉世圖畫賢士。宅旁植水竹奇石，號曰竹墅。其食必按《本草》，其居處必順敘寒燠，銖分脈法，如指諸掌。往時搢紳，類能夸詡之。數十年來，士益困，不復知有清事。

桷幼與其諸孫一清相過往，見一便面，即使君《脈圖》也。于時一清方編類經方，惜日不自置。叔祖文昌公猶無恙，其尊聞于家庭者，尤精確可傳信。今幾三〔四〕十年，而一清所爲醫書十事，亦成矣。宓戲作《易》，神農爲《本草》，至黄帝述《素問》、《難經》等書，三聖人未嘗以卜筮醫藥爲鄙。

九流肇分，漢世儒者猶不得尊，則此復何議？至陶弘景、孫思邈，貞白爲高，能令天子大臣傾下敬愛，則道與神完者，未可〔五〕以一概論也。一清方遊公卿間，清名舊閥，當益以貴重。敢誦所聞，書附《脈圖》，使來者得以考。清容居士書。

題忽訥監司畫像詩卷後

成都郡治，歷唐宋幾五六百年，牧守皆有畫像政績可紀。若韋〔六〕相國、張益州，愈遠而愈不忘。其治守無狀，耄倪咸指其像，爭詬詈以病。蓋棺事定，豈虚語哉？忽訥監司按臨長沙，墓木已拱，其子脱帖木兒宣武公知遺愛之被於長沙也至厚，歲久而泯落，將懼夫子孫之敘述者未足以傳信，固雖豐碑善頌，皆迫於一時之指使。考其相與社而祝之者，審像以觀，則得以察其平昔治行之實，永久而益信。詎家庭之所少，而遠求數千里之外哉？徧觀鉅軸，其意有若未盡。桷也職在〔七〕太史，韋丹之碑，其能肯多讓？顧泚筆以俟。

書白敬甫三歲作大字卷

柳柳州、劉賓客在海嶠，爲二童作詩，有曰：『小兒弄筆不能嗔，涴筆書窗且賞勤。』柳州則曰：『聞道近來諸子弟，臨池尋已厭家雞。』二賢期待如此，彼二童迄莫能有聞。梧竹先生，一爲元公期獎，卒有成就。在《易》，《蒙》之六五，解者謂默識心通，爲顔子得之。令聞壽考，先生實何愧焉？傳示子孫，俾無斁以承。

書胡評事夢昱印紙

桷幼歲嘗讀曾大父樞密越公家乘，言寶慶改元九月旦，胡評事進對，首言濟邸死非上旨，當立孤以明本意。于時相臣震怒，入對兩宫，乞黜去。未幾，御史李知孝希旨具疏，削籍度嶺。先公時尹錢塘，力過閣言削籍故事必下京兆書考功籍。公遲不肯署，復三入閣，相怒曰：『趣書，何言？』宿留凡七月始下。公曰：『不十載當悔復，吾毋爲禍首。且考功籍謹不涉署，後必有知我者。』繇是戒兵士善護，復密以錢鏹相遺贈。自後先公門人王公邁亦踵論濟邸事，而公亦被黜去。端平末年，公始得諸老敘復。桷獨不得與胡氏子弟參論。來京師，豫章周儀之間言是事，桷具所以，儀之曰：『胡公諸孫，攜考功紙來，與子語，誠不妄。』噫！吳夫人之復封，端平之初也；復立濟祀，德祐之末也。馴致於此，其何可言？剛簡丁丑試集英，先公時爲參詳，併識于是。謹書其後而歸之。乙巳歲三月甲戌，袁桷記。

書吳景山樂府

景山吳先生佐金陵閫府時，先子實爲貳車，亦入幕。嘗爲桷言：『先生壯歲客群公，飛牋疾記，坐宴席即就，就亦弗視。言論冰雪，懷吐奇磊，不肯屈人下。晚始第奉常，嘗鬱鬱自慨。語昔時承平事，謂今當不復有。未幾，逃難解散，先生亦竟謝人世。』後十餘年，其子博文爲四明郡博士。先子家居，敦敘夙昔，猶一日也。

桷客京師，博文適先後至，乃出先生手澤一通以示，蓋方回、堯章之伯仲，非如劉改之，徒喑嗚叱咤，以氣爲言者也。唐子西之詠梅，不免以倨傲得罪。先生之詞，藴而不露，哀而不怨，情見乎辭，而莫知其止，殆駸駸乎《國風》矣。俯仰疇昔，悲不自勝，并志先子遺語而歸之。大德乙巳，契家子四明袁桷書。

書黄彦章詩編後

元祐之學鳴紹興，豫章太史詩行于天下。方是時，紛立角進，漫不知統緒。謹孺者循音節，宕跌者擇險固。獨東萊吕舍人憫而憂之，定其派系，限截數百輩無以議，而宗豫章爲江西焉。豫章之詩，夫豈惟江西哉？解之者曰：『詩至於是，蔑有能繼者矣。』數十年來，詩益廢。爲江西者，嘗慷慨自許，掉鞅出門，卒遇虎象，空拳〔八〕恣睢，復卻立循避不敢近。使解者之言，迄幸而中。噫！然則其果不可以復古與？

桷來京師，遇黄生景章于旅次，問其譜别，于太史爲七世，而尚書公叔敖之所自出。示其詩，宫商敷宣，黯然不遇之意，絶乎詞氣。吾知其充然以修，興太史氏之學者，非子其誰也？夫别江西之宗者，是不至太史之堂者也。曠百載而有俟，捨其諸孫，曷有望焉？

書劉將軍詩

念嘉泰間，尚書之孫犖爲常平使者于吴，曾大父樞密越公丞邑吴江，檄定理役，時蘇師旦驟幸顯，獨絶請託無隱，使者大喜，得劾于朝而改邑焉。俯仰百年，門下之誼猶一日也。庸敘疇昔而勉之。大德乙巳八月中秋，書于其詩後。

言用兵者，必曰師尚父。讀其遺書，多奇簡韻語，非深知詩者不至爾。噫！《采薇》、《杕杜》，詠歌勞苦，雖賤微者猶能知。則古言詩，抑豈有文武異哉？今觀劉將軍詩，藹然有觀民風、審知止之意，使高達夫、劉景文復生，攬轡並行，未知孰先後也？陳郡袁桷書。

題金承安樂府

幼歲見老樂工歌梨園音曲，若不相屬，而均數無少間斷，猶纍纍貫珠之遺意也。承安老人所補歌曲，按其音節無少異，此殆以文爲戲者。黄豫章嘗評小山樂府爲狹邪之鼓吹，豪士之大雅。風流日遠，惜不得共論承平王孫故態，爲之慨然。

書清江羅道士詩後

往歲卜居城南，遇梓人焉，曰：『築室之制，崇廣纖鉅，必謹其規體。楩、楠、杞、梓，若一而用之，則堂觀亭室，各不相類。』余於是悟作詩法亦猶是也。近世工清儉者，局於律；師宕逸者，鄰於豪。角立墨守，迄無以融液，詩幾乎息矣。噫！風、雅、頌之體，夫子何自而分哉？清江羅道士詩，余讀之，審劑輕重，分析清濁，大者合繩墨，小者適程度，似欲各取其長，誠非苟於言詩者。余聞學仙之説，内固而神益清，養之以歲年，斯熟矣。詩其果有二道乎？

題蕭安撫迪後記

老瞞視天下事如探丸，晚歲真態始見。李衡號良二千石，猶不免爲諸兒計慮。乃知情愛，雖雄烈有所不忘。蕭公安撫副使書《迪後記》，上推本始，旁及疏遠，教之食之，一語不及其私，觀者興起。噫！故國世臣，俯仰事變，何害不有？獨蕭氏孫，曾爲名太守、賢御史，官簿益顯。今四世孫文孫，靜敏好學，年弱冠，上書御史府言救荒事，皆切實語，行受選用。種德之報，是真有慶矣。尚勉之哉。

書謝道士歸洞庭詩卷後

古之善養生者，必適夫寬閑之地，順其陰陽，使神足以恬，不能有動於心。苟絶其所爲，深林嵁巘，隱翳自處，將感悔震掉，日有不給。且外不能以自治，其理内者，奚以合榮觀之道？豈徒言哉！江湖之水，至岳陽而安流，停蓄廣衍，動静交養。栝蒼馮道士，居之三十年，安且樂矣。北遊京師，縱耳目之廣，益舒其和平。夫山極於燕，水極於洞庭，求其怪險不可得，將安於自然。道入于自然，則刻形毁志、竊據詭幻者，吾不知其説也。今歸主其徒，與之游者，各爲歌詩。四明袁桷敍。

書張侍郎孫祖傳存靖齋銘後

壽張先生精忠讜論，爲一代師表。其居家御飭子弟，遺言懿範，故家往往猶能傳誦稱道。聞其曾孫修謹自振，能世其家。一日，示以深寧先生所作《存靖齋銘》。凛焉大訓，巍然于頽波横流之域。紬繹旨意，深有感焉者也。靖念曾大父樞密越公，淳熙癸卯與文靖公同薦于鄉，至嘉定間同在館閣。今百三十有八年，兩家子弟罔敢曠墜，而桷承教於深寧先生者彌厚，敢益以自勵，亦以勉夫張君焉。辛亥歲，後學袁桷書。

書鄭魯公全拙齋銘後

粤昔先正忠獻韓公，詩書五世。其父康州牧，工於詞章，尹河南，富鄭公誌其事。渡江南來，忠獻張公、忠肅虞公，尚論其世，皆著書立言，有以自見。至于二公發揚光顯，百餘年間，懦夫庸子，猶能仰止自厲。審其先德源委，端有來也。太師魯國鄭公，飭躬敏行，是生忠定丞相，爲穆陵舊學。其四世孫奕夫，示公所爲《全拙齋銘》，紬繹莊生之用，大不幾於贅矣。念昔先曾大父越公，嘉定丁丑編次集英進士，是歲丞相實奉廷對，紹定辛卯復同在宥府。桷以先世餘緒，得〔九〕獲堉門下，風塵荐更，甬東世槐，不可復睹。深以爲拙幾辱而巧鄰薄，與其薄也，寧辱。桷不佞，猶願於魯公取法焉。敢以自勵，亦以勉夫鄭氏諸孫深味之。

書鄭魯公嘗充達庵記後

占夢之書，具于藝文。自漢而下，其學已不可究，雖間有占驗，往往鄰於附會。聞忠定公以魯公所夢，遍閱釋道諸書，迄莫能解。今雖廣爲箋釋，使能言于未遇之前，誠果奇矣。忠定布衣時，嘗夢有告公者：『他日，公官位當止尚書。』後除禮部，辭不拜，由内相入政府，身後卒贈尚書令。此夢之符，有不待辨而明者。因以舊聞，併補于家乘。

書高密鄭節婦傳後

舊令：義士節婦焯然表著者，得入國史、實録。周、召二《南》，正始之道，此殆其遺意也。世祖皇帝天兵下山東，膺東諸侯之任者，維高密鄭公。聞昔時諸老言：『僭亂以後，削荒易頑，納諸軌範，緊鄭公是倚。』褒嘉之典，書于太史，澤遺子孫，振家聲以趾媺者，纓綏相接。内教嚴整，薰然正直，流于士女，終始貞絜。桷待罪史館，異日得秉筆書鄭公家世遺事，附録節婦于後，亦足以光盛世文明熙洽之偉，焉得而遜諸？

跋瑱山經德堂記後象山先生作

晦庵先生晚歲每言陸文安公之門人多得踐履，是蓋深憂其徒之學鄰於上達。後百餘年，黨同惡異，空言相高，其弊有甚於昔。今觀瑱山吴氏編次，師友淵源，罔有缺軼，是又其門人之諸孫也。勉之哉！晦庵之言，是誠有驗矣。延祐改元，陳郡袁桷書。

吴饒公制書跋

史遷序道家，以清淨爲至言，作《封禪書》，唯紀祠祝符應。旨哉言乎！能知史遷之微，斯近之矣。皇朝累聖，繼體守文，基祚聳隆。惟臣全節職掌玄學，敷澤道德，夸誕肸蠁之説，悉所不取，祈天永命，與《易》、《範》相表裏。至大三年，褒嘉典行，遂特貽其祖父，哀榮備美，聞者歆企。粵昔開元，有臣法善，前席之對，皆理道要術。追顯先代，而史官紀載弗克偉著，論者惜之。恭讀賛書，景命於爍，移孝爲忠，全節之志，罔敢自替。太史氏誠宜泚筆以登信史，使知皇元崇尚實邁往古，來者得有以考云。延祐改元，史臣桷謹記。

跋象山先生經德堂記後

朱文公答項平甫書云：『子思以來，教人之法，惟以尊德性、道問學兩事爲用力之要。子静所説，專是尊德性事，而某平日所論，問學上多。所以爲彼學者，多持守可觀，而看義理不細。某自覺於爲己爲人，多不得力，今當反身用力，去短集長，庶幾不墮一邊。』今觀文安公所作《經德堂記》，瑱山吴伯厚乃其門人諸孫，持守之學有舊。謹録文公語于前，俾愧夫世之貴耳賤目者。願勉之哉！

書南劍謝君程文後

李漢定昌黎文，獨序其古賦，而《明水賦》不得入。今世定爲外集者，蓋趙氏本也。唐宋以詞賦取士，其所爲文，率不傳後。至王安石改經義，獨張庭堅陳古正義，闡儒先之微旨，故東萊呂氏取而第之。

往歲聞閩中諸先賢，如莆陽二劉正字、三山二林公，皆別爲程文，傳于其家。而鄭屯田鍔通五經，資其説以取進士。皆私相秘藏，非其門人傳授，不可復得。屯田嘗講授四明，樓宣獻、沈端憲皆諸弟子。于時談經之士，專守師説，非若後時鑿新逞奇，以取有司之悦。而昔時爲有司者，又皆温良敦厚，以成國家之盛。今世之所傳者，斷自乾道、淳熙之際，彬彬然猶可考也。

延平謝君用和，示其先人所爲詩論及其程文。文獻之徵，將於是有取。噫！宋世帖經墨義之制，雖見於史，莫得詳。自呂申公試卷之編行，而其法具在。謝君之意，余深知之。史氏之爲宋史者，尚宜有取焉。史官袁桷書。

書順堂記後

抑嘗觀《易》，而知乾坤之用焉。坤，固順也，而承天者逆也。乾坤定，而人行乎其中。仰觀乎天，七政繫焉，猶不得與天同，則人之所以法坤者，猶法天也。事生於有爲，貧富壽夭，遵其自然。庸詎知吾之謂逆者，非順也耶？故動心忍性者，逆之用；存心養性者，順之體也。尚書元公以順之道由逆相須，蜀郡虞博士取坤順以爲德。余謂李君能盡天道，斯能盡人事之理矣。

書廬陵蕭煥有救荒策後

救荒，莫弊於鬻度牒。宋世大儒猶不免遵而行之，民益惰〔一〇〕而食益衆矣。鬻爵之令，盛於秦漢，然不使之治民，猶有成周遺意。降于後王，令下而中變，習爲固常，望望然以去。於是禁抑興而敲朴繁矣。

廬陵蕭煥有來京師，簡靜自修，心鄙諸人咄嗟取大官，閉門無競。一日，上書御史府，陳救荒三策，三策行而禄弗及。噫！今世上書，率資以爲仕進，然卒未嘗有見用者。甚者圖絶域、覈税畝以自便。朝廷清明，卒報罷而猶未悔。視煥有三策，寧不有愧？然天下之弊，在於斟酌損益。救荒有書，而先賢素講，猶有缺然，年至而學益加，煥有之進，殆未已也。延祐丙辰八月旦日，史官袁桷書。

書余國輔詩後

余嘗以爲聲詩述作之盛，四方語諺若不相似，考其音節，則未有不同焉者，何也？詩盛於周，稍變於建安、黄初，下於唐〔一一〕，其聲猶同也。豫章黄太史出，感比物聯事之穴，於是謂聲由心生，因聲以求，幾逐於外，清濁高下，語必先之，於聲何病焉？法立則弊生，驟相模倣，豪宕怪奇，而詩益浸淫矣。臨川王文公，語規於唐，其自高者，始宗師之，拘焉若不能以廣。較而論之，其病亦相似也。余君國輔，生臨川，守宗會源，其所爲詩，質者合自然，華者存至理，雍容悼歎，知時之不遇，猶先王《國風》之意也。《小弁》之怨爲親親，《黍離》之憫爲宗周，酌古之詩，詳之矣。秉彝好德，詩之道也，在昔先正以是言之矣。桷從子瑛，曩嘗獲師國輔，仰其高風，敢申以言之。

書程君貞詩後

風雅異義，今言詩者一之。然則曷爲風？黄初、建安得之。雅之體，漢樂府諸詩近之。蕭統之集，雅未之見也。詩近於風，性情之自然。齊梁而降，風其熄矣。由宋以來，有三變焉。梅、歐以紆徐寫其材，高者凌山嶽，幽者穿巖竇，而其反覆蹈厲，有不能已於言者，風之變盡矣。黄、陳取其奇以爲言，言過於奇，奇有所不通焉。蘇公以其詞超於情，嗒然以爲正，頹然以爲近，後之言詩者爭慕之。音與政通，因之以復古，則必於盛明平治之時。唐之元和、宋之慶曆，斯近矣。感昔時流離兵塵之衝，言不能以宣其愁，而責之以合乎古，亦難矣。夫詩之言風，悲憤怨刺之所由始，去古未遠，則其道猶在。越千百年，日趨於近，是不知《國風》之作出於不得已之言也。程君貞，其爲詩淡而和、簡而正，不激以爲高，春容怡愉，將以鳴太平之盛。其不遇之意，發乎心而未始以爲怨也。雅也者，朝廷宗廟之所宜用，儀文日興，絃歌金石，迭奏合響，非程君，其誰宜也？願勉乎哉！

書杜東洲詩集後

蘇文忠自渡嶺海以後，詩律大變，蓋其精神氣概，逢海若而不慴，噴薄變化，迎受之而莫辭。昔之善賦詠者，必窮涉歷之遠。至於空巖隱士，其所諷擬不過空林古澗，語近意短，又安能足以廣耳目之奇、寫胸臆之偉哉？杜君臣傑，乘漕艎，遵神山，閱海市，觀光於上京，食冰齧雪，足跡之所歷，不盡不止，壯矣哉！故其所爲詩，視其篇題，誠足以奪山林之固陋。至於鍛鍊之工、搜抉之巧，發於心聲，自然合笙鏞之間歌，錯錦綺之奇文，夫豈率意而爲之者？信以知遠遊之有益於斯文也。余五度居庸，留京師幾二紀，閱舊稿，無一奇語。始從君掛席南斗，則殆將有進矣。因書以歸。清容居士敘。

校勘記

〔一〕『以自』，四庫本作『卓卓』。

〔二〕『慮』，四庫本作『惠』。

〔三〕『漢』，原作『後』，據四庫本改。

〔四〕『三』，四庫本作『二』。

〔五〕『可』，原闕，據四庫本補。

〔六〕『韋』，原作『魏』，據四庫本改。按韋相謂韋莊，官至前蜀宰相。

〔七〕『在』，原闕，據四庫本補。

〔八〕『拳』，原作『劵』，據四庫本改。

〔九〕『得』，四庫本無。

〔一〇〕郁校：『惰』，原本誤『墮』，鈔本作『惰』，今改。

〔一一〕郁校：『下於唐』，鈔本作『下迄於唐』，疑此誤脱。

清容居士集卷四十九

題跋

書番陽生詩

延祐丙辰，余守直玉堂，有以詩一編相示，曰：『此番陽忠宣公族孫所作也。』忠宣忠節起家，其子文惠、文安、文敏三公，以宏博登政府，奇辭奥學，與漆書盤盂相表裏，未始以詩名也。然則詩果何自哉？唐詩之完，成於文敏，詩繇文敏興矣。詩盛於唐，終唐盛衰，其律體尤爲最精，各得所長，而音節流暢，情致深淺，不越乎律吕。後之言詩者不能也。自次韻出，而唐風益絶。豪者俚，腴者質，情性自别，皆規規然禪人韻偈爲宗，益不復有唐之遺音矣。

此編意新語清，優柔不倨，將因先世之編，以復唐舊，吾知其進未止也。噫！儒者之事，博而且難，泛焉以講，將勞而寡成。守一而充之，因以考夫風雅之微旨，知詩之立言各有其體，諷諫詠賦，無不曲盡其情狀。精者爲言，況於詩而可以易焉？余雖未接識，因其詩，願有以廣之。

跋集書金剛經

古佛如來，説性本空。性空不壞，離相常寂。相本虚幻，若無所住，則名實相。相由性成，乃得堅固。凡諸音聲，及莊嚴事，一念無爲，咸獲殊勝。譬如燃燈，由火所傳，百千燈明，不見火跡。金剛正體，廣博妙密，擬議分别，即生變滅。爰集衆手，不涉塵刹，三十二分，各不相統。初無雜亂，亦絶知解。指有長短，字有大小。以平等觀，象體迴忘。遍滿一切，不遺錙銖。靈山付囑，亦復如是。慧光印空，如月在水。謂作功德，即墮輪迴。會稽袁桷書。

書綵衣堂楊次公記後

余讀《禮經》，首五服於高祖，私怪百數十年，卒未有爲之服者。損益隆殺，沿於時王，獨五服定制，不敢有所更易，豈誠有待者耶？今得於綵衣周氏而見之矣。

中古之論，上壽百歲，視唐虞時，若不相似。或者謂情僞滋多，世日以薄，過是而能壽，非通於陰陽性命之説不能也。陰陽性命，《易》、《老》相表裏，先天、無極，其圖具在，悉傳於希夷陳先生，先儒言之矣。綵衣翁乃得而師之，見於郡志。趙清獻美周屯田致政，綵衣詩皆爲老人所作。湯文清嘗詩而美之，夫何疑焉？昔孫思邈生隋開皇，至唐永淳，年過百衰，周公其似之歟？所以踰於孫思邈之死，其孫未生，五世咸集，孰有如周氏者哉？周今爲饒大族，傳十四世而宋亡，有孫復爲方外之學。嘗聞紹定間，有余君隱于番，號甕隱老人，年九十餘，釋魏伯陽書，自敘源委，謂得於綵衣周氏。君今南歸，試求其書，祖德之傳則猶可考也。延祐四年二月甲子，會稽袁桷書。

書虞伯生送周南翁序後

大德六年，余嘗作《郊祀十議》，上於奉常，周、漢、唐、宋僞雜之説，悉釐正之。十年，朝廷作圜〔一〕丘，得預議焉，位卑而語輕，越職議禮，若有所不可者，勿議焉耳矣。至大辛亥，集賢司直周君以方士祠祭，乘驛上天壇，行濟源，雍虞伯生氏敘而餞之，將使之推致其節文，以陳于上。旨哉言矣！復議其禮，與沈瘞相近。噫！其信然矣。禮之祭天，未始與山川同舉也，地爲社主，遺而不言，地獨安所附乎？或曰：祭山縣，則地蓋瘞歟。禮莫嚴於博士，博士秩七品，禮官不敢以僚屬待。大典禮封謚，博士用印，專達可否，禮官唯諾〔二〕惟謹。伯生奉常三年，昔之所蘊，見於周君之贈言。合方士之説，而復有疑焉者，其必見於因革矣。周君明辨博習，所承於虞君者甚厚，因其説，願得以考焉，其可乎？會稽袁桷識。

書龍陽傅氏旌表記後

博施濟衆，夫子不以與人，於《易・謙》則曰：『稱物平施。』聖人立言，夫豈一偏者哉？

近世詞華，盜衣食者用心褊陋，輒以爲大病。李君之記，藹然忠厚，使誠若是，當上史館，宜書曰：『某年詔立義倉，鼎州龍陽民傅氏首入田千畝。』則國家之義，俱得矣，惜其事猶未至。延祐四年九月，會稽袁桷書。

書真定武仁夫靜壽堂記後

仁，人心也，非性也。仁果靜乎？靜者，仁之所獨。性之靜者，人之所同也。然則聖人之言靜、壽，其果不可知乎？聖人與衆同，夫豈獨專其靜哉？養其心者，惟靜焉耳矣。感物而靜，斯得之矣；感物而動，記禮者之失也。夫子之言曰：『感而遂通天下之故。』斯靜也，非動也。余嘗聞諸胡子，胡子本於程子，而朱子用之。靜動互用，陰陽之幾〔三〕，非仁靜之說。余豈好辨？尊其所聞，敢因以復於命名者焉。會稽袁桷書。

書凌生功課曆後

解經而括其義例，《繫辭傳》惟盡之。釋章句以盡旨意，記禮者得之。三傳例立，經之義乖矣。稽古萬言，《書》之旨微矣。昔之盛時，口相傳授，猶懼其臆度，玄言興，微旨不復有統緒。隱暢之立，是殆猶近古也。明經設而帖括煩，禮科設而義羅作，將安取士哉？深於楚聲，卒悔其篆刻，蘭溪之學，殆未可非也。自王介甫深嫉其説，晚卒不能以救，悔益多而弊益甚。南北分裂，而相師成風者，皆介甫舊制，無以五十百步爲也。皇朝酌準之制，秀士得以自勵，溺於前者，則曰：『非格律不可。』格律焉自出哉？其誕漫不統，則又曰：『法何自立？』竄竊腐語，率意直志，文益弊矣，經益何自而明矣？賈、董之對，切而婉，婉非將順也，惡盡言而攻上者，非切謂也。便于宣揚，童蓋習之，矯焉以自文者，誠不知其初歟！昔之哲賢，由是而知，非慎之至也。師德試于國子，復類登于賓興，譬之適遠，轅無有不正者。勉之哉！俟其成行，有以告矣，爲作《功課曆引》。越袁桷氏，丁巳十一月識。

題進士梁宜致慤亭記後

舍奠墓左，解之者以禮神言之，然則祭墓非古歟？禮生於情，親之至者，彌不可以媮也。在昔先正司馬文正公定家祭禮，弗忍焉者多矣。張宣公獨卓然罷屏，久而深悔，乃卒復之。心之不寧，是則先王有所不廢也。《禮經》殘缺，非止祭墓焉耳矣。展哭于墓，猶秉周禮，充類以使夫民之歸厚，則今通國所行，誠不曰背於古矣。

茌〔四〕平梁君，表其墓亭曰致慤。致慤之著，羹牆之見也。著莫大于思誠，悦親有道，夫豈幽明之間哉？《詩》云：『神保是饗，孝孫有慶。』余於彦中見之。求陰於地，莫近於體魄。王侯而下，降殺有等，怵惕悽愴，夫豈禘嘗之謂哉？記禮之失也。余願與梁君深究而辨明焉。

書虞伯生從子豐登字説後

往歲，余與伯生甫同官于朝，有燬宋故家者，瞋目發赤，擿數無遺藴。余固曰：『彼不遜若是耶？』伯生曰：『毋庸戚。吾徒不振，誠有罪，當自治以俟定。』於是，悉取天人師友之源委，臺閣儀注之損益，精思紬繹，凛凛然不敢一日廢。

將二十年，伯生率以文詞名諸公，桷也力不加進，而自治者則亦罔敢豫。延祐五年，其弟德常登進士第，故家之誚，將於是乎息。今年，從子豐登侍仲父來京師，以其弟兄之字説來示。吴幼清之所期者至矣，余何敢言？雖然，願因大父致政公命名之意而廣焉。授地之法，休田以逢年者，全其力也。仁熟之效，在於善所養，與與翼翼。古曰有年，其豐登之謂與？維致政公德充而位卑，重施樂善，敦薄興讓，休田之義也。施于有成，曾孫之稼，吾見其京且齊矣。翢中以文外，仲父訓迪有自來矣。獨感夫昔者之訽病，因以告二子。願勉夫哉。越袁桷伯長甫書。

題徐天民草書

甲申、乙酉間，余嘗受琴於瓢翁，問譜所從來，乃出韓忠獻家。蓋通南北所傳，皆《閣譜》、《宣和譜》，北爲《完顔譜》，南爲《御前祗應譜》，今《紫霞前譜》是也。《韓譜》湮廢已久，東嘉郭楚望始紹其傳，毛、楊、徐皆祖之。不知者咸稱《浙譜》，由毛、楊自秘其傳故耳。《蔡氏五〔五〕弄》，嵇中散補之，其聲無有雷同，孰謂浙人能之乎？

瓢翁酒酣好作草書，嘗寫前人悲憤之詞。一日言：『中散《廣陵散》漫商，君臣道喪，深致意焉。至毛敏仲作《塗山》，專指徵調，而雙絃不復轉調，與嵇意合，非深知音者不能。』又曰：『學琴，當先本書傳，俗韻自少。』仲連得法於其子。余以作吏荒落，向嘗作《琴述》，言歷代所譜派系。因覽先生遺墨，俯仰疇昔，今三十六年矣。延祐六年仲夏丁丑，越袁桷書。

書栝蒼周衡之詩編

《詩》有經緯焉，詩之正也，有正變焉，後人闡益之説也。傷時之失，溢於諷刺者，果皆變乎？樂府基於漢，實本於《詩》，考其言，皆非愉悦之語。若是，則均謂之變矣歟？建安、黄初之作，婉而平，羈而不怨，擬《詩》之正，可乎？濫觴於唐，以文爲詩者，韓吏部始，然而春容激昂，於其近體，猶規規然守繩墨，詩之法猶在也。宋世諸儒，一切直致，謂理即詩也，取乎平近者爲貴，禪人偈語似之矣，擬諸採詩之官，誠不若是淺。蘇、黄傑出，遂悉取歷代言詩者之法而更變焉，音節凌厲，闡幽揭明，智析於秋毫，數殫於章亥，詩益盡矣止矣，莫能以加矣。故今世學詩者，咸宗之。

栝蒼周君衡之游京師，極其游目之所寓，悉歸於詩，浩溢閎博，蓋將因言以宣情，而於眉山公之學，深有慕而跋之者。其爲志亦勤矣。夫水宗於海，百折而卒至者，非一日之功也。故余力〔六〕敘詩學之源委，俾反而求之。周君氣盛年富，進進不懈，異日胥會，必當以余言爲然也。

延祐六年閏八月庚申，前史官會稽袁桷書。

書仇按察父訓子詩後

淵明、退之諸賢，惓惓訓子，形於歌詩，聽之藐藐，迄不能繼父業。手澤存焉之戒，良可悲也。獨康節先生，有子伯温，捧其先人之詩，日篤不墜，卒有成立，此蓋絶無而僅有。今觀致政仇公三詩，遺墨如新。其子按察清節吏能，炳炳可紀，用不展志。諸孫嶄然各自立，宦業有法，曰以祖訓爲則。顔氏之庭誥，柳氏之家範，奕葉毋變，今於仇氏之門見之矣。《書》曰：『汝克昭乃顯祖，用成爾顯德。』勉之哉！

跋王使君都中年像圖詩卷

粤昔故家，江左之王、贊皇之李，其高自標致，不以華腴爲可貴。故其凌厲絶俗，則有若元禮、文饒，官爲一集，卓然以名閥自重。其視世胄珥貂紆綬，猶襁中兒耳。

閩王侯都中，幼歲登膴仕，抱負奇氣，折節慕義。其爲政，先愷悌而後功利，宦績光顯，爲東南牧守表。官爲一象，蓋將憫歲月之如流，厲志考德，俾日進焉，若年之有加而無斁也。抑嘗聞之，今之爲吏，起於荒寠，嘗病不知其所爲，蓋其講習之道非有所素也。宦學之門，受察於父兄之側，遇事剖析，白首吏拱手不敢議。其徵取者，良有自來。

桷念昔曾大父太師樞密越公，嘉定間以著作郎考南省多士，獨得參政留耕先生，後登上第，直道大節，爲淳祐全臣。雖不及相，天下士今猶嗟惜之。施于諸孫，詩書之澤，蓋未已也。桷學不加進，懼世德之微，凛然自治，敢以通家之舊，願相與勉焉，以求似夫世臣之文獻。金章紫綬，豈足爲吾兩家榮觀哉？延祐六年八月辛丑，契家弟四明袁桷書。

題樓生詩集

海陰陳處士嘗言：『吾婦兄樓某，善治生，昧爽以興，即整理靡密，某租某山，出入俱有法。又治其所，嘗往來罔缺怠。於是酌酒盡暮，暮而醒，醒而吟，凡是者三十年。』樓之上世，故爲吴越王鎮遏使，因所居有廟，里民祠之，幾四百年。今樓君已下世，其子崧伯，爲余弟之子之夫。始以其集相示，曰《疏懶》。嘻！若前言，果疏懶邪？詩盛於江西，吾鄉以詩自名者，率祖之。其浸淫者，爲韓、梅。壬午、癸未歲，余始悔悟。海陰譏之曰：『自言學術有悟門，不謂師承廢於是。』今讀樓君詩，天和混融，不露斧鑿，而其平淡造詣，有陶、韋之風焉。理勝則無疵，果有疵，議者不能發口。文士善譏評，後率不振。僕不敢若是，書以歸，尚勉之。雅俗類厥考，足永遠矣。

書茅生家譜

余待罪翰林，嘗草三茅君加封制書，深以爲神仙家功行累積，子孫必盛。茅爲希姓，則今江南茅氏，豈其苗裔也與？或曰：『三茅君既仙去，安得有後？』余應之曰：『老子爲道祖，老子之子宗，五傳而爲王太傅，今李姓皆祖。則茅氏之祖也，夫何疑？』吾鄉公相家，受原伯魯之誚，厚資腴田，談笑立棄，其困辱有下於皂隸，甚者發丘壠，惡言其家世之盛？靖觀茅氏之自重，有泚其顙者多矣。漢世以試籀書始得爲吏，而唐宋制令玉册官，必通文詞者始得爲。茅氏守藝，猶近於儒者之事矣。盛德若不足，老子之旨。尚勉哉！必有以興復矣。

跋子昂贈李公茂詩

松雪翁詩法高踵魏晉，爲律詩則專守唐法，故雖造次酬答，必守典則。然於贈别等詩，則僅見之。淮陰李公茂胸次磊落，言論吐冰雪，擅幕府畫諾，事無停留，士大夫喜從之游。宜松雪翁繾綣而樂道之。阮公眼〔七〕常白，觀此，足爲人物論矣。

跋宜春夏君與上饒陳先生文蔚講經書問

自武夷之説行，其門人矜重自秘，皆株守拱立，不能親有所明辨。獨勉齋黄公，奮然衛道，以其同焉者析之，曲焉者直之，使後之人無以議。湯文清公後出，復以昔之所深疑者充廓之，是則武夷之忠臣矣。

今觀宜春夏先生自明，壯歲從上饒陳先生文蔚問答疑難，無苟同之病，紬繹微旨，夐然于尊聞之外。汲井養源，端木表正，蓄德集善，至是盡矣。其孫震，以進士來京師，以楠族叔祖特進尚書公遺墨相示，蓋守宜春時，與其大父交好良厚，今八十年矣。師友道喪，愚者守之，薄者背之，欲求其自得者不可得。夷考武夷釋《中庸》與《易傳》，輒異夫程、楊者，夫豈得已？觀此，得以考焉。

題何大方〔八〕丹書後

金石、草木藥品，見於《神農書》，二者不得以偏廢也。自唐世方士飾侈説以動上聽，卒致躁僨以斃。或者不察，遂因以置議焉。厥今四海一轍，而南北方劑判爲二塗。昔人嘗言：『藏用檐頭三斗火，陳承篋内一壺冰。』二者胥失之矣。金石變化，鄰於鴻寶，故昔得道之士，近取於身而法之，内外交養，厥功著焉。今世所傳，實祖劉先生、爾朱先生。余嘗得其書而讀之，水火之騰降、日月之摩盪，差毫髮則不能成也。故其起死也如神，而非以增其聲色之奉，歷亘古而不可廢者，其説具在。

貴溪何大方，料簡切於人用者，爲十二方，本於《神農》，參於《難》、《素》，復以五金八石之論，曲暢而闡微焉。其師陳君善父，號名醫，宋世公卿深重之。泉源木本，有自來矣。合南北之偏，於大方有望。嘗聞《龍虎經》有火記六百，散落雲笈，願歸而求之，則其藥愈神，而人益信矣。年月日，四明袁桷書。

書江陵唐氏族譜後

集賢修撰番陽吳公善，作《江陵唐府君墓銘》，敘述世系，於質肅公八世矣。府君之子洞雲，願揭德正傳，俾桷有述焉。維質肅公，立朝偉節在《宋史》。而獨減死令，莫定是否，敢於府君之誌而詳言之。

熙寧元年，著謀殺已傷自首者減二等，爲定律。主是議者，王安石、許遵也。非是議不得行者，參知政事唐公、御史中丞吕公獻可、判刑部劉孝叔、御史劉公玉、錢安道、翰林學士司馬公也。許遵在《宋・循吏傳》，蘇黄門深取之，且謂其年高多子孫，由減罪之報。

桷考《宋史》，則減殺議，自登州婦人殺夫自首始。唐公論爲綱常本，王、許之議非也。公以新法憤死，後詳定敕令者，卒於是而兩疑焉，宜定律曰：謀殺自首減等，如遵議；在天屬，如唐公議。若是則兩得之矣。

公之子淑問，爲名御史，是唐公亦誠有後哉。唐故餘杭大族，侍讀學士詢，實同所自。其居江陵，由公父殿直君始。質肅公事實紀其諸孫在朝著[九]，歷歷可考。宋社既亡，衣冠故緒，闔郡不能以一二。覩吴君所爲銘，則世次猶可考也。

抑嘗聞之，鮑靚以司隸系孫爲道士，王遠知以琅邪太傅孫爲茅山觀主，皆知名當時。今洞雲佐治開元宮，居京師二十年，貞幹善謀，其源委有自來矣。夫樂道人之善，儒者之事。質肅公之不得伸於一時，事若有待。庸書碑陰，以告夫爲史官者，有考焉。

書永嘉王母香几銘

記禮者之言曰：『先祖之德善功烈，鼎而銘之，衛孔悝是也。嘉言不忘，子張之書紳是也。』席机觴豆，受於老臣，則几銘舊矣，況母訓乎。口澤之存，歲久則弊，爲文傳信，几之存亡，復何預焉？以儒成名，几之銘滋久矣，庸書以俟。

跋劉真人帖

養生家，性命分爲二途，而性宗之説與命宗各有七焉。丘祖師以談笑詼譎，活中州萬姓。至其二傳，爲長生劉真人。或疑其有留滯之意。嘗讀淵明詩，有云『感彼柏下人』，深有感愴。劉真人則曰：『墓中長有真空景。』豈非先兆乎？至治二年春二月丁卯，拜醮長春宮，爲長沙余君善之書。

題姚雪齋右丞草書

金源諸賢，皆師懷素，其法由黄太史始，蓋一時崇尚。蘇、黄遡本以求，則黄本懷素，蘇本徐季海。二美兼備，則雪齋先生俱得之。詩昉於蘇，駸駸乎太白矣；字源於黄，則與之俱爲醉素之弟子矣。桷也獲游玉堂，得與其猶子承旨公侍筆硯，繼入集賢，復與公之子侍論議。今觀遺墨，敢發明前賢之淵懿，使後者得有考焉。至治二年，會稽袁桷書于悦心堂。

書姚牧庵贈播州楊安撫漢英樂府

大德末年，桷以史屬預修《成宗實録》，于時承旨姚先生實領史事，見其塗抹詳定，若不經意，而一受潤色，即粲然與班馬並。此殆其天資學力相須以成者。思播楊侯朝覲本末，見於太史，先生執筆尤致意焉。惟昔楊侯以中原大族，世領夔府羈縻之州，當蜀破，一時名士咸往依，故其文獻承接，的有源委。聚書訓子，益振起光采。推姚公不妄許與之心，是所謂立賢無方，則凡司文衡、取士類，於是有考。侯之子頤正君來都，温慎儒雅，與之論前朝事，悉纚纚不絶。示姚公所贈樂府，因書以歸之。

書葉信公家問後

信公貴爲宰輔，不忘貧約舊事。壯歲客吾里，從學城南楊氏書塾，楊氏館遇甚厚。咸淳丙寅，以資政守四明，舊往還皆重報之，而以次子通判應友君爲楊壻，人咸服其盛德。咸淳政事一歸賈相，江公萬里以告老去，馬公廷鸞以稱病去，信公先二公以歸，賈每憾之。後再召，將中以事，而公卒由曹娥以遁。天時人事，至此有不能容力，可勝道哉！

竹友君嘗獲識于先人侍側，廣顙豐下，其談論，猶有王謝家風度。俯仰四十年，而其子能以方外士保其家譜。信公諸孫，於余爲外表，則漸就零落。浮雲變更，夫豈葉氏？敬觀遺墨，爲之愴然。至治二年秋九月癸丑，袁桷書。

書楊安撫訓子詩後

魯周公傳三十四世，夫子紀二百四十二年之行事，所不忍言。是則伯禽以後，爲無聞矣。家訓之嚴，莫盛於顏柳〔一〇〕，若包孝肅、司馬文正庭誥儼在，至諸孫而靡傳。『君子之澤，五世而斬』，夫豈徒言哉？

播州〔一一〕楊忠宣公，其子襲爵，作詩訓示。韋玄成之詩有曰：『於戲後人，惟肅惟謹。無忝顯祖，以蕃漢室。』公之詩有焉。今宣撫君盛年，執謙問學，日積金玉，厥躬以承休譽，克昭乃顯祖，視魯公世家，實爲有光。尚勉之哉！則忠宣公實永不朽矣。

題吳浩然詩卷

讀群公詩，玩把不能去手，氣與理俱明矣。氣由物以成，形而下者，爲道邪？爲人邪？人心非與道悖，亦非氣質，舉世相承，吾何敢言？觀浩然，亦知道矣。

書朱氏精舍圖詩卷

婺女史學之盛，有三家焉。東萊之學，據經以考異同，而書事之法，得於夫子之義例，以褒貶而言者，非夫子旨矣。龍川陳同父，急於當時之利害，召人心，感上意，激頑警媮，深以爲世道標準，志不成而年逝，識者悲其不遇焉。説齋〔三〕唐與政，蒐集精要，綱挈領正，俾君臣得以有考。禮樂天人圖書之會粹，力返於古，是則論史者無遺藴矣。

噫！自宗忠簡公以經濟才不得展用，故其鄉之後進，匡國輔世爲首論。人事不齊，則亦曰有數焉耳矣。方咸淳初，義烏朱氏兄弟四人，並登進士第，而伯、仲、季尤得名。其季宰定海，余得識之。見其貫今古，若身歷而知其是否。其爲文簡而明，據會以歸于一者也。諫然以叩之，則曰：『吾於伯仲，曷敢望？』後聞其兄仲晦君㷆論事廟堂，與南士持政柄者不合，爲《理成精舍圖》以歸。而中原忠純儒雅之士，藻繪褒拂，皆今士大夫之所仰慕而不可見者，亦盛矣哉。

近世南北之黨分，朱君以越産，不合於南士，而中原諸賢有愛於朱君。審諸賢忠厚之至，則朱君之承接者，必有其道。立賢無方，於諸賢見之；群而不黨，於朱君見之。於是夫重有感焉。

書楊御史奏稿後

御史言事，有二不幸焉：折群陰初萌之機，論國是於未定之日。若難矣，不至履其危而蹈其禍也。至若姦孽肆兇，株黨連結，箝口拱手者，千士一律，至是而有言焉，非夫捨成敗死生不能也。鄒道鄉審於田承君，劉元城決於母氏，其所處既定，故其直節焯焯偉著。

有若楊御史之言事，其感憤厲奮，悉出胸臆，嶺海刀鑊，雖在目睫，猶往矣。忠矣哉！昔人嘗言御史以言事得名，有關夫世道之升降。方今天子聖明，小大臣罔不承恪，楊君論思辰告，非若前日之難。匪初惟艱，尚懋敬之，以永終譽。

題潘伯潤家譜

幼歲聞寧海潘繁昌公以文學政事得名，群公交薦，久官江淮。其猶子伯潤，嘗從以行，飛牋急檄，一時爭稱道之。科舉既廢，假館浙右，辱其講授者，皆楚楚可觀。然而剛不容物，論事直見底藴，脂韋者良忌之。每語繁昌公，輒涕洟見于顔面。繁昌死無後，逃難蕩析，而伯潤垂白服斬衰以繼。晚歲手書宗譜以示其子，惓惓于繁昌尤切。噫！今世以田宅財物爭爲後，若繁昌之死，當掉去不顧矣。伯潤所爲，誠足以警厲薄俗。子孫其有興者，願書此以俟。至治三年十月，袁桷書。

書鮑仲華詩後

宋太宗、真宗時，學詩者病晚唐萎薾之失，有意乎玉臺文館之盛，絺組彰施，極其麗密，而情流思蕩，奪於援據，學者病之。至仁宗朝，一二鉅公浸易其體，高深者極凌厲，摩雲決川，一息千里，物不能以逃遁。考諸《國風》之旨，則蔑有餘味矣。歐陽子出，悉除其偏而振挈之，豪宕、悦愉、悲慨之語，各得其職。今之言文章者，皆其門人，而於詩則不復有同焉。嘗深疑之，其力不能似之與？抑其心之和平不得與之同與？降于後宋，言詩者人人殊，而歐陽子之詩，訖未有宗之者。

滁陽鮑君庭桂仲華，以詩一編，介余所從游郝君時升，求余叙。語完氣平，其於景也，不刻削以爲能，順其自然，以合於理之正。考其從來，有似夫歐陽子之旨矣。今滁人思公，數百年猶一日也，而其篇詠見於一泉一石者，復得其遺民而宗仰之。仁聲之入人深，於是乎見。晉本乎唐，憂深思遠，有堯遺風。余於仲華，其殆近之與！至治三年十有二月某日，袁桷書。

書李弘道朝天録

司馬氏探極南北之游跡，私怪其動心導志，不專爲書。晚歲憤悱，始以游歷者散見於紀傳。入于渤海，則禹所傳者異矣。纂歷代之書以爲言，其沿革旁分而散見，誠宜矣。自漢趙充國、班超，於金城、玉門，纖悉利害。至唐西南備邊，亦得其要領。是誠有指歸。

夫古之善使者，必通達道里，周知阨塞，爲主上道。若曰行記南北之變易，詢於道途父老之説，蓋未足憑也。今天下一家，由淮而燕者，同一舟轍，淮泗合流，九河故道，諸儒置議不已。游於京城，山前十六郡之名，漫不能考。陸務觀、范至〔一三〕能攜志書以行，或猶有訴病之者。豫章李君以能爲《北行録》，簡而明，博而文，而於在朝之群彦，深感致意焉。桷也學未足以傳後，願删之，以俟他日之成也。

書紇石烈通甫詩後

言詩者，以三百篇爲宗主，論固善矣。然而鄙淺直致，幾如俗語之有韻者，或病之，則曰：『是性情之真，奚以工爲？』千士一律，迄莫敢議其非是。紇石烈堯臣，示其先府君《怡閑吟稿》一編，玩其詞旨，藻繪融液，一本於大曆、貞元之盛，而幽深婉順，則幾於《國風》之正矣。府君舊貴族，遺言雅聞，得於先朝之故老。壯歲轍跡半天下，富盛羈愁，感慨歡悦之事，目受而心會，冥搜遠想，不極其摹寫不止。用意若是，故成就實足以自見。桷舊得拜府君於堂下，聆其議論，明絜而簡易，讀其詩，如親見之焉。泰定元年三月某日，袁桷書。

書郝伯常經題黄鶴樓水龍吟後

郝公以使事館儀真，日襆被蓐食〔一四〕，引馬於庭下請歸，館使謝以未有旨，如是者十有六年。在館中觀書不輟，其未見者，從制置司以假，所作《蜀漢書》，皆拘留時稿定。方是時，宋相以滔天之惡蒙蔽朝論，士大夫咸以道學緣飾，殆如風痺，不知痛痒。公蓋目睹其弊。今觀此詞，其意旨可知矣。公之子爲侍讀學士，嘗與桷言：公奉使時，侍讀甫四歲，後回京師，年十九，以戎服見，拜且泣。公閉目不顧，進退不敢。其父友命易衣冠以進，始與語焉。前賢典刑峻整若是，視近時父兄之御子弟，泚顙實多。因書舊聞，以補遺事。泰定元年三月癸卯，四明袁桷書。

書張子仁少監族譜後

張侍中曾孫忠文公叔夜、忠確公克戩，皆以死節，表表著靖康。《宋史·忠義傳》，兄弟並立，餘人不能兼也。後其子孫入南，一在四明，一在福唐，紹興推恩，蓋首及之。都水少監張君子仁，蓋其裔孫，惓惓以宗譜未備，網羅附綴，支分而派别之，歷歷在指掌。其勤且勞，積二十年始成焉。

族譜散軼，皆由兵戎之遷徙。晉世故家，南北隔絶，各立譜系。元魏以來，賜姓紛雜，譜莫能考。歐陽子作《宰相表》，用志良苦，而私爲渤海譜，猶有缺文。是則爲譜者誠不易矣。今子仁能追考其所自，又復以職業自見，光于前人。其官都水，興廢舉軼，廟堂以其諳歷，陞其官以居，然子仁有不懌者。

桷曰：胡安定先生以水利爲一科，故其弟子若羅適、顧臨，皆爲名監司。水土職在司空，古尤不輕。世以善理財穀爲能吏，厥今漕渠之粟，歲致千萬石，數倍遼海，不害于民，而京師益以羨。吾知考治行者，必以子仁爲首，夫何慊然？因書其宗譜，且以勉焉。

跋吴子高詩

詩本性情，能知之矣；本於法度，知之不能詳矣。風、雅、頌，體有三焉。釋雅、頌，復有異焉。夫子之别，明矣。黄初而降，能知風之爲風，若雅、頌，則雜然不知其要領。至於盛唐，猶守其遺法而不變，而雅、頌之作，得之者十無二三焉。故夫綺心者流麗而莫返，抗志者豪宕而莫拘，卒至夭其天年，而世之年盛意滿者猶不悟，何也？楊、劉弊絶，歐、梅興焉，於六義經緯得之，而有遺者也。江西大行，詩之法度益不能以振。陵夷渡南，糜爛而不可救。入於浮屠、老氏證道之言，弊孰能以救哉？

吴子高居湖湘，爲詩以法度自守，高者騰霄漢，幽者抉泉石，憂樂得中，合於採詩之説矣。

候〔一五〕神人於執期，望飛仙於蓬瀛，侈心之萌，帝者之事，公卿之作，雅、頌得之。願與子高異日相見而論焉。燕都宋本誠甫，進士第一，槖子高詩，俾有語，遂書以歸之。

校勘記

〔一〕郁校：「圜」，原本誤「圖」，鈔本作「圜」，今改。按四庫本正亦作「圜」。

〔二〕郁校：「諸」，原本誤「謹」，鈔本作「諸」，今改。按四庫本正亦作「諸」。

〔三〕「幾」，四庫本作「機」。

〔四〕「茌」，原作「荏」，按《明一統志》卷二四山東布政司東昌府條，梁宜迺茌平縣人，據改。

〔五〕「五」，原作「四」，按卷四四《琴述贈黄依然》作「蔡氏五弄」，據改。《蔡氏五弄》謂蔡邕所作琴曲，曰《游春》、《渌水》、《幽居》、《坐愁》、《秋思》五曲，見《樂府詩集》卷五九《琴曲歌辭・蔡氏五弄》。

〔六〕郁校：「力」，鈔本作「歷」。

〔七〕「眼」，原作「服」。郁校：「服」，當作「眼」。今據改。

〔八〕郁校：「子方」，鈔本同，文中作「大方」者二，而目録亦作「子方」，疑誤。按卷一二有《送儒醫何大方歸信州》詩，即同一人，今據改。

〔九〕「著」，四庫本作「者」。

〔一〇〕「柳」，四庫本作「氏」。

〔一一〕「州」，原作「川」，據四庫本改。

〔一二〕「齋」，原作「齊」。郁校：「齊」，鈔本作「齋」。按唐仲友字與政，號説齋，今據改。

〔一三〕『至』，原作『志』，據四庫本改。

〔一四〕『食』，原作『日』，據四庫本改。

〔一五〕『候』，四庫本作『俟』。

清容居士集卷五十

題跋

書正肅公懲忿窒慾題扁

忿、慾，皆發之不中節者。桷嘗讀《易》之《咸》，以無心爲感，何思何慮，是則安有不正者哉？漢儒言感物而動，失旨多矣。先正肅公謂：忿近於剛，以慾爲剛，德不足，探本澄源，有合夫《繫辭傳》之説。故其平居奉身如玉雪，危言讜論，百壬交避，其剛之謂也。清齋端居，不邇聲色，此絶慾之效也。居朝不一二年，輒以直道去。湯文清哭公之詩，有曰『獨留事業在江東』，真實録也。

從子瑛，居龍虎，居室以四大字昭示户册，且築象山之麓爲精舍。審其傳授，保形以静，老氏之説；養厥靈根，吾儒之説。是則安有忿慾？《易》曰：『無有師保，如臨父母。』正肅之訓，豈虚言哉？泰定二年上巳日，族孫具官桷再拜謹書。

跋正肅公手澤

吾宗由宋仁皇時，光禄公觳與祥符縣丞同舉開封，祥符後居東京。建炎兵變，祥符孫太保挈家從青州軍以歸，是生太師衛公，厚德退讓。而光禄公家，自朝奉公亦漸替，至正獻公，入太學，師陸文安公，登淳熙辛丑第。衛公之子越公，從正獻游。考兩家南北之分，始得合譜，訖受學于正獻。癸卯歲，越公與計偕，不赴。淳熙丁未，登第。自是先後爲秘書省官，爲侍從。人咸曰：『叔侄之盛，師生之榮，於是見之。』正肅公見越公鄉薦，時年始九齡，自是敦敘不絶。兩家厄於祝融之災，舊藏幾盡脱焉，以僅存者，猶數十紙。從姪則瑛，自龍虎還里，曰：『蒙齋先生遺愛在江東，社而祝之，罔敢墜。』因以手澤二通俾爲象山證契。曰大資同知，桷之曾大父；曰思贊府判，實則瑛之曾大父。噫！世運既殊，喬木彫落，書其本末，願刻諸山中，以爲永久。泰定二年三月甲寅，族孫具官桷拜手謹識。

題從子瑛城門八詠

始余讀陶靖節諸賢詩，志意憤悱，抑其意而爲之言，蓋將以從其類也。《五君》、《八哀》，杜子美規規然相近，羈窮不偶，故竊其似而爲之者焉。龍虎山爲道士據會，奇怪嶄削，率可以見於詠歌者，書於志，見於碑誌，跬步不敢以軼。而吾從子則瑛作《城門八詠》以相示。首之以仙隱，言夫宗師創始之難也。曰茅山，易高士靈寶之創，首龍虎而終于茅山者也。曰天谷，慕真隱而不騁于外。詠蓬蓽之所居，則與天谷並，或曰蓬蓽勝之。曰玄洲，三隱東城，慕其孝友而能以肥遁自處者也。曰碧玉，則曰我越公之德未墜。粤昔旌陽公以厚德植樹，而奉祀有缺，懼不能以承。噫！今爲方外流者，絶其本枝，而獨吳特進不若是。則瑛能亢宗，叔老矣，不復有望，異時見吾中散公、朝請公之子孫成立，非子也邪？

跋外高祖史越王尺牘

某伏以即日毒暑在候，正君子齋戒之時。共惟撫幹國録，盛德在躬，默有神相，台候動止，倍介繁福。某歸老山林，一念不作，殊覺强健不足云者。蒙示張公行狀，可發一笑，識者觀之，必有公論。建炎以來，錙積寸累，車馬器甲，符離一掃無孑遺，東南膏血，竭於叛亡。目今州郡窮匱，皆由當時不卹國計以償功名之心，某所不忍爲也。某此心，天實知之，主上實知之，不卹後世之無聞也。吾人以謂如何？竹洲所寓，什物無恙，幸置慮。他覬韜養，以前光大，異時横蜚，尉〔二〕區區之所期待。幸甚，幸甚。五月日，太傅、保寧軍節度使致仕、魏國公史浩劄子。

朱文公作張忠獻行狀，一出南軒之筆，不過題官位、姓名而已。後考三敗事跡，始悔昔年不加審覈，歸咎南軒，然亦無及矣。

符離之敗，陵陽李伯微甫載其事甚詳。今不敢爲忠定辨明，直書其所紀曰：『符離之役，軍資器械失亡殆盡。張魏公初聞之，疑虜人踵至，甚懼，即軍中解所佩魚，遣歸朝官太平州通判劉藴古。朝議大夫使虜求和。僚吏有止之者，乃奏乞致仕，又乞朝廷遣使，孝宗不從。既而虜人不復南，魏公乃謀再舉，上亦不從。及和議將成，魏公持之甚確，左相湯慶公因白藴古之事，由是魏公遂絀。』

李與張俱蜀士，史筆不敢有所隱避。桷以外諸孫，尤宜尊所聞以傳信。忠定尺牘，無一字失實者，此豈私喜怒而爲言者歟？泰定二年五月甲子，具官袁桷再拜謹記。

書瓶城齋記後

抑嘗觀《易》而得《兑》、《艮》焉。《澤》以漸摩，言之於家者也。《澤》而不止，幾於險矣。《節》者所以懼其過也，當位以《節》，《節》斯通矣。《艮》者總其身而身有止也，思不出位，《艮》道之致。因地以光，而《復》降焉，斯謂之《謙》。謙非忘於事也，故鳴謙之象著，而用節之，斯益困矣。凌侯商榷事物，默以全其機，清介自律，人莫有敢犯。户册之訓，深契《易》理。敢誦所聞而質諸。良月既望，越袁桷書。

跋汪龍溪外制草

崇觀詞臣，以扇對全語爲高。獨龍溪先生痛掃時弊，盡復元祐之舊。方羽書飛馳，顛沛道路，非如昔人夙構古語而德音四達，甚於奉天之感泣，不幸爲秦氏子擯斥遠道，而先生迄不得再入矣。抑嘗考宋世内外制之作，至公而始備。故其翦裁也，有丁、夏之風；其典雅也，備曾、王之體。肆而不野，麗而不侈，則駸駸乎歐、蘇矣。今觀手稿，遂書所聞，以寓仰止之意云。

乙卯七月望日，袁桷書。

書劉貢父舍人種竹倡和詩後

元祐元年九月，蘇文忠公以中書舍人爲翰林學士。十一月，劉仲馮、孔經甫爲左右史，蘇文定、曾子開爲中書舍人，蓋同月除書也。劉公由秘書少監入掌詞命，蓋與大蘇公相後先，孔常甫則猶在著作廷。兄弟父子，嗚呼盛矣哉！

鄧右丞熙寧間以九制之譽，積十年爲承旨，自負灝噩，詎淺淺耶？嘗考元祐初元，實維丙寅，姤遯之基[二]已萌。是歲，温公薨，黨論興，詩禍作，馴致宣、政。紹興丙寅，秦相擅持，南北分裂遂定。至於開禧，則罪歸于韓。咸淳罔上之罪，昭于賈氏，不十年而宋亡。治少亂多，明于天人者，未嘗不深知之。

噫！前乎乾德、天聖之際，又何其盛也！今歲距丙寅，僅僅十禩，文明之運，誠在于此。仰止先哲，感慨係之。丙寅人袁桷識，時延祐乙卯十有二月庚寅也。

跋蘇子美帖

滄浪翁中年書猶未精詣，後沈錮黜落，浩然之氣，悉心用資，以爲翰墨。祁公號婦翁，兖公密友，終不能爲之道地。前代法律之嚴若是。

書蒲傳正左丞帖

左丞蒲公文學政事，熙寧、元豐之時，號爲名流。後出爲亳州，未幾以揚易杭，皆東南要郡。此手帖，蓋由亳入覲時所作也。蜀由孟氏以來，無兵革鬬爭，文士迭出。至元豐時，爲翰林學士者十餘人，公其一也。宋世仁、英正史，皆公纂修，今藏史院可考。

皇慶癸丑，桷得與其裔孫道源同爲史屬。蒲爲西蜀大族，三卯之變，徙與元者獨能保其宗，家譜整備，遂以先越公所藏左丞公手澤歸之，以永其傳。

噫！綸言汗簡，皆家世舊物，桷無以進議，厥今理學宏闡，實始於舂陵周元公。元公之道之學，實蒲公紀其事。立賢無方，顧於諸孫有以廣之。會稽袁桷書。

跋懷素揮翰帖

懷素書，多才翁兄弟所書。至明昌諸賢，尤競習此體。余在都下所見，凡數十卷，皆僞贋可考，獨此唯〔三〕宣和舊物，審爲非臨摹者。

跋柳公權書清静經

韓氏閲古堂《清静經》，乃越石氏家藏舊物。石居新昌，慶曆時刻此帖，後入復古。方韓貴盛時，遂得此帖，悉有紹興圖璽，此籤標光皇手題。石氏墨本失之拘，紹興本失之瘠，韓本失之弱。今睹真跡，硬黄古紙，松煤老色，無纖粟繆妄。視昔三本，真碔砆也。龍集戊申至大改元甲子日，桷謹審證于後。

跋顔真卿誥

前人多疑祖父誥非其子孫所可書。魯公舉進士開元年，已長成。昔人誥敕，必擇能書者填補。從唐考之，徐季海之於其父嶠之是也；從宋考之，蔡君謨、米芾是也。此卷舊入思陵復古殿，後入秘書省。先越公爲秘丞時，掌圖籍，凡唐相誥皆入録。蓋德壽晚歲悉以前賢誥入秘省故也。今李紳誥及徐、顔諸誥皆舊物，審定無疑。

書舊作九華臺賦後

潛庵鄭先生兩入翰林，纂修凡例多出其手。于時桷亦補史屬，適相後先。未幾，除江西儒學使者。所居近玉堂，矮屋脱粟，不堪旅瑣。先生清言介行，每言數百年承平事不絶口。桷不揆，參錯承接，時則有新安汪尚書孫漢卿爲供奉，廬山曹端明子愚爲編修。此數公者皆先世情好，而桷以外舅秘閣公敘宗盟於相府，事契彌相厚也。

先生生於淳祐甲辰之重九日，先侍郎因之以命名。家居，築九華臺，深致意焉。于時桷實賦之。由江西歸里第，不數年而捐館。其子公許，以門功入官來京師，攜《混元山居題詠》手澤一卷，而《九華臺賦》實附于後。俯仰疇昔，邈不可得。而桷不自知止，因循翰苑者，今十五年矣。學不加進，而道日益損。異日，當假道青溪，拜先生之墓，驗昔時手植之花木，因以有推其子孫之興盛，顧嗣以記之。延祐三年三月己巳，袁桷書。

書李巽伯小楷夢歸賦 趙子固有跋

洛陽李巽伯，建炎初同朱希真避難南來，名望文學，與希真相上下，而作字體製，亦復相似。希真書《相鶴經》，朱文公評之矣。余嘗聞先生長者言：黄長睿崇寧間游洛陽，作《九詠》，楷書深刻，故一時洛人皆師慕之。希真、巽伯，又其似之者。

字學廢已久，宣和立書學，主上所好，乃薛稷《禁經》所謂字則長而逾制者也。則朱、李二公，寧得爲博士耶？希真嘗和巽伯詩：『伊水嵩雲未歸得，説平生處淚浪浪。』蓋與夢歸同意。又曰：『琴書總驚眼，文字更過人。』巽伯翰墨之妙可知。

今觀趙子固評書，力宗元常，而宋朝習鍾書，惟黄、朱、李三人暨姜堯章、子固耳。余嘗見《丙舍帖》徐浩模本，出尤端明家，又見褚河南摹《力命表》，唐本皆纖濃遒潤，至比閣絳《宣示表》，如出二手。則學鍾書者，猶可置論。乙酉歲，余見今翰林承旨趙公子昂於杭，于時愛堯章書譜，手之不釋。逾三十年，趙公小楷妙天下，是蓋脱其形似而師其神俊。

此卷舊藏南康黄可玉。可玉嗜古剛絜人也。後授其徒董君有能，能寶之，願質諸承旨公作書評焉，俾勿壞。延祐五年八月乙卯書。

題東坡嶺表書歸去來辭贈卓契順道者

東坡先生居嶺海，惟卓契順、巢元修不遠數千里，芒鞋問訊。元修有傳，而契順止書《歸去來辭》與之，如有欠恨。梋於德常家始獲見真跡，落墨淋漓，光透楮背，見者皆竦然以起敬。而《元脩傳》非精熟蘇文者，未嘗接識。昔人以鼎彝傳遠，謂於監觀有補。德常宜廣刻，使家有其書。任恤之道，見於盛世矣。

跋吳丞相檄京湖帥賻陳清敏帖

嘉定十一年，先越公與清敏公同在殿廬，實得吳毅甫丞相爲第一。清敏之薨，丞相深德之，爲作書閫帥。于時賈相年未四十，方折節慕名，丞相書至，詎敢靳嗇？清敏子孫，又安得以不家於喪爲辭？故事，大臣薨，有旨州郡治喪葬，深恐後人不知。以清敏公家爲有請，故表其本末若是。

書世綸堂雅集詩卷

吾鄉盛時，比屋皆故家大官。咸淳賈相擅國，絶惡四明，由是衣冠皆爲月集，悉不敢議時事，卒至國亡，無賣降于外者。當至元末年，諸老先生猶亡恙。時則有深寧王先生，師表模範，世綸雅集，猶有洛社耆英之遺意。甫三十有四年，風塵變更，乘虬上征，無有一人在者。覽先郡公之遺墨，不勝悲慕。世綸主人於是下世亦二十年矣。桷以契家子，猶得從封胡羯末之後，願相與勉焉，以圖無斁。

題樂生詩卷

詩於唐三變焉，至宋復三變焉。派于江西，變之極，有不可勝言者矣。劉南嶽，少年以詩自名，晚歲獨尊楊廷秀。考於風雅，無是體，參於唐宋，無是體，以斷絶直致爲工，叱咤轉旋，駸駸乎江湖之靡者也。吾鄉前哲所爲詩，倣韓而不能博，師蘇而不能宏，然卒無江西之弊。誦建安、黄初之作，推而至於風、雅，則亦有徑廷矣。

定海樂君之才，以一編介蔣君玉度示余，且求敘引。噫！詩不能以易言也，觀其平淡者合自然，孤絶者得深悟，繪物不鄰于巧琢，至境合心會，釃然百谷之泉，必達於衆流。是亦於詩，非積學有源者不能是也。余終老林泉，異日相尋於寂寞空絶之地，相與酬倡，又將盡其説焉。

書孫僉事訓子八字説

一貫之旨，忠恕而已，其語簡而易明。大賢之教人，曰『不妄語』。聖人之教子，則曰『立』與『言』二字而已。過於文，則漫不加省；切於近，則易以自持。孫公濟川之家訓凡八字，曰：『吾將以訓于家，吾子之果能爲儒也，必將由是以得名，使不至焉，則守斯言也，其不爲小人之歸也明矣。』求余言以增警，遂書以歸之，俾勿墜。濟川子名某，日不廢學，將以儒術起家。桷老矣，猶將見之。

書党承旨篆杏壇二字後

翰林承旨党公，篆法妙一時。所書『杏壇』二字，刻于曲阜，藹然風雩之意，千載一日也。衍聖大宗，南徙三衢，設祀有廟，傳嫡有緒。今郡守趙侯敬之髣其舊址，築壇於旁，昭揭二字於其上，有新豐肖似之意，見堯於牆，著存不忘之義也。若曰：『思其居處，孔氏子孫，萬世不怠。』是則趙侯之用心良厚矣。泰定三年二月，具官袁桷拜手謹記。

書吾〔四〕子行篆書陰符經

唐世，《陰符》始大行，原於李筌，成於李靖。貞觀皇帝始酷好之，命褚河南凡書一百九十本。貞觀之意，蓋廣用兵之説耳。李筌託神姥之言，乃曰：『上有神仙抱一，中有富國安民，下有强兵戰勝。』又妄增六注，以惑後人，然終不可悉解。而吾子行復書之，何耶？唐人作篆，惟書《千文》，蓋懼學者之未易察也。徐鉉作《項王亭賦》，仿李陽冰《裴公德政碣》之遺意。子行沈困市隱，豐碑巨碣不能以自見，寫其幽曠，託焉以自逃者也。余嘗聞善書者：『大篆不得入小篆，隸書最懼入八分。』使子行在，吾願相與評焉。

題劉明叟詩卷

大裘無文，良玉不琢，質至美而無可揀擇也。言爲心聲，而詩章之衍溢，則又若必事於模範，論至于理盡，所謂模範者，特餘事耳。黄太史嘗言：『寧律不諧，不使句俗。』以建安、黄初之法較之，似若有病。然太史所爲詩，鍛鍊之工，過於前人。其所謂不諧者，蓋其變體耳。吉安劉明叟，示余詩一編，不事雕飾，意氣凌厲，理勝而語完。嶰谷之竹，合於自然，不假按抑，而宫商敷宣，各當其職。手之不能以釋，因以夙昔之所聞者書于後而歸之。

題閔思齊詩卷

唐詩有三變焉，至宋則變有不可勝言矣。詩以賦、比、興爲主，理固未嘗不具。今一以理言，遺其音節，失其體製，其得謂之詩與？隴西閔思齊示所爲詩，沖澹流麗，亹亹倣唐人風度，寄興整雅，將駸駸乎陶、韋之畦町矣。近世言詩，莫不以三百篇爲主。經緯之分，茫不知所以。由遠自邇，漸入魏晉，詩寧有不工者乎？思齊敏而且勤，輟食忘寢，和平多而淒怨少，氣完體充，不以沮折爲可撓，事物之來，處益有暇。故其見于心聲者，無羈窮不偶之意。讀其詩，以余言爲證，斯得之矣。

書吳明之文編後

始余見閩清吳明之于成均，神度秀朗，游于公卿，將以奇言直氣感動鉤説，輒同坐席。復與一時之能文詞者，聲摩度測，守繩合則，駸駸乎班馬之軌轍，而建安、黄初之餘事，將力進而不肯止也。余既得請歸隱山中，江浙挽余以校文，會有亡子之戚，旬日即出。後知明之試進士不中，幸不余誚，而深病有司之不察也。暨來四明，將返閩中，示其所爲詩文若干卷，讀之不能置，是誠得于遠遊者多矣。見聞窘于州閭，舂粮之適不足以自廣，而冒萬里者多大言以賈禍。若明之之游歷，漸摩薰陶，悉輯於翰墨，藉爾求配於古人，誠不爲過。使果有遭，吾見其揚于王庭，清遠自儀，潤色敷繹，詎止于是編之所述哉？因書以爲異日之俟。泰定三年十有二月辛未朔，見一居士袁桷書。

題雲岡圖詩卷

王侯叔能守會稽，將悉意山水，以攄其夙慕。下車未幾，治省檄，治舶事，往來市衢，意若有不樂。值甯侯善繪事，命作《雲岡圖》。朝夕觀覽，蘧蘧栩栩，見似人而喜者也。余嘗聞巖居谷隱之士有言：『夫細旃廣廈，未嘗不心掉目駭；而久居朝廷者，志念專寂，凡其可喜可愕之事，皆不足以動。』故其於山林之趣，介乎其不拔；一使肥遁，將終焉以無悔。若是，則賦此圖者，其爲招隱乎？其爲反招隱乎？

書馬元帥救荒事實後

司獄永嘉林君萬里彙次《元帥馬公救荒事實》一鉅編，俾有言。嗟夫！斂散之法，不行於今，爲牧守者亦難矣。因時之凶，復抑其直，是則於商旅奚有望焉？董煟輯《救荒書》，至盡至美，迄莫能有遵其説而行之者，病在于執一。虚心以求，則今馬公之政，其近之矣。

林君之編曰：台民四十九萬有奇，其粟率糶者一十四萬七千有奇，糾於富家，幾三萬石有奇。當是時，以一郡之民，能動于上聽，其出粟至于一十有四萬，非身任其責，所爲文書不大懇切，不能至是。富民遭荒，抑損以售，亦必有道，數盈于三萬，則其便不便，有不得已而然者也。視瘠而坐弊，仁人之所不忍。邀名以幸成，夫豈仁人之用心？

馬公之政，集衆思以爲其佐，林君之爲首奉行而不失者，皆公所辟。佐吏凡五人，見於所行事實，不復著。記禮之言曰：『三十年之通制國用，量入以爲出。』馬公耆德碩望，將參預于天朝。願以今之所行爲權，而以經制告于廟堂焉，則得矣。

書孫孝子事實

余待罪翰苑，見友人張希孟、郭幹卿所爲《孫孝子碑》及序引，卓卓表著。二友非取佞以悦夫人者。今歸老田里，又見程琚、孟夢恂二文士作《孝子傳》，事益詳密。文雖不同，而紀載各有條理，信矣哉！　事至實者易於言，孝非以干名而名隨之。是見信於州里，有不得揜焉者矣。五典之常，心之固有，聖人設爲司徒，以職其教。唐虞之世，見於旌表。是則上古猶有失其良心者。今觀孝子之行事，悉合于五典。刻意肥遯，乃今起家入御史府，策名振德，政事施設，皆其素所蓄藴。覿風宣化，家至而户喻，矧今爲澄清使者，薄敦懦立，反其澆漓，惇行孝悌，悉以其躬行施于七郡，不亦美乎？　孝子今爲浙東肅政僉事，名楫，字濟川。泰定二年二月甲辰，前史官袁桷書。

書戒壇儀後

余居鄰開元寺，其戒壇精嚴肅靜，過者莫不悚息。間遇度僧，必一往閲之，見其結跏藉草，持怖畏想，口誦加護不絶。天神炳靈，至有登壇仆絶，不能終事者。由是雖獰夫惡子，率罔敢廢懈。噫！　使常持是心，安有所謂地獄也耶？　悟心源律師，定上壇、結夏等儀式，願廣施諸方，使人人如初受具足戒。時清淨法海，與大雄氏告衆無異。不然，酒池肉林，罪劫可勝道哉？

書大般若經關後

大雄氏以汪洋廣博之説，喻於群迷，萬緒千説。故其爲書，讀之茫然不知畔岸。師其説者，始作關籥，以抽其秘。由是旁行側注，機要立具。夫相從心起，食息之際，其來無端。即其書以求，似若未盡，捨相以求，則所謂一者，猶以爲形跡也。

皇祐庚寅，有僧省悟，以三藏法師《大般若經》通關重加校定。至皇元泰定甲子，實相距二百七十五年，時有演忠律師，其名亦曰省悟，復爲《聲聞入道行位記》三卷，補昔時之未備，殆與前哲夙相脗合。

體一分殊，吾儒之説。近世釋氏率竊取以爲秘，探索於毫釐之際，殊失其旨矣。自博而約，吾於是書深有取焉。悟師類其書簡密，將與後來者共。異時執一以持，捨一以悟，則觀是書者，爲入道之軌轍明矣。

書文宗周秘藏圖詩卷

宗周法師作《秘藏圖》，深取吾儒一貫之理。昔濂溪周先生衍《太極圖》，體一而用異，歸其異于同，則用猶一也。斐然默契，不能已于言。而法師舂容鏗鏘，振孤桐之遺響，發天籟之靈竅。又率其講下，珠聯璧耀，將極其深造，不出乎秘藏之旨，而其融液變化，雖億萬猶以爲未盡，歸一之效，于是乎見。桷老矣，倦游，相望南湖，跬步還往之便，願自此始。

題噩上人疊秀軒賦後

楚之詞不作久矣。晁無咎氏始分其言爲二，淵乎得其微旨。《離騷》、《九歌》，判不相合。漢魏而降，一而爲之。縝密者爲揚、馬，反復悲悼，漢帝所謂鄰於楚之聲也。左太沖融液藻繪，能爲一，繼者不復若是。晁氏豈虚語哉？

吾鄉高端叔先生，作《變離騷》，直與古者相抗。而或者謂：『羈窮不偶，怨悱不得以自振。』今噩上人作《驃騎山賦》及《疊秀》、《洌清》二賦，手而讀之，誠駸駸乎古作矣。渡江以來，諸賢蹈襲蘇學，以雄快直致爲夸，詩與文率相成風。科舉學盛，屈、宋不入於口耳。積弊幾二百年，山林枯槁之士，尚何能冀其髣象？是則皆吾徒之罪也。

上人語精意新，無模擊之弊。言道也師《遠游》，託興也鄰《九辯》。嗟乎！余老矣，上人當勉之。投閑謝事，願相與過從，將復見於雪竇、玉几諸山，斯幸矣。泰定二年閏月乙亥，清容居士書。

書禪林備用

《周官》擯相行祀、升降玉帛之事，禮爲禮，儀爲儀。何謂禮？執以告王者是也。儀者，陳設綴兆之位，一定而莫易者。經籍既焚，淹中之出不全，後人以意損益，僅見於朝著。若《少儀》、《内則》、《弟子職》所當行於家庭，一切廢棄。儒先屢致意焉。

釋氏之教爲三宗：見於動作日用，不敢一有犯越者，爲律宗；達磨之學則不然，調伏於準繩之外，放形骸，黜邊幅，守禮者莫能與之辨，而其從心不踰矩，卒有合於自然。是則繕性之效，略外以理内，於斯見之矣。淫欲嗔恚，皆謂之道。大雄氏託言爲喻，將以語夫上知，愚者不察，悉得以自恣，職教者憂之，於是爲清規而曲爲之防。數百年來，遵守罔替。世愈薄而俗愈侈，奇衺曼美，充滿區宇。

澤山咸大師始輯廣其未備，詢于耆舊，證于編簡，作《備用》十卷，以拯其極壞。其勤苦之志，於是書足以見之。余嘗聞咸師縛律以爲禪，守其師説，不肯以從于人。清嚴峻整，講道不輟，頑薄敬避。其死也，尤奇偉。余愍夫吾儒之教淪弊若是，使有若斯人者一正之，斯得矣。序其書，所以識吾徒之未能也。

書噩上人慈照師行述後

佛氏之言以理譬，廣釋心性，其言汪洋浩博，譯潤有工拙，而體製則一，可得而同也。宋世諸儒言理者，率不以文字爲工，論考古昔，措于五經，則或有疑者焉。太史公敘事，幽顯變化，猶龍焉，不能以名狀。後世宗之，編年之法幾絶。而今世所爲誌碣行述，悉祖襲莫能有違者。夫發揚會稡，因其事之實而爲之也；反復致意，傷其不偶而表之也。豐功鉅績，被于絃歌鼎彝者，則又皆太史之事；荒林絶壑，曠達沖澹，非有道之士不能爲其言也。言佛者三宗，而習禪學者，必以悟入爲證，將從其言邪？則質野不足以傳遠。引而删之，又懼不與其道合。

噩上人示所爲《慈照師行狀》，泊兮若玄酒之致其誠，韜兮若絅衣之蒙其飾，逞奇闡幽，大小委折，各當其職。合儒者之辭，以盡緣飾，包括纖粟，絶其疵俚。是其言也，傳信永遠，爲無疑也。余嘗聞慈照師剛毅貞固，内外有則，故所至成立，上人文足以發之。因書以告其同志，俾入石勿墜。泰定二年十月丙申，清容居士書。

題轟上人詩卷

華嚴極天下之富麗，樹下塚間，又何其岑寂邪？乃知豐儉博約，從心以生，芥子須彌之喻，豈虚語哉？觀轟上人西隱亭榭諸詩，有遍法界之道，將隨境以觀，懼其多岐而亡羊也。掩關息機，真游于混沌之鄉，萬幻俱滅，胸中樓閣，豈土木丹漆之所能成？吾將與上人一叩其户牖焉。

題雪竇平禪師詩卷

大梁張武子來吾鄉，始正唐律，由是禪林悉守其法。雖頌古詠物，情切婉潤，足以追配牧之、商隱。怡雲師蓋一時與之從游，近朱近墨，豈虚語哉？由今而論，獨僧詩猶能守格律，而吾徒一切直致，恬然不事修飾。觀此，足以泚顙。龜石寺號小院，然多出名輩，怡雲師之漸摩灌溉，於是乎見。

題雪竇潛師語録後

用潛師住清涼，先郡公將挽主定水，未幾上雪竇，不果。幼歲祝髮于觀禪師，不久而觀謝世，乃痛自卓立，游諸方。能采其所長，不專于一師，而其貫通融會，慊然猶以爲未足。由是瓣香之酬，靳未肯出，禪林有疑，而桷獨能探用潛之意。佛之學道，非止一悟，用潛能深知之。今世禪人之病，在於望風承嗣，以希進用。而居顯路者，旁收曲誘，了不相涉，其弊日甚。推用潛之用心，玩其語言，有至死不休之意。廣其傳，將以愧夫今世之弊。庸敘於前，足以知余言之非妄也。

書笑堂偈頌後

拈花微笑，大雄傳道之旨也；不笑不足以爲道，老子憤世之論也。近世禪人掃跡削機，謂微笑爲疵病，卒致漫誕不可救藥。影響既絶，而道益無所見聞。禪師在淳祐間，群公傾下，以平實爲法門，因西律師之請，號爲笑堂，是深得迦葉之要領。感而遂通，夫豈虚語也哉？西律師已下世矣，其徒寧上人能寶此卷。倘以聲色觀虚空，將大笑矣。泰定三年某月某日，清容居士書。

題俊老語録

顯仁藏用，非言不足以宣，而絺辭繪句，悉墮於浮繁。唯大雄氏絶其萌芽，刊落無文，土苴瓦礫，不足以喻其拙也。由是禪宗沿襲，千士一律，使人冥行，不知其所謂畔岸。明極長老以其示世語，俾有敘，蓋其不得已於言者。歸于大樸，而其足以陶冶性情，見之於歌詩，發之於言辨，聲從字順，使人得以知其指示，非過爲椎魯，以誑盲聾者。余壯歲讀四家語於育王珙禪師，曰：『語有實地、有證地，若華嚴所演，豈空幻哉？』明極語將大行於世，敢敘以證之。

跋觀禪師石菖蒲賦後

廖寺丞，賈相之門客，于時方歌舞湖山，沈酣恣縱，不知有泉石清事。觀禪師持此以奉，鋪敘宏麗，末章以主賓輔仁功爲急，用意深矣。厥今湖曲淒迷，藤蔓一色，不知此本流落何所？言此可爲於邑。

跋觀禪師摩利支天贊

觀禪師此贊，爲賈相作。維釋迦慈悲廣度，敕諸天以護衛濁世，非黨私滅公，狥其所請。

江上祈和，乃拘留信使，罔上以爲奇功。使終日梵唄，香雲滿室，神其吐之矣。觀師言語不迫，隱然恤緯之憂。厥後師潰身竄，三尺童孺猶指罵不絶。桷幼歲親睹其事，今老矣，尚忍言之？

書薛嚴二道士雙清編

余幼好讀《黄庭》、《真誥》二書，私謂學古調詩，當準其音節程度。後讀陳子昂、李太白諸賢詩，飄飄然清逸沖遠，纖言腐語，刊落俱盡。則知二書要其標準矣。渡江諸賢，明切理性，間爲禪人偈語，謂與風雩川上相表裏。詩道浸廢，而所謂道家者流，方自治其學，不復寄適於吟詠之末。噫！實吾黨有以使之然也。

臨川道士危功遠，以《雙清詩》一編示余。考其歲年，儒者之言詩者正絶，而薛、嚴二師方往來龍虎山中，搜遐挈緒，求遺音于魯壁之既壞，宫商相宣，更迭振響，豈久於其道而能化者與？

夫學詩而爲魏晉有道之語，亦少近古，其不至成就，力不逮焉耳。習簡易近體，遽謂理趣，譬之酒焉，因其薄醨而强以三齊玄酒第之，不幾于過矣！二師詩足以昌其道，余獨惓惓焉致意而不置者，愧吾徒之學爲可慭，而不在於今日之弊也。薛君志行絜清，不自表眩，觀妙公嘗尊異之。嚴亦簡整自治。功遠云。

校勘記

〔一〕『尉』，郁校：『慰』，原本誤『尉』，鈔本作『慰』，今改。按『尉』、『慰』古通，今仍之。

〔二〕郁校：『基』，鈔本作『機』。

〔三〕『唯』，四庫本作『是』。

〔四〕『吾』，郁校：『書吾子行篆書陰符經』、『而吾子行復書之何耶』，『吾』原本並作『吳』，標題或改『吾』，文中未改，鈔本並作『吾』。案目録作『吳』，鈔本亦作『吾』。考《輟耕録》，吾子行名衍，太末人，或改是，今從之。

清容居士集附録

附録一　詩文補遺

一菴首坐久客大慈比得會于萬壽深湛宏博連辱和篇不可虚其雅意用韻奉謝

堂堂相國布金寺，曾許高人住夏來。不見烏衣游别墅，時看金彈落生臺。千林有響風調瑟，萬壑無聲雪舞杯。讀罷楞嚴誰與伴，獨於松徑且徘徊。

蕭齋圓緑長深苔，忽見談空玄度來。已信虚空那有相，極知明鏡本非臺。閉門掩息雲生几，振錫忘言水覆杯。獨鶴九皋清唳徹，肯於林下久徘徊。

少年學道悟真如，晚歲驅馳齒髮疎。碧落倦游同病鶴，金門聽漏比鰥魚。還家重拾班超筆，教子空傳阿買書。蒼狗白雲工變幻，掩關從此悟乘除。

永嘉老子貌温如，破帽蒙頭禮數疎。彈指十方歸硯穎，駢頭千衲護鍾魚。雪飄飣坐蘆花絮，雲疊層巒貝葉書。古澗長松傳美蔭，肯令藤蔓滿階除。師永嘉人，故末章及横川長老。

北京故宫博物院藏袁桷行書《一菴首座詩帖》

雅譚帖

桷比者終日獲接雅譚，繼即探伺，且有假書之請。迺聞風帆趁潮，將促運米舟以還，繇是不果。兹審珮音琅然，方持螯高詠，視吾徒如逐臭。妙墨相遇，惜不能與玉桂惠文相聚耳。二碑豈立談可了？明當聚首，不具。桷再拜。

北京故宫博物院藏袁桷行書《雅譚帖》

呈承旨大參相公尺牘

袁桷頓首再拜謹呈承旨大參相公鈞席：　比者伏聞元老晉召，王度聿新，不肖雖困悴海濱，實竊慶□。輒從鄧善之郵便，僭具牋記，以敘皈□□□。未幾，善之回杭，迺知相公以直言讜論拂衣東歸，天下善類莫不沮色徯首以望登庸之真。側聆安車趣徵，雖以道自樂，出處進退一不以介意，然時不可再，事不偶然者，相公當有以處此矣。即辰秋氣益清，伏惟天人棐扶，鈞履倍福。桷不學無取，誤辱奬録，善之備導憐愛之篤。勉焉於州縣俯仰，良非所長。或者事機之來，得辱甄拔爲門下走吏，使之操筆執簡，鋪張文明之盛，當不至上負知遇區區之私。紙盡而情愈長，惟相公矜念焉。不腆之文一編，上溷觀覽。伏祈爲國隆重，益綏壽祉。不備。門學生袁桷謹呈。

臺北故宫博物院藏袁桷行書《呈承旨大參相公尺牘》

與昭文相公書

桷頓首再拜昭文相公鈞座： 桷久缺承誨，雖屢候門牆，偵伺弗謹，終慊然也。伏蒙鈞翰，重有名茶之頒，深感記存。尚當親詣馬首，以敘别懷。草草，伏干鈞亮。桷頓首再拜。

明文氏摹刻《停雲館帖》卷九

舊歲北歸帖

桷頓首再拜習卿經歷郎中尊兄執事： 桷舊歲北歸，以長兒之喪，蒼黄渡江，不得一詣行館，非有簡慢。相别兩載，第聞貴名日起，爲吾道重。不肖蹤跡困滯，實有望於激昂也。桷歸舍，以歉疫之餘，且學治生。薄田隸吳門，每困膺役。近睹新條，欲從使臺求一牒文，爲脱免計。元籍儒生，復係寄莊，似可施行。倘得崇篤力加覆護，一飯必祝，寧敢忘所自也？詳委令家奴控露。臨紙增念。伏希垂亮，不宣。桷頓首再拜記事。再拜上習卿經歷尊兄。契弟袁桷謹封。

清卞永譽《式古堂書畫彙考》卷一七

同日分塗帖

桷頓首再拜明復真人契舊侍者：　仲夏與公同日分塗，一就沙漠，一臨湖山，情况清濁，判然有分。此正是太極肇分時節，不審玄覽爲何如？　超然澄觀，燕處順宜。伏惟道履堅固。桷留滯周南，未易得告。瞻企珍邃，實不勝情。族叔德平謁選將注，畏寒先歸。欲見仙風道骨，共議瑰室。相交乏理，談論綿密，必有神契。念久違色笑，遂奉此紙。便中時賜教。藥尤仞，不忘霜寒。切希照亮。桷頓首再拜。

清卞永譽《式古堂書畫彙考》卷一七

漢雋後序

昌黎爲文，纂言以鉤玄，故後之爲文者咸宗之。司馬公道德著當代，其所編纂甚於鉤玄之詳，何耶？　文尚理致，漢世所作，不若今之俚。尚論五經，潔静嚴簡，而其發於情性者，彌謹守不妄語。則聖賢傳心之秘，夫是直致而率爾焉可乎？

番陽洪文敏作《法語》，斷自古經。或者議之曰：『經其可揀擇耶。』旨哉言矣。《漢雋》之作，蓋爲習宏博便利。文至於不能以有進矣，充類至若淄焉，達于河道，何疾焉！　縣舊有刻本，歲久湮落。先皇帝崇人文，設科舉。是書之設，深有益詞賦。吾徒知之，而莫能爲也。是縣之長撤的迷失忠顯，能首補是書，其意厚矣。集賢之屬爲典文署，掌天下圖籍木本。桷歸朝廷，必以告。知邑侯愛儒士，其廣是書也，願與辟雍學子共之。

延祐七年歲在庚申十月日，集賢直學士袁桷書。

浙江大學圖書館藏明嘉靖十一年郟鼎刊本林鉞《漢雋》卷末

題夏禹玉雪圖

滿林寒色凍雲垂，正是雪深三尺時。兩翁相對渾無事，門外風嚴知不知。

至治改元十月望日，子中以夏禹玉雪圖見示，因爲題此，知不足當一噱耳。袁桷伯長甫題。

嘉德四季第十八期拍賣會夏珪《寒林對雪圖》

跋定武本蘭亭序

薛氏石入曲水亭時，王黼在政府，將明蓋其字也。前所謂鳳閣王氏，實黼所書。嘗自敘其家世出王方慶，故號鳳閣。此帖乃損本，内賜王氏。今以宣和爲損本，於此足徵。袁桷鑒定，題于張德常書圃。

臺北故宫博物院藏宋拓定武本《蘭亭序》

跋唐人臨十七帖

觀補者之難能，則知臨者之不可及。觀臨者之不可及，則知想像所臨者，如飛仙神龍之不可測識矣。

明朱存理編《珊瑚木難》卷五

跋李公麟畫羅漢渡水圖

龍眠自少年便留心繪事，故其手跡留傳人世爲人世所珍重者，難以數計。予方恨生不與同時，一日偶過許大參竹亭，出示此卷，乃龍眠所製《十八羅漢渡海謁大士圖》也。羅漢履怒浪驚濤如平地，而諸凡水陸神怪精妖之類，莫不皈命馴服。是正佛家所謂圓通廣大，遍滿法界，似幻非幻，似真非真，不可以色象形容者，而龍眠乃能窮極其變化叵測之妙至此。世人但知求佛於玉相金身，而不知佛近在毫素間也。再三把玩，欣然有舍儒入釋之想。龍眠啓予已。敬題其末，以還大參笥中，冀與之共垂不朽耳。泰定二年秋九月戊申，袁桷題。

清張照等纂《秘殿珠林》卷九

附録二　詩文補遺存疑

送李伯循歸山中

按：元傅習編《元風雅》前集卷五、清顧嗣立編《元詩選》初集卷四七、清康熙《御選元詩》卷五〇亦收此詩，俱歸入元杜本名下，唯《詩淵》所收者署名元袁伯長。

已聞盤谷最深幽，便欲從君遂此遊。春氣和柔朝採藥，秋風清徹夜乘舟。巖花冉冉難留客，汀草纖纖獨倚樓。楊柳新條不堪折，只須買酒唤離愁。

明無名氏編《詩淵》

青閨怨

按：宋陳起編《江湖小集》卷一七、宋陳思編、元陳世隆補《兩宋名賢小集》卷三〇五，亦收此詩，俱在陳允平《西麓詩稿》名下。

妾家住在湘江曲，門枕湘江春水緑。年年長是暮春時，兩岸人家啼布穀。自君話别湘江頭，獨上層樓彈箜篌。蛾眉不掃遠山碧，滿堤芳草春正愁。舉頭不見君，但見湘江雲。江雲聚復散，妾心空如熏。舉頭不見君，但見湘江水。江水去不回，妾顔爲誰美。湘江雲，湘江水，雲水悠悠何日已。舉頭望君君不回，門前楊柳空依依。

明宋公傳編《元詩體要》卷六

附録三　謚議碑傳

故翰林侍講學士袁公謚議

王　瓚

古之君子，淬礪藻雪，修之於家，而揚于天子之廷，以成其德業之美者，學道與守身二者而已。蓋造道之深者，言不期乎文而自文，持身以約者，位不期乎清而自清，理則然也。

故翰林侍講學士袁公，以清修雅重之資，濟之以博綜宏肆之學，漁獵經史，上下古今，蓄之厚，資之深，修詞立誠，出爲世用，鏗鍧炳耀，大縱厥詞，等屈賈而上之，視六朝而下弗有也。兹非所謂文乎？自筮仕至於請歸，積三十年，寵膺殊渥，踐歷清華，再入集賢，八登翰苑，柄文衡，掌帝制，與謀國論，藻飾太平，歸潔其身，始終一致。兹非所謂清乎？以之節惠，實曰稱情。

謹按謚法：博聞多見曰文，臨官潔正曰清。合而言之，謚曰文清。奉訓大夫、太常博士王瓚謹議。

宜稼堂叢書本《清容居士集》卷末

元故翰林侍講學士知制誥同修國史贈江浙行中書省參知政事袁文清公墓誌銘

蘇天爵

國家有文學博洽之儒、翰林侍講學士袁公諱桷，字伯長，慶元鄞縣人也。故宋少傅、同知樞密院事、資政殿大學士贈太師、越國公諱韶之曾孫，中散大夫、知嚴州軍州事皇元贈嘉議大夫、禮部尚書、上輕車都尉、會稽郡侯諱似道之孫，朝列大夫、同知處州路總管府事贈中奉大夫、浙東道宣慰使都元帥、護軍、會稽郡公諱洪之子。

年二十餘，憲府薦茂異於行省，授麗澤書院山長，不就。大德初，群賢萃於本朝，聞公才名，擢翰林國史院檢閲官。秩滿，陞應奉翰林文字、同知制誥兼國史院編修官，遂遷修撰。凡歷兩考，遷待制。又再任，進拜集賢直學士。久之，移疾而還。復遣使召入集賢，仍直學士。未幾，改翰林直學士、知制誥、同修國史。明年，遷拜侍講，積階奉議大夫。泰定初，辭歸。四年八月三日，以疾終於家，享年六十有二。是歲十有一月某日，葬鄞縣上水慶遠墺之原。訃聞，制贈中奉大夫、江浙等處行中書省參知政事、護軍，追封陳留郡公，謚文清。

維袁氏遠有世序。宋嘉祐間，有諱轂者，舉進士，歷官朝奉大夫、知處州。其後，龍圖閣學士正獻公燮，兵部尚書正肅公甫，父子俱號名儒。越公於祥符丞轂爲曾孫，師事正獻，尹臨安十餘年，爲政嚴明，事載之史。公生富貴，爲學清苦，讀書每至達旦。長從尚書王公應麟講求典故制度之學，又從天台舒岳祥習詞章，既又接見中原文獻之淵懿，故其學問核實而精深，非峕事記覽、譁衆取寵者所可擬也。世祖皇帝初得江南，故宋衣冠之裔多録用之，而宣慰公屢被恩命。公在館閣，一時耆舊若閻公復、程公鉅夫、王公構，雅愛敬公，故蒙薦擢。時海宇乂安，年穀豐衍，而詞林清華，無官守言責，日惟撰著爲職。朝廷有大制作，公從諸老獲議其事。

成宗皇帝初建南郊，公進十議，曰：天無二日，天尤不得有二，五帝不得謂之天，作《昊天五帝議》。祭天歲或爲九，或爲二，作《祭天名數議》。圜丘不見於五經，郊不見於《周官》，作《圜丘非郊議》。后土，社也，作《后土即社議》。三歲一郊，非古也，作《祭天無間歲議》。燔柴見於古經，《周官》以禋祀爲天，其義各旨，作《燔柴泰壇議》。祭天之牛角繭栗，用牲於郊，牛二，合配而言之，增群祀而合祠，非周公之制矣，作《郊不當立從祀議》。郊，質而尊之義也；明堂，文而親之義也，作《郊明堂禮義異制議》。郊用辛，魯禮也，卜不得常爲辛，作《郊非辛日議》。北郊不見於三禮，尊地而遵北郊，鄭玄之説也，作《北郊議》。禮官推其博，多採用之。

仁宗皇帝自居潛宫，深厭吏弊。及其即位，乃出獨斷，設進士科以取士。貢舉舊法，時人無能知者，有司率諮於公而後行。及廷試，公爲讀卷官二，會試考官一，鄉試考官二，取文務求實學，士論咸服。公在詞林幾三十年，扈從於上京凡五，朝廷制册、勳臣碑版多出其手。嘗奉詔修成宗、武宗、仁宗三朝大典。至治中，鄆王柏柱獨秉國鈞，作新憲度，號令宣布，公有力焉。詔繪王像，命公作贊賜之，公述君臣交修之義以勵王。王尤重公學識，鋭欲撰述遼、宋、金史，責成於公。公亦奮然自任，條具凡例及所當用典册陳之，是皆本諸故家之所聞見，習於師友之所討論，非牽合剽襲漫焉以趨時好而已。未幾，國有大故，事不果行。

公殁二十餘年，今天子特敕大臣董撰三史。先朝故老存者無幾，衆獨於公追思不忘。會遣使者分行郡國，網羅遺文故事，而江南舊家尚多畏忌，秘其所藏，不敢送官。公之孫同知諸暨州事曮，乃以家書數千卷來上。三史書成，蓋有所助。

初，世祖建宗廟於京師，至仁宗崩，七廟已滿，乃結綺爲室以附。英皇親行祫享之禮，始議增廣廟制，乃作新廟爲十五室，公亦預其議。

公曾祖妣陳氏，封周國夫人。祖妣王氏，妣史氏、楊氏，元配鄭氏，並追贈會稽郡夫人。子男二人：瓘、瑾。女四人，長適同知袁州路總管府事趙孟貫，次適故觀文殿大學士趙某孫由錫，次適故相史忠定王玄孫公㑺，次適處州儒學録余應棨。孫男曮，以公蔭入官，既進遺書於朝，遂擢秘書監著作郎；次曄、旼。孫女適浮梁州判官范珵，次許適陳某，次幼。曾孫男二。

公生七日，史夫人卒，長事郡公極孝，教子孫有法，待宗族盡恩意。中外姻婭，皆宋名族，家庭嚴肅，吉凶之禮不廢其舊規。每以務學修行勖故家子弟，俾自愛重，無爲門户羞。公喜薦士，士有所長，極口稱道。公之南歸，會史館將修英皇實録，今中書左丞吕思誠、翰林直學士宋褧、河南行省參政王守誠皆新擢第，公薦其才堪論撰，天爵與焉。公於近代禮樂之因革、官閥之遷次、朝士大夫之族系、九流諸子之略録，悉能推本源委而言其歸趣。

袁氏自越公喜藏書，至公收覽益富，嘗曰：『余少讀書，有五失：泛觀而無擇，其失博而寡要；好古人言行，意常退縮不敢望，其失懦而無立；纂録故實，一未終而屢更端，其失勞而無成；聞人之長，將疾趨從之，輒出其後，其失欲速而好高；喜學爲文，未能蓄其本，其失又甚者也。』公之斯言，深中學者貪多苟且之弊。

公爲文辭，奥雅奇麗，日與虞公集、馬公祖常、王公士熙作爲古文論議，迭相師友，間爲歌詩倡酬，遂以文章名海内，士咸以爲師法，文體爲之一變。公有《易説》若干卷，《春秋説》若干卷，《清容居士集》五十卷。嗟夫！昔宋南遷，浙東之學以多識爲主，貫穿經史，考覈百家，自天官、律曆、井田、王制、兵法、民政，該通曲委，必欲措諸實用，不爲空言。然百年以來，典刑風流日遠。故公之葬，謹序而銘之，來者尚有所徵乎？銘曰：

懿歟袁公，博極群書。矢辭淵淵，佩玉舒舒。海宇既一，興自江左。諸老見之，孰不曰可？進掌帝制，列官詞林。討論憲度，講求古今。於時朝廷，日興典禮。祖廟天郊，以享以祀。三聖信史，纂述宏休。群士選舉，務拔其尤。不有學識，孰承其責？惟公雍容，斟酌損益。陳編墜簡，公證其訛。識時歸休，山林浩歌。世有鄙夫，空空如也。覆忌多能，係時用舍。公富著述，燦若日星。銘詩弗刊，垂後是程。

袁　桷

《至正四明續志》

桷字伯長，同知樞密韶之曾孫。生於錢唐寓舍，七日而母病暍卒，掬於外祖妣張氏。幼穎悟，絶棄弱弄。始從剡源戴表元學績文，脱去凡近。長師深寧王先生，授以文獻淵懿，深有警發。尤長於論史，悉究前朝典故，人扣之，亹亹談不倦。嘗謂宋末程文滂濫，糜爛而不可救，益自奮厲，屏奢崇儉，善别臧否，然恥以門蔭補官。

初主麗澤祠塾，大德間用翰林承旨程鉅夫薦，入爲翰林檢閲。擢應奉，尋除待制。詞藝冠絶，職内外制，纂修累朝實録，多裨國論。累遷至侍講學士，恬退歸里。

家舊有南園，去城僅二里而近，乃祖静寄先生所築，久蕪穢不治。於是復構藝結亭其中，扁曰芳思，日延親朋娱樂。自號清容居士。年六十有二，以疾終。既葬，贈江浙行中書參知政事、護軍、陳郡公，謚文清。有文集五十卷刊于家，《易》、《春秋》二解未脱稿。

桷年三十五時，其妻鄭夫人卒，遂終身絶便嬖，介潔自持云。

元王元恭纂《至正四明續志》卷二

袁桷傳

《元史》

袁桷，字伯長，慶元人，宋同知樞密院事韶之曾孫。爲童子時，已著聲。部使者舉茂才異等，起爲麗澤書院山長。

大德初，閻復、程文海、王構薦爲翰林國史院檢閲官。時初建南郊，桷進十議曰：『天無二日，天既不得有二，五帝不得謂之天，作《昊天五帝議》。祭天歲或爲九，或爲二，作《祭天名數議》。圜丘不見於五經，郊不見於《周官》，作《圜丘非郊議》。后土，社也，作《后土即社議》。三歲一郊，非古也，作《祭天無間歲議》。燔柴見於古經，《周官》以禋祀爲天，其義各有旨，作《燔柴泰壇議》。祭天之牛角繭栗，用牲于郊，牛二，合配而言之，增群祀而合祠，非周公之制矣，作《郊不當立從祀議》。郊，質而尊之義也；明堂，文而親之義也，作《郊明堂禮儀異制議》。郊用辛，魯禮也，卜不得常爲辛，作《郊非辛日議》。北郊不見於《三禮》，尊地而遵北郊，鄭玄之説也，作《北郊議》。』禮官推其博，多采用之。

陞應奉翰林文字、同知制誥兼國史院編修官，請購求遼、金、宋三史遺書。歷兩考，遷待制。又再任，拜集賢直學士。久之，移疾去官。復仍以直學士召入集賢，未幾改翰林直學士、知制誥、同修國史。至治元年，遷侍講學士。泰定初，辭歸。

桷在詞林，朝廷制册、勳臣碑銘多出其手。所著有《易説》、《春秋説》、《清容居士集》。泰定四年卒，年六十一。贈中奉大夫、江浙等處行中書省參知政事、護軍，追封陳留郡公，謚文清。

故同知處州路總管府事袁府君神道碑銘

程文海

世祖即位二十有七年，某被旨求賢江南。時四明袁君以永嘉之命居里，以應詔不起。後數年，與君之子桷同與史事，相知，狀君平生，請爲墓道碑文。

烏乎！君諱洪，字季源。袁氏之先轂，宋嘉祐中爲開封進士，蘇文忠公守杭，爲通判，終處州守，贈光禄大夫。其宗慤，亦舉進士，爲祥符丞，因家祥符。祥符生贈少保謂。少保生贈太保皋，靖康亂，從青州軍還四明。太保生贈太師、衛國公昇，嘗攝治大獄，連千餘人，悉焚其牘。太師生同知樞密院事、資政殿大學士、銀青光禄大夫、奉化郡開國公致仕贈太師、越國公韶。越公幼學于族父正獻公燮，嘉泰中與正獻公俱坐道學廢，後繼爲侍從，尹京十年，居政府，號稱能臣。生中散大夫、嚴州守似道，賢如其父。君，其仲子也。曾祖妣太恭人楊氏，贈齊國夫人。祖妣吉國太夫人陳氏，贈周國夫人。妣恭人王氏，贈令人。

君七歲通《詩》、《書》、《春秋》。十七，以澤監鎮江大軍倉。京尹馬樞密光祖辟爲佐，以敏達聞。禮部李尚書伯玉、中書劉舍人震孫皆以治劇才薦。改佐两浙轉運幕，轉運使胡太初阿僻，君數謝病去，不許。度宗聞其名，用爲太社令。宰相賈似道不樂四明人，君與同郡爲侍從、執政、守倅者六十餘人皆被廢。日相從講學，口不掛時事。賈後悔，起奉華州雲臺祠禄。咸淳九年，通判建康。明年冬，國事日蹙，大帥趙溍委以府事，出督江上兵。城中大駭，夜縱火剽掠，相率出郭去。君密捕斬首亂數人，乃安。諸將益桀驁，日以語侵君，且請較射。君出私帑具賞與射，君先發，三矢三中，衆驚服。湣遁，諸將釋兵歸。又聞賈平章兵敗保揚州，淮西總領費伯恭遁入海，乃微服詣行在所，授浙西安撫司主管機宜文字，改沿江制置司參議官，不拜而歸。

明年，天兵下臨安。至元十五年，入覲。召見，授朝列大夫、同知邵武路總管府事。二十年，改温州。並以疾辭。大德二年，改處州。命下而卒，二月十有八日也，年五十四。葬鄞縣桃源鄉慈溪之原。

君早從王鏞先生學，戒以躬行，守而弗失。父事兄賓州浚，一物不私有。嚴州遺澤二，以讓兄子。馬公嘗命徵責旁縣，不受令。潛説友爲轉運，檄督寧國絹十六萬匹，曰：『此絹自嘉熙以來名存實亡，莫若止取景定至今年逋，且昔者嘗以不能謝馬公矣。』潛恐蠲數夥，亟命他吏，卒如公言。初至建康，慮囚句容，治僞造楮幣者，縱連坐二百餘人。宋之亡，諸無賴往往以小睚眦構陷衣冠之士。陳參議允平者，在陷中，帥府命招討王世强捕治，君儒服入白，且語帥曰：『新附之民，人情未安，不絶告訐羅織之禍，非所以示綏懷也。』帥悟，釋允平，自是叱去上變者。

君還自建康，即去聲色，謝榮利，延師教子，盛饌樂賓客。人有不能喪葬昏嫁者，出財以相之；有疾，爲藥以救之；有過，委曲覆護之。不及中壽而卒，識者惜之。

唯君承七葉之盛，貫六籍之藴，際興亡之會，進不阿以苟容，退不矯以自潔，安時委運，以明哲終，豈不謂善人哉？予昔不能力薦之天子，今乃得宣遺美、託金石，故樂爲之辭。

君娶史氏，宋太師、丞相、越忠定王浩之曾孫，資政殿學士贈太傅、忠宣公彌堅之孫，直敷文閣、荆湖轉運副使賓之之女，有淑德。再娶楊氏，五世居太學，父曰應翔，太平州判官。子一，桷也，翰林待制、文林郎兼國史院編修官，史夫人出。女三，長適宋丞相史莊肅公嵩之之孫似伯，次適工部尚書余天任之孫昌期，次適資政殿大學士史岩之之孫益伯。孫男三：瑋，早世；瓘、珖，俱力學。女四，長適同知餘姚州事趙孟貫，餘在室。銘曰：

昔在宋世，有赫袁氏。宋祿有終，袁氏罔替。優優處州，濯濯厥聞。太守之子，樞密之孫。惟君之生，遭世多艱。任運而行，益光厥先。末承休惠，三辭郡貳。命雖不猶，義則弗匱。有子郁郁，有孫奕奕。有之似之，維民之則。

元程文海《雪樓集》卷二〇

袁君夫人史氏墓誌銘

元明善

夫人史氏，四明人。曾大父浩，相宋孝宗，太師、保寧軍節度使、魏國公致仕，追封越王，謚忠定。曾祖妣貝氏，齊魏國夫人。從大父彌遠，相寧宗、理宗，太師、中書令。大父彌堅，端明殿學士，屬兄中書令當國，家居十七年，以資政殿學士、光禄大夫、奉化郡開國公致仕，贈太傅，謚忠宣。祖妣趙氏，新安郡主，封衛國夫人，崇獻靖王伯圭之女。父諱賓之，朝請大夫、直敷文閣、荆湖北路轉運副使，贈通奉大夫。妣王氏，宋相淮之女孫；葉氏，俱贈碩人。

處州姓袁氏，同郡人。曾大父昇，贈太師、衛國公。大父韶，同知樞密院事、資政殿大學士、銀青光禄大夫、奉化郡公，贈太師、越國公。父諱似道，朝列大夫、知嚴州軍州事。初，敷文每言吾大父、外大父皆真太師，婚嫁必當吾門。敷文病，嚴州日往候之。敷文曰：『願以幼女屬公子某。』嚴州起謝。吉日納幣，既七日敷文卒，夫人時年六歲。未幾，嚴州亦卒。越十有一年歲辛酉，夫人嬪于袁。

夫人諱棣卿，字景華，幼簡静有威儀。父卒時，坐牀下哭不輟聲，强之食，不食。未葬，不少離殯次。服除，常一至庶母室。至嫁，復一至，别之外庭，人不識其面。伯父賓州家法嚴正，有事于廟，夫人禮相祀事，低首傴立，至徹不少動。既歸，處州敬焉。處州少好騎射，夫人正色諫止。交游有至廳事者，夫人牖屏間窺，或非清謹士，即掩衾就睡，明日徐曰：『先丞相家恐無此客。』處州亦爲之謝絶。中表俱貴，家務相扇以侈，夫人獨崇節儉，動遵禮則。歲丙寅某月某日，以疾卒于臨安官舍，壽二十有一。是歲冬十一月，葬於鄞縣通遠鄉建奥之原。以宋宗祀明堂恩追封安人。後三十有三年，處州卒，别葬于桃源鄉慈溪奥之原，相望十里外。

處州諱洪，字某，清粹雅博，爲士林之表。仕宋，至朝奉郎、通判建康府事。歸聖朝，同知邵武、温州、處州三路總管府事，階朝列大夫，俱不任。夫人一男、三女。男桷，翰林待制、文林郎兼國史院編修官。女，長適宋相史莊肅公嵩之之孫似伯，前將仕郎；次適宋工部尚書余天任之孫昌期，前通仕郎；次適宋資政殿大學士史巖之之孫益伯，前承務郎。孫男三：璋，早世；瓘、珧。女四，長適同知餘姚州事趙孟貫，餘許嫁未行。初，夫人卒，少母張氏來撫袁氏兒，及見袁氏兒女嫁娶，終于袁氏，處州葬之于夫人塋外。

翰林博學能文辭，而學甚正，辭甚古，故家流風，清修可尚。明善友焉。一日手書其世家，以請曰：『桷生七日先，夫人没。先夫人没，由桷之生。生而不識母之音容，何痛似之？願得君文表墓，使先夫人之世之德不泯永遠，或可以蓋桷不天之罪。』再拜。明善答拜，起讀其所書，曰：『夫人出大門，歸大門。處州爲夫，翰林爲子，可謂無憾。雖不永年，得于天者止乎是，又何歸咎？』其銘曰：

相彼里仁，有樂維鄞。誰其高閎，奕世相臣。相臣女孫，來嫁于袁。猗有袁氏，輔宋天子。左閥右閲，聯芳對峙。維處州君，士林孤秀。静女其來，君子是遘。被服閑閑，其儀肅肅。廟祀斯嚴，膺兹百福。治爾宫事，莫不柔嘉。内則無違，載宗有家。嗟哉物理，若忌成孅。何靳大年，廿一而止。昔裍中兒，世業在傳。克開厥後，有壽而先。壽匹自人，夭奚咎天。生也無憾，没不隱賢。身壽不百，名壽逾千。我銘勒堅，畢世昭宣。

元蘇天爵纂《元文類》卷五二

附録四　序跋提要

跋袁學士詩後

戴良

此六詩，袁文清公爲商隱師作也。元之盛際，文清以學問辭章名震天下，而片言隻字，人視之如圭璋珠貝，願一睹之而不可得。然獨於商隱無所愛吝如此，則商隱必有大過人者。按商隱乃龍山永樂寺僧，文清嘗與同參横川和尚，横川時住玉几山之育王寺，雲頂源師、虎丘永師亦與之同參。詩中所言玉几、雲頂、虎丘者，蓋指此三人也。此詩今爲商隱法孫本歸所蓄，間出以相示。余祝之使藏諸名山，庶十百年後，知商隱之結交文清，猶如佛印之於東坡，靈源之於山谷，其趣味相同，真是山間林下之人，與夫假士大夫之名以粉飾叢林者異矣。商隱諱予，其字商隱，嘗出世里中之開壽寺。文清諱桷，字伯長，官翰林爲侍講學士，其謚文清，與商隱同里閈，四明人。

元戴良《九靈山房集》卷二九

清容居士集跋

王肆

永樂丙申冬十月八日，予得此《清容居士集》。奈何蟲鼠損傷，卷目失次，乃於暇日補治，序其先後之目，故得以全其美。斯集也，雖未敢宗以爲億世之法，然蓄書者亦得以備一時之製作也。不亦可乎？ 畏齋王肆識。

宜稼堂叢書本《清容居士集》卷末

清容居士集提要

四庫館臣

臣等謹案：《清容居士集》五十卷，元袁桷撰。桷有《延祐四明志》，已著録。其集據蘇天爵《行狀》及《元史》本傳，俱稱五十卷，此本卷數相符，蓋猶舊本也。

桷少從戴表元、王應麟、舒岳祥諸遺老游，學問淵源，具有所自。其在朝踐歷清華，再入集賢，八登翰苑，凡朝廷制册、勳臣碑版，多出其手。故其文章博碩閎麗，有盛世之音。尤練習掌故，長於考據。集中如《南郊十議》《明堂郊天異制議》、《祭天無間歲議》、《郊不當立從祀議》、《郊非辛日議》諸篇，皆成宗初所上。其援引經訓，原原本本，非空談聚訟者所能。當時以其精博，並採用之。其詩格俊邁高華，造語亦多工鍊，卓然能自成一家。蓋桷本舊家文獻之遺，又當大德、延祐間爲元治極盛之際，故其著作宏富，氣象光昌，蔚爲承平雅頌之聲。文采風流，遂爲虞、楊、范、揭等先路之導。其承前啓後，稱一代文章之鉅公，良無愧色矣。

乾隆四十六年十一月恭校上。總纂官臣紀昀、臣陸錫熊、臣孫士毅，總校官臣陸費墀。

文淵閣四庫全書本《清容居士集》卷首

清容居士集五十卷　四庫館臣

元袁桷撰。桷早從戴表元、王應麟、舒岳祥諸遺老游，文律詩法具有授受，又博覽古籍，練習舊章，故册誥之文、典禮之儀爲一時弁冕。詩亦高華俊逸，能自成家。與鄧文原等崛起大德、延祐之間，稱藝林領袖，蓋不虚焉。

清紀昀等纂《四庫全書簡明目録》卷一七

清容居士集五十卷舊鈔本　張金吾

元袁桷撰。後附謚議王瓚撰、墓誌銘蘇天爵撰。王肄跋永樂丙申。

清張金吾《愛日精廬藏書志》卷三三集部

清容居士集五十卷舊鈔本　瞿鏞

元袁桷撰。詩十四卷，文三十六卷，後附謚議、墓誌。卷數與《元史》本傳合。卷中有跳行、空格以明所尊，蓋猶鈔自元刻也。舊爲金壽門藏本。卷首有金印吉金朱記。

清瞿鏞《鐵琴銅劍樓藏書目録》卷二二集部四

清容居士集序

郁松年

一代文章之盛，其傑出者不過十餘家，而其書又或傳或不傳。即幸而存者，輾轉傳寫，淆訛滋多，甚至不可句讀，卒與淪廢湮没者何異哉？

元代著作家，雄偉浩博，閎雅疏整，自姚牧庵、黄晉卿、柳道傳、虞道園外，則有四明袁清容先生，才智亮特，學問綜覈，承絜齋之舊聞，資深寧之淵博。故其詩文集五十卷，凡詞賦、歌詠、碑記、誌銘、傳贊、誥册、表牘、書啓、序議、題跋，氣體明質，義法宏贍，經術淹通，詞旨雅麗。又悉兩宋文獻，深達史學，洵爲元代著作之鉅者。惟其書刻于先生殁後，原本僅存，前明永樂時，已間殘闕。往年余購得之，幸尚完具。又賨山毛君生甫先有寫本，足資校勘。倘秘其書不即勘刻，雖不至遽至散佚，更復數十百年，恐其書得益不易，無以遂海内承學之士欲稽考誦讀先生書者也。

余才學弇陋，豈克窮研？竊念先府君辛苦成家，督子孫力田讀書甚力。伯兄竹泉先生，器識高亮，以余性好聚書，家事一不煩余，不惜重資購諸善本，任余丹鉛。少成文學，嘗命仿前賢叢刻諸書。仰承先志，乃以是集爲權輿。其有改易及所疑義，别存《札記》。又續刻諸書，則以付梓歲月爲先後，不復次其時代云。

道光二十年四月朔日，上海泰峰氏郁松年書於宜稼堂。

宜稼堂叢書本《清容居士集》卷首

清容集札記序

郁松年

《清容居士集》原本無序文，不知刻於何年。字體秀整雅潤，出一手，亦不知其寫者何人也。明永樂間，此本已殘闕，有王君肆爲釐正之。卷末附謚議及墓誌銘，已是寫本。數百年來，不散亡於兵燹，不敗壞於朽蠹，卷帙如故，殘闕弗增，幾佚而存。其可寶貴爲何如哉？鈔本爲毛君生甫從嘉定錢少詹事辛楣先生精鈔校本傳寫出，偶有與原本違異，足證原本舛誤。余幸其可據，凡原本脱衍淆訛，輒以删易增補，疑者存之。至兩本脱誤同者，率條列之，間附臆見，庶爲博考者一助云。又其詩文中並多跳行空字，以明所尊。今悉依鈔本去之，而一一記其所空若干字。其有原闕文及殘闕無可據補，則仍空之。俾讀是書者得睹本書體例。至元代蒙古、色目人，其名顯著者，敬遵欽定翻譯遼、金、元人地官名録改正之，而注舊作某某於本文下。若卒難檢核，姑仍其舊。凡改正者，亦著是册。

道光二十年四月朔日，郁松年泰峰氏記。

宜稼堂叢書本《清容集札記》卷首

元槧元印清容集跋

陸心源

《清容居士集》五十卷、目録二卷，後附王瓚所撰謚議、蘇天爵所撰墓誌銘。每頁二十行，每行十六字，字皆趙體，與元刊《玉海》相似，當爲同時所刊，上海郁氏宜稼堂刊本之所祖也。卷五十後有永樂丙申畏齋王肆手跋，言得此書，蟲鼠損傷，於暇日補治。則中間鈔補，皆明初人筆也。是書鈔帙尚多，刊本流傳極罕。余又藏舊鈔本，爲愛日精廬張月霄舊藏，後録王肆跋，當從此本鈔出。恐世無第二本矣。

清陸心源《儀顧堂續跋》卷一三　　陸心源

清容居士集五十卷元刊元印本

元袁桷撰。

王氏手跋曰：『永樂丙申冬十月八日，予得此《清容居士集》。奈何蟲鼠損傷，卷目失次。乃於暇日補治，序其先後之目，故得以全其美。斯集也，雖未敢宗以爲億世之法，然蓄書者亦得以備一時之製作也。不亦可乎？畏齋王肆識。』案此元刊元印本每葉二十行，每行十六字，字有趙子昂筆意，元版中上乘也。

清陸心源《皕宋樓藏書志》卷九八集部　　陸心源

清容居士集五十卷舊鈔本，朱竹垞舊藏。

元袁桷撰。

後有謚議、墓誌銘。

清陸心源《皕宋樓藏書志》卷九八集部

清容居士集五十卷目録二卷元袁桷撰。闕卷二十九、三十七、三十八、三十九、四十七、四十八，卷二十七、二十八、四十九、五十鈔補。

元刊本，十行十六字，黑口，左右雙闌。字撫松雪體，刊印皆工。

鈐有朱之赤收藏各印，又楷書朱文長方木記，文曰：『賣衣買書志亦迂，愛護不異隨侯珠。有假不返遭神誅，子孫鬻之何其愚。』乙卯歲董授經以五百元收得，後歸袁寒雲。

傅增湘

傅增湘《藏園群書經眼録》卷一五集部四

清容居士集五十卷元袁桷撰

明寫本，十行十六字。

鈐有彭氏知聖道齋、朱氏結一廬藏印。壬子。

傅增湘

傅增湘《藏園群書經眼録》卷一五集部四

清容居士集五十卷十册上海涵芬樓藏元刊本

孫毓修

元袁桷撰。此與郁氏宜稼堂所刻之祖本同，亦稍有殘闕。闕卷二十七至二十九、三十七至三十九、四十七至五十，凡十卷，今皆精鈔補全。惟郁氏《札記》所云漫滅之字，此皆清朗，是此爲初印本。郁氏謂『字體秀整雅潤，出一手』，良然。又謂『原本無序文，不知其刻於何年』，按卷三十三述其祖、父諱均闕末筆，他處亦有闕筆者，郁氏《札記》皆失載，其爲清容家刻無疑。獨惜郁氏當日未能仿刊，而擅易行款，改竄人名，盡失元槧面目。幸古本再見，詎非快事？每葉二十行，行十六字，白口。有朱之赤、金孝章印。

孫毓修纂《四部叢刊書録》集部